THE DYER'S HAND

[英] W.H.奥登 著　胡桑 译　梵予 校

染匠之手

上海译文出版社

THE DYER'S HAND AND OTHER ESSAYS

by W. H. Auden

Copyright 1948，1950，1952，1953，1954，© 1956，1957，1958，1960，1962 by W. H. Auden

Copyright renewed 1975，1977，1980，1982，1984，1985 by William Meredith and Monroe K. Spears

Copyright renewed 1988 by William Meredith

Simplified Chinese translation copyright © 2023

by Shanghai Translation Publishing House

Published by arrangement with Curtis Brown Ltd.

through Bardon-Chinese Media Agency

ALL RIGHTS RESERVED

图字：09 - 2010 - 115 号

图书在版编目(CIP)数据

染匠之手 /（英）W. H. 奥登（W. H. Auden）著；胡
桑译. —上海：上海译文出版社，2023.8
（奥登文集）
书名原文：The Dyer's Hand and Other Essays
ISBN 978 - 7 - 5327 - 9279 - 5

Ⅰ.①染… Ⅱ.①W… ②胡… Ⅲ.①散文集-英国-
现代 Ⅳ.①I561.65

中国国家版本馆 CIP 数据核字(2023)第 126015 号

染匠之手

［英］W. H. 奥登　著　胡桑　译　梵予　校
责任编辑/顾真　装帧设计/周伟伟

上海译文出版社有限公司出版、发行
网址：www. yiwen. com. cn
201101　上海市闵行区号景路 159 弄 B 座
浙江新华数码印务有限公司印刷

开本 889×1194　1/32　印张 24.25　插页 10　字数 398,000
2023 年 9 月第 1 版　2023 年 9 月第 1 次印刷
印数：0,001—6,000 册

ISBN 978 - 7 - 5327 - 9279 - 5/I · 5778
定价：136.00 元

艾维顿（Richard Avedon）拍摄的奥登照片

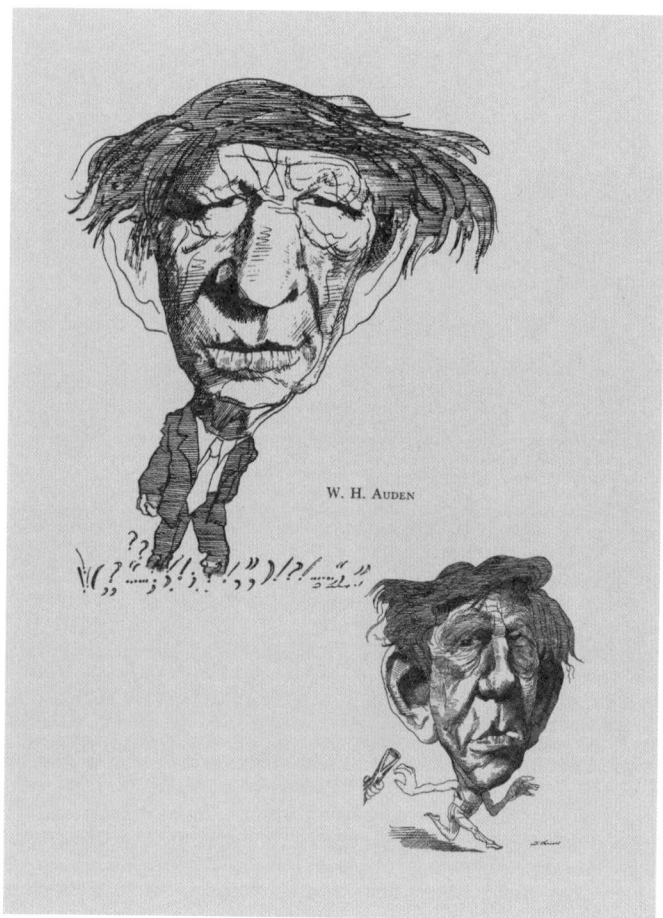

W. H. Auden

莱文（David Levine）所绘奥登漫画

MAKING, KNOWING AND JUDGING

BY

W. H. AUDEN, M.A.
PROFESSOR OF POETRY

An Inaugural Lecture
DELIVERED BEFORE
THE UNIVERSITY OF OXFORD
ON 11 JUNE 1956

OXFORD
AT THE CLARENDON PRESS
1956

奥登作为牛津大学诗歌教授发表的第一篇演讲《创作、认知与判断》

奥登作品的各种译本

奥登在牛津大学

诗人雅集
（从左至右，分别为史蒂芬·斯彭德、奥登、泰德·休斯、艾略特和路易斯·麦克尼斯）

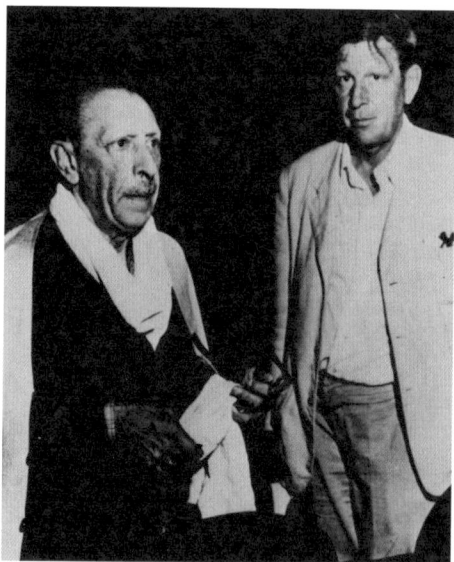

奥登与斯特拉文斯基（Igor Stravinsky）

1973 年，国际诗歌节上的奥登与金斯堡（Allen Ginsberg）

1968 年，奥登与狄俄尼索斯像

奥登与爱犬

1946 年，奥登初次阅读 J. R. R. 托尔金作品

奥登回到牛津大学朗诵诗歌

童年奥登（左），为目前所知奥登最早的照片

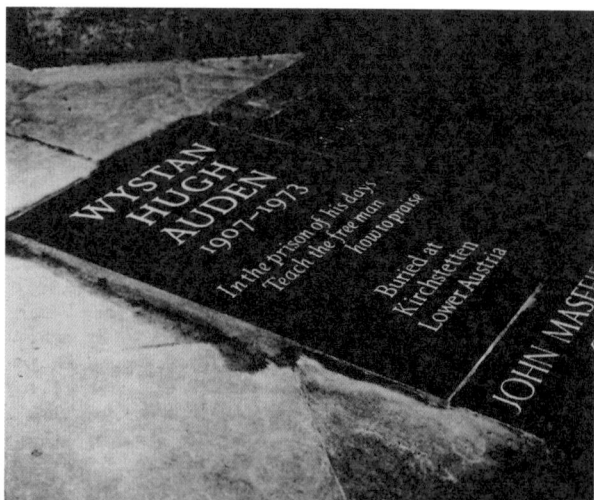

奥登在西敏寺诗人角的墓碑

献给

奈维尔·库格希尔[1]

三种令我充满感激的记忆：

　　　　一个装满书籍的家，

　　　　一个在外省乡村度过的童年，

　　　　一位可以倾诉衷肠的导师。

1. 奈维尔·库格希尔（Nevill Coghill, 1899—1980）：英国学者，与奥登亦师亦友，过从甚密（奥登见他第一面的时候就向他宣称要做一位"大诗人"），1957 年至 1966 年任牛津大学默顿（Merton）英语文学教授。以牛津大学的戏剧制作人和导演闻名，担任牛津大学剧社 1949 年出品的莎士比亚戏剧《暴风雨》导演。为文学讨论小组"迹象"（The Inklings）成员，该小组其他成员有：牛津大学教授托尔金（J. R. R. Tolkien）、刘易斯（C. S. Lewis），以及牛津毕业生欧文·巴菲尔德（Owen Barfield）。代表作是乔叟的《坎特伯雷故事集》的现代英语译本。

我们拥有**艺术**，

是为了让我们不致毁于**真理**。[1]

F. W. 尼采

1. 出自尼采《权力意志》第 822 节。

前 言

关于我们的文明，一个令人伤心的事实就是，诗人只有通过写作或谈论关于自己诗艺的东西，而不是通过写下实际的诗，才能赚到更多的钱。我写下的所有诗歌都是为了爱；不用说，每当我写完一首诗，就会力图将它推向市场，但是对于市场的预期在写作中并没有扮演什么角色。

然而，我从不写任何批评文字，除了接受别人的请求，做演讲、写导言、写书评，等等；我希望能有一些爱进入这类写作中，但我写评论是因为需要钱。我想要感谢许许多多的出版人、编辑、学院专家，特别是选举我担任牛津大学诗歌教授的女士们和先生们，要是没有他们的慷慨与支持，我根本不可能有钱支付我的账单。

写受托的批评文章，麻烦在于内容与形式之间的联系是专断的；演讲必须在五十五分钟内结束，导言必须数千字长，书评必须数百字长。人们所设定的限制只有极少数与一个人的想法严格地保持一致。有时候，一个人会感到束缚，被迫将论点省略或简化；更多的时候，非说不可的内容是能够缩减到配额的一半篇幅的，他所能做的，只是尽量隐蔽地拖长度。

此外，一些文章并没有被设计成一个系列，而只是在不同的场合写下的，一个人经常重复自己，这不可避免。

一首诗必须是一个封闭体系，但是，在我看来，体系化的批评会纳入一些死气沉沉甚至错误百出的东西。在对自己的批评文章进行润色时，只要有可能，我就会将它们删减成笔记，因为作为一个读者，我偏爱批评家的笔记本胜于他的论文。然而章节的秩序是经过深思熟虑的，我希望人们逐篇地阅读它们。

W. H. A. [1]

---

1. 奥登全名"威斯坦·休·奥登"（Wystan Hugh Auden）的首字母缩写。

目 录

第一辑

序 篇

PROLOGUE

阅读

一本书是一面镜子：倘若一头驴子[1]向内凝视，你别指望一位使徒在向外张望。

C. G. 利希滕贝格[2]

❖

只有怀着某种非常个人的目的，才能完美地阅读。可以是为了获得某种力量，也可以是出于对作者的憎恶。

保罗·瓦雷里[3]

作家的兴趣与读者的兴趣从来不尽相同，如果偶尔一致，那是一种意外的幸运。

在与作家的关系上，大多数读者奉行"双重标准"：他们可以随心所欲地不忠于作家，但作家永远、永远不可以不忠于他们。

阅读即翻译，因为没有两个人的经验彻底一致。糟糕的读者即糟糕的译者：应该意译的时候直译，应该直译的时候又意译。学习如何完美地阅读，学识固然具有价值，却不及直觉重要；有些伟大的学者是低劣的译者。

以一种不同于作者所设想的方式阅读一本书,而且只有我们清楚自己正在这么做的时候(一旦童年时代结束),我们往往会获益更多。

作为读者,我们大多数人在某种程度上就像一些给广告上的女人涂抹胡须的捣蛋鬼。

一本书具有文学价值的标志之一是,它能够以各种不同的方式被阅读。反之,色情书籍缺乏文学价值的依据是,假如以寻找性刺激以外的方式阅读,比如,将它视为作者性幻想的心理学个案进行阅读,就会令人感到百无聊赖。

---

1. 出自利希滕贝格的《格言集》F卷第111条。"驴子"(ass)的另一层含义是"傻瓜"、"蠢人"。奥登这里引用的是英译本。这句话的德语原文是:Ein Buch ist ein Spiegel, wenn ein Affe hineinguckt, so kann freilich kein Apostel heraus sehen.(一本书是一面镜子,当一只猴子向内探视,当然不可能会有一个使徒在向外张望。)

2. C. G. 利希滕贝格(C. G. Lichtenberg, 1742—1799):德国思想家、科学家、讽刺作家和政论家,深受康德、歌德、尼采、托尔斯泰等人的尊敬与推崇,生于黑森州小镇奥伯-雷姆斯塔特,卒于哥廷根。著有《格言集》等。利希滕贝格任教于哥廷根大学,是德国第一个实验物理学教授,最主要的成就是发现了静电复印技术的基本原理,其复制的影像被称为"利希滕贝格图像"。在文学和思想上,他的主要声誉则来自《格言集》。

3. 保罗·瓦雷里(Paul Valéry, 1871—1945):法国象征主义诗人,生于法国南部城市塞特,死后归葬于此。1894年开始定居巴黎,逐渐结识马拉美等人。1917年是瓦雷里生命中的转折点,从其发生精神危机的1892年至1917年,经历了二十五年的漫长沉默以后,终于在这一年完成了长诗《年轻的命运女神》。晚年的巅峰之作则是长诗《海滨墓园》。1927年接替法朗士的席位入选法兰西学士院。著有诗集《旧诗稿》(1890—1900)、《年轻的命运女神》(1917)、《幻魅集》(1922)等。

尽管，真正的文学作品经得住以各种不同的方式阅读，然而，这些方式的数目是有限的，并且可以按照一定的层次排列出来。有些阅读方式显然比其他的"更真实"，有些是可疑的，有些显然是错误的，有些则显得荒谬——比如倒着读一本书。这就是为什么，如果流落荒岛，我们宁愿身边带着一本出色的词典，而不是一部所能想到的最伟大的文学杰作，因为在与读者的关系上，词典是绝对顺服的，能够理所当然地以无限的方式对它进行阅读。

我们不能像阅读成名作家的近作那样，去阅读一位初次接触的新作者。对于新作者，我们往往只看到他的优点或只看到他的弱点，即使我们可以同时顾及两者，却看不清两者之间的关系。而对于一位成名作家，如果即使我们仍然愿意读他的作品，我们知道，除非忍受他的令人遗憾的缺陷，否则就无法欣赏他那令人钦慕的优点。而且，我们对于成名作家的评价绝不仅仅停留于美学上的判断。对于其新作，就好像对待一个我们瞩目已久的人的行为，除了关注可能具有的文学价值之外，我们还具有历史的兴趣。他不止是一位诗人或小说家，他还是融汇到我们生命历程中的人物。

任何一个诗人读别人的诗歌，或者小说家读别人的小说，都不免会将它与自己的作品进行比较。他阅读时会发出诸如此类的评论："我的天！我的老祖宗！我的叔叔！我的敌人！我的兄弟！我愚蠢的兄弟！"

在文学作品里，粗俗总是强于毫无价值，就像杂货店的葡萄酒总是强于蒸馏水。

良好的品味更多地取决于鉴别力，而不是盲目排斥。当良好的品味被迫排除一些事物时，它带来的是遗憾而不是快乐。

快乐绝不是万无一失的批评指南，却是最不易错的批评方法。

孩童读书受快乐驱使，不过他的快乐是浑然一体的。比如，他无从在审美的快乐和学习或白日梦的快乐之间进行区分。在青少年时期，我们才能意识到有不同类型的快乐，有些是不能同时享受的，但是，我们在界定快乐时需要寻求别人的帮助。无论是关于食物的品位或关于文学的品位，青年人都在寻找值得信任的权威导师。他按照导师的推荐品尝食物或阅读，有时他不可避免地欺骗一下自己；他必须装作喜欢橄榄或《战争与和平》，虽然事实并非如此。在二十至四十岁之间，我们处于发现自我的过程中，此时，我们需要学会如何区分：我们理应突破的偶然局限，和天性中一旦越过我们就要受到惩罚的固有局限。如果不犯错误，如果不试图成为比我们所允许的更为广博的人，我们之中很少有人能够学会这一点。在这一时期，一位作家最容易由另一位作家或某种意识形态引入歧途。如果一个处于二十至四十岁的人评论一件艺术作品时说"我知道我喜欢什么"，他实际上是在说"我没有自己的品位，但接受我的文化背景所给予的品位"。因为，在二十至四十岁之间，判定一个人是否拥有真正属于自己的品位,最可靠的依据是对自己的品位迟疑不决。四十岁后,如果我们尚未失去本真的自己,我们将重获孩童时代的快乐,这种快乐会成为恰如其分的指南,教导"我们"如何阅读。

尽管艺术作品给予我们的快乐不应混淆于我们所享受的其他快乐,它们却借由"我们的"而不是别人的快乐相互联系在一起。我们所作出的审美判断或道德判断,无论如何努力使它们变得客观,它总是部分出于理性化过程,部分出于主观愿望的矫正律令。任何人在写诗或写小说的时候,对伊甸园的梦想都是一己之事,然而,一旦进行文学批评,内在的真诚就会要求他向读者描绘伊甸园,于是,读者就可以找到角度审视他的判断。因此,我必须回答自己曾经拟定的一份问卷,它给出了阅读其他批评家时我希望拥有的信息。

伊甸园

风景

类似于奔宁山脉[1]的石灰岩高地,加上一小块至少拥有一座死火山的火成岩区域。一条险峻的、锯齿状海岸。

气候

英国式的。

---

1. 奔宁山脉(Pennines):英格兰北部的主要山脉和分水岭,南北走向,石灰岩裸露,熔岩地形遍布。

居民的种族来源

像美国那样繁多，但北欧人略占优势。

语言

像英语那样来源混杂，但具有高度的屈折变化[1]。

重量单位与计量单位

无规律、复杂，没有十进制。

宗教

平易亲和的地中海式罗马天主教。很多本地的圣徒。

首都的规模

柏拉图的理想数字，恰好是五千零四人。

政府的形式

绝对的君主制，抽签选举，终身制。

天然能源的来源

风、水、泥炭、煤。没有石油。

---

1. 通常世界上的语言被分为孤立语、黏着语、屈折语和多式综合语四类。屈折变化是屈折语的语法特点之一，指性、数、格、时态等变化，拉丁语、德语、俄语、波兰语是典型的屈折语。

经济活动

铅矿业、煤矿业、化学工厂、造纸厂、牧羊、蔬菜栽培、温室园艺。

交通工具

马和马车、运河驳船、热气球。没有汽车或飞机。

建筑

国家：巴罗克风格。教会建筑：罗马或拜占庭风格[1]。家居：十八世纪英国风格或美国殖民地风格。

室内家具和设备

维多利亚时代的，除了厨房和浴室要尽可能充满现代器具。

正式服饰

1830 年代和 1840 年代的巴黎时装。

公共信息来源

闲话。科技与学术期刊，但没有报纸。

公共雕塑

仅限已故的著名厨师。

---

1. **拜占庭风格**：公元四至十五世纪流行于拜占庭帝国（即东罗马帝国）的建筑风格，高大的圆穹顶是其主要特征。

公用娱乐

宗教游行、铜管乐队、歌剧、古典芭蕾。没有电影、广播或电视。

我由衷地感激一些诗人和小说家,我知道,假设我不曾读过他们,我的生活将变得更为贫乏,如果我试图列出他们所有的名字,将会长达几页。但是,当我思索所有我真正感激的批评家时,只得到三十四个名字。其中十二个是德国人,两个是法国人。这是否表明一种有意的偏见?的确是。

如果说优秀的文学批评家比优秀的诗人或小说家更罕见,原因之一是人类的自我主义天性。诗人或小说家在面对自己的题材(一般来说是生活)时必须学会谦逊。然而,批评家必须学会谦逊对待的题材是由作者即人类个体构成的,而获取这种谦逊要困难得多。比起说——"A 先生的作品比我所能评述的任何事物更为重要",说——"生活比我所能描述的任何事物更为重要"要容易得多。

有些人过于聪明,不能成为作家,但他们也不会成为批评家。

上帝知道,作家可以愚不可及,但是,并不总是像某类批评家所认为的那么愚蠢。我的意思是,当这类批评家谴责一部作品或一个篇章时,绝不可能想到:作者早就预见了他将要说些什么。

批评家的职责是什么?在我看来,他能为我提供以下一种或几种服务：

一、向我介绍迄今我尚未注意到的作家或作品。

二、使我确信，由于阅读时不够仔细，我低估了一位作家或一部作品。

三、向我指出不同时代和不同文化的作品之间的关系，而我对它们所知不够，而且永远不会知道，仅凭自己无法看清这些关系。

四、给出对一部作品的一种"阅读"方式，可以加深我对它的理解。

五、阐明艺术的"创造"（Making）过程。

六、阐明艺术与生活、科学、经济、伦理、宗教等的关系。

前三种服务需要学识。一名学者的知识不仅要渊博，还必须对他人有价值。我们不会把对曼哈顿电话簿烂熟于心的人由衷地称为学者，因为我们想象不出他在何种情形中可以赢得学生。由于学问意味着一种知道更多的人与知道较少的人之间的关系，因此，它也许是暂时的；在与公众的关系上，每一位书评家暂时都是一位学者，因为他已经读过他正在评论的书，而公众却未曾读过。尽管学者拥有的知识必须具有潜在价值，但他自己不一定要认识到其价值；经常有这种情形：由他传授知识的学生对其知识的价值反而比他有更好的感受力。一般而言，在阅读学者的批评文章时，比起他的评论，人们从他的引文中可以获得更多的教益。

后三种服务，需要的不是卓越的知识，而是卓越的洞察力。批评家的卓越洞察力表现在所提出的问题是否新颖、重要,尽管人们可能并不同意他给出的答案。也许,很少有读者能接受托尔斯泰在《什么是艺术?》(*What is Art?*)[1]一书中得出的结论,然而,只要是读过这本书的人,绝对再也无法漠视托尔斯泰所提出的问题。

我最不愿意询问批评家的事情是,让他告诉我"应该"赞成什么或反对什么。我不反对他告诉我他自己喜欢、厌恶哪些作家和作品;事实上,这对我很有用,根据他对我读过的作品所表示的喜恶,我就可以知道,在多大程度上我会赞同或反对他对我尚未读过的作品所做的判断。不过,他千万不要把自己的喜恶强加给我。选择读什么书是我自己的职责,世上没有人可以替我做主。

对于作家的批评主张,我们听取时总要大打折扣。因为,这些主张主要表明他自己在斟酌下一步该做什么以及应该避免什么。而且,与科学家不同,他比普通大众更加漠视同行们正在做的事情。一名超过三十岁的诗人可能依然是一名贪婪的读者,但是他所读的大部分未必是现代诗。

我们中很少有人可以理直气壮地夸口自己从未因道听途说而谴责一本书或一位作家,但我们大多数人从未赞誉过自己尚未读过的书或作家。

---

1. 托尔斯泰出版于 1897 年的一本论著,也是其中一篇文章的名字。

在生活的许多领域里,恪守"不可反抗恶,反要以善胜恶"[1]这条训诫是不可能的,但在艺术领域这却是常识。低劣的作品经常伴随着我们,但任何特定的艺术作品一般只在某个时期内才是低劣的;其显露的低劣之处迟早会消失,被另一种特性所取代。所以,不必去攻击这种低劣之处,它终将消亡。如果麦考利[2]从未写下评论罗伯特·蒙哥马利[3]的文章,我们今天照样不会处于蒙哥马利是伟大诗人这一幻觉之中。对于批评家,唯一明智的做法是,对他认定的低劣作品保持沉默,与此同时,热情地宣扬他坚信的优秀作品,尤其当这些作品被公众忽视或低估的时候。

有些书被不恰当地遗忘了;然而没有书被不恰当地记住。

有些批评家争辩说,暴露某位作家的坏处是他们的道德职责,因为只有这样,这位作家才不会腐蚀其他作家。的确,年轻作家可能会被老作家引入歧途,即偏离正轨,但他似乎更有可能被优秀作

---

1. "不可反抗恶,反要以善胜恶"(Resist not evil but overcome evil with good)的《圣经》经文为:"不可为恶所胜,反要以善胜恶。"(Be not overcome by evil, but overcome evil with good.)(《圣经·新约·罗马书》12: 21)

2. 麦考利(Thomas Babington Macaulay,1800—1859):英国历史学家、辉格党政治家,也是散文家和批评家。生于莱斯特郡,卒于伦敦。代表作有《英国史》等。

3. 罗伯特·蒙哥马利(Robert Montgomery,1807—1855):英国诗人。1828 年,他出版诗集《神的全方位存在》,攻击流行的宗教情绪,这本诗集十分畅销,数月内出版到了第八版。麦考利于 1830 年 4 月在《爱丁堡评论》上发表了著名的攻击文章《罗伯特·蒙哥马利先生》。但他的攻击并未见效,蒙哥马利的这本诗集到 1858 年,出版到了第二十八版。

家而不是坏作家诱惑。越是强大的、具有原创力的作家，对于正在试图寻找自我的天分较差的作家，就越危险。而且，内在贫乏的作品往往能够激发想象力，在别的作家身上间接地造就优秀作品。

要提高一个人对食物的品味，你不必指出他业已习惯的食物是多么令人作呕——比如汤水太多、煮过头的白菜，而只需说服他品尝一碟烹制精美的菜肴。不错，对于某些人，以下说教会立竿见影："粗俗的人才喜欢吃煮烂的白菜，有教养的人则喜欢中国人烹饪白菜的口味"，但是效果不会持久。

当一位我信任其品位的书评家指责某本书时，如果我感到慰藉，那仅仅是因为出版的书籍过于丰盛，想到这点令人释然："嘿，这里至少有一本不必为之操心的书。"但是假如他保持沉默，效果将是一样的。

攻击一本低劣之书不仅浪费时间，还损害人的品格。如果我发现一本书的确很差劲，写文章抨击它所拥有的唯一乐趣只能源于我自身，源于我竭力展示自己的学识、才智和愤恨。一个人在评论低劣之书时，不可能不炫耀自己。

文学上有一种罪恶，我们不能熟视无睹、保持缄默，相反，必须公开而持久地抨击，那就是对语言的败坏。作家不能自创语言，而是依赖于所继承的语言，所以，语言一经败坏，作家自己也必定随之败坏。关切这种罪恶的批评家应从根源处对它进行批判,而根源不在于文学作品,而在于普通人、新闻记者、政客之类的人对语言的滥用。而且,他必须能够践行自己的主张。当今的英美批评家,有多少是自己母语的大师,就像卡尔·克劳斯[1]是德语的大师那样?

我们不能只责备书评家。他们大多数其实只希望评论那些他们相信值得一读的书,尽管这些书存在缺陷,但是,假如一位专门为各大报纸周日版撰写书评的人遵从自己的偏好,那么,三周中至少有一个周日,他的专栏会出现空白。任何具有责任感的书评家都很清楚,如果必须在有限的版面中评论一本新诗集,唯一妥善的办法是给出一系列引文而不予评论,但是,一旦他这么做,编辑就会抱怨,他这是无功受禄。

然而,书评家给作家贴标签、归类的恶习应受指责。最初,批评家把作家划分为古典作家(即希腊语和拉丁语作家)和现代作家(即后古典作家)。随后,他们以时代划分作家:奥古斯都时代[2]作家、维多利亚时代作家,等等。如今他们则采取十年划分法:三十年代作家、四十年代作家,等等。很快,他们似乎要以年份划分作家了,

---

1. 卡尔·克劳斯(Karl Kraus, 1874—1936):奥地利讽刺作家、记者、诗人、剧作家、格言作家、语言与文化评论家,他的文字深刻地卷入自己的时代,充当着时代的见证人,被认为是二十世纪最重要的讽刺作家之一。生于距离布拉格不远的小城的基钦,卒于维也纳。1899 年创办《火炬》(*Die Fackel*)杂志,他自己是主要撰稿人。著有诗剧《人类的末日》、杂文集《文学与谎言》等。
2. 奥古斯都时代:英国文学史上,一般把十八世纪前半叶以斯威夫特和蒲柏为代表的英国文学称为"奥古斯都时代"。

就像对待汽车一样。十年划分法已经有些荒诞,似乎是建议作家们在三十五岁左右合乎时宜地中止写作。

"当代"[1]是一个被过分滥用的词。我的同时代人只是那些当我活在世上时他们也在人间的人,他们可能是婴孩也可能是百岁老人。

"你为谁写作?"作家,至少是诗人,经常被人们如此问及,尽管提问者对这个问题应该知道得更加清楚。这个问题当然愚蠢,但我也可以给一个愚蠢的答案。有时候,当我邂逅一本书,会感到这本书只为我一人而写。就像唯恐失去的恋人,我不想让别人知道她的存在。拥有一百万个这样的读者,他们之间不知道彼此的存在,他们带着激情阅读,却从不相互交谈,这,对于每一位作家来说,无疑是一个白日梦。

---

1. "当代"(contemporary)在英语里也具有"同时代"的意思。

写作

作家的目的无非是果断地说一次：“他说过。”

H. D. 梭罗[1]

❖

无论口头或书面的文学，其技艺在于调整语言，使语言能具体地表达事物。

A. N. 怀特海[2]

对于某些人来说，人生成就既不取决于农民那样满足特定的、一成不变的社会需求的工作，也不取决于外科医生那样可以被他人传授或通过实践提高的技艺，而是取决于观念的幸运冒险——"灵感"，他们都依靠智力而生存，尽管人们常常带着蔑视提到智力这个词。每一个"创造性"的天才，不论是艺术家或科学家，都带有几分神秘，就像赌徒或灵媒。

文学集会、鸡尾酒会以及诸如此类的活动，都是社交的噩梦，因为作家没有自己的"行当"可资谈论。律师和医生可以讲讲故事，关于有趣的案例，关于各种经历，从而互相取乐，也就是说，这些都涉及他们的专业兴趣，并且不是私人的，而是外在于他们的。作家却没有非私人的专业兴趣。作家们如果相互谈论自己的行当,只能朗诵自己的作品,然而这是一种不受欢迎的做法,只有非常年轻的作家才有勇气这样做。

没有诗人或小说家希望自己是有史以来独一无二的作家,可是大部分作家都希望自己是活着的独一无二的作家,而且相当一部分作家天真地相信这一希望已经实现。

在理论上,一本好书的作者应该是匿名的,因为人们崇敬的是他的作品,而不是他本人。事实上,这似乎不可能。然而,作家有时受到的赞赏与公众的注意对于他们并不如人们所设想的那样致命。就像一个好人做完一件好事随即就将它遗忘,一名真正的作家写完一部作品之后也会将它抛诸脑后,开始构思下一部作品;如果他想起自己过去的作品,他记住的很可能是它的不足之处而不是优点。声誉往往使一位作家变得虚荣,却很少使他变得骄傲。

作家可以为各种人性的自负而愧疚,但作为一名社会福利工作

---

1. H. D. 梭罗(Henry David Thoreau,1817—1862):美国超验主义作家、诗人、哲学家、生物学家和历史学家。在马萨诸塞州康科德出生并去世,1845 年至 1847 年,隐居在瓦尔登湖畔。著有散文集《瓦尔登湖》、《康科德和梅里马克河上的一周》、《种子的信仰》等。

2. A. N. 怀特海(Alfred North Whitehead,1861—1947):英国数学家、哲学家,生于英国肯特郡,卒于美国马萨诸塞州的坎布里奇,1924 年至 1937 年,应聘到美国哈佛大学担任哲学教授。"过程哲学"创始人。著有《数学原理》(与罗素合著)、《自然科学原理》、《过程与实在》、《观念的冒险》等。

者的自负除外:"我们生存于世界上只是为了帮助别人;而别人来到世界上是为了什么,我并不知道。"

一名成功的作家在分析成功的原因时,总是低估与生俱来的天赋,而高估运用这种天赋时的技巧。

每一位作家都宁愿富有而不是贫穷,可是没有哪位真正的作家会以同样的态度在意自己的名声。他需要别人赞许他的作品,从而确认他所信仰的生活图景是真实的,而不是自我的错觉,然而,只有那些他对其判断力充满敬意的人的看法才能使他信服。除非想象力与智力在所有人中得到平均分配,作家才有必要获得广泛的口碑。

当某个明显的傻瓜说他喜爱我的一首诗,我感觉就像从他口袋里偷窃了东西。

作家,尤其是诗人,与公众有一种奇异的联系,因为他们的媒介——语言,不同于画家的颜色或作曲家的音符,不是作家的私人工具,而是他们所隶属的语言群体的公共财产。许多人乐于承认自己不懂绘画或音乐,可是进过学校学过阅读广告的人几乎都不会承认不懂英语。正如卡尔·克劳斯所说:"公众其实并不懂德语,可是在报刊文章里我不能对他们这样说。"

数学家的命运如此幸福！只有他的同行才能评判他，而且标准如此之高，他的同事或对手无法获得名不符实的声誉。没有任何一名出纳员会写信给出版社恶意地抱怨现代数学的艰涩，不会将现代数学与美好的旧时日相比较，那时候的数学家满足于算出给不规则形状的房间糊墙需要多少纸，不堵住下水管的情况下需要多少时间才能将浴缸注满。

人们说一部作品富有灵感，这意味着，在这部作品的作者与他的读者的判断中，它比他们所合理希望的样子要好一些，仅此而已。

任何艺术家并不受单纯的意志行为驱使去创造作品，而必须等到他所确信的出色的创作构想"降临"到身上，在这个意义上，一切作品都是被授意而写的。在那些由于最初的错误或不充分的构想而失败的作品中，自我决意去写的作品在数量上可能远多于由赞助人授意而写的作品。

一名作家创作时所感受到的激情对他最终作品的价值的揭示，其程度相当于一位敬神者在礼拜时所感受到的激情对其敬神的价值的揭示，也就是说，几乎没什么作用。

神谕声称能预言，能对未来给出良好的忠告；却不敢妄称能给诗歌下判断。

如果诗歌能在恍惚之中被创造出来，而无需诗人自觉的参与，那么，写诗将是一件乏味甚至令人不快的活动，这样的话，只有金钱和社会名望这样的物质报酬才能诱使人去成为诗人了。根据《忽必烈汗》的原稿，现在可以证明，柯勒律治[1]对创作这首诗的叙述是一个小小的谎言。

的确，当诗人写诗，有两个人被卷入：他清醒的自我，他必须向其求爱的缪斯或与之搏斗的天使，然而，犹如在通常的求爱或摔跤比赛中，他的作用与女方或对手同等重要。缪斯，就像《无事生非》（*Much Ado*）中的贝特丽丝[2]，一个热烈奔放的女人，对卑鄙的求婚者和粗俗的好色之徒都无动于衷。她欣赏侠士风度和优雅的举止，却蔑视不是她对手的人，她带着残忍的愉悦，与他们说些废话和谎言，那些可怜的家伙们却乖乖地把这些话记录下来，以为是来自"灵感"的真理。

在我写 G 小调合唱曲时，突然将笔蘸入了药水瓶而不是墨水瓶；我在乐谱上弄出了污渍，我用沙子将它吸干时（那时吸水纸尚未发明），它形成了一个本位音，这一情景立即给了我一个想法，决定将 G 小调改为 G 大调，而这一切效果（如果有的话）

---

1. 柯勒律治（Samuel Taylor Coleridge, 1772—1834）：英国浪漫主义诗人和评论家，代表著作为《抒情歌谣集》（1798），其序言为英国浪漫主义诗歌的精神纲领。《忽必烈汗》（*Kubla Khan*）据称是其在一次奇特的梦境之后创作的诗歌片段。
2.《无事生非》（*Much Ado about Nothing*）：莎士比亚喜剧，贝特丽丝（Beatrice）是其女主人公。

归因于那个污渍。

（罗西尼致路易斯·恩格尔[1]）

像这样一个决断行为，区分了**侥幸**与**天意**，当然可以被称为灵感。

为了使谬误减少到最低限度，一名诗人对正在写作中的作品进行内在审查时，应提交给一个审查团。它应该包括，比如一个敏感的独子、一位务实的家庭主妇、一名逻辑学家、一位僧侣、一个无礼的小丑，甚至，也许还有训练新兵的军士，他粗鲁野蛮，满嘴脏话，厌恶别人，也被别人厌恶，认为一切诗歌都是垃圾。

许多世纪以来，人们为精神的厨房引进了一些节省劳力的"设备"——酒精、咖啡、烟草、镇定药，等等——可是它们都很不完善，不断失灵，而且很容易使下厨的人受伤。二十世纪的文学创作与公元前二十世纪并没有多少差别：几乎一切依然需要手工完成。

许多人喜欢观赏自己手写的字，就像喜欢自己屁的气味。尽管我十分讨厌打字机，但是必须承认它对于自我批评是有帮助的。打字稿毫无人情味，看起来很丑陋，当我将一首诗打印出来，我立刻就

---

1. 罗西尼（Gioacchino Rossini，1792—1868）：意大利歌剧作曲家，以"喜歌剧"闻名，代表作有歌剧《塞维利亚的理发师》《威廉·退尔》等。路易斯·恩格尔（Louis Engel）：英国乐评家，著有《从莫扎特到马里奥》等。

发现了它的缺陷，而在手稿上，我就会看不到这些缺陷。对于一首别人的诗，我所知的最严厉的考验是将它手抄一遍。此时，生理上的厌烦肯定会使最细小的缺陷自我暴露；手一直在寻找停下来的借口。

"大多数艺术家是真诚的，大多数艺术是拙劣的，虽然某些不真诚（真诚的不诚）的作品也可以是很不错的。"（斯特拉文斯基[1]）真诚犹如睡眠。一般而言，人们当然应该假定自己是真诚的，然后将这个问题抛诸身后。尽管如此，大多数作家会为阵发的不真诚所害，就像人们遭受阵阵失眠的折磨。对这两种情形的补救通常是十分简单的：对于后者，只需变更饮食，对于前者，只需更换身边的朋友。

文学教师对矫饰的文风皱眉，认为它愚蠢而病态。其实他们不该皱眉，而应宽容地微笑。莎士比亚在《爱的徒劳》和《哈姆雷特》中取笑尤弗伊斯主义者[2]，但是他明白，他从这些人那里获益良多。

---

1. 斯特拉文斯基（Igor Fëdorovitch Stravinsky，1882—1971）：俄裔美籍作曲家、指挥家和钢琴家，西方现代派音乐重要人物，生于圣彼得堡附近的奥拉宁堡，逝世于纽约，葬于威尼斯，代表作有《火鸟》、《春之祭》等。
2. 尤弗伊斯主义者（Euphuist）：指巧言善辩者，典出英国作家约翰·黎里（John Lyly，约1553—1606）的两部作品《尤弗伊斯，巧辩术剖析》和《尤弗伊斯及其英格兰之行》。主人公尤弗伊斯（Euphues）是一名巧言善辩的雅典学生。他的名字来源于希腊语，意为优雅、巧辩，是一种讲究对仗、玩味辞藻的修辞法，类似汉语中的骈文。

斯宾塞[1]、哈维[2]等人试图成为善良、温和的人文主义者,他们以古典韵律写着英语诗,表面上看,没有比他们的企图更无益的了,但是,假如没有他们干下的蠢事,坎皮恩[3]最优美的歌曲和《力士参孙》[4]的合唱曲就写不出来。犹如在生活中,文学中的炫示,被满怀激情地采用,被忠实不渝地保留,它是自我训练的主要方式之一,借此,人类依靠自身的努力提升了自己。

例如,贡戈拉[5]或亨利·詹姆斯[6]这类作家的夸饰文风就像奇装异服:很少有作家有能力驾驭,不过,在稀少的例外中,一旦某位作家具有这个能力,读者将为之着魔。

当一位书评家形容一本书"真诚"时,人们立即知道,这本书:a) 不真诚(不真诚的不诚);b) 写得很糟。真诚这个词的确切含义是真实,它是或应是作家最关注的事情。任何一名作家都不能准

---

1. 斯宾塞(Edmund Spenser,1552—1599):英国诗人,生于伦敦,主要有长诗《仙后》、田园诗集《牧人月历》等。在《仙后》里找到一种适用于长诗的格律形式,被称为"斯宾塞诗节",拜伦、雪莱都沿用过。

2. 可能是指英国生理学家和医生威廉·哈维(William Harvey,1578—1657)。

3. 坎皮恩(Thomas Campion,1567—1620):英国作曲家、诗人和医生。写过许多抒情诗和歌曲,尤其以鲁特琴曲著称。

4.《力士参孙》:英国诗人弥尔顿的长诗,创作于1671年,取材于《圣经·旧约·士师记》,主人公是以色列的大力士参孙。

5. 贡戈拉(Góngora,1561—1627):西班牙诗人,塞万提斯最早发现了他的诗才。代表作为《孤独》。其作品具有"夸饰主义"风格,开创了"贡戈拉主义",是十七世纪西班牙巴罗克文学的代表,影响深远。

6. 亨利·詹姆斯(Henry James,1843—1916):美国小说家,开创心理分析小说先河,笔下的人物具有迷宫般的内心世界。代表作有《一位女士的画像》、《鸽翼》等。

确判断自己的作品可能是优秀或低劣的，不过他总能知道，也许不是立即，但短时间内就可以知道，他亲笔写下的东西是真货还是赝品。

对于诗人而言，最痛苦的经验是，发现自己的一首诗受公众追捧，被选入选集，然而他清楚这是一首赝品。不管他怎么看，这首诗可能确实不错，但问题不在这里；他就不应该写下它。

年轻作家的作品——《维特》(*Werther*)[1]是经典例子——是一种疗治行为。他发现自己困扰于某种思想和情感方式，本能告诉他，在能够找到真实的兴趣与感受力之前，必须摆脱这些方式，而一劳永逸地摆脱它们的唯一途径就是屈服于它们。一旦这样做了之后，他就能产生一种抗体，使他在余生获得免疫。一般而言，这种痛苦是他同代人的某种精神上的疾病。假如确实如此，也许他会像歌德一样发现自己陷入了一种尴尬境地。他为了祛除某种特定的情感而写下的作品受到同时代人的狂热欢迎，因为这样的作品表达了他们的感受，但是，与歌德不一样，他们完全沉浸于这种感受方式；一时间，他们将他视为自己的发言人。时过境迁。作家已经把毒素从自己的体系中排除出去，转向自己真正的兴趣，他早年的崇拜者们如今却在他身后追逐，大喊："叛徒！"

1.《维特》：即歌德的小说《少年维特之烦恼》。

"人的理智被迫去选择

生活的完美或作品的完美。"(叶芝)1

这不确切;两者的完美都是不可能的。我们能说的只是,一名作家像所有人一样,具有个人的弱点与局限,他应该对它们有所觉察,并努力将它们从自己的作品中排除。由于每一位作家性格与天赋上的缺陷,总有一些特定的题材,他不应触及。

一名诗人难免说假话,因为在诗里,一切事实、一切信念不再以真实或虚假来判定,而成为引人入胜的可能性。读者不必服膺诗中所表达的信念才能欣赏一首诗。诗人对此心知肚明,他不断地表达某种观点或信念,并非因为他相信它是真实的,而是因为他看到了其中包含着引人入胜的诗歌的可能性。他大概也不必去"相信"它,但毋庸置疑的是,在情感上他必须深深地介入,而除非作为人的他不是仅仅出于写诗的便利而重视某种观点或信念,这一点便难以达成。

执着于自己的社会意识、政治或宗教信念比贪恋钱财更威胁一名作家的正直。比起旅行推销员的咒骂,主教的训斥更能引起作家道德上的困惑。

---

1. 这是爱尔兰诗人叶芝(William Butler Yeats,1865—1939)诗作《选择》的起始两行。

一些作家混淆了本应一以贯之的本真和不必费力追求的独创。有一类人,他们沉溺于渴望别人只爱他一人,于是不断以一些令人厌烦的举动考验周围的人;他的言语与行为必须受人赞美,并非因为他的言语与行为本质上值得赞美,而是因为这就是"他的"言谈、"他的"举止。这难道还不能解释大量先锋派艺术吗?

奴役是一种令人如此难以忍受的境况,以至于奴隶几乎难以避免地给自己创造幻象,认为他是自愿服从主人的命令的,即使事实上他是被迫的。大多数奴隶遭受着这种幻象的折磨,一些作家也是如此,他们被一种过于"个性化"的风格奴役着。

"让我想想:今天早上起床时我还是原来的样子? ……如果不一样,那么,'我究竟是谁?'……可以肯定我不是艾达……她有着长长的卷发,而我的一点也不卷;我也肯定我不可能是梅贝尔(Mabel),我知道各种各样的事情,而她呢,哦!她什么也不知道!再说,她是她,我是我——哦,天哪,这一切真让人头疼!我要试一试我是否还像以前那样知道一切……"她眼里充满了泪水……"那么,我肯定是梅贝尔了,我只能住在那间小破屋了,没有玩具可以玩,而且,哦!……那么多课程要学习!不,我下定决心了,如果我是梅贝尔,我宁愿待在下面!"

(《爱丽丝漫游奇境记》)

在下一个篱笆桩,皇后又一次转过身,这一回她说:"如果想不起用英语怎么说一样东西,那么就说法语——走路时你要脚尖朝外——记住你是谁。"

（《爱丽丝镜中奇遇记》）1

除了那些超越了任何分类体系的至高无上的大师，大多数作家不是爱丽丝，就是梅贝尔。比如：

爱丽丝	梅贝尔
蒙田	帕斯卡尔
马维尔2	邓恩
彭斯	雪莱
简·奥斯丁	狄更斯
屠格涅夫	陀思妥耶夫斯基
瓦雷里	纪德
弗吉尼亚·伍尔夫	乔伊斯
E. M. 福斯特	劳伦斯
罗伯特·格雷夫斯3	叶芝

1.《爱丽丝漫游奇境记》（Alice's Adventures in Wonderland）、《爱丽丝镜中奇遇记》（Through the Looking-Glass）：英国作家刘易斯·卡罗尔（Lewis Carroll，1832—1898）的童话作品，姊妹篇。
2. 马维尔（Andrew Marvell，1621—1678）：英国诗人，与乔治·赫伯特、约翰·邓恩等同为玄学派代表诗人，在二十世纪由于 T. S. 艾略特的推崇而被重新发现。
3. 罗伯特·格雷夫斯（Robert Graves，1895—1985）：英国诗人、小说家、学者，生于伦敦，1961 年至 1966 年任牛津大学诗学教授。除诗歌外，代表作有历史小说《我，克劳狄乌斯》等。

一个真正爱丽丝式的主教说过:"正统,就是缄默。"

除了用作历史标签的时候,"古典"与"浪漫"是两个引起误解的术语,它们被用来指称两个诗歌派别,贵族派与民主派,这两个派别一直存在,每位作家总是属于其中之一,尽管他会改变自己所忠诚的派别,或者,在某个特定的问题上,他拒不遵照那一派的日程行事。

贵族派对待题材的原则是:

诗人不应处理诗歌不能吸收的题材。它保卫诗歌,不让道德训诫与新闻报道入侵诗歌。

民主派对待题材的原则是:

诗人不应排除诗歌有能力吸收的题材。它保卫诗歌,不让诗歌局限于狭隘、陈腐的所谓"诗意的"东西。

贵族派在处理诗作时的原则:

任何与特定主题无关的细节,不应在诗中得到表达。它保卫诗歌,使之免于粗野的含混。

民主派在处理诗作时的原则:

任何与特定主题有关的细节,均应在诗中得到表达。它保卫诗歌,使之免于颓废、平庸。

作家的每一部作品都应是他跨出的第一步,但是,不管他当时是否意识到,如果第一步同时不是更远的一步,就是虚妄的一步。

当一名作家去世，人们应该能够看到，他的各种作品放在一起，是一部具有连续性的"全集"。

要看清一个人鼻子底下是什么并不需要多少才能，可是要知道那个器官该指向何处，却需要极大的才能。

最伟大的作家也不能看透一堵砖墙，可是与我们这些人不一样，他并不会去建造一堵墙。

少量的才能就可以造就一名完美的绅士；卓尔不群的人往往是个十足的无赖。因此才气不足的作家具有自己的重要性——作为良好礼仪的教师。不时地，一部才气不足而精致的作品会使大师感到彻底羞愧。

诗人是其诗作的父亲；母亲则是语言：人们可以像标识赛马一样标识诗作：出自 L，受 P 驾驭[1]。

一名诗人不仅要追求自己的缪斯，还要去追求"语言学夫人"，而对于初学者来说，后者更为重要。一般而言，显示一名初学者是否具有创造性才华的迹象，是他对言辞嬉戏的兴趣大于对表达独创见解的兴趣；他的态度和 E. M. 福斯特所征引的那位老太太的态度

---

1. L 代表"语言"（Language），P 代表"诗人"（Poet）。

是一样的——"在我还没有明白自己说的是什么之前,我如何知道自己思考的是什么?"追求过"语言学夫人"并赢得了她的爱情之后,他才能全身心地奉献于自己的缪斯。

韵脚、格律、诗歌形式等,犹如仆人。如果主人足够公正而赢得他们的爱戴,足够富于主见而获得他们的尊敬,那么,就会出现一个井然有序的幸福家庭。如果他过于专横,他们会辞职离去;如果他缺少威信,他们就会变得懒散、无礼、嗜酒成性且谎话连篇。

写"自由"诗的诗人就像荒岛上的鲁滨逊:他必须自己担起做饭、洗衣和缝补等一切事务。在少数例外的情况下,这种独立生活的人可以制作出一些独创的、给人深刻印象的东西,但大多数的结果是邋遢的场面——肮脏的被单盖在凌乱的床上,未经打扫的地板上到处是空酒瓶。

有些诗人,比如吉卜林[1],他们与语言的关系令人想起训练新兵的军士,词语受到教育:洗去耳背的污垢,笔直站立,完成复杂的操练,代价是从来不让它们独立思考。还有些诗人,比如斯温朋[2],

---

1. 吉卜林(Rudyard Kipling,1865—1936):英国小说家、诗人,出生于孟买,逝世于伦敦,1907年获诺贝尔文学奖,代表作有长篇小说《吉姆》、儿童文学作品《丛林之书》等。
2. 斯温朋(Algernon Charles Swinburne,1837—1909):英国诗人、文学评论家,著有诗剧《阿塔兰达在卡里顿》、长诗《日出前的歌》、评论著作《威廉·布莱克》、《莎士比亚研究》、《雨果研究》等。

更会令人想起斯文加利[1]：在他们的催眠术的蛊惑下，别出心裁的演出得以上演，演出的却不是新兵，而是智力低下的小学生。

由于巴别塔的诅咒，诗歌成为了一门最狭隘的艺术，然而，时至今日，当文化在世界各地变得一样单调时，人们开始倾向于认为这不是诅咒而是福音：至少在诗歌中不可能有一种"国际风格"。

"我的语言是人尽可夫的妓女，而我必须将它改造成贞女。"（卡尔·克劳斯）这既是诗歌的荣耀也是耻辱：诗歌的媒介不是私有财产，诗人不能创造自己的词语，这些词语不是自然的产物，而是为了各种目的使用词语的人类社会的产物。在现代社会，语言经常被贬损、降低为"非言语"，诗人的耳朵持续地处于被污染的危险之中，而对于画家和作曲家而言，这种危险是不存在的，他们的媒介属于私有财产。而在另一方面，诗人比画家和作曲家受到更多的保护，不易遭到另一种社会危害——唯我论的主观主义——的伤害；无论一首诗多么隐秘，它的每一个词语都有意义，能在词典中查到，这可以证明他人的存在。即使《芬尼根守灵夜》[2]中的语言也不是乔伊斯"无中生有地"创造的；一个纯粹私人的文字世界是不存在的。

---

1. 斯文加利（Svengali）：英国作家乔治·杜·莫利耶（George Du Maurier，1834—1896）最受欢迎的小说《特里尔比》（*Trilby*）中的主人公，他是一位阴险的音乐家，借用催眠术将巴黎一位模特变成了著名歌手。"斯文加利"代表了那种助人成功的具有神秘邪恶力量的人。
2.《芬尼根守灵夜》：爱尔兰作家詹姆斯·乔伊斯晚年的长篇小说，以复杂晦涩著称，乔伊斯自称："这本书至少可以使评论家忙上三百年。"

诗与散文之间的区别不言自明,可是,要为诗歌与散文之间的差异寻求一个定义纯粹是浪费时间。弗罗斯特[1]将诗定义为语言中无法翻译的因素,初看起来似乎有理,却经不起仔细推敲。首先,即使在最纯净的诗里,总有某些因素可以被翻译。的确,词语的声音、它们在节奏上的联系、一切取决于声音(比如押韵、双关语)的意义和意义的联想,是无法翻译的,但诗歌不像音乐,不是纯粹的声音。在某种程度上,一首诗中任何不是基于语音经验的因素可以被译成另一种语言,比如影像、明喻和隐喻等来源于感觉经验的东西。而且,所有人,无论属于何种文化,他们共同拥有的特征是独一无二性——每个人都是某个阶层的成员——每一位真正的诗人对世界的独特看法能够经过翻译而得以幸存。即使有人将歌德和荷尔德林[2]各自的一首诗翻译成稚嫩的散文语言,每一位读者仍能辨认出两首诗出自两个不同的人的手笔。其次,如果说言语永远不会变成音乐,也绝对不会变成代数。即使在最"散文化"的语言里,在报道性与技术性散文中,也有一种个人因素,因为语言是个人的创造物。在音调的感觉上,Ne pas se pencher au dehors 与 Nichthinauslehnen[3] 之

---

1. 弗罗斯特(Robert Frost,1874—1963):美国诗人,生于旧金山,之后随父母移居新英格兰,其诗歌资源大多取自新格兰乡村生活,逝世于波士顿,其诗歌语言朴素,钟情于抑扬格,极少进行形式上的试验,善于书写日常的奇迹,四次获普利策奖,著有诗集《波士顿以北》、《新罕布什尔》、《西去的溪流》、《林间空地》等。

2. 荷尔德林(Friedrich Hölderlin,1770—1843):德国诗人、小说家、翻译家。生于内卡河畔的劳芬,晚年精神失常,进图宾根精神病院医治,逝世于图宾根。著有小说《许佩里翁》等。死后几乎被遗忘,由海德格尔的阐述而获得了广泛声誉。

3. Ne pas se pencher au dehors 与 Nichthinauslehnen(通常拼写为 Nichthinauslehnen)分别是法语和德语,均意为"不要向外探身"。

间并无不同。纯粹的诗歌语言无法习得,纯粹的散文语言则不值得学。

瓦雷里给诗歌与散文下定义时,依据的是无用和实用、游戏和工作这样的差异,还将其比为跳舞与走路之间的差异。但这样做也并不能触及问题的实质。一个乘车上下班的人每天清晨步行到郊区车站,但同时他也会喜欢上步行本身。他必须步行这一事实并非容不下他也将步行当作消遣的可能性。反之,如果舞蹈被认为拥有一个功利目的比如带来良好的收益,它依然可以是游戏。

如果说法语诗人比英语诗人更易于落入一种异端,认为诗歌应尽可能接近音乐,原因之一或许是:在传统法语诗里,声音效果一直扮演着比在英语诗歌中更重要的角色。说英语的民族总是认为诗的言语与日常交流言语之间的差异应该尽量小些,当英语诗人发觉诗的言语与日常言语之间的裂隙太大,就会发动一场语言风格的革命将两者再次拉近。在英语诗中——即使在莎士比亚那些修辞最宏伟的段落中——人们的耳朵总是能觉察出它与日常言语的联系。一位优秀的演员必须——可惜,放到今天,能做到这点的演员也不多——使观众在倾听莎士比亚时,感觉到是诗而不是散文,但是,如果他试图使诗歌听起来像另一种语言,就会使自己变得可笑。

然而,法语诗,无论是其写作方式,还是朗诵方式,总是强调诗与日常言语的差异,并为此自豪;在法语戏剧中,诗与散文"是"两种不同的语言。瓦雷里转引过一位同代人描述拉歇尔[1]念诵台词的力量；她能驾驭并以两个八音度念台词，从中音 C 以下的 F 调到高音 F 调；如果一位女演员试图像拉歇尔演拉辛[2]戏剧一样表演莎士比亚戏剧，会被哄笑的观众赶下台去。

我们可以独自阅读莎士比亚戏剧，不用在心里"倾听"台词就会被感动；事实上，我们会很容易就对演出感到不满，因为每一个对英语诗有一定理解力的人，都可以比普通的男女演员念得优美些。但是，如果有人独自阅读拉辛，我想，即使他是法国人，也会像一个不能演奏或唱歌的人去阅读歌剧的乐谱；如果我们没有听过一次《费德尔》的伟大演出，我们对它就无法形成一个恰当的概念，正如，如果我们没有听过莱德[3]或芙拉格斯塔特[4]演唱的伟大的伊索尔德[5]，就不知道《特里斯坦与伊索尔德》是怎么回事。

（圣-琼·佩斯[6]先生告诉我，如果就日常语言来说，法语是比

---

1. 拉歇尔（Rachel，1821—1858）：法国女演员，以主演高乃依戏剧《熙德》和拉辛戏剧《费德尔》而成名。

2. 拉辛（Jean Racine，1639—1699）：法国古典主义剧作家、诗人，代表作有《伊菲莱涅亚》、《费德尔》等。

3. 莱德（Frida Leider，1888—1975）：德国女歌剧歌唱家，二十世纪最重要的女高音之一，表演过的著名角色包括：瓦格纳的伊索尔德和布琳希德、贝多芬的费黛里奥、莫扎特的唐娜·安娜、威尔第的艾达和莱奥诺拉等。

4. 芙拉格斯塔特（Kirsten Flagstad，1895—1962）：瑞典女歌剧歌唱家，是二十世纪最伟大的"瓦格纳女高音"之一。

5. 伊索尔德（Isolde）是爱情悲剧《特里斯坦与伊索尔德》（*Tristan und Isolde*）的女主人公。《特里斯坦与伊索尔德》在西方被广泛传唱，家喻户晓，最早由法国中世纪游吟诗人形成文字，最著名的版本则是德国音乐家瓦格纳的同名歌剧，奥登这里指的是瓦格纳的作品。

6. 圣-琼·佩斯（Saint-John Perse，1887—1975）：法国诗人与剧作家。1960 年诺贝尔文学奖得主。擅长长诗写作，代表作有《远征》、《流亡》、《海标》等。

较单调的,英语的语音变化幅度要大得多。)

我必须承认,法国古典悲剧给我的感觉就是为音乐感不强的人所创作的歌剧。当我阅读《希波吕托斯》,我能辨认出欧里庇得斯[1]的世界与莎士比亚的世界之间的相似关系,尽管两者有许多差异,可是拉辛的世界就像歌剧里的情景一样,似乎完全是另一个星球。欧里庇得斯笔下的阿弗洛狄忒[2]关心鱼和飞禽,就像她关心人类一样;拉辛笔下的维纳斯不仅对动物毫不关心,对下层百姓也没有任何兴趣。无法想象拉辛的角色会打喷嚏或上厕所,在他的世界里,天气或自然是不存在的。结果是,他笔下人物满腔的激情只能存在于舞台上,只是由男女演员赋予血肉的华丽台词和优雅姿势的创造物。歌剧情况也是如此,但是念台词的嗓音无论怎么华丽也不能指望在声音的表现力上与有乐队伴奏的优美歌喉相媲美。

"每当人们与我谈论天气,我总是确切地感到他们想说的其实是另外的事情。"(奥斯卡·王尔德[3])与象征派诗人的诗学理想相接近的唯一言语类型是茶桌上彬彬有礼的谈话,谈话的平庸的内涵几乎完全依赖于语音变化。

---

1. 欧里庇得斯(Euripides,前485—前406):古希腊三大悲剧作家之一,主要悲剧作品有《美狄亚》(*Medea*)、《希波吕托斯》(*Hippolytus*)等。
2. 阿弗洛狄忒:古希腊神话中的女神,主司爱与美。她在罗马神话中的名字是下文提到的维纳斯。
3. 奥斯卡·王尔德(Oscar Wilde,1854—1900):英国小说家、剧作家、诗人,英国唯美主义文学代表人物,著有小说《道林·格雷的画像》、戏剧《温德米尔夫人的扇子》、童话《快乐王子及其他故事》、书信集《狱中记》等。

诗歌在便于记忆方面拥有奇异的能力,于是,在用作说教手段时,它超越了散文。那些谴责说教的人必定"更加"厌恶说教性的散文;生物碱-塞尔策片[1]的广告可以证明,如果用诗歌来写,说教性广告词的粗鲁腔调会减少一半。在用作清晰地表达观念的媒介时,诗歌不逊于散文;在富于技艺的手中,诗歌的形式可以类似于逻辑的步骤,并强化它们。事实上,与许多继承了浪漫主义诗歌观念的人们的信念相反,在诗歌中论辩的危险在于——蒲柏[2]的《人论》就是一个例子——诗歌会让观念变得"过于"清晰、明确,比实际的样子更笛卡儿化[3]。

而且,诗歌并不适用于辩论以证明某个未被普遍接受的真理或信仰,因为诗歌在形式上的特性对结论难免会传达出某种怀疑。

> 有三十天的是九月、
> 四月、六月和十一月。

这句诗是有效的,因为没有人怀疑其真实性。可是,如果有一

---

1. 生物碱-塞尔策片(Alka-Seltzer):一种养胃泡腾片,也可用于解酒、止痛,在欧美十分流行。由迈尔斯博士医药公司于1931年投入市场,现为德国拜耳医药保健公司产品。
2. 蒲柏(Alexander Pope,1688—1744):英国诗人,诗多用"英雄双韵体",代表作为讽刺长诗《夺发记》。曾翻译荷马史诗,广受欢迎。十九世纪三十年代,他计划写一部关于人、自然和社会关系的巨著,但只完成了绪论,即《人论》。
3. 笛卡儿(René Descartes,1595—1650):法国哲学家、数学家,近代欧陆理性主义哲学的奠基人,创立解析几何,认为人类应该用数学即理性的方式进行哲学思考。"笛卡儿化"可能意味着理性化。

方激烈地否认它，那么，用这两行诗来说服他是无力的，因为，如果在形式上这两行诗这样写，也并没什么差异：

> 有三十天的是九月、
> 八月、五月和十二月。[1]

诗歌不是魔术。假如诗歌，或其他任何艺术形式，能够被认为拥有一个隐秘的目的，那就是通过说出真理，使人清醒，为人解毒。

"世界上不被承认的立法者"描述的是秘密警察，而不是诗人。

能产生正当的"净化"作用的，不是艺术作品，而是宗教仪式。其他有这样作用的——尽管并不正当——是斗牛、职业足球比赛、低俗的电影、军乐队以及规模空前的群众集会，在这样的集会上，一万名女童子军的队列拼成一幅国旗图形。

人类的境况是而且一直是如此悲惨、堕落，如果有一个人对诗人说："看在上帝的分上，别再歌唱了，做点有益之事吧，比如把水壶放到炉火上，或帮我取来绷带。"诗人有什么正当的理由加以拒绝？可是没有人说出这样的话。自我任命的不合格的护士对诗人说："你应该给病人唱一支歌，让他相信，我，只有我，才能将他治愈。假

---

1. 在英语中，九月（September）与十一月（November），或与十二月（December）是同样押韵的。

如你不会唱或是不愿唱,我就要没收你的执照,把你送到矿井。"而那个受谵妄症折磨的可怜病人喊道:"请给我唱一支歌,让我进入甜美的梦境,远离噩梦。如果你办到了,我就送给你一套纽约的顶层公寓,或一座亚利桑那州的牧场。"

第二辑

染匠之手

THE DYER'S HAND

创作、认知与判断[1]

生活的艺术,诗人生活的艺术:既然没什么可干,去干点什么吧。

H. D. 梭罗

❖

即使在我之前获得这一教席的一系列学者和诗人中最伟大的几位——当我想起他们中的一些人的名字,我充满恐惧与颤栗——也一定问过自己:"什么'是'诗歌教授?诗歌如何才能被'传授'?"

我可以想出一个可能的答案,尽管不幸的是它并不正确。如果在某些场合,诗歌教授的职责是为罗曼语系的准教授写婚礼颂诗、为去世的基督教教堂牧师写挽歌、为萨默维尔的五朔节[2]假面剧写剧本或为继任者写推选谣曲,那么,此刻我应该少点局促不安。我至少应该在我熟悉的环境中进行工作。

但是,这不是诗歌教授的职责。他的主要职责是讲课——这预示着他熟悉一些听众不知道的东西。你们选择了一名新的教授,他并不胜任所穿的博学的装束,正如他也不适合于戴牧师的项饰。他的次要职责之一是每隔一年要用拉丁语致辞。你们选择了一个野蛮人,他并不能用拉丁语写作,并且不知道怎么发音。不过，即使是野蛮人也有荣誉感，我必须利用这次公开的机会告诉大家，有人为我代拟了将在牛津大学的校庆典礼上用那陌生的语音说的发言稿，我的"友善可亲的幽灵"是耶稣学院的 J. G. 格里菲斯先生[3]。

但是，今天下午，我必须努力去完成我的主要职责。我最尊贵、最博学的前任之一曾恰当地将这一教席称为"危险席"[4]，如果我要多少不辜负你们的选择，就必须找一个既然写过一些诗便一定略知一二的话题。作为就职演讲，这个主题应该对于诗歌语言艺术来说，是普遍的，如果可能，也是主要关注的方面。

许多年前，我在《笨拙》[5]周刊上读到一个笑话，是关于学者、诗人 A. E. 豪斯曼[6]的。漫画描述的是两位英国中年审查员在春天漫步乡间。文字说明是这样的：

---

1. 1956 年 6 月 11 日，在牛津大学的就职演讲，讨论的是如何写诗、认识诗和评判诗。（原注）译者按：1956 年至 1961 年，奥登任牛津大学诗歌教授，每年需要做三次讲座。

2. 五朔节：欧洲传统民间节日，用以祭祀树神、谷神，庆祝土地丰收。萨默维尔（Somerville）：美国马萨诸塞州的一个城市。

3. 耶稣学院：牛津大学的一个学院，建立于 1571 年，主要培养神职人员。J. G. 格里菲斯（J. G. Griffith，1911—2004）：威尔士诗人、埃及古文物学者。

4. "危险席"（The Siege Perilous）：在英国"亚瑟王传奇"中，亚瑟王有一张圆桌，所有骑士在圆桌上都是平等的，但是留出了一个空位，只有获得圣杯的骑士才能入座，否则就会遭受厄运。奥登用这个典故指称牛津大学的诗歌教授教席。从 1708 年开始，在奥登之前，先后有 32 位牛津大学诗歌教授，不知道他具体指的是哪一位。

5. 《笨拙》（*Punch*）：英国幽默杂志，创办于 1841 年，1992 年停刊，1996 年至 2002 年短暂复刊，此后又停刊。

6. A. E. 豪斯曼（A. E. Houseman，1859—1936）：英国诗人、古罗马文学校勘学家，曾长期执教于剑桥大学。著有诗集《西罗普郡少年》、《最后的诗》等。

第一位审查员　哦，杜鹃，我是否应将你称为鸟，

　　　　　　　或者你只是一个漫游的声音？

第二位审查员　为你更为倾向的选择，

　　　　　　　明确说出理由。

初读这个笑话的时候，会感到它是在讽刺审查员。但果真如此？当我试图回答这个问题，我发现自己在这样想："它应该有一个答案，如果华兹华斯这样问他自己而不是他的读者，他会将'鸟'作为冗余物删除。此时，他的内在审查者必定已沉睡。"

甚至，即使诗歌经常写于出神之际，诗人依然对诗署名、获取名声，从而对它们负责。他们无法得到神谕的豁免。《忽必烈汗》是我们拥有的关于出神之际写作的诗的唯一有文可征的记录，柯勒律治毕竟是伟大的批评家，赞赏这首诗的人不能对诗人在导读性质的注释中所说的这段话熟视无睹：

以下的诗歌断片是在一位声望赫赫、名副其实的诗人（拜伦勋爵）的要求下发表的，作者自己的观念与其说基于假定的诗歌价值，不如说是一种心理上的好奇。

当然，这首诗拥有非同寻常的诗歌价值，柯勒律治并不是在虚伪地表示谦逊。我想，他看到了读者可以看到的东西：即便他完成了这首诗，那个现存的诗歌断片是脱节的，这个断片须加工，他的批评上的良知出于荣誉而承认了这点。

于是，对我而言，这大概是一个可行的话题。这位批评家只对一位作者有兴趣并且只关注尚未存在的作品，任何写诗的人关于他都应该有话可说。为了将他与那些关注其他作者的业已存在作品的批评家区别开来，让我们称他为"审查者"（Censor）。

"审查者"如何获得教育？他对待过去时代的文学的态度如何与学院派批评家区别开来？如果一名诗人从事写作批评文章，对这种活动有所裨益的东西是他的"审查者"的经验？在德莱顿[1]的表述中是否含有真相："诗人自身是最合适的批评家，尽管要我说，不是唯一的？"

为了试图回答这些问题，我将一再强迫自己给出自传性的例证。这令人遗憾，却不可避免。我没有其他论证材料。

——

我开始写诗，是因为 1922 年 3 月的一个夏天午后，一位朋友建议我应该写；而我在这之前从未产生过这个想法。我几乎不知道任何诗歌——英文版的《赞美诗》、《旧约·诗篇》、《蓬头彼得》[2]、

---

1. 德莱顿（John Dryden，1631—1700）：英国古典主义诗人、剧作家、文学批评家。1668 年至 1688 年担任英国桂冠诗人。十七世纪中后期，他是英国文学的主导人物，其生活的文学时代被称为"德莱顿时代"。他创立了英雄偶句诗，奥登称他为"中庸诗体的大师"。

2.《蓬头彼得》（Struwwelpeter）：德国十九世纪作家海因里希·霍夫曼的童话诗集。霍夫曼是一名儿童精神病医生，他写作了这部诗集，并自画插图，作为圣诞礼物送给三岁的儿子。此后，这本书成为德国家喻户晓的童话。

《肯尼迪简明拉丁语入门教程》[1]是我记住的全部，而且我对想象性文学毫无兴致。我的大部分读物都关于充满着"神圣之物"的隐秘世界。除了少量的故事书，比如乔治·麦克唐纳[2]的《公主和小精灵》、儒勒·凡尔纳[3]的《地下之城》，它们的主题使我痴迷，我喜欢的书，诸如《地下生活》、《金属矿机械》、《诺森伯兰郡和阿尔斯通的铅和锌矿》[4]，我读它们的有意识的目的是为我的"神圣之物"获取信息。因此，此时建议我写诗仿佛是一种与天堂的联系，而我过去的一切都无法对此做出解释。

　　回顾这些，如今我发现，我以一种独特的方式阅读了我喜欢的科技著作，比如，一个像"硫化铁"这样的词对我来说并不是一个简单的示意符号，而是"神圣之物"的专名，所以，当听到一位姨妈说出"硫化铁"这个词，我感到震惊。她的发音不仅有误，而且丑陋。无知就是不敬。

　　我确信，是爱德华·李尔[5]说过，可以真正检验想象力的就是命名一只猫的能力，在《创世记》第一章中，我们得知，上帝将所有造

1.《肯尼迪简明拉丁语入门教程》：英语世界中的权威拉丁语教程，以诗体写成，作者为英国学者本杰明·霍尔·肯尼迪(Benjamin Hall Kennedy，1804—1889)。

2. 乔治·麦克唐纳(George Macdonald，1824—1905)：苏格兰作家、诗人。他的童话和幻想作品影响了奥登、C. S. 刘易斯等人。代表作有童话《公主和小精灵》等。

3. 儒勒·凡尔纳(Jules Verne，1828—1905)：法国小说家，被誉为"现代科学幻想小说之父"，著有《海底两万里》、《气球上的五星期》、《八十天环游地球》等。

4. 这几本书的具体信息不详。诺森伯兰郡和阿尔斯通是英国的两个地名。

5. 我弄错了，其实是塞缪尔·巴特勒(Samuel Butler)。——作者原注。译者按：爱德华·李尔(Edward Lear，1812—1888)：英国艺术家、插图画家、作家和诗人。塞缪尔·巴特勒(Samuel Butler，1835—1902)：英国作家，著有《众生之路》等。

物带到亚当面前,他可以命名它们,亚当叫出每一样事物,那就成了它们的名字,即专名。这里,亚当扮演了第一位诗人的角色,而不是第一位散文家。专名不仅需要指涉,而且必须恰当地指涉,这种恰当性必须能被公众辨认。例如,一个有趣的发现,当一个人取了一个并不恰当的名字,他自己和朋友们就会本能地用另外的名字称呼他。就像一行诗,一个专名是不可译的。当"词语与观念的联结是无关紧要的,这联结一旦形成就一劳永逸",那么,语言是散文的。当这种联结是要紧的,语言就是诗的。

> 诗的力量(瓦雷里写道)源于诗所言说的事物与其自身存在之间的不可定义的和谐。不可定义是定义的基础。和谐不应是可定义的;如果它可以被定义,那就是伪造的和谐,并不是良好的和谐。定义这两者之间的联系的不可能性,以及否认它的不可能性,使诗行的本质得以延续。

马拉美[1]说过,诗人就是一些"将一些词语组合成一个词"[2]的人。学校科目中最具诗性的是语言学,即在远离实用的抽象层面对语言的研究,于是,词语可以说变成了一首首小抒情诗。

自从专名在语法意义上指涉唯一的对象,我们假如不亲自熟悉

1. 马拉美(Stéphane Mallarmé,1842—1898):法国诗人,生于巴黎,1896年被选为"诗人之王",成为法国诗坛现代主义和象征主义诗歌的领袖人物。十九世纪后期,他家中的诗歌沙龙是法国文化界最有名的沙龙,聚集了大量诗人和艺术家,如魏尔伦、兰波、德彪西、罗丹夫妇等。代表诗作有《牧神的午后》等。
2. 原文为法语。

它们所命名之物，就不能判断其恰当性。为了知晓"老洼地"（Old Foss）是否是对李尔的猫的恰当命名，我们必须对两者都很熟悉。像这样一行诗：

波浪汹涌的海湾中的一滴水

这是对一种我们都很熟悉的经验的命名，所以我们能判断是否恰当，这行诗命名了关系、运动以及事物，这是专名无法做到的。莎士比亚和李尔以相同的方式运用语言，而且我确信是出于同一种动机，不过关于这一点我稍后将做探讨。我此刻的观点是，如果我朋友的建议遭遇这样一种意外的反应，原因可能是，我长久以来一直喜欢语言的诗性运用，尽管我并未意识到。

初学者的努力不能被称为低劣的或模仿的。它们属于想象。一首差诗具有这样或那样我们可以指出的缺点。一种模仿的诗可以被辨认出是对这首或那首诗、这位或那位诗人的模仿。但是我们无从批评一首想象的诗，因为它是一种对一般意义上的诗歌的模仿。在最初的日子里，当一名诗人的笔从纸上滑过，他感到如此富于灵感，如此确信自己的才华。这种感觉一去不复返。然而此刻，他已经学会某些东西。当他信笔涂鸦，他开始习惯于留意韵节的数目，理解任何一个孤立的双音节词必定是"啼-突"、"突-啼"（ti-tum，tum-ti），或偶然是"突-突"（tum-tum），但当它与其他词发生关联时，它有时可以变成"啼-啼"（ti-ti）；当他发现以前从未思考过的一个韵节，就将它储存于记忆，这是一名意大利语诗人可能不需要获得的习惯,一名英语诗人则会发现这一习惯让他受益匪浅。

尽管他只能够信笔涂鸦,却为了快乐或带着目的开始阅读真正的诗。有许多理由不读选集,但是对于一名初学者,对大多数诗人的名字甚至一无所知,一本好的选集可以是一本非常珍贵的教材。我极其幸运,有人在圣诞节送我一册德·拉·梅尔[1]编的选集《快来这边》。于我而言,这本书有两个优点。首先,它品味纯正。其次,它的趣味是天主教的。对于它所针对的年轻读者,它并未收录一些特定的诗歌,但是在这有限的篇目内,它涉及的类别十分广泛。特别有价值的地方在于它缺少文学课程意识,将非正式诗歌(如童谣)和正式诗歌(济慈的颂诗)置于平等的地位。它一开始就教育我,诗歌并非必须伟大甚或严肃才能是优秀的,以及一个人不必为自己的情感感到羞愧,假如毫无兴致于阅读《神曲》,却有很大兴致阅读:

> 假如其他的少女来到郊外的树荫,
>
> 而芙拉维亚、克劳丽丝、赛利亚仍在城中。
>
> 这些美的幽灵在那里徘徊,不肯离去,
>
> 出没于她们的荣誉死去之处。

---

1. 瓦尔特·德·拉·梅尔(Walter de la Mare,1873—1956):英国诗人、小说家。以儿童文学驰名于世。他编选的《快来这边》(Come Hither)出版于1923年,收录的大部分是诗歌,以及少量散文。

马修·阿诺德用以衡量所有诗歌的"试金石"[1]概念总是使我惊讶，我以为这是值得怀疑的概念，让读者变得自以为是，诱使天赋不错的诗人去模仿超出自己能力之上的诗歌，从而毁灭他们。

一名希望提升自己的诗人当然应该有一些良好的伙伴，为了助益，也为了舒适，伙伴不应高出他的地位太多。我们根本不清楚，增益莎士比亚的才华的诗歌是否是他所熟悉的伟大诗歌。甚至对于读者来说，当他想到一首伟大的诗所要求的对它的关注，每天读一首伟大的诗这个想法是很无聊的。大师作品应留用于精神的圣日[2]。

我并不试图为以下的美学异端辩护，即，一个主题并不比另一个更重要，或者，一首诗并没有主题或一首伟大的诗和一首好诗之间并无差别——一个于我而言背离人类情感和常识的异端——但是我能理解为什么这种观点存在。没有什么比一首本想写成伟大诗歌的差诗更糟了。

于是，一名未来的诗人开始发现，诗歌比想象的更为复杂，他可以出于不同理由喜欢或厌恶不同诗作。无论如何，他的"审查者"尚

---

1. 马修·阿诺德（Matthew Arnold，1822—1888）：英国诗人、批评家。著有《文化与无政府主义》等。1857 年至 1867 年任牛津大学诗歌教授。在他的《论诗》中提出"试金石"（Touchstones）概念，认为经典作家如荷马、莎士比亚、弥尔顿的诗句都是试金石，具有最高的诗歌品质，以它们为标准可以衡量其他作品的优劣。
2. "精神的圣日"原文作"High Holidays of the Spirit"。"High Holidays"原义为犹太教的赎罪日。

未出生。在他能够使"审查者"降生之前，他必须伪装成另一个人；他必须在某个特定诗人身上获得文学的移情。

如果诗歌有巨大的公众需求，那么，就会出现一些劳累过度的专业诗人，我可以想象出一个体系，在它之下，一名已经建立名声的诗人将雇佣一小群学徒，他们开始是将被墨迹弄脏的稿纸清理干净，进而录入他的手稿，最终为他代笔，写那些他过于繁忙而无从开始或结束的诗作。这些学徒可能会真正学到一些东西，因为知道由于他们的工作他将获得谴责或声望，大师就会对学徒们十分挑剔，并尽全力将自己知道的一切传授给他们。

事实上，当然，一名未来的诗人在图书馆中度过其学徒期。这有其优点。尽管大师听而不闻，并不给出指导或批评，学徒却能选择任意一位他喜爱的大师，无论是健在的或死去的，白天或黑夜的任何时刻，大师都是空闲的，一切课程均为免费，他对大师热烈的崇拜可以确保他努力学习去取悦大师。

取悦意味着模仿，对一位诗人进行面目清晰的模仿却对其措辞的每一个细节、节奏和感受的习惯漫不经心，这是不可能的。在模仿他的大师时，学徒需要一名"审查者"，因为他知道，只有一个词、节奏或形式是"合适的"，无论他怎么发现这一点的，凭借灵感，依赖偶然，或通过数小时辛苦的研究。合适的词、节奏或形式依然不是"真正的"词、节奏或形式，学徒用腹语术说话，但他逃离了一般意义上的诗歌；他在学习"一首"诗是如何被写出来的。在往后的生活中，他会明白，模仿的艺术是多么重要，他将被频繁地要求去模仿自己。

　　我的第一位大师是托马斯·哈代[1]，我想自己的选择是幸运的。他是一名好诗人，也许是伟大的诗人，但没有好"过头"。尽管我喜爱他，然而我可以看出他的措辞笨拙而不自然，他的很多诗明显是差诗。这给予我希望，而一名毫无瑕疵的诗人会令我绝望。他很现代，却并非过于现代。他的词汇和感觉十分接近于我自己的——奇怪的是，他的面容与我父亲的惊人地相似——于是，在我模仿他的过程中，我并未被引导去疏离自身，但那些词汇和感觉同我的距离又不至于近到抹除我的个人特点。如果说我是透过他的眼镜看世界，至少我意识到了自己的视觉疲劳。最后一点，他的韵律的多变，对复杂诗节形式的溺爱，对于创造的手艺而言是一种无可估量的训练。我同样感激的是我的第一位大师不以自由体写作，否则我就会被诱惑去相信，比起更严格的形式，自由体是更容易写的，然而，如今我知道它绝对是更为艰难的。

　　这会儿，一个场景的帘幕升起，犹如《名歌手》[2]第二幕的终场。让我们将它称为"学徒的聚会"。学徒们从各地聚集起来，他们发现自己是新的一代人；有人喊出"现代"这个词，暴乱上演。人们从新的反传统诗人与批评家那里发现——当我还是一名大学生时，批评

---

1. 托马斯·哈代（Thomas Hardy，1840—1928）：英国小说家、诗人，生于多塞特郡，著有小说《德伯家的苔丝》《无名的裘德》《还乡》和《卡斯特桥市长》等。1898—1928年，他共出版八部近千首短诗，包括《威塞克斯诗集》《今昔之歌》《时间的笑柄》《环境的讽刺》《幻觉的瞬间》《中晚期抒情诗》《人性面面观》《晚岁之歌》，其晚年的诗歌备受奥登、布罗茨基等诗人推崇。
2. 《名歌手》（*Die Meistersinger*）：全名《纽伦堡的名歌手》，瓦格纳三幕剧作。

家仍能将英王劳绩勋章获得者 T. S. 艾略特先生[1] 描述成"一个醉酒的农奴"——这些新权威所推荐的诗歌成为标准，他们对之皱眉的东西就被扔出窗外。有些神明，批评便是亵渎，有些魔鬼，提及就该咒骂。他们的导师坐在黑暗和死亡的阴影中，学徒们却看到了一束巨大的光。

是的，大学教师们多么不堪地忍受着这一切，我肯定，这一场景一年又一年地重复着。当回忆我的导师的仁慈，他们耐心地倾听，谦恭地隐藏起厌倦，我倾服于他们的善良。我猜想，他们知道离经叛道之路通往智慧的神殿[2]，他们已经抵达那里，尽管它并不经常通向那里。

学徒发现，在"今天我十九岁了"和"今天是 1926 年 2 月 21 日"这两个表述之间具有意味深长的联系。如果这一发现进入他的头脑，不过这也是一个必须做出的发现，一旦他意识到所有他读过的诗歌，尽管可能各不相同，却有一个共同特征——它们都已经被写下了——此时，他自己的写作就会停止模仿。他从不会知道自己"能够写出"什么，直到他拥有了什么"需要被写下"的一般感受。这是他的前辈唯一无法传授给他的东西；他只能向同是学徒的伙伴学习，他们有着同一样东西：青春。

---

1. 英王劳绩勋章获得者：1948 年，艾略特获英王劳绩勋章（Order of Merit），同一年他还获得诺贝尔文学奖。
2. 这是威廉·布莱克（William Blake，1757—1827）《地狱的箴言》（The Proverbs of Hell）中的诗句"离经叛道之路通往智慧的神殿"（The road of excess leads to the palace of wisdom），奥登借用了整个句子。

这个发现并不那么令人愉快。纵使年轻人将过去说成负担，愉快地将它抛弃，在他们的言辞背后可能往往隐藏着愤怒和惊骇，意识到过去将会抛弃他们。

"审查者"的批评性表述对于诗人而言总是一些引起争论的建议，这意味着，并非作为客观的真理，而是作为指示，青年诗人一直试图寻求自我认同，而因无法成功而产生的恼怒自然地就通过暴力和夸张表达出来。

如果一名大学生某一天早上向他的导师宣布，格特鲁德·斯坦因[1]是有史以来最出色的作家，而莎士比亚并不优秀，事实上他说的是下面的话："我不知道写什么或怎么写，但是昨天当我读到格特鲁德·斯坦因，我觉得自己找到了一个线索"或者"昨天我读莎士比亚时，发现自己写作中的一个错误是嗜好修辞的夸张"。

时尚与势利同样也是有价值的，可以防御文学上的消化不良。撇开质量问题，精读少量书籍总是胜过匆匆浏览大量书籍，而且势利缺少一晚上就能形成的个人趣味，它和任何其他原则一样是一个很不错的限定范围的原则。

例如，我永远感激年轻时的音乐时尚，三十岁以前，它阻止我去听意大利歌剧，而三十岁以后，我才真正有能力欣赏一个世界，这个世界如此美丽，对于我自身的文化传承如此富于挑战。

1. 格特鲁德·斯坦因（Gertrude Stein，1874—1946）：美国犹太女作家、艺术品收藏家。生于宾夕法尼亚州阿列格尼，1903年起旅居巴黎，她在巴黎开设的文学沙龙聚集了大量艺术家和作家：毕加索、马蒂斯、舍伍德·安德森、海明威、菲茨杰拉德、阿波利奈尔等。海明威小说《太阳照常升起》题词"你们都是迷茫的一代"出自斯坦因。著有《三个女人》、《爱丽丝自传》、《软纽扣》等。

　　学徒们相互之间进一步提供着互助服务，这是更年老、更保守的批评家做不到的。他们阅读各自的手稿。在这个年龄，作为批评家的同伴学徒有两个优点。当他读你的诗，他也许会十分地高估它，但是如果他这样说，那都是肺腑之言；他从不奉承或仅仅出于鼓励才说出溢美之词。其次，他带着富于激情的凝注力读你的诗，而成熟的批评家只对大师杰作才付之这样的凝注力，成熟的诗人只对自己才这样做。当他从你的作品中找出错误，他的批评是希望能帮助你改善作品。他真的想要让你的诗变得更优秀。

　　正是这种个人批评，一名作家在晚年生活中经常发现很难获得，在他晚年，学徒群体已四处流散。评论家的结论，尽管是公正的，对他而言却鲜有益处。还会有什么益处呢？批评家的职责是告诉公众一部作品是什么，而不是告诉作者他应该写什么或可以写什么。然而，这种个人批评是唯一一种作者可以从中受益的批评。能够对他做出这种批评的人一般而言过于忙碌、束缚于婚姻、私心，就像他自己。

　　我们必须假定，我们的学徒迟早能够成功地跻身为诗人，届时，他的"审查者"可以坦诚相告，而且是第一次："你诗中的所有词语都适得其所，都属于你自己。"

　　然而，他初听时的激动并不会持续太久，不久之后，他就会想到："这种情况会再次发生？"无论他在未来生活中是工薪阶层中的一员、公民或者是居家男人，最终，他作为诗人的生涯却无可期许。他永远不可能这样说："明天我要写一首诗，感谢我领受的训练和经验，我已知道自己可以写下一首杰作。"在别人的眼中，如果一个人写下一首好诗，那么他就是诗人。而在他自己眼里，只有在为一首新诗做着最后的修订时，他才是诗人。在这一刻之前，他只是一名潜在的诗人；在这一刻之后，他是一个停止写诗的普通人，也许永远停下了。

二

假如一名年轻诗人很少在考试中表现出优异，这不足为奇。如果他表现优异，他或者是成长中的学者，或者实在是个好孩子。一名医学专业学生知道他必须研究解剖学才能成为医生，所以他有着明确的理由去学习。一名未来的学者有学习的理由，因为他或多或少知道自己想要知道什么。但是没有任何东西是一名未来的诗人知道自己必须知道的。他对眼下时刻束手无策，听凭摆布，因为他并没有具体的理由对这一时刻的要求不做屈服，由于他所知晓的一切，他之后会发现，屈从于即时的欲望其实是最好的办法。他即时的欲望甚至可以是参加一次演讲。我记得曾经参加过的一场，由托尔金[1]教授主讲。他说过的话我一个词也不记得了，只记得某一个时刻他精彩地背诵了一长段《贝奥武甫》。我听得出神。我知道，这部史诗会符合我的口味。因此，我十分乐意去学习盎格鲁-撒克逊语[2]，因为如果不学，就不可能懂得这部史诗。我学习了足够的盎

---

1. 托尔金(J. R. R. Tolkien,1892—1973)：牛津大学古英语学家、作家，生于南非，卒于牛津，著有小说《霍比特人》和《魔戒三部曲》等，被称为"现代奇幻文学之父"。
2. 盎格鲁-撒克逊语(Anglo-Saxon)：即古英语。

格鲁-撒克逊语直到可以阅读《贝奥武甫》,尽管十分粗浅,盎格鲁-
撒克逊语和中古英语[1]诗歌已成为对我影响最深远、最持久的诗歌
之一。

　　但这不是我或其他任何人可以预见的事。又是哪一位善良的
天使诱惑我进入布莱克威尔[2]书店待了一个下午,从令人眼花缭乱
的书中,为我挑选了一本 W. P. 柯尔[3]随笔集?后来我读到的批评
家没有一位可以赋予我一种相似于文学中的万圣夜的幻象,在幻象
中,死者、活人和每一个时代未出生的作家以各种口音说话,参与着
共同的、高贵的和文明的工作。没有其他批评家可以一瞬间唤起我
对韵律的迷恋,这种对韵律的迷恋我一直葆有着。

　　然而,你们不要以为当一个坏男孩尽是有趣。我读大学的三年
期间,度过了一段痛快的时光,结交了一些终生的朋友,可是我曾经
比之前之后任何时候都不快乐。我可能或可能不是在浪费时
间——只有未来才能显示结果——但我在浪费父母的金钱。你们
也不要认为由于他在学业上失败了,一名年轻诗人就对周围进行着
的学者派头的研究不屑一顾。除非他极其年轻,他会知道叶芝写下
的这些诗行十分愚蠢。

---

1. 中古英语:指十二世纪后期至十五世纪后期的古英语。
2. 布莱克威尔(Blackwell):牛津的一家书店,由本杰明·亨利·布莱克威尔
(Benjamin Henry Blackwell,1849—1924)创办于 1879 年,后成为连锁书店。
3. W. P. 柯尔(W. P. Ker,1855—1923):苏格兰人文学者、散文家。著有《晦暗的
时代:关于中世纪文学的随笔》《英国文学:中世纪》《诗歌的形式与风格》《论
现代文学》等。从 1920 年到去世,为牛津大学诗歌教授。

　　　光秃秃的脑袋忘却了他们的罪孽，

　　　苍老、博学、可敬的秃头，

　　　编辑并注释这些诗行，

　　　年轻人，在床上辗转反侧，

　　　在绝望中写下诗句，

　　　奉承美女无知的耳朵。

　　　全都在蹒跚；全都在墨水中咳嗽；

　　　全都用鞋子磨损地毯；

　　　全都斟酌着别人的念头；

　　　全都认识邻人所相识的那个人。

　　　主啊，他们可以说些什么，

　　　他们的卡图卢斯[1]也这样走路？[2]

　　撇开明显的诋毁——把所有大学教师说成是秃头而可敬的——诗中的情感依然是无稽之谈。的确，他们编辑诗行；谢天谢地，他们是这么做的。如果没有学者们不顾目力地舍身工作，誊抄、校对手稿，多少诗作将不见天日，包括卡图卢斯的这些诗，又有多少其他诗作尽管连篇累牍却无人能识？印刷术的发明并没有使编辑

---

1. 卡图卢斯(Catullus，约前84—约前54)：古罗马诗人，在奥古斯都时代已负盛名，然而三世纪开始逐渐湮没无闻，十四世纪在其家乡维罗纳神秘地出现了一部其诗歌抄本，文艺复兴时期成为众多诗人模仿的对象。
2. 这是叶芝的诗《学者》(The Scholars)。

失去存在的必要。诗人的作品集没有充斥印刷错误，这是幸运之事。甚至一名年轻诗人也知道或会很快意识到，若不是靠了学者，他将任由上一代人的文学趣味摆布，一旦一本书被印刷出来并被遗忘，只有带着无私的勇气去阅读难以解读的书籍的学者，才能找回那稀有的珍品。甚至是但恩，若没有格里尔森[1]教授，大家会读过多少他的作品？他对克莱尔[2]、巴内斯[3]或克里斯托弗·斯玛特[4]会有多少了解？要不是亏了布伦登[5]、格里格森[6]、佛斯·斯蒂德[7]或邦德[8]？学者们为他所做的也不仅仅是编辑。还有诗人和学者神圣的两者合一，那便是译者。例如，如果缺少亚瑟·威利[9]的博学与才华，诗人又怎能不费吹灰之力就发现一个全新的诗歌世界，一个汉语诗的世界？

并非如此，阻止年轻诗人进行学术研究的不是自命不凡和忘恩负义，而是精神成长的规律。除了在世俗的或精神的生死问题上，问题只有被问及时，才可能被解答，而当前他没有疑问。当前，他在

---

1. 格里尔森（Herbert John Clifford Grierson，1866—1960）：苏格兰人文学者、编辑和批评家。爱丁堡大学英语文学教授，主要研究十七世纪英语诗歌。他提升了玄学诗人尤其是约翰·但恩的声誉。编辑出版过但恩的诗集。

2. 克莱尔（John Clare，1793—1864）：英国诗人。

3. 巴内斯（Barnabe Barnes，约1571—1609）：英国诗人。

4. 克里斯托弗·斯玛特（Christopher Smart，1722—1771）：英国诗人。

5. 布伦登（Edmund Charles Blunden，1896—1974）：英国诗人、作家和批评家。

6. 格里格森（Geoffrey Edward Harvey Grigson，1905—1985）：英国诗人、作家、批评家和博物学者。

7. 原为"Forcestead"，疑为印刷错误，可能是指美国诗人佛斯·斯蒂德（William Force Stead，1884—1967），曾编辑克里斯托弗·斯玛特的诗作。

8. 邦德（Bond）：不详。

9. 亚瑟·威利（Sir Arthur Waley，1888—1966）：英国汉学家、翻译家。

书籍、乡间散步和接吻之间无法做出区分。都一样是可以存储在记忆中的经验。要是他探究一场记忆，文学史家将发现他所称之为书的物种中的许多成员，但是它们奇特地发生了变化，变得与他在自己书斋中找到的书不同。年代全都各不相同。《悼念》[1]写作早于《愚人志》[2]，十三世纪来到了十六世纪之后。他总是认为罗伯特·伯顿[3]写了一本关于忧郁的大书。显然他只写了十页。他习惯于认为一本书只能一次性写就。然而有些书却被不断重写。在他的书房，书籍以一定类别或主题为秩序联系在一起。最普通的聚集原则可能是按照年代分组。《农夫皮尔斯 III》[4]与克尔恺郭尔的《日记》并列在一起，《农夫皮尔斯 IV》与《英国风景的形成》[5]在一起。最令人困惑的是，在这一奇特的民主政体中，每一个物种都熟悉任何一个其他物种，每一本书的最亲密的朋友不是另一本书，它们不再与自己种类的成员相合。《格列佛游记》与风流韵事挽臂漫步，

---

1. 《悼念》(*In Memoriam*)：英国诗人丁尼生(Lord Alfred Tennyson，1809—1892)的诗作，完成于 1849 年，诗歌全名《悼念 A. H. H.》，是一首悼念好友、诗人亚瑟·哈莱姆(Arthur Henry Hallam，1811—1833)的安魂曲。哈莱姆于 1833 年在威尼斯卒于脑溢血。

2. 《愚人志》(*The Dunciad*)：英国诗人蒲柏(Alexander Pope，1688—1744)诗作，1728 年以三卷形式匿名出版。

3. 罗伯特·伯顿(Robert Burton，1577—1640)：英国学者，曾任教于牛津大学，代表作为《忧郁的解剖》(*The Anatomy of Melancholy*)。

4. 《农夫皮尔斯》(*Piers Ploughman*)：英国诗人兰格伦(William Langland，约1332—约1386)宗教史诗。现存三种基本版本，是作者不断修改的结果，分别形成于约 1367 年至 1370 年、1377 年至 1379 年和十四世纪八十年代。一共七部，《农夫皮尔斯 III》和《农夫皮尔斯 IV》分别为第三部和第四部。

5. 《英国风景的形成》(*The Making of the English Landscape*)：英国地方史学家霍斯金斯(W. G. Hoskins，1908—1992)出版于 1955 年的成名著作。

《天堂篇》[1]中的诗篇与一场盛宴坐在一起，《战争与和平》从不离开一名身无分文的异国基督徒，《冬天的故事》[2]第十版与《宠姬》[3]的全套唱片互相致以问候。

然而，这就是诗歌在其中被创作出来的世界。在一首比《学者》更出色、更敏感的诗作中，叶芝将它描述为"破烂骨头店铺"[4]。让我用一个更生动却同样凌乱的意象来表述吧：疯帽匠[5]的疯狂茶会。

在这样的阅读中，诗人通过影像存储记忆，以后他就可以将这些影像带入自己的作品，并不存在诗人能够借以挑拣阅读书目的批评原则。诸如"这是本好书或差书"之类的批评判断总是暗示好与坏，然而在关涉读者的未来时，只有一本书对未来的影响是好的，此时才是好书；既然未来不可预知，就无从做出判断。因此，最安全的向导是个人喜好，它是纯真的非批判原则。关于未来，一个人至少知道一件事情，即未来无论变得如何与当下不一样，那总是他自己的未来。不管他怎样变化，他依然是自己，而不是其他人。因此，他当前所喜欢的事物，无论旁人赞成或不赞成，都极有可能在将来变得有益于他。

一名诗人格外渴望由个人喜好所引领，因为他假定，我认为他

1.《天堂篇》：指但丁《神曲》第三部。

2.《冬天的故事》(*The Winter's Tale*)：莎士比亚戏剧。

3.《宠姬》(*La Favorita*)：意大利浪漫派作曲家多尼采蒂的大型歌剧。

4. "破烂骨头店铺"(rag and bone shop)：语出叶芝诗歌《马戏团驯兽的逃逸》(*The Circus Animals' Desertion*)。

5. 疯帽匠：刘易斯·卡罗尔《爱丽丝漫游奇境记》中一个疯疯癫癫的帽匠，在小说中，爱丽丝闯入了疯帽匠和三月兔一起组织的疯狂茶会。

是有理由的,因为他自己也想写诗,他的品位也许有局限性,却还不至于糟糕到将他引入迷途。可能的情况是,他所喜欢的大部分书籍是批评家所赞成阅读的。然而,假如喜爱与赞成之间有一场争论,我认为他会站在喜爱的一边,他乐于用一些难题逗弄批评家,比如关于滑稽可笑的差诗的问题。

> 玛丽,进入夏屋吧,
>
> 清扫木地板,
>
> 点上小炉火,擦洗
>
> 漂亮的漆过的门;
>
> 因为不久前在这里讲演的
>
> 那个伦敦绅士
>
> 将与乔纳森一起抽烟斗,
>
> 尝我们的家酿啤酒。

> 绑上大丽花,我们的客人
>
> 会赞赏它们消退中的颜色;
>
> 但是剥掉每一朵正在褪色的花,
>
> 从那束脱颖而出的花!
>
> 拿起父亲的刀子,剪掉
>
> 剩余的玫瑰,
>
> 让坠落的蜀葵
>
> 透过破损的窗格偷窥。

在一两小时内我会跟随着；

相信我，我一定会

带来他的笛子和望远镜，

烟斗和瓶装的麦芽酒。

他演奏的壮丽音乐

关于极乐的孩童，

我们的客人将听着音乐鸣奏，

感受它如何壮丽！[1]

假如上周这首诗以"伊贝内泽·艾略特先生款待一位来自大都市的房客"为题发表，并署上约翰·贝杰曼[2]的名字，它会是一首好诗？既然它不是贝杰曼先生作为一种带着讽刺的戏剧性独白写下的，而是由艾略特先生作为一首严肃的抒情诗写下的，它就是差诗？引号带来了什么差别？

在判断一部过去的作品时："作者在这部作品中试图表达什么？对于这个目标他成功地完成了多少？"——诗人知道这个历史批评家的问题很重要，但他对另一个问题更感兴趣——"这部作品对于在世作家有什么启发？它会有助于还是阻碍他们要做的事？"

数年前，我读到以下几行诗：

---

1. 伊贝内泽·艾略特（Ebenezer Elliott）的作品，奥尔德斯·赫胥黎（Aldous Huxley）曾在《正题与借口》（*Texts and Pretexts*）中引用。——作者原注。
2. 约翰·贝杰曼（1906—1984）：英国诗人，1972年获桂冠诗人称号。

怀着爱，他遁入心的森林，

舍弃事业，他痛苦并哭泣，

他藏身于那里，不再现身，

我可以做什么？当我的主人感到恐惧，

只能在荒野中与他一起生存并死去，

因为尽忠是生命好的归宿。[1]

　　我发现，这些诗行的韵律优美得不可思议，它们萦绕在我心际，我知道，它们已经影响了我自己一些诗句的节奏。

　　当然，所有的历史证据都指明，怀亚特试图写的是规范的抑扬格，他所依据的声韵使这些诗句可以这样诵读：

　　　And there him hideth and not appeareth
　　　What may I do? When my master feareth
　　　But in the field with him to live and die
　　　For good is the life ending faithfully.

　　因为这几行诗照这样读来必然会显得古怪，我们必须说，怀亚特没有实现他试图去做的事情，一名研究十六世纪的文学史家就会责难他。

　　幸运的是，我无须为此负责，并且可以毫无保留地赞同这首诗。

―――――――――

1. 这是英国诗人托马斯·怀亚特(Thomas Wyatt，1503—1542)一首无题十四行诗的最后六行。

在怀亚特与当前时代之间隔着四百年的诗体实践与发展。感谢先辈们的诗作，如今任何一名学童都可以写作规范的抑扬格，而怀亚特写起来会感到困难，他正挣扎着摆脱十五世纪和十六世纪早期韵律上的无政府状态。当抑扬格不再是我们写作的真正目的，二十世纪的问题不是如何写作抑扬格，而是不要按照无意识惯性采用抑扬格进行写作。有些东西，对于怀亚特而言是失败，对于我们而言则是幸事。一部作品碰巧很优美，它是否必须为此接受审查？我认为是必须的，但是一名诗人私下里需要经常对运气保持尊重，因为他清楚它在诗歌创造中所扮演的角色。一些意外的东西总是会现身，然而他知道"审查者"必须为它放行，他所珍视的是对于偶然运气的记忆。

　　一名年轻诗人也许会自负于自己良好的品味，对自己的无知却心知肚明。他完全清楚有多少诗歌会合他的胃口，不过有些他从未听闻，然而一些博学之士却已读过。问题是，如何才能知道去询问哪一位博学之士，因为他不是想要阅读更多的好诗，而是更多属于他喜欢的类型的诗歌。他判断一本学术或批评书籍，更多地依靠引文而不是全文，我认为，终其一生，每当他读一本批评著作，他会发现自己试图揣测批评家判断背后隐藏的趣味。就像马修·阿诺德，我拥有自己的"试金石"，但是它们是用来检测批评家而不是诗人的。它们中的许多关涉诗歌甚至文学之外的其他事务的品味，然而这里我应该要问他四个问题，假如我可以查问一名批评家：

　　你是否喜欢，我指的是真正的喜欢，而不是原则上的赞成：

　　1）关于专名的漫长列表，例如《旧约》宗谱或《伊利亚特》中船舰目录?

2)谜语,或不将一把铁锹叫做铁锹的其他方式?

3)具有技术难度的复杂诗歌形式,诸如英格林[1]、德洛特-科瓦伊特[2]、六节诗,即使它们的内容琐碎不堪?

4)有意为之的戏剧性夸张,巴罗克式阿谀文章,例如德莱顿为奥尔蒙德公爵夫人所致的迎宾辞。

如果一名批评家对这四个问题可以真诚地回答"是",那么,我会在文学事务上毫无保留地信任他。

三

诗人去写评论,编选集,撰写批评性导读,这并非稀罕之事,甚至是司空见惯的。这是他主要的收入来源。他甚至可能会去做演讲。在这些烦杂事务中,他几乎没有什么可以拿来弥补自身贫乏的学问,除了掌握的一点点东西。

他只读自己喜欢的书,这个偷懒的毛病至少让他懂得一个道理,一本值得批评的书一定是值得阅读的。据我所知,对某一个人物最好的批评性研究是《瓦格纳事件》[3],这是批判所应具有的典范。尼采经常表现得十分狂放,但他每时每刻都不允许读者忘记,

---

1. 三十音绝句(Englyn):一种英国威尔士和康沃尔郡的传统短诗形式,一般四行,有八种形式。
2. 八行诗(Drott-Kvaett):一种斯堪的纳维亚地区中世纪诗歌形式,一般八行。
3.《瓦格纳事件》:尼采著作。

瓦格纳是一个非凡的天才，他的音乐无比重要，尽管大家可能厌烦他的音乐。事实上，正是这本书让我迅速去听瓦格纳，而之前我对他抱有先入为主的愚蠢看法。另一个典范是 D. H. 劳伦斯的《美国文学经典研究》。读完那篇具有高度批判性的论库珀[1]的文章后，然后赶紧去读库珀，我记得自己很失望。很不幸，我并未发现库珀如劳伦斯所宣扬的那样令人兴奋。

　　诗人拥有的第二个优势是诗歌写作所提供的那种自我满足在批评实践中得以实现。我不期望转为批评家的诗人变成学究、批评家的批评家、浪漫小说家或疯子。至于学究，我是说批评家，对他而言，任何现存的诗都不够优秀，因为他设想中的唯一一首好诗是他希望写出却无法写出的。阅读他的批评，我们会获得一个印象，他宁愿一首诗是劣诗而不是好诗。批评家的批评家是他的孪生兄弟，并不表现出任何明显的愤怒；事实上，表面看来他对写到的诗人极度崇拜；但是，他对偶像的作品的批评分析比作品本身更加复杂而艰难得多，尚未读过作品的人就被剥夺了阅读那些诗作的愿望。我们怀疑，他也有着隐秘的不满。他发现必须先有可供批评的诗作，批评才能够存在，这不幸而遗憾。对他而言，一首诗不是别人的艺术作品；它是他自己发现的文献。

　　浪漫小说家是一个十分快活的形象。他那欢快的逐鹿场地是一片旷野，那里充满着难以解答的问题，尤其是当它们涉及作者的

---

1. 库珀（James Fenimore Cooper，1789—1851）：美国小说家，代表作为长篇小说《皮护腿故事集》五部曲：《开拓者》、《最后一个莫希干人》、《草原》、《探路者》、《杀鹿者》等。

私人生活。由于他倾其一生研究的这些问题——他通常是一个极其博学的绅士——从来无从解答,他肆无忌惮地纵容自己的幻想。他为何不能这么做?没有他,莎士比亚十四行诗集注版将会枯燥乏味多少啊。最欢快的是疯子。这种类型中最司空见惯的人相信诗歌用密码写作——尽管还存在其他类型。我最喜欢约翰·贝伦登·凯尔,他试图证明英语童谣是以古荷兰语为形式写成的,而这一形式是他自己虚构出来的。

无论一名诗人有什么缺点,他至少认为一首诗本身比能够对它进行的阐释更为重要,宁愿希望一首诗是好诗而不是劣诗,他最终想要获取的是它应该像是自己的一首诗,作为创作者,其经验本应教会他迅速辨认出一个论点是否重要、不重要但真实、由于无从解答或仅仅是荒谬因而不真实。

例如,他会知道,关于艺术家生活、性情和观念的知识对于理解其艺术是无足轻重的,而关于批评家的类似知识可能对于理解其判断至关重要。假如我们知道莎士比亚生活的每一个细节,我们对其戏剧的阅读几乎不会发生变化,如果有,也是微乎其微的;但是假如我们对约翰逊[1]一无所知,《诗人传》将会索然无味。

他会知道,比如举一个难以解答的问题为例,假使可以确定莎士比亚十四行诗的创作日期,那也不会是通过熟读第 107 首十四行

---

1. 约翰逊(Samuel Johnson,1709—1784):英国作家、文学评论家和诗人。经常被称为约翰逊博士。1755 年编成《英语大辞典》,使其声名远扬。编注过《莎士比亚全集》。《诗人传》(*The Lives of the Poets*)是其传记和评论作品,撰写了五十二位诗人的传记和评论,这些诗人大多生活在十八世纪,如弥尔顿、德莱顿、蒲柏等。

诗。他作为诗歌创作者的经验会让他推论出诸如此类的东西:"这里所表达的情感并非毫不寻常——爱如此完美,世界如此美好。"世界如此美好"这种情感可以通过很多方式产生。它可以通过公众庆祝、一些历史事件诸如无敌舰队[1]的战败或英国女王成功度过更年期而产生,但这并非必须如此。相同的感情可以由一个美好的日子所引发。

> 尘世的月亮已忍受住了晦蚀,
>
> 忧伤的预言者嘲弄自己的预言,
>
> 如今,动荡获得了安定,
>
> 和平说出了橄榄树无尽的年岁。[2]

这几行诗中所塑造的形象来自文学,并未关涉任何历史因素。莎士比亚可能受到一些历史事件暗示,但他也可能不受某一事件影响写下这几行诗。再者,即便它们受到了历史事件的激发,事件的日期与诗中赞美的场景也不一定是同时代的。属于一种情感的当前事件总是追忆着过去事件及其情形,于是,假如诗人选择这样做,如若情感相同,他运用过去时刻之情形所激发的影像,用以描绘当下,这是可能的。莎士比亚写下的作品并不包含任何历史线索。

---

1. 无敌舰队使西班牙在十六世纪成为海上霸主,然而在 1588 年 8 月的英吉利海峡海战中,势力强大的无敌舰队意外地败于相对弱小的英国舰队。此后,英国迅速取代西班牙成为海上霸主。

2. 出自莎士比亚十四行诗第 107 首。本书中莎士比亚著作引文的翻译参考了朱生豪、梁实秋、方平、梁宗岱等人的译本,下文不再一一指出。

由于其有限的学识，当一名诗人谈论诗歌，他需要机智地遴选一些常规主题，对于这些主题，如果他的结论在少数情况下是准确的，它们在多数情况下也应该会是准确的，或遴选一些细节问题，只需集中研读一些著作即可。关于树林，甚至关于树叶，他可能会说出一些明智的话，但是你绝不应该相信他关于每一棵树木的见解。

说到我自己，当我读一首诗时最感兴趣的是两个问题。第一个是技术的问题："这里有个词语的精妙设计。它是怎么起作用的？"第二个问题是最宽泛意义上的道德问题："这首诗中栖居着一个什么类型的人？他对美好生活或美好处所的观念是怎么样的？他对恶魔的看法如何？他对读者隐瞒了什么？甚至他对自己隐瞒了什么？"

当他只能说些陈词滥调，你不必惊讶；首先，因为他经常会感到很难相信一首诗需要详细论说，其次，因为他并不认为诗歌真有那么重要：任何诗人，我相信，都会附和玛丽安·摩尔[1]小姐的话："我也不喜欢它。"

四

很久以前，我们让一名诗人[2]自由发展，他刚刚写下第一首真

---

1. 玛丽安·摩尔（Marianne Moore，1887—1972）：美国女诗人。生于圣路易斯，逝世于纽约，1925—1929 年任文学杂志《日晷》编辑，为这个半月刊撰稿的人有康拉德·艾肯、托马斯·曼、T. S. 艾略特等。著有诗集《小杂志》《二战及以后》《魔笛》等。

2. 这里奥登在说他自己。

正的诗,正在疑虑这是否是他最后一首。我们必须假定这不是最后一首,他已经登上文学舞台,就是说,人们如今对他作出判断时不再阅读其作品。二十年过去了。他的疯帽匠的疯狂茶会桌子已经变得更加狭长,桌子四周是数千张新面孔,有些面孔迷人,有些则恐怖不堪。在遥远的尽头,一些先前经常引人发笑的面孔,如今已令人生厌,或已入睡,在滔滔不绝地说教数年之后,迟来的宾客总会面临这个令人伤心的变化。厌倦并不一定意味着厌恶;我依然认为里尔克是伟大的诗人,尽管我已读不下去。

对他而言最为重要的大多数书籍并非是诗歌或批评著作,而是那些使他看待世界和自己的方式发生变化的书籍,也许,其中有很多书,它们领域中的专家会认为是"糟粕"。毫无疑问,专家的看法是正确的,但是轮不到诗人来下判断;他的义务是感恩。

在影响他的经验中,有一些是属于别种艺术的经验。比如,我知道,通过听音乐,我学到很多东西:关于如何组织一首诗,如何通过语调、速度和节奏的变化获得多样性和对照,尽管我实在说不清这是怎么发生的。人类是一种善于类比的动物;这是其最幸运之处。而他的危险在于将类比视为类同,比如,他说:"诗歌应尽可能类似于音乐。"我猜测,最有可能这样言说的人是五音不全的人。一个人越热爱其他类型的艺术,就越不可能冒犯这一艺术的领域。

在这二十年中,有一件事从他写下第一首诗以来从未改变。每当他新写出一首诗,相同的疑问就会重现于他内心:"还会重现吗?"

然而如今他开始听到他的"审查者"说:"它一定不能再次出现。"花费了二十年时间去学习成为自己之后,如今他发现必须开始学习不要成为自己。最初他只是认为,这仅仅意味着敏锐地洞察令人着迷的节奏、奇异的表达、隐秘而神圣的词语,然而如今他发现,命令自己不要模仿自己可能意味着一些比这更为艰难的事。这可能意味着,他也许得节制自己,不要去写一首将会成为佳作的诗,甚至是一首受人崇拜的诗。他认识到,如果一个人写完一首诗就确信这是一首好诗,可能的情形是,这首诗只是一种自我模仿。要表明它不再是自我模仿,最有希望的迹象是一种彻底的无从确定的感觉:"这首诗特别出色或是特别差劲,我说不清。"当然,这很可能是一首差劲的诗。发现自我,这是十分被动的,因为自我就在那里。它只需要耗费时间和注意力。不过,改变自我意味着朝一个方向变化,向一个目标前进,而不是朝另一个方向向另一个目标前进。目标可能是未知的,但是如果预先不假设目标在何处,运动就不可能进行。因此,正是在这个意义上,诗人经常对诗歌理论表现出兴趣,甚至构建一种自己的理论。

我总是有兴趣听听诗人关于诗歌本质的言论,尽管我并不会严肃对待。作为客观的表述,他的定义从不准确、从不完整并且总是片面的。没有一个人的言论可以经得住严格分析。在一些苛刻的时候,我们总是不禁会想,他们真正说的其实是:"读我吧。别读其他人。"但是作为"审查者"向诗人自己提出的批评性告诫,通常而言,总是可以从他们身上学到一些东西。

关于这些人的最初想法和目的,波德莱尔已经为我们给出了一个精彩的解释。

> 我怜悯那些只受本能驱使的诗人；对我来说，他们是有缺陷
> 的。当这些人想要思考自身的艺术，想在自己制造的结果中发现
> 模糊不清的规律，并在这思考中获得一系列其神圣的目的在诗歌
> 作品中不会犯错的准则，他们的精神生活必然会出现危机。

也就是说，诗人得出结论所依赖的证据由其自身的写作经验和
对自己作品的私人判断所组成。当他回首过去时，他看见许多时候
他转向了错误的方向或者进入了死胡同，许多本可以避免犯下的过
失，如果他在作出抉择的当时更为清醒的话。检验他写下的诗作
时，先不论它们的优点，他发现自己特别厌恶一些诗，并十分喜欢另
一些诗。对某一首诗，他会想到："这首充满了缺点，但这类诗我应
该再写更多。"对于另一首诗："这首诗恰如其分，但我绝不会再写这
种类型的诗。"因此，他制定的规则是要使他远离不必要的错误，并
为他的未来提供了一张用以预测的蓝图。当然，他们是易犯错误
的——就像一切预测——波德莱尔行文中所使用的"不会犯错"这
个词是一种典型的诗人的谎言。但是，在一项计划可能失败与必然
失败之间是有区别的。

为了努力制定规则，诗人可能有波德莱尔并未提及的另一种动
机：总归想证明证明其诗歌写作是正当的，在近些年，这种动机变
得越来越强烈。兰波的神话——一名伟大的诗人停止了写作，不是
因为像柯勒律治没什么可以言说了，而是因为他选择停止——或许

并不真实，我十分肯定它不真实，但是作为一个神话它萦绕着这个世纪的艺术良知。

知晓了这一切，知晓了你们对此已了然于心，现在我要进一步给出一些属于我自己的一般陈述。我希望这些不是胡言乱语，但我并不能肯定。至少，即使作为情感的噪音，我也觉得它们有益于我。作为证据，我能够提供的可以核实的情况就是这些。

某些文明在神圣事物与世俗事物之间做出了社会性区分，特定的人类被认为是神圣的，被视为神圣仪式的、对于社会幸福生活极为重要的特定活动与日常的世俗行为之间划分出了清晰的界限。在这样的文化中，如果它们足够进步从而承认诗歌是一门艺术，诗人拥有读者大众——甚至专业地位——他的诗既是公众的，又是内行的。

存在另一些文化，如同我们自己的文化，神圣事物和世俗事物之间的区别在社会层面并不被承认。这种区分或是被否认，或是被认作一种有关品位的私人事务，这种私人事务不关涉或无须关涉社会。在这样的文化中，诗人处于一种业余状态，诗歌既不是公共的，也不是内行的，而是个人的。这就是说，他既不作为一个公民写诗，也不作为一个由内行们组成的专业群体之一员写诗，而只是作为单独个体写诗，并由其他单独个体阅读其诗作。个人的诗歌不一定是晦涩的；对于一些不明就里的人而言，古代内行们写的诗可以比最异想天开的现代诗更有难度。毋庸置言，个人的诗歌并非必然比其他诗歌更加低级。

在下文中，我将使用两个术语"初级想象"和"次级想象"，当然，它们来自于《文学传记》[1]第十三章。我采用它们，是因为我相信我与柯勒律治在试图描述相同的现象，尽管我们的论述有所不同。

那么，我将要描述的是一种文学上的教义诗篇，一种私人的《信经》[2]。

"初级想象"（Primary Imagination）关涉，并仅仅关涉神圣存在和神圣事件。神圣事物就是那些初级想象必须对其做出应答的事物；世俗事物就是那些初级想象无法对之应答因此也无法认知的事物。世俗事物可以被心智的其他门类所认知，但不能被"初级想象"所认知。一种神圣的存在无从预期；必须与之相遇。对于相遇，想象别无选择，只能应答。一切想象并非能够辨认相同的神圣存在或事件，但是每一种对之做出应答的想象在辨认时采取的是同一种方式。一个神圣存在对想象产生的印象具有无与伦比却无从确定的重要性——一种恒定不变的品质，一种"同一性"（Identity），如济慈所说："我即我所是"（I-am-that-I-am）就是每一种神圣存在所要言说的东西。一个神圣事件产生的印象具有无与伦比却无从确定的意义。在《巫术》中，查尔斯·威廉姆斯先生[3]如此描述它：

> 我们注意到一个完全成为自己的现象充满普遍的意义。一只手正点燃一支香烟是对每一样事物的解释；一只脚跨出火车是

---

1. 《文学传记》（*Biographia Literaria*）：柯勒律治的文学杂记，发表于 1817 年。
2. 《信经》（*Quicunque vult*）：是基督教三大信经之一《亚大纳西信经》的另一个名字。"Quicunque vult"是该信经的拉丁语开篇，意即"那些希望（得救）的人"。
3. 查尔斯·威廉姆斯（Charles Williams，1886—1945）：英国诗人、小说家、神学家和文学批评家。《巫术》（*Witchcraft*）是其神学著作。

一切存在的基石……女孩两声轻盈的、跳舞一般的脚步,对于所有教师而言是试图表达……而老人两声十分轻微的脚步则酷似来自地狱的演讲。诸如此类。

想象对这样一种存在或意义的回应是一种敬畏的激情。这种敬畏可能十分强烈,具有各种声调,从愉快的惊异到惊慌失措的恐惧。一种神圣的存在可能魅力十足,也可能令人厌恶——一只天鹅或一只章鱼——美丽或丑陋——一个牙齿落光的丑老太婆或一个漂亮的小孩——善良或邪恶——一个贝亚特丽丝[1]或无情的妖女[2]——是历史事实或虚构小说——路边邂逅的人或在故事或梦境中遭遇的影像——它可能是高贵的,也可能是客厅中说不出口的某个东西,更可能是它在某一条件下喜爱之物,但这条件是绝对的,便是它一定得引起敬畏之情。"初级想象"的疆域中没有自由、时间感或幽默。是否有回应是下意识的,它关涉心理学,而不是艺术。

一些神圣的存在对于所有想象而言似乎永远都是神圣的。例如,月亮、火、蛇,以及四种只能被定义为非存在的存在(being):黑暗、寂静、空无、死亡。有些事物,例如帝王,只在一种特定的文化中才是神圣的;有一些只有对于一个社会群体的成员而言才是神圣的——拉丁语之于人文主义者——有些只有对于个别的想象才是神圣的。我们中有许多人拥有神圣的景色,他们具有诸多相同之处,但是几乎可以肯定总有一些细节对各人而言是独特的。一种想

1. 贝亚特丽丝:但丁《神曲》中的女主人公。但丁的恋人,引导但丁游历了天堂。
2. 济慈在抒情诗《无情的妖女》(La Belle Dame sans Merci)中刻画的女主人公。

象可以获得新的神圣存在，而旧的神圣存在将蜕变为世俗事物。神圣存在可以借由社会传播获得却不能自觉获得。我们不能通过接受教育而辨识神圣的存在，而必须改变信仰。也许，一般说来，随着岁月变迁，神圣事件将变得比神圣存在更为重要。

一种神圣的存在也可以成为欲望的对象，但是想象不会欲求于它。一种欲望可能成为神圣的存在，但是想象是不带欲望的。在神圣事物面前，想象是毫无私欲的；没有神圣事物时，想象就成为了特定种类的世俗事物，"上帝的一切造物中最无诗意的"。一种神圣的存在也会要求被爱恋或顺从，会进行奖赏或惩罚，然而与想象无关。对于想象而言，一种神圣的存在是自足的，就像亚里士多德的上帝可以无需友伴。

"次级想象"（Secondary Imagination）具有另一种特点，处于另一种精神层面。它是主动的，而不是被动的，其范畴不是神圣和世俗，而是美或丑。我们的梦境充满神圣的存在和事件——事实上，梦里并不包含其他事物，只是我们无法在梦中对美和丑做出区分——于我而言大致如此，尽管我可能是错误的。美和丑有关"形式"而不是"存在"。"初级想象"只辨识一种存在，即神圣的存在，但是"次级想象"同时辨识美和丑的形式。对于"初级想象"而言，一种美的形式一如其应当存在的样子，一种丑的形式一如其不应存在的样子。观察美的事物，会产生满足的感觉、愉悦，不存在冲突；观察丑陋的事物，感觉是相反的。它对美的事物并不产生欲望，而丑的形式在其中会产生一种欲望，即丑陋需要被纠正，变得美丽。它并不崇拜美的事物；它赞赏美的事物，并且能够为这种赞赏给出理由。

我们可以说，"次级想象"拥有一种布尔乔亚的本性。它赞赏法则和秩序中的规律性、空间的对称和时间的重复；它反对模糊未定、不相干和混乱。

最后一点，"次级想象"是社会的，渴望与其他心灵之间取得一致。如果我认为一种形式是美的，而你认为是丑的，我们会不由自主地认定其中一人是错的，然而当我认为某一种事物是神圣的，而你认为是世俗的，我们中的任何一人都不会梦想争论这个问题。

这两种想象类型对于心灵健康而言都是必要的。如果缺少了神圣敬畏的激励，其美的形式会迅速变得陈腐，其节奏就会变得机械。如果缺失了"次级想象"的活跃，"初级想象"的钝化将毁灭心灵；其神圣的存在迟早将捕获心灵，它将会把自身视为神圣的，将外在世界视为世俗的，将其排除，于是变得疯狂。

对于特定的人而言，当由神圣存在或事件激发的消极敬畏被转变为企图以一种膜拜或崇敬的形式表达敬畏，并成为一种得体的崇敬，这种仪式必须是美的，于是便有了创造艺术作品的冲动。这种仪式不具有神奇的或偶像崇拜的意图；并不期望从中获得回报。在基督教的意义上，它也不是一种献身行为。如果它赞美造物者，它会通过间接赞美其创造物的方式——在这些造物中也许存在一些人类对于神性的观念。在我看来，这与上帝是救世主这点关系并不大。

在诗歌中，这种仪式在词语层面进行。它通过命名而致以敬意。我猜想，心灵会倾向于诗歌这一媒介可能源于错误。让我们假设,一个保姆对孩子说:"看月亮!"小孩看着月亮,对他而言,这是一次神圣的相遇。在他的心灵中,"月亮"这个词不是一个神圣对象的名字,而是其最重要的财富之一,因而是神圣的。当然,他不可能产生诗歌写作的观念,除非他意识到名字与事物之间并非一致,不可能存在一种清晰易懂的神圣语言,但是当他发现了语言的社会属性,他会把"命名"视为其重要用途之一,假如他之前尚未做出过这种错误的辨识。

我猜测,纯诗,法语意义上的"纯诗"[1]无论在什么情形下都是一种抽象形式中的自我神圣的庆典,并拒绝所有世俗指涉——一种"圣哉,圣哉,圣哉"[2]。如果它可以被写下来,虽然这很可疑,那么,它未必是最好的诗。

一首诗是一个仪式;因此,产生了其形式和仪式特征。它对语言的运用谨慎而醒目,有别于说话。甚至当它使用谈话的措辞和节奏,也是将它们用作深思熟虑的随意形式,并以一个一个它会与之形成反差的标准为前提。

仪式的形式必须是美的,展示出其形式的例如平衡、自足、适度。正是在这最后一种适度感中,我们的大多数美学争论产生出来,而且必然会产生,每当我们那些神圣的世界和世俗的世界分道扬镳。

---

1. 原文为法语。
2. 一种基督教赞美诗以"圣哉,圣哉,圣哉"(sanctus, sanctus, sanctus)起首,被称为"圣三颂"。

在守财奴的眼中,一个基尼[1]远比太阳要美,一只因装钱而磨损的口袋远比一株果实累累的葡萄树拥有更多美的成分。

需要注意的是,布莱克并未指责守财奴缺少想象力。

一件世俗事物的价值存在于实际用途中,一件神圣事物的价值存在于他的"本性"中:一件神圣事物也会拥有功能,但是它这个功能并非必须。因此,一个世俗存在的恰当名字是精确描述其功能的一个词或一些词——史密斯先生、威弗尔先生[2]。一个神圣存在的恰当名字是得体地表达他的重要性的一个词或一些词——雷电之子,希望之神。

艺术风格的重大变化总是反映出社会想象中神圣事物与世俗事物之间的边界的转移。因此,以建筑为例,一位十七世纪的君主与一名现代官员具有相同的功能——他必须进行管理。但是在设计其宫殿时,一位巴罗克建筑师与一位设计政府大楼的现代建筑师目标不尽相同,前者并不是要让君王可以尽可能轻松而高效地管理国家;他努力创造一个适合上帝在人间的代表居住的家;当他考虑君主在其中会做的事时,他想到的是君主的仪式行为而不是日常行为。

即使在今天,很少人会感到按照功能进行装修的客厅是美的,因为,对于我们大部分人而言,客厅不仅仅是用来坐坐,它也是用以

---

1. 基尼(guinea):英国 1663 年发行的金币,等于 21 先令,1813 年停止流通。
2. 史密斯先生(Mr. Smith)、威弗尔先生(Mr. Weaver):在英语中这两个名字分别具有另一种含义:铁匠先生、织工先生。

摆放父亲座椅的圣殿。

由于语言的社会属性，一名诗人才能够将任何一个神圣的存在或事件与其他的神圣存在或事件联系在一起。这种联系可能是和谐的、反讽的对比或悲剧性的矛盾，如伟人或心爱的人，同死亡的关系；他可以将它们与心灵所关心的其他之事联系在一起：欲望、理性和良心的渴求，他也能够使它们与世俗事物产生接触或对比。而且，结果可以是令人愉悦的、反讽的、悲剧性的，以及在世俗事物的关系中是滑稽的。例如，有多少诗是写下面三个主题之一的：

> 这曾是神圣的，但如今是世俗的。天啊，感谢上帝！
>
> 这是神圣的，但应当如此？
>
> 这是神圣的，但如此重要？

不过，正是在诗人想象力的神圣邂逅中，他写诗的冲动产生出来。由于语言的存在，他不必直接命名这一番番邂逅，除非他希望如此；他可以用另一个事物描述一个事物，将私密而非理性的、在社会上不能被接受的事物翻译成理性和社会可以接受的事物。有些诗直接"关于"它们所写的神圣事物；另一些则不是，在那种情形中，没有读者可以说出什么是让这首诗产生冲动的最初际遇。很有可能连诗人自己也说不清。他写下的每一首诗涉及他的整个过去。例如，每一首情诗中都充满过往爱人的纪念物，其中一些甚至可能是十分特殊的物件。眼前的优雅女人位列那些前任女友中，可能会把自己设想为是独树一帜的。但是，那意外的相遇无论本身就显得新奇，还是由来自过去的回忆才被更新，一名诗人在能够写下一首真正的诗之前必须承受。

无论实际内容或外在趣味是什么，每一首诗都必须扎根于富有想象力的敬畏之中。诗歌可以做很多事，使人欢愉、令人忧伤、扰乱秩序、娱乐、教诲——它可以表达情感的每一种可能的细微差别，描述每一种可以想象的事件，但所有的诗歌必须做的只有一件事：诗歌必须尽其所能赞美存在和发生的一切。

贞女与发电机[1]

这里有一个正方形物体。还有一个长方形物体。玩耍者们拿起正方形，将它放在长方形的上面。他们放置得十分精确。他们创造了一个完美的栖身之所。如今构架已清晰可见。那些锥形的东西在此已得到说明。我们并非如此各不相同，并非如此平庸。我们已经制造出一些长方形，并将他们树立在正方形上面。我们成功了。这是我们的慰藉。[2]

弗吉尼亚·伍尔夫

❖

两个真实世界

1）**发电机的自然世界**，数量（masses）、同等关系和周期性事件的世界，不能用言辞而只能用数字，或者更恰当地说，用代数来描述。在这个世界中，**自由**是关于**必然性**的意识，正义是自然法前一切事物的平等。（艰难的案例产生恶劣的法律。）

2）**贞女的历史世界**，面容（faces）、类比关系和单一事件的世界，只能用话语来描述。在这个**世界**中，必然性是关于自由的意识，正义是对我的邻人的爱，将邻人视为独一无二、不可替代的存在。（为驴牛而立的法律是压迫。）

一切人类经验是属于神志清醒之人的，人总是先认识到有**贞女**的世界存在，再认识到有**发电机的世界**存在，在后一个世界中，事件自行发生，不为人的艺术所左右。**自由**是一种关于意识的即时数据；**必然性**则不是。

两个空想世界

1）充满魔力的多神教特性由美学幻象所创造，美学幻象会将数量的世界视为面容的世界。美学宗教向**发电机**祈祷。

2）机械化的历史由科学幻象所创造，科学幻象会将面容的世界视为数量的世界。科学宗教将**贞女**视为一个统计数据。"科学的"政治是一种颠倒的万物有灵论。

缺少**艺术**，我们将无法获得关于**自由**的观念；缺少**科学**，我们将无法获得关于**平等**的观念；两者缺一，我们将无法获得关于正义的观念。

缺少**艺术**，我们将无法获得关于神圣事物的观念；缺少**科学**，我们将总是膜拜错误的神。

本性使然，我们往往会赋予任何想象中为我们的生活和行为负

---

1. 本文题目借用自亨利·亚当斯（Henry Adams）自传《亨利·亚当斯的教育》第25章"发电机与贞女"。此处的 Virgin 特指"圣母马利亚"。亨利·亚当斯观看了1900年的巴黎博览会，对发电机大厅印象深刻，遂写下长诗《向沙特尔教堂贞女祈祷》（*Prayer to the Virgin of Chartres*），其中一个章节为《向发电机祈祷》。

2. 这段文字出自弗吉尼亚·伍尔夫小说《海浪》。"他们创造了一个完美的栖身之所"这句后面，奥登漏引一句："没有什么东西被留在外面。"（Very little is left outside. ）

责的力量以面容；反之亦然，我们往往会剥夺那些我们认为任由我们的意志摆布的人的面容。在这两种情形中，我们都试图逃脱责任。在第一种情形中，我们希望说道："我做这些的时候难以自禁；另有一个人，比'我'更为强大，是他让我这样做"——在第二种情形中："对于 N，我可以做我喜欢做的任何事情，因为 N 只是个东西，一个缺少自身意志的未知数。"

自然界的异教神没有真正的面容而只有面具，因为真实的面容表达对于自身的责任，而按照定义，异教神是不负责任的。为自然赋予一幅真实的面容是可允许的，甚至是恰当的，例如，赋予其圣母马利亚的面容，因为这么一来，我们可以让自然提醒我们对于她的义务，但是我们只有将异教面具从她面部移除，将她视为一个数量的世界，明白她对我们没有任何责任之后，才能这样做。

反之亦然，圣徒在他与别人的关系中可以运用任何代数概念，表达如下事实：他的邻人并不是他个人喜欢的，而是任何正好需要他的人；然而他只有因为精神上达到不会将任何人视为一个无面容的数字，才可以这样做。

亨利·亚当斯认为维纳斯和沙特尔教堂的贞女是同一类人。其实，维纳斯是伪装的发电机，一个代表非人的自然力量的象征，亚当斯的乡愁使他爱沙特尔胜过芝加哥，这不过是一种唯美主义；他认为伪装的事物比现实更漂亮，然而他崇拜的是发电机，不是贞女。

复数单元（Pluralities）

任何世界都由多个客体和事件组成。复数单元有三种类型：群体、社群和共同体。

1）群体（Crowd）

群体的成员多于一人，他们之间只有算数的关系；他们只能被计数。一个群体既不热爱自己，也不热爱相异于自己的其他事物；它的存在是空想的。关于群体，我们可以说，要么它并非真实存在而只是表面上存在，要么它不应该存在。

2）社群（Society）

一个社群由一定的或适宜数量的成员组成，通过一种特定方式联合成一个整体，它拥有特征鲜明的行为方式，并且相异于其成员在孤立状态中的行为方式。只有当成员们在场并且恰当地联系在一起，一个社群才能存在；增加或减少一个成员，改变他们的关系，一个社群要么停止存在，要么会转变为另一个社群。一个社群是一个热爱自身的体系；相对于社群这种对自身的热爱，成员对自己的爱完全处于从属地位。关于一个社群，我们可以说，它多少总足以维持自身的存在。

3）共同体（Community）

一个共同体由 n 个联合在一起的成员组成，用圣奥古斯丁的定义来说，它是由一种对于事物的共同的爱而不是成员对于自己的爱所维系的。它像一个群体，但不像一个社团，增加或减少一个成员不会改变共同体的特征。它既不像一个群体一样偶然存在，也不像一个社团一样实际存在，它是潜在的，所以就有可能构想一个共同体，其成员的当前数目 n = 1。在一个共同体中，所有的成员都是自由且平等的。假如在一个十人的团体中，九个人偏爱牛肉胜于羊肉，一个人偏爱羊肉胜于牛肉，包含一个异见成员的时候，共同体不再是单一的；存在两个共同体，一个大的，一个小的。为了获得实际的存在，共同体必须在一个或多个社群中变得具体化，社群能够表达共同体的爱，这种爱是共同体的"存在之理由"[1]。例如，一个音乐爱好者的共同体不能仅仅坐在一起热爱音乐犹如热爱任何事物，而必须使自身形成社群，例如合唱团、管弦乐队、弦乐四重奏乐团等，并演奏音乐。共同体在社团中获得的具体形式是一种秩序。关于一个共同体，我们可以说，它的爱或多或少是有益的。这样一种爱以选择为先决条件，所以，在发电机的自然世界中，共同体无法存在，只存在作为自然总体系统的附属成分的社群，这些社群在其中自得其乐。共同体只能存在于贞女的历史世界中，但它们不必然存在于那里。

当竞争性的共同体在同一个社群中为其具体存在而竞争，就会造成不自由和无序。在社群使一个群体具体存在的空想情形中，将会存在一种彻底的不自由和无序状态；传统上，我们把这种状态称为"地狱"。共同体借助一种完美的秩序由最美好的爱联合起来，并在最自给自足的社群中得以具体实现，这种完美的秩序是可以用"某某法则"来指称的，犹如科学描述自然，但描述却无关宏旨，贴切

---

1. 原文为法语。

的描述是这样的:"这里,爱是律法的实现"或"在上帝的意志中存在着我们的和平";传统上,我们把这种理想秩序称为"天堂"。在历史存在中,没有任何爱是完美的,没有任何社群是不朽的,没有任何一个事物的化身是明确的,接近于理想的义务只有在"你应当"(Thou shalt)[1]这个命令中才能够被感受到。

作为充满张力的联合体,人以四种存在方式生存:灵魂、肉体、智力和精神。

作为灵魂与肉体,人是一个个体,作为智力与精神,人是社会的一员。假如人只是灵魂与肉体,他与别人之间只有数字关系,一首诗只有作者才能领会;假如人只有智力和精神,他只能作为体系中的人而集体地存在,一首诗歌将不再关涉任何事物。

作为肉体与智力,人是自然的造物,作为灵魂与精神,人是一个历史存在。假如人只有肉体和智力,他的存在只是永恒轮回的一部分,只有一首好诗能够存在;假如人只有灵魂和精神,他的存在将只是永恒新奇的一部分,每一首新诗将取代以前的诗,或者一首诗在写下之前就已被取代。

人的意识是一个充满张力的联合体,有三种认识方式:

1) 对于自我的意识,自给自足,拥抱在体验的联合体中意

1.《圣经》中多处出现这一用语。比如:"你应当全心、全灵、全力、全意爱上主,你的神,并爱邻人如你自己。"(《路加福音》10:27)

识到的一切。这种方式是非教条的，无关道德的以及被动的。它的善是对存在的愉悦，它的恶是对非存在的恐惧。

2）关于超越的意识，关于自我犹如旁观者面对自身和外部世界站在一旁。这种方式是教条的、无关道德的、客观的。它的善是对于真实关系的知觉，它的恶是对偶然或错误关系的恐惧。

3）自我关于自身的意识，与自身进行斗争，渴望转变自身，实现其潜能。这种方式是道德的且主动的；它的善不在场却被提出供讨论，它的恶是在场的现实。

假如第一种方式是绝对的，人将栖居于一个充满魔力的世界，在这个世界中，关于客体的影像、世界唤起的情感和指称世界的词语都是一致的，过去与将来、生者与死者都联合在一起。在这样一个世界中，语言只由专名构成，这些专名与词典上的意义不一样，而具有神圣的音节，魔法师将取代诗人，其任务是发现与说出真正有效的符咒，它可以迫使不存在的事物进入存在。

假如第二种方式是绝对的，人将栖居于一个由普遍特质构成纯粹体系的世界。语言将成为代数，只有一首诗才可能存在，这首诗绝对地平庸，表达着这个体系。

假如第三种方式是绝对的，人将栖居于完全任意的世界，一个属于小丑和演员的世界。语言中，词与物的关系将不复存在，爱（love）将与冷漠（indifference）协韵，所有的诗歌都会变成胡诌诗（nonsense poetry）。

有了第一种意识的模式，每一首好诗都是独一无二的；有了第二种模式，一名诗人在一首公共的诗中将自己的私人经验得到具体表达，这首公共的诗可以被他人通过自己的私人经验所理解；有了第三种模式，诗人和读者都渴望这得以实现。

科学家的素材总是一个自然事件的群体；他假定这个群体并非真实却显而易见，试图在自然体系中发现事件的真切位置。诗人的素材是一个历史时刻的群体，这些历史时刻有关于从过去回忆得来的情感，他假定这个群体是真实的，却又不应该真实，他试图将它转变为共同体。科学和艺术在根本上都是有精神层面的活动，无论何种实际用途都可能起源于它们的结果。无序、意义的缺失是精神上的而不是身体上的不适，秩序和意义是精神上的而不是身体上的满足。

我相信，对于任何诗人，当他正在写一首诗，不可能极其精确地观察正在进行的事物，不可能确切无疑地解释有多少最终结果可以归因于他无法掌控的潜意识活动，又有多少可以归因于自觉的技巧。我们能够确切无疑地说出的只有反面。一首诗在诗人的头脑中构造出来并不像孩子在母亲的子宫中那样成长；诗人的某种程度的自觉参与是必要的，并且总是需要用到**某种**技艺的因素。而且，写诗并不像木工，仅仅是一门手艺；木匠可以根据特定的说明书决定如何制作一张桌子，还未开工，他就已经知晓结果将与预期的毫无差别，但是在写下一首诗以前，没有人能够预测这首诗会变成什

么样子。诗歌中的技艺因素被一个事实所掩盖，即所有人都可以被
教会说话，一大部分人可以被教会阅读和书写，而只有很少人能被
教会写作、画画或谱曲。然而，除了受到的日常语言训练，诗人还需
要训练如何诗意地运用语言。甚至是那些竭尽全力强调缪斯的重
要性以及自觉谋划之徒劳的诗人也必须承认，假如一生中从未读过
诗歌，他们依靠自己就写出什么是不可能的。我在下文中提到的诗
人，应同时拥有他的缪斯和他的智力、潜意识和意识活动。

一首诗的素材由一个回忆起来的情感境遇的群体所组成，其中
最重要的是与神圣存在或事件的邂逅。诗人试图将这个群体转变
为共同体，并使共同体在一个词语的社群中得以具体表现。这样一
个社群，就像任何一个自然状态的社群，都有自身的规则；其韵律和
句法的规则都类似于物理和化学定律。每一首诗必须假定——有
时候是错误地——语言的历史走到了终点。

其实，我们应该说一首诗是一个自然有机体，而不是一个无机
物。例如，它是富于节奏的。节奏在时间上的反复不像音乐符号表
示的那样，从来是不一致的。节奏之于时间，犹如对称之于空间。
从一定的距离来看，人脸上的五官似乎是对称分布的，所以一张脸
上一个鼻子有一英尺长或左眼距离鼻子有两英寸远，就会显得十分
可怕。可是，凑近地看，准确的对称就消失了；每一张脸上五官的尺
寸和位置都具有轻微差异，事实上，假如一张脸拥有数学般的完美
对称，它看起来将不像一张脸，而像一张无生命的面具。节奏也是

如此。我们可以说，一首诗是用抑扬格五音步写成的，但是假如每一行的每一个音步都是相同的，这首诗听起来将不堪忍受。我有时候会倾向于认为，许多现代诗人及其读者厌恶格律诗，也许是因为他们将规律性的重复和形式上的限制与现代生活中一切最枯燥、最死气沉沉的东西联系在了一起：路钻、时钟准时的敲打、官僚主义规章。

据说，一首诗不应该表达意义，而只要本真地存在即可。这个说法并不十分准确。在一首诗中，区别于很多其他不同种类的词语社群，意义和存在是同一的。一首诗可以被称为一个虚拟的人。就像一个人，它是独一无二的，亲自向读者开口说话。而且，就像一个自然存在而不是一个历史的人，它不会撒谎。我们会说话，频繁地误解一首诗的意义或价值，但是引起我们误解的原因存在于我们的无知和自欺之中，而不在诗歌本身中。

诗歌终极秩序的本性是由回忆起来的情感境遇和词语体系之间的辩证搏斗塑造的。作为一个社群，词语体系对于试图表现它的境遇极具强迫性；那些它无法真实表现的境遇就被排除出去。作为一个潜在的共同体，如果境遇认为某一体系不公正，便会消极地抵制它试图表现它们的一切要求；它们拒绝一切不公正的过分要求。作为群体的成员，每一个境遇与其他境遇相互竞争，要求融入，要求一个它们并非理应获得的优势地位，每一个词语要求体系根据它的情况做出修正，为它且只为它开设特例。

在一首成功的诗中,社团与共同体是同一种秩序,而体系会钟情于自己,因为它具体表达的情感都是同一个共同体的成员,它们相互热爱,并热爱着体系。一首诗可能以两种方式失败:它排除得太多(平庸),或企图同时体现一个以上的共同体(无序)。

在写诗的时候,诗人可以用两种方式工作。开始于一个直观的想法,这想法有关于他渴望使其成形的乌托邦类型,然后,他会回溯去探究一个能够最公正地表现那个想法的体系,或者开始于一个特定的体系,然后,他会向前推进探究能够最恰当地表现体系的共同体。在实践中,他几乎是同时在两个方向上进行工作,一边修正他在体系的直接启示下所构想出来的共同体的终极属性,一边修正体系,从而对他关于共同体的未来要求的不断增长的直觉做出回应。

不能完全任意地选择一个体系,我们也不能说,任何被给定的体系都是完全必要的。诗人搜寻着将义务加之于情感之上的体系。"应该"(ought)总是暗示着"能够"(can),于是,一个不能满足其要求的体系就应该被舍弃。但是,当体系对其有所要求的情感存在问题:放任懈怠、自私自利,诗人就必须小心不该去指责体系的不公正。

每一位诗人,有意或无意地,总会持有一些纯粹的假设,当作艺术的教条:

　　1)存在着一个历史世界,这个世界中充满着独一无二的人和事,这些人和事彼此相似,但并不完全相同。这些事件和相似关系可能无限繁多。这样一个世界的存在是一种善，并且每一个额外的事件、人和关系是一种额外的善。

2）这个历史世界是一个堕落的世界，即，尽管它的存在本身是善，但是其存在方式却是恶，充满了不自由和无序。

3）这个历史世界是可以救赎的世界。过去的不自由和无序在将来会获得调解。

从第一个假设可以得出推论，诗人写诗这一行为可以与上帝按照自己形象造人这一行为进行类比。如果诗人能够像上帝一样"从虚无中"[1]进行创造，这便是一种模仿，但它不是；相反，诗人需要一些预先存在的情感境遇和借以创作的语言。诗人并非必须按照自然的法则进行创作，而可以自愿地根据激发灵感的事物进行创作，可比性就在于此。

诗人只有在迫不得已时才需要写作，严格而言，这个说法并不准确；确切地说，我们只能认为，除非他有能力写出一首诗，不然就不应该动笔。这个说法在实践层面听上去才合理，只有对于那些有能力写作并在能够写作的时刻才动笔的人，其动机才真正是强迫的。

对于那些表示出写诗愿望却又明明显出无能为力的人，情形经常是这样的，他们的心愿并不是为了创作，而是获得自我的永存，他们拒绝接受自己必死的命运，就像那些关爱孩子的父母，并非将孩

_____

1. 原文为拉丁语。

子视为与自身相似的新的生命个体，而是试图在时间中延长他们自己的存在。纳喀索斯[1]的神话故事表达的就是这种以"相同"取代"相似"之后的贫乏。有时候，诗人谈到想要借助自己的诗作获得不朽，他真实的想法其实不是希望像浮士德一样永远地活着，而是希望借助诗歌死后重生。在诗歌中，就像在其他方面，有一条规律坚不可摧，即越是想要拯救自己的生命，越是会失去它；除非诗人彻底牺牲自己的情感，将它们献给诗歌，这些情感不再是他自己的，而属于诗歌，否则便会失败。

从第二个假设可以得出推论，一首诗是一个对于人关于恶以及善的认知的见证者。对必须提供的证据进行道德判断，这不是见证者的职责，但是他的证据必须面目清晰、准确无误；见证者会感到愧疚的唯一罪行是提供伪证。我们说诗歌超越善恶，仅仅意味着一名诗人无从改变他感受到的事实，就像父母在自然的律令中无从改变他们遗传给孩子的身体特征。善恶判断仅仅适用于意志的主观运动。在既定处境中作为主观意愿产物的情感以及在相同处境中对外部因素的反应都是被给定的，我们只可以说它们是恰如其分的或并不恰当的。然而，对于回忆起来的情感，我们不能说它是恰如其分的或并不恰当的，因为引起它产生的历史处境已不复存在。

因此，每一首诗都是表现类似于天堂状态的一次尝试，在天堂状态中，自由与律法、体系与秩序和谐地结合在一起。每一首好诗

---

1. 纳喀索斯（Narcissus）：古希腊神话中美少年，河神刻斐索斯与水泽女神利里俄珀之子，因拒绝仙女厄科（Echo）的求爱而受处罚，复仇女神让他爱上自己在水中的倒影。最终他抑郁而死，死后化为水仙花，因此成为"自恋者"的代名词。

几乎都是一个乌托邦。再说一次，这是类比，而不是模仿；和谐仅仅属于可能，并只在词语层面得以体现。

从第三个假设可以得出推论，在一种相互的礼仪秩序中，矛盾情感之间取得和解的成功或失败决定着一首诗的美与丑。每一首优美的诗都表达了一种相似于罪恶之宽恕的状态；这是一种类比，而不是一种模仿，因为罪恶的观念并未得到忏悔和宽恕，而是诗人交付于诗歌的矛盾情感得以和解。

通过类比，造物的善、进入不自由和无序的历史的堕落、通过忏悔和宽恕重返天堂的可能性都被意识到了，在这个意义上，美的效果是善。当美并非类比于善，而等同于善，在这个意义上，美的效果是恶。艺术家就认为自己是上帝或被人认为是上帝，美的愉悦被视为天堂的欢乐，并由此得出结论，艺术作品中一切是完美的，就意味着历史中的一切也是完美的。然而世界从未完美。

诗人与城市

……让我们承认，成为一切也只是成为其中某一个事物，
或者，让我们从这种疑问中受益……

威廉·燕卜荪[1]

❖

关于真诚生活这一主题的文字，很少或者是根本没有什么值得记住。无论《新约》还是《穷人理查德》[2]都并未说出我们的境况。从文学来看，我们决不会认为这个问题曾扰乱过一个独处个体的沉思。

H. D. 梭罗

令人惊异的是，那么多年轻人，无论男女，当被问及这一生想做什么的时候，他们既不会给出一个理智的答案，例如，"我想成为律师、旅店老板、农场主"，也不会给出一个浪漫的答案，例如，"我想成为探险家、赛车手、传教士、美国总统"。相当多的一批人会说，"我想成为作家"，他们所谓的写作指的是"创造性"写作。即使他们说"我想成为记者"，他们也有一种幻觉，以为他们以此为职业能够进行创作；即使他们真实的想法是试图赚钱，他们也会选择一些报酬丰厚然而略微带点文学性的职业，比如广告业。

在这些想要成为作家的人中，大多数并没有受人瞩目的文学天

赋。这一点本身没什么令人惊讶之处；任何职业上的显著天赋都并非司空见惯。让人惊奇的是，在那些在职业上并不具备任何显著天赋的人中，竟然有这么高比例的人会将写作作为答案。我们可能会指望，他们之中的一些人会设想他们具备医学或工程学等方面的天赋，但情况并非如此。在我们的时代，如果一个年轻人毫无天赋，他很可能会梦想去写作。（当然，一些毫无表演天赋的人会梦想成为影星，但是至少十分迷人的脸蛋和身材是与生俱来的。）

　　希腊人在接纳奴隶制并且为之辩护时，比我们更为冷酷无情，然而也比我们更为清醒；他们知道这种状态中的劳动是奴役，没有人由于成为劳动者而感到自豪。有人可能会由于成为工作者（worker）[3] 而骄傲——换言之，工作者就是制造持久存在的物的人，但是，在我们的社会里，制造过程已经合理化为对速度、经济和数量的追求，于是，单个工厂雇员所扮演的角色已变得过于渺小，因而工作对于他而言已丧失意义。实际上，所有的工作者已蜕化为劳动者。无法以这种方式被合理化的艺术——艺术家仍然对自己创造的作品保持责任——会使一些没有显著天赋的人着迷，这是非常

---

1. 威廉・燕卜荪（William Empson，1906—1984）：英国诗人、评论家。生于约克郡，成名作诗歌理论著作《朦胧的七种类型》为新批评派经典。1937 年至 1939 年，先后在北京大学西语系和昆明西南联合大学任教授，讲授英国文学。在这期间，燕卜荪开始写作后来成为他最伟大著作的论文集《复杂词的结构》，他讲授的英国现代诗歌对中国二十世纪四十年代现代主义诗歌的兴起影响巨大。

2. 即本杰明・富兰克林的作品《穷人理查德历书》（*Poor Richard's Almanac*）。

3. 这里并未译成"工人"，原因是奥登对劳动者/劳役者（laborer）和工作者（worker）的区分。这里有汉娜・阿伦特"劳动/工作/行动"三分法的影响。

自然的,因为,他们极有理由担心自己终其一生面对的将是徒劳无益的劳动。这种着迷与艺术的天性无关,而与艺术家工作的方式有关;在我们的时代,艺术家是自己的主人,这一点无人可与之相比。成为自己的主人这个观念吸引着大多数人,这很容易使人想入非非,以为艺术家的创造能力是人人皆有的,只要尽力而为,几乎所有人只须作为人,而无须凭借某种特殊天赋就可以创作。

人由于无须拼命谋生而感到自豪,并由于被迫忙于生计而感到羞耻,这个时代刚刚过去。但是如今,有谁即使事实上他无须工作也衣食无忧,在申请护照时还敢将自己描述为"绅士"? 如今,"你是做什么的"这个问题其实就是:"你如何谋生?"在我的护照上,我被描述成"作家";当我与官方打交道,这并未让我尴尬,因为移民局和海关官员知道某些类型的作家收入颇丰。但是,假如一个火车上的陌生人问起我的职业,我从不会以"作家"作答,因为我害怕他会继续问我写的是什么。一旦我回答自己写的是"诗歌",这将会使我们两个人陷入难堪的境地,因为我们都清楚没有人可以仅仅通过写诗谋生。(我发现,最令人满意的答案是"中世纪史学家",因为这个答案会消除其好奇心。)

有些作家,甚至有些诗人,变成了人尽皆知的公众人物,然而他们就作家这一职业本身而论并没有社会地位,这不像医生或者律师,不论闻名于世或默默无闻,都拥有地位。

这里有两个原因。首先,所谓的艺术已失去了曾一度拥有的社会效用。自从印刷术被发明、读写能力得以广泛传播，诗歌不再具有作为记忆术（mnemonic）的价值功用，不再是一种将知识和文化薪火相传的手段。自从摄像机被发明以来，就不再需要制图员和画家提供视觉记录；结果，制图与绘画成为了"纯"艺术，即毫无必要的活动。其次，在一个由劳动价值所统治的社会里（这种价值对资本主义美国的统治可能比共产主义苏联更严重），毫无必要的活动——大多数早期文化并不作如是观——不再被视为神圣，因为，对于作为劳动者的人而言，闲暇并不神圣，而只是劳动过程中的暂时休息，这段时间用来放松或享受消费的愉悦。对于这样一个社会，每当想到毫无必要的活动，就会对它产生怀疑——艺术家从不劳动，因此，他们是寄生于社会的游手好闲者——或者，至多把它视为无关紧要之事——写诗或是画画是一种无害的个人癖好。

对纯粹毫无必要的艺术、诗歌、绘画和音乐所取得的成就，我相信，我们的世纪已不必感到羞愧，而在制造诸如飞机、水坝、医疗器械等纯粹实用的、功能性的物品方面，我们的世纪超越了以前任何一个时代。但是，无论何时，当它试图将毫无必要的活动和实用的活动结合起来，从而制造出某些既实用又美观的东西时，我们的世纪就彻底失败了。以前没有任何一个时代曾制造出像普通的现代汽车、灯罩或建筑这样面目可憎的东西，无论是家用的还是公共的，无一例外。还有什么能比现代办公大楼更让人感到恐怖？这些大楼似乎在对工作于其中的白领奴隶们说："对于这个时代的劳动而言，人类的身体过于复杂，这没有必要；如果这个身体简单一点，你的工作将做得更顺利,你将更愉快。"

在当今的富有国家里,由于人均收入居高,房子逼仄,而且家庭用人短缺,有一门艺术我们可能超越了一切存在过的其他社会,那就是烹饪艺术。(这是那种作为劳动者的人视为神圣的艺术。)假如世界人口以目前的速度继续增长,这种文化上的荣耀将转瞬即逝,很有可能未来的历史学家们将带着乡愁回顾 1950 年至 1975 年间的岁月,将它视为"烹饪的黄金时代"。很难想象一种"高级烹饪"(haute cuisine)是以海藻和经过化学处理的草叶为材料的。

诗人、画家或者音乐家必须接受一个事实,即艺术中毫无必要的东西和实用的东西之间的分离,如果他与之对抗,将很容易误入歧途。

托尔斯泰在写作《艺术是什么?》时,假如他对这个毫无异议:"一旦毫无必要的东西和实用的东西彼此分离,艺术将不可能存在",人们可能并不会同意他,却很难驳斥他。然而托尔斯泰不会这么说,假如莎士比亚和他自己都不是艺术家,就没有现代艺术了。相反,他试图说服自己,仅仅是实用性,也许是精神上的实用性,但依然是一种带有实际回报的实用性就足以产生艺术,这个说法就会令他变得不真诚,从而让他赞美在审美上不屑一顾的作品。"介入的艺术"(l'art engagé),以及艺术作为宣传的观念,都是上述异端观点的延伸,当诗人陷入其中,其原因恐怕更多的是其虚荣,而不是社会良知;他们在怀念过去,那时,诗人拥有举世闻名的地位。还有一种相反的异端观点,它为毫无必要的东西赋予一种属于自身的具有魔力的实用性,那么,诗人就开始把自己想象成上帝,从虚空中创造出一个主观的世界,对于他而言,可见的物质世界就是虚空。马拉美计划写出关于新的世界性宗教的神圣之书,里尔克认为"歌唱即生命"[1],他们是这种异端观点的首领。他们都是天才,人们可能敬慕他们,也必然敬慕他们,然而,人们对他们作品的最终印象都是某种虚假的、不真实的东西。正如艾瑞克·海勒[2]这样评价里尔克:

> 在伟大的欧洲诗歌传统中,情感并不阐释世界;它们只是对经过阐释的世界做出回应;在里尔克的成熟诗作中,情感会阐释世界,然后对自己的阐释做出回应。

在一切社会中,教育设施局限于一个特定社会认为重要的那些活动和行为习惯。像在中世纪时期威尔士文化中,诗人在社会上具有重要地位,一名未来的诗人就像我们文化中一名未来的牙医,接受系统训练,在达到很高的专业标准之后才能跻身诗人的行列。

在我们的文化当中,一名未来的诗人必须自我教育;他也许可以进入一流的中学和大学,但是,这样的地方只能偶然地而不能有计划地为他提供诗歌教育。这样的教育是有缺陷的;大量现代诗歌,甚至一些最好的现代诗歌,都表现出品位的捉摸不定、偏执和自

---

1. 原文为德语。
2. 艾瑞克·海勒(Erich Heller,1911—1990):英国文学批评家,以研究十九世纪和二十世纪德语哲学、文学著称。

我主义,这些正是自我教育的人经常呈现出的特征。

对于成熟的艺术家而言,大都市可能是宜居之处,然而对未来的艺术家而言,除非父母极其贫困,否则都市就是他成长的危险之所;他过早地遭遇了太多最好的艺术。就像与一个比他大二十岁的聪慧而美丽的女人私通;多数情况下,他的命运将与"谢利"[1]一样。

我梦想着开一所"游吟诗人学院",它的课程设置如下:

1) 除了英语,至少要求有一门古代语言,可能是希腊语或希伯来语,还有两门现代语言。

2) 记诵以上述语言写成的数千行诗歌。

3) 图书馆里没有文学批评书籍,要求学生所进行的唯一批评练习是写讽刺诗。

4) 要求所有学生学习韵律学、修辞和比较语文学,每个学生必须在数学、自然史、地质学、天文学、考古学、神话学、礼拜仪式学和烹饪中选修三门课程。

5) 要求每个学生照看一只家养动物,并开垦一小块花园。

诗人不仅必须根据诗人的要求来教育自己,还必须考虑自己将

---

1. "谢利"(Chéri)是法国女作家科莱特(Colette,1873—1954)的小说《谢利》(Chéri,又译《亲爱的》)男主人公的名字,也是小说的名字。小说讲述富家青年谢利与中年贵妇蕾雅之间曲折的爱情故事。"谢利"在法语中的意思是"亲爱的、宝贝"。

来如何谋生。理想的状况是,他应该有一份工作,这份工作不以任何方式涉及文字处理。在过去,将要被训练成为拉比的孩子也会学习一些需要技能的手工行业,而且,假如父母知道他们的孩子将会成为诗人,那么,他们能做的最恰当的事情是让他早年就加入某种手工行业团体。不幸的是,除了极少数情况,他们并不能预先知道他会成为诗人,而且十有八九在孩子二十一岁的时候,这名未来的诗人胜任的唯一的非文字工作是无需技能的体力劳动。在谋生时,一般的诗人必须在译者、教师、文学记者或广告文案中选择一个职业,可是除了第一种,这些职业都会伤害他的诗歌,甚至翻译也不能让他从过于排外的文字生活中解脱出来。

比起过去,我们当前的"世界观"[1]中存在四个方面使得艺术道路变得更为困难。

1) 对物质世界永恒性的信仰已经丧失。假如在一个人面前,从未出现一个世界,这个世界充满永恒不变的事物,比如大地、海洋、天空、太阳、月亮、星辰等,并与短暂的人类生活形成对比,他便不会考虑成为一个艺术家,一个创造比其生命更为长久的事物的人的可能性。

物理学、地质学和生物学如今已经用另一种自然图景取代了这个永恒的宇宙,这个图景中的自然是这样一个过程,在其

----

1. 原文为德语。

中，一切当下的事物不再是过去的样子，也不再是将来的样子。如今，基督徒与无神论者一样，其思想中都存在末世论。假如现代艺术家缺少一个可参照的持久存在的模型，他就很难相信自己可以创造出持久存在的物；他会认为对完美的追求是浪费时间，从而比他的前辈们更禁不住放弃这种追寻，耽溺于速写与即兴创作。

2）对感觉现象的意义和真实性的信仰已经丧失。 自从路德[1]和笛卡儿以来，这种丧失越来越严重，路德拒绝承认主观信仰与客观行为之间存在任何可理解的关系，笛卡儿恪守着关于第一性的质和第二性的质的信条。迄今为止，关于现象世界的传统概念一直是神圣相似性的一部分；感官所感知到的东西是内在而不可见事物的外在而可见的迹象，然而，人们相信这两者都是真实而富于价值的。现代科学摧毁了我们的信念，我们不再天真地观察自己的感官：我们从来不能获悉物质世界"真正的"样子，一如现代科学告诉我们的；我们只能持有与我们内心特定的人类目标相适应的那种主观观念。

这摧毁了将"艺术"视为"模仿"的传统观念，因为不再存在一个"外在"的自然可以被真实地或虚假地模仿；艺术家可以对之忠实的一切，是他的主观感觉和感受。对世界的态度的变化在布莱克的论述中已经可以看到，有人把太阳视为基尼金币大小的金色圆盘，而他却将之视作一个圣饼，叫喊着"神圣，神圣，

---

1. 指德国宗教改革发起人马丁·路德（Martin Luther）。

神圣"。这一点所指示的意义是,布莱克与他厌恶的信奉牛顿学说的人一样接受了物质世界和精神世界的区分,不过,与他们相反的是,他将物质世界视为撒旦的居所,所以认为肉眼所看到的东西没有价值。

3)对人性标准的信仰已经丧失,这种人性标准要求一个同类的与之相谐和的人造世界。工业革命以前,人的生活方式变化迟缓,任何人都可以想象他的曾孙会过着和他一样的生活,拥有一样的需求和满足。然而,技术加速改变着人的生活方式,已经使我们无从想象二十年后的生活会是什么样的。

而且,直到最近,人们对远离自己时空的文化所知甚少,也漠不关心;人们所谓的人性指的是他们自己文化当中呈现出来的行为类型。人类学和考古学已摧毁了这种褊狭的观念:我们知道人性如此具有可塑性,能够展示各种各样的行为,而在动物王国中,这些行为只会由不同物种展示出来。

因此,艺术家创造作品时,就不再能够保证下一代人会感到其作品是令人愉悦并可以领会的。

他情不自禁地希望迅速获得成功,即使这意味着威胁到他的真诚。

而且,如今我们可以自由支配所有时代和所有文化中的艺术,这个事实彻底改变了传统一词的意义。它不再意味着一种可以一代代薪火相传的工作方式;如今,传统的内涵意味着一种将整个过去视为当下的意识,然而同时作为一个结构性的整体,各个部分与前后都有时间上的联系。独创性不再意味着对前辈们的风格进行轻微变动；它指的是一种能力，可以在任何时期或地域的作品中找到一条线索，从而发现自己本真的声音。选择和遴选的负担被交付于每一个体诗人的肩上，这负担十分沉重。

4）作为具有启示性的个人行为范围的"公共领域"消失殆尽。对于希腊人而言，私人领域是生活的领域，由维持生命的必然性所支配，而公共领域则是自由的领域，在其中，人可以将自己向他人敞开。今天，私人和公共等术语的意义已经颠倒；公共生活必需是非个人的生活，是人履行其社会职能的地方，而人在其私人生活中可以自由地成为个人自我。

结果，艺术，尤其是文学，失去了主要的传统人性主题，即人是行动的人、公共行为的实施者。

机器的诞生摧毁了人的意图与行为之间的直接联系。如果圣乔治面对面遭遇恶龙，将一根长矛刺入其心脏，他可以准确无误地说："我杀死了恶龙"。然而，假如他从两万英尺高空将炸弹投在龙身上，尽管他的意图是屠杀恶龙，其动作却只是按下操纵杆，那么，是炸弹，而不是圣乔治杀死了恶龙。

假如，受制于法老的命令，上万臣民通过五年苦役排干沼泽，这意味着法老掌控着足够多的臣民的忠诚，确保其命令能够得以执行；一旦军队叛变，他就丧失了权力。然而，假如法老可以让一百个人用推土机在六个月内疏干沼泽，情形就十分不同了。他仍需要一点足够的权威可以驱使一百个人去操纵推土机，然而仅此而已；其余工作由机械完成,这些机械对忠诚或恐惧一无所知,而且,假如他的敌人尼布甲尼撒[1]掌控了这些推土机,它们将会同样高效地填塞运河,犹如开掘它们时一样。如今可以想象这样一个世界,面对上述这些工程,人类所做的唯一工作就是由少数几个人控制电脑。

今天,将公众人物用作诗歌主题是极其困难的,因为,他们践行的善恶更多地取决于他们所掌握的非人力量的大小,而不是其性情和意图。

每位英国或美国诗人都会同意温斯顿·丘吉尔是比查理二世[2]更伟大的人物,但他也知道自己无法写出一首关于丘吉尔的好诗,而德莱顿写出一首关于查尔斯的好诗却是毫无难度的。诗人必须熟识丘吉尔,才能写一首关于他的好诗,而且他的诗关于的是一个人,而不是首相。假如诗人与所写的人或事没有以个人方式建立起亲密关系,一切写作人或事的尝试,无论它们多么重要,如今都将注定失败。叶芝能够写出关于爱尔兰独立运动的伟大诗歌,是因为他与大多数主角有私人关系,而且他从童年开始就对这些事件所发生的地方了如指掌。

我们时代真正行动的人改变着世界,他们不是政治家和政客,

---

1. 尼布甲尼撒(Nebuchadnezzar,约前630—前562):新巴比伦国王。曾攻占耶路撒冷,建造了马尔杜克神庙,其塔庙即是《旧约》中的"巴别塔",另建有空中花园。
2. 查理二世(Charles II,1630—1685):英国斯图亚特王朝国王,查理一世之子,1660年王政复辟,继承王位,两次发动对荷兰的战争,其亲法、亲天主教政策遭到议会和臣民的反对。

而是科学家。不幸的是,诗歌无从赞颂他们,因为他们的事迹关涉事物,与人无关,因此诗歌面对他们是失语的。

当我置身于一群科学家中间,就会感到自己犹如一个衣衫褴褛的助理牧师,走错门进入了一间聚集着公爵们的客厅。

社会规模的扩大及大众传媒的发展产生了一种新的社会现象,即克尔恺郭尔称之为"公众"(The Public)的特定人群,古代世界对此一无所知:

> 公众既不是一个民族,也不是一代人、一个共同体、一个社群,不是这些特定的人群,因为他们只是一些具体的存在;属于公众的个体的人并不真正承担什么;也许在一天中的某些时刻,他属于公众——而有些时刻,他仅仅是他自己而不是别的什么,他就不再是公众的一部分。公众由处于什么也不是的个体所组成,它是一种庞然大物,一种抽象的、被人遗弃的虚空。这种虚空是一切事物,又什么也不是。

古代世界十分清楚莎士比亚使用人群(crowd)这个词时所代表的现象,这是一个可见的集会,大量的个体聚集在一个有限的物理空间中,有时,他们可以被煽动性的演说转变为暴民,没有一个成员能够按照自己的方式行动。当然,这种现象也为我们所熟悉。但是,公众与此不同。如果一名学生身处交通高峰期的地铁,他的思维集中于一道数学题上或女友身上,他是人群的一员,而不是公众的一员。想要加入公众,一个人不必来到特定的地点;他可以坐在家里,只需翻开报纸或打开电视。

一个人拥有个人独特的气味,他的妻子、孩子和狗可以辨认出来。一个人群拥有群体的气味。而公众没有气味。

暴民是活跃的;他粉碎、杀害和牺牲自己。公众是消极的,或最多是充满好奇的。它既不谋杀也不牺牲自己;当暴民殴打一个黑人或警察围捕犹太人将他们赶入毒气室,公众只是袖手旁观,或移开目光。

公众是最少具有排他性的群体;无论什么人,富裕或贫穷,受过良好教育或目不识丁,面容可人或肮脏下流,都可以加入:它甚至能够容忍某种虚假的叛乱,即在内部形成某种公众派系。

在人群中,愤怒或恐惧这样的激烈情绪具有高度的传染性;人群的每个成员都会使其他成员变得异常兴奋,于是激昂的情绪就会呈几何倍数增长。但是,公众成员之间并无联系。如果公众的两个成员见面并交谈,言辞的功能并非传达意义或是激发情绪,而是用噪音遮蔽虚空中的寂静与孤独,而公众存在于这种虚空之中。

偶尔地，公众体现于人群之中，于是变得清晰可见——例如，人群中，人们聚集起来围观一伙破坏分子破坏一所家族老宅，此时，公众受另一种征象所迷惑，即现实暴力是世界的主宰，而且没有什么内心的爱可以战胜它。

在公众现象出现于社会中之前，存在率真的艺术和精致的艺术，它们之间互不相同，却是那种兄弟之间的不同。雅典宫廷也许会嘲笑皮拉摩斯（Pyramus）和提斯柏（Thisbe）的机械戏剧，但依然将它视为戏剧。宫廷诗歌和民间诗歌之间有紧密的共同关系：它们都是由人亲手创造，其目的都是为了流传下去；最粗糙的谣曲与最内行的十四行诗一样，都是精心创作的。公众及迎合它的大众传媒的出现已破坏了率真的流行艺术。手艺精湛的"高雅的"艺术家得以幸存，并能够依然像一千年前的艺术家一样工作，是因为他的受众那么少，以至于无法引起大众媒体的兴趣。但是，流行艺术家的受众是大多数人，大众传媒如果不想破产就必须将受众从他那里争取过来。结果，除了少量喜剧演员，如今唯一的艺术就是"高雅的"了。大众传媒提供的不是流行艺术，而是为了用于消费的娱乐，犹如饮食的消费，一道菜肴被迅速遗忘，随即被新的菜肴替代。这对每一个人都没有益处；大多数人丧失了属于自己的真正品味，少数人则成为文化上的势利小人。

艺术的两个特征使艺术史学家得以将艺术史划分为不同的时期：首先，在一段特定时期内艺术具有共同的表达风格；其次，艺术具有一种关于主人公[1]的或清晰或含混的共同观念,这些主人公是一类最值得被赞颂、被回忆并且如果可能也可以被模仿的人。"现代"诗歌的风格特征是一种亲密的语调,一个人面向一个个体而不是一大群受众的谈话;当一名现代诗人提高声调,他的声音听上去就会虚假。现代诗歌特有的主人公既不是"伟人",也不是浪漫主义风格的反抗者,这两种人的事迹都不同寻常,现代诗歌的主人公是日常生活中各行各业的男人或女人,尽管都处于现代社会的非人重压之下,他们都试图获得并保持他们自己的面貌。

就兴趣和艺术创作的本质而言,诗人的知识非常贫乏从而不能理解政治和经济。他们天生的兴趣在于单一的个体和个人关系,而政治与经济关涉许多人,并因此牵涉一般的人(诗人极其厌烦"一般的人"这种观念),并且很大程度上并非故意地牵涉非人的关系。诗人无法理解金钱在现代社会中的功能,因为对他而言,主观价值和市场价值之间不存在关系;一首他花去数月而写作的、自认为非常出色的诗,可能只能获得十英镑稿费,而一篇只需一天就写出来的报道,却可能获得一百英镑稿费。假如他是一名成功的诗人,那么他就是曼彻斯特学派的一员,信奉绝对的"自由放任"[2]——尽管很少有诗人可以像小说家或剧作家那样挣足够多的钱从而被称为成功的诗人;假如他并不成功并充满痛苦,就容易耽溺于激进的幻想,试图以不切实际的乌托邦白日梦瓦解现存秩序。社会总是必须注

---

1. "主人公"(hero)这个词也有"英雄"之意。
2. 原文为法语(laisser-faire)。

意到"失败的"[1]艺术家在深夜咖啡桌上所谋划的乌托邦。

所有诗人都喜欢爆炸、雷暴、飓风、火灾、废墟以及令人震撼的屠杀场景。对于一名政治家而言,诗性想象绝不是一种可取的品质。

在战争或革命时期,诗人可以出色地担任游击队战士或间谍,但不太可能成为优秀的普通士兵或和平时期议会委员会中尽职的委员。

一切建立在从艺术创作中获取的相似性基础上的政治理论,就像柏拉图的政治理论,一旦进入实践,就必定会成为专制理论。诗人或任何其他类型艺术家的整体目标是创造出某种完整的、持续不变的东西。一个诗性的城市中总是居住着数目不变的居民,他们永远做着同样的工作。

此外,在完成作品的过程中,艺术家必须持续不断运用暴力。一位诗人写道:

　　　　桅杆一样高的锚穿过一道裂缝

然后改成:

---

1. 原文为法语(manqués)。

　　锚穿过封闭的小径

再改成：

　　锚穿透草垛

最后改成：

　　锚穿透教堂的地板。

　　最后，"裂缝"和"封闭的小径"被删去，而"草垛"转移到另一诗节。

　　假如一个社会真的像一首好诗，体现出美、秩序、简洁以及细部服从于整体等审美特性，将是一个恐怖的梦魇，就实际存在的人的历史现实而言，这样一个社会只有通过选择性交配才能形成，消灭身体和精神上不合格的人，绝对服从其支配者，将一个庞大的奴隶阶级关在地窖里，不见天日。

　　反之亦然，假如一首诗真的像民主政治——不幸的是，真的存在这样的例子——它就会毫无形式感，空洞无物，平庸乏味，彻底令人生厌。

　　存在两种政治问题，党派问题和革命问题。在党派问题中，一切党派在需要达到的社会目标的特性和正义方面意见一致，但在为达到目标所施行的政策方面意见相左。不同党派的存在是合理的，首先，因为没有一个党派可以提供无从辩驳的证据，证明其政策是实现全民渴望达到的目标的唯一政策；其次，假如不牺牲一些个人和团体的利益，任何一个社会目标都难以实现，那么，每个个人和社会团体都会寻求一种政策将牺牲降低到最低限度，并希望，如果必须做出牺牲，由别人来牺牲会显得更合理。在党派问题中，每一个党派都试图主要通过诉诸社会成员的理性去说服他们；它罗列事实与论据，说服别人相信其政策比对手的更有可能实现人们所渴望的目标。在党派问题上，将激情控制在最小值是至关重要的；当然，效果显著的演说需要感染听众的情绪，但是在党派政治中，演说者应该展示出诉讼律师和辩护律师所具有的模拟激情，而不是真的使情绪失控。在议院之外，敌对的议员们应该可以在彼此家中一起进餐；在党派政治中，狂热者并无一席之地。

在革命问题中，属于一个社会的不同团体对何为公正持有不同看法。在这种情形中，绝不可能有争论和妥协。每一个革命问题潜在地都是"宣战的缘由"[1]。在革命问题上，演说者不能通过诉诸听众的理性去说服他们；他可能会通过唤醒并诉诸听众的良知改变其中一些人的看法，但是，无论代表革命团体或反革命团体，他的主要职责都是将这个团体的激情激发到某种程度，使它用全部精力实现自己的全面胜利并彻底击败对手。假如是革命问题，狂热者不可或缺。

---

1. 原文为拉丁语（casus belli）。

今天，只有种族平等才是一个真正的世界性的革命问题。资本主义、社会主义与共产主义之间的争论其实是一个党派问题，因为这一切追寻的目标是相同的，就是布莱希特在众所周知的诗行中总结过的目标：

先有食物，然后有道德。[1]

也就是说，食物在先，其次才是道德伦理。今天，在一切科技发达的国家，无论它们给自己贴上什么政治标签，本质上它们在政治上的目标是一致的：保证作为具有心理能力的有机体的每个社会成员都有权获得身体和精神健康。属于这一目标的正面的象征是一个赤裸的无名婴儿形象，其负面的象征是集中营中成堆的无名尸体。

关于大多数当代政治，最令人惊骇并务必沮丧的是，它们——主要是但不仅仅是其中一派人，可叹——拒绝承认它们之间的争论是一个诉诸事实和理性来解决的党派问题，而坚持认为我们之间存在一个革命问题。如果一个非洲人将自己的生命奉献给追寻种族平等的事业，那么，他的死对于自己是有意义的；然而，绝对荒谬的是，人们要被剥夺每一天的自由与生命，人类很可能在其实只是一些实际政策的问题上毁灭自己，例如，在特殊的历史境遇中，质问究

---

1. 原文为德语：Erst kommt das Fressen, dann kommt die Moral。

竟是私立医业还是公费医疗能够保障一个社群的健康。

　　我们时代的特殊与新奇之处在于，在每一个先进社会中，政治活动的主要目标严格而言不是政治性目标，即并不关涉作为个人与公民的人，而是关涉人的身体，关涉前文化、前政治的人类。比起五十年前，对个人自由的尊重应该已经大幅度减少，国家的权威力量则大幅度增强，也许这是不可避免的，因为当今主要的政治问题并非关涉人类自由，而关涉人类的必需品。

　　作为造物，我们无一例外的都是自然需求的奴隶；我们不能自由选择为了保持健康需要多少食物、睡眠、光照和空气；这些东西我们都需要一定的量，而且都需要一样多的量。

　　每个时代在政治与社会的先入之见上都是片面的，而在力图实现其最为看中的某一价值时，会忽视甚至牺牲其他价值。除了在非洲或一些依然落后的半封建国家，诗人或任何艺术家与社会和政治之间的关系建立变得比以往更为艰难，因为，尽管他不得不赞同"每个人"（everybody）获取充足食物和闲暇的重要性，但这种重要性与艺术无关，艺术关涉的是"个体的人"（singular persons），独处的和处于私人关系中的"个体的人"。这样的思考在诗人置身的社会中并不具有支配性；事实上，当社会对这些问题进行思考时，它带着疑虑和潜在的敌意——它暗中或公开地认为，人是个体的人，或者人要求隐私，这种主张都是装腔作势，都是主张个体的人比别人优越——每一位艺术家都感到自己与现代文明不能相容。

在我们的时代,纯粹的艺术作品的创作本身是一种政治行为。只要存在着艺术家,创造他们喜欢并认为应该创造的东西,即使它并不十分优秀,即使只能吸引一小部分人,他们就在提醒掌管世界的人需要记住的东西,换句话说,这些被掌管的人是拥有面容的人,而不是无名的数字,那些"劳动的人"[1]同时也是"游戏的人"[2]。

假如一名诗人遇见一个目不识丁的农民,他们彼此之间可能没有太多可以交谈,但是假如同时遇见一位官员,他们都对他持有相同的质疑;他们都不相信官员,好比不相信他扔得动一架大钢琴。假如他们进入政府大楼,他们都有同样的恐惧感;也许他们再也不能从中走出。无论他们之间的文化差异如何,他们都在一切官僚世界中嗅到不真实的气息,在那里,人被当作数字对待。农民会在晚上打牌,而诗人在写诗,但是他们都赞成一条政治原则,也就是说,一个有气节的人如果必须为争取六七样东西随时准备好去死,游戏的权利、虚度光阴的权利在其中并不是排名最靠后的。

---

1. 原文为拉丁语(Homo Laborans)。
2. 原文为拉丁语(Homo Ludens)。

第三辑

纳喀索斯之井

此和彼[1]

镜子没有心脏,却满是思想。

马尔科姆·德·夏扎尔[2]

❖

一

每个人,终其一生都携带着一面镜子,就像他的影子一样,独一无二、无法摆脱。

一个潮湿的下午,一场客厅游戏——想象每个人的朋友们的镜子。A拥有一面巨大的穿衣镜,镀金,巴罗克风格;B拥有一面朴实无华的便携化妆镜,装在猪皮制的镜套里,镜子的后面,刻着他名字的首字母;而不管什么时候见到C,他都正在扔掉自己的镜子,但如果朝他的口袋里或是他的袖子里看,我们总能找到另一面镜子,就像是一张额外的纸牌A。

我们大多数的镜子,或许是全部,照出的形象都不尽精确,比不上真正的样子,尽管程度有别,方式也不尽相同。有时放大,有时缩小,其他的则反射出悲伤、欣喜、可笑或是恐怖的形象。

但是，我们自己独特的镜子的性能，却并不总如我们有时候所想的那样重要。对我们的评价，不应由在我们身上所发现的镜子做出，而应由我们所理解的使用它的方式，由我们对自己镜像的"反应"（riposte）做出。

精神分析学家说道："过来，我的朋友，我知道你怎么啦。你有一面会让你变形的镜子。难怪你会觉得有罪。振作起来。为了一点小小的酬劳，我将很高兴为你校正它。你瞧！看！一个完美无缺的影像。没有任何变形的迹象。现在你是被选中的那个人。总共五千美元，谢谢。"

七个恶魔[3]立即现身，而那个接受精神分析的人此后的情形变得远不如从前。

政客们，无论是俗界的还是宗教界的，对大众做出承诺：只要他们把属于自己的镜子交给他，熔铸进一面公共的大镜子中，纳喀索斯的诅咒就会消失。

纳喀索斯陷入对自己映像的爱慕之中，但不是因为它多么美丽，而是因为它"属于他自己"。如果他被自己的美所迷惑，那么数

---

1. 标题原文为拉丁语（HIC ET ILLE）。
2. 马尔科姆·德·夏扎尔（Malcolm de Chazal，1902—1981）：毛里求斯作家、画家，用法语写作，由布列东引荐入超现实主义团体。
3. 可能指七宗罪：傲慢、贪婪、迷色、暴怒、嫉妒、饕餮、懒惰。

年之后，随着容颜的消逝，他就能够从中解脱。

"毕竟，"驼背的纳喀索斯叹息道，"这是'我'的好容颜。"

对自己映像的注视并没有让纳喀索斯变成普里阿普斯[1]：使他深陷其中的魔法并不是让他渴望自己，而是满足于不去渴望仙女。

"我偏爱手枪，甚于 p……[2]"纳喀索斯说道，"没有我的许可，它不能瞄准"——胡乱射击厄科[3]。

纳喀索斯(醉酒)："如果我是你，我不会那样看自己。我就当你知道我是谁。好吧，让我告诉'你'，亲爱的，终有一天，你'肯定'会得到一个巨大的惊喜!"

一个虚荣的女人开始意识到，虚荣是一种罪，而为了不屈服于诱惑，她把所有的镜子都搬出房子。结果，不久之后她再也不能记起自己的模样了。她记得虚荣充满罪恶，却忘记了她是一个虚荣的人。

---

1. 普里阿普斯(Priapus)：希腊神话中狄奥尼索斯和阿弗洛狄忒之子，男性生殖力之子，也是果园、酿酒和牧羊的保护神。
2. 可能是对"阴茎"(priapus)的避讳，呼应上文提到的普里阿普斯，这个名字小写时的含义为"阴茎"。
3. 厄科(Echo)：希腊神话中居于山林水泽的仙女，因爱恋纳喀索斯遭到拒绝，日益憔悴消损，最后只留下声音。她的名字意为"回声"。

"那些轻视自己的人,不过是敬重自己是个自我轻视的人罢了。"(尼采)虚荣的人总是"为"一些什么东西而虚荣。他高估了某种品质的重要性,或者夸大了他拥有它的程度,但这种品质具有某种真正的重要性,他只是在某种程度上拥有了这种品质。对品质进行高估或者夸大的幻想让虚荣的人具有喜剧色彩,但他不可能毫无来由地虚荣,这让他的虚荣成为可以宽恕的罪,因为对客观事实的引力让罪永远向着纠正敞开。

另一方面,一个傲慢的人,并不为任何事情而傲慢,他本身"就是"傲慢的,他傲慢地存在着。傲慢既不富有喜剧色彩,也不可得到宽恕,而是所有罪行中最致命的,因为,由于缺乏任何实质性细节的基础,傲慢无可救药,而且具有绝对性:一个人的傲慢不可能更多或者更少,他只能傲慢或谦逊。

因此,一个画家想要描绘七宗罪[1],其经验可以轻而易举地为他提供饕餮、迷色、懒惰、暴怒、贪婪、嫉妒的影像,因为这些均是一个人与他人和世界产生关系的品行,但是他的任何经验都无法为他提供傲慢的影像,因为它所携带的关系是一个人与自身之间的主观关系。在第七幅画框中,画家只能放置一面镜子,以代替画布。

"自我永远是可憎的。"[2](帕斯卡尔)千真万确,但是同样正确

---

1. 即圣经传统及基督宗教之伦理神学思想历史中的人类七种错误态度:傲慢、贪婪、迷色、暴怒、嫉妒、饕餮、懒惰,在但丁的《神曲》中,其排序为:傲慢、嫉妒、暴怒、懒惰、贪婪、饕餮、迷色。
2. 原文为法语:Le Moi est toujours haïssable。具体出处不详。

的是只有"自我"(le Moi)在本质上才是可爱的,而不仅仅是作为一个欲望的客体。

二

平庸至极——我对自己的独一无二性的感觉。比起那些来来往往的兴奋和有趣的经验、情感和想法,一个人竟然更为珍视这种感知,让它留在那里一成不变、一动不动,这是多么奇怪!

自我(Ego)回忆起一个如今已发生变化的自身(Self)的先前境况,却无法相信"自身"也已经发生了变化。"自我"想象着自己可以像宙斯一样改变肉体外貌,一会儿是一只天鹅,一会儿是一头公牛,却又一直是宙斯。回忆起过去某种错误或愚蠢的行为,"自我"会羞愧于和它所认为的对行为负有责任的"自身"联系在一起,就像一个人被看到与恶友为伍因而羞愧不已。羞愧,不是罪疚:它幻想着"自身"会感到负罪。

每一种自传都涉及两种角色,堂吉诃德——"自我",和桑丘·潘沙——"自身"。在一种自传里,"自身"就像希腊的信使,占据着舞台,讲述着舞台之外"自我"的活动。而在另一种自传里,自我是叙述者,自身被讲述,无力做出回应。如果同一个人写两次自传,第一次采用一种模式,第二次采用另一种模式,那两个版本会截然不同,以至于让人很难相信它们属于同一个人。在一个版本中,他会像是一个着了魔的造物，一位富有激情的骑士，对着"信念"和"美"吟唱小夜曲，一本正经，显得比真人庞大；而在另一个大相径庭的版本中，充斥着诙谐和自我反讽，没有激情，很容易厌倦，显得比真人小。就像桑丘·潘沙眼中的堂吉诃德，他从不祈祷；就像堂吉诃德眼中的桑丘·潘沙，他从不说笑。

诚实的自画像极为罕见，因为一个人获得自身意识（self-consciousness）的前提是他有要描绘自画像的欲望，而这时，他又几乎总是已经发展出了自我意识（ego-consciousness），这种自我意识描绘着正在描绘他自己的自己，并加入人为的增亮部分及戏剧性的阴影。

作为一名自传作家，詹姆斯·鲍斯威尔[1]在诚实方面几乎是孤独的。

> 假如"妓女的愤怒"将我捕获，我就决定与有教养的女孩分享我的爱的火焰。

司汤达永远都不敢写下这样的句子。他会对自己说："'妓女的愤怒'和'爱的火焰'（amorous flame）之类的短语是陈词滥调；我必须用平白的语言表达所要说的意思。"但他可能错了，因为正是这些陈词滥调和婉约的表达，而不是《拿破仑法典》的文风，是"自身"赖

---

1. 詹姆斯·鲍斯威尔（James Boswell，1740—1795）：英国作家、律师、日记作者，生于苏格兰爱丁堡。

以思考的方式。

历史,严格而言,就是关于各种问题的研究;关于答案的研究属于人类学和社会学。提问就是宣战,让某些问题变成"战争的原由"[1];历史本身就是战斗的历史,这些战斗可以是身体的、智力的或者精神的战斗,结果越具有革命性,就越具有历史价值。文化是已经沉睡或耗尽的历史,是第二自然。当然,优秀的历史学家,既是严格意义上的历史学家,也是社会学家。只要涉及个体生活,自传就有可能给出一个人的历史的更真实图景,胜过最出色的传记所能给出的图景。但传记作者可以感知到自传作者所无法感知到的东西:一个人的文化,他认为理所当然的预设条件加之于他生命之上的影响。

一个人一贫如洗,却可以将他想象成家财万贯,就像一个人相貌丑陋,却可以将他想象成英俊潇洒;一个人一毛不拔,却可以将他想象成慷慨大方,诸如此类。但是,一个人无法想象比他实际具有更多或更少的想象力的样子。一个满脑子庸俗之见的人永远都无法认识到这一点。

我会不由自主地相信,我的想法和行为都隶属于我自己,而不是得自于习惯性思维和偏见。我最多可以说:"父亲教给了我某某

---

1. 原文为拉丁语(casus belli)。

东西,我同意他的说法。"我的偏见一定是正确无误的,因为一旦我知道它们存在着错误,就不会再固执己见。

从主观上来说,我关于生活的经验,就是必须在给出的选项中做出一系列的选择,正是关于怀疑、犹豫不决以及诱惑的经验,比我所采取的行动显得更为重要,也更值得记忆。此外,如果我做了一个自认为错误的选择,不管做出这一选择所面临的诱惑是多么强烈,我永远不会相信这样的选择是不可避免的,我不可能也不应该做出相反的选择。但如果我的目光转向他人,则无法看到他们内心正在做着选择,我只能看到他们实际上做了些什么,如果我对他们很熟悉,就几乎不会感到惊讶,也不可能无法预测,由于其性格和成长经历,这些人会如何做出如此这般的行动。

也就是说,与我自己相比,其他人似乎会显得更不自由,性格也更加强烈。不管一个人在朋友眼中如何坚强,他都忍不住在自传中像描述一株含羞草一般描述自己。

偷窥总是一种并不友好的行为,是在窃取知识,这是众所周知的,我们在偷窥时无法不感到内疚。作为补偿,我们要求偷窥到的东西应该令人吃惊。如果我从主教书房的钥匙孔窥视,发现他正在祈祷,那我"无所事事"的好奇心马上就会受到谴责,但如果我撞见他正与女仆做爱,我就会说服自己,我的好奇心确实逮到了点什么。

同样地,如果是为了满足公众,一位作家的私人书信笔记,必须比公开出版的书出人意外和令人震惊整整一倍才行。

私人信件、日记等,可以划分为两类,一类是作者在其中掌控着自己的处境——他所写的是他选择去写的——另一类是处境命令他写下的。个人和非个人之间的界限在这里是模糊不清的：假如作者就像审视另一个人一样审视处身于这个世界的自己,那么第一类就是非个人的;如果他只是作为个人行为审视自己的书写,那它就是个人的——信件的签名是他本人的,他对信件的内容负责。反之亦然,如果作者与自己所写的一致,那么第二类就是个人的;如果是处境而非他自己在促迫着这种一致性,那么第二类就是非个人的。

第二类就是新闻记者们称之为"人类档案"的东西,如果要出版的话,它们应当匿名出版。

"应与喜乐的一同喜乐。"确实如此。但是应与哭泣的人一同"哭泣"[1],那有什么好处呢？正是我们正派得体的一面,而不是心灵冷酷的一面,让我们在必须听到别人的痛苦时表现出厌烦和窘迫,因为通常而言,我们无从减轻别人的痛苦。对我们无从减轻的痛苦——以及我们做什么都无济于事的死者的痛苦——感到好奇,就是"幸灾乐祸"[2],除此之外什么也不是。

从事写作的忏悔者是可鄙的,就像乞丐为了钱而展示自己的伤

---

1. 这两处引文均出自《圣经·新约·罗马书》12：15。"哭泣"的经文为"与哭泣的一同哭泣"。本书中涉及的《圣经》引文主要依据思高本,个别处稍作修订,篇名和人名均采用通行的和合本。
2. 原文为德语(Schadenfreude),也可以译作"恶毒的欣喜"。

疤,然而那些购买他们的书的人则更为可鄙。

"当一个人意识到,倾诉烦恼并不能减少烦恼,他就不再是孩子了。"(塞萨尔·帕维泽[1])确实如此。甚至向自我倾诉也于事无补。大多数人都经历过这样的令人羞耻的时刻:我们又哭又闹,用拳头捶着墙壁,诅咒着创造了我们和世界的力量,希望我们或别的什么人死去。但在这样的时刻,那个遭受痛苦的人的"自我"(I)本应保持老练与得体来寻找其他出路。

我们的痛苦和孱弱,如果不是个人的,是"我们的"痛苦、"我们的"孱弱,那么在文学上就没有任何重要性。只有在我们能将其视为典型的人类境况时,它们才变得重要。痛苦、孱弱,若不能被表述成格言,它们不应该被提及。

适用于自我反省的法则,与适用于向神父忏悔的法则是一样的:"简洁,坦诚,离去"。简短,坦诚,忘记。顾虑重重令人作呕。

三

如果我们突然之间变成了没有身体的灵魂,少数几人也许可以

---

1. 塞萨尔·帕维泽(Cesare Pavese,1908—1950):意大利诗人、小说家、文学评论家和翻译家,他将许多英美现代诗人和作家的作品引入了意大利。著有诗集《苦役》,小说《月亮与篝火》、《八月的假期》、《同志》、《美丽的夏天》、《山间小屋》等。引文出处不详。

比之前表现得更规矩,但我们中的大多数会大不如前。

身体是天生的经验主义者,它的指导原则是中庸之道(Golden Mean)。最为"肉体的"罪行,不是贪婪和淫欲,而是懒惰与怯懦;另外,没有身体,我们既无法想象审慎(Prudence)的优点,也无法去实践它。

"你教我语言,而它对我的用处是,我知道如何去诅咒。"[1]在身体和灵魂的论辩中,如果身体可以客观地表述自身,它将总会获胜。事实上,身体在抗议灵魂对其情形的错误表达时,只能通过主观上的反抗——咳嗽、打嗝、便秘等,而这些又往往将其推向错误。

所有的身体拥有一张相同的身体症状的词汇表可供其选择,但不同的身体使用它们的方式却各不相同:在某些身体中,身体的行为方式平庸陈腐,在另外一些中,极为做作;在一些身体中,行为方式含混模糊,而另一些中,精准无误,偶尔,医生也会遇到非常机智的身体行为方式,令他大感困惑。

焦虑以不同的方式影响着身体和意识:它让前者发展出强制力,从而集中于一些特定的动作而排除其他的;它让后者屈服于白日梦,无法集中于任何特定的想法。

---

1. 出自莎士比亚戏剧《暴风雨》第一幕第二场。

处在惊慌状态中的人会手足无措，独自打转。但处在欢乐状态之中的人，则会拉起别人的手，和他们围成圈共舞。

我用鼻子就可以判断，一些邻居是坏人，但没有一人比我低劣。

耳朵容易懒惰，渴望着熟悉之物，会为那些未曾预料的东西所震惊；而另一方面，眼睛却容易不耐烦，渴望着新奇之物，对重复感到厌烦。因此，一般的听众喜爱的音乐会都限定于以往大师的作品，只有趣味高雅的人愿意去听最新作品；但一般的读者则都想去读最新的书籍，而过去时代的经典作品则留给趣味高雅的人。

与之相似，只要一个孩子还需要大人们念故事或者讲故事给他听，他会坚持要求一遍又一遍地给他讲同一个故事，但是，一旦他学会自己阅读，就几乎不会将同一本书读两遍。

反射到镜中的房间或风景，比起直接看到的实物，在空间中的存在显得更稳固。在那个纯粹的视觉世界中，没有什么可以被称赞、移动、击碎，或是被吞噬，只有观察者自己通过移动位置或闭上眼睛，才能来让其发生变化。

从一万英尺的高空中俯瞰，地球在人类的眼中的样子与在相机里如出一辙；也就是说，所有的历史都被减缩为自然。这一点产生了有益的影响，让历史的恶，比如民族分界和政治仇恨显得荒诞不经。我从飞机上俯视一片显然是连绵铺展的大地。大地之上点缀着渺小的山脊或河流,甚至没有任何地理标记,却需要划定边界,生活在一边的人们竟然会憎恨另一边的人们,或拒绝和他们有贸易往来,相互之间的拜访也被禁止,这一切即刻让我觉得荒谬可笑。然而不幸的是,在获得这样的认识的同时,我无法不产生这样的错觉,即也不存在历史的价值。从同样的高度俯瞰,我无法辨识出一块岩石露出地面和一座哥特式教堂的差别,也无法辨识出在后院玩耍的幸福一家子和一群羊之间的差别,因此,我将一枚炸弹扔向其中一个或是另一个,我也无法感觉到其中的差别。如果距离的影响对于被观察对象和观察者的影响是互相的,那么,因为地面上的目标体积缩小,失去了其独特性,飞机上的观察者也会觉得自己不断缩小,变得越来越抽象,我们要么因为过于痛苦而放弃飞行,要么在地面上创造一个天堂。

有些人指责在道德上可以产生不良影响的电影,他们可能是对的,但并不是因为他们通常所给出的原因。造成破坏的,并不是因为这些影片有关于黑帮或通奸,而是因为媒介本身的自然属性,它鼓励一种对时间的奇异观念。在所有的叙事艺术中,对于行为的叙述所花费的时间比实际生活中要少,但在史诗、戏剧或小说中,艺术惯例如此确定无疑,以至于将艺术和生活混淆在一起是绝不可能的。试想,戏剧中有一个男人追求女人的场景,这可能需要花费四十分钟来表演,但是观众在观看时会明白,这场戏其实讲述了两个小时的故事。

摄影机的绝对自然主义摧毁了这种感觉,并鼓励观众如此想象，在现实生活中，就如同在银幕上，追求的过程花费了四十分钟。

开始变得不耐烦时，影迷并不会喊"快点!"，他会喊"停!"

白日梦是一顿吞食影像的进餐。我们中的一些人是美食家，一些是贪食者，还有许多人从罐头中取出预先烹煮的影像，整个地吞了下去，心不在焉，也不怎么津津有味。

我们最初的兴趣只在于性对象，后来产生的所有兴趣都是其象征性的转移，即便果真如此，如果新的兴趣对象缺少属于自身的真实价值，我们也绝不可能产生这样的转移。如果所有的圆形山丘都突然变成乳房，所有的洞穴都转变为子宫，所有的塔都化身为阴茎，我们并不会因此而高兴，甚至不会感到震惊，我们会觉得无聊透顶。

在七岁到十二岁之间，我想象中的生活围绕着铅矿，我花了很多时间，以最为精确的细节，想象所有铅矿的不切实际的观念。在规划选矿厂的时候，我陷入了困境：我不得不在两种不同类型的煤泥分离机中进行选择。一种我觉得更"漂亮"，而另一种，通过阅读我得知它更有效率。当时的感受，我记得清清楚楚，我面对着一个道德上的选择，我有责任选择第二种。

和所有热衷于争辩的运动一样，存在主义也是片面的。体系性的哲学家，比如黑格尔或马克思，他们将所有的个体存在简化为一般进程，而在对他们的值得称赞的抗议中，存在主义者发明了一种同样是虚构的人类学：所有的因素，比如可以施以一般论述的人的身体属性或其理性都被排除在外。

存在主义神学家的一项苦差事：关于"沉睡的基督"这个主题做一场布道。

我们时代最可怕也是最重要的发现，即如果你确实想毁掉一个人，就将他变成机器人，在严格的意义上，最稳妥的方式并不是身体上的折磨，而是让他保持清醒，即，让他和生活保持一种一刻不停的存在主义的关系。

存在主义所有关于选择的描述，例如帕斯卡尔的打赌[1]或是克尔恺郭尔的飞跃[2]，都像戏剧文学一样有趣，但它们都是真实的吗？当我回顾一生中三四次决定性的选择，我发现，在做出选择的时刻，我几乎没有意识到自己的举动如此重要，只是在事后我才发现，一条看上去无足轻重的溪流，实际上却是卢比孔河[3]。

因此我心存感激，因为，如果我清醒地意识到自己所要承担的风险，就会永远都不敢迈出那一步。

---

1. 帕斯卡尔在《思想录》中提出，上帝存在与否是一个和打赌一样非此即彼的问题，这个思想被称为"帕斯卡尔的打赌"（Pascal's Wager）。

2. 克尔恺郭尔在《恐惧与颤栗》中提出，信仰不能通过理性的推导和遵从道德的律令而获得，信仰需要超越理性和道德。成为基督徒是一种绝对的承诺，即"信仰的飞跃"（leap of faith）。

3. 卢比孔河（Rubicon）：意大利北部河流。根据古罗马法律，任何将领都不得带领军队越过作为意大利本土与山内高卢分界线的卢比孔河，否则就会被视为叛变。公元前49年，恺撒不顾禁忌，进军罗马与格奈乌斯·庞培展开内战，并最终获胜。

在充满反思与焦虑的年纪，从教育的角度而言，最好是将做出选择所要承担的风险最小化而不是将其扩大，就像鼓励一个怕水的小男孩去游泳，要告诉他什么都不会发生。

四

在情绪的压力之下，动物和孩子可以"做"鬼脸，但他们都没有可以做鬼脸的面孔。

"这么多的表情，这么少的面孔。"[1]（亨利·詹姆斯）每一位初至美国的欧洲游客，由于频频见到这里的男男女女都长着一张成年的婴孩脸，会惊诧于相对而言他称之为面孔的罕见。要是他在美国待一段时间，就会知道这并不是由于敏感性的匮乏——美国人和其他任何人一样敏锐地感受着人类生活的欢乐和痛苦。我能找到唯一合理的解释，存在于美国人对过去的不同态度之中。拥有一张面孔，在欧洲人对"面孔"一词的感受中，似乎一个人不仅必须喜欢或遭受过去甚至最令人羞耻最令人不快的经验，还要渴望保存关于它们的记忆。

或许，美国人比其他任何民族都更遵从圣经的告诫："任凭死人去埋葬自己的死人。"[2]

---

1. 出自亨利·詹姆斯的游记《美国景象》。
2. 出自《圣经·新约·路加福音》9：60。

当我想到别人,我可以轻而易举地相信他们的身体表达着他们的个性,而且两者之间不可分割。但对于我自己,很难不会产生这样的感觉:我的身体有别于我(I),我住在里面,如同住在房子里,我的面孔是一张面具,不管是否经我同意,都在其他人面前遮掩着我的本来面目。

不去构想或者"制造"一张特殊的面孔就不可能有意识地接近镜子,假如无意间在镜子中瞥见自己的映像,我们几乎认不出那是自己。我无法在镜中解读自己的面孔,因为我在自己面前早已一目了然。

为了让我爱自己而在脑海中所创造的自我形象,和为了让别人爱我而在他们的脑海中所创造的自我形象截然不同。

大多数的面孔都是不对称的,即,一边是快乐,另一边是悲伤;一边是自信,而另一边是缺乏自信,等等。然而将照片剪碎,就可以拼出两幅不同的肖像,一副来自两个左边的面孔,而另一幅来自两个右边的。如果将这两幅肖像展示给照片的主人和他的朋友看,主人所喜欢的那一幅几乎一定是朋友们所厌恶的。

想象爱那些我们所不爱的东西,比想象害怕那些我们并不害怕的东西,要容易很多。如果一个人酷爱集邮,我可以和他产生共鸣,然而要是他害怕老鼠,就会有一条鸿沟横亘在我们之间。换言之,如果他不怕蜘蛛，而我害怕，我会承认他高我一筹，但我并不会当他是一个陌生的人。朋友之间，品味或观点的差异所带来的恼怒就和它们的琐屑程度成正比。如果我朋友开始学习"吠檀多"[1]，我完全可以接受，但要是他喜欢十分熟的牛排，我感觉自己被背叛了。

在和别人交谈的时候，一个人会更多地关注作为谈话听众的对方，而不关注他自己。但当一个人在写东西的时候，比如仅仅是一张想要在桌上传阅的纸条，他会更多关注作为读者的自己，而不关注将要收到纸条的人。

因此，我们在写东西时不能像说话时一样虚假，也不能一样真实。写下的话不同于说出的话，既不能遮蔽太多，也不能揭示太多。

"两个玩纸牌的人。"A 如果手里拿着好牌，却犯下致命的错误，此时他是颇有风度的输家，而如果他手里拿着赢不了的牌，就会变成差劲的输家。但是 B 是另一番情况：手气差的话，他会欣然接受自己输牌的结果，但由于自己的失误而输牌，他就会暴怒。

我们几乎所有的关系都开始于精神或身体上的相互利用，大部分关系以这种形式延续，一旦任何一方再无任何东西可以交换，关

---

1. 吠檀多（Vedanta）：由印度婆罗门圣经《吠陀》（Veda）和终极（anta）两个词组成，意为《吠陀》之终极。原指《吠陀》末尾所说的《奥义书》，其后逐渐被广义地解释为研究祖述《奥义书》教理的典籍，后来甚至成为教派的名称，为印度六派哲学中最有势力的一派。

系也就随之结束。

但是，纯然无关利益的爱的种子常常出现，如果它们想要发芽生长，我们必须在自己和他人面前将这种爱伪装成比实际的样子更强劲、更博大，让自己伪装成不像实际的样子那般自私。偏执狂对于冷漠感到如此难以忍受，以至于他将别人分为两类：一类是仅仅因为他这个人而爱他的人，一类是出于同样的原因而恨他的人。社会浩劫是由这样的偏执狂造成的。

帮助这些偏执狂，比如当他每月的支票还没有寄来，于是为他付清他在国外城市的酒店账单，他就会认为这是一种个人情感的表达——他不会认为你这样做是出于一种一般的责任心才帮助一位不幸的同胞。于是，他会回来索取更多，直到你的耐心耗尽，然后就发生口角，他开始深信你是他的仇人。这里，某种程度上他是正确的，因为很难不去憎恨一个人，如果这个人如此清晰地揭露出你爱其他人是如此之少。

"两个周期性的疯子。"在欢欣之时，A觉得："我是神。宇宙中充满着诸神。我爱一切，也为一切所爱。"B觉得："宇宙只不过是一样东西，我很高兴能够从隶属于它的束缚中解脱。"而在极度沮丧之时，A觉得："我是魔鬼。整个宇宙充斥着魔鬼。我恨一切，也为一切所恨。"B觉得："我对宇宙而言只不过是一样东西，宇宙对我没有丝毫的兴趣。"这样的差别体现在他们的行为当中。欢欣之时，A不洗漱，甚至陶醉于肮脏，因为一切事物都是神圣的。他追逐女人，尤其是娼妓，他试图用爱拯救她们。但同样欢欣的B却以身体的清洁为傲,以此来体现他的优越性,出于同样的原因,他禁欲。在沮丧之时,A 开始疯狂地洗漱,洗去身上的罪孽,对一切性行为感到变态的恐惧,此时 B 则忽略了自己的外表,因为"没有人在乎他的样子",他努力成为唐璜一样的诱惑者,以此来强迫生活对他产生兴趣。

A 的上帝——宙斯-耶和华;B 的上帝——恒定不动的推动者。

巴兰和他的驴[1]

我不是你从起初直到今日骑的驴吗?

《圣经·旧约·民数记》22:30

❖

朋友,我并没有亏负你,你不是和我议定了一钱银子吗?

《圣经·新约·马太福音》20:13

一

　　主仆之间的关系并非先天给定的,也不是由命运决定的,而是经由清醒的意志而形成。他们之间也不是一种爱欲关系;一种爱欲关系,比如夫妻之间或父母与子女之间的关系,其形成是为了满足部分由先天给定的欲求;由主仆关系所满足的欲求纯粹是社会的和历史的。根据这一定义,一位奶妈不是仆人,一个厨师则可能是。另外,主仆关系是契约性的。通过双方的自由决定,契约关系得以成立,这是一种双向承诺。而双方之间的自由决定不必平等,事实上极少是平等的,但是,弱小的一方必须拥有一定程度的自主性。由此,奴隶并非仆人,因为不具有任何自主性;奴隶甚至不能说:"我宁可忍饥挨饿,也不愿为你工作。"契约关系并非仅仅涉及双重的自

主性，同时也是不对称的；主人提供诸如住所、食物、工资，仆人出力
于比如照看主人的衣物、房子，他们之间在性质上是不同的，也并不
存在客观标准，据此裁定一方是否与另一方对等。因此，契约不同
于法律。法律中的一切自主性取决于法律，或推行法律的人，个体
没有自主性。即使在民主政治中，自主权据说属于人民，每一个公
民作为人民的一员而不是作为个体共享自主权。进一步而言，所有
个体与法律的关系都是对等的；对于隶属于法律管辖范围的人，它
要求或禁止相同的事情。对于任何法律，人们可以问一个美学问
题："它是强制推行的吗？"也可以问一个伦理问题："它是公正的
吗？"一个个体拥有美学的权利去违反法律，假如他的力量足够强
大，这样行事就可以不受惩罚。假如良知告诉他法律是不公正的，
他可能也有伦理职责去违反法律。而且，对于契约，人们可以只问
一个历史问题："双方都履行承诺了吗？"相对于相互之间个人承诺
的历史事实，契约的正义性与强制性是次要问题。只有双方相互之
间达成一致，才能解除或更改契约。如果我的良知告诉我一个契约
是不公正的，那么，只有我处于一个有利位置，我才担负了伦理责任
坚持要更改契约；如果我处在弱势一方，我就只有提出更改的建议
却不能坚持这么做。

　　当堂吉诃德获知了错误的预言，即只有桑丘·潘沙接受几千次
鞭子抽打之后，杜尔西内娅才能清醒过来，桑丘·潘沙愿意接受抽

---

1. 在《圣经·旧约·民数记》中，巴兰是约旦东部的一名异教预言家。他奉摩押王
之命，骑驴前往摩押国去诅咒侵犯这国家的以色列人。耶和华派天使阻拦。巴兰
抽打了驴三次。耶和华便叫驴子说话，责问巴兰为什么打它。驴子开口，言之有
理，巴兰认罪。

打,条件却是要自己来打,自己选择时间。有一天夜晚,堂吉诃德变得极其不耐烦,急着要解救他的爱人,于是急切地想要成为抽鞭子的人,此时,桑丘·潘沙拒绝了主人的要求。

> 堂吉诃德:那么,你要反抗你的主人,是不是,你胆敢举手打那个养活你的人。
>
> 桑丘:我不想成为君主,也不想推翻一个君主,我只是想要自立,做自己的主人。

同样地,当匹克威克[1]先生进入德波特监狱时,想要解雇山姆·维勒[2],因为指望后者伴随其主人入狱是不公的,山姆·维勒拒绝解雇,并自己入狱。

最后,主仆关系存在于真实的个人之间。所以,我们不能将工厂和商店的雇员称为仆人,因为工厂和商店是由人们组成的团体性的存在,也就是说,虚拟的存在。

二

谁在那里?

我。

谁是"我"?

---

1. 狄更斯的小说《匹克威克外传》(*The Pickwick Papers*)主人公。
2. 山姆·维勒(Sam Weller):匹克威克的仆人。

你。

此时才有觉醒——你和我。[1]

　　　　　　　　　　　　　　　　　保罗·瓦雷里

　　人是一种能够进入与上帝和邻人之间的你-你（Thou-Thou）关系的造物，因为他与自己之间拥有一种你-你关系。另有一些社会性的动物拥有信息符码，比如，蜜蜂可以将花的位置和距离通过信号告知其他蜜蜂，但是只有人拥有语言，通过语言他可以向邻人袒露自己，假如他并不预先拥有这种能力和向自己揭示自己的需求，那么他就不能也不想这样做。纯粹客观事实的交流只需要独白，而对于独白而言，语言并非是必不可少的，而只是一种符码。但是主观的交流需要对话，对话则需要真正的语言。

　　自我揭示的能力意味着一种与之对等的自我隐瞒的能力。对于一只动物，我们可以恰如其分地说，它不可能将真实感受到的东西告诉我们，也不可能隐藏自己的情感，而人两者都可以做到。对于动物，其箴言是易卜生的《培尔·金特》（Peer Gynt）中的小妖所说："安于你自己"——而人类的箴言则是："成为本真的自己。"如果条件允许，培尔十分乐意发誓说他见到的奶牛是一个年轻漂亮的女士，但是当山妖大王建议施魔法从而祛除培尔区分真实与虚幻的能力，这样，一旦他希望一头奶牛成为一个漂亮的少女，奶牛就会如其所愿地变成少女，培尔拒绝了。

———————

1. 出处不详。

用单一特性的媒介来艺术性地表达出人格的全部深度、内在辩证逻辑、自我揭示和自我隐瞒，几乎是不可能的。独白的习惯企图绕过困境，但是它总会遭遇这一习惯的不利之处；真正的对话却被表现为独白。当哈姆雷特自言自语，我们听到一个单独的声音，它被认为是在对他自己说话，但事实上，我们听起来是对我们这些听众说的，那么，我们怀疑，他并不是在向自己袒露他在别人面前隐瞒的事，而只是向我们袒露我们知道后会有好处的事，同时向我们隐瞒他并未决定让我们知道的事。

一次对话需要两个声音，但是，假如这是人格的内在对话，并且需要进行艺术地表达，那么，就只有通过两种个性才能形成对话，他们之间的关系必须属于一种特殊的类型。两者之间在特定方面是相似的，即，他们必须拥有相同的性别，而在其他方面，身体上和性情上，是对立的两极——双胞胎不行，因为他们不可避免地会问一个问题："谁才是真正的那个？"——而且，他们必须不可分离，即，他们之间的关系必须是这样一种类型，它不会受到时间的流逝或情绪与心境的起伏所影响，以下情况表面上来说也是行得通的，当一个人出现在一个地方，无论在做什么，另一个人都必须和他同在。满足这些条件的只有一种关系，也就是主仆关系。此时，有人就会反对以下看法：自我与自我的关系是先天给定的，而主仆关系如上述定义的，是契约性的。如果人像其他一切有限的事物一样只拥有诞生的原始历史，并只是维持那样的存在，这种反对就是有效的。但是，人拥有一种真实的历史；人诞生以后，他就通过选择而成为他尚未变成的样子，而除非他首先携带着一切局限做出选择，不然就做不到这一点。达到"承诺年龄"[1]意味着来到一个界点,"先天给定"的自我与自我关系变成了契约关系。自杀是对契约的违背。

三

> 克莱顿:在一切文明的共同体中总会存在主人和仆人,这是自然的事情,自然的东西就是正确的。
>
> 罗姆夏老爷:我站在这里,让你满口胡言,这是很不自然的。
>
> 克莱顿:是的,我的老爷,你说得对。我努力向老爷您指出的正是这一点。
>
> J. M. 巴里《令人钦佩的克莱顿》[2]

抽象地去定义,主人就是发出命令的人,而仆人就是服从命令的人。这一特征使主仆关系特别适宜于作为一种精神生活的表达,这种精神生活大多数是在紧急状态中进行的。如果一位高大的女士漫不经心地而不是故意地在地铁高峰时间踩到了我的鸡眼,我头脑中所想的可以戏剧性地表述如下:

---

1. "承诺年龄"(the age of consent):法律上指拥有性自由和可以结婚的法定年龄。
2. J. M. 巴里(J. M. Barrie,1860—1937):英国作家、戏剧家,生于苏格兰。1885年,他移居伦敦。1897年将自己创作的畅销作品、长篇小说《小牧师》改编成剧本上演并成功。此后,他的大部分创作作品都是戏剧。1919年至1922年任圣安德鲁斯大学校长。影响最大的是儿童剧《彼得·潘》,1904年在伦敦上演,大获成功。另有剧作《令人钦佩的克莱顿》(The Admirable Crichton)等。

自身(SELF)：（在自身中，身体的疼痛感已变成了精神上的愤怒）：

"看看我的愤怒！做点什么！"

认知性自我(COGNITIVE EGO)[1]："你生气，是因为这位高大的女士漫不经心地而不是故意地踩到了你的鸡眼。如果你决定释放怒气，你可以趁其不备在她脚踝上狠狠踢一脚。"

自身："踢她！"

超我(SUPER-EGO)：（简单点的话，我们可以假设超我和良知是一致的，尽管事实并非如此）：

"漫不经心的错误不必睚眦必报。不能对女士动手。控制你的愤怒！"

女士：（意识到自己做了什么）：

"请原谅！希望没有碰伤你。"

自身："踢她！"

超我："笑！说一声'没关系，夫人'。"

意志性自我(VOLITIONAL EGO)：（对相应的随意肌[2]说）：

"踢她！"

或："笑！说一声'没关系，夫人'。"

对我的人格的五种声音，只有一种，即认知性自我真正地运用

---

1. 也可译为"我思"。

2. 随意肌(voluntary muscle)：指脊椎动物的受躯体神经系统直接控制可随意运动的肌肉。

了陈述性语气。其他的,我的自身和超我都不能成为仆人。每一个都是主人,不是服从就是违背。没有一个可以接受命令。而且,我的身体(或者更准确地说是"随意肌")只能按照被告知的去行动;它不可能是主人,甚至也不是仆人,而只是奴隶。而意志性自我既是主人也是仆人,与我的自我或超我相较时是仆人,与我的身体相较时是主人。

理性的要求并非命令,因为即使我们需要听从并记住,也可以并不听从或忘记理性的要求,但是一旦听从了记住了,就不可能违背它们,而一种真实的命令总是意味着要么服从要么违背。当我们对理性言听计从,我们就是它的奴隶,而不是其仆人。

四

> 我不关心任何人,不,我不关心
>
> 也没有任何人关心我。
>
> 《笛河上的磨坊主》[1]

> 可是,无论是我的五种智慧或五官
>
> 都不能劝阻我的痴心去侍奉你,
>
> 我的容貌无动于衷,任由我成为

1.《笛河上的磨坊主》(The Miller of Dee):英国西北部切斯特地区一首传统民歌,最初是伊萨克·比科斯塔夫(Isaac Bickerstaffe)的戏剧《村子中的爱恋》(*Love in a Village*, 1762)中的一部分。

> 你傲慢的心的奴仆，臣服于你的卑微者。
>
> 　　　　　　　　莎士比亚《十四行诗》第 141 首

由于其双重角色，自从人的堕落以来，意志性自我拥有的两个愿望不再具有辩证关系，而成为对立的两极。一方面，它希望从由自我、良知或外在世界所施加的一切要求中解脱出来。如克尔恺郭尔所写：

> 假如我在礼拜仪式中向谦恭的天使祈求一杯水，他却带来盛在圣杯中的世界上最昂贵的葡萄酒，我就应该远离他，以给他一个教训，让他知道我的欢乐不在于我享受的东西，而在于我以自己的方式行事。[1]

俾隆（Biron），《爱的徒劳》[2] 的主人公，终于从激情中解脱出来，发现自己陷入了恋爱，他恼怒了。

> 这个老成的小伙，高大的侏儒，丘比德先生；
> 管辖通奸案件的唯一将帅，
> 伟大的首领（我脆弱的心）
> 我将去他的战场上当一名下士，

---

1. 出处不详。
2.《爱的徒劳》（*Love's Labor's Lost*）：莎士比亚喜剧。

佩戴他的标帜，如卖艺人的圆圈！[1]

　　而且，同一个自我希望拥有一个"终极目标"（telos）变得重要，
找到存在的意义，这一"终极目标"只能在自身之外的某个事物和人
身上找到。拥有一个"终极目标"就是拥有一些可以服从于它、成为
其仆从的事物。这样，所有恋人都会本能地使用主仆隐喻。

> 米兰达[2]：　　　　　　　　　你可以拒绝我
>
> 　　成为你的伴侣；但是我将成为你的仆从，
>
> 　　无论你是否愿意。
>
> 腓迪南[3]：　　　　　　　我最亲爱的爱人，
>
> 　　在你面前我永远卑微。
>
> 米兰达：　　　　　　　那么你要成为我丈夫？
>
> 腓迪南：是的，我真心希望
>
> 　　犹如奴仆渴望自由。[4]

而每一位骗子都会这样总结。

> 勃特拉姆：求求你，别再诋毁我的誓言。

---

1. 出自莎士比亚喜剧《爱的徒劳》第三幕第一场，引文略有出入，如：第一行和第二
行之间漏引四行，第二行中的"将帅"（imperator）错写成"emperator"。
2. 米兰达（Miranda）：《暴风雨》中普洛斯彼罗之女。
3. 腓迪南（Ferdinand）：《暴风雨》中的那不勒斯王子。
4. 出自莎士比亚悲喜剧《暴风雨》第三幕第一场。

> 我是被迫与妻子成婚的,但我爱你
>
> 在爱的甜蜜的约束中,我将永远
>
> 尽我一切所能侍候你。
>
> 狄安娜: 是啊,你会侍候我们
>
> 直到改由我们侍候你。[1]

一个人被爱,意味着成为他人的"终极目标",就有助于增强自我被重视的感觉,前提是自我感觉到爱的给予是属于他人的自由行为,也就是说,他人不是他或她自己激情的奴隶。在实践中,不幸的是,假如存在一种区别于"友爱"[2]的爱欲因素,大多数人会感到很难相信他人对于他们的爱是自由的,而不是一种强迫,除非他们恰好对这种爱做出回应。

假如人没有堕落,他的自我对自由的希望,就只是希望不要在错误和低劣的善中发现"终极目标",并且,他的自我对"终极目标"的希望只是渴求真实的善,两种希望都将得到承认。在人的堕落状态中,他在两种希望之间摇摆,其一是希望像上帝一样获得彻底的自足,其二是希望找到一个偶像可以为自己的存在承担所有责任,自己则成为一个不负责任的奴隶。沉迷于第一个希望,其结果是带来孤独感和意义的丧失;沉迷于第二个希望,其结果将是不断遭受虐待。约翰爱上了安妮,她也如此地爱他,她一直很忠诚,并想尽办

---

1. 出自莎士比亚悲喜剧《终成眷属》第四幕第二场。

2. 友爱(philia):是古希腊哲学中区别于爱欲(eros)和圣爱(agape)的一种爱,在亚里士多德看来,"友爱"是对他人出自德性或包含德性的爱,而爱欲与占有相关,圣爱则与神相关。

法取悦他。充满骄傲与自我满足,他刚开始将她视为"我的安妮",不久便是"我的妻子",最终则是"我的幸福"。对他来说,安妮已经不再是一个真实的他人。在任何情形下他都从未感到痛苦,不过他开始觉得厌倦并孤独。

乔治爱上了爱丽丝,但爱丽丝并不同样地爱他,她不忠,对他十分恶劣。对乔治来说,她一直是本真的爱丽丝,冷酷却真实。他感到痛苦,但他并不厌倦也不孤独,他的痛苦表明这是另一人的存在所引起的。

纳喀索斯的神话表达了试图将两个愿望合二为一的徒劳,也就是试图拥有一个终极目标的徒劳,最终这个目标只存在于一个人自己身上而不在他外部。纳喀索斯爱上了自己的倒影;他希望成为它的仆人,结果恰恰相反,倒影坚持要成为他的奴隶。

五

该死的这里![1]

歌德《浮士德》

歌德的《浮士德》中到处是伟大的诗句和智慧的言论,然而,其戏剧性并不令人兴奋;就像一场综艺节目,上演着一系列本身颇有意思的场景,但是场景之间并没有真正的连续性;人们可以增删一

---

1. 原文为德语:Das verfluchte Hier,或可译为"这地方真该死!"出自《浮士德》第二部第五场。

个场景却并不会引起演出的剧烈变动。而且,一旦玛加蕾特[1]的插曲结束,我们会惊讶地发现,浮士德实际上做得是多么少。梅菲斯特[2]创造了一个新的情境,而浮士德则诉说着自己对此的感受。我完全可以想象每一个演员都喜欢扮演梅菲斯特,他总是令人愉快,而扮演浮士德的演员就必须忍受每当与梅菲斯特同处一个舞台时自己就要被漠视。此外,从一个演员的角度来看,是否有理由可以解释浮士德应该到处走动而不是静止不动地站在一处只是口说诗句?是否演员可以随意设想一些动作?

当然,歌德作品的缺陷不能仅仅归咎于他缺乏戏剧天分,而是浮士德神话本身的特性使然,因为准确地说,浮士德的故事讲述的是一个拒绝成为自己而只希望成为他人的人。一旦浮士德召唤梅菲斯特,召唤这毫不现实的可能性的显现,除了对可能性的消极意识,浮士德就不代表什么了。当火焰精灵[3]向浮士德显现,它说道:

> 你相似于你所理解的精神,
>
> 不像我[4]

在一部理想的作品中,浮士德与梅菲斯特应被扮演为一对孪生兄弟。

---

1. 玛加蕾特(Marguerite):《浮士德》中浮士德的恋人。
2. 梅菲斯特(Mephisto):《浮士德》中的魔鬼。
3. 即《浮士德》中的地灵,以火焰形式显现。
4. 原文为德语,出自歌德《浮士德》第一部第一场。

整部诗剧的开头处，浮士德描述了自己的处境：

啊，两个灵魂栖居于我胸中，

一个想着与另一个分离；

一个怀着浓烈的爱欲，

以它的触手紧紧攫住世界；

另一个却要强行脱离尘世，

来到高处的先人居住之地。[1]

这和欢愉与美德、当下的世界与天国的冲突毫无关系，尽管浮
士德会认为存在关系。浮士德的"世界"是直接的现实时刻、现实而
具体的当下世界，而他的"高处的先人"是由记忆和想象所看护的同
一个世界，尽可能如其曾经所是和可能所是的样子。一切价值属于
可能性，现实的此时此地均毫无价值，更确切地说，它拥有的价值
只是其激发的不满。当浮士德与梅菲斯特之间签下契约，后者
说道：

我愿在此为你履行奴仆的义务，

听从你的指示，永无止息。

假如我们在彼世相遇，

你也要为我做同样的事。

---

1. 原文为德语，出自歌德《浮士德》第一部第二场。

对此，浮士德轻率地回答：

> 我并不关心彼世，
>
> 假如你摧毁这个世界，成为废墟，
>
> 就会诞生另一个世界。[1]

由于他并不相信人们可以抵达一切可能性均枯竭的"彼世"[2]——事实上，就像诗剧中表现的，从未有人抵达彼世。浮士德逃脱了梅菲斯特的控制，他谨慎地根据希望定义了自己最后时刻的满足：

> 在如此剧烈的幸福的预感中，
>
> 此刻，我享受这最高的瞬间。[3]

但是，尽管浮士德未被诅咒下地狱，但是说他被拯救了也是荒谬的。将他带入天堂的天使们说他还处于蛹的阶段，对于这样一种状态，最终审判毫无意义。

梅菲斯特这样描述自己：

> 我是部分中的一部分，部分最初是一切，

---

1. 以上两段原文均为德语，出自歌德《浮士德》第一部第四场。

2. "彼世"（Das Drüben）：原文为德语。

3. 原文为德语，出自歌德《浮士德》第二部第五幕第五场。

我是黑暗的一部分,光出生于黑暗。[1]

就是说,他将自己描述为一种拒绝有限性的显现,一种对没有本质缺陷的存在的渴望。对拒绝任何现实性的精神来说,理念必须是一个深渊[2],无限可能性的深渊,对它而言意志的创造很可厌。所以,瓦雷里笔下的蛇才向上帝喊叫:

上帝因此成为了这样一个人,

他逐渐取消了他的原则,

然后取消了他的统一性。[3]

梅菲斯特将自己描述为:

那力量的一部分,

总是想要作恶,却总是施行了善。[4]

但是,很难看清他对浮士德所为的善或恶。通过梅菲斯特的中介行为和建议,浮士德可以做很多伤害他人的事,但是浮士德自己丝毫不受其行为感染。他消极地允许梅菲斯特取悦于他,然而,

---

1. 原文为德语,出自歌德《浮士德》第一部第三场。

2. 深渊(Abgrund):原文为德语。

3. 原文为法语,出自瓦雷里诗歌《蛇的诗草》。

4. 原文为德语,出自歌德《浮士德》第一部第三场。

他的本性在这些取悦中比我们这些观看了这部诗剧的人变化更少。

浮士德可能谈论了大量关于满足与怠惰的危险,然而真相是,他的不满足并非对于自己的不满足,而是一种对于无聊状态的恐惧。浮士德完全缺乏一种神圣感[1],对于这种神圣感而言,有限事物是无限事物的迹象,世俗事物是可以被神圣化的。人们无法想象他与乔治·赫伯特(George Herbert)交谈:

> 一个仆人服从于条款,
>
> 使枯燥乏味的工作变得神圣;
>
> 他打扫房间,就像汝[2]之律法
>
> 让他这样行动,使其举止如此优美。

由于缺乏神圣感,浮士德是一个典型的现代人物。在更早的时期,人受到诱惑而认为,有限事物并非神圣事物的迹象,它就是神圣事物本身,因此落入了偶像崇拜和巫术。因此,在那样的时代,魔鬼所呈现出来的形式是有限的;他化身为某种特定的诱惑物,一个漂亮的女人、一袋金子等等。在我们时代,没有严格意义上的偶像,因

---

1. 假如浮士德拥有任何神学的立场,那么他就是一名泛神论者。泛神论者相信宇宙是一个神圣的整体。但是,一个神圣的迹象总是有限事物的某一特定方面,"这个"事物,"这个"行为,而不是有限之物的各个方面,它对于这个人、这个社会团体、这个历史时期而不是对于普遍人性有效。泛神论是自我矛盾的。——作者原注

2. 指上帝。

为我们如此迅速地厌倦一个偶像,并追逐另一个言辞难以适用的偶像。我们真正的偶像是可能性这一偶像,因为它是永恒的。在这样一个时代,魔鬼以梅菲斯特为形式现身,也就是以演员的形式现身。演员的特征在于他没有自身的名字,因为他的名字是"众多"(Legion)。我们可以说,在亨利·欧文[1]被授予爵位的那一天,我们的时代才被认清了本质。

六

> 我想成为绅士,
>
> 而不再做仆人。[2]
>
> 达·彭特《唐·乔万尼》[3]

> 你的杰作! 哦,愚蠢的女仆。[4]
>
> 瓦格纳《特里斯坦与伊索尔德》

拒绝成为任何"终极目标"的奴隶的人只能直接以歌词来描绘,

---

1. 亨利·欧文(Henry Irving,1838—1905):英国演员,和女演员爱伦·泰莉一起演出了一些莎士比亚戏剧,广获声誉。1895 年成为第一位受封爵士的演员。
2. 原文为意大利语,出自莫扎特曲谱、达·彭特编剧的歌剧《唐·乔万尼》第一幕第一场。
3. 达·彭特(Da Ponte,1749—1838):意大利十八世纪歌剧编剧、诗人,威尼斯人,原名伊曼纽·科内吉利安奴(Emanuele Conegliano)。为 11 位作曲家的 28 部歌剧写了剧本,其中《费加罗的婚礼》、《唐·乔万尼》(Don Giovanni)、《女人皆如此》由莫扎特谱曲,因此闻名。
4. 原文为德语,出自瓦格纳歌剧《特里斯坦与伊索尔德》第二幕第一场。

就像《笛河上的磨坊主》。他可以歌唱对于自由和中立的欢愉，但之后别无其他可做，只能沉默。在剧作中，他只能被直接表现为一个拥有"终极目标"的人，这种终极目标其实是对事物的偏执，但是很明显这样一种人只能做出随意的选择；他的天性和环境中没有什么强迫他做出选择，或使他对选择产生偏见。唐·乔万尼就是如此。他选择的终极目标就是引诱、"结识"世界上的每一个女人。莱波雷洛[1]这样评价他：

> 一切无关紧要，无论她富足、
>
> 丑陋，还是美丽，
>
> 只要她穿着裙子[2]

　　一名情欲的放荡者，如《里戈莱托》[3]中的公爵，但凡见到漂亮少女或一个"他所喜欢的类型"就会去勾引她；假如一个像唐娜·艾尔薇拉[4]这样姿色平庸且上了年纪的女人擦身而过，他就会叫道："天哪，好一个丑八怪"，然后转过脸去。这就是情欲，在演出中，解释清楚公爵为何陷入对特殊的有限事物而不是其他事物的盲目崇拜是艰难的事。公爵必须看上去是那种所有女人都迷恋他的人；他

---

1. 莱波雷洛（Leporello）：歌剧《唐·乔万尼》中唐·乔万尼的仆人。
2. 原文为意大利语，出自歌剧《唐·乔万尼》第一幕第二场。引文与原文标点稍有出入，拼写也有错误，比如"只要"（purché）误作"为何"（perché）。
3. 《里戈莱托》（*Rigoletto*）：威尔第的歌剧，主人公也叫里戈莱托（Rigoletto）。
4. 唐娜·艾尔薇拉（Donna Elvira）：《唐·乔万尼》剧中人物，家住西班牙布尔戈斯，被唐·乔万尼诱惑而爱上了他，三天后乔万尼即离开布尔戈斯离开了她，而她对乔万尼的爱恋依然如初。

必须极其英俊、阳刚、富裕、高贵,是一个伟大的领主。

唐·乔万尼引诱女人产生的快乐并非源于情欲,而是出自对数量的迷恋;每次往莱波雷洛为他保管的名单上增加一个女人的名字,他就满足一次。因此,他会想尽一切办法让自己像一名联邦调查局特工那样变得行踪隐秘、出现在别人面前时隐藏起姓名。如果打扮得英俊潇洒,他对女人的吸引力就构成选择时的一个偏见;如果他打扮得丑陋,他要在女人身上产生爱慕便会是挑战。他应该看上去既不好看也不难看,以至于看到他的人会感到,即便存在一些特定的动机,他拣选女人时就像集邮那样。公爵并不需要一个仆人,因为在情欲中或事实上在对有限事物的盲目崇拜中,并未牵涉任何矛盾。偶像和盲目崇拜者之间能够道尽能够说出的一切。公爵是他的女人们的主人,是自身情欲的奴隶。任何对于有限事物的盲目崇拜的既定形式都缺少矛盾,因为这样的盲目崇拜自身是有限的。当我们发现一个偶像,随之就会发现另一些偶像,我们找到的是多神论。无须别人告诉,我们也知道,有些时候公爵由于过于劳累或饥饿而不愿多看一眼漂亮的少女。对于唐·乔万尼而言,就不存在这样的时刻,只有在他与仆人的结合中,即作为乔万尼-莱波雷洛,我们才能理解他。

唐·乔万尼像一个影子一样毫不引人注目,在行动中果断而大胆;莱波雷洛像福斯塔夫[1]一样滑稽幽默、优柔寡断、胆小如鼠。在他所唱的开场咏叹调中,莱波雷洛唱出了本章节开头所引用的台

---

1. 福斯塔夫(Falstaff):莎士比亚戏剧《亨利四世》中的人物,他有一句著名的台词:"我不仅自身幽默,我还要成为别人乐趣的源头。"

词,观众们大笑是因为他显然缺少一个主人应该拥有的所有品性。他不是费加罗 1。但是,在歌剧的结尾时,听众就会想到这个笑话比他最初所想的要有趣很多。事实上,莱波雷洛自始至终才是真正的主人,唐·乔万尼才是其仆人。正是莱波雷洛保存着女人的名单,假如他遗失了这份名单、忘记更新名字或者拿着名单离去,唐·乔万尼将丧失"存在之理由"(raison d'être)。值得注意的是,我们从未看到唐·乔万尼自己看过这份名单,或者对名单沾沾自喜;只有莱波雷洛才去看名单并有这样的感觉,而唐·乔万尼仅仅向他提供最新的名字。也许,正是莱波雷洛应该由骑兵统领 2 活生生地带入地狱,留下可怜的精疲力竭的唐·乔万尼平静地死去。想象一下现实生活中的莱波雷洛,一个胆小如鼠、禁欲、羞怯、博闻强记的教授,拥有极其丰富的三叶虫藏品,但是在专业领域之外的生活的各个方面能力极其低下。由严厉的正统派基督徒父亲(骑兵统领)抚养长大,他进入培养牧师的大学,在学校里读了达尔文,并丧失了信仰。他的理想自我的白日梦版本难道不就是一个类似唐·乔万尼这样的人?

瓦格纳写下了一部关于特里斯坦和伊索尔德神话的歌剧,这对我们理解这个神话是多么幸运的事,因为瓦格纳歌剧提出的身体上的要求十分偶然地使我们避免在阅读这个中世纪传说时很可能陷入的一个幻觉;两位恋人,对他们而言,对方都是他们最珍爱的,他们并非作为最英俊的王子和最美丽的公主,也不是作为塔米诺和帕

---

1. 费加罗(Figaro):莫扎特歌剧《费加罗的婚礼》中的主人公,理发师。
2.《唐·乔万尼》中的一个人物。

米娜[1]出现在舞台上,而是作为瓦格纳式的穿着紧身衣的大块头男高音和女高音。当塔米诺和帕米娜爱上了对方,我们发现一个人的男性之美和另一个人的女性之美唤起了爱情。美是将被时间剥夺的有限品质;在塔米诺和帕米娜的情形中,这一点无关紧要,因为我们知道他们之间的浪漫激情只能是短暂的,它通向丈夫与妻子之间严肃的非浪漫爱情,却是其自然而并不严肃的初始阶段。但是特里斯坦和伊索尔德的无限的浪漫激情在自身之外没有过去也没有未来,不能通过有限的品质而形成;它只能通过自身内部的有限性而形成,它以一种对无限激情的拒绝抗议自身内部的有限性。就像唐·乔万尼、特里斯坦和伊索尔德纯粹是神话人物,我们从来不能遇到在历史中真正存在过的这类人:我们遇到公爵一样的作风混乱的人,却从不能遇见对他引诱的女人的身体特性无动于衷的人;我们遇见带着浪漫激情相守在一起的恋人,却从来不能遇见我们可以说他们的浪漫激情不会也不能转变成婚姻情感或蜕变为冷漠的恋人。就像我们可以说唐·乔万尼选择集邮而不再猎艳,我们也可以说特里斯坦和伊索尔德可以爱上另外两个人;作为拥有独特身体和个性的人,他们彼此之间如此陌生,就好像他们只是通过抽签找到了对方——这是春药的意义之一。对一个真实的人持续一生的浪漫崇拜是可能的,当浪漫故事是单方面的,其中一方扮演"残酷的美好恋人",比如唐·何塞和卡门[2],这样的浪漫崇拜就会发生。由

---

1. 塔米诺(Tamino)、帕米娜(Pamina):莫扎特歌剧《魔笛》中的主人公,塔米诺是古埃及王子,帕米娜是仙后佩里菲里梅的女儿。
2. 梅里美小说《卡门》中的男女主人公。

于根据定义任何特定的偶像崇拜都是不对等的：我的偶像是我用
以为自己的存在负责，从而无需我再为自己负责；如果它调转过来
要求我为它负责，那就不再是偶像了。此外，幸运的是，歌剧这一媒
介使瓦格纳的《特里斯坦与伊索尔德》不可能在身体上完成他们的
爱。瓦格纳的意图可能是让第二场中的爱情二重奏代表这样一种
身体的圆满，也许他的意图就是这样的，但是我们实际所看到的是
两个人在歌唱自己有多强烈地渴望对方，圆满只是一种即将发生却
从未发生的东西。无论瓦格纳的意图如何，以下看法都是正确的：
他们相互之间的崇拜只是一种可能性，因为在实践中，即便他们都
宣称自己无限的愿望就是将自己奉献给另一个人，两个人却在扮演
着"残酷的美好恋人"，并隐瞒自己。假如他们妥协，他们就会更了
解对方，他们的关系将转变为一种单方面的偶像崇拜、相互的喜爱
或相互的冷漠。他们的渴望并未消退，因为他们的激情不是面向对
方的，而是为了通过对方获得他们希望得到的事物，涅槃重生
(Nirvana)，这一错误地产生了多样性的原初统一体，"光从中出生
的黑暗"[1]。

就像唐·乔万尼与仆人莱波雷洛不可分离，布兰甘妮和库汶纳
尔也与特里斯坦和伊索尔德[2]如影随形。正是库汶纳尔对莫罗德[3]
的嘲弄让伊索尔德如此恼怒，她决定毒死特里斯坦和自己，结果他
们却更亲密地在一起了。否则在登上陆地前，特里斯坦将一直保持

---

1. 原文德语，出自歌德《浮士德》第一部第三场。
2. 布兰甘妮(Brangaene)和库汶纳尔(Kurvenal)：分别是瓦格纳戏剧《特里斯坦与
伊索尔德》中伊索尔德的侍女、特里斯坦的侍从。
3. 莫罗德(Morold)：《特里斯坦与伊索尔德》中国王马克的亲信。

着与伊索尔德之间的距离[1]。正是布兰甘妮将毒药换成了春药,于是特里斯坦和伊索尔德并非由于个人决定而是由于他们无须负责的外在因素而忠于对方。正是布兰甘妮将春药的事告诉国王马克,国王才愿意宽恕他们并让他们在一起,但是告诉得太迟了,他的决定实际上没有任何帮助。正是库汶纳尔任由他的主人去迎接伊索尔德,才给了特里斯坦机会撕下自己的绷带并致死。库汶纳尔像一个奴隶一样服从朋友,没有任何主见。

> 对于无上的马克,
>
> 当我尽心地侍奉着他,
>
> 你对他的忠诚就甚于黄金!
>
> 当我必须背叛
>
> 这位高贵的君王,
>
> 你也会那么乐意地去背叛他。
>
> 你没有自己的东西,
>
> 你只拥有我的东西。[2]

特里斯坦这样对他说道,但是紧接着指出,库汶纳尔拥有一种特里斯坦自己从未可能拥有的自由。他并未处于恋爱之中。

1.《特里斯坦与伊索尔德》中,奉康沃尔国王、叔父马克之命,特里斯坦坐船穿越大海去迎接即将成为王后的爱尔兰公主。

2. 原文为德语,出自《特里斯坦与伊索尔德》第三幕第一场,是特里斯坦对库汶纳尔说的话。引文中的"马克"(Marke)为剧中人物,康沃尔国王,特里斯坦的叔父。

唯独我所遭受的痛苦

你并不能遭受。[1]

就像在唐·乔万尼和莱波雷洛的情形中，一个人开始怀疑谁才是真正的主人。想象一个库汶纳尔和一个布兰甘妮，在现实生活中他们是普通而可敬的较为低等的中产阶级夫妇（但比我们今天寻常人家拥有更多小孩），住在一间昏暗的郊区房子里。他拥有一份并不体面的白领工作，经济上捉襟见肘。她没有女仆，整日忙碌于清洗最小孩子的尿布，为大一点的孩子缝补袜子，洗刷餐具，努力保持房屋的干净整洁，等等。她失去了曾经或许拥有过的身材与容貌；他谢顶越来越厉害，开始中年发福。考虑到他们的境况，他们的婚姻状况很寻常；浪漫激情在很久以前就已消逝，但是，尽管经常触怒对方，他们并不强烈地憎恨对方。也就是说，在这对夫妇身上，有限事物承受了最饱满的可能的重量，或提供了最少的乐趣。现在，任由他们杜撰自己的白日梦吧，关于理想的爱、理想的世界，类似特里斯坦和伊索尔德的激情的东西会出现，并且，在这个世界中，孩子、工作和食物并无容身之处。他的老板将现身为国王马克，他的其中一个声名狼藉、整日烂醉如泥的亲信将现身为莫罗德，一位散布流言的邻居将现身为梅洛特[2]。尽管如此，他们并不能在梦境之外保持一种现实感，让每一样事物幸福地结束。他们是梦想者，却是头

1. 原文为德语，出自《特里斯坦与伊索尔德》第三幕第一场，是特里斯坦对库汶纳尔说的话。
2. 梅洛特（Melot）：《特里斯坦与伊索尔德》中国王马克的随从。

脑健全的梦想者,健全的头脑要求特里斯坦和伊索尔德服从于
命运。

七

> 愚人将留下,
>
> 而让智者远走高飞。
>
> 逃走的仆从才是愚人,
>
> 我这弄臣真的不是无赖。

莎士比亚《李尔王》[1]

根据文艺复兴时期的政治理论,君王,作为神圣正义的尘世代
表,超越他施加于臣民的法律之上。对于他的臣民而言,法律是普
遍的,然而制定法律的君王是一个不可以臣服于法律的个体,因为
创造者优越于其创造物——例如,一名诗人不可以屈尊于自己的
诗。一般而言,中世纪的观念是不一样的,他们认为,甚至是君王也
不能违反自然法。在英国历史中,从一种观点向另一种观点过渡的
标志是亨利八世把托马斯·莫尔爵士[2]判处死刑,托马斯·莫尔作

---

1. 出自《李尔王》第二幕第四场,弄臣说的话。这里的"仆从"(knave)和"无赖"
(knave)是同一个词的两个意思,"愚人"(fool)和"弄臣"(fool)也是同一个词的两
个意思。

2. 托马斯·莫尔爵士(Sir Thomas More,1478—1535):英国人文主义者、空想社
会主义者,生于伦敦,传世名著《乌托邦》的作者,1535年因反对亨利八世兼任教会
首脑而被处死。

为大法官,是自然法的发言者、君王良知的守护者。在某种意义上,两个时代都相信,君王是神圣的代表,所以,政治问题"君王必须遵守自己法律?"其实是一个神学问题"上帝必须遵守自己的法律?"给出何种答案似乎取决于对上帝持有何种信条,是三位一体论还是神体一位论。如果是前者,中世纪就是正确的,因为它意味着,当服从适用于上帝——同等的圣子服从圣父,服从就是一种有意义的形式。如果是后者,文艺复兴时代就是正确的,除非关于王权的神圣理论被遗弃了,在这种情形下,这个问题当然不会出现[1]。一个绝对的君主是一个自然神论上帝的代表。然后,文艺复兴时期的君王是一个个体,并且是一个唯一的个体,一个超人,超越于法律之上,并不臣服于宇宙。就算他做错了事,谁可以说他错?唯有一个像君王自己一样并不臣服于宇宙的人才可以,因为他低于宇宙犹如君王超越于宇宙。愚人(fool)[2]就是这样一个人,因为,他天生缺乏理性,低于人类,与理性的要求无关。愚人是"单纯的",也就是说,他并非疯子。疯子是一个曾经精神健全的正常人,但是由于情绪的压力而丧失了理性。愚人天生是愚人而不是其他什么人;如我们所说的,他有所"不足",反之,我们假定疯子可以像正常人一样感受情感,事实上比正常人的感受更强烈,而我们假定愚人没有情感。因此,假如他突然说出一个真理,这不是"他的"表达,因为他无法区分真理与谬误,他无法带着个人动机说出碰巧是正确的东西,他对此

---

1. 或者,事实真的如此?近些年来,我们已经看到,不仅在公开承认的极权国家,一些类似国家的神圣权利的东西开始涌现,尽管大多数阐释者都会愤怒地否定前面的形容词"神圣的"。——作者原注
2. 另一层意思是"弄臣",奥登特意将下文的"弄臣"写成大写。

一无所知,因为动机意味着情感,而我们假定愚人毫无情感。这只能是上帝的声音,上帝将他当作自己的发言者,于是,上帝的声音是君王必须承认他有义务服从的唯一的声音。因此,唯一有权并不作为臣民与君王说话的人是愚人。

君王的弄臣(Fool)并不是一个轻松的职位。很明显,上帝只是很偶然地才将他当作自己的发言者,大多数时间,他所说的显然是胡言乱语,一个愚人的言辞。在一切他并未受到神意启示的时候,他只是个愚人,他低于人类,不是一个臣民,而只是一个奴隶,不具备任何人的权利,在他令人厌恶的时候,会像动物一样受到鞭打。在一些时刻,当他碰巧说到了真理,身为愚人的他不可能这样说:"这一次我并未像往常一样在胡言乱语,我说的是真理。"这取决于君王识别出差异,由于真理常常不受欢迎,也很难得到承认,所以,弄臣的生活是很艰辛的。

> 弄臣:老伯伯,去请一名能够教你的弄臣说谎的教师。
>
> 李尔:要是你说谎,小子,你就得挨鞭子。
>
> 弄臣:我奇怪,你和你女儿们到底是什么样的亲戚。我说了真话,她们都鞭打我;你却因为我说谎而鞭打我;有时候我沉默不语,你又鞭打我。我宁愿成为随便一个什么东西,也不愿当一个弄臣;可是,我宁愿当弄臣,也不愿成为你,老伯伯。[1]

---

1. 出自《李尔王》第一幕第四场。

上文说过，认知性自我从不使用祈使语气，而总是使用陈述语气或条件句。它从不说："这样做，那样做！"；而说："情况就是这样。如果你想要获得这样一种结果，你可以通过以下步骤完成。你想做的事情，你的属于情感的自身会告诉你，而不是我。你必须做的事情，你的超我会告诉你，而不是我"。它也不能强迫意志性自我倾听它；倾听或拒绝倾听都是由后者自行决定的。

> 真理是一条待在窝里的狗；当母狗太太站在火边，
>
> 发出臭味，它必须被鞭打出去。[1]

我们知道，李尔第一次致命的发疯、他的第一次"疯癫"行为后，考狄利娅[2]离开去往法国，此后，弄臣开始消瘦憔悴。在第三场之后，弄臣从演出中神秘地消失了，李尔再次出现时，身边已没有他，李尔无可救药地疯了。临近结尾时，就在死之前，李尔突然说道："我可怜的弄臣被他们缢死了！"观众不可能知道他是否真的是指弄臣，或者他正在遭受失语症的痛苦，其实是在说考狄利娅，我们知道她已被缢死。

也就是说，弄臣似乎代表李尔对他所拒绝的现实感知，而不是代表良知。弄臣从来不像肯特[3]那样以道德的名义向李尔说话。

---

1. 出自《李尔王》第一幕第四场。这是弄臣说的话。

2. 考狄利娅（Cordelia）：《李尔王》中李尔王的女儿。

3. 肯特（Kent）：《李尔王》中的伯爵。

李尔根据女儿们表达爱戴父亲的程度置办嫁妆[1]，这是不道德的，但未必是愚蠢的，因为他（和观众）没有理由假定考狄利娅表达爱戴之情的天赋比她的姐姐要差。就理性而言，并没有理由说她不会超过她们。她在竞争中的失败是由于道德上的决绝，而不是缺乏天赋。而且，李尔对考狄利娅一番话的反应并非不道德的而是愚蠢的，因为他知道，事实上考狄利娅爱他，而高纳莉尔和莉根并不爱他。从那一刻起，他的理智可以说已经处于其存在的边缘而不在其中心，这一转变的戏剧性呈现是弄臣的出现，他站在李尔的身边犹如第二个李尔，并忠于考狄利娅。只要激情尚未彻底吞噬李尔，愚人就可以出现在他身边，竭力"排解/他内心的伤痛"[2]。依然存在一个时机，尽管渺茫，他可以意识到真实的处境，并恢复理智。当李尔面对着家具说话，似乎它们就是他的女儿们，弄臣评论道：

> 请原谅。我以为你是一张折凳。[3]

换言之，李尔的行为中依然存在一种戏剧因素，就像一个小孩将无生命的东西当做人一样与之说话，他其实知道在现实中它们不是人。但是，这个时机一旦错过，李尔就沉入了对过去的疯癫的回

1.《李尔王》中李尔将国土分封给女儿，大女儿高纳莉尔（Goneril）和二女儿莉根（Regan）阿谀奉承、极力赞美从而得到封地，最后却将李尔王流放到荒野；小女儿考狄利娅表达的只是质朴而真诚的感情，因而遭李尔王驱逐。

2. 出自《李尔王》第三幕第一场。

3. 出自《李尔王》第三幕第六场。

忆,弄臣再也没有理由出来说话,他必须消失。

弄臣频繁地对"无赖"和"愚人"这两个词玩着词语游戏。一个无赖是一个违反良知的命令的人;一个愚人是听不见或不能理解良知的命令的人。尽管认知性自我在道德意义上是一个"愚人",因为良知并不向它诉说什么,而只向意志性自我诉说着,然而,责任发出的命令从来不能与处境中的实际行为相悖谬,而激情发出的命令却可以并频繁地与之悖谬。苏格拉底的信条是有效的,即对善进行认知就是希望获得善,罪是对善的无知,假如认知意味着听从他所知道的事物,无知意味着故意的无视。假如这就是本意,那么,尽管并非所有愚人是无赖,但所有无赖都是愚人。

> 李尔:你叫我愚人,孩子?
>
> 弄臣:你的一切尊号都送给了别人;只有这个名字是你天生拥有的。
>
> 肯特:他并未彻底成为愚人,陛下。
>
> 弄臣:不,说实话,那些老爷和大人物都不愿我成为愚人。如果我垄断了愚人这一名字,他们一定要夺去一份。[1]

最理想的是,在一个演出舞台上,李尔和弄臣拥有同一种体格,他们应该都属于运动员类型的体格。区别仅仅在于他们体形的大小。李尔应该尽可能高大,而弄臣尽可能矮小。

---

1. 出自《李尔王》第一幕第四场。

八

身体：噢，谁来把我整个

　　　从这暴虐灵魂的束缚中拯救？

　　　它将我重重包围，

　　　逼迫我走向自己的险境……

灵魂：什么样的魔法将我拘限在

　　　另一个人的忧伤里变得憔悴？

　　　不认何时，在身体怨诉之处，

　　　我感受到它无从感受的疼痛……

安德鲁·马维尔

凡伦丁：孩子，你可能正在热恋；昨天早上你忘了给我擦鞋。

斯皮德：不错，少爷；我爱上了自己的床。感谢您，您由于我的恋爱而揍了我一顿，使我更有胆子指责您的恋爱。

莎士比亚《维洛那二绅士》[1]

　　莎士比亚最后的剧作《暴风雨》是一部令人不安的作品。就像他晚期的其他三部作品：《佩里克里斯》、《辛白林》和《冬天的故事》，它有关于错误的行为、忏悔与和解；但是，其他戏剧都结束于宽

---

1. 出自第二幕第一场，凡伦丁（Valentine）是维洛那一名绅士，斯皮德（Speed）是其蠢仆。

恕与爱的光辉中——"宽恕是为一切事物而创造的词"——而在《暴风雨》中对愧疚的忏悔和受伤害者的宽恕都显得表面化而非真心实意。在《暴风雨》中，阿隆佐[1]是唯一一个看上去真诚地感到愧疚的人；其余人，无论是宫廷人物安东尼奥[2]和西巴斯辛[3]，以及卑微的角色特林鸠罗[4]和斯丹法诺[5]，忏悔更多的是一种受惩罚者和受惊吓者谨慎的承诺："我不会再这样做了。这得不偿失。"而不是从内心进行改变；普洛斯彼罗[6]的宽恕很大程度上是一个知道可以任意摆布敌人的人对别人做出的带着轻蔑的饶恕，并不是由衷的和解。他对他们所有人的态度由他对卡利班[7]所说的最后言辞表达出来：

> 要是你希望
>
> 得到我的饶恕，就把它打扫整洁一点。[8]

由于普洛斯彼罗的才华与力量，人们必定会崇拜他；然而，人们不可能喜欢他。他拥有人性的冷酷，这样的人会得出结论，人的天性毫无价值，人与人之间的关系即使处于最好的状态中也是令人极

---

1. 阿隆佐(Alonso)：《暴风雨》中的那不勒斯亲王。
2. 安东尼奥(Antonio)：《暴风雨》中旧米兰公爵普洛斯彼罗(Prospero)之弟。
3. 西巴斯辛(Sebastian)：《暴风雨》中阿隆佐之弟。
4. 特林鸠罗(Trinculo)：《暴风雨》中的弄臣。
5. 斯丹法诺(Stephano)：《暴风雨》中的膳夫。
6. 普洛斯彼罗(Prospero)：《暴风雨》中的旧米兰公爵。
7. 卡利班(Caliban)：《暴风雨》中的奴隶。
8. 出自《暴风雨》第五场第一幕。

其遗憾的事务。即使面对天真的年轻恋人腓迪南和米兰达以及他们的"美丽新世界",他的态度也充满怀疑,于是他定要向他们布道,说过早定下婚约的危险。假如他将自己也置入批判性的怀疑论中,人们可能会原谅他,但是他从不;他似乎从不犯错,从不需要宽恕。他这样评价卡利班:

> 一个天生的魔鬼,
>
> 教养从来不能附着在他身上,我出于仁慈
>
> 在他身上花费的苦心,全都失败了,失败了。[1]

虽然我们必须承认卡利班既野蛮又堕落,然而莎士比亚以这样一种方式书写卡利班的部分,说他是一个"撒谎成性的奴隶",只有凭借"鞭打而不是仁慈"[2]才能让他不干恶劣之事,我们却不禁会感到,普洛斯彼罗需要为卡利班的堕落负主要责任,我们也感到,在他们的争论中,卡利班总是占上风。

在普洛斯彼罗到来之前,卡利班拥有一个属于自己的岛屿,在那里过着野蛮而天真无邪的生活。普洛斯彼罗尝试着教育他,作为回报,卡利班给他展示岛屿的各种特征。当卡利班试图强奸米兰达,这个尝试中断了,普洛斯彼罗不再抱有可以进一步教育他的希望。然而他并未终止他们的联系,将卡利班赶回森林;他改变了关系的属性,不再试图将卡利班视为儿子,而只是一个以恐吓进行管

---

1. 出自《暴风雨》第四幕第一场。
2. 出自《暴风雨》第一幕第二场。

辖的奴隶。这样的关系对于普洛斯彼罗而言有利可图：

> 　　　　　　　　　　虽这么说，
>
> 我们也缺不了他。他可以帮我们生火，
>
> 帮我们将木柴搬进屋子，在厅堂中服侍我们，
>
> 这些对我们有用。

　　但是很难说清卡利班从中获得了何种好处，无论是物质的还是精神的。他已经失去了未开化的自由：

> 如今你拥有的一切东西
>
> 曾经都是我的，我是它们的王。

他也丧失了未开化的淳朴：

> 你教我语言，但我从中得到的好处
>
> 只是懂得了如何诅咒。[1]

　　于是，当他遭遇特林鸠罗和斯丹法诺的文明恶习时，就特别容易继续堕落。人们很难指责他，即使他带着仇恨认为文明的美德需要为他的处境负责：

---

1. 以上三段台词均出自《暴风雨》第一幕第二场。

记住：

先拿到他的书，因为，一旦没有了这些书，

他就只是一个傻瓜，像我一样。[1]

作为一个生物有机体，人是一个服从于自然的必然性的生物；作为一个具有意识和意志的存在，他同时是一个拥有精神自由的历史的人。《暴风雨》于我而言是一部拥有摩尼教[2]精神的作品，不是因为它在自然与精神之间展示了一种堕落的人类才拥有的充满冲突与敌意的关系，而是因为它把这归咎于自然，并使精神变得清白。这样一种观点与但丁在《神曲》中所表达的截然相反：

自然的爱永远没有错误，

因为另一种爱会因对象邪恶

或因力量过强或过弱而犯错误。[3]

（《炼狱》[4]第十七歌）

自然世界从来不能欲求过多或过少，因为自然的善就是折

---

1. 出自《暴风雨》第三幕第二场。
2. 摩尼教（Manichaeism）：发源于古代波斯萨珊王朝，三世纪中叶由波斯人摩尼（Mānī）所创立，受基督教、祆教、佛教所影响，是一种带有诺斯底主义色彩的二元论宗教，世界并不是由一个独一无二的神来统治，而是两种势力之间不断斗争的场所。其中一种是罪恶势力，用黑暗和物质来鉴别；另一种是善良势力，用光明和精神来鉴别。摩尼教在世界各地广泛传播，在唐朝传入中国，被称为明教。受基督教打压，大约于公元 600 年左右在西方消失。
3. 采用田德望译文。
4. 指但丁《神曲》中的《炼狱》篇。

中——过多和过少都会使自然的幸福成为痛苦。顺从于必然性的自然世界无法想象可能性。自然世界与可能世界建立最为亲近的关系只是一个虚无缥缈的梦；假如没有普洛斯彼罗，卡利班所知道的爱丽儿[1]就只是"声音与甜蜜的风，带来愉悦，而不伤害人"[2]。动物不可能堕落，因为诱惑者的言辞"你会变得像上帝一样"使用的是将来时态，而动物无从感受将来时态，将来时指示的是从事某事的可能性，这是之前从未做过的某事，而动物对此无法想象。

　　人类永远无法认知这一"自然"，因为认知本身是一个精神行为和历史行为；人的身体感觉总是伴随着意识情感。人不可能记住关于欢乐和痛苦的身体感受，身体感受一旦停止，人们就无从回忆它，人们记住的一切都是关于幸福或恐惧的情感。而且，一种感官刺激可以回忆起遭受遗忘的情感，这种情感曾经与相同的刺激联系在一起，犹如普鲁斯特吃糕点的情形[3]。

　　不幸的是，"肉体"这个词与"精神"相对，并不意味着《福音书》和圣·保罗[4]试图表达的意思，即堕落的人整个身体-历史特性，

---

1. 爱丽儿(Ariel)：《暴风雨》中的精灵。
2. 出自《暴风雨》第三幕第二场。
3. 指普鲁斯特在《追忆似水年华》中所写的玛德莱娜点心，主人公通过它回忆起了很多往事。
4. 圣·保罗(St. Paul)：基督教使徒，原名扫罗，有犹太血统，早期基督教领袖之一，被天主教封为使徒，也是基督教正教会(东正教)安提阿牧首区首任牧首，在《新约》二十七部书中，至少有十四部被认为是保罗所作：《罗马书》、《哥林多前书》、《哥林多后书》、《加拉太书》、《帖撒罗尼迦前书》、《帖撒罗尼迦后书》、《提多书》、《提摩太前书》、《提摩太后书》、《以弗所书》、《腓立比书》、《歌罗西书》、《腓利门书》、《希伯来书》(作者尚有争议)。

而仅仅指的是人的身体特性，接纳一种指责或改造他人的激情，而不是测度自己的良知。因为一种罪越是"肉体性"的，就越具有公共性，也越容易受到纯粹外在法则的阻挠。如此，饕餮之罪就存在于暴饮暴食的行为中，在过度进食、饮用、抽烟等中。如果一个人约束自己不要超过限度，或受到别人的约束，他就不再是一个暴饮暴食者；如果与饕餮的行为分离，"饕餮的思想"这种表述就毫无意义。

犹如耶稣基督对戒律的评论所指示的，色欲的"精神性"已经到了这样的程度：不行满足色欲之事也可以有色欲的念头，但是如果有色欲思想的人不能做到不知色欲为何物，色欲就依然具有"肉体性"；他可以坚持认为，他的思想是无罪的，但是他不能假装认为它们与色欲无关，思想与行为之间的关系依然是直接的。所谓念头，是指某一具体行为的念头。贪欲的人对自己不可能充当伪善者，除非将他的色欲象征性地转变为在意识上毫无色情的影像。但是，罪越具有"精神性"，思想与行为之间的关系就越直接，也就越容易向他人和自己隐藏。我只需要在餐桌上观察一个饕餮者，就可以看清他是一个饕餮者，但是我认识一个人许久之后，才意识到他是一个容易嫉妒的人，因为没有一种行为本身是嫉妒性的；只存在带着嫉妒的精神所实施的行为，通常没有任何迹象展示行为的实施是出于嫉妒而不是爱。因此，一个容易嫉妒的人会对自己隐埋正心生嫉妒的事实，并让自己相信他是出于无比高尚的动机在做事。在纯粹精神的傲慢之罪中，并不存在关于任何具体事物的肉体因素，所以，无论如何切近地观察他人，无论如何严格地检视自己,没有人可以一直知道他们或他是否傲慢;如果他找到其他六宗罪[1]的痕迹,就可以从中推论出傲慢,因为傲慢是"精神自身"的堕落,是其他几宗罪的来源,但是,由于他没有找到其他六宗罪的痕迹,他无法得出相反的推论,绝对地说他或别人并不傲慢。

假如,当人的精神指责身体的堕落,他的身体特性可以开口说话,它完全有权说:"那么,是谁教会了我这些坏习惯?"事实上,身体只有一种抗议形式:生病;最终,他唯一能做的就是损毁自己从而谋杀主人。

卡利班是自然世界的体现,站在其对面的是爱丽儿,他是充满幻想的无形精灵。(在戏剧舞台上,卡利班应该尽可能地可怕而引人注目,其实他暗示的是礼仪允许范围内的阳物崇拜。而且,除非爱丽儿由于普洛斯彼罗的命令而刻意伪装,比如现身为鸟身女妖,理想而言,他应该隐身,声音虚无缥缈,在拥有麦克风和扬声器的今天,是一个可以实现的理想形态。

卡利班一度天真无邪,却已经堕落;他最初对于普洛斯彼罗的爱已经转变成恨。"天真无邪"和"堕落"这样的词不能用于爱丽儿,他超越了善恶;他既不能爱也不能恨,他只能嬉戏。夏娃想象成为知晓善恶的神的可能性,这是无罪的;她的罪在于渴望实现这种可能性,而她知道这是受到禁止的,她的欲望并非来自想象,因为想象与欲望无关,它无从区分受到禁止的或受到允许的可能性;它仅仅

---

1. 即天主教教义中除了饕餮之外的傲慢、嫉妒、暴怒、懒惰、贪婪及迷色。

知道在想象的层面这些可能性是合理的。同样地,想象无从区分可能的事物和不可能的事物;对它而言,不可能的事物只是属于可能的种属中的一个物种,而不是另一个种属。我可以完美地想象自己一百英尺高或是重量级拳击冠军,假如我带着游戏的精神而不是欲望,我这样想象时对自身毫无伤害。然而,当过于严肃地对待可能性,我就会变得忧伤,这其中有两种方式。渴望着成为一名重量级拳击手,我就会欺骗自己,认为想象中的可能性是一种现实的可能性,并耗费生命努力变成我永远不能成为的拳击手。或者,渴望着成为一名拳击手,但是意识到对我而言这是不可能的,我拒绝放弃欲望,并在仇恨和排斥的激情中对上帝和邻人产生敌意,因为我不能获得我想得到的东西。查理三世就是这样做的,他天生是个驼背,为了报复生存的不幸,他决定成为一个恶棍。想象是超越善"和"恶的。缺少了想象,我就只是一只天真的动物,只能安于现状而不能成为其他什么。因此,为了成为我应该成为的,我必须让想象起作用,限制其嬉戏活动,让它去想象那些对我而言既是可行的也是现实的可能性;假如我允许它成为主人并任由其出于喜好而嬉戏,那么我就会停留在梦幻状态中,想象自己可以成为一切事物,却成为不了任何事物。但是,一旦想象为我完成了自己的工作,当我在它的帮助下变成了我应该成为的,想象就有权要求获得自由、毫无约束地嬉戏,因为,危险已经过去,我不会再严肃对待嬉戏。因此,普洛斯彼罗与爱丽儿之间的关系是契约性的,在戏剧的结尾,爱丽儿被释放了。

假如《暴风雨》是极其悲观主义的和摩尼教的,而《魔笛》则是极其乐观主义的和贝拉基主义 1 的。在歌剧《魔笛》的结尾,举行了一场双重婚礼;精神世界的化身塔米诺在帕米娜那里找到了他的幸福,当合唱开始他获得了智慧:

> 力量获胜了,作为回报戴上了王冠。
> 美与智慧将戴上永恒的王冠。2

同时,自然世界的化身巴巴吉诺 3 获得了芭芭吉娜 4,他们一起歌唱:

> 首先是一个小小的巴巴吉诺,
> 然后是一个小小的芭芭吉娜,
> 然后再次是一个巴巴吉诺,
> 然后再次是一个芭芭吉娜。5

他们以天真的谦逊表达的态度,与当普洛斯彼罗指责卡利班试图强奸他女儿时,卡利班带着充满内疚的反抗情绪所表达的态度如出一辙:

---

1. 贝拉基主义(Pclagianism):五世纪由英国神学家贝拉基等人首倡的基督教异端教义,强调人性本善、人有自由意志等。
2. 原文为德语,出自《魔笛》的合唱尾声。
3. 巴巴吉诺(Papageno):《魔笛》中的捕鸟人。
4. 芭芭吉娜(Papagena):《魔笛》中巴巴吉诺的恋人。
5. 原文为德语,出自《魔笛》第二幕第九场。

哈哈哈！要是我干成了才好。

假如你不阻止我；这个岛上

就会住满了卡利班。[1]

塔米诺获得了他的酬劳，因为他具有勇气牺牲生命以承受水与火的考验[2]；巴巴吉诺获得了他的酬劳，因为他拥有拒绝牺牲生命的谦卑，即使这拒绝意味着他必须孤独一生。这就好像卡利班，当普洛斯彼罗提议收养并教育他，他答道："十分感谢，衣服和语言我都不需要；我还是待在丛林里。"

根据《魔笛》，自然与精神和谐而毫无冲突地共存于人性之中是有可能的，只要它们各自保持自身，而不相互干涉，进一步而言，自然世界可以自由地拒绝受到精神的干涉。

精神与自然之间最伟大及最正统的结合当然是堂吉诃德和桑丘·潘沙。不像普洛斯彼罗和卡利班，他们的关系是和谐而欢乐的；不像塔米诺和巴巴吉诺，他们的关系是辩证的；他们都喜欢对方。另外，他们本人和他们的关系都充满喜剧性：堂吉诃德喜剧性地疯狂，桑丘·潘沙喜剧性地理智，他们都觉得对方是一个充满乐趣的形象，讨人喜爱，可以带来无尽的消遣。这种无处不在的喜剧性使这本书成为一本正统风格的书，如果将这种关系表述为悲剧性的关系，结论是这是一本摩尼教的书；如果将两个角色或其中一个角色表述为严肃的角色，结论是这是一本异教的或贝拉基主义的

---

1. 出自莎士比亚《暴风雨》第一幕第二场。

2.《魔笛》中塔米诺需要通过的三个考验之一。

书。严肃对待基督的命令,扛起他的十字架,追随他的人,如果真的是严肃的,他必须将自己视为一个喜剧人物,因为他不是基督,而只是一个普通人,然而,他相信"让自己变得完美"这个命令是基督严肃地传达给他的。世俗的"明智的人"会说:"我不是基督,只是一个普通人。对我来说认为自己可以变得完美是疯狂的想法。因此,这个命令并非是严肃地传达给我的。"另外的人只能说:"服从这条命令简直是疯子所为,它根本不可能实现;然而,如果我相信它是传达给我的,我就必须相信它是可能实现的。"假如他严肃地对待这个命令,他就会将自己视为一个喜剧人物。严肃地对待自己意味着他认为自己不是一个普通人而是上帝。

因为不像赫克托耳或亚里士多德的"崇高灵魂"(megalopsych),基督不是一个可以用以模仿的典范,而只是一种可以追随的"道路"(Way),如果一个人认为"崇高灵魂"是一个值得向往的典范,他必须做的一切只是研读"崇高灵魂"的行为举止并模仿他,例如,走路时,注意不要挥舞手臂。

但是,"道路"是不能模仿的,只能追随;一个基督徒遇到道德难题时并不能在《福音书》中找到答案。例如,假如一个人准备蓄头发和胡子,直至变得形似于某张流行的、面目虔敬的基督肖像,穿上白色亚麻布长袍,骑驴进城,我们会立即感到他不是疯子就是骗子。初看之下,堂吉诃德的疯癫就属于这种类型。他相信传奇故事中的世界是真实的,为成为游侠骑士,他必须一毫不差地模仿传奇故事。就像李尔王,他无法区分想象中的可能性和现实性,将类似理解为一致;李尔将折凳认作女儿,堂吉诃德将风车认作巨人,然而他们的疯狂其实并不一样。李尔遭受的可以说是世俗的疯狂。当世俗人的"自尊心"[1]无法忍受事务的实际状态,他就会发疯;李尔不再拥有权力或者他由于不公的竞争将当下处境加诸自己身上,他无法面对现实。然而,堂吉诃德的疯狂可以称为神圣的疯狂,他的幻想与"自尊心"(amour-propre)无关。假如他的疯狂属于李尔王的类型,除了坚信他必须模仿过去的游侠骑士,他应全身心地投入到游侠骑士的异想天开中,比如拥有高卢的阿玛迪斯[2]的年轻与力量,但他的所作所为都不是这种类型;他清楚自己已年过五十,一贫如洗,然而他相信自己的使命是当一名游侠骑士。游侠骑士通过伟大的事迹而获得荣耀,赢得贵妇的爱,他在路上历尽艰难,无论是考验或失败,最后都会获胜。然而,堂吉诃德彻底地失败了;他一无所获,并未赢得女人的芳心,而这似乎还不足以给他带来耻辱,他所赢得的只是对一名游侠骑士应该赢得的一切的拙劣模仿,事实上,他变得世人皆知、受人仰慕——却是作为一个疯子。假如他的疯狂是世俗的疯狂,"自尊心"将会要求他加入另外一些幻觉:幻想功成名就,幻想由于伟大事迹的名声在各地受到的欢迎(他的观众竭尽所能鼓励着这种幻想),然而堂吉诃德心知肚明,他想做的事情全都失败了。

疯狂的对立面是世俗的现实主义。"疯狂"说道:"风车是巨人。"世俗的现实主义说道:"风车就是风车;巨人就是巨人。"然后继

---

1. 原文为法语。

2. 高卢的阿玛迪斯(Arnadis of Gaul):中世纪最著名的骑士小说《高卢的阿玛迪斯》(Amadis de Gaula)的主人公。

续说道:"风车真正地存在,它们为我生产面粉;巨人纯属幻想,它们并不存在,什么也不能给我。"(一个学精神分析的学生说道:"风车和巨人都只是阳物崇拜的符号。"这既是世俗的也是疯狂的。)疯狂混淆了相似性与一致性,世俗的现实主义拒绝承认相似性,只承认一致性;两者都不会说:"风车像巨人。"

初看之下,桑丘·潘沙像一个世俗的现实主义者。他说:"我是带着赚钱的想法出发的。"读者很难相信一点也不"现实主义"的桑丘·潘沙追随堂吉诃德会赚到一分钱,更别说一座小岛的管辖权,但是,除了物质满足一无信仰的庸人,难道不正是可以最轻易向其兜售并不存在的金矿的一类人?

即使意识到主人是疯子,桑丘·潘沙依然坚持着实现目标的希望,这标志着他不是一个庸人而是"神圣的"现实主义者。这就好比一个人买到了一个并不存在的金矿,然后发现兜售者是个骗子,却继续相信金矿的存在。显而易见,无论桑丘·潘沙怎么表达,他追随主人的动机都是对于主人的爱,以及与主人一样的不切实际的动机,热衷于为探险而探险,对享乐的诗意之爱。就像堂吉诃德赢得了名声,却是作为疯子的名声,桑丘·潘沙实际上也成为了海岛总督,却是作为一个恶作剧;作为总督,他并未获得任何世俗的人希望获得的物质报酬,他却非常自得其乐。桑丘·潘沙作为一个现实主义者,喜爱的是一个实际的世界、当下的时刻,而不是一个想象中的世界或一个预期的未来,但是作为一个"神圣的"现实主义者,喜爱的是纯粹的实际事物和当下事物,对它们所产生的物质满足无动于衷。

堂吉诃德和桑丘·潘沙都是根深蒂固的热衷于征引的人（quoters）：传奇故事之于堂吉诃德，犹如谚语之于桑丘·潘沙。传奇故事是历史，无论虚假或真实。它叙述一系列特殊或十分离奇的事件，并发生在过去或声称发生在过去。乐趣来源于事件本身，而不在于其叙述的文学风格；只要读者知道故事里发生了什么，对风格是充满想象力的还是陈腐老套的这个问题就会漠不关心。谚语与历史无关，它陈述或宣称是要陈述一个在一切时空内都有效的真理。"缝一针可以补救九个洞"（A stitch in time saves nine）[1]与"物体之间相互吸引的程度取决于质量的大小"在语境上都属于同一种对经验知识的表述。谚语的趣味不在于其内容，而在于表达内容的独特方式；内容往往陈腐老套，因为它是对经验知识的表述，是一种只有陈腐才显得真切的科学表述。

谚语属于自然世界，这里，典范以及对典范的模仿是正当概念。一个谚语告诉我们当遇到与谚语所契合的处境时应该做什么、避免做什么：这种境遇一旦出现，谚语将十分有效；如果并未遇到这样的处境，谚语就一无用处。如我们所知，传奇故事属于精神的历史世界，这里，典范被"道"所取代，模仿被追随取代。但是在人的内心，这两个世界并不相互分离，而是辩证地联系在一起；谚语表现自然世界，通过对风格的评价与历史世界联系在一起；传奇故事表现历史世界，通过对风格的漠不关心与自然世界联系在一起。

堂吉诃德对自身力量缺乏幻觉，这标志着他的疯狂不是世俗的

---

1. 也可意译："小洞不补，大来吃苦。"类似于"亡羊补牢"的意思。

而是神圣的,一种对世界的弃绝,但是如果没有桑丘·潘沙,他的疯狂将不可能是基督教的。为了让他的疯狂变成基督教的,他必须拥有一个邻人,一个不同于他的人,一个对他不会产生幻觉而像爱自己一样爱他的人。如果没有桑丘·潘沙,堂吉诃德就不可能拥有邻人,他所属的宗教将意味着不仅对上帝之爱在缺少邻人的情况下是可能的,而且对上帝之爱与对邻人之爱也会是互不相容的。

九

你们中最大的,要成为最小的;为首领的,要成为服事人的。

《圣经·新约·路加福音》22: 26

因为在那里,一个人越多说"我们的",他就拥有越多财富。[1]

但丁《炼狱》第十五歌

当一个恋爱中的男人告诉他女友,说她是自己的主人,他想要成为她的仆人,无论真诚或虚伪,他想说的都是以下的话:"如你所知,我觉得你美丽动人,一个欲望的对象。但我知道,对于真爱,这种欲望还不够;我还必须爱你,并非作为我欲望的对象,而是作为本真的你;我必须渴望自我完满的你。我不能懂你,也无法证明我渴望自我完满的你,除非你告诉我你想要什么,给我机会去努力获得

---

1. 原文为意大利语。

你所要的,并把它给你。"

谚语"仆从目中无英雄"(No man is a hero to his own valet)并非意味着没有一个仆从崇敬其主人,而是说仆从熟悉主人本真的样子,令人钦佩或卑劣,因为,满足主人的需求是仆从的本职,假如你清楚一个人需求什么,就会知道他其实是什么样的人。仆人是什么样的人,主人可能一无所知——除非仆人爱他的主人,不过可以肯定他从不愿去爱——然而,主人是什么样的人,仆人如果不对其了如指掌,这是不可能的,无论仆人是否友善,充满敌意或冷漠,因为每一次下达命令时主人都在袒露自己。

为了解释为何将主仆关系用作圣爱(agape)的寓言,我将举出两本书中的例子,它们将寓言表达为清晰、简洁的形式,这两本书是儒勒·凡尔纳的《八十天环游世界》、P. G. 伍德豪斯的吉夫斯系列[1]。

福格先生[2],就像儒勒·凡尔纳在开篇章节中所描述的,是一个禁欲主义[3]的圣人。他是一个单身汉,腰缠万贯,不工作,却从不虚度光阴,而且毫无恶习;他在自己的俱乐部玩牌,但每晚差不多玩几把就好,当他赢了钱就捐给慈善事业。他是报纸的虔诚读者,于是他知道全世界的消息,但他从不参与其间;他没有朋友也没有敌

---

1. P. G. 伍德豪斯(P. G. Wodehouse,1881—1975):英国作家,被认为是二十世纪英语世界成就最大的幽默作家,1955 年加入美国国籍。一生共写了一百部左右著作,其中以"万能管家"吉夫斯系列最为出名,曾多次被改编成电视剧及舞台剧。吉夫斯(Jeeves):英国作家 P. G. 伍德豪斯塑造的一个理想男仆,是系列故事的主人公。
2. 福格先生(Mr. Fogg):《八十天环游世界》中的主人公。
3. 或译为"斯多葛主义"。

人；人们看不出他对什么事情投入过感情；他似乎生活"在各种社会关系之外"。如果在禁欲主义的意义上"无欲无求"是最高的美德，福格就是一位圣人。他最令人难忘的特点是一种人们在古典时代一无所知的充满仪式感的狂热，对钟表的膜拜——他拥有自己的钟表，显示分秒、时日和年月。他不仅每天按部就班地做着相同的事，甚至做每件事的时刻也是固定不变的。古典作者如泰奥弗拉斯托斯[1]准确地描述过性格类型，但据我所知，没有一种类型是用来描述"守时的人"（我本人就属于这种类型），这类人只有首先看一眼时钟，才会告诉我们他饿了。例如，在对恺撒的任何赞美之词中，从未提及他制定了罗马度量标准，以使列队按时行进。我听说有人认为，第一批守时的人是修道士——在他们履行神职期间。可以肯定，第一个严肃分析人类时间经验的人是圣奥古斯丁，他认为，守时的观念，在特定时刻行事的观念，取决于基督教教义所支持的却并非其发明的自然时间与历史时间之间的分界线[2]。

　　一般而言，古人或者认为时间像钟摆一样来回摆动，或者认为时间向轮子一样一再转圈，时间不可逆地单向行进的观念对于他们是十分陌生的。摆动或循环运动提供了一种关于变化的观念，然而却是一种"暂时"（for-a-time）的变化；这种"暂时"可以是一长段时

---

1. 泰奥弗拉斯托斯（Theophrastus，前371—前287）：古希腊哲学家和科学家。先后受教于柏拉图和亚里士多德，后来接替亚里士多德，领导其"逍遥学派"。

2. 希腊概念"卡伊洛斯"（Kairos），做某事的合适时刻包含着守时观念的种子，但并未开花结果。——作者原注。译者按：希腊神话中分别有时间神克洛诺斯（Chronos, Khronos, Χρόνος）和运气与机遇之神卡伊洛斯（Cairos, Kairos, καιρός），两个词后来都代表时间，"克洛诺斯"代表连续时间，"卡伊洛斯"代表不确定的时刻。

间——钟摆摆动或轮子旋转可能非常缓慢——但是所有事件迟早
会再度发生；绝对的新异，即在一个彻底特殊的时刻独一无二的事
件只发生一次，这一观念在其中毫无位置。后面这种观念不可能起
源于我们对于外部世界的客观经验——我们所能看到的一切运动
或是摆动的或是循环的——而只能来自在诸如记忆与期待等现象
中我们对于时间的主观内在经验。

只要我们客观地看待时间，时间就是命运或机遇，生活中我们
无须承担责任，对于它我们也无能为力的因素；但是当我们从主观
上去思考，我们就要对"自己的"时间承担责任，守时的观念就开始
出现。在训练自己如何超越于环境的过程中，古代的禁欲主义者会
规训自己的激情，他知道激情对于他试图获得的无欲无求是一种绝
大的威胁，但他不会规训自己的时间，他从未意识到时间是属于他
自己的。一个现代的禁欲者如福格先生懂得规训激情的最可靠方
式就是规训时间：在一天中抉择你需要什么或应该做什么，随后在
每一天的相同时刻一如既往地做这些事，激情将再也不会令你
烦恼。

福格已如此成功，以至于遭受着"自傲"（hubris）的折磨；他坚
信，他尚未预知的事物都不可能妨害他。而其他人往往不可信赖，
的确如此，一旦他发现他们不可信赖，就与之断绝关系。在故事开
篇，一个清晨，他刚解雇一名仆人，仆人为他用了84华氏度的热水
修面，而不是86华氏度的，因此他正在重新搜寻一名仆人。他所构
想的关于主仆之间的正当关系是，主人必须下达绝对清晰、一成不
变的命令——主人无权下达仆人难以应付的命令，使仆人迷惑或吃

惊——仆人必须像一部机器不带个人情感地、效率十足地执行命令——只要犯一个错误，就可以被解雇。他最不希望从仆人或其他人身上获得一种私人的友谊。

同一个清晨，路路通[1]告知朗斯费利老爷，他再也无法忍受在一个混乱不堪的家庭中工作，他的主人"频繁地被警察架着回家"。他是个乐观、机智善辩的人，他在主人身上试图得到的东西与在朋友身上试图得到的完全相反。他希望自己与主人的关系是正式而不介入个人感情的；因此，他试图在主人身上寻找的是与自己相反的性格，一种冷漠的性格。他理想中的主仆关系与福格的恰好如出一辙，可以相互满足，他通过面试，被录用了。

然而，那天晚上，意外之事发生了，一次打赌让他们开始上路环游世界。正是"自傲"诱使福格跟人打赌；他如此坚信，一切无从掌控的意外之事都不可能发生，他绝不允许由于并未接受挑战而让俱乐部的成员怀疑其信念。此外，意外地发生了一件银行盗窃案，他对此一无所知，也无从做出预测，对窃贼的描述以及他突然离开英国使警方认定他为犯罪嫌疑人。福格和路路通离开后，侦探菲克斯就开始追捕。在前往港口的火车上，路路通突然记起，由于收拾行李时过于仓促，他忘记关上卧室里的煤气。福格并未说出责怪的言语，只是说到，他们回去之前的燃气费都由路路通支付。他依然是禁欲主义者，他以对于正义的禁欲主义构想不带个人感情地、冷酷无情地处理事务，犹如自然法则。事实正是路路通而不是福格忘了

---

1. 路路通（Passepartout）：《八十天环游世界》中福格的仆人若望的外号。

关闭煤气；他突如其来的决定引起的忙乱可能让路路通难以记得关闭煤气，但并非不可能关上，因此，路路通必须为健忘负责，并付出代价。

然后在印度，出现了决定性的时刻：他们撞上一位年轻而美丽的寡妇艾娥达正准备殉葬，不过她是被迫的。显而易见，福格人生中第一次遭遇了人性的正义和苦楚，一次道德选择。假如他像那个神父和那个利未人在一旁擦身而过，就可以在加尔各答赶上轮船，轻而易举地赢得赌注；假如他试图救她，就会错过轮船，失掉赌注的可能性就非常大。放弃了禁欲主义的冷漠，他选择第二个可能性，从那一刻起，他与路路通的关系不再是毫无人情的；两人都感受到了"友爱"（philia）。甚者，他发现路路通拥有别样的能力，这是他作为仆人的道德职责所无从揭示的，然而在这紧迫的处境中，却弥足珍贵，而福格欠缺这些能力。如果没有路路通灵机一动冒充火葬柴堆上的尸体，艾娥达永远不会得救。在此之前，福格一直坚信，其他人能做而他自己可以做得同样出色或更出色的事都一无是处；如今他生命中第一次抛弃了这种信念。

迄今为止，路路通认定主人是一个毫无感情的机器人，公正却不可能变得豁达或自我牺牲；假如他并未如此出人意料地袒露自己，他必定会将福格出卖给菲克斯，因为这位侦探已成功说服他相信其主人是一个银行盗窃犯。根据福格以身作则的禁欲主义观念，即正义是不通人情的，那么，路路通有义务出卖主人，不过在见到主人富于人情的行为之后，他断然拒绝实施这一不通人情的正义。

随后，当横穿美国的特别快车遭到印第安人袭击，路路通以强健的体魄冒着生命危险挽救了福格和艾娥达的生命,而这种能力与其作为仆人的道德责任毫无关系,最后他被印第安人俘虏。在这样的举止中,主仆之间的契约关系被超越;一方需要保证可以牺牲自己去拯救另一方,任何契约都不可能包含这样的条款。唯一可能的回报就是做出相同的行为,福格并未登上远去的救济火车,尽管可能会牺牲赢得赌注的最后时机,依然冒着生命危险回去拯救路路通。

就像福格,伯蒂·伍斯特[1]也是一个拥有私人财产的单身汉,也不需要工作,但他们两人的相似之处仅止于此。没有人比他更不像一个禁欲主义者。如果说他毫无恶习,那是因为他的欲望如此含混不清、转瞬即逝,以至于不能固定下来。一周还未过去,他就几乎忘记上次他一见钟情的姑娘;这一周他想象着自己是她的特里斯坦[2],而下一周就已经彻底忘记她,犹如唐·乔万尼善于忘记女人一样;而且,始终没有发生什么。没有任何迹象表明他拥有一块钟表,或者他可以据此说出时间。无论根据什么世俗的道德标准,他都是一个浪荡子,他的存在对于世人无足轻重。但正是伯蒂·伍斯特拥有一个举世无双的仆人吉夫斯。吉夫斯随时可以找到一个更富裕的主人,或一个少一些难以履行的责任的地方,然而,他却选择服侍伯蒂·伍斯特。"幸运的傻瓜"(lucky Simpleton)是一种司空见惯的民间故事主人公;比如,与两位兄长相比,在"探寻"(Quest)

---

1. 伯蒂·伍斯特(Bertie Wooster):英国幽默作家 P. G. 伍德豪斯笔下人物,吉夫斯系列故事中吉夫斯的主人。
2. 指瓦格纳歌剧《特里斯坦与伊索尔德》中的男主人公。

中,"三儿子"总是显得资质最为平庸,然而他渴望成功的野心与他们是一样的。他奋勇地向未知的、无从预料的胜利挺进。但是伯蒂·伍斯特缺乏任何野心,不愿付出举手之劳去激励自己,然而他获得的报酬是一个无所不知的"保姆",对他自己而言,这个"保姆"远胜于一个美丽动人的公主,他为他做任何事情,使他免于麻烦,而不会像大多数"保姆"那样去教育他或让他变得更为出色,甚至连这样的念头也没有。

——我说,吉夫斯,昨晚我在俱乐部遇到一个男人,他想把我的赌注全部压在"私掠船"[1]上,用于下午两点的赛马上。你觉得怎么样?

——我不赞成,老爷。那匹赛马不是血红色的。

——说到衬衣,我预订的那几条淡紫色的已经送到了吗?

——是的,老爷。我送回去了。

——送回去了?

——是的,老爷。它们对你不合身。

"探寻中的英雄"总是会遭遇一个年老的乞丐或一只给予忠告的动物:假如他由于过去傲慢而无从想象如此卑微的造物会告诉他什么,他就会对忠告不屑一顾,结果将是致命的;如果他足够谦逊听取并服从忠告,那么,在他们的协助下,他就可以实现目标。然

1. 应是小说中一匹赛马的绰号。

而,无论他如何谦逊,依然梦想着成为英雄;他可以足够谦逊而听取比他更卑微者的忠告,然而他坚信自己潜在地是一个高人一等的人,是一个即将成为王子的人。而且,伯蒂·伍斯特不仅知道自己是一个无关紧要的人,而且从不期望自己成为其他什么人;一直到弥留之际,他也知道,他依然会是一个需要保姆照顾的浪荡子;同时,他对那些已经或可能会有所建树的人毫无嫉妒之情。事实上,他具备最珍贵的美德——谦逊,因而获得了赐福:正是他而不是其他人拥有了那个上帝一般的仆人吉夫斯。

——我们时代所有那些大人物只能站在人群中看着你擦身而过。

——太谢谢您了,老爷。我会竭尽全力令您满意。

说得如此具有戏剧性——世界上还有其他语调比戏剧性语调更适合于真诚地言说吗?——这是一种"圣爱"(Agape)的声音,一种"圣洁之爱"(Holy Love)的声音。

罪恶的牧师之家

若非法律如此说，我不知罪为何物。

《圣经·新约·罗马书》07：7

❖

自白

对我而言，就像很多人，读侦探小说就像吸烟与喝酒一样已经嗜瘾成性。这种上瘾的症状如下：首先，它唤起浓郁的渴望——假如我有什么工作要做，我必须小心不能拿起一本侦探小说，一旦开始读，我就会废寝忘食，直到将它读完。其次，它与众不同——故事必须遵守特定的规则（比如，我发现背景如果不设在英国乡村就不忍卒读）。再次，它具有即时性。一旦读完，我就会彻底忘记整个故事说的是什么，也不再希望重读。每当我开始读一本侦探小说，几页之后发现曾经读过，就再也读不下去了，这种情况时有发生。

这样的反应使我相信，侦探小说与艺术作品毫无关系，至少在我看来如此。然而，对侦探小说即对我喜爱的侦探小说进行分析不仅可以阐明其神奇的功能，相反，还可以阐明其艺术功能。

定义

通俗的定义，把侦探小说称为"犯罪小说"（Whodunit），这是正确的。基本套路如下：发生了一起谋杀案；很多人被怀疑；除了一个疑犯，其他人的嫌疑都被排除了，他就是凶手；凶手被捕或死了。

这一定义中不包括：

1）对其罪行已为人所知的罪犯进行侦查的小说，例如《预谋》[1]。在有一些案例中，谁是疑犯已一清二楚，并且可以断定他就是疑犯，但是缺乏证据，比如弗里曼·威尔斯·克劳夫兹[2]的很多小说。其中多数都是可以算作侦探小说的。

2）惊险小说、谍报小说、关于大骗子的小说等等，对于罪犯的鉴别让位于对犯罪计划的揭破。

惊险故事的兴趣在于善恶之间、我们与他们之间的伦理冲突和属性冲突。对罪犯的侦查就是大量无辜的人去审视犯罪者的痛苦。侦探小说的兴趣在于无辜与罪行之间的辩证关系。

犹如在亚里士多德对悲剧的描述中，侦探小说里有隐匿（无辜者像是有罪的，犯罪者像是无辜的）与显现（发现了真正的罪行）。还存在情节的突变，在此情形中，并非幸运发生了逆转，而是双重的逆转：显而易见的罪行变成无辜，显而易见的无辜变成罪行。其公式可以图解如下：

1.《预谋》(*Malice Aforethought*)：英国作家安东尼·伯克莱·考克斯（Anthony Berkeley Cox，1893—1971）写于1931年的侦探小说。

2. 弗里曼·威尔斯·克劳夫兹（Freeman Wills Crofts，1879—1957）：爱尔兰侦探小说家，首部侦探小说《谜桶》与阿加莎·克里斯蒂的处女作《斯泰尔斯庄园奇案》一起揭开了侦探小说黄金时代的序幕。他最负盛名的是弗兰奇警探（Joseph French）系列故事。

罪犯出现前的平静状态	误认的无辜
|	|
|	罪行的揭示
|	|
错误的线索,次要的罪犯等	错误的犯罪地点
|	|
解决方案	真正的犯罪地点
|	|
|	|
罪犯被捕	净化
|	|
|	|
罪犯被捕后的平静状态	真正的无辜

在希腊悲剧的演出中,观众对真相一清二楚;而演员却并不知道,他们只是发现不可避免的事情并使它发生。在现代悲剧比如伊丽莎白时代悲剧的演出中,观众所知道的与演员所知道的一样多。侦探小说的读者对真相一无所知;只有一个演员——罪犯——知道;侦探凭借着自由意志发现并揭露罪犯凭借着自由意志试图隐藏的东西。

希腊悲剧和侦探小说有一个共同特征,都有别于现代悲剧,人物并不在行动中发生变化,或由行动引起变化:在希腊悲剧中,这是因为人物的行动是命中注定的;在侦探小说中,这是由于决定性事件——谋杀,已经发生。因此,时间和空间仅仅是揭示必须发生或实际已经发生的时刻和地点。结果,侦探小说应该遵守三一律[1],而且事实常常如此,而现代悲剧的人物随着时间推移发生改变,它只有

---

1. 即要求时间、地点和情节之间保持一致,这一观念从亚里士多德《诗学》中引申出来,被法国古典主义戏剧奉为圭臬。

凭借技术性的绝招才能这样做；惊险小说就像流浪汉小说，甚至要求时间与地点的频繁迁移。

为何是谋杀？

存在着三类犯罪：（A）冒犯上帝、某个或一些邻人；（B）冒犯上帝与社群（society）；（C）冒犯上帝（当然，所有的犯罪都是冒犯自己）。

谋杀是第二类中的唯一一种犯罪。第一类犯罪的共同特点是，从理论上而言，受害者可以得到补偿（比如，盗窃的财物可以归还），或者受害者可以宽恕罪犯（例如，在强奸案例中）。结果，作为整体的社群并未直接卷入；它有其代表（警察等）为受害者的利益行事。

谋杀的独特之处在于废除了受害者，于是，社群就要接替牺牲者的位置，站在他的一边要求偿还或对罪犯做出宽恕；只有这种罪行，社群与之具有直接利害关系。

很多侦探小说开篇是一次疑似自杀的死亡，随后人们发现这是谋杀。自杀是属于第三类犯罪，在这种犯罪中，罪犯的邻人或社群都不存在利害关系，无论直接或间接。如果一个死亡事件被认为是自杀，那么，甚至私人的好奇都是不合时宜的；一旦它被证明为谋杀，公众的探寻就成为义务。

侦探小说有五种元素——环境、受害者、谋杀、疑犯、侦探。

环境（人）

侦探小说需要：

1) 一个封闭的社群，于是，凶手从外部进入（因此整个社群都是无辜的)的可能性被排除；一个紧密联系的社群，于是，其所有成员都是潜在的疑犯（惊险小说除外，它要求一个开放的社群，任何一个陌生人都可能是伪装的友人或敌人）。

我们会遇到这样的情形：a）一群有血缘关系的人（乡村家宅中的圣餐）；b）一群地缘上拥有错综复杂的亲密关系的人（古老的村子）；c）一个职业团体（戏剧团）；d）一群在中立空间中与世隔绝的人（卧铺车）。

在最后一种类型中，隐匿与显现的规则不仅适用于谋杀，也适用于群体成员间的关系，他们之间最初似乎是陌生的，随后却发现相互关联。

2）必须有一个无辜的社群，处于优雅状态之中，即，法律没有用武之地，美学个体与伦理普遍性之间不存在冲突，因此，引发危机的谋杀在那里是一种前所未闻的行为（它表明一些成员已经堕落，不再处于优雅状态之中）。法律成为一种现实，在一段时间内，所有人都必须生活在法律的阴影之中，直到堕落之人被确认。在他被捕之时，无辜得以修复，而法律则永远地退匿了。

因此，小说中的人物应该古怪（审美上有趣的个体）并善良（本能地具有伦理性）——就是说，要么相貌看起来是善良的，之后其虚伪被揭示出来；要么实际上是善良的，一开始却被邪恶的外表所掩盖。

那么多侦探小说家都把大学作为故事的发生地，这是一种合理的直觉。理想的教授所拥有的最主要的激情，就是为知识而追求知识，所以，他只有通过其他人与真相的共同联系，才与他们联系在一起；而那些激情，比如欲望、贪念或嫉妒，直接与个人联系在一起，并且可能导致谋杀的发生，在教授身上，它们则是被理想化地排除在外的。如果谋杀发生在大学校园，就表明某个同事不仅是坏人，而且是糟糕的教授。此外，因为学术生活的基本前提是真理具有普适性，并需要和所有人分享。对一宗具体犯罪的"认知"(gnosis)，和对抽象观念的"认知"，相敬如宾地平行着，又彼此模仿。

发生在修道院里的谋杀则具有更加理想化的矛盾冲突，但这样的事实将其排除在外，即，僧侣们定期进行忏悔，如若凶手并不为自己的罪行进行忏悔，而嫌疑人，是那些在谋杀这件罪行上是无辜的，但却犯下了一些较轻罪行的人，不能指望他们在隐藏自己的罪行时不将修道院置于荒谬的处境。顺便一提，侦探小说大多盛行于以新教为主要信仰的国家，这难道仅仅是出于巧合吗？

侦探小说家也会很聪明地选择一个拥有一套繁杂仪式的社群，并会对这套仪式进行详尽的描述。仪式是审美和伦理之间平衡的标志，在这套仪式中，身体与心灵、个人意志与普遍法则并不相互冲突。凶手利用关于这套仪式的知识实施犯罪，最终只能由一个对此同样熟知乃至更胜一筹的人捕获。

环境（自然的）

在小说里，如同在其镜像之中，寻找圣杯、地图（空间的仪式）和时间表（时间的仪式）都是不可或缺的。自然应该反映人类居住者，例如，它应该是"世外桃源"(Great Good Place)；这个地方越像伊甸园，那么谋杀所带来的矛盾冲突就越大。比起城镇，乡村是更可取的地方,过着富足生活的街区(但并不是极其富裕——不然会让人疑心其中有不义之财)比贫民窟更合适。尸体必须让人震惊,不仅要因为它是一具尸体,而且要因为,即便对于一具尸体而言,它也令人震惊地格格不入,一如被狗把地毯弄得一团糟的客厅。

雷蒙德·钱德勒先生[1]曾写过,他想要将尸体从教区牧师花园中搬运出来,将谋杀交还给那些擅于此道的人。如果他希望写小说,即,那些读者的基本兴趣在于找出谁是凶手的故事,他的想法可以说完全错了。因为在一个由职业犯罪所组成的社群中,想要确认凶手是谁的可能的动机,只能是勒索或复仇,这两者都适用于个人,却不适用于整个群体,并且可以同样有效地激发谋杀。事实上,不管他说了什么,我觉得钱德勒先生有兴趣去写的,并非侦探小说,而是关于犯罪环境——邪恶之地(Great Wrong Place)的严肃的探究。他那些充满力量却令人极度沮丧的书,并不应该被当作消遣文字来阅读和评价,而是应该被视为艺术作品。

受害人

受害人必须尽量满足两种矛盾的要求。他必须与所有的嫌疑人有所牵连,这要求他是一个坏人;而他必须让每个人都感觉到有罪,这要求他是一个好人。他不能是一个罪犯,因为这样一来,他会

---

1. 雷蒙德·钱德勒(Raymond Chandler, 1888—1959):美国推理小说作家,生于芝加哥,对现代推理小说有深远的影响。钱德勒的小说主角菲力普·马洛成为了"硬汉派"侦探的同义词。著有侦探小说《长眠不醒》《高窗》《湖底女人》《再见,宝贝》《小妹妹》《漫长的告别》等。

受到法律的惩罚,而谋杀就会显得没有必要(勒索是唯一的例外)。他所唤起的导致谋杀的诱因越是普通,效果就会越精彩;例如,比起单纯为了金钱或者为了性,对于自由的渴望会是一个更好的动机。总的来说,最好的受害者是一个负面的父亲或母亲的形象。

如果谋杀不止一起,随后的受害者应比之前的更为无辜,即,凶手最初应该出于一种真正的冤屈而实施谋杀,他使用非法的手段得以伸张,其结果是,被迫违背自己的意愿而谋杀,而此时,除了自己的罪疚,他已无任何冤屈。

凶手

谋杀是一个负面创造,因此,每一位凶手都是一位反叛者,宣称自己拥有无所不能的权力。他的令人同情之处在于拒绝承受痛苦。作者所要解决的问题是,在其他人物以及读者的眼前隐藏凶手恶魔般的傲慢,因为,一旦一个人拥有这样的傲慢,他的一言一行中都会有所体现。通过揭示出凶手的身份,让读者感到惊讶,然而与此同时,让读者确信那些先前得知的关于凶手的信息与凶手的身份是一致的,这是一个出色的小说需要经受的检验。

至于凶手的下场,会有三个选项——死刑、自杀、精神失常——第一个是最好的,因为如果凶手自杀,意味着他拒绝忏悔,而如果他精神失常,那么他将无法忏悔,如果他没能忏悔,那么社群将无法宽恕他。然而,死刑是一种赎罪的行为,借此,凶手得到了社群的宽恕。在现实生活中,我不赞成死刑,但在侦探小说中,凶手必须没有未来。

［"对钱德勒先生的一项建议"：一群训练有素的职业杀手他们
出于严格的职业原因行凶，在他们中间，存在着某个人，对他而言，
谋杀是一种毫无动机的"无端的行为"（acte gratuite）[1]，如利奥波德
与勒伯[2]。很快，并非受人所托的谋杀开始发生了。那群职业杀手
在道德上义愤填膺又倍感困惑；对职业杀手的怀疑将导致其组织面
临瓦解的危险，于是必须招来警察侦查出业余谋杀者，将职业杀手
从众人的怀疑中挽救出来，并恢复他们谋杀的能力。］

嫌疑人

侦探小说中的社群由那些显然无辜的个人组成，即，他们作为
个体的审美趣味和他们对普遍的伦理义务之间并不存在冲突。谋
杀是一种扰乱行为，让无辜的人迷失方向，让个人和法律之间彼此
对立。对谋杀者来说，这种对立完全是现实的（直到他被捕，并受到
应有的惩罚）；但对嫌疑人而言，这种对立通常是外在的。

但为了让他们出场，一定要有一些现实因素；比如，如果怀疑只
由偶然所引起，或仅仅由凶手的蓄谋所引起，那是无法令人满意的。
嫌疑人必须对某件事情感到罪疚，因为，如今审美和伦理处于对立
之中，如果他们完全是无辜的（遵从伦理），就失去了美学上的趣味，

---

1. 原文为拉丁语。
2. 利奥波德与勒伯（Leopold and Loeb）：1924 年，芝加哥大学两名富有的学生，19
岁的纳森·利奥波德（Nathan Leopold, 1904—1971）、18 岁的理查·勒伯
（Richard Loeb, 1905—1936）绑架并谋杀一名 14 岁的少年鲍比·弗兰克斯
（Bobby Franks），从绑架到尸体的处理，他们花了七个月时间。他们被合称为"利
奥波德与勒伯"。希区柯克据此案拍成电影《夺魂索》。

读者将会无视他们。

对于嫌疑人，罪疚的主要原因是：

1）谋杀的希望甚至图谋；

2）嫌疑人害怕或羞于被揭示出来的 A 类犯罪或 C 类的恶行[1]（比如通奸）；

3）一种机智的"傲慢"（hubris），试图自己解决案件，看不起警察（认为审美优越于伦理）。如果这种"傲慢"足够强大，就会导致拥有这种"傲慢"的主体被谋杀；

4）一种天真的"傲慢"，拒绝配合调查；

5）对另一个深爱的嫌疑人缺乏信任，而导致其主体隐蔽或扰乱线索。

侦探

无懈可击的侦探极其罕见。事实上，我只知道三位：夏洛克·福尔摩斯（柯南·道尔）、弗兰奇探长（弗里曼·威尔斯·克劳夫兹），以及布朗神父（G.K.切斯特顿[2]）。

侦探的工作就是去恢复优雅的状态，在这种优雅状态中，审美

---

1. 参见本文"为何是谋杀"部分对犯罪的分类。
2. G. K. 切斯特顿（Gilbert Keith Chesterton，1874—1936）：英国作家、文学评论家。1925 年起主办《新证人报》（后改名为《G. K. 周刊》）。文学批评颇获称誉，论著《文学中的维多利亚时代》（1913）及有关勃朗宁、狄更斯、萨克雷、乔叟的研究著作负有盛名。在小说方面，其创造的最著名角色是牧师侦探布朗神父（Father Brown），首开以犯罪心理学方式推理案情之先河，《布朗神父探案》是家喻户晓的推理小说。另著有小说《诺廷山上的拿破仑》（1904），诗集《野骑士》（1900）、《新诗集》（1932）等。

与伦理是同一的。既然引起审美与伦理之分离的凶手是一个对审美进行挑衅的个体，那他的对手——侦探，要么必须是伦理的官方代表人物，要么必须是处于优雅状态的非同寻常的个体。如果是前者，那么他是一名专业的侦探；如果是后者，他则是一名业余的侦探。无论何种情况，侦探必须是彻底的陌生人，不可能卷入到犯罪中去；这一点就将当地警察排除在外，我认为，也将身为其中一个嫌疑人的侦探排除在外。专业侦探的优势在于，既然他不是一个个体，而是伦理的代表人物，调查案件就无需动机；但出于同样的原因，其劣势在于，他无法洞察嫌疑人违背伦理的细微表现，因此更难捕捉他们的秘密。

另一方面，大多数业余侦探都无法令人满意，要么是因为他们是自命不凡的超人，就像彼得·温西勋爵[1]和菲洛·凡斯[2]，除了任性，不存在其他当侦探的动机；要么是因为他们与凶手一样，是受贪婪和野心所驱使，就像那些"硬汉派"侦探[3]。

业余的天才侦探可能拥有弱点，这些弱点赋予他们审美上的趣味，但必定不是能冒犯伦理的那一类人。最令人满意的弱点是独自吃吃喝喝的口腹上的恶习，或孩子气的自吹自擂。关于他的性生活，一名侦探要么必须单身，要么必须拥有幸福的婚姻。

---

1. 彼得·温西勋爵(Lord Peter Wimsey)：英国女侦探小说家多萝西·L·塞耶斯(Dorothy Leigh Sayers, 1893—1957)笔下的贵族侦探，是负有盛名的"彼得·温西勋爵探案系列"主人公。

2. 菲洛·凡斯(Philo Vance)：美国推理小说作家范·达因(S. S. Van Dine, 1888—1939)笔下的侦探，红极一时的"菲洛·凡斯探案系列"主人公。

3. 硬汉派(hard-boiled school)侦探：指雷蒙德·钱德勒笔下的侦探，比如侦探菲力普·马洛。

业余侦探和专业警察之间还有一类刑事律师,他们的"目的"(telos)不是找出谁有罪,而是证明他的委托人无罪。他在伦理上的辩解是人类的法律在伦理上存在缺陷,也就是说,它并不是普遍和神圣的绝对表现,并服从于偶然的审美上的局限性,比如,个体的警察和陪审团的智慧或愚蠢(其结果是,一个无辜的人有时候会被判有罪)。

为了纠正这种缺陷,决议的达成需要通过审美的辩论,即,用辩护律师在智力上的天赋来对抗起诉,如同在往昔的时候,有争议的案件由被告和原告进行身体的决斗得以解决。

律师侦探(比如约书亚·克拉克[1])从来无法令人满意,因此,由于对委托人的承诺,他无法放弃委托人,即使委托人真的是有罪的一方,他也不能去掉自己的律师身份。

夏洛克·福尔摩斯

福尔摩斯是一个特殊的人物,他处于优雅的状态之中,因为他是一位天才,在他身上,对科学的好奇心被提升到一种英雄激情的地步。但他的知识渊博却绝对地专业化(比如,对哥白尼体系一无所知),在不属于他的领域的所有事情上,他像小孩一样的无助(比如,衣冠不整),对科学的迷狂让他付出了代价(对感情的漠视),他成了忧郁的牺牲品,每当手头没有案件的时候,他就会受到忧郁的袭击(比如,拉小提琴、吸食可卡因)。

---

1. 约书亚·克拉克(Joshua Clunk):英国侦探小说家 H. C. 贝利(H. C. Bailey)笔下的侦探,"约书亚·克拉克探案系列"主人公,兼有律师身份的侦探。

他想要成为一名侦探的动机，积极而言，是出于对不含感情色彩的真理的热爱（他对有罪者和无辜者的感情没有任何兴趣）；消极而言，则是出于想要逃离自己忧郁情感的需要。他对人的态度、他观察和推理的方式是化学家或者物理学家才有的。他选择人而不是无生命的东西作为自己的素材，无生命的东西无法撒谎，所以研究它们就极为容易，而人类会撒谎并且精通撒谎，所以观察人类，必须具备双倍敏锐的洞察力和双倍缜密的逻辑思维。

弗兰奇探长

他在社会等级和文化上属于苏格兰场[1]的探长（老派的牛津探长已让人无法忍受）。他成为侦探的动机是对责任的热爱。福尔摩斯为了自己的缘故而侦探，并显示出对所有感情的最大限度的冷漠，除了自己情感的消极的恐惧。弗兰奇为社会上无辜的人而侦查案件，只对自己和凶手的感情表现出冷漠（他更愿意和自己的妻子待在家里）。他的不同寻常之处只在于他对责任的特殊的热爱，这让他付出了非同寻常的痛苦；他只是做了所有人都可以做到的，只要他们有同样的耐心和勤奋（他检查着不在场证据，以找出微小的破绽，而粗心大意、匆匆忙忙就会错过这些）。他智胜凶手，部分是

---

1. 苏格兰场（Scotland Yard）：正式名称为"新苏格兰场"（New Scotland Yard），指英国首都伦敦警务处总部。负责地区包括整个大伦敦地区除伦敦城意外的治安及维持交通等职务。苏格兰场位于伦敦的威斯敏斯特区，离上议院不远。苏格兰场这个名字源自1829年，当时英国首都警务处位于旧苏格兰王室宫殿的遗迹，因而得名。1890年曾迁至维多利亚堤区，1967年迁至现址。这两个新地址也被称为"新苏格兰场"。

因为凶手并不像他那么谨小慎微，部分是因为凶手必须单独行动，而他可以得到世上所有无辜的人的帮助，这些无辜的人履行着自己的职责，如邮递员、铁路职员、送奶工等，都出于偶然成为了真相的目击者。

布朗神父

就像福尔摩斯，他是一位业余侦探；然而，就像弗兰奇，他并不是一个天才人物。他作为侦探所做的行为，是作为牧师[1]关注灵魂的行为的次要部分。他的主要动机在于怜悯，罪犯比无辜的人更需要怜悯。他调查凶手，并不是为了自己的缘故，甚至不是为了无辜的人的缘故，而是为了凶手的缘故，只要他们坦白和忏悔，就可以救赎自己的灵魂。他解决案件，靠的并不是像科学家或者警察客观地接近案件，而是主观地将自己想象成凶手，这样的过程不仅对凶手，而且对布朗神父自己也是有好处的，正如他所言："这预先给了一个人悔罪的机会。"

福尔摩斯和弗兰奇只能像教师一样帮助凶手，也就是说，他们可以教导凶手：谋杀将大白于天下，会受到惩罚。除此之外，他们什么也不能做，因为两人中没有一人会受到诱惑去谋杀；福尔摩斯太具天赋，而弗兰奇美德的习性上训练有素。布朗神父则可以更进一步作为榜样去帮助凶手，即作为一个也会受到诱惑去谋杀的人，却可以依靠信仰的力量去抗拒这种诱惑。

---

1. 布朗神父既是侦探，又是神父。

读者

　　关于侦探小说,最奇怪的事实是,它恰恰最能吸引那些最能免疫于其他形式的白日梦文学的人。典型的侦探小说迷是医生、牧师、科学家或者艺术家,即,功成名就的专业人士,由于智力上的趣味和在自身领域中的博学,他们永远不会喜欢《星期六晚间邮报》[1]、《真情告白》[2]、电影杂志或漫画。要是我问自己,为什么无法沉浸在那些关于沉默寡言的男人和美女的故事中,他们在优美的园林中做爱,并继承了数百万财产,我不能说,我并不幻想着变得英俊,拥有爱情,生活富有,因为我的确拥有这样的幻想(尽管我的人生或许足够幸运,让我可以比一些人更少地以幼稚的方式去嫉妒别人)。不,我只能说,我过于清楚地意识到这样的愿望是荒谬的,以至于无法在看到它们被印成书籍时感到享受。

　　某种程度上,我能抗拒屈从于这些愿望或者类似的欲望,尽管它们诱惑着我,但我无法阻止它们对我进行诱惑;而且,我拥有这些欲望,这是事实,却让我觉得有罪。因此,与其梦想着满足我的欲望,不如梦想着清除我在欲望中所感到的罪恶。我依旧在这么做,而且必须这么做,因为罪恶是一种主观感觉,任何推进都只是周而复始——关于罪恶的罪疚。我怀疑,侦探小说的典型读者是深受罪

1.《星期六晚间邮报》(*Saturday Evening Post*):美国一份双月刊杂志,创办于1821年,逐渐成长为美国发行量最大的周刊,1871年至1963年为周刊。1950年代开始衰弱,1963年至1969年为双周刊,1969年停刊,1971年复刊为季刊,1973年开始改为双月刊。

2.《真情告白》(*True Confessions*):美国一本面向年轻女性的月刊杂志,创办于1922年。

感之苦的人,就像我自己。从伦理角度而言,欲望和行动有善有恶,我必须选择善的,而摒弃恶的,但那个做决定的"我"在道德上是中立的;这个"我"只有在其选择中才会变得善良或邪恶。拥有罪感,意味着在做出道德选择时感到罪疚,无论我可能变得多么"善良",罪恶本身保持不变。有时候人们会说,阅读侦探小说的是那些正派的守法公民,可以在幻想中满足他们实施暴力与杀人的愿望,他们并不敢或者羞于付诸实践。这个说法对于惊悚小说(我很不喜欢它们)的读者也许是合理的,但对于侦探小说的读者完全是不成立的。相反,后者所提供的奇妙的满足感(这一点让它们脱离了文学,不再是艺术作品)是与凶手毫无关系的幻象。

神奇的法则是,人们发现一个无辜的人身上存在着罪恶;接着会出现一名有罪的嫌疑人;最终出现了一种真正的无罪,其他人的罪恶被从中排除,这是一种治疗,它并不是由我或是我的邻居所实施的,而是由一个从来自外部的天才通过不可思议的介入而完成的,他道出关于罪恶的知识,以此消除罪恶。(侦探小说实际上认同的是苏格拉底的白日梦:"罪即无知。")

如果一个人思考一件处理谋杀的艺术作品,比如《罪与罚》[1],其对读者产生的影响是让读者认同于凶手,虽然他们并不乐于承认这一点。对想象的认同往往是去尝试逃避自身的痛苦;对艺术的认

---

1. 陀思妥耶夫斯基的小说。小说讲述的故事是,穷大学生拉斯柯尔尼科夫为生计所迫,杀死放高利贷的老太婆阿廖娜和她的妹妹丽扎韦塔,制造了一起震惊全俄的凶杀案。经历了一场痛苦的忏悔后,他最终在基督徒索尼雅姑娘的规劝下,投案自首,并被判流放西伯利亚。

同是去分享另一个人的痛苦。关于艺术作品和侦探小说之间的差别,卡夫卡的《审判》是另一个富有启发性的例子。在侦探小说中,毫无疑问,有人犯下了一桩罪行,而只是暂时不知道谁和这桩罪行有关;一旦找出了罪犯,其他人都被查明是无辜的(如果最后没有任何罪行发生,所有人都是无辜的)。然而,在《审判》中,罪责恰恰是确定无疑的,而罪行(crime)却并不确定;主人公进行调查的目的并不是证明自己无辜(这办不到,因为他知道自己有罪),而是要找出自己做了什么事情让他变得有罪。主人公 K,实际上描绘的是一类为了逃避而阅读侦探小说的人。

总之,侦探小说迷所沉溺其中的幻想是去恢复伊甸园,回到一种天真无邪的状态,在那里,他将爱作为爱去认识,而不是作为法律。藏身于这种白日梦背后的推动力是对罪恶的感知,而做梦的人并不知道其原由何在。无论一个人用基督教术语、弗洛伊德术语或任何其他术语来解释罪恶,关于逃避的幻想都如出一辙。另一方面,一个人试图面对现实的方式,很大程度上无疑取决于他的信念。

缺失自身的我[1]

此生的欢乐不属于生命本身,而是我们向更高的生命攀升时的恐惧;此生的折磨不属于生命本身,而是那种恐惧引起的我们的自我折磨。[2]

弗兰茨·卡夫卡

❖

卡夫卡是写作纯寓言的大师,也许是最伟大的大师,而对于这种文学类型,一名批评家可能会说不出任何有价值的话。尽管小说和戏剧也有寓言意义,但是小说读者或戏剧观众将会遭遇一个虚构的故事,面对人物、情境、情节,尽管它们与读者自身所经历的这些有所类似,却是不完全相同的。例如,在观看《麦克白》的演出时,我看到的是特定的历史人物卷入了他们自身所造就的悲剧中:我会将麦克白与自己比较,猜想假如置身于他的处境我会如何行动,我的感受如何,然而我只是一个旁观者,束缚于自己的时间和处所。我不能以这种方式阅读纯寓言。尽管寓言的主人公会拥有一个专名(他经常只是被称作"某一个人"或"K"),身处特定的历史、地理背景,然而这些特殊性与寓言的意义毫无关联。为了搜寻寓言的意味,假如可以找到一些的话,我必须放弃自己的客观性,并与所阅读的寓言取得一致。实际上,寓言的"意义"因读者而异。结果就是,批评家想要将它解释给读者时会束手无策。多亏了艺术和社会史、语言，甚至是人性的卓越知识，一名优秀的批评家可以让别人在小说或戏剧中看到他们自己看不到的东西，而且只有通过他才能看到。而他所写下的将是寓言给予他的东西；对于寓言给予别人的东西他不会也不可能有什么想法。

有时在现实生活中，我们遇到一个人就会想到："这个人是径直从莎士比亚或狄更斯的作品中走出来的。"但是，没人可以遇到一个卡夫卡笔下的人物。另一方面，人们可以拥有一种我们认为是卡夫卡式的经验，但人们永远不能称呼一种经验是莎士比亚式的或狄更斯式的。战争期间[3]，我在五角大楼里度过了漫长而无聊的一天。我干完差事，飞速地跑过漫长的走廊，渴望回家，我来到一扇十字转门，旁边站着一名卫兵。"你去哪里？"卫兵问道。"我想要出去。"我回答。"你已经出来了。"那一刻我感到自己就是 K。

了解普通的小说家或戏剧家的生活和个性对于理解其作品毫无助益，不过对于卡夫卡这样的寓言作家，我相信传记讯息却很有裨益，至少以一种否定的方式，可以阻止进行错误的阅读（"正确的"阅读方法总是繁多）。

在马克斯·布罗德[4]撰写的新版传记中，他描述了一本捷克作

---

1. 原文标题为 The I Without a Self。
2. 这段话出自卡夫卡《箴言录》。
3. 指"二战"期间。
4. 马克斯·布罗德（Max Brod，1884—1968）：捷克作家、评论家，犹太人，生于布拉格，逝世于以色列特拉维夫。卡夫卡的终身挚友，违背了卡夫卡烧毁手稿的遗嘱，积极整理出版了卡夫卡遗作，并著有《卡夫卡传》。另著有历史小说三部曲《为真理而斗争》。

家波采娜·涅姆科娃(1820—1862)[1]的小说,名为《外祖母》。小说的背景设置在巨人山脉[2]中的一个村子,受城堡管辖。村民说捷克语,而城堡居民说德语。城堡在公爵夫人名下,她仁慈而善良,却经常在外远游,在她与村民之间隔阂着一群傲慢无礼的仆从和自私自利、毫不真诚的官员,公爵夫人对村子里的真实情形毫不知情。最终,小说的女主人公[3]成功地穿越重重障碍,单独见到了公爵夫人,向她诉说了真相,结局很圆满。

　　这一讯息给我们的启发是,涅姆科娃笔下城堡的官员显而易见被表现得十分邪恶,这意味着将卡夫卡笔下城堡中的居民认作神恩的代理人,是批评家的误解,而艾瑞克·海勒(Erich Heller)的解读大体而言是正确的。

　　卡夫卡小说笔下的城堡可以说是一个由一群诺斯替[4]恶魔守

---

1. 波采娜·涅姆科娃(Božena Němcová):捷克女作家,长篇小说《外祖母》使她享誉国内外。1846年发表了《来自多马日利采城近郊的图画》,被称为第一篇捷克现代散文作品。另有作品《图画》《山村》等。她又是女权主义者,欧洲争取妇女选举权的第一位女性。
2. 巨人山脉(Riesengebirge):山名为德语。
3. 即外祖母。
4. 诺斯替(Gnosticism):即诺斯替教或诺斯替主义,也被称为"灵识派",一种融合多种信仰、将神学与哲学结合在一起的秘传宗教,强调只有领悟神秘的"诺斯",即真知,才能灵魂得救。在一世纪到二世纪之间盛行于地中海东部沿岸各地,被早期基督宗教视为最有威胁性的异端之一。诺斯替派曾在叙利亚和亚历山大港建立起自己的崇拜组织,但在三世纪之后由于被基督教打压而消失,之后仍然能在犹太教、基督教及伊斯兰教的某些派别中看到诺斯替派的影响。二十世纪哲学家、最重要的诺斯替主义研究者汉斯·约纳斯(Hans Jonas)著有《诺斯替宗教》一书,梳理了诺斯替宗教的教义、流变及与虚无主义、存在主义精神的沟通。

卫的坚固无比的要塞,成功地占据着一个盛气凌人的位置,用以对付一个千方百计试图接近城堡的焦虑不安的灵魂。一些阐释者在城堡中看到了拥有"神圣律法和神圣优雅"的居民,或许有些关于神性的虚构观念可以为这些阐释辩护,但我一无所知。城堡中的官员即使不是绝对邪恶,也冷漠于善。无论在其政令中,还是在其行为中,我们都无从辨认出任何爱、怜悯、慈善或威严的痕迹。在其不可一世的冰冷态度中,他们不能激发任何敬畏,而只有恐惧和厌恶。

布罗德博士也发表了一则传闻,不过不一定真实,更像是发生于卡夫卡的小说中而不是他的生活中,卡夫卡自己并不知情,他有一个儿子,1921年死去,年仅七岁。这个故事无从证实,孩子的母亲1944年被德国人俘虏,从此杳无音信。

我们可以在《中国长城》这本集子中找到卡夫卡最出色的作品,我以为它们与《审判》和《城堡》一样才华横溢,所有这些作品都写于他生命的最后六年。这本集子所描绘的世界依然是较早作品中的那个,人们并不能称之为一个欢乐的世界,然而其语调更轻盈。像《在流放地》中那种几乎使作品令人难以忍受的可怕的痛苦与绝望消失殆尽。也许,生存一如从前举步维艰、令人沮丧,然而人物以更轻松的心态顺从着这种生存。

对于一个典型的故事,人们可以说它采用了英雄"探寻"(Quest)的法则,并将其颠倒。在传统的"探寻"中,英雄在出发前就已知道自己的目标——公主、生命之泉等。这个目标距离遥远,通常他并不清楚通往那里的道路和蛰伏的危险，但另有一些人对两者了如指掌，为他精确地指明方向或给出确切的警告。此外，目标为世人所熟知和渴求。每一个人都想要得到它，然而只有"受命运眷顾的英雄"才能获得。但三兄弟试图轮流地"探寻"，两位兄长无从获得目标，由于傲慢与自负而失败了，而最年幼的兄弟由于谦卑与仁慈而成功了。但是，最年幼的兄弟就像两位兄长一样一直坚信自己会成功。

而且，在一个典型的卡夫卡故事中，目标是主人公所独有的：他没有竞争者。他遇到的一些人试图帮助他，更多的人是障碍，大部分人则冷漠，所有人对通往目标的道路一无所知。有一句格言是这样说的："有一个目标，却无路径；我们所谓的路径就是犹疑不定。"卡夫卡的主人公缺少成功的信心，而是从一开始就坚信他注定失败，并且同样注定的是，他命该如此，需要付出巨大的、永无止境的努力达到目标。事实上，渴望达到目标只是一个证明，他并不是上帝的选民，而是束缚于特定的诅咒。

> 也许只有一种基本的罪：缺乏耐心。由于缺乏耐心，我们被逐出乐园，由于缺乏耐心，我们不能回去。

> 理论上，存在一种幸福的完美可能性：相信一个人内心不可摧毁的因素，却不去追寻它。[1]

---

1. 出自卡夫卡《箴言录》。

在"探寻"的以往版本中,英雄清楚自己应该做什么,他唯一的问题是:"我做得到吗?"奥德修斯知道自己一定不能倾听塞壬的歌声,追寻圣杯的骑士懂得纯洁,侦探知道自己必须区分真相与谬误。他十分肯定"现在"所做的事情关系重大,根本不知道一切会变成什么样。如果他进行了错误的"猜测",他必定不仅要遭受犹如进行了错误的"选择"后的相同结果,还要感受相同的责任。假如他接受的指令和建议对他而言显得荒谬或相互矛盾,他不能将这解释为证明别人存在恶意或罪行;这只能证明他自己存在恶意或罪行。

传统的"探寻的英雄"都有一种"美德"[1],或显现,如奥德修斯,或隐匿,如童话主人公。在第一种情形中,"探寻"所完成的功业加入英雄的荣耀中,第二种情形揭示出表面上的无名小卒却是一个披着光辉的英雄:在传统意义上,由于其超乎寻常的天赋与功绩,成为英雄就是有权说出"我"。然而 K 一开始就是一个"我",他的罪行仅仅存在于这一事实中,即无视任何天赋与功绩,他存在。

假如《审判》中的 K 是无辜的,他就不再是 K,就会变成匿名,如《爱丽丝镜中奇遇记》中的丛林小动物。在《城堡》中,K,一个字母,试图变成一个词语"土地测量员",也就是说,像其他人一样获得一个自身,然而恰恰是他不允许获取的。

传统的"探寻"的世界可能险象环生,却是开放的:英雄能够在各个向度开启幻象,而卡夫卡的世界是封闭的;尽管几乎缺乏感知能力,它却是一个充满紧张感的身体世界。里面的物体与面容也许

---

1. "美德"(arete):一个拉丁化的希腊语词汇,原文美德女神阿瑞特(Αρετή)。

是含混的，但是，读者感到自己被它们令人窒息的存在包围：我认为，别无其他想象世界，其中的一切事物会如此"沉重"。哪怕前进一步，都会令人精疲力竭。主人公感到自己是一名囚徒，努力逃离，但是监禁也许是他与生俱来的最佳状态，自由则会摧毁他。

> 缰绳套得越紧，马就跑得越快——不会将桩子从地基里拖拽而出，这是不可能的，却会咬断缰绳，欢乐而轻快地奔跑。[1]

例如，《地洞》的叙述者是一头不知是何种类的野兽，不过，可以推测，是一种类似于獾的动物，并且不是肉食的。它单独穴居，并无伙伴，也从未遇到过自己种属的其他成员。它一直生活于恐惧状态，担心自己被追捕，或受其他动物攻击——"我的敌人难以计数。"他说——但是我们从不知道这些敌人长什么样，而且一个也没有遇到过。他专注于自己的地洞，这是它一生的事业。也许，最初挖掘地洞的时候，将地洞作为要塞的想法是游戏性的，不怎么严肃，当地洞变得越来越宽敞，越来越完美，他越痛苦于一个问题："构造一个完全无法攻取的地洞是否可能？"他永远不能肯定，更多他无法预料的需要警惕之事是否已经消失了。它花费心血用以营建地洞，地洞已经变成一个珍贵之物，它必须像保护自己一样保护它。

> 我最心爱的计划之一就是将城郭与周遭泥土分开，就是说，

---

1. 出自卡夫卡的《箴言录》。

将城墙的厚度限定大致与我身高一致,然后在城郭四周留出一个同样宽度的空间……我总是毫无理由地将这一空间想象成可能存在最温馨的栖居地。将身子抵在环绕四周的外墙上躺下,挺起身子,然后再滑下去,摔跤,稳当地站在地上,是多么快乐,玩所有这些游戏都在城郭上而不在城郭里面;为了避开城郭,想看的时候就让眼睛休息,将看的愉悦推迟到以后,而做这些的时候不必远离它,而只是实实在在地安然地将它攥在爪子里……1

它开始怀疑,为了保护地洞,藏在隐蔽入口外侧附近的灌木丛中放哨是否更合适。它在斟酌是否需要招募一个同伙一起放哨,却自己否决了。

……他会不会向我提出一些无理要求;他会不会至少要看一看地洞?让别人自由出入我的地洞,完全是让我感到极其痛苦的事。我是为自己建造的,不是为访客,我不会允许他进入……我只是不能允许他进入,无论是必须让他在我之前先行进入,这简直无法想象,还是我们同时进入,然而在这一情形中,我应该在他身上拥有可以监督他的优点就没有了。我应该怎么信任他? ……相对而言,对你正在监督他或可以监督他的人比较容易信任;也许保持距离而信任一个人是可能的;但是当你在地洞里面却要完全信任一个身处地洞外面即不同世界的人对我来说是不可能的。2

---

1. 出自卡夫卡的短篇小说《地洞》。
2. 出自卡夫卡短篇小说《地洞》。

一天早晨，它被一种微弱的啸声吵醒，它无从分辨，也不知道是哪里发出来的。大概是风，但也可能是敌人。从此以后，它由一种歇斯底里的焦虑攫住。这只陌生的野兽，如果它是一只野兽的话，是否知道它的存在，如果知道，又知道什么内容。小说戛然而止，没有结局[1]。埃德温·缪尔(Edwin Muir)提示我们，小说将以那个不可见敌人的现身结尾，主人公将屈从于它。我怀疑这个说法。这篇寓言的重点似乎是从来不可能知道叙述者的主观恐惧是否具有任何客观理由。

我们越崇拜卡夫卡的作品，就越必须严肃思考他最后的指令，即，这些作品应被销毁。起初，人们受到诱惑而在这一要求中看见一种幻想的精神骄傲，就好像他说过："为了使我当之无愧，我所写的任何作品都必须绝对完美。但是任何作品，无论多么精彩，都不可能完美。因此，销毁我写下的文字吧，既然它们辜负了我。"但是在布罗德博士和其他朋友眼里卡夫卡是一个普通人，他们告诉我们的一切使这一解释成为一派胡言。

似乎很清楚，卡夫卡并未将自己视为一名传统意义上的艺术家，就是说，一个献身于特定职能的人，对于艺术作品而言，其个人存在是附属的。如果真有一个人可以被说成"如饥似渴地追寻正义"，这就是卡夫卡。也许他最终将写下的文字视为他用来追寻上帝的个人手段。他曾经写道："写作是一种祈祷形式"，但是真诚地进行祈祷的人都不会渴望被第三方听到。在另一个段落中，他如此

---

1. 小说《地洞》的结尾丢失，所以我们对其结尾不得而知。

描述自己的写作目的：

> 这就略似于一个人试图钉一张桌子，带着痛苦，技术上井井
> 有条而充满效率，同时毫无行动，人们不会这样说："钉一张桌子对
> 他来说是虚无之事"，而是会说："钉一张桌子对他来说就是钉一张
> 桌子，同时也是虚无之事"，借此，钉桌子毫无疑问会变得更大胆，
> 更可靠，也更真实，如果你愿意，也更无意义。[1]

无论出于何种理由，卡夫卡不愿出版著作的想法至少可以使读者谨慎阅读。卡夫卡也许是这样一位作家，他注定要被公众误读。可以从他们作品中获得极大益处的人，结果就是与这样的作家格格不入，而对那些沉溺于其作品的人而言，它们的影响则是危险的，甚至有害的。

我倾向于相信，当一个人身体和精神处在一种愉悦状态中，特别想要驱散小心谨慎的心灵探寻，就像驱散病态的烦乱，这个时候才应该读卡夫卡。当一个人精神低迷，就应该对卡夫卡敬而远之，除非伴随着卡夫卡作品中经常出现的内省的是一种相同的对美好生活的激情，不然这种内省很容易退化为柔弱无力的对自身罪和孱弱的纳喀索斯式迷恋。

每一个严肃思考罪恶与折磨的人都会不可避免地认为，诺斯替-摩尼教将身体世界视为固有之恶的观点是可行的，卡夫卡的一

---

1. 出处不详。

些箴言几乎十分危险地接受了这一观点。

　　只存在一个精神的世界;我们所谓的身体世界是精神世界中

的恶。

　　身体世界不是一个幻象,但是唯独它的恶不可否认地组成了

我们的身体世界的图景。[1]

卡夫卡的生活与写作作为一个整体证明了他在内心不是一个
诺斯替教徒,真正的诺斯替教徒总是可以由特定的个性辨认出来。
他将自己视为精神贵族中的一员,傲视一切尘世情感和社会义务。
他十分频繁地让自己的性生活处在一种无政府主义的非道德状态
中,因为认为身体无法赎回道德判断并不适用于这种行为。

如布罗德博士所知的卡夫卡,以及他的任何一个主人公,都未
曾显示出精神上的势利,也并未认为自己追寻的更高的生活存在于
另一个世界之中:他们在当前世界(this world)和世界本身(the
world)之间做出的区分并非意味着存在两个世界,而只是意味着我
们对现实的习惯构想尚不准确。

也许,当希望自己的作品被销毁,卡夫卡已经预见了太多崇拜
者的本性。

---

1. 出自卡夫卡的《箴言录》。

第四辑

莎士比亚之城

THE SHAKESPEARIAN CITY

世界

生理学意义上的生命(life)当然不是"生活"(Life)。心理学意义上的生活也不是。生活就是世界。[1]

路德维希·维特根斯坦

❖

我们要形成一种完整的生活图景是艰难的,甚至不可能,因为我们必须调解并结合两种完全不同的印象——每个人在自己身上所经验的生活,以及我们在别人身上所观察到的生活。

当我审视自己,作为审视者的"我"是独一无二的,却不是个体的,它并无自己的个性;它只是拥有力量去辨认、比较、判断和选择:它所审视的自身并没有独一无二的身份,而是一连串感受或欲求的不同状态。我的世界中的必然性意味着两样事物:任何处于当下时刻的自身的给定状态,自我的必须的自由。在我的世界中,行动具有特殊的含义;我面向自身存在状态而行动,并不面向激发存在状态的刺激而行动;其实,"我的"行动就是允许或抑制自身去行动。我不可能在一无所知的情况下去行动,我的世界本身就是我所知道的东西;严格而言,我甚至不可能自欺,假如我知道我在欺骗自己,我就会停止;我从不相信我会不知道什么是于我有益的。我不能说我幸运或不幸,这些词只适用于我的自身。尽管我自身的一些状态比其他的要有趣得多，却没有一种状态乏味到我可以忽视它；甚至厌倦也是有趣的，因为这是"我的"厌倦，我必须对付它。如果我试图用戏剧形式表达我的主观经验，这出戏剧将类似《凡人》（*Everyman*）这样的寓言道德剧。主人公会是行使自我意志的自我，由他来做出选择；其他的人物便自身以不同状态——开心与不开心，好与坏，主人公的选择就是支持或反对这些人物，其他人物也包括一些顾问（比如理性与良知，它们试图影响他的选择）。情节只能是时间中的一系列事件——我选择加以描述的事件的数目是由我任意决定的——只有一件事，即从生到死的时间流逝，是必然的；其他一切都可以自由选择。

假如现在我转过身去，故意排除我所知道的关于自身的一切，竭尽全力客观地审视别人，犹如我只是一台摄影机和录音机，我就会经验到一个完全不同的世界。我看到的不再是存在的不同状态，而只看到不同的个体处在某种状态之中（比如愤怒），每一种都不一样，由不同的刺激所引起。我看到、听到了这些人，也即是说，他们在某种情境中行动、说话，我所知的，只是这个情境，以及他们的举止和言辞。我从未看到另一个人在两个选项中做出抉择，而只看到主人公做出的行动。因此，我不能说他是否具有自由意志；我只知道，他在其处境中是幸运或不幸。我也许会看到他在对自己真实处境一无所知的情况下行动，而我知道他的处境，但我永远不能确定无疑地说，在某个处境中他在欺骗自己。那么，一方面我不可能对

1. 出自维特根斯坦《1914—1916 年笔记》。

我自身所遭遇的一切事情毫无兴趣；另一方面，在他人之中，我只能对那些异于常态从而对"引起我注意"的人产生兴趣，他要么格外强健，美丽非凡，妙趣横生，我对他们的所作所为和遭遇产生兴趣或缺乏兴趣，便取决于那条古老的新闻法则，即"狗咬了主教"不是新闻，"主教咬了狗"则是。

如果我试图用戏剧形式表达我的客观经验，这出戏剧将属于古希腊的戏剧类型，讲述一个非同寻常的男人或女人，遭遇着异常的命运。戏剧并非由主人公自由做出的选择组成，而由处境迫使他做出的行动所构成。

关于意识的纯粹戏剧和纯粹客观的戏剧有一点是相似的，即它们的人物没有秘密；他们需要知道的一切观众都心知肚明。因此，一个人无法想象要如何写一本关于希腊悲剧或道德剧中人物的书；这些人物自己已说出了一切。而写关于莎士比亚戏剧人物的书向来也永远会是可能的，在这些书中，不同的批评家作出的阐释截然不同，这一事实就意味着，伊丽莎白时代的戏剧与之前所说的两种剧都不一样，其实，它试图将两者融汇成一种新的、更复杂的戏剧类型。

当然，实际上，伊丽莎白时代的剧作家对古典戏剧几乎一无所知，也看不出受了古典戏剧多少影响。塞内加[1]的书斋剧[2]可能对

---

1. 塞内加（Seneca，前4—65）：古罗马哲学家、政治家和剧作家，古罗马最重要的悲剧作家，尼禄的老师，因受谋杀尼禄案牵连而自杀。受斯多葛哲学影响，精于修辞和哲学，哲学著作有《论天命》、《论忿怒》、《论幸福》等。共写过九部悲剧和一部讽刺剧，多半取材自希腊悲剧，如《美狄亚》、《俄狄浦斯王》等。
2. 指只供阅读不适合演出的剧。

他们的修辞风格有所影响,普劳图斯[1]和泰伦斯[2]的喜剧提供了一种新的喜剧情境和手段,但是,假如对这些作家一无所知,伊丽莎白时代的戏剧也不会有什么变化。甚至本·琼森[3],这些剧作家中唯一的"博学者",受到人文主义美学理论的极大影响,借鉴更多的是道德剧而不是拉丁喜剧。拿掉"凡人",将主人公代替为七宗罪之一,将其他六宗罪联合起来从中受益,这就是琼森性格剧的基本模式。

历史剧将中世纪道德剧与伊丽莎白时代戏剧联系了起来。如果前莎士比亚时代的历史剧除了马洛[4]的《爱德华二世》(*Edward II*)在今天看来几乎没有一部是读得下去的,那么,莎士比亚成长为一名剧作家时,他迫于生计去面对历史剧提出的问题真的是再幸运不过的事情——从早期诗作判断,他年轻时的品味要高雅得

---

1. 普劳图斯(Plautus,前254—前184):古罗马第一个有完整作品传世的喜剧作家,出身于意大利中北部平民阶层,以他的名义流传的剧作有130部,现存21部喜剧,剧本常根据古希腊后期"新喜剧"改编而成,如《一罐金子》、《驴子的喜剧》、《吹牛的军人》等。
2. 泰伦斯(Terence,前186?—前161):古罗马喜剧作家,迦太基奴隶出身,一生共写过六部喜剧:《安德罗斯女子》、《自责者》、《阉奴》、《福尔弥昂》、《婆母》、《两兄弟》等,大多根据希腊新喜剧改编。他的剧作对后世喜剧作家产生了很大影响,如法国的莫里哀、英国的莎士比亚。
3. 本·琼森(Ben Jonson,1572—1637):英国剧作家、诗人和评论家,生于伦敦,剧作有《炼金术士》、《狐狸》、《巴托罗缪市集》等,大多为社会讽刺喜剧。当时在文坛备受推崇,在身边形成了"本·琼森派"。
4. 马洛(Chistopher Marlowe,1564—1593):英国剧作家、诗人,生于坎特伯雷,逝世于伦敦,因在酒吧斗殴卒于伦敦附近的德普福。他发展了无韵体,革新了中世纪戏剧,为莎士比亚和詹姆斯王朝的剧作家开辟了道路。主要剧作有《帖木儿》、《爱德华二世》、《浮士德博士的悲剧》、《马耳他的犹太人》等。

多。历史剧的作者和古希腊的悲剧作家不同，后者可以挑选一些重大却缥缈的神话作为主题，但前者不能选择其情境；他必须接受历史所提供的东西，在某个情境中，一个人物要么是受害者，要么由他制作一个受害者。他无法以一种关于美学上的得体的狭隘理论将悲剧事物与喜剧事物区分开来，无法根据关于英雄"美德"（arete）的理论选取一个历史人物而放弃另一个。对历史个体卷入政治行动的研究，对历史中比比皆是的道德含混的研究，让你难以将人物简单地道德化为善与恶，难以将成败等同于美德或恶行。

伊丽莎白时代戏剧从神秘剧继承了三个重要的非希腊概念。

时间的意义

古希腊戏剧中的时间纯粹只是让主人公的处境得以揭示的时间，但是何时揭示由诸神决定，而不由人决定。使《俄狄浦斯王》[1]的情节得以展开的那场瘟疫来得早或晚是诸神随意掌控的，可以由上帝实施得更早或推迟。在伊丽莎白时代戏剧中，时间就是主人公以他的所作所为和遭遇所创造的东西，是他意识到自己潜在个性的媒介。

1.《俄狄浦斯王》（*Oedipus Rex*）：古希腊剧作家索福克勒斯的代表作之一。讲述俄狄浦斯杀父娶母的故事，难逃神谕所示的命运。被亚里士多德称为古希腊戏剧的典范。弗洛伊德从中提炼出了"俄狄浦斯情结"，即恋母情结。

抉择的意义

在古希腊戏剧中,一切可以改变的事情在戏剧开始前就已经发生。的确,有时候,合唱队会警告主角不要做出一些举动,但是他会听从这些建议是无法想象的,一个希腊主角就是他本来的样子,他不能改变。如果希波吕托斯[1]向阿弗洛狄忒献祭,他就不再是希波吕托斯了。但是在伊丽莎白时代悲剧中,比如在《奥赛罗》中,奥赛罗在实际谋杀苔丝狄蒙娜[2]之前的任何一个时刻他都可能控制嫉妒之情并发现真相,从而将悲剧转变为喜剧。同样的,在诸如《维洛那二绅士》这样的喜剧中,在任何一个节点也可能出现一个错误的转折,使结局成为悲剧。

苦难的意义

对于古希腊人来说,苦难与不幸是诸神不悦的迹象,因此必须作为神秘的公正被人们接受。一种最普通的惩罚是被迫犯下罪行,而人物犯下这些罪行是不知情的,像俄狄浦斯的弑父与乱伦,或者

---

1. 希波吕托斯(Hippolytus):古希腊剧作家欧里庇得斯代表作《希波吕托斯》的主人公,雅典王忒修斯之子,崇拜贞洁的狩猎神阿耳忒弥斯,冷落爱神阿弗洛狄忒,于是招来爱神的愤怒。爱神使希波吕托斯的后母淮德拉对他产生了爱情。淮德拉向希波吕托斯求爱,遭到坚决拒绝后羞愧自杀,临死前向丈夫诬告希波吕托斯企图玷污她。忒修斯大为震怒,请求海神波塞冬派一头大公牛撞倒希波吕托斯的马车,受惊了的马狂奔起来,希波吕托斯在岩石上撞死。

2. 苔丝狄蒙娜(Desdemona):莎士比亚悲剧《奥赛罗》(Othello)中的女主人公,与威尼斯公国勇将奥赛罗相爱。两人年龄相差悬殊,婚事未被准许,两人只好私下成婚。奥赛罗手下旗官伊阿古一心想除掉奥赛罗,挑拨奥赛罗与苔丝狄蒙娜的感情,谎称副将凯西奥与苔丝狄蒙娜通奸,并伪造了定情信物等。奥赛罗信以为真,在愤怒中掐死了妻子。得知真相后,奥赛罗自刎而亡。

是直接出于神的命令,像俄瑞斯忒斯[1]。这些罪行并非是我们所谓的罪孽,因为它们是与罪犯的愿望相违背的,但是在莎士比亚戏剧中,苦难与不幸本身并不是神明不悦的证据。确实,如果人没有罪,苦难与不幸就不会发生,但是,正是因为他犯下了罪孽,而苦难是生命中不可回避的因素——没有人可以逃避苦难——人们接受苦难不是因为它与所犯的罪孽相称而显得公正,而是它会成为宽恕和涤罪的契机。那些试图拒绝苦难的人,不仅不能避免苦难,反而更深地陷入了罪与苦难。如此,莎士比亚悲剧与喜剧之间的区别并不是悲剧人物遭受苦难,喜剧人物不遭受苦难,而是在喜剧中,苦难导致自我认知、忏悔、宽恕、爱,在悲剧中,苦难导向相反的方向,导致自我的盲目、反抗、恨。

古希腊悲剧的观众是纯粹的旁观者,从不是参与者;英雄的苦难引起他们的怜悯与恐惧,但他们不会这样想:"一些类似的事情也可能发生在我身上。"一部古希腊悲剧的整个关键点是:英雄及其悲剧命运是异于常人的。然而,莎士比亚悲剧可以称之为相同悲剧神话的变体,基督教拥有的唯一悲剧神话,顽固不化的窃贼的故事,

---

1. 俄瑞斯忒斯(Orestes):古希腊远征特洛伊的统帅阿伽门农之子。特洛伊战争结束后,阿伽门农回国,被妻子克吕泰涅斯特拉及其情人埃癸斯托斯杀死。俄瑞斯忒斯被母亲驱逐,长大后替父报仇,杀掉了克吕泰涅斯特拉和埃癸斯托斯。弑母的俄瑞斯忒斯被复仇女神纠缠,到处逃亡。阿波罗指引他来到雅典,寻求智慧女神雅典娜的公正裁判。经雅典娜裁判,俄瑞斯忒斯获得自由。其故事被埃斯库罗斯编撰为《俄瑞斯忒亚》三部曲,分别为《阿伽门农》、《奠酒人》、《欧墨尼得》,在剧作中,俄瑞斯忒斯杀母是出于阿波罗的命令。

我们中的任何人都处于危险之中，会以自己的方式重新演绎这个故事。因此，莎士比亚悲剧的观众一定同时是旁观者和参与者，因为悲剧既是杜撰的历史故事，又是一个寓言。

当然，约翰逊博士言及莎士比亚时是正确的："他的悲剧看上去是技巧，喜剧看上去是本能。"我怀疑的是，在一个不相信苦难与罪行之间存在联系的基督教社会，一部完全符合要求的悲剧是否可能。因此，剧作家面临两个选择。他可以让一个高贵而无辜的人物承受极度的不幸，但是其效果不是悲剧而是可怜。或者，他可以描述一个由于自身的罪孽——通常罪孽自然会导致罪行——而给自己带来苦难的罪人。然而，并不存在高贵的罪人，准确地说，有罪即变得卑贱。莎士比亚与拉辛都试图以同一种方式解决这个问题：让罪人说出高贵的诗句，但这种方式只是炫人耳目的诡计，对此他们两人也必定了然于心。任何新闻记者都可以讲述俄狄浦斯或希波吕托斯的故事，其中的悲剧性不会少于索福克勒斯[1]或欧里庇得斯的版本。区别仅在于新闻记者无法赋予俄狄浦斯和希波吕托斯与他们的悲剧相配的高贵言辞，而作为伟大诗人的索福克勒斯和欧里庇得斯能够做到。

---

1. 索福克勒斯(Sophocles，前 496? —前 406)：古希腊三大悲剧作家之一(另两位是埃斯库罗斯和欧里庇得斯)，雅典人，一生共写了 123 部剧作，传世剧作有《埃阿斯》《安提戈涅》《俄狄浦斯王》等。

不过,如果让一名新闻记者讲述麦克白或淮德拉[1]的故事,我们会立刻辨认出它们的面目,一个是治安法庭的案例,另一个是病理学的案例。莎士比亚和拉辛赋予他们的诗体语言不是高贵天性的外在表现,而是遮蔽他们裸体的华美礼服。D. H. 劳伦斯的诗在我看来并不是完全不讲道理:

> 当我读莎士比亚,我惊讶不已,
> 这些卑微的人竟可以用这样优美的语言
> 沉思、怒吼。

> 李尔,这苍老而迟钝的人,你会怀疑他的女儿们
> 对他还不够粗暴,
> 这只老山鸦,这年迈的乡巴佬。

> 哈姆雷特,多么无趣,与他一起生活多么无趣,
> 如此卑劣,自以为是,大呼小叫,哼哼唧唧,
> 他精彩的话语,到处是其他人的堕落。

> 麦克白和他夫人,应该令人厌烦,
> 如此粗俗的野心,如此凌乱地用匕首,

---

1. 淮德拉(Phèdre):雅典王忒修斯的王后,希波吕托斯的后母,爱上希波吕托斯遭拒后自杀,并诬陷希波吕托斯企图玷污她。法国古典主义剧作家拉辛名作《费德尔》的故事即取材于此。"费德尔"是"淮德拉"根据法语音译的结果。

将老邓肯杀戮！

多么无趣，多么渺小，这些莎士比亚剧中的人物，

然而语言却多么迷人！像来自煤焦油的染料。

可另一方面，喜剧非但在基督教社会中是可能的，而且能比古典喜剧更宽阔、更有深度。更宽阔是因为古典喜剧的建立将人类分成两类：有"美德"（arete）和没有的人。只有第二类人、愚人、无耻的恶棍、奴隶，才切合喜剧的主题。而基督教喜剧的基础是相信所有人都是罪人；因此，没有人，无论拥有何种地位或天赋，可以宣称能够豁免于喜剧的呈露。其实，一个人越具有美德（在古希腊的意义上），他就会发现自己越应被呈露。而更有深度是因为古典喜剧相信恶棍应该受到应得的惩罚，基督教喜剧则相信我们无权审判别人，而我们的责任是相互宽恕。在古典喜剧中，戏剧人物得以呈露并受惩罚：当帷幕落下，观众发出笑声，而舞台上的人噙着泪水。在基督教喜剧中，人物得以呈露却被宽恕：当帷幕落下，观众和戏剧人物一同在笑。本·琼森的喜剧和莎士比亚不同，是古典喜剧，而不是基督教喜剧。

如果莎士比亚和本·琼森的戏剧——说到底，琼森并不典型——已经遗失，我们就会在1590—1642年间的戏剧作品中找到一些诗句华美的片断，拥有许多令人兴奋的戏剧场景，但是没有一部令人满意的完整作品；一般的伊丽莎白时代戏剧更像是一个综艺

节目——一个接一个的场景自身虽也感人或有趣,但彼此之间却缺少基本联系——而不像一部组织严谨的剧作,每一个人物和每一个词都是切题的。这一缺陷我们大概可以归咎于伊丽莎白时代舞台法则的散漫,允许剧作家在一部戏剧中随心所欲地安排如此多的场景和人物,含纳悲剧和喜剧场景、韵文和散文。幸运的是,莎士比亚的剧作并未湮灭,我们可以目睹在其作品中这些舞台法则为其成就作出了贡献。假如他的时代的舞台法则换成十七世纪法国的古典喜剧,考虑到他才华与兴趣的偏重,不可能成为有史以来在"杜撰历史"这个戏剧形式中的最伟大创造者。在《华伦夫人的职业》前言中,萧伯纳展现他一如既往的洞察力和雄辩时的夸大其词,写道:

> 戏剧很少能愉悦人的感官:所有表面上的反例都是观众迷恋于表演者的个人魅力。纯粹情感的戏剧不再掌握在剧作家手中,音乐已征服了它:在领受了音乐家的魔力之后,一切口头艺术就显得毫无热情且苍白无力。《罗密欧与朱丽叶》,即使拥有最迷人的朱丽叶,与瓦格纳的《特里斯坦与伊索尔德》相比依然显得枯燥、乏味、徒费辞藻,虽然伊索尔德可能四十岁而且体重十四英石[1],因为她毕竟是个德国女子……如今的戏剧假如缺少音乐,说白了,就绝对没有未来,除非它是思想的戏剧。试图创造一种没有音乐的歌剧(我们那些热门的剧院已经稀里糊涂追求这件荒唐的事情

---

1. 英石(stone):英制重量单位,用于体重时,每英石为 14 磅或 6.35 千克。

很多年了)是没有前途的,还不如我决心把探讨问题作为普通戏剧的素材。[1]

当然,生活的各个方面都是一个问题。萧伯纳攻击的信念是剧作家唯一值得关注的问题即两性之间的爱,而与男女所思所行的其他事情无关。就像所有介入争论的人,他接受了对手持有的关于莎士比亚的观点,即,作为一名剧作家,即便人物是王子和战士,莎士比亚仅仅感兴趣于他们的"私人"感情生活。但实际上易卜生和萧伯纳对十九世纪戏剧的反抗可以被认为是对莎士比亚的回归,企图再次在历史与社会背景中表现人类,而不是像"王政复辟"以来的剧作家那样,把人物完全内在化,或者仅仅表现为某个狭窄阶层行为方式的化身。的确,莎士比亚的戏剧并非萧伯纳意义上的"思想的戏剧",就是说,他的人物没有一个是知识分子;的确,如萧伯纳所说,剥离他们精妙的措辞,他的人物表达的哲学和道德观点只是老生常谈,但是任何一代人或社会中,其思想并非老生常谈的人其实

1. 奇怪的是,当我们习惯了他的风格之后,萧伯纳戏剧给我们最深刻的印象就是其音乐特质。他称是从《唐璜》那里学会了"如何严肃地写作,又不至于枯燥乏味"。他自称是个宣传家,比起声称写作"情感的戏剧"的大多数人,他的写作效果更接近音乐。观看他的戏剧是种享受,并非因为它们试图处理社会和政治问题,而是因为它们如此美妙而又明目张胆地展现着浪费;他的人物所展示的对话能量远远超出了他们处境的要求,假如这种能量致力于实际行动,在五分钟内就可以摧毁这个世界。他不是英国文学中的莫扎特——"大理石雕像"(《唐璜》中的桥段。——译者按)那段音乐他是达不到的——他是英国文学中的罗西尼。他拥有"喜歌剧"(原文为意大利语,又称"谐歌剧",18世纪早期在法国从歌剧中独立出来,成为与正歌剧相对立的歌剧种类,盛行于18世纪的法国、意大利、德国和英国等地,表现日常生活,采用民族语言,音乐轻快幽默,具有喜剧因素。——译者按)大师的一切生动、幽默、残酷的清晰和精湛技巧。——作者原注

只是少数。而且，莎士比亚几乎任何一部戏剧都源源不断地提供可以用来思考的素材——当然这也需要接受者愿意思考。例如，《罗密欧与朱丽叶》绝不仅仅是一出"情感的戏剧"，一部关于两个年轻人之间爱情韵事的语言歌剧；重要的是，它描绘了一个社会，这个社会在很多方面都足够迷人，但在道德上是有缺憾的，因为其成员用以规范并判断行为的唯一标准是属于"美人"(la bella) 或"丑陋形象"(la brutta figura) [1]。降临到这对年轻恋人头上的灾难是一个症候，意味着维洛那出了什么问题，每一个公民，从爱斯卡勒斯亲王到饥寒交迫的卖药人都对他俩的死负有责任。撇开他们各异的性情与天赋，人们可以清楚地看到一个合理的原因，用以解释为什么莎士比亚不必将"思想"告诉观众，而萧伯纳必须这样做。由于伊丽莎白时代戏剧的惯例和经济状况，莎士比亚才可以用二十四个场次表现维洛那，动用三十个有台词的演员以及一群龙套演员。萧伯纳则必须为镜框式舞台写作，布景几乎不允许变换地点，演员的薪资让一个大阵容的开销几乎难以承受。因此，当他要探讨一个比如"贫民窟房东"这样的社会问题，他就只能通过手上仅有的几个地点中少数几个人物的知性论辩来表现；他不能以戏剧形式表现出来，让我们自行得出结论。

作为一个历史剧作家，莎士比亚正好出生于一个恰当的时代。在这之后，戏剧惯例和经济状况的变化使戏剧作为媒介颇显不足，

---

1. 原文为意大利语。

杜撰的历史成为小说家的领域。在这之前，以戏剧方式编撰历史是不可能的，因为唯一受到承认的历史是神圣的历史。在能够充分表现人类历史之前，戏剧必须世俗化。古希腊悲剧，犹如神秘剧，是宗教性戏剧。主角的自发行为与诸神让他做的事情相比是次要的。另外，诸神关心的并非人类社会，而是特定的超乎常人的个体。主角死去或遭流放，但合唱团所代表的城邦保留了下来。合唱团可以给他一些支持或告诫，但他们不能影响他的行动，也不为他的行动负责。只有主角留下生平，其他人只是旁观者，除非预设一个观念，即，无论神在人类事务中扮演什么角色，我们不能说这件事"是神的行为"，另一件事"是自然事件"，还有一件事"是人类的选择"，除此之外，我们无法书写人类历史；我们只能记录所发生的事。讽喻性的道德剧关涉历史，却只关涉主观历史；特定的人的社会历史背景都被刻意排除了。

我们并不知道莎士比亚的个人信念是什么，也不知道他对于任何问题的看法（尽管我们大多数人私下里认为我们知道）。我们可以注意到的是他面对人物时的矛盾情感，这是所有伟大剧作家的特征。一个剧作家的人物通常而言都是行动中的人，然而剧作家自己则是创造者，而不是行为者，关心的并不是向别人敞露当下的自我，而是创造一个作品；而这个作品与他本人不同，会留存下去，如果可能的话，最好永不湮灭。因此，剧作家崇拜或嫉妒剧中人物身上的勇气，嫉妒他们愿意牺牲生命和灵魂——作为剧作家，他自己从不牺牲自己——但是，同时，对于其超然的想象力而言，所有的行动，无论多么荣耀，都是徒劳的，因为其结果从来都和行为者的预期不相符。不论好歹，人做下的事情是不可取消的；但他所创造的东西，却总可以修改甚至摧毁。在所有伟大的剧作中，我相信，我们可以感受到这种紧张，即创造者面向行为者的矛盾态度，敬畏与轻蔑之间的撕扯。我认为，一个角色如果创造者对他感到的是彻底的敬畏或彻底的轻蔑，那么他是无法表演的。

王子的狗

凡持剑的，必死在剑下。谁不持剑（或让它掉落），将卒于十字架上。[1]

西蒙娜·薇依

❖

众所周知，批评家关于莎士比亚所写的一切，更多地揭示了他自己而非莎士比亚，但也许这正是莎士比亚这类戏剧的伟大价值所在，无论观众看到舞台上发生了什么，最终的效果都是"自我揭示"。

莎士比亚在我们的文学中占据着"首席诗人"的位置，不过，这种实至名归的卓越产生了一个不幸的结果：我们最初熟悉莎士比亚戏剧一般并非在剧场中，而是在教室或书房中，于是，看演出的时候我们因知晓太多而不再会感到惊讶，而这并非我们面对戏剧最恰如其分的心境。阅读剧本的经验与观看演出的经验从不一致，对于《亨利四世》来说，两者的差异尤其大相径庭。

在观看演出时，我的直接反应是好奇福斯塔夫（Falstaff）在这个剧中究竟起了什么作用。在《理查二世》结尾，我们得知，"王位继承人"[2]身边已跟着一群放荡的"胡作非为的同伴"[3]。当《亨利四世》启幕时，人们希望看到的是，哈尔（Hal）亲王到底结交了一群怎样的坏伙伴。当然，人们期待的是他周围簇拥着一群胆大妄为、阴险毒辣的少年流氓和美丽动人见钱眼开的娼妓。在野猪头酒馆（Boar's Head）我们遇见了哪些人？一个肥胖且胆小如鼠的酒徒，老得足够当他父亲，两个邋遢的跟班，一个不知检点的女店主，仅仅只有一个娼妓，也已徐娘半老；他们全都肮脏下流，按照世俗的标准，甚至按照罪犯的标准，都是"失败者"。人们会想，一个"王位继承人"尽管放荡不羁也总可以选择一帮更像样的随从。随着剧情的展开，我们的惊讶由疑惑所代替，我们越熟悉福斯塔夫，就越发清晰地认识到，正统历史剧宣称要模仿的现实世界这样一个人是无法立足的。

假如真的是伊丽莎白女王想要看到福斯塔夫出现在一部喜剧中，那么这显示出她是一个感觉非常敏锐的批评家。但是，甚至在《温莎的风流娘儿们》中，福斯塔夫找不到也不可能找到一个真正的家，因为莎士比亚只是一名诗人。为此，他必须等待将近两百年，直到威尔第写出他的最后一部歌剧[4]。福斯塔夫真正的家是音乐的世界，但他并非是唯一一个这样的人物；其他还有特里斯坦、伊索尔德和唐璜[5]。

尽管他们所需要的音乐每个人都不一样，特里斯坦、唐璜和福

---

1. 出自西蒙娜·薇依《重负与神恩》。前半句系对《圣经·新约·马太福音》26:52的引用。

2. 即亲王哈尔（Prince Hal），威尔士亲王，亨利四世之子，后来的亨利五世（1387—1422），1413—1422年为英格兰国王。

3. 出自《理查二世》第五幕第三场。

4. 即威尔第创作于1893年的歌剧《福斯塔夫》（Falstaff）。

5. 假如威尔第的《麦克白》不能成功，主要的原因是适合于麦克白的世界是诗，而不是歌；他并不精通音符。——作者原注

斯塔夫却拥有一些共同的特征。他们都不属于一个随时间变化的世界。人们无法将他们中的任何人想象成婴孩，特里斯坦并未恋爱，唐璜的名册[1]上没有一个名字，福斯塔夫并非苍老而肥胖，这都是不可思议的。当福斯塔夫说道："我像你这样的年纪时，哈尔，我的腰还没有鹰爪那么粗；我可以钻进一个郡长的拇指环"[2]——我们会视为典型的福斯塔夫式的谎言，但他如果这样说时，我们会信任他："我出生在下午三点左右，头部白嫩，肚子圆圆的。"

对于特里斯坦，时间是一个单独的时刻，它被不断地拉扯，直至突然断裂。对于唐·乔万尼，时间是一个毫无关联的时刻的无限数列，没有开始，也不会有终结，如果天堂不进行干涉，或将它裁剪缩短的话。对于福斯塔夫，时间并不存在，他属于"喜歌剧"的世界，这个世界充满玩笑和假冒行径，只受控于天真的期待，而非意志和欲望，在这个世界，人们无须遭受苦难，因为他所言说、从事的一切都是虚构的。

因此，我们必须看到特里斯坦卒于伊索尔德怀中，唐璜沉入大地，注定要死去、进入地狱是他们存在的本质，我们却不能看到福斯塔夫死在舞台上，即使我们看到他死了，也不应该相信；我们应该知道，就像他在什鲁斯伯里战役中死去，却只是一场骗局。在《亨利五世》中，我们被告知他死了，但我甚至不能十分肯定，我们能否相信

---

1. 瓦格纳的歌剧《唐璜》中唐璜的仆从为主人保存了一个名册，记录他在各国征服的女子。
2. 出自《亨利四世》上部第二幕第四场。奥登引文有出入，原文"爪子"（talon）写成了"天赋"（talent），或为印刷错误。

他真的死了;我认为,我们接受他的死,就像接受夏洛克·福尔摩斯的死,这是他的创造者在说:"我只是厌倦这个人物了";我们可以肯定,一旦公众苦苦恳求,莎士比亚就会找到一些途径让福斯塔夫起死回生。我所能想到唯一与福斯塔夫相称的葬礼音乐是威尔第的歌剧最后一场中仿制的安魂曲。

圣主,我犯下无知的差错

但主宽恕我

圣主,我犯下卑污的罪过

但主拯救我 [1]

在戏剧中,至少有两处显示出"喜歌剧"的世界与历史世界之间十分不协调的地方,甚至对于莎士比亚来说也是如此;还有一处表述很不恰当。第一处出现于什鲁斯伯里战役,福斯塔夫将剑插入霍茨波 [2] 的尸体。在他自己的世界中,福斯塔夫可以把剑刺入一具尸体,因为那里一切战争都是虚拟的战争,一切尸体都是干草做的仿制品;然而,在我们观众眼中这场战争是真实的,这具尸体也是真实的,它属于一个英勇而高贵的青年。毕斯托尔 [3] 可以这么干,因为他是一个卑微的人物,而福斯塔夫不能;就是说,没有任何方法能够

---

1. 原文为意大利语,由陈阳提供译文,本书中的意大利语译文除专门注释外,多处请教过她和朱小尼,不再一一指明。
2. 霍茨波(Hotspur):《亨利四世》上部中的人物,诺森伯兰之子。
3. 毕斯托尔(Pistol):《亨利四世》中福斯塔夫的仆从。

让一个演员将场景演得令人信服。《亨利四世》第二部中科尔维尔[1]向福斯塔夫的投降也是如此。在谈话中,先和科尔维尔,随后和约翰亲王[2],福斯塔夫的谈话全然符合我们对他的印象——对他而言,整个事件都是一个大玩笑。然而在一个场景中,当我们看到这丝毫不是玩笑时,他出场了。在以下对话中,一个演员该如何表现这些话语?

> 兰开斯特:你的名字是科尔维尔?
>
> 科尔维尔:是的,殿下。
>
> 兰开斯特:你是一个人尽皆知的叛徒,科尔维尔。
>
> 福斯塔夫:一个人尽皆知的忠臣抓获了他。
>
> 科尔维尔:殿下,我受制于比我地位更高的人。如果是我指挥他们,你们不会这么轻易战胜他们。
>
> 福斯塔夫:我不知道他们如何出卖了你;但是你,像一个仁慈的人,将自己白送给了我;我要感谢你。
>
> 兰开斯特:你已经下达命令让他们停止追击了吗?
>
> 威斯摩兰[3]:士兵们已归队,囚犯们正等着行刑。
>
> 兰开斯特:将科尔维尔和他的同党押送到约克,立即处死。[4]

---

1. 科尔维尔(Colevile):《亨利四世》中的爵士,反王党。
2. 约翰亲王(Prince John):即兰开斯特的约翰(John of Lancaster),《亨利四世》中的亨利四世之子。
3. 威斯摩兰(Westmoreland):《亨利四世》下部中的伯爵,保王党。
4. 出自《亨利四世》下部第四幕第三场。

福斯塔夫式的轻佻和刽子手的斧头是无法这样直面彼此的。

阅读《亨利四世》，我们可以轻易地关注到历史政治场景，但是，看演出时，由于渴望看到福斯塔夫出场，我们的注意力被分散。除非导演将他整个从剧中剔除，否则他一定会成为整台戏的焦点。从演员的视角来说，福斯塔夫这个角色拥有巨大的优势，他只需要思索一件事情——博得观众的欢心。他生活于永恒的当下，历史世界对他而言是不存在的，于是，对于福斯塔夫来说台上台下是毫无差异的。假如演员在一个场次中穿着伊丽莎白时代的装束出场，在下一个场次中戴着礼帽，穿着晨礼服，没有人会感到困惑。所有其他人物的话语，一如我们的话语，决定于两个因素：携带着疑问、答案和命令的外部环境，以及每一个人物向观众揭示的自己的内在需求。但是福斯塔夫的话语只有一个原因，无论何时何地他都会不惜一切代价地竭尽全力地要求揭示自己。他的一半台词可以从他不同的发言中变换位置，我们也丝毫不会察觉，因为他说的每一件事情几乎是一个主题的变体："我就是我这个样子。"

而且，莎士比亚这样去写他的角色，让他再如何演都会是讨喜的。一位好演员可以让我们崇拜哈尔亲王，但即使是一个二流演员也会让我们更喜欢福斯塔夫。书房中的冷静思考告诉我们，福斯塔夫终究不是一个令人十分尊敬的人物，然而舞台上的福斯塔夫没有时间却让我们冷静思考。当哈尔、大法官或其他人宣称他们并未受到福斯塔夫的蛊惑，理性会告诉我们他们是对的，但是我们自己已然受到了蛊惑，于是他们的清醒显得不合时宜，就像禁酒主义者置身于一个人人都已经大醉的派对。

　　猜想一下，如果导演将福斯塔夫的场次全部剪切掉，《亨利四世》会成什么样？那部政治三联剧[1]的中间部分就可以命名为《寻医记》了。

　　英国这个国家的身体受到了家庭医生的感染。一个能干却不合格的执业医生将他赶出病房，接管了一切。病人的体温持续上升。这位不合格执业医生的儿子尽管取得了学位，迄今人们却相信他是个无可救药的废物，让大家惊奇的是，他竟治愈了病人。不仅病人恢复了健康，而且在医生的嘱咐下与另一个国家（法国）联姻。

　　这个三部曲的主题是这样一个问题：统治者的职能是建立并维护"世俗正义"，他需要什么样的品格？根据莎士比亚的观点，理想的统治者必须满足五个条件：1) 他必须知道何为正义，何为不义。2) 他本人必须是正义的。3) 他必须足够强大从而迫使试图变得不义的人去正义地行事。4) 他必须拥有凭借性情和手段让他人忠诚于他个人的能力。5) 他必须是合法的，不管是按照他所从属社会怎样的正当标准。

　　理查二世[2]不符合前四点。他并不知道何为正义，他采纳阿谀者的建议。他本人也是不义的，他向平民课税、对贵族罚款得来的财富，并未用于保卫英国免受敌人的侵扰，而是挥霍在维持一个铺张浪费且毫无价值的宫廷上，结果，当他真的需要金钱用于一个爱

---

1. 据梁实秋的观点，如果将《亨利四世》上下部视为一部，那么莎士比亚的历史剧《理查二世》、《亨利四世》、《亨利五世》可以称为三部曲。
2. 理查二世（Richard II, 1367—1400）：英格兰国王，十岁继承王位，朝政由叔父冈特的约翰（John of Gaunt）把持，成年亲政后鲁莽无能，由冈特的约翰之子波林勃洛克纠集贵族力量将其废黜监禁，波林勃洛克自立为王，即亨利四世。

国目的——征讨爱尔兰时,他的国库空虚,在绝望中,他干下一件非正义的恶劣之事,没收了波林勃洛克[1]的财产。

他一度似乎很受拥戴,如今却不再受欢迎,他的行为是部分原因,但也是由于他缺乏赢得人心的手段。正如他的继任者所言,他不该让自己过于频繁地抛头露面——统治者不应该作为"凡人"被经常看到——另外,他天生不是体格强健的勇士,而这样的勇士才最受他所统治的封建社会崇拜。

所以,理查二世是一个懦弱的统治者,他不能让显赫的贵族们听命于他,甚至不能让战士们忠心耿耿,君主的懦弱是最致命的缺陷。一个统治者强悍甚至不义总比圣洁而懦弱要好,因为大多数人一旦发现他们可以免受惩罚就会不义地行事;暴政是一个人的不义,但比起无政府状态要少些不义,后者是多数人的不义。

但是还有第五个条件:无论拥有什么缺陷,理查二世依然是英国的合法君主。所有人都会死,很多人都野心勃勃,除非存在一些客观原则,当现任统治者死去之后可以决定继任者,不然,每一代人中都有发生内战的风险。与其由篡位者通过暴力取代合法统治者的位置,不如忍受统治者的不义,无论怎样他迟早要死去。

作为候选的统治者,波林勃洛克拥有许多恰当的品质。他是一个强悍的人,他懂得如何让自己受到拥戴,他愿意变得正义。甚至从叛党那里,我们也从未听闻他有过什么具体的行径是不公正的,

---

1. 波林勃洛克(Henry Bolingbroke):即后来的亨利四世(1367—1413),1399—1413 年为英格兰国王,冈特的约翰之子,由于霍尔福德公爵的挑拨,1395 年被驱逐并没收领地。随后起兵征讨堂兄理查二世将其废黜,受议会拥戴而即位。

只有一些本身也未必确实的质疑。当有机会可以废黜他的合法君王，面对这一突如其来的情况，他干下了一桩不义的事，为此他和他的王国必须付出沉重的代价。由于这一点，尽管他足够强悍可以镇压叛乱，却并未强悍、受拥戴到可以阻止叛乱发生。

理查遭到谋杀之后，亨利四世是继承统治权的最佳选择。尽管，从法律上讲，摩提默可能有权或更有权成为君主，在班谷一场[1]中，霍茨波、华斯特、摩提默、葛兰道厄等人让我们相信，亨利的胜利是正义的胜利，因为我们发现，叛党对王国的利益毫不在意，他们只关心自己。他们的计划，如果能实现的话，是将英格兰分割为三个小国。亨利可能希望他的继任是霍茨波而不是哈尔，因为霍茨波是一名威猛的勇士，在对抗英国的敌人的战役中准备牺牲自己的生命，而哈尔显得放荡而轻佻，然而我们知道得更清楚。霍茨波的确勇猛，却别无其他。

> 我要将这三倍土地
>
> 送给我值得交好的朋友；
>
> 但是如果是一桩交易，你听我说，
>
> 我对一根头发的九分之一也会斤斤计较。[2]

一个可以说出这样的话的人显然不适合成为统治者，他的行为并非以正义为基础，而是来自于个人的奇想。此外，他对政治权力

---

1. 即《亨利四世》上部第三幕第一场。
2. 出自《亨利四世》上部第三幕第一场。

并无兴趣;他所欲求的一切是军人的荣耀。

另外,还有一个哈尔亲王,未来的亨利五世。对于除他自己之外的每一个人来说,他最初看上去就是另一个理查二世,不义,缺乏自制能力,然而不幸的是,却是合法的继承者。然而,当《亨利五世》的帷幕落下,每个人都会认为他就是理想的统治者。一如他的父亲年轻时,英勇、亲切。另外,他是一名更具智慧的政治家。他父亲行事都靠即兴发挥,而他在时机的把握上堪称大师。他的第一次独白表明他是一个高瞻远瞩的人,耐心地等待合适的行动时刻,即使等待意味着暂时的误解和不得人心;只要力所能及,他就不会凭运气办事。最后一点,但并非最不重要的一点,他受到好运的眷顾。他的父亲已经预见,只要找到某个共同目标,可以将各方联合起来,国内的纷争就会结束,但是他太老了,而且体弱多病,且国内的纷争过于激烈。当哈尔成为亨利五世,大多数敌人不是死去就是失去了权力——剑桥伯爵和斯克鲁普勋爵[1]已经没有支持他们的军队——他有权成为法国君主,使他找到了共同目标,从而将贵族与贫民联合起来,使他在阿金库尔战役[2]中有机会显示出真正的才能。

福斯塔夫在剧中的功能之一是,通过他,哈尔被表现为正义的统治者,而不是人们所认为的一个放荡而轻佻的年轻人;但是,从观众的角度而言,福斯塔夫在《亨利四世》上部第三幕第二场就已经完成了他的功能,当亨利王让哈尔统率军队。在第一幕第二场中,我

---

1. 《亨利五世》中的卖国贼。
2. 阿金库尔战役:发生于 1415 年,英法百年战争中以少胜多的战役。英军在亨利五世的率领下击溃法军,并在 1419 年收服整个诺曼底。

们听到哈尔这样保证：

> 我如此无理取闹，是为了将冒犯作为一个手段，
>
> 在人们始料不及时，我将赎救自己的过去。

　　但是，随后，我们看到叛乱正在筹备，而他毫无举动，只是和福斯塔夫一起消遣逗乐，于是，我们只能怀疑他所说的是否出于真心，或者只是在演戏。然而从他开始参与剧中的政治行动开始，我们才对他的野心、才能和最终的成功确信无疑，尽管此后我们还可以经常见到他与福斯塔夫待在一起，但是，这些时刻都不是国家需要他的计策和武艺的时候；他在没有要务可做的时候才去野猪头酒馆。

　　对于剧中人来说，真相显现的决定性时刻当然是他作为亨利五世的第一次公开举动，即他与福斯塔夫和他的同伙断绝往来。对于那些并不像我们那样看到他与福斯塔夫鬼混的臣民，有必要减少他们的担心，尽管他们已经知道他英勇而能干，但依然可能担心他会将友谊凌驾于他作为君王有责任维持的正义之上，或变得不义。但是我们看到了他的私生活，就没有这种担心。我们始终清楚，他的第一次独白吐露的是真心，关于福斯塔夫或其他人，他从来都看得很清楚，与福斯塔夫断绝往来的恰当时机一旦来临，就是说，断绝往来可以达到最大的政治效果，他就会毫不迟疑地去做。甚至，他为他的老伙伴安排了一份安逸的生活时显示出的宽宏大度，虽然让他周围的人称羡，却难让观众们同样兴奋。我们了解福斯塔夫，而他

们不了解,我们知道这样一种断绝往来的后果必定是福斯塔夫的
"心会破碎又拼合起来"[1],任何安逸的生活都不能抚慰。哈尔的伙
伴所要的,并不是一份王室发放的抚恤金。

　　本真的福斯塔夫是《温莎的风流娘儿们》和威尔第歌剧中的福
斯塔夫,一个喜剧世界的喜剧主人公,一个自得其乐的不死之人,他
对生存的论断是:

> 世界上的一切都是玩笑……
>
> 所有人都受到欺骗。每个
>
> 终有一死的凡人都在嘲笑别人的愚蠢。
>
> 但他笑得最为投入,
>
> 他笑到了最后。[2]

　　然而在《亨利四世》中,一些事件降临到他身上,将他从他的固
有世界拽入历史世界,他在其中遭受痛苦并死去。他开始有能力获
得一些严肃的感情,可他使用的依然是喜剧世界的言语:

> 这二十二年中,我时时刻刻起誓要与他断绝往来,然而我鬼
> 迷心窍无法离开他的陪伴。这恶棍若不是给我吃了药令我喜欢

---

1. 出自《亨利五世》第二幕第一场。"拼合起来"原文为 corroborate,是作者安排人
物(Nym)误用,本意可能为荒芜或腐坏。
2. 原文为意大利语,出自威尔第歌剧《福斯塔夫》第三幕。奥登引文分行与原文有
出入。

他，我情愿被绞死。没有别的缘故了。我已吃了迷药。1

不过，如此轻率地表达的情感同样也可以这样表达：

> 如若我的爱只是权势之子，
>
> 它会如命运的私生子随时被抛弃，
>
> 任由时代宠爱，或任由时代憎恶，
>
> 与野草一起收割的野草，与鲜花一起采摘的鲜花。
>
> 不，它绝不是建立在偶然之上；
>
> 它不在欢乐的奢华中冷淡，不在
>
> 束缚人心的抑郁中垮掉，
>
> 尽管这些均是诱人的时代和风尚所要求，
>
> 它并不惧怕政事变换这个异端，
>
> 这权谋只能作用于短暂的事物，
>
> 而它傲然挺立，洞悉一切。2

随着剧情的进展，我们在所有的欢乐背后意识到了一些悲剧性的东西。福斯塔夫绝对是全心全意地爱着哈尔。"这可爱的人"3是他从未拥有的儿子，这年轻人注定会成就大业和世间的荣耀，而这一切都将与他无缘。他相信自己的爱获得了回报，哈尔亲王其实

---

1. 出自《亨利四世》上部第二幕第二场。
2. 出自莎士比亚《十四行诗》第 124 首。
3. 出自《亨利五世》第四幕第一场。

是他的另一个自我,所以他尽管苍老、贫困,依旧很幸福。然而我们可以看清,他生活在一个愚人的天堂里,哈尔亲王最多不过将他看作是君王的小丑。他发现福斯塔夫很有趣,但仅此而已。假如我们可以将福斯塔夫蒙在鼓里的情况告诉他,我们会这样说:趁现在还来得及,不要与这些凡间的人有所瓜葛:

似乎轻而易举的事情,他们并不愿意去做,

他们使人动情,自己却犹如石头……1

其实,福斯塔夫的故事有点像一个美人鱼爱上了一个人类的王子:他对王子爱恋的代价是失去了永生,却并未获得尘世幸福的补偿。

让我们假设,福斯塔夫不仅没有参与戏剧表演,而且作为观众坐在台下。他对眼前发生的一切能够理解多少?

他将看到一些英国人分成两派,最后互相开战。对他而言,他们可以互相开战并不能证明他们是敌人,他们可能像拳击手一样约定只是为了乐趣才打起来。在福斯塔夫的世界里,友谊和敌意的产生有两个缘由。我的朋友是此时此刻我喜欢其行为举止的人,而我的敌人是我不喜欢其行为举止的人。所以,他就能透彻地理解霍茨波对波林勃洛克的厌恶。

---

1. 出自莎士比亚《十四行诗》第94首。

> 这条摇尾乞怜的灰狗，
>
> 用如此甜蜜的殷勤奉承我。
>
> "瞧，等到他年幼的好运长大，"
>
> 那"亲爱的哈利·潘西"，那"友善的弟兄"。
>
> 哦，恶魔，把这些骗子全部抓走。[1]

对于福斯塔夫，"我的朋友"也可以意味着此时此刻他的希望与我的一致，"我的敌人"意味着他的希望与我的相矛盾。对他来说，内战就是亨利王和摩提默为了获得王冠而相互斗争；关于谁更有权戴上王冠的任何争论都将使他感到困惑。

他可以理解愤怒与恐惧，它们是直接的情感，却无法理解心怀不满、预谋复仇和担忧，这些情感的前提条件是未来是从过去继承而来的。因此，他无法搞清华列克伯爵[2]的话："一切人的生命中都有一段历史……"[3]，也不能搞清叛党为其行动给出的理由，这些理由建立在波林勃洛克成为君王之前的所作所为之上，同样无从搞清华斯特隐瞒国王向霍茨波所提和平倡议时给出的理由：

> 那是不可能的，国王
>
> 不可能守约善待我们。
>
> 他会一直怀疑我们，直至找到时机，

---

1. 出自《亨利四世》上部第一幕第三场。

2.《亨利四世》下部中的保王党。

3. 出自《亨利四世》下部第三幕第一场。

在别的过失中惩罚我们这次的罪咎。[1]

"守约"是一个处于福斯塔夫理解能力范围之外的词语,承诺意味着,在将来某个时刻,我必须抗拒我希望做的事情,而在福斯塔夫的世界中,"希望做某事"和"做某事"是同义的。由于同一原因,约翰亲王许诺给敌军改过自新的机会,骗他们遣散军队之后又将他们拘禁了起来,此时,福斯塔夫将无法理解为何这些人以及除了他自己之外的所有观众都会感到震惊。

莎士比亚让福斯塔夫开口说的一句话是:"现在是什么时辰啦,孩子?"对此,哈尔亲王十分恰当地回答:"见什么鬼,你要问起时辰?"[2]在福斯塔夫的世界中,每一个时刻都是一种无限的可能性,可以希望任何事物。作为一个旁观者,他将一直听着剧中人物说着"时间"和"时机"这样的词,使他迷惑不解。

> 我的这个想法
> 是经过深思熟虑、运筹谋划而得出的,
> 我只是在等待遇上
> 时机,就可以将它展示出来。[3]

阁下所议之事过于危险,

---

1. 出自《亨利四世》上部第五幕第二场。
2. 出自《亨利四世》上部第一幕第一场。
3. 出自《亨利四世》上部第一幕第三场。

时机并不成熟……1

……我还是决定去苏格兰。我可以待在那里，
直至有利的时机渴望我的出现。2

在所有的剧中人物里，他认为最能理解的是与福斯塔夫最不相像的人：霍茨波，因为霍茨波就像他自己那样听从一时的冲动，按照内心所想而言说，而不必经过审慎的思虑。他们两人都在别人面前毫无遮掩，福斯塔夫是因为他没有面具可戴，霍茨波是因为变成了自己的面具，在面具之下别无其他面容。福斯塔夫说道："我就是我。我所做的一切无论多么可恶，都无限地重要，因为这是我做的。"霍茨波说道："我是霍茨波，一个毫无畏惧、最为忠诚、坦率直言的勇士。只要我显示出恐惧，或说谎，即使是一个无足轻重的谎言，我就应该停止存在。"假如福斯塔夫和霍茨波属于同一个世界，人们可以称他为说谎者，然而在他自己的眼里，他所说的都是不折不扣的事实，因为事实是主观的，是"此时此刻我真正的感受和想法"。称他为说谎的人是可笑的，就像在剧中，一个人物说道："我是拿破仑"，而其中一个观众喊道："你不是。你是约翰·吉尔古德3爵士。"

---

1. 出自《亨利四世》上部第二幕第三场。两句中间漏引一句。

2. 出自《亨利四世》下部第二幕第四场。

3. 约翰·吉尔古德(John Gielgud, 1904—2000)：英国演员，二十世纪最伟大的莎士比亚戏剧演员。

在易卜生的《培尔·金特》中，有场戏尤为精彩，其中培尔参见山妖大王。培尔受到款待，动物们起舞，嘈杂喧天，培尔举止镇定，好比眼前都是美人，正伴随着令人陶醉的音乐起舞。这一切结束后，山妖大王问他："现在，说实话，告诉我你刚才看到了什么。"培尔答道："我所看到的东西丑得不可思议"——然后，他描述了场景，和观众看到的如出一辙。山妖大王对他很有好感，提出建议，如果他成为一个山妖会更快乐。需要做的只是一个小小的眼部手术，之后他就可以真正地将一头母牛看成一个美丽的少女。培尔愤怒地拒绝了。他非常愿意起誓说母牛是少女，但是绝不愿意放弃自己的人性，这样以后就再也不能说谎，因为他不再能区分事实与虚构。根据这一准则，福斯塔夫和霍茨波都不是人类，福斯塔夫是因为他只是一个单纯的山妖，霍茨波是因为他如此缺乏想象力以至于对山妖的王国视而不见。

起初，福斯塔夫会相信霍茨波是他的同类，像他自己一样喜欢装模作样，但是随后他就会听到霍茨波说出他无法理解的话语。

> ……时间还来得及赎回
>
> 你丧失的荣誉，重获
>
> 世人对你的好感。[1]

在福斯塔夫的世界中，唯一的价值标准是是否被看重，就是说，

---

1. 出自《亨利四世》上部第三幕第三场。

他要求从别人那里获得的一切只是受到关注,他害怕的只是被漠视。别人是鼓掌还是发出嘘声,这无关紧要;重要的是嘘声或掌声的音量。

因此,在他关于荣誉的独白中,他的推理是这样的:要是获得别人的道德上的赞同的结果是死亡不可能,不如去赢得他们的反对;一个死人是没有观众的。

由于哈尔亲王是他私下里的朋友,福斯塔夫当然是国王的臣子,认为站到其他任何一队都是很不该的事情,但他的忠诚就和那些以所在地为荣,支持当地球队的那一些人一样。作为观众中的一员,他最终关于戏中政治行为的评论与他在舞台上做出的将是一样的。

> 好吧,感谢上帝赐予我们这些叛党:他们侵犯的只是一些善良的人……1
>
> 一个年轻小伙,却在行乞。难道找不到事做? 国王不是正缺少臣民吗? 叛党不是需要士卒吗?2

我们曾经都是福斯塔夫,然后我们变成了拥有超我的社会存在。我们中的大多数人学会了接受这一点,然而还是有一些人对天真的妄自尊大怀着如此强烈的乡愁,从而拒绝接受成年人的生活和责任,并寻求一些手段试图再次成为他们曾经所是的福斯塔夫。他

---

1. 出自《亨利四世》上部第三幕第三场。
2. 出自《亨利四世》下部第一幕第二场。

们采用最普通的手段是酒瓶,有趣的是,喝酒的男人显露这种意图的方式就是让自己长一个酒鬼的大肚子。

如果一个人来到海边浴场,他可以观察到,男人和女人变胖的不同方式。一个肥胖的女人会增强她的女性特质,她的乳房和臀部变大,直到变得像维伦多尔夫的维纳斯[1]。而一个肥胖的男人看起来像是小孩和孕妇之间的过渡,在过去的一些文化中,女人的肥胖被认为是性吸引力的典范,但是据我所知,没有一种文化认为胖男人比瘦男人更有吸引力。假如我的体重和经验让我有些发言权,我会说男人的肥胖是他心理上希望撤出性爱竞争的身体表达,通过在自己身上融合小孩和孕妇,获得情感上的自足。古希腊人认为纳喀索斯是一个苗条的年轻人,我认为他们想错了。我把他看作一个中年男人,有着肥胖的肚子,因为,尽管羞于在公开场合展示自己的腹部,私下里一个男人却十分喜欢有大肚子;这个肚子就像看上去并不讨人喜欢的孩子,但是这是他自己生下的孩子。

这里,我走在你面前就像一头母猪,压死了所有的小猪,只剩下一只……[2]

我肚子上有一大堆舌头,每一条舌头不说其他的,只说我的名字。我的肚子,我的肚子害了我。[3]

───────

1. 该雕塑于 1908 年由考古学家约瑟夫·松鲍蒂在奥地利维伦多尔夫(Willendorf)附近复现,是女性小雕塑,十分肥胖。
2. 出自《亨利四世》下部第一幕第二场。
3. 出自《亨利四世》下部第四幕第三场。引文中间有遗漏句子。

并不是所有胖男人都是滥饮者,但是所有滥饮的男人都会变胖[1]。同时,他们喝得越多,吃得就越少。"哦,该死!只有半便士面包,却喝了这么多葡萄酒!"[2]哈尔亲王看着福斯塔夫的账单叫道,但是他也不能有别的期望。酒鬼并非卒于他们过量摄入的酒精,而是拒绝吃固体食物,每一个被逼着照看过醉鬼的人都知道让他获得足够营养的唯一方式就是给他吃流质或糊状食物,因为他会拒绝任何需要咀嚼的食物。对于醉鬼,固体食物是一个象征,提醒他已经丧失了母亲的乳房,以及被逐出了伊甸园。

> 该死的叹息与忧伤。将一个男人吹得像一个气泡一样鼓胀
> 起来……[3]

福斯塔夫就是如此,他拥有流行的俗语所说的那种具有增肥效果的忧伤——吃下侮辱,吞下谩骂,等等。

在最近一期《巴黎评论》[4]上,尼古拉斯·图齐(Nicholas Tucci)[5]

---

1. 我所遇到的所有滥饮的女人都比一般的要体重更轻更苗条。——作者原注
2. 出自《亨利四世》上部第二幕第四场。
3. 出自《亨利四世》上部第二幕第四场。
4. 《巴黎评论》(The Paris Review):美国著名文学杂志,季刊,1953 年由哈罗德·L. 修姆斯(Harold L. Humes)、彼得·马西森(Peter Matthiessen)和乔治·普林顿(George Plimpton)创办于巴黎的英语杂志。在最初五年,其作者包括凯鲁亚克、菲利普·拉金、奈保尔、菲利普·罗斯、卡尔维诺、贝克特、让·热内、罗伯特·勃莱、戈迪默等。1973 年总部由巴黎迁往纽约。从创办到 2003 年,普林顿一直主编该杂志。2010 年开始由洛林·斯坦因(Lorin Stein)主编。
5. 此处为奥登笔误,应为尼古罗·图齐(Niccolò Tucci,1908—1999),美国作家,移民自意大利,用英语、意大利语双语写作。

先生写道：

> 酒鬼的挽歌——可能会唱上三十年——大致是这样的："我生来便是天神，整个世界都在我股掌之中，而现在，落魄的我却栖身于阴沟之中。来吧，听我唱：听听世界对我干了些什么。"

> "酒后吐真言"（In Vino Veritas）[1] 是一句古老的谚语，却与醉鬼的真心话无关。他没有秘密——的确如此——但如果相信在道德的矜持和冷静的谎言表面之下可以找到他的真心话，于是以为在他开始眼睛迷离、吐露心声之时，任何人都可以得到他全部的真心话，这就大错特错了。事实正好相反。醉鬼说醉话时，他谨慎地在自己珍视的那些小缺憾中挑选一二：而它们其实是不存在的。他也许会分不清人和椅子，但是从来不会说一个无利可图的谎言。当他只看到自己充斥于整个宇宙，他如何能够在他人的广阔世界中将自己看得无足轻重，"我只是一个人"倒的确是他的心声，但听者不能将它简单地理解成他很孤独。

醉汉面目可憎，言语不忍卒听，他的自怨自艾是可鄙的。然而，不仅作为一个世俗的失败者，还作为一个执拗的失败者，他在冷静的公民眼里都是一个令人不安的形象。他拒绝接受这个世界的现实，可能显得很幼稚，却迫使我们换一种目光看取这个世界，反思我们接纳这个世界的动机。酒鬼的痛苦也许是自作自受，不过这是真

---

1. 原文为意大利语。

实的痛苦,并提醒我们选择抛诸脑后的一切痛苦的存在,因为从我
们接受这个世界的那一刻开始,我们就已经分担了世界上发生的一
切事情的责任。

在看到福斯塔夫丑陋的肚子、绯红的脸颊时,我们感到英国这
个国家的政局也并不健康。

> 国人已厌恶自己所选的君王。
>
> 他们对过度的拥戴已经产生反感……
>
> 你们,这些饕餮的人,肠胃里填满了他,
>
> 然后又要将他呕吐出来。
>
> 这样,就这样,你们这些下贱的狗,
>
> 将高贵的理查王从你们贪婪的腹中吐出来……1
>
> 你们知道,我们王国的身体
>
> 如此污秽:生着何等的疾病,
>
> 危险已逼近心脏。2

剧本可能会期待我们感到这个景象不堪入目,从而带着崇敬、
释然之心将目光转向哈尔亲王这个英雄人物身上。而事实上,我们
没有。只要福斯塔夫在舞台上,我们就无暇顾及哈尔。如果莎士比
亚起初在《亨利五世》中为福斯塔夫安排了一个位置,他不会是出于

---

1. 出自《亨利四世》下部第一幕第三场。标点符号略有出入,此处按照奥登引文
标注。
2. 出自《亨利四世》下部第三幕第一场。

来自科布汉姆家族（the Cobhams）的压力而将之删掉了；他自己的
戏剧直觉会告诉他，如果亨利要显示出全部的荣耀，福斯塔夫的存
在必然是个妨碍。

为了试图解释福斯塔夫为何能够对我们如此具有感染力，我发
现必须迫使自己将《亨利四世》视为一出在明显的含义之外具有寓
言意义的戏剧。表面上，福斯塔夫是一名狂欢主持人（Lord of
Misrule）[1]；在寓言意义上，他是一个"仁爱"的超自然秩序的喜剧象
征，相对于由蒙茅斯的亨利[2]所象征的"正义"的尘世秩序。

这样的解读只有对于像莎士比亚戏剧这样的世俗戏剧才是可
能的，这样的戏剧并不直接关涉人与上帝的关系，而关涉人与人之
间的关系。古希腊悲剧，至少在欧里庇得斯之前，全然是宗教的，关
涉上帝对人的所作所为，而不是人与人之间的行为：它描绘人类事
件的图景，这些人类事件的起因则是神的行为。于是，一部古希腊
悲剧并不要求在我们所谓"阅读"面容的意义上去"阅读"它；诸神的
方式之于人类是神秘的，却并不含混。

无论如何深刻或如何重要的世俗戏剧只存在于这样一种文化
中，它承认人同时具有内在历史和外在历史；人的行为一部分回应
着由过去行为和他人行为创造的客观处境，还有一部分由主观需求
所激发，他要对他自己进行再创造、重新定义、重新选择。意外与揭
示是戏剧的本质。在古希腊悲剧中，这些是由诸神提供的；没有一

---

1. 指英国十五至十六世纪圣诞节等节庆主持人、狂欢主持人。
2. 蒙茅斯的亨利（Henry of Monmouth）：指亨利五世，他出生在蒙茅斯
（Monmouth）。

个凡人可以预见他们如何行动、何时行动。但是，人的行为没有任何惊异的因素，就是说，他们对降临于自己身上的令人惊异的事件做出反应的方式是人们可以预料的。

一部世俗戏剧假定在人所说所做的一切之中都具有一个毫无理由的因素，使人的行为变得含糊、不可预测。因此，比起古希腊悲剧，世俗戏剧要求观众扮演一个更为活跃的角色。观众必须既是一个舞台上发生之事的见证者，又是对他看到并听到之事进行阐释的主观参与者。莎士比亚这样的世俗戏剧家试图将人类的内在历史表现为客观的舞台行为，面临着埃斯库罗斯和索福克勒斯没有遇到的问题：这种内在历史的许多方面妨碍，甚至抗拒被表现出来。

> 表现谦卑是艰难的——如果是在一个最佳的时刻表现它，旁观者就会意识到缺少了什么，因为他感到因为他会觉得谦卑的最佳状态不在于那个时刻，而在于它是持久的。浪漫的爱在特定时刻可以得到完美的表现，但是，夫妻之爱则不能，因为理想的丈夫并非只在生命中一度符合于理想，而是要每一天都符合于理想。勇气在特定时刻可以得到完美的凝聚，耐心则不能，恰恰是因为耐心随时间推移会越发艰难。一个征服王国的君王可以得到表现，但是一个每天背负十字架的人却无法在艺术中得到表现，关键在于他每天都这样做。[1]（克尔恺郭尔）

---

1. 出处不详。

那么，让我们假设，一个戏剧家希望展现一个行事都出于仁爱或圣爱（agape）的角色。这初看起来很容易。圣爱要求我们爱敌人，对恨我们的人行善，宽恕那些伤害我们的人，这一命令是无条件的。那么一个戏剧家所要做的再简单不过，他只需展现一个人宽恕一个敌人。

在《一报还一报》[1]中，安哲鲁[2]不公地对待伊莎贝拉和玛丽安娜，且被公众知晓。安哲鲁悔恨，要求公爵判他死刑。伊莎贝拉和玛丽安娜恳求公爵宽恕他。公爵答应了她们的恳求，结局皆大欢喜。我同意库格希尔教授将《一报还一报》阐释为一个寓言，伊莎贝拉是一个得到救赎的基督教灵魂的形象，纯洁无瑕，充满爱心，她的奖赏是成为上帝的新娘；但是，我的想法是，这个寓言并不怎么成立，因为它不能在戏剧行为中区分宽恕（forgiveness）的精神和赦免（pardon）的行为。

宽恕他人这一命令是无条件的：无论我的敌人是否铁石心肠、

1.《一报还一报》（*Measur for Measure*）：莎士比亚的喜剧作品，书名出自《圣经·新约》："因为你们用什么判断来判断，你们也要受什么判断；你们用什么尺度量给人，也要用什么尺度量给你们。"（For with what judgment ye judge, ye shall be judged；and with what measure ye mete, it shall be measured to you again.)（《圣经·新约·马太福音》7：2）

2. 安哲鲁（Angelo）：《一报还一报》中维也纳公爵在假期时所任命的摄政，要判让朱丽叶未婚先孕的克劳狄斯死刑，克劳狄斯的姐姐、修女伊莎贝拉（Isabella）前去求情，安哲鲁迷上了伊莎贝拉，答应只要伊莎贝拉献出贞操就可以释放克劳狄斯，遭到她的拒绝。其实公爵并未离开维也纳，而是装扮成了修士洛德克克，他为安哲鲁设下了两条诡计：一、"床的诡计"，即让安哲鲁的未婚妻玛丽安娜（Mariana）冒充伊莎贝拉与安哲鲁上床；二、"头颅的诡计"，安哲鲁背信秘传监狱要见到克劳狄奥的头颅，公爵用另一名囚犯的头颅掉包。公爵现身，判处安哲鲁死刑，但必须先与玛丽安娜完婚。玛丽安娜连同伊莎贝拉为安哲鲁求情，公爵听从了请求，并向伊莎贝拉求婚，后者并未答复，被视为默许。

忏悔、请求宽恕,都无关紧要。如果他铁石心肠,毫不在意我是否宽恕他,我说"宽恕你"就显得傲慢无礼。如果他忏悔,并请求:"你能宽恕我吗?"回答"是的"不应是表达我的一个决定,而是在描述一种一直存在的情感状态。无论如何,除非犯错误的人请求宽恕,否则在舞台上不可能展现一个人宽恕另一个人,因为沉默和无为是非戏剧性的。《一报还一报》最初场次中的伊莎贝拉显然没有什么宽恕心情——对于安哲鲁的不义,她处于愤怒和绝望之中——从戏剧上讲,她不可能处于另外的状态,不然戏就演不下去了。还是这句话,宽恕在舞台上要求显现为行动,就是说,一个宽恕他人的人必须能够为他人做点什么,而这个行为他在不宽恕此人时,就不会去做。这意味着,敌人受制于我的怜悯;但是,对于仁爱的精神而言,是敌人受制于我的怜悯还是我受制于敌人的怜悯都无关紧要。只要他受制于我的怜悯,宽恕就难以区别于法庭上的赦免。

法律不能宽恕他人,因为法律不能被不公正地对待,而只能被违反;只有个人才能被不公正地对待。法律只能赦免那些它有能力惩罚的人。如果违反法律的人比法定权威更强大,那么,法定权威就无权惩罚他,也无权赦免他。是否赦免的决定必须通过审慎的权衡来决定——例如,要改善某个违法者,赦免是否会比惩罚更有效,等等。但是仁爱不允许以这种方式进行权衡:我必须宽恕敌人,无论我的宽恕会对他产生什么影响。

人们可以说,伊莎贝拉宽恕了安哲鲁,公爵赦免了他。但在舞台上是看不见这一区别的,是因为舞台上权力、正义和爱都站在同一边。爱被命令去宽恕的东西,正义能够赦免它们。但是,世俗正义的权力站在爱的一边，这对于爱而言是意外的事；其实，福音书使我们确信，它们迟早会发现双方已经对立起来，爱必须承受正义制造的苦难。

在《李尔王》中，莎士比亚试图通过考狄利娅这个人物展现绝对的爱和善被这个世界的权力所摧毁，但是他付出的代价是，考狄利娅作为一个戏剧人物实在无趣。

如果她不是一个骗子，她所说的不可能在诗意上给人留下深刻印象，或者，她戏剧性地做出的一切不可能振奋人心。

考狄利娅该说些什么？爱，并沉默。[1]

在一部拥有二十六个场次的戏剧中，莎士比亚只让她出现了四场，在总共超过三千三百行的台词中，他分配给她的不到九十行。

世俗正义要求运用暴力消除非正义；它要求审慎，要求一种实际的对时间和空间的计算，要求它的律法和惩罚都是公开的。但是仁爱禁止这三个条件——我们不可与恶抗争，如果一个人索要我们的大衣，我们必须把斗篷也给他，我们不可为明日而担心，在秘密斋戒或施舍时，我们在公众面前必须像什么也没做过一样。

因此，仁爱不可能以世俗的方式直接显现。宗教教师采用的间接显现形式之一是寓言，在寓言中，在伦理上非道德的行为作为一种象征超越了伦理。福音书中的"不义的管家"这个寓言是一个例

---

1. 出自《李尔王》第一幕第一场。奥登将"做"（do）引成了"说"（speak）。

子。哈希德教派的拉比所说的下面的话是另一个例子。

　　　　我不能教会你一个信奉者的十个原则，但是一个小孩和一个小偷可以向你显示那些原则是什么样的。你可以从一个小孩身上学会三样事；

　　　　他的愉快没有什么特别的理由。

　　　　他一刻也闲不下来。

　　　　当他想要什么东西，就会拼命地要求得到。

　　　　小偷可以教导你很多事情。

　　　　他晚上才工作。

　　　　假如他一个晚上做不完着手做的事情，第二个晚上他会继续努力。

　　　　他和那些为他卖力的人之间相互友爱。

　　　　他为轻微的收益而不惜冒性命之险。

　　　　对他而言没什么价值的东西，他愿意用它交换一枚小小的硬币。

　　　　他忍受殴打、困苦，但他毫不介意。

　　　　他喜欢这个行业，给他换任何工作他都不愿意。

　　如果这样一类寓言被改编成戏剧，情节将是喜剧性的，就是说，主人公显然不道德的行为不可能像在现实世界里那样对他人造成实际的痛苦。

　　于是，福斯塔夫将自己说成仿佛一直在打劫旅客。我们只看到他打劫过一次——顺便说一句,教唆者不是福斯塔夫而是哈尔亲王——眼前的情景使我们相信,他不是也不可能成为一个成功的拦路强盗。金钱又从他身上被盗走,归还给了真正的主人;唯一遭受痛苦的是福斯塔夫自己,他大出洋相。他毫无羞耻感地借钱为生,然而他的债主似乎并未因此而陷入什么困境。野猪头酒馆女店主也许会起誓说他再不支付账单,她就只能典当盘子和地毯,不过这只是一种女店主习以为常的夸张,因为在下一个场次中,它们还在原处。表面上的欺瞒成性在寓言层面成了缺少骄傲的标志,成了一种承认自己无足轻重和对他人依赖的谦卑。

随后他得意于自己在男女之事上的名声——任何女子都不敢在他面前独处,然而,舞台上的福斯塔夫已经老得无法通奸,而我们也想象不出他更年轻的样子。我们看到的只是,他从一个恶棍手里救下一个妓女,出于爱恋和怜悯让她坐在自己膝上,任由她哭泣。现实世界里所谓的荒淫无度,是将他人仅仅看作发泄性欲的对象,在喜剧世界中却转变成了一视同仁地去爱邻人的仁爱的象征。

以他人钱财为生和不问对象的淫乱对于私人个体而言都是不义行为;福斯塔夫的不义也伤害了其有公共属性的公民在任何战争中,决定胜利者的不是看哪方正义或非正义,而是看谁能调动更大的军力。因此,所有相信国王一方之正义性的人都有义务尽可能为他提供最好的士兵。福斯塔夫却并未努力履行这一义务。在什鲁斯伯里战役前夕,他先是应征那些最有钱财又最不愿意上前线的士兵,然后又允许他们通过赎买而离去,于是,他最后留下了一群差劲的"被人辞退的为人不端的仆人、非长房的小儿子、逃亡的酒保和失业的马夫……"[1]在高尔特丽森林战役开始前,两个最强健的青年,莫尔迪和布尔卡夫给了他钱,于是他放走了他们,留下了最瘦弱的萨多、费博尔和瓦特。

从社会视角来看,这是不公正的,但是假如有人问被强制征召的村民,作为私人个体,他们是愿意受到公正对待,还是碰到福斯塔夫,他们的回答是毫无疑问的。他们的上司所谓的正义和不义对他们来说毫无意义;他们只知道,征兵迫使他们远离家庭和生活,极有可能被杀死或带着残疾的身体回乡,"在小镇的尽头乞讨"。福斯塔夫拣选的是那些没有什么可以失去的人,已然无家可归、无处营生,对他们而言,当兵至少可以有机会获得一点战利品。布尔卡夫想与友人们待在一起,莫尔迪有一个年迈的母亲需要照顾,但是费博尔完全准备好了上战场,只要他的朋友瓦特一起前往。

为了私人事务,福斯塔夫忽视公共利益,这是仁爱的正义之化身,因为仁爱将每一个人当作独一无二的人而不是一个符号。哈尔亲王的指责或许是正当的:

　　　　我从未见过这样一些可怜的无赖。

但是福斯塔夫为这个世界上所有那些被侮辱和被损害的人反驳道:

---

1. 出自《亨利四世》上部第四幕第二场。

　　啧,啧——被枪刺已经足够了,都是炮灰,都是炮灰。让他们
填填坟坑,也不会输给比高他们一等的人过了。啧,朋友,他们都
是要死的人,都是要死的人……1

　　这是福斯塔夫仅有的作为,其余时间,他都在花天酒地,从不考
虑明天。作为一个寓言,散漫与酗酒,耽溺于切身需求和拒绝接受
现实,都是"非世俗之人"2的标志,相对而言,哈尔亲王则是世俗性
的最佳体现。

　　在其最佳状态,世俗的人是为某种公共目标而献身的人,如政
治、科学、工业、艺术等。目标外在于他自身,但是对目标的选择取
决于天性赋予他的特殊才能,世俗的成功则证明他的选择是正确
的。献身于一个并非天性赋予他的目标,那是疯狂,堂吉诃德的疯
狂。严格而言,堂吉诃德并不为了自己而渴求名誉,而是希望能成
就一些配得上名声的伟大事业。因为他的目标是世俗的,也就是说
属于公共领域——与自己钟意的女孩结婚,或者成为一个好家长,
都是私人性的,不是世俗的目标——对于世俗的人而言,个人生活
及其满足都是次要的,假如它们与他的志业相冲突,就必须牺牲掉。
世俗的人在其最佳状态知道他人的存在,而且也希望如此——一个
政治家可不愿在一堆家具中间建立什么太平盛世——但是,如果为

―――――――――

1. 以上两段引文均出自《亨利四世》上部第四幕第二场。
2. 或译为"非世间的人",奥登用这个词表示的是一种处于公共的"世界"之外的
人。"世界"代表人们一起生活于其中的共同的时空体,"非世俗的人"或"非世间
的人"是私人性的,对公共性漠不关心。下文的"世俗性"(worldliness)也有"世间
性"的意思,即生活于公共的"世界"之内,与"私人性"(privateness)相对。

了达到自己的目标而必须将他人物化，那么，无论是冷酷无情地还是带着懊悔，他都会这样去做。他与寻常的罪犯不同的是，罪犯缺乏想象力，不能将另外的人设想为与自己相似的人；伤害他人时，罪犯并不感到愧疚，因为对他而言，自己才是物的世界中唯一的人。使世俗的人和罪犯区别于恶人的是，前面两种人没有恶意。恶人不是世俗的，而是反世俗的。他的蓄意的目标只是毁害他人。他耽溺于仇恨，认为除了自己其他人都该不存在，除非将他们缩减为物的状态。

　　但是，通过观察行为举止及其结果，将世俗的人和罪犯或恶人区别开来，并非总是轻而易举之事。例如，恶人也可能做善事，虽然与他的主观意愿相违背。比如，《无事生非》中的唐·约翰除了伤害克劳狄奥和希罗[1]没有别的心思，然而正是由于他的所作所为，克劳狄奥看清了自己的缺陷，于是成为与希罗般配的丈夫，虽然之前却并不般配。从外在的眼光来看，蒙茅斯的哈里（Harry of Monmouth）[2]和伊阿古（Iago）[3]欺骗成性、到处搞破坏，尽管他们的主观意愿并非如此。甚至在他们的话语中，人们会不由自主地感觉

---

1. 在《无事生非》中，阿拉贡亲王唐·彼德罗打了胜仗归来，下榻在梅西那总督里奥那托家，亲王的亲信、贵族克劳狄奥向里奥那托之女希罗求婚。亲王承诺将在假面舞会上替他求婚。唐·约翰（Don John）是阿拉贡亲王的庶弟，两人之间素有隔阂，他欺骗克劳狄奥说亲王是在为自己求婚。很快真相大白，唐·约翰又让部将与希罗的女仆在希罗的房间里偷欢，并让亲王和克劳狄奥误以为希罗是风流成性的女人。里奥那托无奈只能宣布希罗意外身亡。不久唐·约翰的阴谋被发现，克劳狄奥请求原谅，并答应迎娶里奥那托的侄女。新婚当天时发现新娘就是希罗，两人重归于好。
2. 即"蒙茅斯的亨利"，亨利五世。
3.《奥赛罗》中的人物。

到他们之间的相似性：

> 所以当我摆脱这种放荡的行为，
>
> 偿付我从未允诺的债务，
>
> 证明我的品行在平日的言辞之上。
>
> 我如此无理取闹，是为了将冒犯作为一个手段，
>
> 在人们始料不及时，我将赎救自己的过去。[1]

以及：

> 我表面上恭敬之举
>
> 一旦泄露我内心的
>
> 隐曲，那么不久我就要
>
> 掏出自己的心，让乌鸦来啄。
>
> 世人知道的，并非实在的我。[2]

也可以将这两段话于《十四行诗》第 121 首相比较：

> 不，我就是我；他们对我的诋毁
>
> 正暴露他们自己的卑鄙。
>
> 我本是正直的人，他们却邪恶。

---

1. 出自《亨利四世》上部第一幕第二场，引文中遗漏了很多行。
2. 出自《奥赛罗》第一幕第一场。

福斯塔夫心甘情愿地告诉世人："我就是我，一个烂醉如泥、一败涂地的废物。"如此可哈尔为了保护自己的事业，绝不会漫不经心地袒露自己，而是要在任何时刻都做出政治上高明的姿态来，以至于尽管我们都拥有世俗抱负，但福斯塔夫对哈尔亲王的看法切中要害：

> 你是十足的疯子，尽管表面上看不出来。[1]

福斯塔夫从没有真实的行动，但他一直喋喋不休，所以他给人的印象不是闲散无事，而是精力无限。他从不疲惫，从不厌倦，他被拒绝之前一直释放着欢乐，就像哈尔亲王释放着权力，而这种欢乐并没有明显的起因，这给别人带来欢笑的不知疲倦的奉献，成为了表现全然无私的爱的喜剧形象。

笑与爱具有某些共同之处。笑声可以感染别人，但不像实在的力量那样是不可抗拒的。任何情绪到激动处都无法发笑；如果一个人发出笑声，这证明他控制住了情绪。笑声只在一种特定意义上才是行动。许多类型的行动可以引起笑，但是笑只能引起一种行动，即笑得更多；我们笑的时候，时间停止，我们无法考虑另一种行动。处于愤怒或歇斯底里之中的人有时会被说成在"笑"，但是没有人会混淆他们制造的噪音和真实的笑声。真实的笑声绝对不具有攻击性；让我们觉得有趣的人或物我们只希望它们保持本来的样子，我

---

1. 出自《亨利四世》上部第二幕第四场。

们不会渴望改变他们，更不用说伤害或摧毁它们。如果演说家能够使一群愤怒、危险的暴徒发笑，如我们所说，真正的笑声"消除敌意"。

福斯塔夫给我们的印象，就像"卢布林（Lublin）[1] 的罪人"留给拉比的印象。

> 在卢布林，居住着一位罪大恶极者。每当他去找拉比谈话，拉比们都乐意接纳他，就好像他是一个正直的人和密友。大多数哈西德教徒被这件事情触怒了，其中一个对另一个说："我们的拉比可是一个能够从一个人的脸上一眼看出他完整的一生，而且知道他灵魂本源的人啊，难道他不清楚这个人是罪人吗？假如他清楚这一点，竟然认为他值得交谈并来往。"最后，他们鼓起勇气，带着疑问来到了拉比面前。拉比回答他们："我和你们一样了解他。但你们知道我多么喜爱欢乐、厌恶沮丧。可这个罪人真是坏到家了。其他人一旦有了罪就忏悔，他们只内疚了片刻，随后又回到了老样子。但是他不知道后悔为何物，不知道忧郁为何物，生活在欢乐中犹如生活在一个与世无争的塔楼中。正是他的欢乐的光辉征服了我的心。"

福斯塔夫的欢乐像一个几乎无法攻击的塔楼，但并非完全无法攻击。"我就是我"并不是一个完整的自我描述；他必须加上——

---

1. 波兰东部城市。

"年轻的亲王将我引入歧途。我是那个大肚子的家伙,他是我
的狗。"[1]

　　基督教的上帝不像亚里士多德的第一因是一种自足的存在,而
是一个创造了世界并继续爱这个世界的上帝,即使这个世界拒绝爱
他。他并不像阿波罗或阿弗洛狄忒那样伪装为人现身于这个世界,
而是作为一个公开宣称自己就是上帝的真实的人来到世间,任何凡
人都不能辨认出他的神圣。结果是必然的。宗教的和世俗的最高
权威指责他为亵渎者和"狂欢主持人",人类的"不好的友伴"。结果
之所以是必然的,是因为正如黎塞留[2]所说:"拯救国家的办法是世
俗的。"而历史并没有为我们提供任何证据表明这个世界的"王子"
之后改变了个性。

---

1. 出自《亨利四世》下部第一幕第二场。

2. 黎塞留(Cardinal de Richelieu,1585—1642):法王路易十三的国务秘书兼御前
会议主席、枢机主教,擅权巩固专制统治,剥夺胡格诺教派政治特权,镇压贵族叛
乱和农民起义,对外参加三十年战争(1635),扩张法国势力。

附言： 希望的游戏

❖

要是有个狂热的人从头至尾逐字背下了普鲁斯特,然后试着餐后在客厅里向听众背诵,我猜想情形可能会是大部分听众在半小时内睡着,他们会认为《追忆似水年华》是一个无聊乏味且令人费解的故事。要公正地评判一个印刷在纸面的民间故事,更何况是一部从来不该由眼睛去领会的故事集[1],也同样困难。我们对于口耳相传文学的感受是扭曲的,因为这类文学至今存活于世的是很特别的——对我们来说,口述故事就是那些难登大雅之堂的故事,但即使是那些男人间传递的下流段子,依然得看讲故事中一些共通的特质。首先,讲故事的场合、讲述人的声音和姿势都是产生效果的重要因素;一个故事可以在某个场合中让我们感到开心,一旦换了语境或由不同的讲述人说出,就会完全无法将我们逗乐。其次,耳朵在理解故事时要迟钝得多,它较少渴望新奇,更欣赏节奏的重复。

民间故事也颇受普通大众某些先入为主的观念之苦。通常它们被认为是孩子们的消遣或人类学家和比较宗教学学生的文献。的确,孩子们喜欢它们,但是成年人却毫无理由假定它们是孩子气的;民间故事主要读者是成年人。毫无疑问,它们包含着一些来自古代仪式和神话的因素,但是这些知识在欣赏民间故事时并不是必要的，就像要喜欢阅读一个当代小说家的作品，首先获取一些关于阅读的知识或亲身写小说的体验也不是必需的。

宗教仪式是一件严肃的事，必须以完全正确的方式去做，从而获得超自然的助佑，没有这种助佑，庄稼会枯萎，人会死去。一个神话几乎总是包含嬉戏因素，但它也试图回答严肃的问题——某某事物为什么会这样？——而且在某种程度上，或面对某些需求时，要人们相信它，从而获得信仰。但是只有在有人希望听到一个故事时，人们才讲述它，它假定的一个问题是："我们如何度过一个愉快的夜晚？"就像"约翰熊"中的士兵叙事人所说的：

> 我穿越一座森林，里面没有树木，跨过一条河流，河里没有水，穿过一个村庄，那里没有房屋。我敲门，所有人都应声。我向你讲述得越多，我就会撒更多的谎。我告诉你真相又得不到什么好处。

"大夫和学徒"包含着一个许多民间故事共同拥有的主题——一个故事人物通过一系列神奇的变形追寻另一个故事人物。猎物变成野兔，于是，捕猎者变成狗，野兔又变成云雀，狗又变成鹰，等等。这种观念的最初来源可能是一种求丰收的舞祭，这种舞蹈象征性地模拟十二个月份。在这样一个仪式中，假如它存在，象征性动物的数量和种类都是确定的，膜拜者也预先都知道，然而一个讲故事的人若采用了相同的模式，却可以安排任何种类的动物，这些动

1.《博兹瓦法国民间故事》，保罗·德拉鲁（Paul Delarue）编。——作者原注

物的数目也可以随意设定，只要双方在逻辑上能够搭配在一起。假
如讲故事的人将猎物设定为野兔，他就不能将捕猎者设定为驴子；
如果他将捕猎者设定为驴子，那么，他必须将猎物设定为胡萝卜之
类的东西。听众的快乐来自于悬念、模式和意外，所以，每次变形听
众都会想要知道："这回猎物将如何逃离捕猎者？"同样，"三条狗和
龙"中的贞女和七百岁的龙以及"磨坊主的三个儿子"很可能起源于
珀耳修斯和安德洛墨达[1]的神话，但没有人试图将这些故事与任何
历史事件或人物联系起来。宗教和历史的问题，尽管有趣而且重
要，却不是批评家的事务。他只能问一些面对任何文学作品都要问
的问题，例如，与其他种类的作品相比较，这是一种什么样的作品？
其特别的优点和局限是什么？以它自己的创作意图作为评判标准，
是什么使一个故事或这个故事的某一个版本优于或劣于另一个故
事或另一个版本？

　　童话主人公的特殊性是使童话区别于另外的叙事作品的一个
特点。史诗的主人公由于其特殊禀赋能够做一些了不起的事，而普
通人做不到。他拥有高贵的(往往是神圣的)血统，比常人更为强
壮、勇猛、英俊，且技艺超群。陌生人在街上遇到他会即刻认出他是
主人公。他的某些冒险可能会牵涉到男女之事，他会成家，但是这
些事情相对于主要目标而言都是次要的，他的主要目标是获得不朽

---

1. 珀耳修斯（Perseus）是宙斯之子，杀死蛇发女妖美杜莎。安德洛墨达
（Andromeda）是埃塞俄比亚国王刻甫斯与王后卡西奥佩娅之女，其母不断炫耀女
儿的美丽得罪海神波塞冬之妻安菲特里忒，安菲特里忒让波塞冬派海怪蹂躏埃塞
俄比亚。刻甫斯于是按照波塞冬要求献上安德洛墨达，将她锁在礁石上。安德洛
墨达后被珀耳修斯所救，并嫁给了他。

的名声。即使当他转变为一名游侠骑士,女人在他的生命中扮演着重要角色,他的荣誉依然比爱情更为重要。

　　就像史诗的主人公,童话的主人公也会做一些了不起的、看起来不可能做到的事,但他们的相似之处仅此而已。他也许生下来就是王子,但假如他是王子,那么也可以说只是第一代王子,他并没有一个世系,和史诗的主人公不同。然而,更为普遍的情况是,他是穷人家的孩子,在社会等级的底层开始他的人生。别人不会认为他是主人公,除非在一个负面的意义上——在世人看来,他是所有人中最不可能功成名就的人。很多时候他还只是一个小孩子,连一个普通成年人的力量和智慧都没有,亲戚和邻居都认为他愚不可及,并且胸无大志。在别人失败的时候,使他成功的美德是谦逊、善良的天性,一点也不好斗。是他停下来与行乞的老婆婆分享面包或解救被困野兽,因此获得了神奇的助佑,而他骄傲而毫无耐心的对手则对这些置若罔闻,结果终归失败。童话世界完全是加尔文主义的。就是说,主人公的功绩并不能说成是“他的”;没有神奇的助佑,他会完全无计可施。表面上说,他是一个恋人,而不是一个勇士,他渴望荣誉与财富,是为了赢得公主的芳心,不过,任何一个童话人物,无论是在言语中还是在行为上,都不会显示出真实的爱欲。我们无从发现直率表露的情欲或“为女士效劳”(Frauendienst)[1] 的情感。童话中的“爱”不是一种情感,而是形式原则,故事得以展开的游戏规则之一。如果说童话主人公区别于史诗主人公之处在于他的人生

---

1. 原文为德语。

不具有显而易见的"美德"（arete），那么，他区别于现代小说主人公之处在于他没有最后会被揭示的隐匿个性。作为一个故事人物，在故事结尾时他还是一个与故事开始时一模一样的人；改变的只是他的地位。任何对于个人而言意义重大，也就是说改变他自我认知的事情都不会发生在他身上。

既然童话人物要么是好人要么是坏人，要么仁慈要么邪恶——坏人物忏悔，好人变坏的情形是很少见的——所以也说不上他们受到了诱惑。有一些情形，主人公尽管曾被告诫有些事不要去做——捡起一根树枝或进入某个的房间——却对告诫置若罔闻，于是惹上了麻烦，但是被禁止的行为本身从来并非不道德。就我所知，只有一个童话主题，它包含着内心的冲突，即格林兄弟的"老实人约翰"和德拉鲁的"罗屈埃洛尔神父"（Father Roque-laure）。王子忠诚的仆人偶尔得知，为了救出主人，他必须做一些似乎是邪恶的事情，假如他说明原委就会变成石头。他做了那些事情，还因为受到死亡的威胁或无法忍受主人的不悦，他将原因告诉了主人，于是变成了石头。然后王子发现为了将忠诚的仆人恢复原状必须牺牲自己的孩子。

在其他类型虚构故事中，情节形成于两方面的冲突，一方面是命运或巧合，另一方面是意愿和欲望；童话的特殊之处在于，事件的主要原因是希望（wish）。欲望（desire）是特定历史背景下个体的一种真实、被动获得的体验。我不能自由地选择我所感受到的欲望，也不能选用以满足欲望的目标；如果欲望是真实的，它会自动提出满足方式。当我产生欲望时，我知道我需要什么。我既可以通过拒绝接受欲望的要求,自由地选择保持一种不满足的渴望状态,也可以运用我的理性与意志满足欲望。而希望不是被动的;我可以自由地选择希望,但是一切希望的起因都如出一辙——即他认为既成事实不该如此。如果我说"我渴望(desire)吃东西",我的意思不是"我渴望不饿",因为假如我不饿,我就不会渴望吃东西。一个受责骂的孩子对父母说:"我希望你们死掉",他并非真的想要父母死去;他的意思只是"我希望我不是自己,不是一个被你责骂的孩子"。可能还有一百种希望的方式都能表达他的意思。假如一个年轻人是脾气恶劣的老姨妈的财产继承人,他说道:"我希望她死了",他也许真的渴望她死,不过,他的希望表达的不是这层渴望;其真正的意思是:"我希望我的良知和法律不像现在这样禁止谋杀。"我们可以希望任何事物,恰恰因为所有希望无一例外是不能实现的,所有希望都是以想象的当下替代现实的当下。一个一切希望都能神奇实现的世界是一个欲望和意愿都会消失的世界,因为时间再无法连贯起来,也无法区分生物和非生物、动物和人。

希望并不是童话中事件的唯一起因,只是他的这种特权让读者无法产生特别强烈的情感。然而,这是童话故事提供的特殊愉悦之一——它可以勾画美丽的少女或食人巨妖,这些形象在我们的梦中本会激起关于欲望或暴力的激烈情绪,或者它可以让恶人遭受可怕的惩罚(比如让他待在装满钉子的木桶里滚下山),这在现实生活中将是施虐狂的行径,但童话可以让它们都变得"好玩"。

当然,一个游戏如果不想变得完全任意、毫无意义就必须拥有规则,童话故事里的人物都有一个"命运",他们的希望都必须服从它。再比方说，它们还必须遵守语言的法则。我们可以用语言撒谎，即，随我们所想去操控世界，但是这个谎言作为一个语法命题必须说得通：

> "你在这里做什么，好心的女人？"他问道。
>
> "我想要搬运一些阳光到家里，一整独轮车的阳光，但是太难了，一旦我走到阴影里，它就消失了。"
>
> "你要一车阳光干什么？"
>
> "用来温暖我的孩子，他在家里已经冻得半死。"

童话经常采用的另一个法则是，一切都必须遵守"数字大小"原则。主人公被派了三个任务，那么他就不能希望完成两个或四个。

由于童话世界是一个幻想世界，这样的文学就是"避世的"，这种说法会误导别人。只有当一部作品声称要描绘现实世界而事实上他的描绘是错误的，此时，它才可以被谴责为避世。但是童话从没有伪装成一幅现实世界的图景，即使它的听众会产生这样的感受："我多么希望我们可以生活在这个世界里，而不是我们现在居住的世界。"（我十分怀疑真的会有听众产生这样的感受），他也总是知道这样的希望是不能实现的。我相信，童话故事可以提供的那种享受类似于马拉美的诗歌或抽象画。

德拉鲁的法国民间故事集中有好几个故事可以在格林童话里找到类似的版本。两者之间的比较也许可以有益于展现我们所寻找的民间故事的特点，我们也是凭借这些特点判断他们好坏的：

走丢的孩子　　　汉瑟尔(Hänsel)和格蕾特尔(Gretel)

　　在各自的开篇,德国版本在细节的丰富性和戏剧悬念上都更出色。法国版少了恶毒的母亲与善良而懦弱的父亲之间的冲突,孩子们也不偷听他们的谈话,于是,鹅卵石与面包屑的情节就缺失了。在法国版中,孩子们爬上一棵树,看见一所白色房子和一所红色房子,他们选择去红色房子,当然,这将是一个错误的选择,但是我们始终不知道白色房子里到底是什么。这违反了讲故事的法则之一,即,任何事物一旦提到就不能置之不理。在故事的中间部分,法国版用一个普通农场中的恶魔和妻子取代了可以吃的房子里的巫婆,孩子们在魔鬼外出时成功地杀死了他的妻子。也许,这减少了画面的美感,却使人物更有意思了。在结局部分,法国版更为出色。在德国版中,汉瑟尔和格蕾特尔只是穿过森林,直至来到一条河边,由一只鸭子驮过了河。鸭子为何出现以及它到底是只什么鸭子都没有得到解释,也没有解释为什么在他们和家之间突然出现了一条他们出门时不必渡过的河。而在法国版中,魔鬼去追逃走的孩子,并不时地被他与遇到的人之间的有固定格式的诗体对话所打断。他们都愚弄他,最终使他淹死在河里,因为他们告诉他孩子们渡过了河,而事实上他们只是回到了家。

　　　　塔中少女　　　长发少女

　　在德国版本中,巫婆从少女本人那里得知王子的存在,在法国版中，她从一只会说话的母狗那里得知这一信息，而这条狗是她安排监视少女的，这个变化更有趣也更有逻辑。法国版并不圆满的结局——巫婆将少女变成了青蛙，让王子长出了猪鼻——对我来说似乎是一个艺术性的错误。在童话的轻松世界中，所有问题，包括道德正义的问题，都必须被解决。当一个童话故事的结局是不幸的，我们的感觉不是听到了一个使人并不愉快的真相；我们只是感觉故事在中间断掉了。

        祖母的故事　　　小红帽

    德拉鲁在注释里告诉我们，格林兄弟的故事主要来源于夏尔·佩罗[1]。他出版的法国口头版本比后两者要出色得多，可算是民间故事的范本：

> 曾经有一个女人有一些面包，她对女儿说："你要把一条热面包和一瓶牛奶送去给你奶奶。"
>
> 小女孩出发了。在十字路口，她遇到一只大灰狼，大灰狼对她说："你去哪里？"
>
> "我要把一条热面包和一瓶牛奶送去给奶奶。"
>
> "你要走哪条路？"大灰狼说，"你要走缝衣针路，还是走大头

---

1. 夏尔·佩罗（Charles Perrault，1628—1703）：法国作家，法兰西学院院士。他从民间故事中整理出大量童话，如《小红帽》、《穿靴子的猫》、《睡美人》等，为这个文学体裁的创立作出重大贡献。

针路?"

"我要走缝衣针路。"小女孩说。

"好,我走的是大头针路。"

小女孩很开心,捡着缝衣针。这时候,大灰狼到了她奶奶的家,杀了她,把她的肉放在厨房,把她的血倒进瓶子里放在搁板上。小女孩到了,然后敲门。

"推门,"大灰狼说,"我只拴了一根湿稻草。"

"奶奶,我给你带了一条热面包和一瓶牛奶。"

"把它们放在厨房。你把厨房里的肉吃了,喝掉搁板上的那瓶红酒。"

她吃的时候,有一只小猫对她说:"一个坏女人吃了奶奶的肉,喝了奶奶的血。"

"脱掉衣服,孩子,"大灰狼说,"过来和我一起睡。"

"我的围裙放在哪儿?"

"扔进火里,孩子;你不再需要它了。"

然后她又问其他衣服放在哪儿,紧身上衣、连衣裙、短裙和长筒袜,大灰狼回答:"扔进火里,孩子;你不再需要它们了。"

"哦,奶奶,你这么多毛!"

"可以保暖,孩子。"

"哦,奶奶,你的指甲这么长!"

"抓起身子来更舒服,孩子。"

"哦,奶奶,你的肩膀这么宽!"

"这样从树林里搬木柴更容易,孩子。"

"哦,奶奶,你的耳朵这么大!"

"可以更清楚地听你说话,孩子。"

"哦,奶奶,你的嘴巴这么大!"

"可以一口吃了你,孩子。"

"哦,奶奶,我要去外面撒尿。"

"撒在床上吧,孩子。"

"不,我要去外面。"

"好吧,可是别待太久。"

大灰狼把一根羊毛织的绳子绑在她脚上,让她出去,小女孩来到屋外,把绳子的末端绑在院子里一棵高大的李子树上。大灰狼不耐烦了,说道:"你还在方便吗?"

当他意识到没人应答他,他跳下床,发现小女孩已经逃走了。他去追,但是他来到屋子前时,她已安全进了家门。

兄弟和他人

一个人无法取消曾经做过的事情,这是不可逆性的困境,对这种困境的可能的救赎是宽恕的能力。至于不可预见性,未来的混沌的不确定性,对它们的拯救包含在作出承诺并信守承诺的能力之中。这两种能力依赖于复数性(plurality),依赖于别人的存在和行动,因为没有人可以宽恕自己,没有人可以遵守对自己做出的承诺。[1]

汉娜·阿伦特

❖

莎士比亚在《理查二世》和《亨利四世》中表现的英国是这样一个社会,其中的财富,即社会权力,来源于对土地的占有,而不是来源于资本的积累。唯一需要金钱的人是君主,他必须装备军队,保卫国家不受外敌入侵。如果他是一个荒淫无度的君主,像理查二世,他就会把金钱花费于维持奢侈而庞大的宫廷。从经济上而言,这样的国家是自足的,生产只为了自用,而不是获得利益。在英国,形成社群的关系要么是一种天生的家庭血缘关系,要么是君主与封臣之间通过个人誓约而形成的封建关系。这两种关系都是对个体的承诺,而且需遵守一生。但是,这样一种社群关系并不能满足英国社会运转的需求。如果英国作为一个社会有效地运转,以个人忠诚为基础的社群必须转变为由对公共正义的普遍尊重而维系,这种

非个人的正义就是对任何人一视同仁的君主的法律。我们知道,在
爱德华三世[2]的时代,这种类型的社群业已存在,所以由血缘关系
连接的社群被视为退化。再早几个世纪,比如韦塞克斯和麦西亚[3]
之间的战争会被认为像英国和法国之间的战争一样是合法的,而现
在潘西和波林勃洛克[4]之间的冲突却被视为内战,是不合法的,因
为这是兄弟之间的冲突。因此,可以用医学术语将英国比喻为一
个身体,将它说成一个患病的国家,因为,异邦人和应是兄弟的人
之间界限分明,犹如属于自己身体的细胞和属于别人身体的细胞
之间毫不相干。战争本身非但不会受到谴责,甚至被认为是正常
的、令人愉悦的事业,犹如耕作,至少对于上等人而言就是如此。
而和平本身受人蔑视,因为人们会将它与贬义的懒散或堕落联系
起来。

> 如今,全英格兰的青年情绪炽烈,
>
> 将绸缎衣服藏在衣柜里。
>
> 如今,制造兵刃的人出尽风头,荣誉之思
>
> 独自统领着每一个人的心胸。

---

1. 出自阿伦特《人的境况》第五章第十节。
2. 爱德华三世(Edward III,1312—1377):英格兰国王,1327—1377 年在位,爱德
   华二世之子,杀操纵朝政的母后情夫而独立执政,降服苏格兰,征战法国,挑起英
   法百年战争。
3. 韦塞克斯(Wessex):中世纪早期英国七国时代(600—870)七国之一,其中的最
   强国,位于英国西南部。麦西亚(Mercia):中世纪早期英国七国时代七国之一,位
   于英格兰中部。
4. 潘西(Percy):莎士比亚戏剧《亨利四世》中的人物,诺森伯兰伯爵。

如今，他们卖掉牧场，买了马匹。1

《亨利四世》中商人唯一一次出现为福斯塔夫打劫的"大鱼大肉
的无赖和肥胖的蠢货"，他们的行为也被表现为可鄙的懦夫。

在《威尼斯商人》和《奥赛罗》中，莎士比亚描述了一个十分不同
的社会。威尼斯本身并不生产什么，无论是原材料还是制成品。它
的存在依赖于由国与国之间的通商产生的经济利润，

　　……城市的利益

　　有赖于各国的通商。2

就是说，依赖于在一地便宜买进，在另一地高价卖出，财富来源
于货币资本的累积。金钱不再是单纯实用的交换媒介，而是变成了
一种可以获得或丢失的社会权力形式。这样一个商业社会是世界
性的，也是包容的；除开血缘或宗教的因素，它并不区分兄弟和他
人——从社会视角来看，顾客是兄弟，贸易竞争者则是他人。但
是，威尼斯不是一个单纯的商业社会；在那里还栖居着由不同的爱
维系的各种社群——比如，非犹太人和犹太人——他们并不相互
视如兄弟，然而必须容忍各自的存在，因为他们对社会的正常运转
是不可或缺的，同时威尼斯政府颁布的法律也不由得他们不互相

---

1. 出自莎士比亚《亨利五世》第二幕序曲。
2. 出自《威尼斯商人》第三幕第三场。

容忍。

　　财富的来源,从土地所有权转移到货币资本,这一性质变化剧烈地改变了社会的时间观念。土地创造的财富因年而异——收成有好有坏——不过,从长远来看,平均产量总出入不大。只要不被入侵者掠夺和被国家没收,土地是永远由家庭占有的。结果,在占有土地的社会中,时间观念是循环的——人们认为未来是过去的重复。而在商业社会,人们认为时间线性前进,未来总是新奇的、不可预测的(在占有土地的社会,不可预测的事件是一种上帝行为,即,一个事件的不可预测不是"自然"的)。但商人不断地冒险——如果幸运,他就可以获利;如果背运,他将失去一切。于是,在商业社会,社会权力来源于金钱,权力分配不断变动,这使得对过去的崇敬衰弱了;人的遥远先祖很快不再具有社会重要性。持续一生的忠诚誓约由契约所替代,它约束签署者在将来某个日期之前履行一定的承诺,此后,他们彼此之间的义务便终止。

　　《威尼斯商人》的故事情节发生在两个地点:威尼斯和贝尔蒙特(Belmont),两地的特征差异悬殊,以至于要让这部戏剧既不混淆这一差异又能构成一个整体变得十分困难。一旦贝尔蒙特的气质占主导,安东尼奥(Antonio)和夏洛克(Shylock)就会显得无关紧要,换成另一种情况也会如此。在《亨利四世》中,莎士比亚让天生属于"喜歌剧"世界的福斯塔夫闯入了一个政治历史的现实世界,他的存在显得很不协调,因此,有意或无意地质疑了军事荣誉的价值和体现于蒙茅斯的亨利身上的世俗正义。在《威尼斯商人》中,他设置了一种同样的对比——受到质疑的贝尔蒙特,这个"无比美好的所在"，这个"尘世的天堂"。观看《亨利四世》时，我们渐渐相信，虽然在道义上必定会支持哈尔，但与福斯塔夫的美学共鸣是一种更深刻的思想。而观看《威尼斯商人》时，我们必定会意识到对于贝尔蒙特很自然地感受到的魅力是十分可疑的。由此，我认为《威尼斯商人》必须归入莎士比亚"让人不舒服的剧作"之列。

撇开安东尼奥和夏洛克，《威尼斯商人》就变成了一出像《仲夏夜之梦》这样的浪漫童话故事。童话世界是清晰的、不存在问题的世界，里面没有外在表现和内在真实之间的矛盾，只有"存在"，而没有"成为"。人物可能会临时伪装——难看的动物其实是被施了咒语的白马王子，丑陋的老巫婆把自己变成可爱的小女孩诱惑主人公——但这是面具，而不是矛盾：王子"其实"很英俊，巫婆"其实"很丑陋。一个童话故事的人物有时会发生变化，不过，这种变化也是一种突变；在一个时刻，他或她是这样一种人，在另一个时刻，他就转变为完全不同的人。在这个世界里，人们依照本性分为好人和坏人；一个坏人偶尔也会忏悔，但是一个好人却从不变坏。问一个童话人物为何做出某种行动是毫无意义的，因为他的天性只允许他以一种方式行动。在这个世界里，好运在根本上是道德上的善的标志，坏运则是道德上的恶的标志。好人美丽、富足、说话时措辞得体，坏人丑陋、贫穷、说话粗鲁。

在现实生活中，我们可以区别两种选择，即策略选择和私人选择。策略选择取决于一个未来目标，选择者已对这个未来目标一清二楚。我希望赶上一趟火车，火车十分钟后就要开走。我可以坐地铁，也可以乘出租车。现在是高峰期，我必须决定一种交通方式，以便更快地到达火车站。我的选择可能会出现差错，但是无论我或是旁观者都可以毫无困难地理解我做出的选择。但时不时的，我做出的另一些选择，并不根据对未来结果的估量，因为我无法说出结果会是什么，而是根据自己当时的信念，无论出现什么结果，此刻我必须这样做。无论我如何透彻地了解自己，我从来不能全然领会自己为何做出这样的一个决定，而对于别人，私人选择则永远是神秘的。这类私人选择在西方文学中的传统象征就是坠入爱河。但是在童话世界中，人物表面上的私人选择其实是讲故事人的策略选择，因为在童话故事里，未来是注定的。我们看着鲍西娅[1]的求婚者选择盒子[2]，但我们早就知道，摩洛哥亲王和阿拉贡亲王不会选到正确的那只，而巴萨尼奥[3]不会选到错误的盒子，我们知道这一点，不仅因为我们了解他们的性格，而且因为我们知道他们在一个序列中的序数位置，而童话世界就是由神奇的数字所掌控的。恋人在童话世界里是极其普通的，然而，爱在其中出现是作为一种形成故事结构的原则而不是我们在历史世界中所经验的两性间的激情。童话不能容忍任何类型的极端情绪，因为，任何极端情绪具有悲剧的可能性，童话甚至排除了悲剧的可能性。人们可以想象罗密欧与朱丽叶的非同小可的激情有一个美好的而不是悲剧的结局，但是无法想象

1.《威尼斯商人》女主人公。

2. 即金、银、铅三个盒子，其中一个装着鲍西娅的画像，谁选择了正确的盒子，她就嫁给他。

3. 三人均为《威尼斯商人》中的人物，摩洛哥亲王（Morocco）和阿拉贡亲王（Aragon）是鲍西娅的求婚者，巴萨尼奥（Bassanio）是威尼斯商人安东尼奥的朋友。

它们发生在奥布朗[1]的森林或阿登森林[2]。

童话可以接纳恶意的巫术，也接纳善意的巫术；我们不断遇到食人魔、巫婆、妖怪，他们会暂时取胜，不过最终总是被好人击败，被驱逐，留下一个阿卡狄亚[3]，充满纯洁而天真的愉悦，此后，好人永远幸福地居住在里面。但是童话中的邪恶人物的恶行是一个既定前提；就是说，他们的受害人从来都与恶行无关，也从来没有伤害过恶人。按照定义，魔鬼行恶无需理由，在中世纪的奇迹剧中他被表现为童话里的妖怪，从来不会胜利，而且注定要被欺骗，受害人得以逃脱。

由于最近的历史，观众中那些单纯而无知的人也彻底不可能无视犹太人的真实过往，不可能将他们想象成童话里大鼻子、红头发的妖怪。毫无疑问，伊丽莎白时代的观众依然可以这样做，他们中很少有人见过犹太人，假如莎士比亚这样希望，他可以将夏洛克表现得像在《马耳他的犹太人》[4]里那样十恶不赦。十八世纪起选择

---

1. 莎士比亚戏剧《仲夏夜之梦》中的仙王，其森林代表与雅典城的秩序相对立的激情、混乱和不可预测。

2. 莎士比亚戏剧《皆大欢喜》中的森林。

3. 阿卡狄亚（Arcadia）：古希腊一山区，位于伯罗奔尼撒半岛中部，其居民过着田园牧歌式的生活而被视为世外桃源和乌托邦。

4. 指克里斯托弗·马洛戏剧《马耳他的犹太人》（The Jew of Malta）中的主人公巴拉巴斯（Barabas），犹太商人。《马耳他的犹太人》是受莎士比亚戏剧《威尼斯商人》影响而创作的。巴拉巴斯家财万贯，由于土耳其入侵要求纳贡，其财产由马耳他总督所没收。他让女儿阿比盖尔假装皈依，于是重获部分财产，并购买了一名土耳其奴隶以撒默尔，两人都憎恶基督徒。他利用女儿的美貌诱使总督的儿子洛德韦克及其好友马赛尼斯都在决斗中死去。女儿得知真相后，进入修道院想要成为基督徒，竟被他和以撒默尔毒死。然后他们杀死了知道真相的其他修女和修士，他还毒死了敲诈勒索的以撒默尔。他又将马耳他出卖给土耳其军队，最终被重新控制全岛的马耳他人杀死。

了这个角色的大牌演员并非出于一种反对反犹主义的道德责任感，只是因为他们的戏剧直觉告诉他们，严肃地而不是诙谐地扮演这个角色给他们提供了很多精彩的可能性。

除此之外，《威尼斯商人》和易卜生或萧伯纳的戏剧一样是一出"问题"剧。高利贷是否道德在十六世纪是一个神学家和世俗权威都有很多不同见解的问题。尽管大多数中世纪神学家谴责高利贷，然而从一开始，对《圣经》的正确阐释就存在一种歧见，《申命记》23：19－20 这样写道：

> 你借给你弟兄的，或是钱财，或是粮食，无论什么可生利的物，都不可取利。借给外邦人可以取利，只是借给你弟兄不可取利。

而《利未记》25：35－37 既禁止向犹太同胞放贷取利，也禁止向居住于他们中间的受他们庇护的陌生人放贷取利。

一些基督教神学家如此阐释这个问题：由于基督徒已经取代犹太人成为上帝的选民，他们有权向非基督徒放贷取利[1]。

---

1. 请注意，以下引文，我受惠于本杰明·尼尔森引人入胜的著作《高利贷的观念》(*The Idea of Usury*)，普林斯顿大学出版社。——作者原注。译按：此书出版于 1969 年。文中未注明出处的引文均引自该书。本杰明·尼尔森（Benjamin Nelson，1911—1977）：美国社会学家，一生旨在探索文明的历史发展与本性。任教于芝加哥大学、明尼苏达大学和石溪大学。《高利贷的观念》是其代表作。

谁是你的兄弟？他和你天性相仿，共同继承了恩惠，他是每一个首先沐于信仰之中、其次才受制于罗马法的人。那么，谁是陌生人？上帝选民的敌人。你可以正当地想要伤害他，从他那里放贷获取重利，可以合法地对他们使用武器。对他强行放贷取利是合法的。何处有战争的权利，何处就有放高利贷的权利。（圣安波罗修[1]）

几个世纪以后，在锡耶纳的圣伯纳丁[2]的一段论述中，把圣安波罗修的论点又往前推了一步，神圣性和逻辑一样可疑。

出于对真正的上帝和宇宙主宰的崇敬，人被赋予尘世的财物。因此，一旦有人对上帝的崇敬消失，上帝的敌人便是一例，那么对他放贷取利就是合法的，因为，这样做不是为了获得利润，而是为了信仰；这样做的动机是兄弟之爱，即，上帝的敌人可能由此变弱，并回归于祂；更是因为他们占有的财物并不属于他们，他们是真正信仰的叛徒；它们需要转移给基督徒。

但是大多数人听从《福音书》要求我们将所有人甚至敌人当作兄弟对待的律令，认定《申命记》中所确立的权限已不再有效，无论

1. 圣安波罗修（St. Ambrose, 337—397）：罗马公教译为圣盎博罗削，米兰主教，四世纪基督教最著名的拉丁教父之一，也是公认的罗马公教四大圣师之一。
2. 锡耶纳的圣伯纳丁（St. Bernard of Siena, 1380—1444）：意大利牧师、圣方济各传教士、天主教圣人。

何种情形下,都不允许发放高利贷。因此,肯定受到亚里士多德谴责高利贷影响的圣托马斯·阿奎那[1]也说:

> 犹太人禁止向同胞即其他犹太人放高利贷。据此,我们知道,向任何人放高利贷取利全然是恶的,因为我们必须将每一个人当作邻人和兄弟对待,尤其是在我们被福音感召的状态中。然而,他们被允许向外邦人放贷取利,并非由于这是合法的,而是避免更大的恶——因为正如《以赛亚书》56、57所言,他们生性贪婪,可能会向信奉上帝的犹太人放贷取利。

在犹太人这边,塔木德[2]学者有一些有趣的阐释。拉西[3]认为应该禁止犹太债务人向犹太同胞支付利息,但是可以向非犹太人支付利息。迈蒙尼德[4]一心要阻止犹太人因与非犹太人交往而被诱惑去偶像崇拜,因此认为犹太人可以向非犹太人借高利贷,但不应该向他放贷,因为债务人通常急于摆脱债权人,而债权人必须让债务人

---

1. 圣托马斯·阿奎那(St. Thomas Aquinas,1125—1274):意大利中世纪神学家和经院哲学家,自然神学最早的提倡者之一,托马斯哲学学派的创立者,最重要的著作是《神学大全》,另有《反异教大全》、《真理论》、《论存在者与本质》等。
2. 《塔木德》(Talmud):犹太教经典,犹太人生活、宗教、道德的口传律法集,地位仅次于《圣经》。分为《密西拿》(Mishnah)和《革马拉》(Gemara)两部分,数百万字。
3. 拉西(Rashi,1040—1105):中世纪法国拉比,犹太人最伟大的注释家之一,几乎评述了整本巴比伦《塔木德》,并成为《塔木德》的一部分而流传。
4. 迈蒙尼德(Maimonides,1135—1204):迄今为止最有影响的犹太哲学家和神学家,生于西班牙科尔多瓦,卒于埃及开罗,著有《迷途指津》、《圣诫书》、《密西拿律法书评述》等,认为信仰应与理性统一。

近在咫尺。

假如莎士比亚希望从一种最令人不快的角度表现高利贷者夏洛克，他可以把他设置在一个中世纪农业社会，在这样一个社会，人们经由不幸而成为债务人，比如歉收、生病难以支付医药费等，但是他将夏洛克设置在一个商业社会，金钱在其中扮演的角色十分不同。

当安东尼奥说：

> 我从未借钱给别人，或向人借钱，
>
> 索取，或支付利息。[1]

他并非在说，假如他与另一个商人合作，给他们的生意贡献一千达克特（ducat）[2]的资金，而最后要是赚了钱，他只要将一千达克特要回来就可以。他是商人，而亚里士多德的观点，即金钱是不育的，并不能增殖，在他自己的身上并不适用，尽管他还对夏洛克提出这个观点。

天主教和新教神学家都已经认识到了金钱角色的这一变化。例如，加尔文（Calvin）得出结论，《申命记》里的禁令只适用于某种政治环境，而这种环境已经不存在了。

> 摩西的律法是政治的，并不强迫我们超越公正和人类理性所

---

1. 出自《威尼斯商人》第一幕第三场。
2. 一种"一战"以前欧洲贸易专用金币。

指示的范围。政治群体存在着差异。上帝将犹太人安置于其中的处境以及很多情况允许他们在自己人内部便利地贸易而无需高利贷。我们的群体完全不一样。因此,我并未感觉到对我们而言高利贷是禁止的,除非高利贷公正和仁爱发生了抵触。

西方基督教国家从罗马法继承而来的对不能履行债务的债务人在法律上十分严厉,不联系这种态度,这些国家对高利贷的谴责无法理解。一磅肉的故事发源于真实的历史,根据十二铜表法,不能履行债务的债务人可以被活活分尸。在许多中世纪契约中,借款人在不能履行债务时同意支付贷款总额的双倍,作为罚金,一直到十九世纪欠债者依然要被监禁。那时将贷款的利息视为不道德的,这是可能的,因为不能履行债务的债务人被视为罪犯,也就是说这已经不属于人类的正当行为了,于是借款被认为通常是不会承担风险的。十六世纪神学家恐惧于社会革命和重浸派及其他激进乌托邦主义者的学说,从而促使他们修正关于高利贷的传统神学并认为它是一种必要的社会之恶而不是不可饶恕的罪。"普天之下皆兄弟"是谴责高利贷的传统基础,从这一前提出发,这些乌托邦主义者得出结论,私人财产并不符合基督教精神,基督徒应该共同分享财产,所以,债权人与债务人之间的联系要被取消。于是,路德(Luther)起初曾谴责天主教神学家对高利贷之罪的宽松态度,1524年却这样向萨克森选帝侯弗里德里克(Prince Frederick of Saxony)进言:

利息的收取在各地迫切需要得到管理，但是彻底地取消却并不合适，因为我们可以使它变得公正。然而我并非建议阁下支持人们拒绝支付利息或阻止人们支付，这并不是由一位选帝侯在其法律中加诸人民之上的负担，而是所有人共同承担的灾难。我们必须忍受利息的存在，因此，让债务人诚实地支付利息，不要让他们宽恕自己并为此自行寻求补救之道，要对他们一视同仁，就像爱所要求我们做的。

夏洛克是一个生活在基督徒占主导地位的社会的犹太人，就像奥赛罗是一个生活在白人占主导地位的社会的黑人。但是，与奥赛罗不一样，夏洛克固执地拒绝基督教的社群，就像后者排挤他一样。不承认他们之间存在什么兄弟情谊，在这点上，夏洛克和安东尼奥是一致的。

> 我会和你一起做买卖、谈天、散步，和
>
> 其他诸如此类的事情，但我不会与你一起进餐、饮酒，
>
> 也不会和你一起做祷告。（夏洛克）

> 我恨不得
>
> 再次唾骂你，踢开你。
>
> 如果你借我这笔钱，不要将它
>
> 当作借给朋友……
>
> 而是借给你的敌人，

如果他违约,你可以放宽心

严格按照契约处罚。(安东尼奥)[1]

另外,不像奥赛罗的军中职务在社会上是很光荣的,夏洛克是一个职业高利贷者,就像妓女,他有社会功能,然而却是不见容于社群之人。但是,在戏剧中,他表现得并不专业;他拒绝向安东尼奥索取利息,坚持他们之间是债权人和债务人的关系,而这种关系在所有的社会中都是被认可的。一些批评家已经指出,审判那一场与中世纪的传奇《魔鬼的诉讼》具有相似性,在后者中,魔鬼天堂的法庭中声称人的灵魂应归属于他,但圣母出现驳斥了他,保护了人类。罗马关于救赎的教义先决条件就是债务人不应受到怜悯——基督会代替人类还债,但是必须通过十字架上的死亡。魔鬼被打败了,不是因为他无权要求惩罚,而是因为他并不知道已经有人遭受了惩罚。但是夏洛克和魔鬼之间的差异就像他们的相似性一样重要。神秘剧中的喜剧魔鬼可以诉诸于逻辑,诉诸于法律条文,但他不能诉诸于心灵或想象力,而莎士比亚让夏洛克两者都做到了。在他第三幕第一场的"难道犹太人没眼睛……"这段话中,他可以诉诸于人类的兄弟情谊,而在审判那一场中,他的争辩狡猾地诉诸于商人阶层对剧烈社会革命的恐惧:

你买来这么多奴隶,

---

1. 均出自《威尼斯商人》第一幕第三场。

把他们当作驴子、马和骡子，

你使唤他们，让他们做卑贱的工作。[1]

　　这指出那些鼓吹仁慈和兄弟情谊，并将它们视为普遍义务的人，在实践中却限制它们，意欲将特定阶级的人作为物来对待。

　　另外，彼勒的邪恶毫无理由，仅仅是热衷于恶行本身，而夏洛克被表现为一个生活于特定历史时期中的特定社会的特定个体。高利贷就像卖淫会使人堕落，但是那些借高利贷的人就像逛妓院的人一样，对这一堕落也难辞其咎，在享受其服务又对其表示轻蔑时，这种过错就又加深了。

　　自然也是为了强调这一点，在审判那一场，莎士比亚引入了一个《笨蛋》[2]或"一磅肉故事"的其他版本所没有的因素。鲍西娅利用夏洛克对契约的法律条文的顽固坚持让他进入了圈套，她提出了另一条法律，据此，任何谋害威尼斯公民生命的外邦人，要没收其财物，其生命任由总督处置。甚至在舞台表演的冲击中，观众也会情不自禁地想到，一个像夏洛克一样对法律关注到巨细靡遗之人，肯定早已注意到了这一条法律，即使他万一忽视了，总督肯定也会马上让他注意到。对我而言，莎士比亚是想为了效果而引入一处让观众极其难以信服的情节，因为没有这一段他无法确保那个效果：夏洛克本已通过自己的行为摧毁了我们早先可能对他产生的同情，但

1. 出自《威尼斯商人》第四幕第一场。
2.《笨蛋》（Percorone）：意大利作家乔万尼·菲奥伦提诺（Giovanni Fiorentino）的作品，写于1378年，直译为《大绵羊》，莎士比亚《威尼斯商人》的灵感来源于此。

到了最后时刻,剧作家又提醒我们他是一个下等人,而这与他的品行已经没有关系。甚至在法律中,犹太人也不被视为兄弟。

如果恶人夏洛克不能进入贝尔蒙特的童话世界,高贵的安东尼奥也不能,尽管他的朋友巴萨尼奥可以进入。在童话世界里,象征最终的安宁与和睦的是婚姻,所以,假如故事讲述的是两个同性朋友的历险,无论是两个男人或女人,故事的结局一定是两对新人的婚礼。如果莎士比亚希望这样做,他可以仿效《笨蛋》这个故事,在后者中,是安萨尔多(Ansaldo),而不是葛莱西安诺(Gratiano),娶了和妮丽莎(Nerissa)对应的女子。但是他没有,而是将安东尼奥描述为一个忧郁的人,无法去爱一个女人。他使友谊关系变得不平衡,从而故意回避完美朋友的经典法则。萨拉尼奥(Salanio)这样描述安东尼奥对巴萨尼奥的感情:

我想,他只是为了他才依然爱着这个世界。[1]

我们相信这句话,但没有人会说巴萨尼奥的情感是同样专一的。巴萨尼奥富有生气、高雅、喜欢享乐,与葛莱西安诺和洛伦佐(Lorenzo)属于同一个世界;安东尼奥则相反。当他说:

我没有过分看重这个世界,葛莱西安诺,

1.《威尼斯商人》第二幕第八场。

世界是个舞台,每个人必须扮演一个角色,

只不过我的角色是悲哀的罢了。[1]

葛莱西安诺也许会指责他装腔作势,但是我们相信他,就像我们听到他对巴萨尼奥说了下面的话,这似乎并不仅仅是在表达一种自我牺牲的高贵精神:

我是羊群中染病的阉羊,

最应该去死;最弱小的果子

最早落地,让我结束一生吧。[2]

众所周知,爱与理解会选就更多的爱与更深的理解。

人们越是深深地相互理解,

他们就越懂得爱,爱也就

越多,就像面对镜子,给的

总能收回。

《炼狱篇》[3]第十五歌)

于是,面对商业经济的兴起,金钱繁衍着金钱,于是,把爱情这

1.《威尼斯商人》第一幕第一场。

2.《威尼斯商人》第四幕第一场。

3. 即但丁《神曲》之炼狱篇。

种人类最高贵的情感比作高利贷这种不光彩的行为对诗人来说成为一个有趣的悖论。于是,莎士比亚在《十四行诗》中将高利贷作为意象,比喻会产生子女的婚姻的爱,可以生儿育女。

> 赔本的高利贷者,你为何花费了
>
> 这么一笔巨款,还不能生存?
>
> 你只与自己做交易,
>
> 受骗的岂非还是你可爱的自己。
>
> 　　　　　　　　　　　　　　(《十四行诗》第四首)

> 这种用途(use)并不是被禁止的高利贷(usury),
>
> 它使那些乐意举债付息的人愉悦,
>
> 你为自己生出另一个自己,
>
> 或者十倍的愉悦,一个生出十个。
>
> 　　　　　　　　　　　　　　(《十四行诗》第六首)

也许,下面这几行与安东尼奥的关系更为密切:

> 既然她拣选了你,让你服务于女人的愉悦,
>
> 那么让我占有你的爱,将你的爱的用途变成她们的财富。
>
> 　　　　　　　　　　　　　(《十四行诗》第三十三首)[1]

---

1. 应为第二十首,奥登误作"第三十三首"。这是一首写同性恋的诗。

没有理由假设莎士比亚读过但丁，但是他必定熟悉但丁在《地狱篇》第九歌中提到过的高利贷与鸡奸的关联。

人应该得到粮食，趋于富足。因为高利贷者走另一条路，他蔑视自然本身和自然的追随者，将希望寄予别处……于是，最小的一圈盖上了索多玛和卡奥尔的印记。[1]

因此，高利贷者夏洛克拥有一个敌手，这个人尽管行为可能是纯洁的，但情感生活专注于同性伙伴，这绝非偶然。

不管怎样，巴萨尼奥的感情很不强烈，这使得安东尼奥的用情过深成了神学家谴责的典型，它是一种偶像崇拜形式，颠倒了造物和造物主。在十六世纪，担保（suretyship）和高利贷一样是个备受争议的问题。精于世故的人以世俗的理由谴责为另一人做担保。

谨防为你最好的朋友做担保；那些为别人偿还债务的人是在自求堕落，不要向邻人或友人借钱，而要向陌生人借钱。

（伯利勋爵[2]）

---

1. 应为但丁《地狱篇》第十一歌，前文"第九歌"系奥登笔误或印刷错误。原文最后一句应在前两句之前数十行。索多玛（Sodom）是《圣经·旧约·创世记》中的古城，以淫乱闻名，为天火所烧。这个词后来成为"鸡奸"（sodomy）的词源。卡奥尔（Cahors）在法国南部，中世纪时以重利盘剥者出名。

2. 伯利勋爵（Lord Burghley）：即威廉·塞西尔（William Cecil，1520—1598），英国政治家。爱德华六世时期就担任首席国务大臣，1558 年伊丽莎白即位后，成为她的枢密顾问，长期效忠女王。1571 年受封为伯利勋爵。1558—1572 年担任国务大臣，1572—1598 年担任财政大臣，使英国得以打败西班牙的无敌舰队。

不要为他人的过错而承受伤害，不要为他人的罪行而蒙受责难，作担保就是如此：有千百万人为此流离失所，人生尽毁……祝福你自己能远离担保，就像躲避杀人魔和巫师。

（沃尔特·雷利爵士[1]）

而路德这样的教士则以神学上的理由谴责它。

一个人对自己的生命和财产尚没有一刻是确定无疑的，要给他人作担保自然更无把握。因此，成为担保人其行为不符合基督教的精神，一切后果也是咎由自取，因为他所保证和承诺的东西并不属于他自己，不在他能力范围之内，而只在上帝的手中。……这些担保人的行为就像他们的生命和财产是他们自己的，只要愿意就可长久占有；然而这仅仅是没有信仰的结果……如果不再有这正在漫延的担保，许多人将会变得节制，满足于安宁的生活，然而如今他们日夜渴求上层地位，依靠的正是用担保借款，或是替他人担保。

这段话的最后一个句子十分适用于巴萨尼奥。在《笨蛋》中，贝尔蒙特的女勋爵是一个巫婆，贾内托（Gianetto）陷入财政困难是因

---

1. 沃尔特·雷利爵士（Sir Walter Raleigh，约1552—1618）：英国文艺复兴时期多产的学者，著有《世界史》。同时是探险家、政客、军人、诗人和科学爱好者。早年是私掠船的船长。1595年率领一支探险队前往新大陆寻找黄金，首先在特立尼达岛登陆，并声称该岛归英国所有，又考察了南美洲圭亚那和苏里南地区。

为他是魔法的牺牲品，此类灾祸从不被视为是受害者的过错。然而
巴萨尼奥在追求鲍西娅之前就经常向安东尼奥借钱，负债累累，并
非由于魔法或不可预见的不幸，而是由于自己的奢靡：

> 你不是不知道，安东尼奥，
>
> 为了显示出一份微薄的收入
>
> 并不能长久维持的奢华排场，
>
> 我如此无度地挥霍了我的资产。[1]

　　我们感到安东尼奥接连不断的慷慨解囊助长了巴萨尼奥的挥霍
习性。巴萨尼奥是一个对待金钱的态度犹如小孩的人；似乎真正急
需时，钱总会魔法般以某种方式出现。尽管巴萨尼奥注意到了夏洛
克的险恶，然而他并未真正努力阻止安东尼奥签署契约，因为，由于
他好友的钱袋总是向他敞开，他无法相信破产会真的出现在生活中。
　　夏洛克是一个守财奴，而安东尼奥对自己的金钱慷慨大方；然
而，作为商人，安东尼奥同样也是一个贪婪的社会的一员。他与的
黎波里[2]、西印度群岛、墨西哥、英格兰进行贸易，当萨拉尼奥设身
处地地想象安东尼奥，他描述了一次可能的海难：

> ⋯⋯礁岩
>
> 将满船的香料倾撒在波涛里，

---

1. 出自《威尼斯商人》第一幕第一场。
2. 的黎波里（Tripoli）：地中海南岸海港，现为利比亚首都。

为汹涌的潮水穿上我的丝绸。[1]

看得出来，威尼斯商人经营的商品不是必需品，而是奢侈品，对它们的消费并非身体必需，而由社会声誉之类的心理价值所支配，于是，不可能存在"公正的价格"。在考虑自己的花销时，安东尼奥和夏洛克一样是个在经济上节制冷静的商人。他们两人都拒绝这个世界充满肉欲的音乐。

锁上我们的门，你听到鼓声

和歪着脖子吹笛子的人吹出邪恶的声音，

不要趴在窗口推窗张望，

不要让那些放荡的声音钻进

我清静的屋子。[2]

夏洛克对假面跳舞者的这种态度可以从下一场安东尼奥的话语中找到回声：

咦，葛莱西安诺。其他人都哪里去了？

已经九点了：朋友们都在等着你们。

今晚的假面舞会取消了——风向已变。[3]

---

1. 出自《威尼斯商人》第一幕第一场。

2. 出自《威尼斯商人》第二幕第五场。

3. 出自《威尼斯商人》第二幕第六场。

他们两人都无法享受贝尔蒙特所代表的无忧无虑的欢乐。在这出戏剧作品中,舞台导演在最后一幕遇到了与安东尼奥相关的棘手问题。反面角色夏洛克已被击败,不会再扰乱阿卡狄亚。然而如今,巴萨尼奥要成婚了,这出戏的真正主人公安东尼奥不再具有戏剧功能。根据阿登版[1],阿兰·麦金农(Alan McKinnon)1905年在加里克(Garrick)剧院上演这出戏时,他让安东尼奥和巴萨尼奥在落幕时主宰了舞台,但我不能想象鲍西娅,她肯定不是维多利亚时代那种受气包式的妻子,一定会让新郎陪着她进屋。假如安东尼奥不消失,这对成婚的夫妇进入明亮的屋子之时,就会留下安东尼奥独自站在黑暗的舞台上,置身伊甸园之外,虽然这也怪不得别人,是他自己的天性使然。

缺少了威尼斯的场景,贝尔蒙特将是一个与现实时空毫无关系的世外桃源,因此,在那里,金钱与性爱自身就失去了现实意义,而是一个社群无忧无虑的象征符号。但是贝尔蒙特与威尼斯是有关联的,尽管它们之间彼此并不协调。这种不协调借由贝尔蒙特和威尼斯时间上的差异以一种引人入胜的方式显示出来。尽管无人明确地告诉我们,夏洛克的贷款的偿还时间是多久,但我们知道多于一个月。然而巴萨尼奥立即前往贝尔蒙特,一到那里就即刻参加了选择盒子的测验,并成功地通过了,正巧安东尼奥的信抵达,告知他

1. 阿登版(Arden)莎士比亚是一套长盛不衰的学术版莎士比亚著作,采用现代英语拼写,配有长篇导读和详尽注释。先后有三个截然不同的系列,第一个系列开始于1899年,耗时25年;第二个系列开始于1946年,结束于1980年代;最后一个系列开始于1990年代,至今尚未完成。阿登这个名字来源于莎士比亚戏剧《皆大欢喜》中的森林名。

夏洛克将要把他告上法庭,并要求得到一磅肉。其实,贝尔蒙特就像一个被施了魔法的宫殿,时间在那里是静止的。然而由于我们会注意到威尼斯的存在,那是一个现实的城市,时间在那里也是现实的,于是贝尔蒙特也就变成了一个现实的城市,我们会用评判其他社会的相同标准去评判他。由于夏洛克和安东尼奥,鲍西娅继承的财富变成了只能在现实世界中挣来的现实的金钱,就像所有财富一样,要靠奋斗、焦虑、忍受或施加痛苦换来。我们可以崇拜鲍西娅,因为看到她离开自己的"人间天堂"去现实世界中做善事(大家也注意到,她是以伪装的方式出现在那个世界里的),我们知道在她将财富视为一种道德责任,然而,贝尔蒙特的其他居民,巴萨尼奥、葛莱西安诺、洛伦佐和杰西卡[1]全都英俊、迷人,作为一个有闲阶层的轻浮成员而出场,他们无忧无虑的生活寄生于其他劳动者包括高利贷者之上。当我们发现杰西卡一个晚上花了父亲的资产中的八十个达克特,用母亲的戒指买了一只猴子,我们不能将这种行为视为对夏洛克贪婪之罪的喜剧性惩罚;她的行为更像是与之相对的挥霍之罪的典型。因为头脑中始终牵挂着安东尼奥的自我牺牲之爱,当我们享受着洛伦佐和杰西卡爱的二重奏所呈现出的言语中的幸福,我们会情不自禁地想起一对对恋人,特洛伊罗斯与克瑞西达[2]、埃涅

---

1. 杰西卡(Jessica):《威尼斯商人》中的夏洛克之女。
2. 特洛伊罗斯(Troilus):古希腊特洛伊国王普里阿摩斯之子,在特洛伊战争中被阿基琉斯所杀。克瑞西达(Cressida):特洛伊祭司卡尔卡斯之女,对其恋人特洛伊罗斯不忠。莎士比亚将这一题材创作为戏剧《特洛伊罗斯与克瑞西达》。

阿斯和狄多[1]、伊阿宋和美狄亚[2]，没有一对是自我牺牲和忠诚的典范。想到那只铅盒上的铭文是这样的："谁选择我，就必须承担风险，交出他拥有的一切。"我们想到的是有两个剧中人物就做了这样的事。夏洛克，尽管并非出于自愿，而是为了打败他仇恨的敌人而冒险倾其所有，而安东尼奥签署契约尽管并没有经过深思熟虑，也是为了守护他所爱的朋友的幸福而冒险倾其所有。然而恰恰是这两个人不能进入贝尔蒙特。贝尔蒙特更愿意相信芸芸众生与生俱来就可分为好人或坏人，而夏洛克和安东尼奥提醒我们，这是一种幻象：在现实世界，不存在彻底无来由的仇恨，不存在纯粹天真的爱。

作为一个社会，威尼斯比《亨利四世》中的英格兰更有效、更成

---

1. 埃涅阿斯（Aeneas）：古希腊特洛伊英雄，安基塞斯王子与爱神阿弗洛狄忒之子，特洛伊战争中赫克托耳的主将之一，特洛伊沦陷后，背父携子逃出火城，经长期流浪来到意大利。维吉尔的《埃涅阿斯纪》描述了埃涅阿斯从特洛伊逃出，然后建立罗马城的故事。他在荷马史诗《伊利亚特》和莎士比亚的《特洛伊围城记》中也曾出现。狄多（Dido）：迦太基的建国者和女王，特洛伊战争之后，埃涅阿斯漫游到了北非海岸，狄多深深爱上了他，埃涅阿斯最终选择离开迦太基，狄多伤心而自杀。埃涅阿斯和狄多的爱情故事成为许多文学作品的主题，如 17 世纪英国作曲家普赛尔的歌剧《狄多与埃涅阿斯》，英国画家透纳的画作《埃涅阿斯与狄多》等。
2. 伊阿宋（Jason）：古希腊神话人物，夺取金羊毛的主要英雄。爱俄尔卡斯国王埃宋之子。叔父珀利阿斯篡夺王位后，在伊阿宋成人索要王位时，让伊阿宋去科尔喀斯觅取金羊毛才愿意交出王位。伊阿宋与赫拉克勒斯、墨勒阿革洛斯等英雄乘坐阿尔戈号踏上冒险之旅。在科尔喀斯公主美狄亚（Medea）的帮助下取得金羊毛，并与美狄亚结婚，后又喜新厌旧抛弃了妻子，娶了柯林斯公主克瑞乌萨。美狄亚因为嫉妒召唤众神复仇，毒死了克瑞乌萨，随后杀死了自己与伊阿宋的孩子，并逃往雅典。

功。它的居民更富裕、生活更安全、举止更得体。从政治角度而言，我们会说，商业社会比封建社会更先进，封建社会比部落社会更先进。但是每向前一步都有危险与弊端随之而来，因为，社会组织越先进，它对成员所施加的道德要求就越严厉，他因无法达到这些要求而招致的罪就越深重。一个拥有原始的自给自足经济的社会，其成员可以毫无愧心地将这个社会外部的人视为他人，而不是兄弟，因为他们可以只与自己人打交道。但是，首先是金钱，其次是机器，一个新的世界被创造出来，在这个世界里，尽管我们有各自的文化传统、宗教或政治信念，但是我们所有人都是相互依赖的。这要求我们，不仅在法律上而且在内心将世界上的其他人类视为兄弟。我们很容易会生出些相反的心思，不是回到部落时代的那种忠诚观念——这是不可能的——而是我们每一个人——甚至不是将世界上的其他人视为敌人——而是将他视为一个没有面容的数字代码。

　　　　他们将钱币向理事会呈上。

　　　　凯伊，君王的总管，精通经济学，说道：

　　　　"不错；它们能覆盖时间和距离，

　　　　能在伦敦和鄂木斯克[1]说同一种语言。

　　　　于是，奔波再也不必，财宝也可好好保存，

　　　　河流上架起桥梁，山脊

　　　　被开掘了隧道；黄金越过边境敏捷地起舞。

---

1. 俄罗斯城市，位于西伯利亚平原南部。

穷人可以选择要买的东西,富人们可以收来租金,

比起贵族的剑和修女的祷告,

掌控事件也更顺畅。

金钱是交易的媒介。"

塔利埃辛[1]的表情变得黯然;当他触到了那些龙的图案,

手在颤抖;他说:"我们好好考虑了一番。

倘若你作诗,你不会信任符号。

我害怕不受控制的小龙。

一旦手段变得自主,它就会致命;言辞

一旦逃离于诗,就赶去摧残灵魂;

感觉一旦从理智那里溜走,暴君即刻来到;

一伙运输者摧毁他们运输的货物。

我们已教会我们的臣民摆脱束缚;你们开心了吧?

将解便利的渎神之物带入洛格瑞斯[2],我们开心吗?"

大主教向勋爵们回答,

他的言辞在宁静空气的斜坡上攀援:

"力量也许会挟持象征,愚蠢创造财富,

上帝为了人类的愉悦偶尔闭眼,

贪婪却叫他彻底消失:这条道理颠扑不灭——

---

1. 塔利埃辛(Taliessin):英国诗人,活跃于六世纪。
2. 洛格瑞斯(Logres):英国传说中亚瑟王的领地。

　　　　灵魂发现的永恒居所

　　　　总是他人的；我们必须抛弃自身的目标；

　　　　我们必须一直住在恋人的寓所，

　　　　我朋友的庇护所给他，他的给我。

　　　　这就是这个世界的方式，在那个他人的时日里；

　　　　借由邪恶的财富，结交，

　　　　财富是由健康换来的。

　　　　赫拉克利特说过什么？——什么是城市的呼吸？——

　　　　为他人之命而亡，以他人之死而活，让每个人的死亡生存。

　　　　金钱是交易的媒介。"

　　　　　　（查尔斯·威廉姆斯，《穿越洛格瑞斯的塔利埃辛》[1]）

---

1. 查尔斯·威廉姆斯(Charles Williams, 1886—1945)：英国诗人，其长诗《穿越洛格瑞斯的塔利埃辛》(*Taliessin through Logres*)力图重造亚瑟王神话，所引篇章是鲍斯爵士向妻子转述亚瑟王把钱币呈于君王面前后商议的场面。他也是牛津大学出版社编辑，最为闻名的是作为主要的编辑出版了克尔恺郭尔著作英文版。

幕间表演: 韦斯特之病

❖

　　严格而言,纳撒尼尔·韦斯特[1]并不是一名小说家;他并不试图精确地描绘社会场景或内心的主观生活。他在第一本书中采取了梦的叙事手法,但是无论是故事还是语言,都无法使我们相信这是对一个真实梦境的叙写。他的另外三本书,采取了社会小说的叙事手法;他笔下的人物需要真实的食物、饮料和金钱,住在诸如纽约或好莱坞之类可以辨认的地方,但是如果把它们当作在模拟历史,它们就是荒诞的。报纸上的确有寂寞芳心小姐的专栏[2];然而在现实生活中,撰稿的是一些明智的但并不十分敏感的人,他们尽可能认真地给出最好的建议,但并不将通信中的悲伤从办公室带回家,事实上,他们很像韦斯特的主人公轻蔑提及的贝蒂(Betty)[3]:

　　　　她的世界并非整个世界,绝不可能包括他的专栏的读者们。她自信的基础是随意地筛选自己的体验。此外,他的困惑是有意义的,而她的秩序毫无意义。

　　在韦斯特的报纸上,专栏被托付于这样一个人,他房间的墙壁

　　空荡荡的，只有一个象牙基督挂在床脚对着的那面墙。基督像本来固定在十字架上，如今已从十字架上移下，用很大的长钉钉在墙上……小时候在他父亲的教堂里，他发现，喊基督名字的时候，内心就会很激动，并出现一种神秘的、非常有力的东西。他与这东西嬉戏，但从来不让它变得真实。如今，他知道了这是什么东西——是歇斯底里，是一条蛇，蛇身上的鳞片都是小镜子，镜子里的死亡世界有生命的假象，但其实是多么死气沉沉……一个全是门把手的世界。

　　难以置信的是，这样一个角色竟然会应聘寂寞芳心小姐的工作（大概，他还希望将它当作进入八卦专栏的敲门砖吧），同样难以置信的是万一他真的应聘，居然会有编辑雇用他。

　　此外，我们所见到的编辑的职业恶习也就是高估一份报纸所拥有的社会和道德价值。韦斯特的主编施利克[4]是一位梅菲斯特，他把所有时间都耗费在向雇员们展示新闻工作的毫无意义：

---

1. 纳撒尼尔·韦斯特(Nathanael West, 1903—1940)：美国作家、编剧，与菲茨杰拉德同属"迷茫一代"作家。出生于纽约，犹太人，原名纳森·瓦伦斯坦·韦恩斯坦(Nathan Wallenstein Weinstein)，1940年12月22日，在菲茨杰拉德逝世的前一天，与新婚妻子车祸丧生。代表《寂寞芳心小姐》、《蝗灾之日》已进入美国文学经典，另有《鲍尔索·斯奈尔的梦幻生活》、《难圆发财梦》等。
2. 韦斯特小说《寂寞芳心小姐》(Miss Lonelyhearts)中的主人公寂寞芳心小姐其实是一位男士，因在报纸上的同名专栏而得名，这是一个谈心专栏，社会上各种小人物来信诉说生活困境，寂寞芳心小姐负责回信。
3.《寂寞芳心小姐》中的女主人公。
4. 施利克(Shrike)：《寂寞芳心小姐》中的报纸主编。

寂寞芳心小姐，我的朋友，我建议你给读者们石头。当他们
索要面包，不要像教会那样赐给他们饼干，不要像政府那样让他们
去吃糕点。向他们解释，人不能仅仅靠面包而活着，还要给他们石
头。教导他们每日清晨祈祷："我们日用的石头，赐给我们。"[1]

显然，这样一个人不会成为长久的"特写"编辑。

一位作家可能只关心生活中一个狭小的领域，却仍然能让我们
相信他正在描绘的是现实世界，但是有的作家就显得可疑，就像在
韦斯特的笔下，无论他声称在描绘什么样的世界，知识渊博者的梦
幻生活，好莱坞中修养浅薄的人，或者美国政治场景，所有这些世界
都有相同的特点——结婚的夫妇都没有孩子，所有的孩子都是单
亲，居民中很多是残疾人，人与人之间唯一的关系是施虐和受虐
关系。

而且，他四部作品的结尾有着奇怪的相似之处。

他的身体从诗人中挣脱出来。这个身体拥有了自己的生命；
一个对鲍尔索无关的生命。这种解脱只与死亡相近——机械性
的衰退。死后，身体发号施令；它以不同寻常的确定性按部就班地
完成分解的步骤。所以，现在他的身体以同样的确信表演着爱的
进化。在这个行为中，家庭和责任，爱和艺术，都被遗忘了……他
的身体在行进、舒展的同时尖叫、呼喊；然后，在一声胜利的叫喊之

---

1. 以上三段引文出自《寂寞芳心小姐》。

后落入了平静。[1]

他怀着爱奔去拯救他们。瘸子转身想要逃离，但是他行动过于迟缓，寂寞芳心小姐攥住了他……纸包里的枪砰地一声，寂寞芳心小姐倒下，拖着瘸子。他们一起滚下楼梯。[2]

"我是个小丑，"他开始说话，"但是有些时候甚至小丑也必须变得严肃。现在就是这样一个时刻。我……"莱姆只说到这里。人们听到一声枪声，他被暗杀者的子弹射穿心脏，倒下，死去。[3]

人们抬着他经过出口来到后街，放入一辆警车。警笛开始鸣叫，起初他以为是自己在叫嚷。他用手摸摸嘴唇，它们紧闭着。然后他才知道这是警笛声。不知怎么的，这让他大笑，随后他开始尽力大声地模仿警笛。[4]

一次高潮，两场暴力引起的死亡，一种任疯狂控制自己，这些都是韦斯特的不同手段，为的是呈现同一种理想的结果：逃离意识自我及其幻觉。照他的意思，意识并不意味着进行任意选择的自由，

---

1. 出自韦斯特小说《鲍尔索·斯奈尔的梦幻生活》（*The Dream Life of Balso Snell*）。
2. 出自《寂寞芳心小姐》。
3. 出自韦斯特小说《难圆发财梦》（*A Cool Million*）。
4. 出自韦斯特小说《蝗灾之日》（*The Day of the Locust*）。

而是意味着扮演幻想角色的自由,意味着一种非现实,一个人要想从中解脱只能通过某种不出于自我意愿的身体或精神的爆发。

　　韦斯特书中的许多段落具有极其风趣的讽刺意味,令人交口称赞,但是他不是一位讽刺作家。讽刺作品将良心与理性假定为它所诉诸的正确与错误、道德与非道德之间的判断标准,但对于韦斯特而言,良心和理性本身都是非现实的创造者。

　　我认为,他的作品应该归入"劝诫故事",是关于地狱王国的寓言,那里的统治者与其说是"谎言之父"不如说是"希望之父"。莎士比亚在《哈姆雷特》中对这个地狱投去一瞥,陀思妥耶夫斯基在《地下室手记》中对它进行了详细的描绘,但他们感兴趣的地狱和天堂不止一个。比起他们,韦斯特拥有一个专家的优势与软肋,他了解关于一种疾病的一切,但对于其他疾病一无所知。他是一名经验丰富、技艺精湛的文学工匠,其所有作品拥有一种强有力的、令人不安的魅力,甚至《难圆发财梦》也有,虽然在我看来这本书肯定算是失败的,但是为其作品赋予这种魅力的东西绝不是苦心构造出来的。韦斯特关于地狱的描述具有第一手经验的真实性:他似乎实实在在曾置身于那里,读者感到不适,是因为觉得他在地狱中作的并非只是短暂的逗留。

　　韦斯特尽其一生研究着同一种精神疾病,为了表示敬意,我们可以将他的所有主要角色遭受的这种精神疾病都归为"韦斯特之病"。这种疾病让意识无法将希望转变为欲望。谎言是一种虚假;它所声称的东西与实际情形不符。希望是幻想性的;它知道实际的情形,却不愿接受。一切希望,无论它们外显的内容是什么,都拥有恒定不变的相同意义："我拒绝成为目前的我。"因此，希望或许是天真的、无意义的，或许是一种游戏，也或许是对罪和绝望的严肃表达，或许是对自己的仇恨，而且是对每一个让他成为现在的样子的人的仇恨。

我们的潜意识生活是一个由希望所掌控的世界，然而由于这不是一个行动的世界，所以是无害的；即使梦魇也是游戏性的，但意识的任务正是将希望转换成欲望。无论出于什么缘由，可能是自我仇恨或自我怜悯，一旦意识不能将希望转变成欲望，这个人将注定承受一种特殊的可怕命运。最起码，他无从欲求什么，因为自我的当前状态是每一种欲望的基础，这恰恰是希望者所抵制的东西。他不能相信任何事物，因为希望不是信念；无论他希望什么，他都心知肚明他还可以希望别的事物。最初，他可能满足于从一个希望转向另一个希望：

　　　她听点收音机里的音乐，随后躺在床上，闭上眼。她有一大堆故事可以选择。一旦处于恰当的情绪之中，她就会在脑海中一个个地回想这些故事，就好像它们是一副扑克牌，她一张又一张地丢下，直至找到合适的一张。有些日子，她会将整副牌搜索一遍，却不选定任何一张。出现这种情况的时候，她就会下楼去凡恩街，吃点冰激凌苏打，或者，如果她没钱，就会再次翻找这副牌，强迫自己做出选择。

　　　她也承认，自己的方法太机械，难以取得最佳结果，更好的方式是自然地滑入梦乡，但她说做点梦总比连梦都没有的好，乞丐不能挑三拣四。

但是后来，这些不再令人愉悦，希望者只能与绝望相伴，而绝望是下面这一切的起因：

> 不做家务时，他就坐在后院里一张破旧的折叠椅上，房产经纪人将这个后院称为"天井"。他在一个橱里发现一本破书，他拿起书放在膝盖上，根本不看。只要转向另一个方向，他就会看到更优美的景色。将椅子移动四分之一圈，就可以看到峡谷蜿蜒而下直到山下城市的大部分景致。但是他从未想到要这样移动。从坐着的地方，他看到车库紧闭的门和车库破旧的沥青纸屋顶的一侧。[1]

一个遭受"韦斯特之病"折磨的人不是自私的人，而是彻底的以自我为中心。一个自私的人是牺牲别人从而满足自己欲望的人；出于这个原因，他努力看清别人，而且一般都可以极其准确地看透他们，从而加以利用。但是，对于以自我为中心的人来说，别人只是一种形象，要么像他，要么不像他，他面对他们的情感只是对自己怜悯或仇恨的投射，他对别人做的所有事情其实对象都是自己。因此，一个遭受"韦斯特之病"折磨的人的行为前后矛盾、不可预知：此刻他会亲吻你的脚，下一刻他就踢你下巴，如若你问他这是为什么，他

---

1. 以上两段引文出自《蝗灾之日》。

也无从回答。

在其最后阶段，这种疾病就蜕变为对剧烈身体疼痛的渴望——很不幸，这种渴望可以投射到其他人身上——因为，只有剧烈的疼痛才能终结"为了"某些事物而希望，并创造出真正必要的希望，它是一声呼喊："停下！"

韦斯特所有作品中都存在残疾人。残疾人是不幸的，并且他的不幸如此奇特且无可救药。在现实生活里，驼背、没有鼻子的女孩、侏儒等并不多见，难以像赤贫者一样成为一个不幸的阶层。每一个残疾人都让人觉得是个与众不同的个案。而且，这种不幸的本质，即身体的畸形，会使受害者让正常人感官上觉得厌恶，残疾人或其他人也无力改变这种境况。面对自己的身体，除了仇恨，他还能拥有什么态度？我相信，韦斯特笔下的残疾人是对充满希望的自我绝望状态的象征性投射，处于这种状态中的人并不试图接受自己，从而无法使自己转变为他们可以或应该成为的样子，他们认为成为自己是极其可怕而无可救药的，以此作为拒绝接受自己的理由。费艾·格林纳（Faye Greener）[1]是一个漂亮但并不出众的少女；但在费艾·格林纳[2]眼中，她是一个极端丑陋的化身。

我说残疾人在韦斯特的作品中具有重要意义，并非意味着他自己必定意识到了这一点。事实上，我倾向于认为他并没有意识到。我猜测，在他的意识中，怜悯与同情是同一种东西，他那些怀着"温

1.《蝗灾之日》的女主人公。

2. 疑为"托德·哈克特"（Tod Hackett）之笔误或印刷错误，这是《蝗灾之日》的男主人公。

情"的角色通过他们的行为所展现的是，一切怜悯都是自我怜悯，以及那些心里有怜悯的人是无法同情他人的。当他残忍地揭露他笔下的那些做梦者时，他似乎相信绝望之外的唯一选择就是成为骗子。希望可能是不现实的，但至少不像一切欲望，是邪恶的：

> 他的朋友们会一直讲述这些故事，直到醉得无法说话。他们意识到了自己的幼稚，但除此之外他们不知道如何为自己报复。在大学里，或许在毕业后一年里，他们相信过"美"，相信表达自我是终极目标。他们一旦失去了这种信念，也就失去了一切。金钱和名声对他们而言一文不值。他们不是世俗的人。[1]

"世俗"（worldly）[2]这个词的使用意味深长。韦斯特几乎接受了萨德侯爵（Marquis de Sade）的信条——在《难圆发财梦》和《朱斯蒂娜》之间有很多相似点——即相信创造本质上是恶，而善有悖于世间的法则，然而韦斯特的道德感对抗着萨德从逻辑上得出的结论，即因此人的职责是尽可能作恶。韦斯特笔下所有"世俗的"人物都是坏人，大部分坏到极致，然而，他的艺术本能又一次开始对抗他的意图。例如，我并不认为他有意使妓院老板吴枫（Wu Fong）[3]比寂寞芳心小姐和霍默·辛普森（Homer Simpson）[4]更值得同情和尊

---

1. 出自《寂寞芳心小姐》。
2. 这个词也有鄙俗、追名逐利的意思。
3. 《难圆发财梦》中的人物。
4. 《蝗灾之日》中的人物。

重，但他确实是这么写的：

> 吴枫是一个精明的人，能够顺应潮流。当赫斯特报系开始宣传"请买美国货"活动之后，他意识到当前的趋势应转向民族产业和本国人才，于是决定开除他雇用的外国妓女，将妓院改造成百分之百的美国风格。他雇用了阿萨·戈德斯坦先生重新装修房子，把内饰装修成宾州荷兰移民式、南北战争前的南方式、拓荒者的小木屋式、维多利亚时代的纽约式、西部牧牛场式、加州蒙特利式、印第安式、摩登女郎式等一系列风格……
>
> 他像大艺术家一样煞费苦心，为了保持整体风格的一致性，他取消了本来的法国菜肴和酒水。作为替代，他修建了美国式厨房和酒窖。当客人拜访莉娜·霍本格鲁伯，就可以吃到烤土拨鼠和喝到山姆·汤普森黑麦威士忌。当客人拜访爱丽丝·斯威特霍恩，就会有人给他端上腌猪肉，以及粗玉米粉和波旁威士忌。在玛丽·贾金斯的房间里，如果客人愿意，他可以享用炸松鼠和玉米威士忌。在帕特丽霞·范·里斯的套房里，常规菜谱是龙虾和香槟。鲍德·里芙·罗斯的主顾们通常点山牡蛎，喝四十度的烈酒。单子还可以继续罗列下去……

那么多以自我为中心的绝望者在浴室中哭喊，或者在酒吧间吐露自己的心事，见过他们之后，像吴枫这样一个自私的人，对尽力完善一份事业感到自豪，即使他开的是妓院，看上去却几乎是一个好人。

毫无疑问，"韦斯特之病"从古至今都有，在我们这样一个民主的、机械的社会里，感染这种疾病的几率要远远高于在一个早先时代中更静态、更贫穷的社会。

对于大多数人来说，一旦他们的工作、同伴甚至婚姻，是由天生所在的阶层而不是个人选择或能力所决定，他就不太会产生对命运的愤恨之情；他的命运并不只属于自己，也施加于周围每一个人。

一个社会中的机会越是均等，个体的才能与性格的不均衡就会变得越明显，失败就会变得越发痛苦，越发成为对你个人的羞辱，尤其对于那些有些才华却还不足以赢得二三流地位的人。

在一个娱乐更少的社会，要分辨希望和真正的欲望也更容易。如果一个人为了听点音乐，必须等待六个月，跋涉二十英里，就很容易判断"我希望听点音乐"说的是否仅仅是表面意思，或者是否只是意味着"此刻我想忘掉自己"。当他需要做的只是按下一个开关，判断他所说的话就更困难了。他会轻易地相信希望是可以实现的。这是"韦斯特之病"的第一个症状；随后的一些症状则更可怕，凡是读过纳撒尼尔·韦斯特的人都不能说韦斯特没有警告过他。

恶作剧者

理性是上帝的礼物；但激情也是上帝的礼物。

理性与激情一样有罪。

J. H. 纽曼[1]

❖

一

任何对《奥赛罗》的思考必定首先会被它的反面角色而不是表面上的主角所占据。我想象不出其他的戏剧里只有一个角色做出个人的行动——一切"行动"都属于伊阿古（Iago）[2]——而其他人毫无例外地只是回应。在奥赛罗和苔丝狄蒙娜成婚时，他们做出了属于自己的行动，但这发生在戏剧开始之前。我也想象不出另一部戏剧里反面角色竟然获得了如此绝对的成功：伊阿古完成了他打算去做的每一件事——（在他的目标中，我还要加上他的自我毁灭）。甚至幸存下来的凯西奥（Cassio）[3]也终身残疾。

如果《奥赛罗》是一出悲剧——人们肯定不能称它为喜剧——它呈现的悲剧性是特殊的。在大部分悲剧中，英雄从荣光向悲惨境地和死亡的坠落既是神的手笔，也是其个人自由选择行为的产物，或者更常见的,是两者的叠加。但是奥赛罗的坠落是另一个人类的作品;他的言行都不起源于自己。结果,我们对他感到怜悯,却并无敬意;我们的审美敬意只留给伊阿古。

伊阿古是一个邪恶的人。西欧戏剧真正对邪恶之人,或者说是台上的反面角色感兴趣一直要到伊丽莎白时代才开始。在神秘剧中,像撒旦或希律王(Herod)这样的邪恶角色被喜剧性地处理,但是得胜的反面角色这一主题却不能被喜剧性地处理,因为他施加的痛苦是真实的。

邪恶角色(比如《无事生非》中的唐·约翰、理查三世,《李尔王》中的爱德蒙[4],《辛白林》中的阿埃基摩[5]等人物形象)和纯粹的犯罪角色(比如《暴风雨》中的安东尼奥公爵、《一报还一报》中的安哲鲁、麦克白或《哈姆雷特》中的克劳狄斯[6]等人物形象)之间必须做出区分。犯罪角色是这样一种人,他发现自己置身于一个处境之中,被诱使去违反法律并屈服于诱惑:当然,他应该抗拒诱惑,但是,无论

---

1. J. H. 纽曼(John Henry Newman,1801—1890):英国基督教圣公会北部牛津运动领袖,后改奉天主教(1845),教皇利奥十三世任其为天主教枢机助祭(1879),著有《论教会的先知职责》、《大学宣道集》等(系统地论述了大学教育的基本原理)。

2.《奥赛罗》剧中反面角色。

3.《奥赛罗》剧中人物,奥赛罗的副将,伊阿古诬陷他与苔丝狄蒙娜有不轨之情。

4. 爱德蒙(Edmund):《李尔王》中葛罗斯特伯爵之庶子,设计让葛罗斯特驱逐了自己的儿子爱德加。

5. 阿埃基摩(Iachimo):《辛白林》中的罗马人,菲拉里奥之友,与普修默打赌,要是能够勾引普修默的妻子伊摩琴(Imogen),就可以得到一大笔钱,如果勾引不到就输给普修默。结果,阿埃基摩用诡计偷到伊摩琴的镯子,骗普修默说自己得到了她的芳心。

6. 克劳狄斯(Claudius):《哈姆雷特》中的丹麦国王,哈姆雷特的叔父,篡夺了王位,并娶了哈姆雷特的母亲。

是舞台上的演员还是观众中的每一个人必须承认，假如他们置身于相同的处境，他们也会受到诱惑。那些机会都是非比寻常的——普洛斯彼罗沉浸于书籍，将米兰的统治留给弟弟，安哲鲁获得了绝对的权威，克劳狄斯是女王的情人，麦克白受预言和一系列天赐良机的怂恿，然而对公爵爵位、王权或贞洁而美丽的少女的欲望所有人都能想象自己也感受到。

另一方面，从一开始就看得出邪恶角色对现状不满，对生活和社会拥有一种普遍的仇恨。在多数情况下，这是可以理解的，因为，事实上，邪恶角色受到了自然或社会的不公正对待：理查三世是驼背，唐·约翰和爱德蒙是私生子。将他们的行为与那些犯罪角色区别开来的是，即使他们可以获得一些切实的东西，也只是一种次要的满足；他们主要的满足是对别人施加折磨，或者在违背他人意愿的情况下在他们身上行使权力。理查并非真的渴求得到安妮（Anne）[1]；他所热衷的是成功追求一位丈夫和公公已遭他杀害的夫人。自从爱德蒙说服葛罗斯特，让他相信爱德加是潜在的弑父者，他就不必将父亲出卖给康华尔和莉根[2]从而继承爵位。就个人而言，唐·约翰在毁灭克劳狄奥和希罗的幸福时并未获得什么，除了目睹他们的不幸时产生的快感。阿埃基摩的邪恶还有些疑问。当

---

1. 均为《理查三世》剧中人物。理查（Richard）为葛罗斯特公爵，即位后为理查三世。安妮为亨利六世爱德华之寡妻，后为理查之妻。安妮的丈夫和公公均被理查杀害。

2. 均为《李尔王》剧中人物。爱德加（Edgar）和爱德蒙分别为葛罗斯特伯爵的儿子和庶子，康华尔（Cornwall）是公爵，莉根（Regan）是李尔王之女，嫁于康华尔公爵。

他与波塞摩斯（Posthumus）[1]打赌时，后者警告他：

> 假如她未受到诱惑，你也不能证明是相反的情况，那么为了
> 你企图诋毁她贞洁的不良居心，你必须用剑给我一个答复。[2]

如果阿埃基摩欺骗波塞摩斯的动机纯粹是身体上的恐惧，他害怕在决斗中丧命，就此而言，他是一个懦夫，而不是一个邪恶角色；只有当他的动机是看着无辜的人遭受折磨从而获得快感，就此而言，他才是一个邪恶角色。柯勒律治将伊阿古的行为描述为"无动机的恶意"，在某种程度上，这适用于莎士比亚戏剧中的所有邪恶角色。"无动机的"这个形容词首先意味着如果存在切实的利益，显然，它也并非主要动机；其次，它意味着，动机并非是由于个人受到的伤害而渴望对别人进行复仇。伊阿古试图伤害奥赛罗和凯西奥时提出了两个理由。他告诉罗德利哥[3]：奥赛罗在任命凯西奥为他的副将时，已经不公地对待了他，在交谈中，伊阿古说话的语气就像常见的伊丽莎白时代的不平之人。他在独白中提到，他怀疑奥赛罗和凯西奥都让他戴了绿帽子，此时，他说话的语气就像是一个常见的嫉妒的丈夫，他渴望复仇。但是，我确信，如某些批评家做过的那样，从表面意义上接受这两个理由，会存在一些不可逾越的障碍。假如伊阿古的其中一个目的是顶替凯西奥的副将之职，人们就可以

---

1. 《辛白林》剧中人物，绅士。
2. 出自《辛白林》第一幕第四场。
3. 罗德利哥（Roderigo）：《奥赛罗》中的威尼斯绅士。

说,他的阴谋失败了,因为当凯西奥被革职时,奥赛罗并没有任命伊
阿古来代替凯西奥。的确,在第三幕第三场中,在他们为了复仇歃
血为盟时,奥赛罗用以下言辞作结:

> ……如今你是我的副将了。

对此,伊阿古答道:

> 我永远是您的臣仆。[1]

然而,"副将"(lieutenant)一词在这个语境中当然不是指众所
周知的军衔,而是私人的、并非法律意义上的权力的授予——他委
派给伊阿古的任务是秘密杀死凯西奥,伊阿古的回答是对之前奥赛
罗有一句话带着嘲讽的回声,其中指涉一种永远不能公之于众的关
系。当这个词被用在下一场第一句话时,它的含混得以确认。苔丝
狄蒙娜说道:

> 你可知道,小子,副将凯西奥在哪里?[2]

(人们应该注意不要给伊丽莎白时代的排印字体添加太多意
义,但奥赛罗所说的副将一词首字母小写,苔丝狄蒙娜所说的副将

---

1. 以上两句引文出自《奥赛罗》第三幕第三场。

2. 出自《奥赛罗》第三幕第四场。

一词首字母大写,这一现象倒值得注意。)对于伊阿古的嫉妒,人们无法相信一个真心嫉妒的人可以像伊阿古对待爱米利娅(Emilia)[1]那样对待自己的妻子,因为当丈夫猜忌时妻子是遭受折磨的第一人。不仅伊阿古和爱米利娅的关系如我们在舞台上所看到的那样在情感上并不紧张,而且爱米利娅坦然地提到关于她不忠的谣言,就好像这些事早已不值一提。

> 这样一个可恶的家伙,
>
> 曾经使你晕头转向,这种家伙
>
> 就是他让你怀疑我和这摩尔人有染。[2]

伊阿古曾说道,他要报复奥赛罗,两人扯平前绝不善罢甘休,也就是说,要"以绿帽还绿帽",然而,在剧中,他并没有图谋不轨去勾引苔丝狄蒙娜。他并没有自己设法侵犯她的贞洁,也并未鼓励凯西奥这样做,甚至阻止罗德利哥接近她。

最后要说,一个真正渴望报私仇的人最终会渴望揭示自己。复仇者最大的满足就是当面告诉他的复仇对象——"你以为你无所不能、不可侵犯,你伤害我,而自己逍遥法外。如今你发现你错了。也许你已经忘记你所做的;那么就让我唤起你的记忆,我乐意为之。"

在剧末,奥赛罗疑惑地问伊阿古为什么这般为他的灵魂与身体设下圈套,是否他真正的动机是复仇,因为他被戴了绿帽子或被不

---

1. 《奥赛罗》中伊阿古的妻子。
2. 出自《奥赛罗》第四幕第二场。文中的摩尔人即奥赛罗。

公正地剥夺了晋升的机会,那么他是可以承认的,而不是拒绝作出解释。

在第二场第一幕,出现了七行台词,单独来看,似乎要将伊阿古塑造为一个十分嫉妒的人。

> 我也爱她,
> 并非完全出于情欲(虽然也许
> 我的罪并不轻一些)
> 然而部分地是为了复仇,
> 因为我怀疑这好色的摩尔人
> 引诱了我老婆;这个想法
> 像毒药噬咬我的肝肠。

然而,这几行台词如果由演员带着强烈而真挚的情感说出,就会与戏剧的其他部分格格不入,包括伊阿古关于这个主题的其他几行台词。

> 很多人都说,他在床褥之中
> 代行了我的职务:我不知道这是否属实,
> 但这事即使只有一点猜疑,我
> 也要当作确有其事来应对。[1]

---

1. 出自《奥赛罗》第一幕第三场。

考虑到莎士比亚的写作速度,很难想象在创作《奥赛罗》的某一时刻,他曾考虑让伊阿古变得十分嫉妒,就像钦提奥[1]笔下的原型,真的打算勾引苔丝狄蒙娜,然而当他最终完成伊阿古的构想时,他忘记了"毒药"和"以绿帽还绿帽"与其他部分的不一致。

想要理解伊阿古的性格,我相信,人们需要从一个问题开始:莎士比亚为何要费心创造一个罗德利哥,他在钦提奥笔下是没有原型的。从舞台导演的角度来看,罗德利哥令人头疼。在第一幕,我们得知,勃拉班修[2]禁止他进门,据此我们可以得出结论,苔丝狄蒙娜遇到过他,并且像厌恶她父亲一样厌恶他。在第二幕,为使观众知道他已经来到塞浦路斯,罗德利哥必须和苔丝狄蒙娜同船抵达,而她并未因为他的在场而窘迫。事实上,她和其他每一个人似乎都对他的存在熟视无睹,除了伊阿古,因为伊阿古是唯一一个和他说过话的人。我们可以推测,他在军中有某种职务,然而没有人告诉我们是什么职务。他的入场、出场就像一个木偶:当伊阿古身边有同伴,他就会很贴心地消失。当伊阿古独处并希望和他说话,他就会即刻再次现身。

而且,只要涉及伊阿古的阴谋,罗德利哥所做的一切都对伊阿古无所助益。伊阿古可以很容易地找到另一种方式向勃拉班修告发苔丝狄蒙娜的私奔,比如一封匿名信。为了故意向醉酒的凯西奥

---

1. 钦提奥(Cinthio,1504—1573):本名吉拉尔迪(Giovanni Battista Giraldi),意大利诗人。"钦提奥"(Cinthio)是其绰号。钦提奥所作故事百篇(Hecatommithi)第三组总标题是"夫与妻之不忠实",《奥赛罗》的故事是其中第三组第七篇。
2. 勃拉班修(Brabantio):《奥赛罗》中的元老。

寻衅,他自己坦承有另一种便利的手段。

> 三个塞浦路斯少年,自命不凡,
>
> 谨慎地保持着名誉,
>
> 这正是这尚武的岛上的风气,
>
> 今晚我要用满溢着酒的杯子让他们酩酊大醉。[1]

奥赛罗曾清楚无误地命令伊阿古杀掉凯西奥,所以,伊阿古可以谋杀凯西奥,而不用担心法律的查处。然而,他不仅选择了一个同谋,一个他正在欺骗,且必须不断消除其疑虑的人,也选择了一个作为谋杀者而言毫无效率的人,而且这个人还握着他的犯罪证据。

一个全心想要复仇的人不会冒一些不必要的风险,也不会轻信他不能信任或无需依赖的人。就像在钦提奥笔下一样,爱米利娅并非心甘情愿为伊阿古效劳的同谋,那么,伊阿古请求她去偷手帕时,伊阿古是在冒险,但这是他必须承担的风险。将罗德利哥牵涉进他的阴谋之后,阴谋败露和自取灭亡已是确定无疑的。这是一条戏剧的法则:在谢幕前,一切秘密,无论是有罪的还是无辜的,都要得以揭示,台上台下的人都要知道谁做了什么,谁没做什么,但是有罪者被暴露出来,通常因为他们要么像爱德蒙一样忏悔了自己的罪孽,要么因为他们不可能预知所要发生的事件。唐·约翰无法预知道

---

1. 出自《奥赛罗》第二幕第三场。

格培里和弗吉斯[1]会偷听波拉契奥[2]的谈话,阿埃基摩无法预知毕萨尼奥会违背波塞摩斯要他去刺杀伊摩琴[3]的命令,国王克劳狄斯也无法预知鬼魂的干涉[4]。

假如莎士比亚愿意,原本可以轻而易举地设计一种类似的揭露伊阿古的方式。可是相反,他设置了罗德利哥这个角色,从而将伊阿古塑造成了一个缺乏世俗常识的阴谋者。

我相信,莎士比亚的其中一个意图是要暗示,就像伊阿古渴望毁灭他人一样,他也渴望毁灭自己,但是,在阐明这一点之前,让我们考虑一下伊阿古是如何对待罗德利哥的——他对罗德利哥没有任何不满,反而是他在伤害罗德利哥——借此分析他是如何对待奥赛罗和凯西奥的。

我们第一次看到伊阿古和罗德利哥一起出场时,其情形犹如发生在一出本·琼森的喜剧中——一个聪明的无赖正在欺骗一个富裕的傻瓜,后者受到欺骗是应得的,因为他并不见得比这个骗他钱的聪明无赖更加道德。假如这部戏是喜剧,罗德利哥最终就会意识到他被欺骗了,却并不敢诉诸法律,因为,如果整个真相被公之于众,他就会成为一个可笑的或可耻的形象。然而,随着戏剧情节的深入,我们清楚地了解到,伊阿古并不是单纯为了讹诈罗德利哥的

---

1. 道格培里(Dogberry)、弗吉斯(Verges):分别为莎士比亚戏剧《无事生非》中的警吏和警佐。

2. 波拉契奥(Borachio):《无事生非》中唐·约翰的侍从。

3. 毕萨尼奥(Pisanio)是莎士比亚戏剧《辛白林》中绅士波塞摩斯的仆人,伊摩琴是剧中英国国王辛白林之女。

4. 即哈姆雷特父亲的鬼魂。

钱财这样一个理性的动机,其主要目的是败坏罗德利哥的道德,这是非理性的,因为他并没有多少理由这样做。在戏剧开场时,罗德利哥被表现为一个被宠坏的懦夫,但也仅此而已。他希望通过礼物并招募一个中间人从而赢得苔丝狄蒙娜对他的喜爱,这可能是愚蠢的,但他的所作所为本身并非不道德。他不是一个《辛白林》中的克洛顿(Cloten)[1]那样的野蛮人,他不会将女人视为单纯的情欲对象。当他得知苔丝狄蒙娜已经嫁人,他的确感到震惊和失望,然而他一如既往地敬慕她,将她视为充满美好品性的女人。按他本来的性子,他会放声痛哭,并放弃她。但伊阿古没有放过他。他强调苔丝狄蒙娜是容易受到诱惑的,罗德利哥真正的对手不是奥赛罗而是凯西奥,然后他使罗德利哥产生了一个原本与他格格不入的坚定的想法:变成一个诱惑者,并帮助伊阿古毁掉凯西奥。伊阿古将一个怯懦而保守的人改造成了富于攻击性的、罪恶的人,他自己则从中享受着快感。凯西奥将罗德利哥打了一顿。和之前一样,此时罗德利哥要是按他自己的性子,一定就此作罢,然而在他答应谋杀凯西奥之前,伊阿古不会放过他,这一行为与罗德利哥的天性悖反,因为他不仅怯懦,而且无法产生强烈的仇恨。

> 我对这件事没有太大的热心:
>
> 可是他给我了充分的理由。
>
> 只不过是除掉一个人。[2]

---

1. 剧中英国王后及其前夫所生之子。
2. 出自《奥赛罗》第五幕第一场。

为什么伊阿古要对罗德利哥这么做？对我来说，要找到这件事以及伊阿古所做一切的缘由，都可以从爱米利娅捡到手帕时的想法中找到：

> 我古怪的丈夫无数次
>
> 恳求我把它偷出来……
>
> 　　　　　他要用来做什么，
>
> 上帝才知道，我可不知道，
>
> 我只不过是满足他的幻想。[1]

作为伊阿古的妻子，爱米利娅必定比别人更懂他。像别人一样，她不知道他是一个心肠恶毒的人，然而她知道自己的丈夫是一个沉迷于恶作剧的人。莎士比亚通过伊阿古为我们塑造了一个古怪而可怕的恶作剧者的肖像，也许，接近这部戏剧的最佳方式就是更宽泛地对于"恶作剧者"思考一番。

二

社会联系，有别于社群中的兄弟情谊，它必须依靠一种共同的社会协议才能实现，这种社会协议是为了判定何种行为或言辞是达到理性目的的严肃手段，何种行为或言辞是以自身为目的的游戏。

---

1. 出自《奥赛罗》第三幕第三场。

例如,在我们的文化中,一名警察必须有能力区分会闹出人命的街斗和拳击比赛,或者一名倾听者必须区分有宣战内容的广播剧和播报宣战的电台新闻。

社会生活同样假定,我们可以相信我们获知的信息,除非我们有理由认为,为我们提供信息的人有强烈的动机来欺骗我们,或者他蠢到不能区分真相和谬误。如果一个陌生人向我推销一个金矿的股份,而我对他的表述不做任何审查就拱手交出我的钱,那么我就是一个蠢人。如果另一个人告诉我他和来自飞碟的小矮人说过话,我会假定他疯了。然而,如果我问一个陌生人到车站的路怎么走,我会假定他会尽其所能真诚作答,因为我无法想象他会有什么误导我的动机。

恶作剧者证实了严肃与游戏之间的区别不是自然法则,而是一种可以被人破坏的社会惯例,一个人并非总是需要一个重大的动机才会欺骗别人。

两个人,穿着市政工作人员的服装,将一条繁忙的街道封锁起来,开始挖掘。交警、司机、行人会假定这一大家熟悉的场面拥有一个实际的解释——他们正在修理水管或电缆——就不再使用这条街道。这两个人其实是乔装打扮成市政工作人员的普通市民,他们在那里并没有什么要务。

恶作剧者的行为是反社会的,但这并非必然意味着一切恶作剧者都是不道德的。一个道德的恶作剧者揭露社会的某种缺陷,这种缺陷对一个真正的社群或一种兄弟情谊构成了障碍。两个普通人挖掘街面而无人阻止,这种情况能够发生,是对大城市没有人情的生活的公正批评,在大城市里,大多数人是彼此互不相识的陌生人,而不是弟兄的关系;在一个村子中,所有居民都彼此相识,这样的骗局是不可能的。

有别于社会生活,一个真正的共同体只有在这样的人们之间才是可能的:他们对自我和他人的认知都是现实的而不是幻想的。因此,存在另一类恶作剧者,他们针对的是特定的人,让他们转变观念,不再陶醉于自己的幻觉中。这一类恶作剧者是喜剧常用的策略之一。福斯塔夫被培琪夫人、福德夫人和快嘴桂嫂[1]欺骗,奥克斯男爵被奥克塔维安[2]欺骗,这之所以可能是因为两人总误以为自己是万人迷;在他们身上进行恶作剧的结果就是让他们认清了自我,并带来了互相的宽恕和真正的兄弟情谊。希罗和赫米温妮的假死,使克劳狄奥和里昂提斯[3]深刻地认识到自己的行为是多么糟糕,并且考验他们的悔改是否真诚。

所有恶作剧,无论是否具有恶意,都会牵涉欺骗,然而并非所有的欺骗都是恶作剧。例如,那两个挖掘街面的人也许是两个窃贼,希望找出先前埋在这里的赃物。但是,如果是这个情况,一旦找到他们所要寻找的东西,就会悄悄离开,我们再也不会听到他们的任何消息。然而如果他们是恶作剧者,他们一定会在做完一切时透露

1. 培琪夫人(Mistress Page)、福德夫人(Mistress Ford)和快嘴桂嫂(Dame Quickly):莎士比亚戏剧《温莎的风流娘儿们》中的女性人物。

2. 奥克斯男爵(Baron Ochs)、奥克塔维安(Octavian):德国作曲家理查·斯特劳斯创作的歌剧《玫瑰骑士》(*Der Rosenkavalier*)中的人物。

3. 赫米温妮(Hermione)和里昂提斯(Leontes)是莎士比亚戏剧《冬天的故事》中西西里国王和王后。

实情,不然恶作剧就达不到效果。恶作剧者不仅要骗人,同时,一旦他成功了,就要摘下面具,向被捉弄的人揭示真相。恶作剧者的满足感来自于被捉弄者脸上的惊讶表情,因为他们发现,他们一直以来确信自己的想法和行为是主动进行的,其实只是别人意志的牵线木偶。因此,尽管恶作剧者的玩笑可能本身不会伤害别人,而且极其有趣,然而每一个恶作剧略微带着一丝邪恶,因为它们暴露了恶作剧者喜欢在幕后扮演上帝。一般的野心家喜欢在公众之中取得支配性的地位,享受着发号施令,以及看着别人俯首帖耳。恶作剧者却不一样,他渴望别人在意识不到他的存在时让他们服从他,直到上帝显灵般现身,说:"看看一直操纵你们的上帝是什么样的,他并没有上帝的样子,而是一个和你一样的人类。"恶作剧者能否成功取决于对别人弱点、无知、社交本能的反应、未经思考的臆测、强迫性欲望的精确判断,即使一个最不伤害人的恶作剧都表达了恶作剧者对被他所欺骗的人的蔑视。

然而,在大多数情形下,在恶作剧者对别人的蔑视背后还潜藏着另一些东西,一种自我的匮乏感,一种自我的真实感受和渴望的缺失。正常的人类都可能拥有关于自身的不切实际的观念,然而,他自己对此是深信不疑的;他认为他知道自己是谁,想要什么,所以,他需要别人承认他为自身赋予的价值,他也需要告知别人,如果他们要满足他,他的欲求是什么。

然而,恶作剧者的自我与他的恶作剧并不相关。他操纵别人,不过,当他最终揭示自己的身份时,被捉弄者对他的性情并未增加多少了解,而是对他们自身取得了一些认识。他们知道了为什么自己会被欺骗,但不知道为什么他要选择欺骗他们。任何恶作剧者针对"为什么你要这样做?"的提问,唯一的答案就是伊阿古所说的:"什么也不要问我。你们可以知道的事情,你们都知道了。"[1]

我们不能说,恶作剧者在愚弄别人的过程中满足了天性中任何具体的欲望;他只是证明了别人的弱点:一旦他暴露了自己的存在,就必须鞠躬并从舞台上退下。他只有在别人尚未意识到他的存在时才与别人产生关系;一旦他们意识到了他的存在,他不再能够愚弄他们,关系就不复存在。

恶作剧者蔑视被他捉弄的人,然而同时,他也嫉妒他们,因为,他们的欲望尽管有些孩子气并且是错误的,对他们而言却是真实的,而他却没有属于自己的欲望。他的目的,即作弄别人,使他彻底依赖他们而存在;独处时,他是一个空无。伊阿古对自我的描述:我并非我自己(I am not what I am),是对圣训"我是自有者"(I am that I am)[2]的修正,对他而言是贴切的。如果动机这个词指示的是自我的积极目的这一通常意义,比如性、金钱、荣誉等,那么,恶作剧者是缺乏动机的。专业的恶作剧者像赌徒一样必定受到一种内在驱使,然而他的驱动力是负面的,是对缺失实在自我的恐惧,是对成为空无的恐惧。任何一个投入于恶作剧的人身上总是有一种恶意的成分,他们把对自我的仇恨投射到别人身上,在终极的情形中,在一个彻底的恶作剧者身上,他会将对自我的仇恨投射到世间一切事物上面。波依托(Boito)在为威尔第创作的歌剧剧本中给伊阿古

---

1. 出自《奥赛罗》第五幕第二场。
2. 出自《圣经·旧约·出埃及记》3: 14。

所写的誓言确切地解释了伊阿古所说的"我并非我自己"。

> 我信仰残暴之神　　他创造了我
>
> 使我与之相似　　怀着愤怒我指称其名。
>
> 从卑贱的胚芽和原子中
>
> 我诞生于世。
>
> 我邪恶
>
> 因为我是人；
>
> 我亦感受到内心的卑劣。
>
> 我相信世人皆为不公正的命运所戏弄
>
> 从摇篮里的幼婴
>
> 到墓穴中的腐虫。
>
> 在这一切嘲弄之后便是死亡的到来
>
> 再之后？死亡即虚无。[1]

　　瓦雷里的《蛇的诗草》(Ebauche d'un serpent)同样适用于伊阿古。蛇对造物主上帝说：

> 啊，空虚！最初的起因！
>
> 司掌天宇的那一位
>
> 用声音创造了光

---

1. 出自威尔第歌剧《奥赛罗》，剧本作者为波依托(Arrigo Boito)。原文为意大利语，由陈阳所译。

打开了无边的宇宙

仿佛厌倦于这场独角戏

上帝亲手打破了

他永恒的完美

他将法则散入种种结局

并把自己的唯一分裂成繁星。

他这样说自己：

我是不断变化着的。[1]

这句话用在伊阿古的盾徽上显然再理想不过。

伊阿古的最终目标是虚无，他不仅要摧毁别人，也要摧毁自己。一旦奥赛罗和苔丝狄蒙娜死去，他的"职责就完成了"。

将这一点传达给观众，要求扮演这个角色的演员在伊阿古与别人在一起时和他独处时产生最为强烈的对比。与别人在一起时，他必须展现每一种伟大演员受人赞扬的精湛戏剧技巧，比如对动作、姿势、表情、措辞、旋律、时间把握的完美控制，以及扮演任何类型角色的能力，因为有多少他与之交谈的人物，就有多少"真诚的"伊阿古：罗德利哥的伊阿古，凯西奥的伊阿古，奥赛罗的伊阿古，苔丝狄蒙娜的伊阿古等。然而，当他独处时，演员必须展现每一种差演员

---

1. 原文为法语，由金雯雯翻译，本书中的法语译文多处请教过她，不再一一指明。

受人批评的技巧上的失误。他必须放弃舞台上的一切存在感,他说出独白台词的方式必须使它们成为无稽之谈。他的嗓音必须缺乏表现力,他的台词功夫必须是低劣至极的,他必须在诗句无需停顿的地方做出停顿,重读无足轻重的词语,等等。

三

伊阿古如此疏离于自然和社会,以至于他与时间地点没有任何关系——他可以出现在任何时间、任何地点——但他伤害的对象是确切的,他们是莎士比亚笔下的威尼斯的公民。要产生戏剧张力,一个角色必须在一定程度上与他所隶属的社会发生争执,然而他与社会的失和一般而言是与特定社会处境的失和。

莎士比亚笔下的威尼斯是一个商业社会,其目标不是军事荣誉而是获取财富。然而,人类天性如此,就像其他社会,威尼斯也有敌人、贸易对手,会遭遇海盗,等等,面对他们,它必须守卫自己,有时必须借助武力。因为一个商业社会将战争冲突视为一种令人不悦——然而不幸的是有时却不可避免——的行为,而不是像封建贵族那样将战争冲突视为游戏形式,它用带薪专业军队代替了老式封建征兵,这样的军队是国家的非政治雇员,对他们来说,战斗是其专职。

在专业化军队里,士兵的军衔并非由其作为公民的社会地位,而是由其军事上的能力决定。封建骑士拥有一个每日安居的家,他时而离开,然而在战争的间隙他会回到家中,而与之不同,专业化士兵的家就是军营,国家将他派遣到哪里,他就必须前往哪里。奥赛罗将描绘自己在异域景观和气候中度过的军旅生涯,会让霍茨波觉得古怪,没有骑士风范,并且无趣。

一支专业化的军队有属于它的体验和价值观,和普通公民不同。《奥赛罗》向我们展示了两个不同的社会:威尼斯这座城市本身和威尼斯的军队。只有一个角色,在两个社会中都能装出无拘无束的感觉,那就是伊阿古,因为他同样地疏离于两者。和战友们在一起,他可以扮演那个粗率的军人,然而在他到达塞浦路斯与苔丝狄蒙娜初次见面那场戏,他说话时就像是一个《爱的徒劳》中的角色。

夫人,他打起仗可比长谈阔论更有趣。[1]

凯西奥的评论是由嫉妒所激发的。伊阿古那一次言辞浮夸的调情已经超越了他,而凯西奥自认为这本是他的擅场。罗德利哥无论是与公民们在一起还是与军人们在一起,都感到拘束。他缺少可以征服女人的男性魅力,也缺少可以让男人在军队中广受欢迎的行动上的勇气和热忱。要不是被伊阿古破坏,他性格中富于同情的一面是某种谦卑;他知道自己是一个无足轻重的人。要不是伊阿古,他本来可以继续当他的伯蒂·伍斯特,人们怀疑,苔丝狄蒙娜的芳心可能会被贵重礼物打动,这并非他自己的想法而是伊阿古向他建

---

1. 出自《奥赛罗》第二幕第二场。

议的。

在欺骗罗德利哥时，伊阿古必须让他克服自卑，说服他相信自己可以成为明知无法成为的人，变得魅力十足、勇敢、功成名就。对于罗德利哥，而且我认为只有对于罗德利哥，伊阿古毫无顾忌地讲着谎言。当他告诉罗德利哥说，奥赛罗和苔丝狄蒙娜并不会返回威尼斯而是会去毛里塔尼亚时，这个谎言也许带一点事实，或者这是一个关于未来的谎言，因为显而易见的是，即便苔丝狄蒙娜是容易受诱惑的女人，诱惑她的男人也不会是罗德利哥。我倾向于认为，伊阿古向罗德利哥表达对于中尉人选的失望，是他着意虚构的。比如，我们会注意到他的自相矛盾。起初，他宣称奥赛罗不顾城里三位大人物举荐伊阿古的请求而任命了凯西奥，然而几行台词之后，他说：

> 晋升要靠举荐与私情，
> 而不依照古老的等级法则
> 逐步递升。[1]

另一方面，在欺骗凯西奥和奥赛罗时，伊阿古必须对付那些自视甚高，而下意识中却有些自我怀疑的角色。因此，与他们在一起时，他的策略是不一样的；他告诉他们的往往可能是真实的。

---

1. 出自《奥赛罗》第一幕第一场。

凯西奥很有女人缘,也就是说,他是一个在女性身边会感到自在的人,他的外表和优雅举止使他广受欢迎,然而置身男人中间时,他就会局促不安,因为他并不自信于自己的男子气概。在公民生活中,他可能十分幸福安逸,然而环境迫使他成为了一名军人,他不得不进入了一个由男性主导的社会。假如他出生于上一代,他绝不可能置身于军队之中,然而战争技术的变迁要求军人不仅拥有战士总是需要的身体上的勇气与攻击性,还要拥有智慧。如今,威尼斯军队需要数学家、枪炮操作方面的专家。但是从古至今,军事上典型的心态是保守的,厌恶知识上的专家。

> 这个家伙
>
> 从未在战场上领过一队兵,
>
> 对于排兵布阵并不比老守闺阁的女人
>
> 懂得更多……只有空谈,毫无实战经验,
>
> 这就是他全部的军事手腕。[1]

在每一次战争的每一个军队食堂中都可以听到这样的批评。就像很多人,不堪忍受自己不受欢迎而拒绝现实,凯西奥醉酒的时候变得喜欢争吵,因为酒精释放了被压抑的愤怒,这源于他在军中受到同伴们的轻视,他希望尽可能地表现出和他们一样具有的"阳刚之气"、即使他本不是这样的人。值得注意的是,当他清醒过来,

---

1. 出自《奥赛罗》第一幕第一场。

他后悔的并非自视虽高，但却行了低劣之事，而是他坏了自己的名声。随后，伊阿古向他建议，让苔丝狄蒙娜在奥赛罗面前替他求情，这本身是一个不错的建议，因为苔丝狄蒙娜显然喜欢他，但是这其实也是像凯西奥这类性格的人最喜欢听取的建议，因为和女性打交道是他最擅长的。

爱米利娅告诉凯西奥，苔丝狄蒙娜已主动为凯西奥说情，并且奥赛罗答应要选择最稳当的时机找个借口让凯西奥恢复原职。听到这些，大多数人就会让一切顺其自然地发展，然而凯西奥不准备收手：与一位女士贴心地谈论自己的魅力是诱人的。

在凯西奥与苔丝狄蒙娜说话时，她看到奥赛罗在走近，她说道：

留下来，听我说。[1]

此时，许多人会照办，然而凯西奥在同性面前会感到不自在，特别是在失意之时，于是他溜走了，这就给伊阿古留下了第一个含沙射影的机会。

凯西奥有女人缘，但不是一个真正会挑逗女性情欲的人。与同一阶层的女人在一起时，他所喜爱的是社交化的暧昧；要是真的产生了激情，他倒会害怕的。为了获得身体方面的性，他可以找妓女。当比恩卡[2]出乎意料地爱上了他，像许多这类人一样，他表现得颇为无耻，向别人炫耀自己的战利品。虽然他并不知晓谁是手帕的真

---

1. 出自《奥赛罗》第三幕第一场。
2. 比恩卡（Bianca）：《奥赛罗》中凯西奥的情妇。

实主人，但是他确定无疑地知道比恩卡会认定它属于另一个女人，所以让她去仿制一块这样的手帕是残忍的。他的笑容、手势以及像伊阿古所说的关于比恩卡的言论都令人厌恶；对于奥赛罗来说，他知道凯西奥在谈论一个女人，虽然他搞错了她的身份，他觉得这种侮辱，只有凯西奥的死才能抵偿。

在钦提奥笔下，并未提及奥赛罗的肤色和宗教信仰，然而莎士比亚使奥赛罗成为了一个受洗过的黑人。

毫无疑问，二十世纪与十七世纪对于肤色的种族偏见是有差异的，而且大多数莎士比亚的观众可能没有见过一个黑人，但是奴隶贸易已经盛行起来，伊丽莎白时代的人们肯定不会天真地认为黑人仅仅是一个起到喜剧效果的异国人。诸如：

> ……一只老黑羊
>
> 在和你的母白羊交配呢……
>
> 一个淫荡的摩尔人的粗野怀抱……1
>
> 看着这个魔鬼她会欢乐啊！2

这些都证明了这个白人偏执的幻觉，在这种幻觉里，黑人的形象是不太善于自我控制，性能力比他更强盛，这种我们已经过于熟悉的幻想，在莎士比亚的时代就十分肆虐。

---

1. 以上三行出自《奥赛罗》第一幕第一场，引文不连续。
2. 出自《奥赛罗》第二幕第一场。

《威尼斯商人》和《奥赛罗》中的威尼斯都是一个包容性的国际社会,它内部的成员之间存在两种社会性的纽带:经济利益的纽带和个人友谊的纽带,这两种纽带可能一致、平行或冲突。而这两部戏剧都是关于冲突的极端案例。

威尼斯需要金融家提供资本,需要最优异的将领守卫城池;它找到的最高明的金融家碰巧是一个犹太人,最优异的将领是一个黑人,大多数人都不想将他们作为兄弟对待。

尽管,两个人都被威尼斯社群当作是局外人,然而,奥赛罗与威尼斯社群的联系与夏洛克并不一样。首先,夏洛克坚决拒绝非犹太人社会,就像非犹太人社会同样拒绝他;当他听说杰西卡嫁给了洛伦佐,他生气的程度不亚于得知苔丝狄蒙娜与奥赛罗私奔时的勃拉班修。其次,高利贷者这一职业尽管对社会有所助益,却被认为是不光彩的。即使商业社会的目标不是军事荣誉,军人却依然广受敬慕。另外,对于那些多在案头掌控社会的人来说,军人拥有一种浪漫的难得一见的魅力。这在封建社会是不会有的,在封建社会战斗是一种人人熟悉的共通经验。

于是,没有一个威尼斯人可以想象得出唾弃奥赛罗这样的事情,一旦奥赛罗确定无疑地通过婚姻成为了勃拉班修的家庭成员,勃拉班修就欣喜地招待这位闻名遐迩的将领,并倾听他的戎马生涯。在军队中,奥赛罗习惯于军人们对他的服从,并且由于其军衔而受到尊敬,在他偶尔逗留于城中时,他被白人贵族当作重要人物和有趣的人对待。从表面上看,没有人像对待夏洛克一样将他视为局外人。于是,他也很容易相信别人是视自己为兄弟的,当苔丝狄蒙娜接受他作为自己的丈夫时,他似乎拥有了证明这一点的证据。

> 但是我爱温柔的苔丝狄蒙娜,
>
> 不然即使给我大海中所有的珍宝,
>
> 我也不愿放弃这无拘无束的自由之身,
>
> 投入家室的束缚。[1]

听到他说出这些话我们也会觉得痛苦,因为局外人往往是无拘无束而自由的。他不承认也不愿承认,他共事的议员们持有与勃拉班修对这门婚事的相同看法:

> 假如可以对这样的行为置若罔闻,
>
> 奴隶和异教徒就要主持我们的国政了。

关于土耳其舰队的新消息传来,这阻止了他们说出类似的话,因为他们迫切地需要奥赛罗的军事才能,而不能冒险去触怒他。

如果将《奥赛罗》与莎士比亚处理男性嫉妒这一主题的其他剧作——《冬天的故事》、《辛白林》——进行比较,我们就会注意到奥赛罗的嫉妒属于一种特殊的类型。

里昂提斯是妄想型性嫉妒的经典案例,他的性嫉妒是由被压抑

---

1. 出自《奥赛罗》第一幕第二场。

的同性恋情感而产生的。他毫无证据证明赫米温妮和波力克希尼斯[1]通奸,满朝官员都相信他们是无辜的,然而他被自己的幻象所支配。他对赫米温妮说:"你的行为就是我的梦幻。"[2]然而,波力克希尼斯待在波希米亚[3]王宫期间,"水中的明月已盈亏了九次",这使通奸在实际情形中是可能发生的,这个想法一旦入侵里昂提斯的头脑,他就发疯了,而且无论是赫米温妮或者波力克希尼斯或宫中大臣都无法证明这个想法是错误的。因此他们求助于神谕。

波塞摩斯是极其理智的,他并不情愿地相信伊摩琴已变得不忠,因为阿埃基摩为他提供了不可辩驳的证据,证明通奸已经发生。

发疯的里昂提斯和理智的波塞摩斯的反应是一样的:"妻子已不忠于我;因此必须杀了她,将她遗忘。"也就是说,只有作为丈夫,他们的生活才受到了影响。作为波希米亚国王,作为一名战士,他们表现得似乎什么也没有发生过。

在《奥赛罗》中,由于伊阿古的操纵,奥赛罗根据凯西奥和苔丝狄蒙娜的行为猜测他们已经爱上了对方,这并非完全不可理喻,然而时间因素排除了他们通奸的可能性。一些批评家将剧中的双重时间视为仅仅是一种加速情节的戏剧手段,而剧场中的观众并不会注意。然而,我相信,莎士比亚的意图并非如此,就像在《威尼斯商人》中,他也想让观众注意到贝尔蒙特时间和威尼斯时间之间是不

---

1. 波力克希尼斯(Polixenes):莎士比亚戏剧《冬天的故事》中的波希米亚国王。
2. 出自《冬天的故事》第三幕第二场。
3. 此处疑为奥登笔误或印刷错误,应为西西里。波力克希尼斯此时正访问西西里王国。

一致的。

假如奥赛罗仅仅嫉妒他所想象的苔丝狄蒙娜对凯西奥所具有的感情,那么,他其实已经足够理智,最多也只能怪责他对妻子缺少信任。但是,奥赛罗不只是嫉妒可能存在的感情。他还要证明一个子虚乌有的行为的存在,对这一不可能发生之事的信念左右着他,这就远非杀死妻子能解决的了:不只是他的妻子而是整个宇宙背叛了他;生活变得毫无意义,他也无事可做了。

要使上述反应变得处于情理之中,则奥赛罗和苔丝狄蒙娜必须是像罗密欧与朱丽叶或安东尼和克莉奥佩特拉[1]那样的恋人,他们的爱是特里斯坦-伊索尔德之间的那种消弭世间其他一切的激情,然而莎士比亚特别花了笔墨告诉我们,奥赛罗和苔丝狄蒙娜之间的爱并不是这样的。

当奥赛罗请求带着苔丝狄蒙娜离开并前往塞浦路斯,他强调了自己的爱中偏于灵魂的那一面。

> 我向你们这样请求,
>
> 并不是为了取悦我欲望的味觉,
>
> 也不是为了服从我的热情,我体内的
>
> 青春激情已经死去,我唯一的满足
>
> 只是让她的心灵变得自由而充盈。[2]

1. 安东尼、克莉奥佩特拉:莎士比亚悲剧《安东尼与克莉奥佩特拉》(*Antony and Cleopatra*)中的两位主人公。
2. 出自《奥赛罗》第一幕第三场。

尽管他表达自己嫉妒的意象是属于色欲的——他还能使用什么样的意象呢?——婚姻之于奥赛罗的意义是作为一个人、作为威尼斯社群的一个兄弟被爱和被接受,而不是一种性爱关系。他思想中过于丑恶因而被压抑的怪物就是他的恐惧,即他的价值只是对这个城市的社会实用性。然而假如他离开现在的职位,他就会被作为一个黑种野蛮人来对待。

就像伊阿古告诉我们的,奥赛罗所经常表现出来的对别人过于亲信、过于善良的性格是一种很说明问题的症候。奥赛罗必须对别人过于亲信,这样才能抵消他压抑在心中的猜疑。在戏剧开始时的开心和在随后的极度绝望中,奥赛罗让人更多地想起雅典的泰门(Timon of Athens)[1]而不是里昂提斯。

由于对于奥赛罗而言真正重要的是苔丝狄蒙娜应该爱他真正的为人,于是,伊阿古只需要让他猜疑她并不这样爱他,便可让他释放压抑了一辈子的恐惧和愤恨,而苔丝狄蒙娜做过或没有做过什么与之并无关联。

伊阿古对待奥赛罗,就像精神分析医师对待病人,所不同的是,他的意图是想谋害奥赛罗而不是治疗。他所说的一切都是让奥赛罗意识到那些伊阿古揣度本就藏在对方心底的东西。因此,他无需说谎。甚至他所说的,"我不久前与凯西奥同过榻"[2],也可以是对实际发生过的事情的真切描述:根据我们所知的凯西奥,他极有可能真做过一个伊阿古所说的梦。甚至当伊阿古已经让奥赛罗的激

---

1. 莎士比亚戏剧《雅典的泰门》中的雅典贵族。
2. 出自《奥赛罗》第三幕第三场。

动到一定程度,此时,他即使说一些直白的谎话也不会有什么危险,
但他的回答依然是模棱两可的,留给奥赛罗自己解读。

        奥赛罗:他说过什么?

        伊阿古:他曾经做过什么——我不知道他做过什么。

        奥赛罗:到底是什么?

        伊阿古:睡——

        奥赛罗:与她睡在一起?

        伊阿古:与她睡在一起,睡在她身上,随你怎么说吧。[1]

    没有可以向里昂提斯提供绝对的证据证明他的嫉妒是毫无根
据的;同样,就像伊阿古费心指出的那样,奥赛罗无法证明苔丝狄蒙
娜真的就是她看上去的样子。

    伊阿古给我们留下第一个决定性印象,是在他作为一个亲身经
历过威尼斯市民生活的人,让伊阿古注意到苔丝狄蒙娜在他父亲面
前撒谎。

        伊阿古:我不愿看到您慷慨高贵的天性

            为自身的忠厚所误,留心看吧:

            我对我们国家娘儿们的性情了如指掌:

            在威尼斯,她们让上帝看到自己干的勾当,

---

1. 出自《奥赛罗》第四幕第一场。

却不敢泄露给丈夫：她们最高的道德

不是不干，而是不让人知道。

奥赛罗：你真这样说吗？

伊阿古：她欺骗了自己的父亲嫁给你：

当她假装对你的容貌颤抖、恐惧的时候，

她却真心爱着你。

奥赛罗：　　　　　　她正是这样的。

伊阿古：　　　　　　　　　　那么，这就对了。

她那样年轻，竟能伪装出这副模样，

蒙蔽父亲的双目，使他毫不知情。

让他以为这是妖术。

几行之后，他直接提到了肤色差异。

当初很多与她来自同一个地方、肤色相同、

门当户对的人向她求婚，她都无动于衷，

尽管在我们看来，这些婚配都合情合理，

咳！从这里可以看出最淫荡的欲念、

乖僻的习性、不近人情的思想。

不过，请原谅我：关于她的这番话，

我并非确信无疑，尽管，我恐怕

她的心思，一旦神智恢复清醒，

就会将你与她的国人进行比较，

大概就会轻易地后悔吧。[1]

一旦奥赛罗任由自己怀疑苔丝狄蒙娜并非表面所是的那个人，她说出真相已不能减少疑虑，然而她一旦说谎，便证实了对她的猜忌。因此，当她否认遗失了手帕，这就造成了灾难性的后果。

假如奥赛罗无法信任她，那么他就无法相信任何人和任何事，那么她具体做过什么也不再重要了。在以下场景中，他假设城堡是妓院，爱米利娅是其老鸨，他指控苔丝狄蒙娜，并非由于她与凯西奥通奸，而是由于她无法一一指明的淫荡行径。

> 苔丝狄蒙娜：哎，我究竟犯了什么连我自己也不清楚的罪？
>
> 奥赛罗：　　这张洁白的纸、这本美丽的书，
>
> 　　　　　　是为了写上"娼妓"两个字吗？犯了什么罪？
>
> 　　　　　　犯了什么罪！哦，你这人尽可夫的娼妇！
>
> 　　　　　　一说到你干的勾当，
>
> 　　　　　　我的脸颊就像熔炉，
>
> 　　　　　　将"廉耻"烧成灰烬。[2]

正如艾略特先生所指出的，在他的临终之词中，他一点也不关心苔丝狄蒙娜，而只关心与威尼斯的关系，结尾处他把自己等同为

---

1. 以上出自《奥赛罗》第三幕第三场。
2. 出自《奥赛罗》第四幕第二场。此处奥登引文不知据何本（modestly 应为 modesty），按通行文字译出。

另一个局外人，一个曾经揍了威尼斯人、并且诽谤国家的穆斯林土耳其人。

每个人都会同情苔丝狄蒙娜，然而我无法让自己喜欢她。她嫁给奥赛罗的决心——事实上应该算是她向奥赛罗求婚的——似乎是一个愚蠢女孩对男人的浪漫迷恋，而不是一种成熟的情感；她爱的是奥赛罗的浴血传奇，因为这不同于她所熟知的市民生活，而不是奥赛罗本人。他大概并没有修炼过巫术，然而她的确像着了魔一般。尽管勃拉班修持有偏见，她对父亲的欺骗依然留下一个令人不愉快的印象：莎士比亚并未让我们忘记正是婚姻的冲击杀死了他。

另外，对于自己嫁给奥赛罗是给了他多大的荣光，她也过于在意，让人有些不适。伊阿古先告诉凯西奥，"我们将军的妻子如今就是将军"，随后不久又开始了一段独白：

> 他的灵魂已被她的爱所拘缚，
>
> 无论她做什么，推翻做过的事，
>
> 做她意欲做的一切，他都会唯命是从，
>
> 她的心愿甚至可以成为他屏弱心智的上帝。[1]

毫无疑问，他的话有些夸张，但说出了很多真相。在凯西奥找她谈话之前，她已经与丈夫讨论过凯西奥，并得知她丈夫时机一旦

---

1. 出自《奥赛罗》第二幕第三场。

合适便会让他官复原职。一个明智的妻子应该将这告诉凯西奥，并让事情顺其自然地发展。但她之后依然对奥赛罗不依不饶，这就暴露了她的一种欲望，那就是想证明她可以随心所欲地让丈夫做任何事。

她的关于手帕的谎言本身是一个微不足道的小谎，但是假如她真的平等地对待自己的丈夫，那么她可能会承认自己丢了手帕。事实上，她害怕，是因为突然和她对质的这个人在意与恐惧的事她都不太明白。

尽管她与凯西奥之间的关系是清白的，我们却只能与伊阿古一样怀疑这段婚姻能否持久。值得注意的是，在对着爱米利娅唱"柳树之歌"的场景[1]中，她言语之中表达了对罗多维科（Ludovico）的青睐之意，然后转移到了通奸的话题。当然，她讨论这个话题并无特别的用意，并对爱米利娅的态度深感震惊，但她确实讨论了这个话题，而且确实听到了爱米利娅关于夫妻关系的看法。她好像突然意识到自己和丈夫之间并不般配，她应该嫁给一个属于自己同一阶层、同一肤色的男人，比如罗多维科。我们感觉到，假如和奥赛罗再相处几年，再受爱米利娅影响几年，她很可能会去找一个情人。

四

于是，我们回到本文的开头，回到伊阿古，戏剧中唯一有"行动"

---

1. 即《奥赛罗》第四幕第三场。

的人。正如莎士比亚所说，一部戏剧是一面举向自然的镜子。这面
特定的镜子拥有一个特定的时间：1604 年，然而，当我们向里面看
去，我们看到的是处于二十世纪中叶的我们自己的脸。我们听见伊
阿古说着言辞、做着事，和伊丽莎白时代的观众听到的和看到的没
有区别，但是它们之于我们的意义不可能完全一样。面对第一批观
众，甚至面对他的创造者，伊阿古似乎只是另一个马基雅维利式的
恶棍，他可能存在于现实生活中，然而没有人会觉得他与自己有什
么相似之处。我认为，对于我们而言，他更让人警醒；我们不能像西
部电影中反派出场时那样对他喝倒彩，因为我们中没有人可以坦诚
地说自己不理解这样一个邪恶的人如何能够存在。因为伊阿古难
道不正是一个寓言式的人物，象征着通过实验毫无束缚地追求科学
知识？而且我们无论是不是科学工作者，不都认为这是天经地义、
无比正确的吗？

　　如尼采所说，实验科学是禁欲主义最后的花朵。研究者必须舍
弃他作为人类的所有的感情、希望和恐惧，将自己降低为对事件不
做价值判断的观察者。伊阿古就是一个禁欲主义者。"爱，"他说，
"只是心血来潮的欲望、意志的放纵。"

　　科学所追寻的知识仅仅是知识的类型之一。另一种类型隐含
在《圣经》的措辞中："然后，亚当知道了（knew）夏娃，他的妻子。"[1]
当我说"我十分知道约翰·史密斯"，这依然是我想说的这种类型的
知识。在这个意义上，对方不反过来了解我，我无法去了解对方。

―――――――
1.《圣经》中的"知道（know）"在此处指同房。

如果我十分了解约翰·史密斯，他必定也要十分了解我。

但是，对于科学意义上的知识，我只能了解那些并不了解我、也不能了解我的事物。当我感到不舒服，我去医生那里，他给我做了检查，说道："你得了亚洲型流感"，并给我注射。亚洲型病毒并不知道医生的存在，就像受害者对恶作剧者一样。

此外，科学意义上的"知道"作为一个过程最终意味着"拥有掌控权"。人类是本真的、独一无二的和自我创造的个体，就此而言，他们并不能被科学地认知。但人类并不是像天使一样纯洁；他们也是生物体，每个人的运作方式几乎是一模一样的，而且，或多或少，他们都是神经性的，也就是说，他们拥有一些自己并不知晓——但可以也应该知晓——的恐惧和欲望，且因此没有他们想象的那样自由。因此，总是可以将人类降低到物的状态，并可以彻底地在科学层面进行认知，可以彻底地进行操控。

这可以通过药物、脑部手术、剥夺睡眠等手段直接作用于身体而实现，这种方法的困难在于，受害者将会知道你正在试图奴役他们，因为没有人希望成为奴隶，他们会反抗，所以，这只有在少数人群比如囚徒和疯子身上才能进行实践，这些人无法在身体上抗拒。

另一种方法是利用那些你意识到而他们没有的恐惧和欲望，直至他们开始奴役自己。在这种情形中，隐藏你的真实意图不仅是可能的，而且是必要的，假如人们知道他们在被操控，他们将不再相信你所说的，也不再按照你的建议去行事。例如，一个诱惑势利顾客的广告，只有面对这样的人才能成功；他们并未发觉自己是势利者，并且没意识到广告正在迎合他们的势利，因此，对于他们，这个广告在表面上会显得十分真诚,就像奥赛罗眼中的伊阿古。

伊阿古对待奥赛罗的方式符合培根对科学研究的定义,即对自然进行质疑。如果一名观众打断戏剧,向他问道:"你在干什么?"伊阿古能否答之以一个孩子气的笑:"我没在做什么。只是想要搞清楚他到底是什么样的人。"我们必须承认,他的实验是极其成功的。戏剧结束时,他的确获得了被自己降低为物的奥赛罗的科学真相。这就是他最后那句"你所知道的,你已经知道了"的可怕之处了,因为到那个时候奥赛罗已经成为一个物,什么也不知道了。

为什么伊阿古不应该这样做呢?说到底,他确实掌握了一些新知识。在我们的文化中,我们都接受了一个观念,认知的权利是绝对而无条件的,这使我们无法自以为是地谴责他。事情总是具有两面性,一面像八卦专栏一样无害,另一面则像钻弹一样有害。我们非常愿意承认,食物和性本身都是好东西,然而对它们的毫无节制的追求则不是。我们很难相信求知欲和其他的欲望是一样的,也很难意识到正确的知识和真理并非同一回事。我们要给追求知识下一道"绝对命令"[1],即我们问的不再是"我能知道什么?",而是"在此刻,我应该知道什么?"——或者说,承认有这种可能性,即对我们来说可能的真理只是那些我们配得上的知识——但这些在我们所有人听来似乎是疯狂的,甚至是不道德的。但要是这样的话,我们又有什么资格对伊阿古说:"不,你不可以这样做。"

---

1. 康德的伦理学中所谓对一切行为者都是无条件或绝对的道德律。

附言： 地狱的科学

✧

"一切精确的科学都由近似观念所支配。"(伯特兰·罗素)如果这是正确的,那么,地狱的科学(infernal science)和人间的科学(human science)的不同之处在于,它缺少相似观念:它相信自己的法则是精确的。

"伦理学并不改造世界。伦理学是世界的一种限制,就像逻辑学。"(维特根斯坦)在这点上,上帝与魔鬼是一致的。将精神生活法则想象成如同我们的法律一样是强加给我们的可以破坏的法则,这纯粹是人类的幻想。我们可以无意中(比如出于无知)或主动地去反抗这些法则,但是我们不能破坏它们,就像我们不能通过醉酒而破坏人类的生理规律。

魔鬼对恶并没有兴趣,因为从定义上而言,恶是魔鬼相信他已经知道的东西。对他而言,奥斯维辛集中营是一个平庸的事实,就像黑斯廷斯战役的日期。他只对善感兴趣,他将善视为通过他的绝对预设无法理解的东西;善才是让他着迷、困扰的东西。

魔鬼的首要人类学公理不是"所有人都是邪恶的"，而是"所有人都相同"；第二个公理是："人并不行动，他们只回应"。

就人类而言，诱惑一个人意味着挑逗他违抗自己的良心。从这个意义上说，我们不能说魔鬼诱惑了我们，因为对他而言，良心是虚构的东西。我们也不能确切地认为他试图迫使我们"做"什么事情，因为他并不相信行为的存在。对我们而言是诱惑，对他而言却是实验：他正试图证实关于人类反应方式的一个假设。

我们最致命的精神危险之一是幻想着魔鬼很在意我们的毁灭。他对"我的"灵魂压根就不在乎，就像唐璜对唐娜·埃尔维拉的身体毫不在乎一样。我在魔鬼的眼里，也不过是"西班牙第一千零三号"。

我们可以想象天堂拥有电话簿，但它一定厚得吓人，因为它将包括专有名词和每一个电子的地址。而地狱不可能拥有电话簿，因为在地狱中，就像在监狱和军队中，其居民不是由名字而是由数字标识的。他们"没有"数字，他们本身"是"数字。

第五辑

两个寓言

TWO BESTIARIES

D. H. 劳伦斯

假如人有人样儿,一如蜥蜴有蜥蜴的样儿,

就值得我们多看几眼。[1]

❖

艺术家,或曰创作者,无论好坏,他们对人类的重要性都不及使徒,也即那些奉主差遣的人。若是没有宗教、哲学、行为准则,或是诸如此类的东西,人都无法生存;人们所信仰的东西或荒诞不经,或偏离正统,但他们必须要有信仰。另一方面,无论艺术对我们而言有多重要,可以想见,我们并非离开艺术就无法生存了。

作为人类一员,每一位艺术家都拥有一套这样或那样的信仰。然而毫无例外,这些信仰都不是他们自己发明的。公众清楚这一点,在评判他们的作品时也并不参照这些信仰。我们阅读但丁,读的是他的诗歌而非其中的神学思想,因为我们在其他地方就曾接触过这些神学思想。

然而,有一些作家既是艺术家又是使徒,如布莱克和 D. H. 劳伦斯,这使得我们很难对他们的作品做出正确的估量。读者一旦从他们传递的信息中发现了有价值的东西,就会为他们的作品赋予独一无二的重要性,因为他们在别处不曾发现这一切。但是这种重要性可能转瞬即逝,因为一旦我获悉了他的差使,对信使本身就不再感兴趣了。假如后来我开始意识到，他的差使是错误的或是误导性的，我回忆起他的时候不免带着怨恨和厌恶。甚至假如我竭力忽视他的差使，将他视为纯粹的艺术家重新阅读，我大概会感到失望，因为我无法重新捕捉我初读他作品时所感受到的那种兴奋。

我在二十年代[2]末初次读到劳伦斯的作品时，正是其中的神谕给我留下了强烈的印象。所以，我贪婪地阅读的正是如《无意识幻想曲》(*Fantasia of the Unconscious*)这样的"思想类"著作，而不是他的小说。至于他的诗歌，最初尝试读的时候，我并不喜欢；尽管我对他本人心怀崇敬，但他的诗歌依然违背了我心中诗歌应该有的样子。如今，关于诗歌应该有的样子，我的理念分毫未变，而且与他的诗歌仍是截然对应的，当时我与他的观念针锋相对，然而这并不妨碍我对他的某些诗歌开始心生崇拜。对于一个诗人，若我们坚信他关于诗歌本质的看法是错误的，一旦他写出一首我们喜欢的诗，我们很容易就会这样想："这一次，他忘了自己的理论，正在按着我们的理论写作。"然而，劳伦斯诗歌中让我迷恋的是，假使他按照我所赞成的诗歌观点写作，他绝不可能写出这些诗，我必须承认这点。

人是历史的造物，不能重复过去，也不能将过去抛诸脑后；每时每刻，人类都参与到曾经所遭遇的事情中去，并修改它们。因此，很难寻找到一个单独的形象足以作为人类存在的象征。假如我们所想的是人类永远开放的未来，那么，自然能想到的形象是一个孤独

---

1. 出自 D. H. 劳伦斯诗作《蜥蜴》。
2. 指二十世纪二十年代。

的朝圣者,沿着一条没有尽头的路独自跋涉,这条路通往迄今无人探索的国度;假如我们想到的是人的从未遗忘的过去,那么,自然能想到的形象是一个庞大而拥挤的城市,拥有每一种风格的建筑,在城中,死者像生者一样也是活跃的公民。两种形象唯一的共同点在于它们都具有目的性:一条面朝特定方向的路,一个被建造出来可以持久存在并成为家园的城市。动物们只活在当下,没有城市或道路,也并不眷恋这些东西;它们在野外活得自由自在,假如说它们是社会性的,最多也只是为单独的一代构筑巢穴。但是,人类需要城市和道路。如果一个城市没有任何道路通向外部,那么这座城市的形象会让人想起监狱。如果一条道路没有特定的起始之处,那么这条道路的形象会让人想起野兽的足迹。

每个人都身兼公民和朝圣者两重身份,对于大多数人而言,其中一重身份会占据主导,而在劳伦斯身上,朝圣者的身份几乎排挤掉了公民的身份。所以,他如此崇拜惠特曼就是再自然不过的事情了,既崇拜他写作的内容,也崇拜他写作的方式。

　　惠特曼的基本预言是"大路"(Open Road)[1]。灵魂远走他乡解放了他自己,他的灵魂离开他走向灵魂自己,走向隐约可见的大路……真正的民主……在那里,一切旅程都通往大路。一个灵魂在行动中被人迅速了解。不是通过衣服或外表。不是通过家族姓氏。甚至不是依赖其声誉。根本不依赖获得的成果。灵魂行走

---

1. 这个意象出自惠特曼诗歌《大路之歌》(Song of the Open Road),收入《草叶集》。

着，并不虚张声势，它依靠双脚前行，甘于守持自己的本色。[1]

在其《新诗》(*New Poems*)序言中，劳伦斯试图解释传统诗与自由诗之间的差异，这一点最初惠特曼也写过。

创生之诗和终结之诗必须具有精致的终结性，那份隶属于久远之物的完美感。它处于一切完美事物的领域之中……终结性和完美感在精致的形式中得以表达：完美的对称、韵律首尾衔接，就像舞蹈中双手牵在一起，随后松开，在舞蹈结束时那决定性一刻又牵回一起……但是还有另一种诗，关于触手可及的事物之诗，关于瞬间当下之诗……生活，永远的当下，不知何为终结，不知何为成型的结晶……显而易见的是，瞬间当下之诗不可能与过去和未来之诗拥有相同的体式或相同的动律。瞬间当下之诗绝不可能屈从于一成不变的境况，也永远不会完结……关于自由诗，前人已有过大量论述。然而，一言以蔽之，自由诗就是或应该是人类整个瞬间存在的直接表露。它是灵魂和肉体的顷刻喷涌，毫无保留……它不会完结。它没有那种叫人满意的稳定性。它并不想去抵达何处。它就这么发生了。

要取笑这段话真是太容易了。譬如，可以让劳伦斯准确地告诉我们"一瞬间"到底是多久；又譬如，在瞬间尚未成为过去之前，诗人

---

1. 出自 D. H. 劳伦斯《美国经典文学研究》之《惠特曼》。

如何可能在事实层面对它进行表述。然而,劳伦斯显然是在努力表述一些他认为重要的东西。诗人关于诗歌的论述,即便看来文字清通,多数也并不容易理解,除非把它们还原到论辩的语境中。要理解这些论述,我们需要了解它们所针对的是什么,以及做出这些论述的诗人看来,什么才是真正诗歌的"大敌"。

在劳伦斯看来,诗歌的敌人之一是陈腐的反应,或是一种怠惰或恐惧,使得人们偏爱二手经验,而非亲眼所见、亲耳所听产生的震撼。

> 人在他自己与狂野的混沌之间修建起奇妙的建筑物,在自己的阳伞下渐渐变得苍白而僵直,窒息而亡。这时,诗人——陈规的仇敌出现了,将阳伞撕裂;瞧,匆匆一瞥,混沌只是一个幻象,一扇向阳的窗户。然而过了一会儿,就开始习惯于幻象,不再喜欢来自混沌的那股真实的风,于是凡常的人为开向混沌的窗子涂上幻影,然后用这块涂抹的幻影缝补阳伞。也就是说,他习惯了幻象;幻象成为了房间装饰的一部分。[1]

劳伦斯对于已成套路的反应十分厌恶,这是基于充分理由的;但这种厌恶却让他对小说中的真实产生了错误的辨识。阳伞中的裂缝这个意象是带有误性的,因为你透过它所能看到的东西总是别无二致。但对于一件真正的艺术作品,每一代人都可以从它身上发

---

1. 出自劳伦斯《哈瑞·克罗斯比的〈太阳中的双轮战车〉》(Introduction to Harry Crosby's *Chariot of the Sun*)。

现新的东西。一件真正的(genuine)艺术作品为何谓"真"(genuine)
树立了一个榜样,所以它可以激励后世的艺术家以真待之。激励,
而非强迫;假如一名二十世纪的剧作家选择用莎士比亚的无韵诗东
拼西凑出一个剧本来,那错误在他,而非莎士比亚。假如所有过去
的艺术都被摧毁,那些害怕一手经验的人也会找到办法来绕开一手
的经验。

　　然而,撇开理论,劳伦斯也满怀激情地关心感觉的真实。他很
少写东西批评别的同代诗人,但是一旦写了,就会向任何虚情假意
猛扑过去。关于拉尔夫·霍奇森(Ralph Hodgson),他写了如下的
诗句:

> 天空被点亮。
>
> 天上布满了星辰,
>
> 我站着,不知为何。

　　他写道,"谁都不该再用'我不知为何'这句话。这就像在信的
落款处写的'忠实于你的'一样毫无意义"。而在引用了一位美国诗
人的诗句之后,

> 为何,我带着一阵
>
> 令人伤痛的诡异想起楼梯?[1]

---

1. 这两句诗是美国诗人海瑟尔·霍尔(Hazel Hall)诗歌《楼梯》(Stairways)的开头
两行。

他这样评论，"天知道这是什么意思，亲爱的，除非你曾在楼梯上摔倒过"。无论他自己的诗有什么样的缺点，却从不故作姿态。甚至在劳伦斯胡言乱语的时候，例如他曾坚称月亮由磷或镭组成，我们也已深知，他对这些无稽之谈深信不疑。有许多诗人比劳伦斯更伟大，但关于他们能说的都没有那么多。当叶芝用一节无比壮丽的诗章让我相信，他死后要成为一只机械鸟时，我能感到他所讲述的是我的保姆称之为"故事"的东西。

劳伦斯论战的第二个对象，是十九世纪下半叶率先流行于法国的一种学说，即相信艺术是真正的宗教，相信生活除了为优美的艺术结构提供原材料外，没有任何价值，因而唯有艺术家是真正的人类——其余的人，无论贫富，都是贱民。唯有艺术的构建方能成为城市；生活本身则是丛林。劳伦斯深切地对于这一信条不以为然，以至于他每次探查其影响力时，例如在评价普鲁斯特和乔伊斯的作品中，会拒绝给予他们任何赞许。关于他的论争，奥尔巴赫博士做过较为公正、温和的表述：

> 如果将司汤达甚至巴尔扎克笔下的世界，与福楼拜或龚古尔兄弟笔下的世界进行比较，会发现后者尽管给人丰富的印象，却显得极其狭隘而琐碎。那些文本，以福楼拜的书信和龚古尔兄弟日记为代表，以其纯洁而无瑕的艺术伦理、精心描绘的丰富印象、细致入微的感官文化让人钦佩；然而，我们还是会在他们的书中察觉到一些狭隘、亲密得令人压抑的东西。这些著作充满真实和才智，但缺乏幽默和内心的宁静。纯粹的文学作品，即使具有最高水准

的艺术敏感，也会将判断力局限住，削减生活的财富，有时会扭曲人们观察现象世界的目光。当作家对政治、经济世界的喧嚣不屑一顾，却始终将生活仅仅视为文学的题材，傲慢而苦恼地回避生活中的重大现实问题，从而使自己的创作取得美学上的疏离感时，通常的代价是即使每天付出巨大的努力，现实世界依然以无数琐碎的方式折磨着他们。

　　有时他们手头拮据，几乎总是神经紧张而低郁，病态地关注健康……尽管在智慧和艺术上十分执着，最终他们却给人留下一种奇怪而狭隘的形象，他们一副上层中产阶级的形象，以自我为中心关心着自己的审美享受，遭受着无数烦恼琐事的折磨，紧张不安，着迷于一种狂热——只有在这一情形中，这种狂热才被称为"文学"。(《模仿论》)[1]

劳伦斯拒绝这一信条，他并不认为生活只是艺术的原始材料，除此之外毫无价值但同时他却陷入了另一种错误，认为艺术等同于生活，将艺术创造等同于行动。

　　我给出了一束三色堇，而不是一个永生花的花环。我不想要永恒之花，不想将它们给别人。一朵花枯萎，这是它最好的结局……不要摘下三色堇的花瓣。如果你这么做，你也无法让它变

---

1. 引文出自埃里希·奥尔巴赫《模仿论》第十九章，与原文稍有出入。

得更美。[1]

在这里,劳伦斯将艺术创造的过程和生物的有机生长做了错误的类比。"自然尽管拥有规律,却不具有目标。"有机生长是一个循环的过程;将橡树说成一颗潜在的橡树籽,将橡树籽说成一棵潜在的橡树,这两种说法都是正确的。然而写作一首诗的过程,创造艺术品的过程,却不是循环的,而是朝向一个既定终点的单向行动。就像苏格拉底在瓦雷里的对话录《欧帕里诺斯》(*Eupalinos*)[2]中所说:

> 树并不建构自己的树枝和叶子;公鸡并不建构自己的喙和羽毛。然而树和它的所有部位,公鸡和它的所有部位,都由自身的法则所建构,不会脱离建构的过程而存在……然而,在人的创造物中,法则与建构的过程是分离的,而且可以说是由一个与材料无关的暴君所强加的,他通过行动将法则赋予材料……假如一个人挥动手臂,我们会将这只手臂与他的姿势相区别,并在姿势与手臂之间构想出一种纯粹的可能的联系。不过从自然的视角来看,手臂的姿势和手臂本身并不能分开。

---

1. 出自劳伦斯《删选版〈三色堇〉前言》(Foreword to the Expurgated Edition of *Pansies*)。
2. 瓦雷里出版于1921年的著作,该书原名《欧帕里诺斯,或建筑师》(*Eupalinos ou l'Architecte*)。欧帕里诺斯(Eupalinos):古希腊工程师,在萨摩斯岛上开凿了穿山隧道,当时最长的隧道,完成于前550年至前530年之间。

一名作家，假如忽视了自然生长与人的创造之间的差别，必将产生事与愿违的结果。他希望创造出像一朵花那样自然的东西，然而他创造出的东西恰恰缺了自然事物的属性。一个自然物必定会终结；假如是一种无机物，比如一块石头，它就是必须所是的东西（What it has to be）；假如是一种有机物，比如一朵花，它仅在此刻是必然所是的东西。然而这种相似的效果——成为必须所是的东西——只能通过大量的思考、劳作和操心才能在一件艺术作品中实现。例如，对于一个芭蕾舞演员，只有其表演通过长期训练而成为了自己的"第二特性"的时候，他的舞姿才会显得自然。生命以物质为形式的完美化身，道成肉身，在自然中是无需介质的，在艺术中，必须实现，然而事实上却永远无法完美实现。在劳伦斯的许多诗歌中，精神已经无从创造一个可以栖居其中的合适肉身，作为一名对身体的价值和意义有如此好奇心的作家，劳伦斯作品中的这一缺陷未免让人费解。在关于托马斯·哈代的随笔中，劳伦斯对这一特定的问题进行了一些敏锐的观察。说起律法与爱、灵与肉之间的对立关系，他写道：

> 律法原则可以在女人身上体现得最为强烈，而爱的原则则在男人身上体现得最为强烈。在每一个造物身上，流动性，即变化的法则可以在男性身上得以印证，而稳定性，即保守性可以在女性身上得以印证。

> 对节奏和规则节律的坚持是对律法的承认，对身体的承认，对身体的要求与存在的承认。它们认可了富有活力的积极惰性，

这是生命的另一半,区别于行动的纯粹意志。

劳伦斯做出的上述区分,正是城市与大路之间的区分的变体。对于朝圣者的心灵(mind)而言,这场旅程是一连串常新的风景与声音,然而对于其心脏(heart)和腿脚而言,却只是一种节律性的重复——吧嗒吧嗒,左右左右——甚至,大路之诗必须向城市致以充分的敬意。依据劳伦斯自己的阐述和定义,他作为艺术家所具有的缺陷是一种被夸大的男性特征。

阅读劳伦斯早年的诗作,其感觉的独创性和表达方式的保守性让我们受到持续的冲击。对于大多数未成熟的诗人来说,他们的主要问题,是去学会忘记老师教给他们的诗人感受事物的方式;正如劳伦斯所说,年轻人往往畏惧自身的恶魔,用手捂住恶魔的嘴,并代替他发声。另一方面,一名未成熟的诗人,假如拥有真正的天赋,通常会从极早就开始展露出一种与众不同的自身风格;不管前辈诗人对其影响有多么明显,自身的写作方式中总会有一些独创的东西,或者是一些出众的技艺和能力。在劳伦斯身上,这一点却并不成立;他迅速地学会了如何让自己的恶魔开口,然而经过漫长的时间才找到让自己言说的恰当风格。在其早年诗作,甚至其中最出色的诗作里,他往往满足于用诗歌表达自己的思想;在他所说的内容和强加于内容之上的形式结构间,并不存在本质的联系。

　　什么也不是,我忍受着夜空

在头顶的侵袭,夜空犹如一只大睁的眼睛,

张开着猫的瞳孔,闪烁着稀疏的星辰,

心绪在遥远的恶意中闪光、发出劈啪声,

这么远,它们无法碰触我,什么也不能损毁。[1]

哪怕是一个蹩脚的诗人,对"什么也不能损毁"这样的表达也不会听之任之,总要做点处理。

有趣的是,我们可以注意到,他早年在技术上最为写意、在形式上最为自然的诗作,都是用方言写的。

但愿你没有这样的经历,蒂姆,

可是我有过,真的有过,

每当我看见你的脸庞,看到的

依然是她的。

但愿我可以将她从你内部涤除,

我竟然可以做到,当我尝试。

然而你对我的承诺必须是真的,

直至我死去。[2]

---

1. 出自劳伦斯诗作《击退》(Replused)。
2. 出自劳伦斯诗作《是否》(Whether or Not),诗中用了大量方言,未在翻译中体现。

这样的诗句听上去像是女人生动的谈话,然而世界上没有女人会这样说话:

> 你曾如何去爱他,你只是唤醒了
>
> 他的心灵,直至他伤心欲碎!
>
> 是你杀死了他,当你花言巧语,
>
> 言过其实。然而,也可以说,
>
> 他从未爱过你,从未带着欲望
>
> 触摸你,让你燃烧。[1]

我猜测,劳伦斯处理起格律诗(formal verse)来会很困难[2],这起源于他孩童时的语言经验。

> 我父亲是一名工人,
>
> > 他是一名矿工。
>
> 六岁时,一天清晨,他们将他放下去,
>
> > 又吊上来,让他喝茶。

> 我母亲是一个高傲的灵魂,
>
> > 高傲的灵魂说的就是她。
>
> 拒绝在该死的资产阶级里面

---

1. 出自劳伦斯诗作《两个妻子》(Two Wives)。
2. 直译为"形式诗"。

扮演一个高人一等的角色。

我们孩子们被夹在中间，

我们是难以描摹的人，

在家里，我们互称"你"，

在外面，我们互称"妮"和"妳"。[1]

在格律诗中，语言所扮演的角色如此重要，要求诗人就像对待自己的血肉一样与它保持亲密关系，带着始终如一的激情去爱它。一个孩子，和母亲用标准英语交流，和父亲用方言交流，他就会对两种语言产生矛盾的情感，如果他在以后的生涯中试着写格律诗，就不可能避开麻烦。并不是说，劳伦斯曾经有机会变成彭斯或威廉·巴恩斯（William Barnes）这样的方言诗人，这两位诗人生活在公共教育出现之前，然而公共教育却使方言变成了古怪的东西。彭斯用的是全国通用的语言，而不是地方性的用语，而巴恩斯诗歌的特殊魅力在于将最简单的情感与极其复杂的形式技巧融合在了一起：劳伦斯终于没把自己的思维与情感局限于一个诺丁汉（Nottinghamshire）矿区村庄里，但他并没有巴恩斯的趣味和才赋，却很不屑地将巴恩斯的趣味和才赋称为"语言游戏"。

---

1. 出自劳伦斯诗作《熏鲱》（Red-Herring）。本诗为格律诗，三节韵脚分别为 abab、cbcb 和 dbeb，译文无法体现。最后一行的"妮"（tha）和"妳"（thee）是"你"（you）的方言形式。

劳伦斯最出色的诗多数出自《鸟，兽，花》(*Birds*，*Beasts*，*and Flowers*)中，这本书是他在托斯卡纳(Tuscany)开始动笔的，当时他三十五岁，三年后在新墨西哥(New Mexico)结稿。那些诗都是自由诗。

格律诗与自由诗之间的差异也许可以类比为雕塑和建模之间的差异。格律诗人将他笔下的诗歌设想为潜伏于语言的事物，他必须将其揭示出来；而自由诗人将语言设想为可塑的被动媒介，他将自己的艺术观念强加于其上。我们还可以这么说，在对待艺术的态度方面，格律诗作者是一名天主教徒，而自由诗作者是一名新教徒。不论从哪个方面看，劳伦斯其实都是一个十足的新教徒。正如劳伦斯自己所承认的，他是通过惠特曼才发现自己是一名诗人，为自己心中恶魔所说的诗性语言找到了适宜的习语。

据我所知，惠特曼从未对其他诗人产生过有益的影响，但他之所以能影响劳伦斯，是因为，尽管在表面上有一些相似性，但他们的情感截然不同。惠特曼十分自觉地使自己成为美国的史诗游吟诗人(Epic Bard)，并为此目的创造了一个诗性"人格"(persona)。他持续地使用第一人称单数甚至自己的名字，但这些都代表一个"人格"，而不是实际的人，甚至在他似乎想要谈论最亲密体验的时候，也是如此。当他的言论听上去荒唐可笑时，通常是因为一个个体的形象，要滑稽地强加于某种意欲成为集体经验的表述之上。假如我们想到惠特曼自己或其他任何个体，"我如此巨大，我涵纳着众人"这样的表述是荒谬的。如果我们想到一个诸如通用汽车这样的法人，这样的表述就完全说得通了。对于惠特曼这个人，我们了解得越多，就会愈加发现他不像自己的"人格"。然而，我怀疑是否存在过哪个作家，身上的艺术"人格"比劳伦斯还少；从友人的书信和回忆来看，劳伦斯为出版物写作的风格与私下的言谈风格完全一致（我必须承认，我发现劳伦斯的情诗一点不含蓄；读起来甚至有些尴尬，这些诗让我感觉诗人是一个偷窥狂）。然而，惠特曼大而化之地看待生活，而不计较于细节。他不会在任何一个细节上停驻太久；对每一个细节，只是匆匆一瞥，并将其添加到浩如烟海的美国目录册页中。但是，在劳伦斯最出色的诗作中他总是专注于一个单独的主题：蝙蝠、乌龟、无花果树，他在一个主题上绞尽脑汁直到穷尽其可能性。

许多年之后，我们才摆脱劳伦斯的两种影响：一是他的天才最初带给我们的令人难以自持的影响力；二是我们意识到他本性中还有愚蠢与肮脏的一面时，所产生的剧烈反应。对于他为我们所做的事情，我们可以心怀感激，不必去赞颂他无所不能，或谴责他一无是处。仇恨与侵犯的力量存在于每一个人身上，并间或显现于几乎所有人类关系中；作为对这些力量的分析师和描绘者，劳伦斯可能是有史以来最高超的大师。但是，这绝对是他对人类所有的认知和理解；比如，对人类的慈爱与仁厚，他根本一无所知。事实上，假如必须与人类亲密接触，那世上就根本没有他喜欢的了；关于男人与男人之间或男人与女人之间的人类关系到底该是个什么样子，他认为那纯粹是白日梦，因为他的想法并非建立在实际的关系之上，所以不可能得到改进或纠正。每当他在小说和短篇小说中引入一个人物，期待读者会对之交口称赞时，这个人物通常是毫无生趣、令人生厌的。然而,他越是厌恶笔下的人物,就会越将他们塑造得妙趣横生。然而,在内心最深处,劳伦斯最了解他自己。《自传稿》(*An Autobiographical Sketch*)中有一个忧伤的片段:

> 为何我与我相识的人之间交往如此稀疏? 就我所知,答案与阶级有关。作为一个来自工人阶级的人,当我置身于中产阶级之中时,我觉得自己拥有活力的心性被切断了。我承认他们之中富有魅力、待人友善的人比比皆是,但他们只是压抑了我作为工人阶级的那部分心性。

> 那么,我为什么不与同属一个阶级的人们生活在一起呢? 因为他们的心性在另一个方向上也存在局限。工人阶级观念狭隘,充满偏见,智力也很狭隘。这也造就了一个牢笼。我还发现,比如这里,在意大利,我与在这个村庄的土地上劳作的一些农民有一些生活中的接触。我与他们并不亲近,除了"日安"之外基本不开口跟他们说话。他们也并不为我工作,我也不是他们的主人。我不愿与他们一起住在村舍里;那种村舍像监牢一样。我对他们没有任何理想化的奢求。我并不指望他们在人间制造个千禧盛世来,无论是现在还是未来。但我希望他们就那样待着,适得其所,他们的生活与我的如影随形。

这里的"农民"这个词,有人会代之以"鸟"、"兽"和"花"。劳伦斯在表达慈爱与仁厚方面具有出众的能力,但他的这种能力仅会用于人类以外的生命,或与自己的生活毫无干系的农民身上。对他而言,说农民是人类以外的生命也无伤大雅。在他的作品中,每当他忘却了拥有专名的男男女女,而描述石头、水域、森林、动物、花、偶遇旅伴或路人的无名生活,他的坏脾气和教条主义便立即消失,他就变成了你能想到的最迷人的友伴、温柔、智慧、风趣、总之,他很欢乐。不过,一旦任何生物,甚至一条狗对他提出要求,狂暴和说教就又回来了。"贝布勒斯","一条像极了瓦尔特·惠特曼的见人就爱的母狗",以它为主角的诗[1]是有史以来写狗最出色的诗篇,但显而易见的是,我们不可能指望劳伦斯这样的人对狗有爱。

> 好吧,我的小母狗。
>
> 你学会了忠诚,而不是爱,
>
> 我将卫护你。

当然,对此,贝布勒斯会以牙还牙:"哦,看在上帝的分上,先生,给自己找一条阿尔萨斯狗,离我远点,拜托了。"

《鸟,兽,花》中的诗是劳伦斯作品中篇幅最长的。简洁不是劳伦斯的风格,他需要足够的篇幅来施展自己的本事。他在诗作中所呈现的优点,放到散文里都成了缺点,只是词语上的重复。相同或近似的短语反复出现,有助于为他的自由诗创造一个结构;但这些短语却并不像针脚那样严丝合缝,但它们本该如此。

---

1. 即劳伦斯的诗作《贝布勒斯》(Bibbles),收入诗集《鸟,兽,花》。

和浪漫主义作家一样,劳伦斯这些诗的出发点是自己与某些动物或花卉之间的一次私人邂逅。但与浪漫主义作家不同的是,他从不将自己内心升起的情感,与他所视、所听、所知的事情混淆在一起。

所以,我认为他对济慈的谴责是有道理的,他认为济慈过于沉溺于自己的情感,以至于无法真正倾听自己的梦魇。"你哀婉的歌声消逝"[1]这句诗适合于劳伦斯的评论:"这从不是哀婉的歌声——这是处于最欢快状态的卡鲁索[2]。"

劳伦斯从没忘记一株植物或一只动物拥有属于自己的、不同于人类,或人类无从理解的存在。事实上,这正是他最喜欢它们的所在。

> 以一种情绪性的声音,用我的话语对他说,这无济于事:
>
> "这是你母亲,在你还是一个蛋的时候,她产下你。"
>
> 他的回答甚至漫不经心:"女人,我必须如何处置你?"
>
> 他百无聊赖地看着另一条道路,
>
> 而她更加百无聊赖地看着另一条道路。

(《乌龟家族关系》)

然而,凑近观察

---

1. 出自济慈诗作《夜莺颂》。

2. 卡鲁索(Caruso,1873—1921):意大利男高音歌唱家、歌剧演员,曾演唱过歌剧《费多拉》《波希米亚人》《弄臣》等,其嗓音刚劲而抒情,享有世界声誉。

那死亡般沉寂的动作,

那做作的胖身体,那食尸鬼的长鼻子……

我不再热情地赞美他。

我弄错了,我并不认识他,

这水里灰色而单调的灵魂,

这阴影下热情的个体,

生气勃勃的鱼。

我并不知晓他的上帝。

(《鱼》)

在讨论人或观念时,劳伦斯常常言过其实或语焉不详。但是,他也会饱含爱意地沉思一些事物,就像在这些诗中一样。其语言的清澈配上视觉的强度,能够使读者看清他在说什么,这一点极少作家能够做到。

奇怪,你的翅膀瘦小,你的腿漂浮着,

你如何飞翔,像一只苍鹭,或者像空中一个灰暗的凝块。

(《蚊子》)

她松弛的小手,维多利亚时代的削肩

(《袋鼠》)

她在那里,止息于饲槽边,越过木板,

　　　　向日子内部张望

犹如倚在床边的美人。

紧接着,她看见了我,她眨眼,凝视,认不出我,

　　　　粗鲁地转过头去,对我不屑一顾,

　　　　脸上露出木讷的茫然。

我关心她什么,这个丑陋的雌性动物,站在那里,

　　　　身体的两个侧面缠结在一起,

　　　　像两块盖在篱笆上的旧地毯。

然而当绳结解开,

　　　　她异常机灵地低下头,

一顿一顿地跳向地面,一次急剧而冷冰冰的跳跃,依然对我不屑

　　　　一顾,

装作在环顾围栏

快点,山羊! 我可不是你的仆人。

她将脑袋转向别处,带着一种雌性动物独有的迟钝的装聋作哑,

　　　　牲畜。

随后一如既往地屁股下蹲,

　　　　撒尿。

如果我与她说话,那就是她回答的方式。——淡定自如!

这些牲畜不说话,可怜的家伙![1]

---

1. 这一行原文为意大利语:Le bestie non parlano, poverine!

奇怪，突然间，在花园里

看见她站立着，就像空中某只巨大食尸鬼

　　一般的灰鸟，停立在倾斜的扁桃树枝，

笔直如树枝上的一块木板，向下张望，

　　像威廉·布莱克的想象里某个长满毛发、可怕的上帝圣父。

来吧，下来吧，山羊，跳下扁桃树！

（《雌山羊》）

在类似这些段落里，劳伦斯的写作如此清晰透彻，以至于人们彻底忘记了他的存在，只是单纯地见他所见。

《鸟，兽，花》是劳伦斯作为诗人取得的巅峰成就。后面几本诗集中仍有着一些不错的作品，可是大部分无论是题材还是形式都单调乏味。一名作家的信条其实不关文学批评家的事，除非这些信条涉及写作艺术的问题；假如一名作家做出一番有关非文学（nonliterary）的艺术的表述，他并不是为了让文学批评家来追问这些表述是正确的还是错误的，但是，文学批评家完全有权质疑作家做出的这些表述是否权威。

福楼拜和龚古尔一派的作家认为社会政治问题是比较次要的；劳伦斯令人称赞之处在于，他知道还有更多的问题比最优秀的艺术要来得重要。然而，明白这一点是一回事，相信一个人是否能够回答它们则是另一回事。

在现代世界里，一个通过写小说或写诗养家糊口的人是自由职业者(self-employed)[1]，其顾客并非邻居，在社会关系上也变得怪怪的。他也许工作异常勤奋，生活方式介于"食利者"与吉卜赛人之间，他可以随心所欲地居住在喜欢的地方，只结交那些他选择去结交的人。他对一切由社会、经济和政治必然性所创造的自发的关系缺乏一手的知识。极少艺术家能够"介入"(engagé)[2]，因为生活并不会将他们与这个世界关联起来：不管是好是坏，他们并不完全属于"城市"。劳伦斯二十六岁以后就开始成为自由职业者，比大多数人更少地属于"城市"。一些作家长年生活于同一个地方和社会环境；劳伦斯则经年累月地从一个地方搬到另一个地方，从一个国家搬到另一个国家。有些作家性格外向，完全进入了身边碰巧触手可及的社会；劳伦斯的天性却使他竭尽全力避免与人接触。大多数作家至少拥有与父母相处的经验，以及对双亲的责任；但这种经验却与劳伦斯无缘。因此，不可避免的结果是，当劳伦斯竭力将有关社会和政治事务、金钱、体制等的规律置之不顾时，他会变得消极而且一味说教。因为从年轻时期开始，他就一直缺乏直接经验，难以以此为基础提供具体而积极的建议。此外，假如你在人类身上唯一关心和看重的一个方面是其存在的状态、狂热激情的永恒时刻，就像劳伦斯这样，那么，对你而言，社会和政治生活必定是人类生活的毫无价值的方面——因为其本质是历史的，没有过去和未来，就无从想象人类社会——你无法实话实说："这样的社会比起那样的社会是更好的。"因为，对你而言，社会是彻底交付于撒旦的。

---

1. 如直译为"自我雇佣的"。

2. 原意为"政治倾向的"。

他的许多后期诗作有另一个形式上的缺点。显而易见的是，最出色的诗要么长度够长，要么是押韵的；自由体短诗很少成功。一首包含诸多观念和情感的诗可以用多种不同的方式进行组织，但一首专注于一点的诗，由一两个句子构成，只能用口语进行组织；格言或警句必须由散文或经过精确估量的诗体写成；如果用自由诗体写成，听上去就像生硬地割裂成碎片的散文。

　　一直以来我都觉得，真正的思想不是存在于论辩，而是存在于诗体中，或存在于某种诗歌形式中。散文的思想存在着说教因素，这使散文变得面目可憎，有点轻微的霸道感，"拥有妻儿，他听天由命。"这句话得体地说出了一个点，可是因为这句话的直接和武断，很容易得罪人。如果我们写成诗歌，它不会如此实在地跟我们唠叨。我们可不想听别人唠叨。

（《三色堇》序言）

　　尽管我个人喜爱优秀的散文体警句，可我能够看清劳伦斯的用意。如果有人比较

　　　　变化越多，它越是同一样东西。[1]

---

1. 原文为法语：Plus ça change, plus c'est la même chose。这让-巴普蒂斯特·阿尔丰泽·卡尔（Jean-Baptiste Alphonse Karr）在其杂志《黄蜂》（Les Guêpes）1849年1月号上所创作的警句。

和

> 受诅咒的权力,依仗特权
>
> 随后伴随着女人、香槟和桥牌
>
> 瓦解了,民主开始了她的统治
>
> 伴随着桥牌、女人和香槟[1]

第一节诗似乎带着些微书呆子的口吻,有点抽象,而在第二节诗中,语言在起舞,充满愉悦感。

> 资产阶级不可避免地催生了布尔什维克主义者
>
> 就像半真半假的东西最终催生了自己的矛盾体
>
> 在对立的半真半假的东西中[2]

这节诗则集两个领域中的缺点于一身;它缺少散文的简洁和押韵诗的愉悦。

劳伦斯最后那些诗作中最有趣的一些采取了他之前没有尝试过的文学体裁——讽刺性的打油诗。

假如可以将格律诗比作雕塑,可以将自由诗比作建模,那么我

---

1. 出自英国诗人希莱尔·贝洛克(Hilaire Belloc,1870—1953)诗作《论一场伟大的选举》。
2. 出自劳伦斯的诗作《资产阶级与布尔什维克主义者》(Bourgeois and Bolshevist)。

们可以说,打油诗就像"失物招领"[1]——看上去像女巫的浮木,轮廓鲜明的石头。可以这样说打油诗的作者,采用了进入他头脑的那些陈旧词语、节奏和韵律,将它们扔在纸上,就像掷骰子,你瞧,这里,几乎与任何说得通的可能性相悖,靠的不是规律而是运气。因为词语似乎并不具有属于自身的意志,而只是提线拉在命运手里的木偶,所以它们所偏爱的事物或人物其实是木偶;因此打油诗的价值,只是为了达到一种特定的讽刺效果。

德莱顿和蒲柏所写的打油诗则产生了另一种不同类型的讽刺效果。他们的讽刺类型以一个宇宙、一个城市为前提,这个宇宙、这个城市宰制于或忠诚于某种理性和道德的永恒律法;他们讽刺的目的是为了展示他们所攻击的个人或制度对于这些律法的违背。结果是,他们的诗歌形式越严格,技术越精妙,功效就越显著。另外,讽刺性的打油诗并不以任何固定的律法为先决条件。这是局外人、无政府主义叛乱者的武器,他们拒绝接受因循守旧的律法和虔敬行为,这些律法和虔敬行为具有约束性,或者应像人们以为值得遵守。因此,其孩子气的技术至今仍未由教育和习俗所腐化,因为孩子代表着天真和个人。蒲柏式的讽刺说道:"皇帝只戴着一条赛璐珞项圈。这不成体统。"讽刺打油诗则直接这样喊:"皇帝一<u>丝</u>不挂。"

在这种类型的讽刺打油诗上,劳伦斯最终成为了大师。

---

1. *原文为法语。*

米德先生说,那株那么老那么老的

百合:"野蛮、粗俗、丑陋!"而我,就像一株百合

想到他长着一张治安法庭官员的脸,

他是多么正确,于是我签下了名字的缩写。[1]

但托尔斯泰是俄罗斯的

叛徒,而俄罗斯最需要他,

伟大的俄罗斯充满困惑

神灵对其忧心忡忡;

他将自己的工作转移到农民身上,

然后只让他们以烤面包为食。[2]

诗坛拥有众多宅邸。

---

1. 出自劳伦斯诗作《天真的英国》(Innocent England)。
2. 出自劳伦斯诗作《如今发生了》(Now It's Happened)。

玛丽安娜·摩尔

为何对动物和运动员有着无度的兴趣？他们是艺术的主体和范例,难道不是吗？专注于自己的事儿(穿山甲、犀牛、棒球投手、接球手,不要刺探或追问——或将交谈延长;不要让我们变得自觉)。关心得越少,则能看到它们最佳的画面;尽管在弗兰克·布克(Frank Buck)的档案中,我看到一只豹正在侮辱一只鳄鱼(鳄鱼在河岸晒太阳——只看得见伸出岸上的脑袋)——拍了下鳄鱼的鼻子,随后继续前行,也不回头多看一眼。[1]

❖

在1935年,我最初读到劳伦斯的诗时,并不怎么喜欢,然而理解起来并没有难度。可是,当我初次尝试阅读玛丽安娜·摩尔的诗时,却是一头雾水。首先,我无法"听出"诗的韵律。人们可能对自由诗持有如此这般的偏见,然而,无论以什么方式,只要诗人功力足够,我们凭耳朵便能听出一行诗句终止于何处、另一行起始于何处,因为每一行都代表了一个话语单位或一个思想单位。重音在英语诗律中一直扮演着极其重要的角色,所以任何一个英国人可以毫无困难地将一首按照重音节奏写成的诗[2]的形式和格律指认出来,比如《克丽丝塔贝尔》(*Christabel*)[3]和《德意志的沉沦》(*The Wreck of the Deutschland*)[4],即使他成长过程中学习的诗是根据传统英语诗律的惯例写成的,其诗行的格律由重音音步、抑扬格(iambic)、扬抑格(trochee)、抑抑扬格(anapaest)等标出。然而像摩尔小姐所写的一首音节诗(syllabic verse),却忽视了重音和音步,音节的个数才是重要的,这让英国人的耳朵很难捕捉。举例说来,我们面对法语的亚历山大体(alexandrine)诗会遇到这样一个问题,无论我们对法语的诗律从认知层面掌握了多少知识,我们的耳朵却总会不听使唤地将多数亚历山大体听成抑抑扬格诗;在英语中,我们会将抑抑扬格诗与轻体诗(light verse)[5]联系起来。尽管我们会竭力去忘掉这一点,但念起"我明白了,我对他说;我的心……迷失了方向"[6]时,我们总会想起"亚述人冲下来,就像狼跃入羊栏"[7]。然而,至少,在倾听拉辛的诗作时,每一诗行都具有十二个音节。在我遭遇摩尔小姐的诗之前,我对罗伯特·布里奇[8]的音节实验已十分熟悉,然而他将自己的诗限定于每行六个音节或十二个音节的规则连续。另外,摩尔小姐的一首典型诗作是用数个诗节写成的,囊括了一至十二个音节的所有类型。在诗行末尾,一个词在一个或多个音节之后被断

1. 出自《玛丽安娜·摩尔读本》(*A Marianne Moore Reader*)序言。
2. 指按照重音节奏写成的自由诗。
3. 柯勒律治的长诗。
4. 英国诗人霍普金斯的诗。
5. 或译作"谐趣诗"。
6. 出自拉辛戏剧《费德尔》,具体场次不详。
7. 拜伦诗作《圣拿克利之败》(The Destruction of Scnnachcrib)第一行。这首诗的创作背景是《圣经·旧约·列王纪》中关于上帝击杀亚述军队,拯救被围的耶路撒冷这一记载。
8. 罗伯特·布里奇(Robert Bridges,1844—1930):英国诗人,1913年至1930年为英国桂冠诗人,至晚年才获得了文学声誉。其大量诗作关涉基督教信仰,写过许多人尽皆知的赞美诗。经过他的努力,诗人霍普金斯获得了身后的名誉。

开,剩余的音节则位于下一行开头,这种情况并不罕见。各处都可能出现停顿,一些诗行押韵,另一些则不押韵。在很长一段时间里,这对我而言是极大的困难。随后,我发现很难理解她的思维过程。与下面这样一段诗相比,兰波的诗就显得小儿科:

> 他们之于我
>> 犹如施展魔法的吉拉尔德伯爵[1],他
>> 让自己变形为一只雄鹿,跟随
> 山中一只绿眼的硕大的
> 猫。麻烦缠身使
>> 他们遁形;他们消
> 失了。那个爱尔兰人说你的麻烦就是他们的
> 麻烦,而你的
>> 欢乐是他们的欢乐? 我希望
> 自己可以相信;
> 我忧虑,我不满不足,我是爱尔兰人。[2]

虽然我不能理解其义,但我感觉到自己被音调所吸引,于是我坚持读下去了,而我也庆幸自己这样做了,因为如今很少有诗人可

---

1. 吉拉尔德伯爵(Earl Gerald):爱尔兰民间传说中的英雄,为菲茨杰拉德家族一员,在爱尔兰语中被称为 Gearoidh Iarla,他领导人民反抗英国在爱尔兰施行的暴政,精通各种武器,并且擅用魔法,可以随时变身。
2. 出自玛丽安娜·摩尔诗作《斯宾塞的爱尔兰》(Spenser's Ireland)。

以给予我更多阅读的欢乐。从第一首诗中,我看到了一个纯粹的
"爱丽丝"(Alice)。她拥有爱丽丝的一切品质,厌恶喧嚣和无
节制:

> 诗人,别大惊小怪;
>
> 大象的"弯曲小号""在书写";
>
> 而我正读着一本老虎之书——
>
> 我想你知道这本——
>
> 我读它是出于义务。

> 一个人可以获得宽恕,是的,我知道,
>
> 一个人可以,因为爱并未到弥留之际。[1]

> * * * * *

> 要让人们恢复健康,这一热忱本身
>
> 是一种使人痛苦不堪的疾病。
>
> 不将功劳归功于自己[2],这样的厌恶是最好的

厌恶挑剔:

---

1. 出自玛丽安娜·摩尔诗作《贪婪与忠诚有时相互影响》(Voracities and Verities Sometimes Are Interacting)。

2. 出自玛丽安娜·摩尔诗作《蛇、猫鼬、耍蛇者,以及诸如此类》(Snakes, Mongooses, Snake Charmers, and the Like)。

我记起牛津窗下的一只天鹅，

　　它有着颜色如火烈鸟、枫树

　　　　叶一样的脚掌。它搜索着，如一艘战

船。怀疑和蓄意的挑剔是

　　　　　　　　厌恶

　　移动的主要

　　配料。它的癖好是

　　　　更充分地估量这

　　零星的食物，当流水从其脚间穿过，

　　　其刚毅并非反对其

癖好的证明；它吃光了我喂的

　　食物。我见过这只天鹅，而且

　　我见过你；我见过各种形式的

不可理喻的野心。[1]

厌恶对秩序和精确的爱：

　　　　　　就像

　　子午钟滴答

　　滴答地给出新的数据，每

　　　十五秒就发出一样的

---

1. 出自玛丽安娜·摩尔诗作《批评家与鉴赏家》(Critics and Connoisseurs)。

声音——"时间就要到了"诸如此类——

　　你意识到"当你

　　　听到信号",你将

听到朱庇特[1]或"时日之父",白昼之神——

　　时间之父的受拯救的儿子

告诉食人的克罗诺斯[2]

　　(他的邻人和新生的

子嗣的吞食者)：准时

　　　并非罪恶。[3]

厌恶严厉而具有讽刺性的尖刻：

　　一个人可以是清白无辜的

单身汉,只需

　　一步就可以成为康格里夫[4]。[5]

＊　＊　＊　＊　＊

　　她说:"这只蝴蝶,

---

1. 即宙斯在古罗马神话中的名字。
2. 克罗诺斯(Chronos)：古希腊提坦巨人,天神乌拉诺斯和地神盖亚之子,篡夺其父王位,统治世界,后被其子宙斯废黜。
3. 出自玛丽安娜·摩尔诗作《四只石英表》(Four Quartz Crystal Clocks)。
4. 可能指英国剧作家威廉·康格里夫(William Congreve,1670—1729)。
5. 出自玛丽安娜·摩尔诗作《光滑多节的紫薇》(Smooth Gnarled Crape Myrtle)。

这只水上的飞虫,这个流浪汉,

它'提议

一生一世在我手掌上定居。'——

人们该如何处置它。

在莎士比亚日

必定有更多的时间

坐下来看一出戏剧。

你认识那么多艺术家,他们是傻瓜。"

他说:"你认识那么多傻瓜

他们不是艺术家。"[1]

就像劳伦斯的诗,摩尔小姐许多最出色的诗至少可以算是很明显,都是关于动物的。动物在文学中已拥有许多种表现方式。

1) 动物寓言(the beast fable)。在这些寓言中,主人公具有动物的身体和人的意识。有时,其意图只是为了取乐,但更多时候是有教育意义的。寓言可以是以神话形式解释事物如何成为如今的样子,其中的动物可能是民间文化的英雄,他英勇无比且足智多谋的品格受到世人仿效。甚者,在后世的历史演变中,寓言可以是讽刺性的。无论是个人层面还是集体层面,妨碍人们做出合乎理性、合乎道德行为的并非无知,而是某种激情与欲望所招致的盲目性。在一个关于动物的讽刺性寓言里,动物所具有的欲望类型不同于操

---

1. 出自玛丽安娜・摩尔诗作《婚姻》(Marriage)。

控人类的欲望,于是,我们可以超然地看待它们,可以轻松将好与坏、明智或愚蠢的行为区分辨认。在动物寓言中,对动物生活的描述不可能是现实主义的,因为故事的基本前提——一只有自我意识、会说人话的动物——本来就带有虚构色彩。假如人类被引入一个动物寓言,就像麦奎格先生被引入《彼得兔》[1],他通常是作为上帝出现的而非普通人类。

2) 动物明喻。这可以用以下形式表达:

a 是如何表现的,N 就会有怎样的行为

这里 a 是一种具有典型行为方式的动物,N 是一个人类个体的专名,无论是神话中的人还是历史中的人,他的行动都处在历史处境中。史诗的明喻对动物的描述比动物寓言中的动物更贴近现实,不过描述的通常被认为是更典型的动物行为;而其他一切都无关紧要。

荷马的动物明喻不只是捕捉情绪或印象的方式,不只是试图通过强调外在的相似性而让事件变得极其轻松。一旦荷马让某人与他"狮子般的"敌人对决,我们必须相信荷马的描述。勇士与狮

1.《彼得兔》(*Peter Rabbit*):英国女作家、插画家碧雅翠丝·波特(Helen Beatrix Potter)的系列童话故事。其第一个故事是,彼得兔溜进了麦奎格先生(Mr. McGregor)的菜园,比得兔拼命地偷吃麦奎格所种的蔬菜,然后被发现了,在逃跑过程中,彼得兔把蓝夹克和鞋子都弄丢了。最后,麦奎格用彼得兔留下的夹克与鞋子,做了一个稻草人放在菜园当中。

子由相同的力量所驱动；在不止一个情境中，这种力量被清楚地表述为"男子气概"（menos），前进的冲动。荷马明喻中的动物不仅是象征，而且是普遍生命力量的个别载体。荷马只关注这些动物自身的力量，这就是为什么明喻中的动物比叙述本身中更强劲有力。荷马对它们本身并无兴趣。

以定义清晰、典型的方式，大自然将天赋分配给了动物，而人在这些方式中找到了度量自身的反应和情感的范式；它们就像镜子，而人们能从其中看到自我。"赫克托耳就像一只狮子。"这句句子除了构成一种比较，除了专注于与一种特殊类型相对的人类无形存在，也可以表明一种实际的联系。

（布鲁诺·斯内尔[1]《心灵的发现》）

3）作为讽喻象征的动物（the animal as an allegorical emblem）。明喻是不证自明的，但象征的意义并非如此。艺术家若是想使用象征，要么必须假定观众已经知道象征的关联意义——譬如一段发源于他所在文化的传奇故事——另一种情况，假如是他自己的发明的象征，他必须做出解释。例如，一名佛教徒在观摩一幅画有金翅雀的童年基督像，如果他掌握了足够的鸟类学知识，就可以识别出画中的金翅雀，知道它以荆棘为食（人们过去一度是这样以为

---

1. 布鲁诺·斯内尔（Bruno Snell, 1896—1986）：德国古典语言学家，著有《心灵的发现》（*Die Entdeckung des Geistes*，英译本作 *The Discovery of Mind*），该书的论点是，古希腊文学的发展展现了对内在精神生活的逐步发现，人类拥有一个独一无二的内在思想世界。

的）。但是他不可能理解为什么这只鸟出现在那里，除非有人向他解释。基督徒与荆棘之间的关系，人们认为荆棘是金翅雀的食物，基督在受难时戴着荆冠；画家在绘制关于童年基督的画作中引入金翅雀，是为了提醒观画者，圣诞节虽然是一个欢庆的时节，但由于与耶稣受难日（Good Friday）是有必然联系的，也是一个悼念的时节。

画家可能已经用尽量忠于自然的方式来画出这只鸟，这是为了让观画者不至于将其错认为其他品种的鸟，例如啄木鸟，因为它在树上啄洞，所以成了撒旦的象征，因为撒旦摧毁人的天性。但是观画者能辨认出来才是最重要的；象征与其意义之间并不存在视觉相似性。在诗中，唯一的名字就够了。

4）人与动物的浪漫相遇。在这样的相遇中，动物不经意间激发了人类个体的思想情感。通常说来，动物能产生刺激的特性并不是靠那些与人相似的特性——而在史诗明喻（Epic Simile）中，人与动物的确是相似的——而是那些与人不一样的特性。一个人心爱的人过世或离开了他，他若听到一只画眉在歌唱，歌声会使他回忆起此前的一个夜晚，他和心爱的人一起听着画眉歌唱。然而，有两只画眉和一个男人，当两只画眉的歌声别无二致时，听着第二只画眉歌唱的这个男人已不同于听第一只时的他——画眉的本性并未改变，它对人类欢愉的爱一无所知。因为，在这些相遇中，动物本身的天性与它激发人类个体所产生的思想情感之间几乎毫无联系，即使有也微乎其微，现实主义的描述毫无意义。那些著名的浪漫主义诗歌中，凡是涉及动物主题的，只有极少数在自然历史方面能做到精确。

5）动物作为人类兴趣和情感的对象。在经济生活中,动物对于猎人和农夫而言扮演着重要角色。许多人将它们作为宠物豢养。在我们的文化中,每个大城市都拥有一个动物园,公开展示着那些异域风情的动物。有些人则是自然主义者,他们对动物的兴趣比对其他事物都来得浓郁。如果一位诗人碰巧喜欢动物,他极有可能会为喜爱的动物写诗。果真如此,他描述动物的方式就像描述朋友一样,也就是说,动物外貌和举止的每一个细节都吸引着他。这种描述几乎不可能言传给他人,除非使用拟人化的语汇。所以,在喜爱动物者所写的诗歌中,荷马式明喻的顺序发生了颠倒,展现出这样的形式:

n 看起来如何,有怎样的行为,A 亦会如此

这里的 n 是典型的一类人,A 是单个动物。动物的优雅与魅力在某些情况下可通过将它比作让人获得赞美的特质得以传达。有时,这些喜爱动物的人更加过分,将野兽的美德与人的恶习和愚蠢对立起来,像劳伦斯那样。

显而易见,摩尔小姐以动物为主题的诗有明显的自然主义特征;她所选择的动物是那些她所喜爱的——唯一的例外是眼镜蛇。诗的观点是,我们并非眼镜蛇,我们会因自己主观的恐惧和厌恶受到谴责——她笔下的动物几乎都来自异域,正常情况下只能在动物园或探险家所拍摄的相片中见到;她只有一首诗是写国内常见的宠

物的。

摩尔小姐和劳伦斯一样,在创造隐喻性类比方面拥有异于常人的天赋,可以使读者了然于诗人自己的所见。她可以借用其他的动物或植物来实现隐喻。于是,她这样描述一只雌猫的脸:

一小束蕨叶,

或纺织娘的腿高过每一只眼睛,仍数着

每只脚的指头;

鲱鱼般的骨头规律地带动嘴巴,

下垂或上升,

像豪猪的刚毛——静止不动[1]。

* * * * *

冷杉站成一列,每棵都有

一条祖母绿的火鸡腿站在树梢——

外表矜持,沉默不语[2]

* * * * *

狮子那凶巴巴的菊花脑袋[3]

---

1. 出自玛丽安娜·摩尔诗作《彼得》(Peter),引文稍有出入,且原文没有"静止不动"(motionless)这个词。
2. 出自玛丽安娜·摩尔诗作《坟墓》(Grave)。
3. 出自玛丽安娜·摩尔诗作《猴子之谜》(The Monkey Puzzle)。

或者,隐喻也可以取自人造物。

> 柱形身体直立
>
> 在三个脚、很稳当的齐彭代尔家具式[1]脚爪上。
>
> （《跳鼠》）

> 受到严密
>
> 监视的卵
>
> 来自贝壳,一旦它们获得解放,也就解放了它,
>
> 将黄蜂窝般的白色斑点
>
> 留在白色的、放置
>
> 紧密的爱奥尼式(Ionic)西顿长袍(chiton)折痕上,
>
> 就像帕特农神殿中一匹马
>
> 身上的长鬃毛线条
>
> （《纸鹦鹉螺》）

间或,她会使用精心修改过的史诗明喻。

> 就像充满激情的韩德尔——
>
> 渴望成为律师,在德国国内拥有一份富于男子气概的
>
> 职业——秘密研究羽管键琴

---

1. 玛丽安娜·摩尔的原文采用大写(Chippendale)。

他已落入爱河,却无人知晓,

　　那沉默不语的军舰鸟隐身于

高处,展现他

　　恢宏的艺术。

　　　　　　　　　　　　　　　　　　《军舰鸟》

　　然而,摩尔小姐很喜欢人类,这一点与劳伦斯截然不同。在她看来,纵然人类作恶多端,但仍是一种比动物更神圣的东西。

　　　　穿着华丽或光秃秃的

赤裸的,人,自我,我们称之为人类的生命,

　　书写着——

这个世界的主宰,狮身鹰首兽,一种模糊的存在,

　　"相似并不喜欢那令人不快的相似"——

　　　　　　　　　　　　　　　　　用四个 r

写下"错误"[1]。在动物中间,一个人拥有幽默感,

　　幽默挽救了一些步骤,它挽救了你们的。博学,

　　谦逊和无动于衷,以及一切情感,

他拥有持久的活力,

　　拥有力量穿越,

　　纵然有一些造物可以让一个人

---

1. 英语中,"错误"(error)一词只包含三个字母 r。

呼吸更快，让一个人更加挺拔。[1]

她的诗歌手法具有自然主义者的特征，但事实上，这些诗的主题几乎都是"美好的生活"。就像在动物寓言中，她有时将动物视为象征——章鱼，恐怖到几乎难以直视，却因为关心自己的卵，就成了仁慈的象征。鸵鸟象征正义，跳鼠象征真正的自由，不同于暴君作为征服者的假自由——在动物寓言中，动物的行为有时以道德模范的形式得以展现。道德在某些场景下是直接表明的，就像在《大象》(Elephants)中那样，然而通常情况下，读者必须自己去揣摩。

《穿山甲》写于战争期间，是一首长诗——有九节，每节十一行——穿山甲和人之间的相似性，直到第七节结尾才体现出来：

在战斗中，全副武装，

就像一只穿山甲。

一方面，穿山甲是一种讨人喜欢的动物；另一方面，生而为人是一种巨大的荣耀。然而，人类只有通过佩戴铠甲，才能在外形上与穿山甲形成相似感，而这并非出于生活必需。穿山甲的盔甲是适应环境的结果，凭它穿山甲才能生存下来，因为它是以蚂蚁为食的；与许多其他动物相比，它缺少斗志，没有侵略性。然而，人类之所以穿上铠甲，因为他们是一种侵略性的生物，对自己的同类充满仇恨和

---

1. 出自玛丽安娜·摩尔诗作《穿山甲》(The Pangolin)。

恐惧。此处的寓意是：人应该变得像穿山甲一样生性温和；然而，如果人类变得温和，他们与穿山甲就不再相似，穿山甲也不再成为象征。

摩尔小姐的诗是一种艺术类型的典范，让艺术不再像其本质那样寻常；她的诗使人愉悦，并非仅仅因为它们聪敏、敏感，措辞优美，而且还因为它们让读者相信，写下这些诗的人必定是生性善良的。在被问到艺术与道德之间的联系时，摩尔小姐说过：

> 一个善良的人才能写好诗？莎士比亚笔下的坏人并非目不识丁，不是吗？然而，我会说，正直有一个含蓄的光环。脱离正直，一个人不太可能写出我所读的那类书。[1]

---

1. 出自唐纳德·霍尔（Donald Hall）对玛丽安娜·摩尔的访谈，刊于《巴黎评论》1961 年夏季—秋季号，总第 26 期。

第六辑

美　国

AMERICANA

美国景象

美国,那里,

南方有苍老而放荡的小型维多利亚汽车,那里,人们在北方大街上抽
　雪茄;

那里,没有校对员,

　没有蚕,没有题外话;

狂野之人的土地;没有草,没有高尔夫球场,没有语言的国度,字母的
　书写,不是用

西班牙语,不是用希腊语,不是用拉丁语,不用

　速记的形式,

而是用通俗易懂的美语,猫和狗都能读懂的

　语言![1]

玛丽安娜·摩尔

❖

　　詹姆斯有两个美德:一是他的自知之明,对于自己能做什么,
不能做什么有明确判断;二是他对批判性的文学理念,尊重每一个
主题所拥有的不可剥夺的权利,由此形成自己的形式并得到合理对
待,这两个优点在《美国景象》中比其他任何地方表现得都更为
明显。

在所有可能的主题中，旅行是艺术家最难处理的，而对于记者却是驾轻就熟。对于后者，新颖、奇异、滑稽，或是轰动的事件方能引起他们的兴趣，终日游荡的记者所需要的，只是在这些事件发生时及时出现在现场的禀赋——剩下只需机械地敲击打字机键盘即可，他并不探究这些事情的意义、关系、重要性。另一方面，艺术家最珍贵的自由被剥夺了，即发明的自由；从历史的个人事件中成功地提炼重要性，又不背离这些事件，自由地选择，而并不修改或增加什么，光这就需要极高程度的想象力了。

詹姆斯比多数作家都缺少记者的天赋，这是其软肋。等级最高的大师们具有一个共同特点，喜欢孩子气的涂鸦，像治安法庭上的记者们那样抱有粗俗的好奇。我们可以轻而易举地想象司汤达、托尔斯泰或陀思妥耶夫斯基陷入一场酒吧间的争斗，换作詹姆斯，绝不可能。我在某处读到过一个故事，詹姆斯曾拜访一个法国朋友，朋友家的女主人趁他不注意在他的大礼帽中装满了香槟。但我觉得并不足信，不论我如何努力，就是无法想象出他戴上帽子时的言行。

当然，詹姆斯对自己的局限性心知肚明；他知道自己的性格与环境将他的活动范围圈定在某种特定的房子或旅馆内，亲密的熟人将他圈定在某一特定的社会阶层中，而这种局限对于写作一部游记而言是无法超越的障碍。在这部游记中，作者必须试图捕获的精神并非关乎某一特殊环境，而是关乎整个地方，关乎整体的社会秩序。

---

1. 出自玛丽安娜·摩尔诗歌《英格兰》(England)。

然而,也许只是因为他对于这一挑战有一种奇特的敬畏感,所以从第一本书开始他就痴迷于此。詹姆斯地形学系列丛书始于 1870 年对萨拉托加[1]和纽波特[2]的素描,而《美国景象》是这个系列的最后一本,也是最具野心、最出色的一本。

在我看来,虽然他早期描写美国的作品并不成熟,却比后来描写英国和欧陆的作品更令人满意,即使比起那部迷人的《法国掠影》(1886)亦是如此。与美国以外的景象相遇,他显得拘谨,而且有点业余,那感觉仿佛是一个谨小慎微的父亲给他聪明伶俐、才智过人的女儿写信;作为旅行指南,这些欧洲游记是不完备的;作为个人印象,又太过羞怯。读者很清楚,旅行者所见、所感的,必定要比他落在纸上的多得多,比之震惊带来的恐惧以及自行判断时所缺乏的自信都有所克制。然而作为一个年轻人,詹姆斯可以毫无畏惧地将美国当作主题:常常困惑,时而愤怒,的确如此,却对自己的感受和言说的权利确信无疑。

在书信中,詹姆斯毫不避讳地批评英国人,在小说中,则选择旁敲侧击,但他绝不会像评论美国儿童的习性那样,对英国人毫不讳言。例如在 1870 年,他就曾这样描写他们:

你在深夜遇到他们,在广场和旅馆走廊漫游——尤其是年轻女孩——瘦削、白皙、难以对付。有时,孩子们固执己见,即使母亲

---

1. 萨拉托加(Saratoga):美国纽约州东部一小镇,以温泉闻名。
2. 纽波特(Newport):美国东北部罗得岛州滨海城市和重要海军基地,一译"新港",位于罗得岛州西南角的小岛上,借桥梁与大陆相连接。

反对,深夜十一点,你可以看到一些可怜兮兮、穿着艳俗的小孩倒在街边孤零零的椅子上睡去。

而在 1906 年,他又再次写道[1]:

> 四周有女人和孩子——尽管的确有时还要考虑单独吃早餐的孩子;那脸色苍白、爱吃肉、喝着咖啡的食人妖或食人女妖,溜到大人们的前面,占据饭桌——可怕的景象! 连账单也"飞"起来了。

所有与詹姆斯有私交的人,都会提及他暴怒时给他们带来的恐惧。在《美国景象》中有这样一个欢乐的细节:一个陌生人恰巧躲在安全距离之外,偷偷瞥见了他盛怒爆发时真实的样子——带有巨大冲击性的那一刻,却似一番从容不迫,又难以缓和的推进过程,势不可挡地使用头韵进行攻击,赶尽杀绝地用动词进行嘲讽。

> 三个年轻人——顺便提一下,他们都还没有完全进入发育期——在色彩缤纷的空旷山谷中自由地欢呼雀跃,甚至没有意识到它们的声音太刺耳,山谷会记录下他们的回声……过分的粗鲁带来的唯一结果便是无知;另一方面,过分的天真带来的唯一结果便是愚蠢。他们三个充满活力,只是轻微有点疲惫。他们谈天、大

1.《美国景象》写于 1906 年。

笑、歌唱、尖叫、玩耍、登上众人可见的顶峰,伸展臂膀;他们的动作
展现着充足的生命力。

人们像标本一样被塑造出来,是为了和谁交谈,要说服谁,迫
于谁的压力而说话?亦或是采取什么演说形式或交流形式,说些
什么?还是以何种可以理解的方式介绍自己、说服别人、威胁别
人?什么样的发展,什么样的人类特殊进程,是否都可以归因于他
们?他们隐含着什么样的相互关系?他们创造了什么样的相互作
用,又能创造什么样的傲慢?英雄狭路相逢,针锋相对,争吵不休,
难以想象将发生什么?他们与什么样的女人住在一起,什么样的
女人和他们住在一起时会离他们而去,就像他们离开这些女人一
样?他们在什么样的妻子、女儿、姐妹面前最终取得了信任?尤其
是,他们说了些什么,采取什么方式,备办了什么日常饮食,特别是
什么样的怪异早餐,让这些女人从他们手中接受了生活的法则或
许可?

有人会以带着怀旧的敬畏感问道,假如詹姆斯面前站着奇装异
服的乐队女领队,他会说些什么?

在写作《美国景象》时,詹姆斯选择让行文得以延续的"事实",
即使在詹姆斯自己看来也少得有些离奇,而在他人看来这甚至是个
致命伤,尽管他似乎曾经在芝加哥一游(但并不"喜欢"这座城市),
却将篇章局限在了东海岸从波士顿到迈阿密,而远西部(Far
West)、中西部、南方腹地却被彻底忽略了。这是个遗憾,因为,美

国各地风貌有着显著的差异,尽管我认为并不像研究地方主义的专家所强调的那样具有根本差异。但如今,他却忽略了距离欧洲更遥远的那些州[1],这一点很致命并非因为这些区域本身,而是由于最基本、最普遍的典型美国元素,如电影和汽车工业、公共电力工程、离婚磨坊[2],都散布于各个地域。在 1906 年,马萨诸塞州以西仍有许多新事物,譬如亚利桑那州的风景、旧金山与众不同的空气,只要提及一二就可以让"不知满足的分析家""感到愉悦",他的读者也很乐意分享这种愉悦[3]。

詹姆斯还有强加于自己的第二种局限——他毅然决然地拒绝一切二手的信息和情感,只专注于那些事实,尽管少得可怜,但他觉得那些事实很重要,而且当之无愧,富有挑战性主观自觉,尽管这样的感觉可能存在谬误——而人们只能欣然表示赞同。要把握一个社会的特征就像判断一个人的性格,没有任何文献、数据、"客观的"测量可以比个人的直觉观察来得有用。直觉可能会犯错误,因为正如帕斯卡尔所说,正确的判断要依靠好眼力,眼力必须出色,因为观察原则是微妙而多种多样的。任何一个原则的遗漏都会导致错误。收集的文献若不完整,则毫无用处;若是在某个领域无法做到完整,那谬误必定不可避免。詹姆斯的眼力很不错,其头脑精确,可以准确地理解眼前所做的事情;他从不混淆自己的观察与阐释。

---

1. 指美国中部和西部诸州。
2. 离婚磨坊:指离婚率特别高的城镇。
3. 看来,詹姆斯最初的想法是,写作第二卷,用以处理西部和中西部地区。——作者原注对于热切的观察者，其天性就是处处将自己交付给他的印象——我想，本质上这意味着无论在何处，他注定"沉浸于"一定数量的情感和思想。他的情感变化当然取决于眼前的事物；可是当情感不再以某种外露且能被意识到的方式出现时，又该如何？如果情感真的就是试金石，我认为，它会更倾向于以简单而非晦涩的方式表现出来；它只是想以某种方式让人们对它感兴趣，它不是不知道，无论好坏，情感毕竟只是一种情感。一切评论都是小题大做，这我承认，也许我为大学医院赋予了太多意味。我的论点建立于所有事实之上——在美国，这活生生的事实，"将会"涵盖所有你可能问及的事物，别的事实无从反驳。

在美国，兴趣，与沉思的愉悦相关，勇敢贵在谨慎，顽固不化则会出现闪失。与其说具有敌意的事实突然出现，不如说友善的事实会迅速消失。如果你幸运地"看到了"，你就看到了；在这种情况下，无论有什么风险，赶紧取走你的战利品。等到再一次去尝试，你就不会，也不可能再看到了。

假如景象必须简洁，然而既不能贫乏，也不能粗俗，就只有采取最从容、最复杂的方式才能全面呈现出景象丰富的可能性。在早年的长篇小说和短篇小说中，詹姆斯形成了一种风格，用形而上的笔法描绘所有属于自身的情感，一种现代的贡戈拉主义（Gongorism）。而在《美国景象》中，这种形象不再受制于性格的束缚或情节毫无耐心的牵制，从而得到了最完满、最优美的绽放。

　　事实上,读懂这本书最好的方式是将其视作一首一流的散文诗,即,暂时搁置自己关于美国和美国人的结论,慢慢地读,一句一句地品味。因为,这不是一本旅行指南,就像《夜莺颂》不是一篇鸟类学随笔一样。甚至没有必要从头开始读或者从头读到尾;你可以随意打开这本书,在任何一页停留。我的建议是,比如,如果读者感觉到詹姆斯的晚期写作方式有点难以代入,一开始可以读关于李[1]的雕塑的长篇段落,这个段落是对里士满那一章[2]的总结:这是一段公认辞藻华丽的段落,不过还有许多其他段落可以与之媲美。

　　詹姆斯的一手经验,大部分一定是属于旅行者的经验,也就是说,是关于场景化的对象、风景、建筑、陌生人的面容和举止,以及这些对象所支撑的思考。在传达关于"地方"的感觉方面,不同于他同代的敌手——如 D. H. 劳伦斯——詹姆斯不是自然主义者;人们并不相信他可以将一只鸟与其他鸟、一朵花与其他花区别开来。在他眼里,自然是一个城市中成长起来的绅士,在艺术方面见多识广。他全然接受了这一点,而且将它转换成了自己略带自负的描写中的优点。

　　　那破旧、肮脏的社会景象消失于宇宙中,就像一行引文消失于一首沉闷的史诗中,或一个急需的名字消失于一段陈旧的记忆中。

---

1. 指罗伯特·李(Robert Edward Lee,1907—1870):美国内战时期南军统帅,原为北军将领,参加南军后受命任南军总司令(1862),战术战略出色,多次击败北军,最后失利投降,战后致力于教育。其雕塑坐落于里士满。
2. 指《美国景象》第十三章《里士满》。里士满(Richmond),美国弗吉尼亚州首府,美国内战期间,是美国南方联邦的首都。

这股冬季的巨大洪流从一个纬度蔓延到另一个纬度,给我的实际印象可以类比于某本风靡于世的热门畅销小说,那些书中愉快的一卷,如洪水的流动[1]时不时就在我耳边发出吼声,从大西洋到太平洋,从多风的州到(就像我听到别人生动描述的那样)燃烧着草原大火的州;于是,几乎不可能引起"批评"的关注,就像很难招来迷途绵羊的咩咩叫声。

……隐秘的池塘边,季节弯身[2],犹如一位年轻的、穿着艳俗的、情绪稍有夸张的母亲,在负罪逃跑前,在小床边守着熟睡的孩子留恋不舍。

然而,正是在对待社会对象和精神观念时,詹姆斯优异的、高度原创的诗性天赋才得以最清楚地展现出来。在童话之外,我从未见过一本书中的事物如此频繁、如此自然地化身为人。

建筑对他说:

"一个优美的动作"[3],于是,你必须奋起直追,你会看到我说的是正确的。

---

1. circulation 既有流动之意,又有书籍的流通之意。
2. 奥登的引文里把"弯身"(bend)误写为了"混合"(blend),或为印刷错误。
3. 原文为法语。

他对建筑说：

你们过分关注现在的样子——你们更过分关注未来可能的样子；总之，别假装不知道我们在说什么，眼前有纽波特这件离奇事件给你们的教训，再说一次，别假装不知道。

建筑相互说：

他们认为你"聪颖"[1]，嗯？那么，让我来教教你什么叫聪颖，你这个向老师告密的小家伙！我们可不是在和你开玩笑。

在法明顿（Farmington），盛气凌人的铁路命令"品味"和"传统"离开

——从体面的大道上下来，并不害怕它们会"赖着不走"。

在费城，迷人的火车

运载着脱俗的旅客，喷着蒸汽，处于一种漠不关心的空洞状态，向一个过于高贵以至在"我们"可怜的时刻表上不能标示的终

1. 奥登引文忘了"聪颖"（exquisite）一词的引号，这个词的另一层意思可以是"精美"。这里是一栋精美的高楼借用学校中的痞子对刻苦学习的学生的话侮辱别的建筑。

点站驶去。

而且,自《仙后》[1]以来,什么书比这本更乐于接纳含有寓意的
形象?

在弗农山[2]:

> 瘦削、苍白、流血的"过去",穿着打补丁的土布外套,站在那里
> 正接受"浮肿的现在"向他道谢,"现在"带着伤口从窃贼那里被救
> 出,然后被抬到了他的门前,这大门是一本丰满、上锁的口袋书,那
> 个大人物似乎是书的主人。

在巴尔的摩[3],历史的缪斯在一道白色闪光中降临,宣布她发现这
座城市是"迷人的病人"。

在里士满,南方精神在生动的瞬间展示出自我,

> 一个枯槁的,因患病而明显不适的形象,不合常理地坐在病
> 人的椅子上,并用奇怪的眼神注视[4]着人们,那眼神对人们在关注

---

1. 《仙后》(*The Faerie Queene*):英国诗人斯宾塞的长篇诗作。
2. 弗农山(Mount Vernon):美国纽约州威斯彻斯特县的城市,位于纽约市布朗
克斯以北。美国第一任总统乔治·华盛顿在两届任期结束后,自愿放弃权力不再
续任,隐退于此。
3. 巴尔的摩(Baltimore):美国马里兰州最大城市,美国大西洋沿岸重要海港
城市。
4. 原文"注视"(fixing),奥登引用时误写成了"面对"(facing)。

（更多的是谈及）任何[1]反常迹象时既充满了蔑视，又充满了反抗。

在佛罗里达，那个美国女人正等着以修昔底德（Thucydides）笔下政治家的口吻说出自己的处境：

> 我怎能如人们所希望的那样充满优雅，充满兴趣？是的，从字面上而言，一切兴趣不只是对于金钱的兴趣……我想要（want）的一切——我所需要（need）的一切，这里存在差别——简单而言，就是我的父母、兄弟、堂表兄弟同意告别隐秘、避人耳目或者我猜想你会说——不负责任的生存状态。

以詹姆斯的用语来说，当"新近的移民"，将自己的印象与"折腾不休的分析家"的印象进行比较时，他会立刻感到，一方面，美国并未发生任何决定性的变化——变化尽管很大，却似乎只不过是在一种三十年前就已十分显著的模式上加以扩大和修正——而另一头，欧洲却发生了不可挽回的、灾难性的变革。

曾经给分析家留下深刻印象的美国景象，如今的特点则给移民留下了深刻的印象，无论是细枝末节，比如奢华的靴子和牙齿、糖果的惊人消费量、"公寓楼之间、客厅与卧室之间、住人的和不住人的卧室之间的模糊区分"，抑或是重大事件，比如男女乱交的群体、缺

---

1. 原文"任何"（any），奥登引用时误写成了"一个"（an）。

乏受法律保护的隐私（甚至在富人中间）、丑恶缺场[1]的形态并不少于美德缺场的形态、对妇女的"蹂躏"以及他们对整个文化所负责任的"破坏"，尤其是，擦除乡绅和教区牧师长眼中的景象[2]。移民需要花一点时间去发现为何美国显得不同于他们带着憎恨或满含乡愁所牢记的任何一个国家，然而关键的差异，我以为，只是缺少了"无处不在的庇护者"，以及"教会那古老的傲慢消失了，取而代之的是数以千计的小教会，而神学事业仅仅在经济和工业的传统中，以经济和工业的规模递增，其衰减则不值一提"。

实际所失去的，被有意拒绝的，以及这种拒绝所暗示的一切，就是欧洲建立的基础——古罗马精神（romanitas）。欧洲一直在努力保存这种精神，从未停止。这一点，尽管要冒着变得冗长乏味的风险，却必须得到进一步详细论述，因为美洲与欧洲之间的问题不再是社会均等和社会差异之间的问题。均等是普遍的、不可阻遏的事实。没有人能够阻止欧洲民族或亚洲、非洲、美洲等大陆上的其他任何民族消亡的进程，"个人"（用这个词在十八世纪自由主义中的意义）在无产阶级集体中的消亡，以及基督徒在中立世界中的消亡。任何地方都没有庇护所。但是，对我而言，一个人对欧洲或美洲的

---

1. "缺场"（absence）疑为奥登笔误或印刷错误，其原意可能是"缺场"的反义词"在场"、"存在"（presence）。

2. 移民喜欢添加一个因素：夸张的气候，不是太热就是太冷，不是太潮就是太干，或者，在加利福尼亚海岸甚至太柔和，一种气象学意义上的后湾（Back Bay）。还有——天啊——"虫子"、"蛇"和"毒藤"……真相是，大自然从不希望人类居住于此，其敌意将印第安人限定在一种流浪生活中，迫使白人一刻不能放松警惕和意志，这是决定美国人性格的一个重要因素。——作者原注

最终判断取决于他是否认为美洲(或作为象征的美洲)理应拒绝"古罗马精神",是否认为欧洲理应努力寻找适合我们时代的"民主化"社会的新形式。

无论世俗或神圣,"古罗马精神"的基本预设是德性先于自由,即最关键的是人们应该正确地思考和行动;当然,更可取的是,他们应该自觉地施行自己的自由意志。但是假如他们不能或不愿意,就必须被迫去施行自己的自由意志,多数情况是由于教育和传统对精神的压迫,少数情况是由于身体上的强制,为了自由而错误地行动,这不是自由(liberty)而是放任(license) [1]。与之相对立的一种预设是,自由先于德性,即自由与放任并非泾渭分明。这个预设对美国而言并不特殊,但许多美国人可能并不接受。但这一假设恰是美国的象征。在这里,自由选择没有好坏之分,而是人类的先决条件,缺失了这一先决条件,美德与丑恶就毫无意义。当然,美德比之丑恶更可取,然而,对于一个人而言,选择丑恶比被美德所选择更可取。

对信奉第一种预设的人而言,国家和教会拥有一样的积极的道德功能;对信奉第二种预设的人而言,国家与教堂的功能有所不同:国家的功能变得消极——阻止强者的意志干预弱者的意志,或者,阻止弱者相互干预对方的意志。甚至即便强者原本是正确的,而弱者原本是错误的——而教会,无论是天主教还是新教,一旦与国家相分离,就变成了见证者、提供给人们机遇,以及"皈依者"的共同体。对于这两股力量而言,历史上为社会平等而进行的斗争已经模

---

1. 指的是缺少必要限制的自由、过度的自由。

糊了真正的问题,社会平等使自由看起来似乎成了美德——或放任看起来似乎成了丑恶——对于它们而言,平等是接受赞美或遭受憎恶的条件。这是很自然的,因为,当斗争开始,导致自由缺失的最显而易见的原因就是少数人享有的特权地位,而多数人无法享有此特权地位。于是在多数情况下,争取平等的战斗同时也是争取自由的战斗。然而,优先性的假定秩序仍是错误的。托克维尔[1]在1830年对美国的观察中预见到的可能性,在1946年的欧洲已经变成了可怕的现实,也就是说,"古罗马精神"完全可能适用于一个平等主义的、非传统的社会;它甚至能够舍弃绝对价值,可以用社会工程师代替牧师,却无须改变这个社会的本质属性(其本质属性不是,而且一直以来都不是基督教的,而是摩尼教的)。这种精神来自于美国,第一个平等主义社会,并学会了如何使自身与之相适应。例如,它采用大众广告技术,消除竞争元素,把销售对象从早餐食物换作了政治激情;它接受了平等主义的代替品——时尚——将它转化成各种形式,原先是让消费者接受畅销书和晚礼服,现在则是兜售变动不居的政治路线;它招纳编制外的义务警员,给他们穿上官方制服;它接纳了种族歧视毫无生气之恶,将它转变为充满活力的恶。一个美国人若没有意识到平等与自由之间的差异,那他的处境就很危

---

1. 托克维尔(Alexis de Tocqueville,1805—1859):法国历史学家、政治家,政治社会学的奠基人。出身贵族世家,前期热心于政治,1838年出任众议院议员,1848年二月革命后参与制定第二共和国宪法,1849年一度出任外交部长。1851年路易·波拿巴建立第二帝国,托克维尔因反对他称帝而被捕,获释后对政治日益失望,从政治舞台上逐渐淡出,之后主要从事历史研究,直至1859年病逝。主要代表作有《论美国的民主》、《旧制度与大革命》等。

险，因为，携带着平等启程是为了抵达自由，一旦你遇到这样一种处境，不平等对你而言是或者似乎是顽固不化的事实，无论对错，你就会陷入忧伤。例如，智力天赋的分配不均就是一个事实；一旦美国高等教育机构拒绝面对这个事实，他们就无法决定他们是要为少数卓越者开办文科院校，还是为多数平庸者开办职业学校，无论哪种情况，它们都无法履行其职责。还有一个方面更险恶，南方人[1]将黑人视为比自己低一等的，无论这种观点是对是错；将平等置于自由之前，那么就无法给予黑人以最基本的人类自由，比如教育和经济自由，而这种自由恰是黑人有可能变得与白人平等的唯一途径。于是，就永远无法证明白人是错误的。

　　民主的势利或种族歧视比古老的贵族的势利更为丑陋，因为牵涉进来的人相当地多，而与之无关的人相当地少。例如，夏吕斯男爵[2]的排外性是可以原谅的，甚至有其迷人的一面。假如夏吕斯仅仅与半打的人民对话，那么，我们并不能说数百万人因无法与夏吕斯对话而遭受着严重的痛苦；坦白说来，他的行为是非理性的，但如果说有人因此行为而遭受痛苦的话，那么也只有他自己。美国乡村俱乐部——我无法体会詹姆斯在这种公共机构中的快乐——既是不可原谅的，也是低俗不堪的。因为，尽管它声称自己是民主的，将犹太人排除却与这一理念相矛盾，为了解决这一矛盾，必须造出并不诚实的合理化方案。

---

1. 指美国南方人。
2. 夏吕斯男爵（Baron de Charlus）：可能是指普鲁斯特小说《追忆似水年华》中的人物，同性恋。

德性优先和自由优先之间的问题变得更为清晰之后,我们就会更清楚地意识到,任何接受自由优先的社会要付出高昂的代价,而对有些社会来说自由优先是绝不可行的。要假称人性本善,一如启蒙运动中的自由主义者所相信的那样已经不再是看起来那么容易的任务了。错了,人性本恶才是长久以来的事实真相,所以,大多数人总是错误的,少数人有时是正确的。(当然,每个人任何时候都有属于自己的自由),所有人在上帝面前完全是错误的,所有人中某些人在某些时刻会滥用自由,将自由视为一个脱身奴隶般的放任。然而假如这一原则被接受,就意味着同时接受这一点:意味着接受了一个与古罗马对手相比起来处于险境、无比孱弱的国家(尽管意识到,由于人们在追寻自己的自由时会持续不断地干涉他人自由,国家不可能消亡,今天还是主权,明天就成了无政府状态,这只是新罗马主义的白日梦而已);意味着在集体的包容意义上接受了"社会",即像物理学的"本质"那样对价值中立(自由不是一种价值而是价值的基础);意味着接受教育体系。尽管权限(authority)才是个人成长的基础,丧失了权限,人会迷失,但未成年人被赋予了责任,以此辨认权限;意味着接受任何"官方"或"公共"艺术不可能存在;对个人而言,意味着接受"流浪的犹太人"那样的命运,即,接受必须对自己的道路、信仰、职业和品味作出选择时的孤独和焦虑。"边缘"[1]是一个冷酷无情的工头;它对个人说:"你跑到我这里来,让我将你变成某个人,这毫无益处。你必须自己选择。我不会试图阻止你做

---

1. "边缘"(Margin):《美国景象》里"美国"的别名。

出选择,但我不可能也不会帮助你做出选择。假如你试图迷信我、迷信公众意见,你就不会成为'某个人',而是变成'没有人',即公众中的一个中性原子。"

假如一个人要比较美国人和欧洲人,他会粗鲁而简洁地说,平庸的美国人为当下所宰制,平庸的欧洲人为过去宰制。克服平庸——即学习如何宰制而不是被宰制——其任务是因情况而异的,美国人必须将当下变成"自己的"当下,欧洲人必须将过去变成"自己的"过去。有两种方式拥有当下:一种方式是借助于喜剧或反讽精神,因此要借助于美国人(或犹太人)的幽默。另一种方式是选择一个过去,即亲身或在精神上前往欧洲。詹姆斯自己对移民的解释是这样的——

> 赚大笔的钱,这样你将来才不会"操心",现在也不会,不用操心任何事——我认为,这绝对是美国人的主要准则。假如你赚不到钱——或者只赚了一点钱,你就会被人看扁——你就会陷入操心不止的处境,你的生活水准一落千丈,就会认识到美国没有你的立足之地……不会赚钱的一大群人的退出,只是暂时像是一场笃定的迁居;总有一些零散的个人遭到非难说他们就一心想着大肆敛财——

这个解释对我而言只说对了一半;这里最好援引 T. S. 艾略特在关于詹姆斯的随笔中那一番观察:

> 一个美国人的圆满结局并非成为一个英国人,而是成为一个

欧洲人[1]——任何在英国出生的人,任何拥有欧洲国家国籍的人,都不可能"变成"欧洲人。

詹姆斯写过一个短篇小说,叫《绝对的好地方》(The Great Good Place),受到法迪曼[2]先生的吹捧,却被马提森[3]先生贬低。这两种观点,在我看来都是基于错误的理由,因为他们仅仅从字面上去理解这篇小说。前者说:"这个地方是我们的文明可以存在的地方……这是一家没有噪音的旅店,没有报纸的俱乐部。你甚至必须为服务付费。"假如他说的是对的,后者就完全有理由抱怨,如其所说,这是一个富裕资产阶级知识分子庸俗的白日梦。然而,我相信,詹姆斯是在以谨慎的方式写着一则宗教寓言,也就是说,他并非在描述某个社会乌托邦,而是一种个人在当下可以获得的精神状态,俱乐部是这种状态的象征——而不是其原因,需要牺牲与苦难来获得并保存这一状态,而金钱正是牺牲与苦难的象征。不管怎么说,小说里包含了一个段落,似乎与《美国景象》有关。

"每个人必须靠自己、用自己的脚抵达那里——不是这样吗?

我们目前是兄弟,就像在一个巨大的修道院里,我们可以立即想到

---

1. 指除英国人以外的欧洲大陆人。

2 克利夫顿·法迪曼(Clifton Fadiman,1904—1999):美国作家、编辑、电台和电视名人,《大英百科全书》编委会成员,也是创办于 1926 年极负盛名的美国"每月读书会"编委会成员,《一生阅读计划》是其名作。

3. F. O. 马提森(F. O. Matthiessen,1902—1950):美国学者、文学批评家,最知名的著作是《美国文艺复兴:爱默生与惠特曼时代的艺术与表现》(*American Renaissance: Art and Expression in the Age of Emerson and Whitman*)。

对方,并可以认出对方本人;但是,我们必须首先尽自己所能抵达那里,然后,我们以复杂的方式,经过漫长的旅程之后,方才相遇。"

"它在哪里?"

"假如它比我们所期盼的都要近得多,我不会感到讶异。"

"你的意思是,更近的'小镇'?"

"更近的每一样事物,更近的每个人。"

是的。更近的每一样事物。也许比詹姆斯自己所期望的更近,更接近"边缘"美国人"遗传的苗条",更接近"打包举起的篮子"和"讲活生生土语的拷问室",更接近难以描摹的自动唱机、可怕的霹雳娇娃和疯狂的色拉,更接近到处丢弃着驳杂的"垃圾"和迷醉于电子指示牌的千篇一律的城市,更接近电台商业广告、议会演讲和好莱坞基督教(Hollywood Christianity),更接近一切"民主的"欲望和放任,没有这些,分析家和移民一样,也许不可能通过对比理解"好地方"(Good Place)[1]的实质,也不可能在漫天的绝望中,坚持着哪怕一丝抵达的机会。

---

1. 或可译作"乐土"。

附言： 罗马对蒙蒂塞罗

❖

当然，无论是古罗马人的预设，还是自由主义的预设都不是完全正确的，因为两者都代表一种对于历史现实的抽象。

假如我们纯粹客观地思考人类关系，在对进入这一关系的人类的抽象中思考，那么，道德问题就是关于正确或错误行为的问题，而选择的问题与之并不相干。假如我们纯粹主观地思考人类关系，在对人与人之间相互关系的抽象中思考，那么，道德问题是关于自由或奴役的问题。

在日常生活中，我们本能地采用古罗马人的立场与陌生人交往，采用自由主义立场与朋友交往。假如陌生人在支票上伪造我的签字，我不会问他是否拥有一个悲惨的童年，我会叫来警察；假如朋友做了同样的事，我会问自己他到底出了什么问题，我自己究竟出了什么问题，为何他如此背弃友谊。

古罗马人的立场让我们看到，阶层无处不在。比如，一定年龄以下的孩子，一些个人，比如罪犯和疯子，他们不能或不愿约束自己从而不去威胁别人，因此他们的自由必须受到一定程度的限制。而自由主义立场可以让我们看到，在能够约束自己和不能约束自己的

人之间进行生硬的区分，本来就是错误的。新生的婴孩都拥有约束
自己的细微能力，但最贤明、最优异的人却不能彻底地约束自己。
进一步而言，在最贤明的统治者与他所统治的人们之间的关系中，
存留着少许自私情感。他喜欢统治别人——他这么做，也总有快乐
的因素在其中——他必须渴望世界上还有一些不能约束自己的人，
不然他想要去教育他们获得自由的企图就会落空。

例如，训练小孩怎么使用厕所。乍看之下，古罗马人的立场在
这一情形中是不容置疑的；没有哪个孩子天生就可以控制自己的反
应，任何理智的成人都不会将在特定条件下才能控制自己的反应视
为错误之举或故意反抗。然而，心理学家已经可以论证，即便在这
种情况下，正确行动的目的不能与教育的手段相分离，对权力的体
尝、耐心的缺乏，甚至仅仅是对正确手段的忽视，都可能亵渎已经存
在于小孩体内的些微自由意志，这将在他今后的生活中留下有害的
影响。

古罗马人的立场必须承认这一点，但是紧接着要纠正自由主义
立场的以下倾向，即某种训练和教育的技术，若赞成将理性解释与
借由试验和错误而进行的教育相混合就应该被放弃。例如，只有当
人学会了排除切身环境中没有关联的干扰因素之后，或者，学会了
忠实于现实情形、使自己的欲望服从于现实情形之后，才有可能实
现人类思想的自由操练；只有当专注和真诚成为他的第二天性之
后，他才可以听从于理性或将错误真正辨识出来。

机械学习只是对算术运算等的死记硬背，而在对机械学习的正

当反应中,先进的教学试图将自己对训练和权威的厌恶,进一步延伸到对一个基本领域的厌恶,害怕这样培育出的一代人并非机械地思考,而是根本不能思考;这一代人从未学会如何思考。

适应民主社会的阶层区分并非取决于社会等级和金钱,以及少量的种族成分——只有当这些因素被忽略之后,民主社会才可能诞生——这是取决于年龄的。比之等级社会和静态社会,民主社会中更重要的(而不是更不重要的)是,年轻人与成年人、成年人与老人之间需要保持距离:我担心,对于这些东西的渴望只是一个乌托邦式的幻想,但是美国所需要的正是青春期的启蒙仪式和一个年长者委员会。

白马的红绶带

"用手除草！庇佑他们的心灵！"

一名美国主妇，写于

从波隆那到佛罗伦萨的火车上。

❖

阅读叶茨尔丝卡小姐的书[1]，让我对《独立宣言》序章中那个著名而奇特的表述，即所有人都拥有不言自明的"追寻幸福"的权利[2]进行了再一次的思考。因为之前，我就读过一些关于这种追寻的真诚而动人的阐述，就像叶茨尔丝卡的作品一样。

幸福，意味着从烦心与忧虑中解脱，而不是从痛苦与恐惧中解脱。一个人如此自由自在，是由于 1) 他清楚自己的欲求是什么，以及 2) 他的欲求之物是真切，而不是虚幻的。只有当获得满足的可能性对于享用它的个体是真实存在的，这种欲求才是真实的；并且这样一种可能性的存在，首先取决于一个人当下的历史与社会处境——对于一名美国富商而言，对于一辆凯迪拉克的渴求是真切的；可是对于一个中国农民来说，这样的渴求就是虚幻的。其次，这种可能性则取决于一个人作为个体而具有的天资——渴求让百万富翁包养，对于一个独眼女孩来说属于空想，对于拥有一双美丽眼睛的女孩来说则可能不是。我们说欲望的满足是可能的，并不意味着它是必然的;真正的意味是如果欲望没有得到满足,我们可以找出一个确切而有意义的理由。因此,如果那个美国商人得不到他所渴望的凯迪拉克,扪心自问原因何在时,就可以给出一个合乎情理的答案:"我妻子必须做一个紧急的手术,花光了我的积蓄"。但如果那个中国农民问:"为什么我买不起一辆凯迪拉克?"就会有无数的理由,而这些理由都可以被总结成一个不合情理的答案:"我天生如此。"那个商人遭受了失望或痛苦,但并不会变得不开心;而那个农民,必须泯除虚幻的欲望,否则就会变得不幸。因为,质疑其满足感的匮乏,就相当于质疑了他存在的价值。

只要是关于直接的物质财富,心智正常的个体很少有谁在成人之后还会怀着虚幻的欲望。不过,对于精神财富的渴求却更加危险。比如,渴求追寻生存的神召,拥有一段可以奉献自我的历史。"我想成为什么样的人?作家?化学家?牧师?"一旦我不再关注直接的客观利益,而去关注如何先一步承诺整个未知的将来,自欺的可能性就变得越来越大。因为,需要数年时间来判定我的抉择是真

1. 安茨娅·叶茨尔丝卡(Anzia Yezierska),《白马的红绶带》,斯克里布纳出版社(Scribner),1950年。——作者原注。译按:叶茨尔丝卡(1885—1970):美国犹太移民小说家,生于波兰普沃茨克(时为苏联一部分),童年时随父母移居美国,居住于曼哈顿下东区,她的写作聚焦于犹太人尤其是犹太移民在下东区的文化适应和同化经历,代表作为《给予面包的人》(*Bread Giver*),《白马的红绶带》(*Red Ribbon on a White Horse*)是其自传。
2. 这个表述的出处应是《独立宣言》序章,相关原文如下:我们认为下面这些真理是不言而喻的:人人生而平等,造物者赋予他们若干不可剥夺的权利,其中包括生命权、自由权和追寻幸福的权利。(We hold these truths to be self-evident, that all men are created equal, that they are endowed by their Creator with certain unalienable Rights, that among these are Life, Liberty, and the pursuit of Happiness.)

切的还是虚幻的。任何局外人都不能替我做出决定；他们只能提出一些疑问，让我更好地意识到自己的决定所牵涉的种种。

叶茨尔丝卡小姐在她的书中叙述了自己努力消除虚幻欲望的努力，以及如何在物质和精神两个层面寻找真切的欲望。

她出生在一个波兰的犹太人区，也就是说，处于欧洲社会阶层的底层。在更为发达的欧洲国家，比如英国，才华非凡的个人尚有可能去提高个人的阶级，乃至一代人的地位。但是换作俄罗斯，尤其对于一个犹太人来说，这是天方夜谭。在犹太人区，只要有人出生，必定有人死去。犹太区中的居民已经对两件东西习以为常：极端的贫穷和对大屠杀的持续恐惧，甚至连吃白面包这种卑贱的欲望，对他们来说都是虚幻的。数个世纪之后，一种逃离的可能性却突然向他们敞开了大门——移民到美国。美国将为犹太区里的居民提供什么切实的帮助，当时并不知道。不过，至少会有改观。叶茨尔丝卡小姐在美国仍可能遭受苦难，但至少不会比在欧洲更糟糕了。

于是，叶茨尔丝卡小姐和他的家人来到了纽约的下东区[1]，并在这里定居下来。这里虽然贫穷，但少了一些束缚；剥削依然存在，但有一天你有可能可以去剥削别人；虽然有种族歧视，但没有大屠杀。这个新环境比他们以前的那个有所改观吗？很难确定。如果在一个地方，贫穷被认为是天经地义、亘古不变的，穷人就会产生一种特定的生活方式，从最少的物质中获取最大的享受。但是，如果

---

1. 下东区（Lower East Side）：纽约的一个城区，位于曼哈顿岛东南，传统上曾是移民和工人阶级的居住区。

在一个地方,贫穷被认为是一种偶然的暂时现象,逃离此处就会变成当务之急,而无暇顾及舒适的生活。我觉得,每一个到过美国的欧洲人,会得出一个印象,即除了美国,这世界上再也没有真正的贫穷了。说实话,论起阴郁、凄惨以及优雅的缺失,也不会有第二个地方比美国更甚了。

此外,在叶茨尔丝卡小姐笔下的"糟糕的旧日子"里——虽然如今,一种更富有活力的社会道德,以及正在减速的移民潮已经在很大程度上终结了这样的日子——似乎在任何欧洲国家,穷人都不可能如此轻蔑地被对待。在欧洲,穷人和富人被认为是两种不同的人;穷人或许更为卑贱,但他们仍然是人。但在美国,穷人连人都算不上,而只是一具处于贫穷状态的身体。如果他要成为一个真正的人,他就需要使自己迅速摆脱贫穷。根据叶茨尔丝卡女士对血汗工厂的描述,早先抵达美国的人们对待刚刚来此的穷人,似乎就像高年级学生对待新生,也就是说,后者必须得受一个"欺凌"的过程。这样才能让他们的个性变得更加坚韧,使其意志变得果断,最终起到免疫的效果。

特别是对于老一辈来说,无论出于何种原因,他们一般是为了孩子而移民,而不是为了自己。新生活在物质上往往会略微改善,但在精神层面却变得更糟。苦难的相伴会一直持续着,受害者无一能够幸免。假如打开一扇门,许多人(但不是所有人)可以从中逃离,而且一次只能通过一个人,和睦的社群就会轻易地瓦解,变成蜂拥逃窜的众生。有些人已经学会在监狱中苦中作乐,既无法理解也无法欲求另一种生活,这些人只是孤零零地站在一旁,带着慌乱与惊恐观望着那些奔逃者。

有些人,比如布鲁克·什洛莫依·梅耶(Boruch Shlomoi Mayer),就坦言自己想要回去:

> 对我而言,美国是一个比波兰更糟糕的"流放地"。来自沙皇的独裁与大屠杀,所有这些杀戮并不能彻底消灭我们,反而赐予了我们与上帝共存的力量。明白这一切让我们受益匪浅——比黄金还珍贵……但在纽约这里,犹太教会堂掌握在脑满肠肥的无神论者手里。屠夫、杂货铺老板,任何一个赚大钱的人都可以花钱买到犹太教会堂主事之职。虽然波兰在沙皇统治下的一切都糟透了,但犹太教会堂仍是黑暗时代上帝的光辉所在。死于彼处胜于活在此处。

另一些人继续过着旧时生活,同时对新世界无动于衷,毫不妥协。比如叶茨尔丝卡小姐的父亲,他拥有一项使命,研究妥拉[1],并获得了妻儿的支持。他期望到了美国家人也能一如既往地支持他,就像在普沃茨克一样。但是他们在波兰曾经作为额外负担的一切,认为被自己的社群尊为学识渊博的圣人,就值得为这一荣耀而忍受的一切,到了美国却注定变得无法接纳。在这里,不挣钱和游手好

---

1. 妥拉(Torah):犹太教传统的核心概念之一,其希伯来语原义为指引、教导。它的含义是多重的,可以指《摩西五经》,可以指《旧约》,可以指《摩西五经》中的整个叙述,也可以指拉比们对《摩西五经》的注解,甚至可以指犹太教全部教义的教导与实践。

闲是等同的,不仅如此,一个家庭的地位与这家人的挣钱能力也是成正比的。

然而,他的女儿不久就发现,比起家中的其他人,她更像自己的父亲。而在当时,其他人尚未察觉到这一点。假如她不像他,假如她单纯地渴求金钱和一场美满的婚姻,她与家人的摩擦就会少些。但是,她也在追寻属于自己的坚定人生,但在她父亲眼中却成了不肖,因为除了一种职业外,其他都应该是男人操持的。

"一个女人孤身一人,若不成为妻子或母亲,就无法生存。"尽管如此,她依然想要一份属于她自己的职业,并且认定写作就是这样一份职业。正如她告诉我们的,她满怀希望开始了写作,把自己所不知道的和无法理解的东西写出来,这样就不会再遭伤害。同时可以肯定的是,她还需要金钱来满足多种需求,这是所有艺术家都永远无法摆脱的问题。艺术家作为普通人,也需要金钱;但工作起来,却只为了爱。即使是对于最受欢迎的作家来说,金钱也不是写作的目的,但声誉有可能是。

于是,她开始了创作;她写了一本书,名叫《饥饿的心》(*Hungry Hearts*),是关于一个穷苦移民的故事,受到评论家好评,却销路惨淡。随后,"美国仙女"(*American Fairy*)——忽然向她挥手,她瞬间被从赫斯特街(Hester Street)载去了好莱坞——她是一个善良的或是邪恶的仙女?谁又知道呢;也就是说,仅仅一天的时间,她的苦难就全部消除了。她感觉如何?她有生以来从没有这么不幸福。怀着穷人的欲求转瞬间进入一个世界,但这个世界对于怀着富人的欲求的人才是真实的,就这样,她被抛入了最严重的焦虑之中。时间的收缩仅适合于梦境或童话之中,在现实生活中却是一个梦魇。

　　进一步说,被召唤到好莱坞和在加尔各答的彩票赌博中中了大奖可不一样;金钱从天而降,因为人们相信这个人是摇钱树,可以源源不断地带来金钱。作家对于这点难以忍受,除非他准确无误地知道自己想要写的是什么,并且他能够写出恰好满足投资者期待的作品。叶茨尔丝卡小姐太年轻了,不可能成为前面所说的这种人。电影大亨们将她从赫斯特街掳走,其实亲手扼杀了这只鹅下出金蛋的可能性,因为赫斯特街是她唯一熟悉的经历。事实上,他们把鹅吓坏了,所以彻底不再下蛋了。

　　对于艺术家而言,这种创作才能突然垮掉或干涸的例子哪里都有,但在美国却尤为频繁,如此多作家在年轻时创作了一两部书之后,就什么也写不出来了。我认为,有一个原因可以解释这个现象。可能是竞争精神在美国民族性格中占据主导地位。物质产品,比如洗衣机,并不是独一无二的产品,而是某种类型产品的复制品;相应地,人们可以把一台洗衣机与另一台进行比较,从而判断优劣。要激励厂家生产出更上乘的洗衣机,竞争是最好的办法,其实也是唯一的办法。但是,一件艺术作品并不属于某种特定类型,而是一件独一无二的产品;所以严格说来,任何一件艺术作品与其他都不具有可比性。一台洗衣机就算质量稍逊,也比没有洗衣机来得强。然而对于个人而言,一件艺术作品要么可以接受,甭管它对于与之相遇的个体有多少谬误;要么无法接受,就算全身都是优点。一个作家若是任由自己受制于竞争精神的影响,转而去从事物质产品的生产,那么他不会再努力写出"他自己"的作品,而是拼命写出比别人的著作更优秀的作品。这样的情形是很危险的,因为他想写出绝对意义上的"杰作",而这样的作品是彻底否定任何比较的,由于这样的任务是不切实际的,其创造力无法与之匹配,结果就是创作的衰竭。

在其他比美国流动性更小的社会,个人从自己阶层的生活成员中汲取大量的认同感和价值感——具体是哪一阶层并不重要——无论是成功还是失败,都不能将他从该阶层中驱逐出去,除非是特别惊人的例子。但是,假如在一个社会中,任何地位都是暂时性的,任何个人成就的变化都会改变自身地位,他的个人价值感必定极大地取决于成就——除非他是宗教人士,越是成功,他就越是接近绝对可靠的理想的善,也就在越大程度上实现了他的价值;越是不成功,他就越是接近虚无的深渊。

怀着即将到来的沮丧,叶茨尔丝卡小姐不再是一个孤独的失败者,转而变成了连失败者都称不上的数百万人中的一员,因为他们能取得成功或失败的位置早就不再存在。当然,极为讽刺的是,在这样一个国家,财富和名气已经成为一个人重要性的证据。突然之间,人们为了证明自己足够重要,理应有口饭吃,必须不遗余力地表明他们身无分文或无依无靠。

公共事业振兴署(W. P. A.)[1]的艺术计划也许是由任何国家所尝试过最高尚,同时也是最荒诞的事业之一。之所以高尚是因为,没有其他国家操心过作为艺术家这一群体的生死;其他的政府雇用过个别艺术家来为政府的所为唱赞歌,不时地给一些名声在外、有

---

1. 公共事业振兴署(W. P. A.):大萧条时期美国总统罗斯福实施新政时建立的一个政府机构,存在于 1935 年至 1943 年间,其职能是解决当时大规模的失业问题。

一定影响力的艺术家发放少量抚恤金。但是在经济普遍不景气的时代,依然将食不果腹的艺术家作为艺术家对待,而不将他们视作乞丐,这是罗斯福政府的独一无二之处。之所以荒诞是因为,一个国家只有靠官僚主义不近人情的手段才能得以正常运转——它必须假定一个群体的每个成员都是平等的,或是与其他成员有可比性——但是每一位艺术家,无论优劣,单独一人就组成了一个群体。你可以聚集五十名失业的水管工,给他们做测试,然后淘汰不符合雇主要求的,让留下的去从事任何你能找到的与水管相关的工作。假如你聚集五十名失业的艺术家、前教授、新英格兰老处女、激进分子、波希米亚人等,不可能通过任何测验来判定他们的能力,你也想不出任何文书工作可以让其中少数人去完成。只有最懒惰、最没有效率的水管工会让你失望,因为你给他们安排的工作就是他们受过培训的那类,算是他们的本职工作,而只有那种拥有最严格的道德责任感(不同于专业责任感)的才不会欺骗你。像这样的情形注定是不可避免的,假如他们对你给他们安排的工作毫无兴趣,就会拒绝,不是因为作家本质上更懒惰或是比水管工更不诚实,而是因为他们明白,你指派他们去做的工作毫无意义。

会计师很容易对公共事业振兴署低下的效率皱起眉头,艺术家很容易对公共事业振兴署的官僚主义嗤之以鼻。然而,不容改变的事实是,正是由于有了这个组织,一些年轻人在生命中极其关键的时刻,得以开启自己的创作生涯。至于其他艺术家,行政人员尽可以实话实说——我敢说,他们也乐于这样做——给艺术家们每周例行检查,然后送他们回家,但是能够承受这种诚实的立法机关,恐怕只存在于天堂。

　　置身于她那些生活贫困,却又自得其乐的同伴们中间,叶茨尔丝卡小姐再一次在某种程度上感到"归属"的幸福。许多年前在赫斯特街她也曾有这种感觉,但是直到离开赫斯特街之后她才意识到这种归属感。但是"一定程度的"归属感还不够;这种归属感必须是百分百纯粹的,不然这种情感就会迅速枯萎。而且,缺乏对过去的共同记忆和对未来的共同参与是一个致命的障碍,对于她本人和她的多数同伴皆是如此。

> "家"这个词让我们三人脸上露出了微笑,
>
> 有人又笑了一回,就这么笑着,
>
> 所有人都领会他的心思,大家沉默不语,
>
> 在三个距离遥远的国度,
>
> 我们被分开,奇怪地看着
>
> 对方,我们知道,我们不是朋友,
>
> 而只是一个集体中的三个伙伴,这个集体
>
> 必定会终结,它命该如此。[1]

　　　　　　　　　　　　　　　　　　(爱德华·托马斯[2])

---

1. 出自爱德华·托马斯诗作《家》(Home)。
2. 爱德华·托马斯(Edward Thomas,1878 1917):英国诗人、随笔作家、小说家,1913年6月搬到英国小村斯特普(Steep)居住,10月美国诗人罗伯特·弗罗斯特随即搬来与他成为邻居。之前他已是著名的散文作家。1914年弗罗斯特说服他写诗,于是他写下第一首诗《在风中高处》,从此开始了诗歌写作,诗风接近弗罗斯特,以自然主题为主。他帮助弗罗斯特在英国建立声名(此时弗罗斯特在美国尚籍籍无名)。1914年参加"一战",1917年阵亡于法国,安葬于法国阿格尼的军人公墓。

不，由苦难偶然造就的共同体并不能通往幸福，她必须看得更远。

叶茨尔丝卡小姐的自传，从表面上看，是一个关于二十世纪早期移民的故事。但是，它在今日有了一个更深刻、更普遍的意义。在象征意义上，越来越多的移民涌来，成为普通人的象征。此时，承载传统的自然、无意识共同体正迅速地从地球上消失。

附言： 全能的美元

❖

政治和技术发展正在急速抹除一切差异。在不远的将来，我们可能都难以将生活在地球表面的一个区域和另一个区域上的人类加以区分。然而我们过去的差异并未彻底被抹除，文化差异依然能够感知。对待金钱的态度是美国人和欧洲人之间最显著的差异。基于历史的事实，每一个欧洲人都知道，在欧洲，不能以牺牲其他人为代价来获取财富，无论是征服别人还是剥削他们在工厂中的劳动。进一步说，即便在工业革命开始之后，只有极少数人可能从贫困跃入富裕阶层。大多数人理所当然地认为，他们并不会比父辈富裕太多，但也穷不到哪里去。所以，欧洲人都不会将财富与个人的功绩联系起来，也不会将贫困与个人的失败联系起来。

对于欧洲人而言，金钱意味着力量，意味着可以随心所欲做事的自由。同时也意味着这样的心态："我自己的钱越多越好，别人的钱越少越好。"无论是有意还是无意。

在美国，财富也可通过偷窃获取，但是真正遭受剥削的牺牲品不是人类，而是可怜的"大地母亲"，以及她被无情掠夺的造物。确实，印第安人被攫夺财富甚至被灭族，但这不是一个征服者夺取被征服者财富的问题——虽然这样的事在欧洲屡见不鲜——因为印第安人从未意识到他们国土所蕴藏的财富。还有一个事实,在美国南方的州,人们依靠奴隶的劳动谋生,但是奴隶的劳动并没有给他们带来财富;美国南方的奴隶制之所以不可原谅,除了因为其道德上的邪恶之外,还因为奴隶们未被支付体面的酬劳。

得益于这个国家的自然资源,每一个美国人都可以理所当然地期盼比父辈挣更多的钱,直到不久以前还是如此。所以,如果他赚得更少,肯定是自己出了问题:要么懒惰要么无能。因此,美国人所重视的不是占有金钱本身,而是通过挣钱的能力来证明自身男子气概的力量。一旦他通过挣钱证明了自己,金钱就完成了自己的使命,就可以被挥霍或者放弃。在历史上的任何一个社会中,都没见过富人放弃过如此巨大的财富。贫穷的美国人为自己的贫穷感到愧疚,但其愧疚要少于美国的"食利者"。食利者继承财富,却没有做任何使之增值的事;除了酗酒和接受精神分析,后一种人还能做什么?

我相信,在炼狱山[1]的第五层,美国人不会出现在"贪财者"(the Avaricious)中间;但是我猜测,"挥霍者"(the Prodigals)所居住的区域几乎要成为一个美国人的殖民地。美国人巨大的恶习并非物质主义,而是缺少对物质的尊重。

---

1. 指但丁在《神曲·炼狱》中所写的山,净界山。但丁笔下的炼狱(又称净界)共七层,加上净界山和地上乐园,共九层。生前犯有罪过但程度较轻、已经悔悟的灵魂,按人类七大罪行(傲慢、嫉妒、暴怒、懒惰、贪婪、饕餮、迷色),分别在这里修炼洗过,而后一层层升向光明和天堂。在净界山顶的地上乐园,维吉尔隐退,贝亚特丽丝出现。

罗伯特·弗罗斯特

但是,神佑的岛屿,祝福你,孩子,

我从未见过受神庇佑的人。[1]

❖

如果问"美即是真,真即是美"这句话是谁说的,许多读者都会回答"济慈"。然而济慈并不曾说过这类话。这是济慈的诗作《希腊古瓮》(Grecian Urn)中的句子,是他对某一类艺术作品的描述和评论,这种艺术作品刻意回避了当下生活的罪恶和难题、或曰"极度悲伤和烦忧的心灵"。譬如,古瓮描绘了山城堡垒,以及其他美景;它并未描绘战争,而堡垒之所以存在正是因为战争这种罪恶。

艺术源于我们对于美和真理的欲求,也因为我们深知这两者并不一样。有人会说,每一首诗都展示了爱丽儿与普洛斯彼罗[2]之间对抗的某种迹象;在每一首出色的诗中,他们之间的关系都是愉快的,虽然程度不尽相同,却从不缺失其张力。希腊古瓮表达了爱丽儿的立场;而普洛斯彼罗的立场则由约翰逊博士(Dr. Johnson)以同样简洁的方式表达:"写作的唯一目的是,能使读者更好地享受生活,或更好地忍受生活。"

我们希望诗歌展现美的一面,也就是说,一个可以言表的人间天堂，一个可供纯粹嬉戏的永恒世界。它给予我们愉悦，原因正在于它与人类历史中的生存状态形成鲜明对比，不再有无从解决的难题和无法避免的苦难。与此同时，我们又希望一首诗歌具有真的一面，也就是说，将生活用某种方式在我们面前展现，为我们揭示生活的本来面目，并将我们从自我陶醉和欺骗中解救出来。而诗人若不将艰难、痛苦、无序、丑陋的元素引入自己的诗歌，就不能为我们带来真理。尽管每一首诗都会涉及爱丽儿与普洛斯彼罗之间"某种"程度的协作，但是他们所扮演角色的重要性在每一首诗中都不尽相同：在评判诗人的一首诗，有时候是他的作品时，不是由爱丽儿主导，就是由普洛斯彼罗主导。

> 炽烈的太阳，冰凉的火，由温润的风所缓和，
>
> 黑荫，优雅的保姆，覆影于我的白发吧：
>
> 照耀吧，太阳；燃烧吧，火焰；呼吸吧，空气，让我安宁；
>
> 黑荫，优雅的守护者，遮盖我，愉悦我吧：
>
> 影子，我优雅的守护者，别让我晒伤，
>
> 愿我的欢乐不会引起人们的悲戚，
>
>> 别让我美丽的火
>>
>> 点燃我不安的欲念，
>>
>> 也别让它刺伤任何一双明目，

---

1. 即弗罗斯特的诗作《一个回答》(An Answer)，全诗只有两行。
2. 爱丽儿(Ariel)与普洛斯彼罗(Prospero)：分别是莎士比亚悲剧《暴风雨》中的精灵和旧米兰公爵，相关论述可参见本书《巴兰和他的驴》一文。

　　　　　　只要在世上轻柔逶迤巡便好。

　　　　　　　　　　　　　　（乔治·皮尔[1]《拔士巴之歌》）

　　路上升到顶点，

　　似乎来到了尽头，

　　要起飞,进入天空。

　　于是在遥远的弯口，

　　它似乎要进入一片树林，

　　这片地方一切都静静矗立着，

　　久远如那些一直站立的树。

　　但是,说说幻想所渴求的，

　　一滴滴油猛燃，

　　驱动着我负重的车子，

　　油滴被束缚在路上。

　　它们决定着此程的远近，

　　却与浩渺的蓝

　　和眼前的绿所暗示的

1. 乔治·皮尔(George Peele,1556—1596)：英国翻译家、"大学才子派"诗人和戏剧家，被认为是莎士比亚剧作《泰特斯·安特洛尼克斯》(*Titus Andronicus*)的合写者。用于创新和实验，主要有田园剧《帕里斯的受审》、滑稽剧《老妇之谈》等。

绝对的飞翔和休憩，

几乎没有任何关系。

却与绝对的飞翔和休憩

几乎没有任何关系，

从浩渺的蓝色，和眼前的绿色中

才能看出些端倪。

（罗伯特·弗罗斯特《中途》）[1]

两首诗都用第一人称单数写成，然而皮尔那首《拔士巴之歌》中的"我"与弗罗斯特诗中的"我"并不一样。这一个"我"似乎是匿名的，几乎只是一种语法形式；我们不可能想象在宴会上遇见拔士巴。第二个"我"指定的是特定处境中的历史个体——他在某一特定类型的风景中开着车子。

去掉拔士巴所说的话，她就消失了，因为她所说的并非是对任何处境和事件的回应。假如有人问她的歌到底唱的是什么，很难有人给出确切的回答，而只有一个模糊的答案——一个年轻美丽的女子，她可以是任何一个美丽的女子，在任何一个阳光明媚的早晨，半睡半醒之间，沉思着自己的美，顾影自怜与愉悦的恐惧交织在一起。愉悦是因为她并未察觉任何实际的危险；如果害怕有人偷窥，少女的歌声可不是这样的。假如有人试图解释他为什么喜欢这首歌，或

---

1. 本文中对弗罗斯特诗歌的翻译参考了《弗罗斯特集》（曹明伦译，辽宁教育出版社，2002）。

任何一首这种类型的诗,他就会发现自己讨论的是语言、韵律的处理、元音和辅音的模式、停顿的安排、换语等。

在另一方面,弗罗斯特的诗对先于言辞而存在的经验做出了清楚的回应,没有这种经验,这首诗就不可能存在。因为写这首诗的目的就是给这种经验下个定义,并从中提炼智慧。尽管这首诗并不缺少词句所表达的美——这是一首诗,不是一段以传递信息为目的的散文——这种美对于诗歌所说的真理而言,是次要的。

假如有人突然让我给他举例说明好诗是什么样的,我很有可能会立刻想到皮尔的这类诗;但是,假如我正处在一种情绪激动的状态中,无论是出于欢乐还是忧伤,此时要努力想起一首合乎心境并且可以点亮希望的诗,一首类似弗罗斯特风格的诗最有可能浮现在我脑海。

就像莎士比亚所说,爱丽儿毫无激情。这既是他的荣耀,又是他的局限。尘世的天堂是一个迷人的地方,然而,这里不会发生任何严肃、重要的事情。

爱丽儿要是编一部诗选,只收录类似维吉尔[1]的《牧歌》、贡戈拉的《孤独》这样的诗,以及类似坎皮恩、赫里克[2]、马拉美这样诗人的作品,其狭隘而单调的情感终究会令我们厌倦:因为爱丽儿的别名是纳喀索斯。

一首诗在刚写下时也许是普洛斯彼罗占据主导,在后代人眼里

---

1. 维吉尔(Virgil,前70—前19):古罗马诗人,著有《牧歌》十首、《农事诗》四卷,代表作为史诗《埃涅阿斯纪》,其诗作对欧洲文艺复兴和古典主义文学产生了巨大影响。
2. 赫里克(Robert Herrick,1591—1674):英国十七世纪"骑士派"诗人之一,牧师,本·琼森的高足,作品恢复了古典抒情诗风格,所著1 400首左右诗歌收录于《雅歌》和《西方乐土》。

却成了爱丽儿式的诗。儿歌《我为你唱一个O》最初可能只是易于背诵的押韵诗，教人以最为重要的神圣知识。由于我们对诗歌中涉及的形形色色的人物已经不再好奇，对于我们而言它更像是一首爱丽儿式的诗歌。探究诗歌中白皙如百合的男孩到底是什么人的时候，我们扮演的角色是人类学家，而非诗歌读者。另一方面，对于但丁《神曲》中所描述的人物，我们掌握的任何知识都有助于鉴赏他的诗。

自己到底在写哪类诗，就连诗人自己也有可能搞混了。举个例子，《利西达斯》[1]读第一遍的时候我们会觉得普洛斯彼罗占据了主导，因为其意图讨论的可能是最严肃的问题——死亡、悲痛、罪、重生。但是我相信这是一个幻觉。通过更仔细的观察，我感到这首诗只有外衣属于普洛斯彼罗，而爱丽儿披上了这件外衣，只为消遣，所以，诸如"谁是加利利湖的领航者"[2]、"谁是不长脚趾的珀贝尔"[3]这样的问题都是无关主题的，在浪尖行走的人只是一名阿卡迪亚的牧羊人，他的名字碰巧叫基督。假如以这种方式阅读《利西达斯》，把它当成爱德华·李尔的诗，那么我认为它就是英语诗歌中最优美的一首。然而，如果按照它表面上体现的风格将它当成一首普洛斯彼罗式诗歌去读，那么，我们就会指责它冷酷无情、琐碎无聊，就像约翰逊博士的评论一样，因为读者期望从中获得智慧和启示，但它什

1.《利西达斯》(*Lycidas*)：英国诗人约翰·弥尔顿的一首诗作(1638).
2. 出自弥尔顿诗作《利西达斯》。加利利湖(Galilean Lake)：位于以色列东北部，犹太人称它为"肯纳瑞特湖"，阿拉伯人称之为"太巴列湖"。加利利湖附近的达加尼亚基布兹，由东欧犹太移民建于1909年，被誉为"基布兹之母"。
3. 爱德华·李尔有一首诗名为《不长脚趾的珀贝尔》(The Pobble Who Has No Toes)。

么也没给。

　　由爱丽儿主导的诗人具有一个很大的优势；他失败的方式只有一种——其诗歌可能太过琐碎。在谈及自己的某一首诗时，他最差的评价也不过是——这首诗本可以不写。然而由普洛斯彼罗主导的诗人失败的方式可能各不相同。在所有英语诗人中，爱丽儿与诗人相关的特质在华兹华斯身上可能体现得最少，所以，假若要知道普洛斯彼罗试着全部由他自己来写诗会写成怎样，华兹华斯提供了最佳例子。

　　　　　鸟与笼子，都属于他：
　　　　　那只鸟是我儿子的：他将它养得
　　　　　干净而齐整；许多次航行
　　　　　这只叫声悦耳的鸟都伴随着他：
　　　　　最后一次出航，他将鸟留在了船上；
　　　　　这样做，可能是出自头脑中的预感。

　　读完这样一个段落，有人会惊叫："这个人不会写诗。"爱丽儿绝不会收到这样的评价；倘若爱丽儿不会写，他就不会下笔。然而，普洛斯彼罗可能还会犯下比"可笑"更严重的错误；既然他要努力表达真实的东西，假如失败了，那么结果可能比琐碎无聊还要糟糕。如果他所言并非真实，可能会使读者下这样的结论——不是"这首诗本可以不写"，而是"这首诗就不该写"。读者不是说"没必要写下这首诗"，而是说"不应该写下这首诗"。

无论在理论还是实践方面,弗罗斯特都是由普洛斯彼罗主导的诗人。在自己的《诗合集》中,他写道:

> 声音是矿石中的金子。那么,我们要让声音独立出来,剔除无关紧要的部分。我们这样做,最终的目的在于发现写诗的目标,是让每一首诗尽可能地发出不同于其他诗的声音,只有元音、辅音、标点、句法、句子这些资源还不够。我们需要求助于语境-意义-主题……但回过头来说,诗歌只不过是另一种言说胸臆的艺术,不论完整健全还是有所缺陷。也许完整健全的诗歌会更好,因为更深刻,拥有更广阔的经验。[一首诗]始于欢愉,终于智慧……对生命的净化——不一定是以建立宗派、祭仪为基础的彻底净化,而是一种足以对抗混沌的暂时状态。

我以为,C. S. 刘易斯(C. S. Lewis)教授会将弗罗斯特的诗风称为"出色而单调"(Good Drab)。诗中的乐感一直与说话的语调一致,平静而理智。除了卡瓦菲[1],我想不出有哪位现代诗人对语言的使用如此简练。他极少使用隐喻,其所有作品中没有哪个词或是历史和文学的典故是那些不爱读书的十五岁孩子所不熟悉的。他却能够用简单的语言表达各种各样的情感和经验。

---

1. 卡瓦菲(Constantine Cavafy, 1863—1933):希腊诗人,现代希腊诗歌的创始人之一,生于埃及的亚历山大城,深受奥登推崇,1960年奥登为《卡瓦菲诗歌全集》英译本写过导言,奥登在其中坦言自己的写作受到了卡瓦菲的影响。

尽管如此,她已置身于鸟儿们的歌声中。

此外,她的声音,扰乱了它们的声音,

并已在树林里停留了太久,

也许,再也不会消失。

鸟的歌声不再是以前的样子。

对鸟儿们所做的,是她到来的原由。

* * * * *

我希望,假如此刻他正在看得见我的地方,

那么,远离我,直到看不清我在做什么。

你可以从声名卓著跌落到籍籍无名。

关键是,假如我年轻时远近闻名,

精力充沛,这不会是我的结局,

并非意味着我有勇气

变得如此放肆,在别人面前捣乱。

我可能具有勇气,但看上去似乎又没有。

　　第一段诗里的情感温和、愉快,只有一个受过良好教育的男人会产生这样的沉思。第二段诗里的情感激烈而沉痛,说话者是一个没有上过学的女人。然而,两段诗的措辞一样质朴。这个男人所使用的一些词,这个女人可能自己不会使用,但她都能听得懂;她的句法要比前者稍微粗糙一些,但也仅是"稍微"而已。他们两人的声音听上去各不相同,却都是真实的。

　　弗罗斯特的诗歌用语属于心智成熟的人会使用的那一类,完全清醒,能够自我控制;而不是梦话或无法控制的激情。他很少使用感叹句、祈使句和反问句,除非是在转述句中。当然,这并不意味着他的诗缺乏感情;我们可以一次又一次地感受到诗句实际表达的背后,潜藏着多么强烈甚至热烈的感情。不过他言辞审慎,而他的诗在听觉上可以说是纯洁通透。即使弗罗斯特希望表达一种毫无收敛的绝望的怒吼,也几乎无能为力,而莎士比亚悲剧中的主人公就经常可以做到。不过,能够写出以下这几行诗的人,肯定很熟悉绝望的感觉:

> 我已静静站立,止住脚步的声音,
>
> 远处,一声断断续续的呼喊
>
> 从另一条街传来,越过房屋,
>
> 但并非是召唤我回去,或说再见。
>
> 而更远处,在一个神秘的高处,
>
> 一只闪亮的钟耸立在天空,
>
> 公布着没有对错的时间。
>
> 我已是一个熟悉黑夜的人。[1]

　　每种风格都有其局限。以弗罗斯特的风格就写不出《蛇的诗草》,以瓦雷里的风格也写不出《雇工之死》(The Death of the Hired

---

1. 出自弗罗斯特的诗《熟悉黑夜》(Acquainted with the Night)。

Man）[1]。像弗罗斯特这样接近于日常用语的风格必定是一种当代风格，这种风格属于生活在二十世纪前半叶的人；因此，这种风格不太适用于来自遥远过去的主题，因为往昔与当下之间往往有着很大的差异；也不适用于神话主题，因为这是一种不因时间而变的主题。

无论是弗罗斯特在《理性假面剧》（*A Masque of Reason*）中所写的约伯[2]，还是在《仁慈假面剧》（*A Masque of Mercy*）中所写的约拿[3]，在我看来都有些不伦不类；两者穿上现代装束后都有点故作姿态的意味。

诗人也并不适宜用这样一种风格在正式的公开场合谈论"尘世文明"（Civitas Terrenae）并为它"代言"。甚至在戏剧作品中，弗罗斯特的语调也像是在自言自语，"大声地"思考，却未意识到观众的存在。当然，这种方式与其他所有方式一样，是经过深思熟虑的，并比大多数方式都更加精于世故。当诗歌关乎个人情感，这种深思熟虑是合理的；不过，如果诗歌主题是公共事务或人们普遍关心的观念，这种深思熟虑就是错误的。弗罗斯特曾为 1932 年在哥伦比亚大学召开的民主党全国代表大会创作了一首诗，名叫《培育土壤：一首政治田园诗》（Build Soil，a Political Pastoral），这首诗当时受到来自左派自由主义的大量批评，被斥责为反动作品。如今阅读这首诗，人们会奇怪这些批评者为何如此大惊小怪。然而，诗中那种

---

1. 弗罗斯特的诗作。

2. 约伯（Job）：《圣经》人物，以虔诚和忍耐著称，历经重重为难，仍坚信上帝。

3. 约拿（Jonah）：《圣经》人物，先知。

"我是平常人"、"炉边漫谈"般的方式依然令人恼怒。人们或许更希望哥伦比亚大学邀请叶芝来写这首诗；叶芝可能会说出些离谱的东西，却可以演好一出戏，这正是诗人对我们谈论我们所关切的事情时，我们想要听到的东西——不是作为私人个体，而是作为公民。也许弗罗斯特自己也感到不舒服，因为这首诗最后两行，也是最好的两行，是这样写的：

> 我们难以分离。我们离开同伴
> 回家，意味着恢复了清醒。

　　任何旨在阐明生活的诗歌必须关乎两个问题；所有人，无论他们读诗与否，都想听到对于这两个问题的清楚阐释。

　　1）"我是谁？"人与其他造物的差异是什么？两者之间可能有什么联系？在宇宙之中，人处于什么地位？哪些生存条件是他必须接受的命运，并且是任何意志都不能改变的？
　　2）"我应该成为谁？"那些值得每个人去尊重、去效仿的英雄和纯粹的人，他们有何特点？反过来说，那些每个人都应该努力避免成为的鄙陋、虚伪的人，这类人有何特点？

　　关于这些问题，我们所有人都试图找到放诸四海而皆准的答案，然而我们用以测度的经验总是此时此地的。例如，任何诗人对于人在自然中的地位所做的评价，部分取决于他居住地恰巧所处的地形和气候,部分取决于他基于个人性情对这种地形和气候做出的反应。假如居住于相同的地形,成长于热带的诗人与成长于赫特福德郡[1]的诗人不可能是相同的,快乐合群的胖型体质诗人,与忧郁孤僻的瘦型体质的诗人对同样的地形也会有不同的描绘。

弗罗斯特的诗歌中描绘的正是新英格兰的自然特质。新英格兰属于花岗岩地质,山川绵延,森林茂密,但是土壤贫瘠。这里的冬天漫长而严寒,夏天比美国大多数地区更加温和、怡人,春天转瞬即逝,秋天悠然、美丽,充满戏剧性的变化。这里毗邻东海岸,是欧洲来的移民最初定居之地。然而,西部肥沃的土地刚开始被开拓,新英格兰这里的人口就开始下降。买得起夏屋的游客和城市居民会在夏天来此处消暑,然而许多曾经开垦过的土地又变回了荒地。

弗罗斯特最喜欢的意象之一就是废弃的房屋。在英国或欧洲,废墟既让人想起历史变迁,或是战争、圈地运动等政治行动,抑或是废弃的矿区建筑,最终让人想起一段辉煌的过去。不是因为自然的伟力,而是因为它所拥有的一切已经被掠夺殆尽了。因此,所以,欧洲的废墟常会促使人类反思自身的不义、贪婪,以及碾压人类傲慢的自然报复。然而在弗罗斯特的诗中,废墟是一个人类英雄主义的意象,是在绝望面前的负隅顽抗。

---

1. 赫特福德郡(Hertfordshire):英国东部的一个郡。

一个清晨，风席卷着云朵，我带着差事

来到一间房子，房子由厚木板搭建，糊着黑纸，

只有一个房间、一扇窗和一道门，

这是唯一的栖身之处，这群山中

一片方圆一百英里的区域，遭受了过度砍伐：

此刻没有男人也没有女人住在里面。

（不过，这里从没有女人住过。）[1]

* * * * *

从这里的山坡再往上，

那里一直缺少希望，

我父亲盖起房屋，围住泉水，

在这一切的四周，筑起一道围墙，

征服了杂草丛生的土地，

让我们过上丰盈的生活。

我们是十二个兄弟姐妹。

这座山似乎喜爱我们的搅扰，

不久之后就理解了我们——

她的微笑中总有着微妙的含义。

此刻她已叫不出我们的名字。

（毕竟女孩们都不再保留原来的姓氏。）

---

1. 出自弗罗斯特诗歌《星辰割裂器》(The Star-Splitter)。

山将我们从她膝下推离。

如今，山坳里已树木茂密。[1]

翻阅弗罗斯特的《诗合集》，我找到二十一首以冬季为主题的诗，相比起来，写春季的诗只有五首，其中两首写的还是地面尚有积雪的初春；另外我找到二十七首诗，时间设定在夜晚，以及十七首诗碰上了暴风雪天气。

他诗中最常见的人类处境是这样的：一个男人，或男人和妻子，天黑之后，在大雪封山的森林，孤独地待在一间与世隔绝的屋子里。

在我以为道路消失之处，

远处，在那座高耸入云的山上，

一只令人炫目的车灯改变照射的方向，

车子开始跳下花岗岩石阶，

如一颗星刚刚从天空坠落。

我在远处对面的树林里，

被那道不熟悉的光所触动，

这减少了我本应感到的孤独，

不过，倘若今天我陷入与夜晚之间的烦扰，

---

1. 出自弗罗斯特诗歌《出生地》(The Birthplace)。

那个旅行者并不能令我愉悦。[1]

* * * * *

我们看了又看,可是我们究竟在何处?

我们是否更清楚自己在何处,

今夜,它如何站立于夜晚

和手提熏黑灯罩的男人之间,

它站立的方式与之前有何不同?[2]

在《两个看着两个》(Two Look at Two)中,由一头雄鹿和一头母鹿所代表的自然,以同情心回应着一个男孩和一个女孩——他俩代表着人类,然而这首诗的观点是:自然对人类带着同情的回应是一种奇迹般的例外。正常的回应应该像《它的大部分》(The Most of It)中描绘的那样:

某天早晨,从遍布着碎卵石的岸边,

他要对生命大声呼喊,生命所渴盼的

并非自己的爱,如若由复制的话语传回,

而是对等的爱,是本真的爱。

---

1. 为弗罗斯特《夜曲五首》(Five Nocturnes)之第二首《倘若我陷入烦扰》(Were I in Trouble)全文。

2. 出自弗罗斯特诗歌《星辰割裂器》,诗中的"它"指的是一台被称为"星辰割裂器"的望远镜。

> 但是,他的呼喊没有引起任何动静,
>
> 除了它的化身撞碎在
>
> 对岸绝壁的斜坡之上。
>
> 随后,在遥远的地方,湖水飞溅,
>
> 然而是在一段时间之后,允许它游过湖面,
>
> 临近时,它变换面目,具有了人的气息,
>
> 成为他之外的另一个人,
>
> 像一头硕大的雄鹿,现身时气势凛然……

不过,自然虽然对于麦尔维尔怀有敌意,但对弗罗斯特却并非如此。

> 它施与人类的善必定多于恶,
>
> 即使只有微乎其微的百分之一,
>
> 不然我们生命的数目不会持续增加。[1]

自然不如说是"人类严厉的保姆"[2]。虽然她表面上冷漠甚至带着敌意,却唤起了人类的力量和勇气,使人成为真正的自己。

勇气不可与浪漫主义的胆魄混为一谈。它包含着审慎和狡黠的意味。

---

1. 出自弗罗斯特诗作《我们对于这颗星球的控制》(Our Hold on the Planet),诗中的"它"指自然。
2. 原文为拉丁语:Dura Virum Nutrix。

> 我们所有人都渴望活着，
>
> 每人都有一只小小的口哨，
>
> 稍有风声，我们就吹响它，
>
> 然后，我们钻入农场的地下。[1]

甚至包括对于财产的谨慎态度：

> 最好是高贵地死去，
>
> 买一份友谊放在身边，
>
> 这聊胜于无。未雨绸缪！[2]

关于人类的孤独处境和自然对人类价值的冷漠，也有欧洲诗人得出了类似的结论。然而相比起美国诗人，似乎并不易于表达这些。像他们这样，生活在富庶的甚至人口稠密的乡村，得益于几个世纪以来的开垦，大地母亲已经获得了人类的特征，于是他们不得不采用抽象的哲学表述，或使用罕见的非典型的意象。所以，他们所说的话更像是被理论和性情强加于身上的，而不是事实赋予他们的。不同的是，像弗罗斯特这样的美国诗人表达这一切时可以求诸事实，因而任何理论都必须解释事实，任何性情必须承认事实。

弗罗斯特笔下的人非但在空间中被孤立，在时间中也是如此。

---

1. 出自弗罗斯特诗作《鼓丘上的旱獭》(A Drumlin Woodchuck)。
2. 出自弗罗斯特诗作《未雨绸缪》(Provide，Provide)。

他的诗中极少采用感伤怀旧的语调，即使有也很少。当他写一首关于童年的诗，比如《野葡萄》(Wild Grapes)，童年并不是像转瞬即逝的魔力伊甸园那样，却被当成了一所学校，传授成人世界的最初课程。他最出色的长诗之一，《世世代代》(The Generations of Man)，其背景是新罕布什尔州(New Hampshire)鲍镇(Bow)的斯塔克家族祖宅。鲍镇是一个布满岩石的小镇，不再使用斧子以后，农业已衰落，萌芽林却茂盛起来。斯塔克家族的宅邸，如今塌毁得只剩下了荒僻路旁年代久远的地窖坑洞。诗中描述的场景，是遍布各地的斯塔克家族后代的聚会，这其实是州长想想出来的广告噱头。两位男女主人公都是来自斯塔克家族的少年，他们是远房兄妹，在地窖坑洞边相遇，一见钟情。他们的谈话十分自然地转到他们共同的祖先之上。但事实上，他们对祖先一无所知。少年开始编故事，凭着想象模仿祖先们的声音，以此追求少女。他拿祖先们暗示婚姻，并建议在老屋子的地基上建造一栋新的夏屋。也就是说，真正的过去对于他们来说是未知的，是不真实的；真正的过去在诗中的作用无外乎为生者提供一个相遇的机缘。

如格雷[1]一样，弗罗斯特也写过一首关于废弃墓园的诗。格雷关注的是无名死者可能的生活；在他的想象中，过去比现在更令人激动。但是，弗罗斯特并没有去刻意回忆什么；真正触动他的是，死亡这种永远处于当下的恐惧，此刻已经不复存在，而是像拓荒者一样继续前行。

---

1. 托马斯·格雷(Thomas Gray, 1716—1771)：英国诗人，名作为《墓园挽歌》(Elegy Written in a Country Churchyard)，"墓园派"诗人代表人物。

变得机敏是轻而易举的，

告诉墓石，人们讨厌死去，

从今以后，永远不再死亡。

我想，墓石会相信这谎言。[1]

弗罗斯特认为，人短暂生命中最可贵的是，在当下永远有不断闪现的机会，让你有所发现，有一个崭新的开端。

在人的短暂生存中，他认为可贵的是，在永恒循环的当下时刻中做出一个发现或产生一个新的开端。

有一个谎言会告诉人们，没有

一样东西会在我们面前出现两次。

要是如此，最终我们将置身何处？

我们的生命自身依赖一切事物的

复归，直至我们从内心做出答复。

一千遍，符咒也许可以应验。[2]

弗罗斯特写过一些田园诗，无疑，用传统上最为高贵、最富诗意的文学形式去描绘民主社会的现实时，他总能感受到精致的乐趣。如果说新英格兰在地形上不像阿卡狄亚，那么，在社会生活上也是如此；这里并没有所谓的有闲阶级，终日无所事事，而只是培育欧洲

---

1. 出自弗罗斯特诗作《在一座废弃的墓园》(In a Disused Graveyard)。

2. 出自弗罗斯特诗作《雪》(Snow)。

田园诗必备的那份感性。当然,任何社会都存在着分化,此处也不例外。在新英格兰,盎格鲁-苏格兰血统的新教徒认为他们比罗马和拉丁族裔的天主教徒更为高贵,最受人尊敬的新教教派是公理派和一位论派教徒。所以,在《斧柄》(The Ax-Helve)中,那个新英格兰农民在走进法裔加拿大邻居巴普蒂斯特家里时,不免觉得自己有些"掉价"。

> 只要他并未激怒我,我不会介意
>
> 他欣喜若狂(假如他欣喜若狂的话),
>
> 这里,我必须判断,他不为别人所知的
>
> 对斧头的见识,在邻人眼里是否一文不值。
>
> 一个法国人,如果不能获得高人一等的地位,
>
> 即使抛弃自己的生活,也难以融入新英格兰人!

在《雪》中,科尔太太对福音派牧师梅泽夫作出这样的评价:

> 想到他有十个
>
> 不到十岁的孩子,我就感到憎恶。
>
> 我讨厌他那个小得可怜的"痛苦教派",
>
> 就我所听闻的,这个教派不值一提。

不过,在这两首诗中,都是邻居战胜了势利者。那个新英格兰人承认巴普蒂斯特技术非凡,科尔一家担心得整宿没睡,直到听说

梅泽夫穿过暴风雪安全回家才放下心来。

在弗罗斯特的田园诗中,那种传统的精于世故、厌弃人生的谄媚者消失了,取而代之的是书卷气的城市居民,往往是暑期在农场打工的大学生;他遇到的乡下人既不是滑稽可笑的乡巴佬,也不是出身高贵的野蛮人。

《一百个衣领》(A Hundred Collars)中,一位文雅羞涩的大学教授在小镇旅馆的房间里遇见了一个喝着威士忌的肥老粗,此人以一家当地报纸的名义在农场周围拉客户。即使最后读者转而同情胖老粗,他也并没有被塑造得富于美感、引人注意,教授也没有被刻画成令人厌恶的形象。教授心地善良——他是个民主党人,即使不是出于真心,也是在原则上如此——然而他的生活方式,让他人性的同情与兴趣变得狭隘,这一点上他是牺牲品。胖老粗的形象得以补救,得益于其无拘无束的友善,并得如此真诚,而不是一个职业推销员的客套。他虽然粗俗,却不是个不达目的不罢休的人。

> "人们会认为,他们见到你时
>
> 不可能就像你见到他们一样开心。"
>
> > "哦,
>
> 因为我想要他们的钱?我不想要
>
> 他们手上的任何东西。我不是讨债者。
>
> 我在这里,他们愿意就可以付钱给我。
>
> 我不是为了特定目的才来到一个地方,我只是路过。"

在《规矩》中，一位生长于城镇的农场主不经意间冒犯了雇工。

"出什么事了？"

"你刚才说的话。"

"我说了什么？"

"要我们加油干活。"

"加油堆草？——因为快要下雨了？

我说这话，已超过半小时以上了。

我对你们这么说，也在说我自己。"

"你不清楚。可詹姆斯是个大傻瓜。

他以为你想要给他干的活挑刺。

一般的农场主这样说就是这个意思。"……

"他要是这样来理解我，真的是傻瓜。"

"别为这事烦恼。你学到一些东西。

雇工知道，不需要有人告诉他

干活干得好些，或者干得快些——这两件事不能提……"

弗罗斯特将生长于城镇的农场主描绘得愚昧无知，不是为了谴责他，而是为了赞扬他的自尊，这种自尊源于对某种事物的自豪感。弗罗斯特将自尊视为最崇高的美德之一，仅次于勇气。一个人可以为自己的技能感到自豪，造斧子的人巴普蒂斯特就是这样的例子，还有那个伤心欲绝的雇工，因为年事已高，他丧失了堆干草垛这一项技术。这项技术让他不会感到自己毫无价值，从世俗的观点说来，算是一种愚人的自豪。那个失败的农场主身上也有这种自豪，他为了骗保把自己的房子烧了，用这钱买了一架望远镜，在铁路上谋得一份收入微薄的售票员工作。这架望远镜质量一般，这个男人一贫如洗，但这台望远镜却让他骄傲，所以他活得很快乐。

　　每一位诗人都代表着自己的文化，以及这种文化的批评者。弗罗斯特从未写过讽刺诗，但不难猜到，作为美国人，他对自己的同胞既认同又不认同。普通美国人恬淡寡欲，沉默寡言，在情感表达上远比普通英国人谨慎克制，这与其他人通常观念中的不拘小节、热情友善不同。美国人信奉个人独立，因为他必须如此；对美国人而言，生活太过漂泊，环境变化太过迅疾，让他无法从家庭或社会关系的稳定结构中获得支持。危机时期，他会帮助邻居，无论邻居是什么样的人；然而，主动前来求助的人在他眼里却是坏邻居。他对一切顾影自怜、感旧伤怀的悔恨都不认同。所有这些品质在弗罗斯特的诗中都有所表达，但还有一些美国人的特点无法在他的诗中找到。不写，就代表不赞同，例如，有人相信一旦找到对路的花招，就可以在半小时内在地球上再建起一座新的耶路撒冷圣城，但在弗罗斯特的诗中绝不可能读到这样的内容。如果大家记得所有美国政党都是辉格党[1]，那弗罗斯特可能会被描述为一名托利党[2]。

1. 历史上的党派名称，分为英国辉格党和美国辉格党。英国辉格党产生于十七世纪末，十九世纪中叶演变为英国自由党。美国辉格党始创于十九世纪三十年代，后于十九世纪五十年代瓦解，存在约 26 年。
2. 即英国保守党的俗称，是英国历史最悠久的政党，也是全国最大的保守右翼政党。

哈代、叶芝和弗罗斯特都为自己写过墓志铭。

哈代

我从不关心生命,生命却眷顾于我。

因此,我欠它一些忠诚。

叶芝

对生命与死亡,

投以冷眼。

骑士,别止步。

弗罗斯特

对于自己,我想在墓石上写下:

我与这个世界有过一场情人般的争吵。

三人的墓志铭中,弗罗斯特的无疑是最为出色的。哈代似乎在讲述一位悲观主义者,而不是他自己的真实情感。我从不关心……"从不"? 哈代先生,现在真的可以不再关心了! 叶芝笔下的骑士只是一件舞台道具;过路人更像是骑摩托的人。只有弗罗斯特让我相信他所说的都是关于他自己的真相,一分不多,一分不少。说起智慧,比起漠不关心或冷眼相对,情人与生活来一场争吵难道不是与普洛斯彼罗更相称吗?

美国诗歌

在我们属于这片土地之前,这片土地已属于我们。

在我们成为她的子民之前,她已是我们的土地,

并超过了一百年。在马萨诸塞,

在弗吉尼亚,那时她已是我们的土地,

然而我们是英国的子民,仍是殖民地居民,

曾经我们尚未拥有的拥有着我们,

如今我们不再拥有的拥有了我们。

曾经我们扣留着的使我们变得软弱,

直至我们发现,我们赖以生存的

土地所扣留的正是我们自己,

我们立刻在放弃中找到了拯救。

我们就是如此,我们彻底交出了自己,

(赠予的酬劳就是大量战争的功绩,)

交给这片茫然地向西拓展的土地,

不过,她并未载入史册,依然朴实无华,尚未强大,

曾经她就是如此,以后她也会变得如此。[1]

罗伯特·弗罗斯特

❖

人们经常听到这样的说法,只有到了这个世纪[2],美国作家才学会了自立,成为了真正的美国人。也就是说,在这之前,他们只是英国文学的盲从的模仿者。这说法用在普通阅读大众和学术圈上,在一定程度上说出了真相;然而一旦涉及作家自身,便是大谬不然了。自布莱恩特以来,没有哪个美国诗人的作品在不署名的情况下,被误认为是英国诗人写的。例如,英国诗人需要一个满含感情的地名来命名一首严肃诗作时,他不会采用附近的地名,也不会采用历史或神话中人尽皆知的名字,而会自己杜撰名字,坡[3]在《尤娜路姆》(Ulalume)中就是这样处理的,不知一名英国诗人能否接受写一篇科学宇宙论的散文诗[4]这一想法,并给它写这样的序:"我奉上这部'真理之书',并非因为它道出真理的品质,而是由于充溢于真理中的美,构成了其真理的特质⋯⋯'我所提出的都是真理',所以它们不会枯萎⋯⋯但这只是一首诗,而我希望这部作品在我死后才被世人评判"(坡《我发现了》序言)?

《莫德》[5]、《海华沙之歌》[6]和《草叶集》[7]的第一版都于同一年问世——即1855年:朗费罗和惠特曼可能比任何两位诗人之间都

---

1. 此处引用的是弗罗斯特诗歌《彻底的赠予》(The Gift Outright)全诗。
2. 指二十世纪。
3. 指美国诗人埃德加·爱伦·坡(Edgar Allan Poe),同时以侦探小说和恐怖小说闻名于世。
4. 即埃德加·爱伦·坡的作品《找到了》(Eureka)。
5. 《莫德》(Maud):英国诗人丁尼生的独白诗剧。
6. 《海华沙之歌》(The Song of Hiawatha):美国诗人朗费罗长诗。
7. 《草叶集》(Leaves of Grass):美国诗人惠特曼诗集,集结了一生的诗作。

更显得互不相同——这种差异本身是美国所特有的——，然而，若
将他们与丁尼生相比，他们俩都以自己的风格展现出"新世界"[1]的
特征。丁尼生和朗费罗在处理传统诗歌形式方面都有极其精湛的技
艺，都被自己的同胞视为他们所处时代的代言人而饱受尊重。然而，
他们又是如此不同。丁尼生的很多作品，朗费罗永远不敢去写，因为
美国人将清教徒的良心和民主社会的自由以独特的方式混为一体，
在某些情况下，可以滋生上流社会对于粗俗事物的恐惧，而这种恐惧
对英国人而言毫无必要。另一方面，朗费罗对整个欧洲的文学都怀
有好奇之心；相比之下，丁尼生只关注英国的诗，以及他所受教育中
那些古典作家的作品，因而显得褊狭。即使已经有红种印第安人出
没在苏格兰北部，无法征服，也不可同化，人们也无法想象丁尼生会
端坐下来用芬兰的韵律[2]写一首关于他们的长诗。即使不考虑有关
文体的一切问题，丁尼生的《致威灵顿公爵之灵》(Ode on the Death
of the Duke of Wellington)与惠特曼为林肯总统所作的挽歌《当丁香
花在园中盛开的时候》(When lilacs last in the dooryard bloom'd)之间
也有着显著的差异。丁尼生这首诗的题目让人产生这样的期待，诗
人所哀悼的对象是一个伟大的公众官员；然而，从惠特曼诗歌的用语
中很难猜到他所言及的人物是国家元首；人们会很自然地认为，诗中

---

1. 指美国。
2. 可能是指芬兰民族史诗《卡勒瓦拉》(*Kalevala*)的韵律。该史诗又名《英雄国》，
是中古欧洲著名的史诗之一，包括50首古代民歌，长达23 000余行，由十九世纪
诗人隆洛德(Elias Lönnrot, 1802—1884)润色汇编而成，1835年初版。史诗叙述
主人公们向北方的女霸主夺回象征着幸福与富足的三宝磨坊以及与北方国家波
赫约拉的斗争。

的人物是某位与诗人私交甚笃的密友,仅是私交而已。

再举一个例子——有两位同时代诗人,都是女性,都是虔敬的信徒,内心都十分克制——她们是克里斯蒂娜·罗塞蒂[1]和艾米莉·狄金森;你能想象把她们彼此换到对方所处的国家会怎样吗?当我努力去想象这样一种置换时,发现只有一些不太知名的美国诗人可以被想象成英国诗人,他们都擅长写轻体诗,比如洛威尔[2]和霍姆斯[3];可以被想象成美国人的英国诗人只有两个怪人:布莱克[4]和霍普金斯[5]。

一般来说,比较两种文化的诗歌时,最明显也最易操作的切入点是两种语言在语法、修辞和韵律上的特征,因为即使最正式、最严肃的诗歌风格在很大程度上也受制于口头语言,即本国人真正使用

---

1. 克里斯蒂娜·罗塞蒂(Christina Rossetti, 1830—1894):英国前拉斐尔派女诗人,其抒情诗富于宗教感,除负有盛名的短诗外,另有童话诗《妖魔集市》、讽喻长诗《王子的历程》等。

2. 指美国女诗人艾米·洛威尔(Amy Lowell, 1874—1925),意象派诗人,著有诗集《彩色玻璃大厦》、《几点钟》和评论《原则上的冲突》等。

3. 指美国诗人老奥利弗·温德尔·霍姆斯(Oliver Wendell Holmes, Sr., 1809—1894),曾被誉为美国十九世纪最优秀的诗人之一,著名法官小奥利弗·温德尔·霍姆斯的父亲。他是柯南·道尔所喜欢的诗人,柯南·道尔笔下的侦探福尔摩斯的名字即来源于此人。

4. 威廉·布莱克(William Blake, 1757—1827):英国第一位重要的浪漫主义诗人、版画家,英国文学史上最重要的伟大诗人之一,生于伦敦。著有诗集《纯真之歌》、《经验之歌》等。早期作品简洁明快,中后期作品趋向玄妙深沉,充满神秘色彩。后来诗人叶芝等人重编了其诗集,重为世人所知。其后他的书信和笔记陆续发表。其画作也逐渐被世人所认知。

5. 杰拉尔德·曼利·霍普金斯(Gerard Manley Hopkins, 1844—1889):英国诗人,霍普金斯对晦涩词句和复合隐喻的运用受到乔治·赫伯特等玄学派诗人的启发。其在写作技巧上的变革影响了许多二十世纪诗人,如奥登和狄兰·托马斯。最为人所知的是其"跳韵"(sprung rhythm),这种韵律更关注重音的出现而不是音节数量本身。

的语言，而非其他。然而在英国和美国诗歌的实例中，口头语言是所有差异中最微妙的，也是最难定义的。随便哪个英国人，只要稍加努力，就可以学会"用蜡烛（candle）中字母 a 的读音……读出圣歌（psalm）和安静（calm）中的字母 a"，也能学会用"图书钉"（thumb-tacks）来替代"图钉"（drawing-pins），或者用"到一点钟还有二十分钟"（twenty-minutes-of-one）来代替"一点差二十分钟"（twenty-minutes-to-one）。他也会发现，在美国中西部的发音中，"买"（bought）这个词与"热"（hot）押韵。但是他的口音与真正说美式英语的人还有不小的距离；就像他来自新英格兰的兄弟来到英国后，其口音与英国女王的腔调也差得很远一样。就我所知，若是一位美国或英国的戏剧家在其作品中引入来自对方国家的角色时，几乎不可能将其说话方式塑造得真实可信。造成差异的秘密到底是什么，我也说不清；威廉·卡洛斯·威廉斯[1]对于这个问题比大多数人思考得更深入，他说，"节奏（Pace）是最为重要的表现因素"，此外，有人可能会加上另一个因素："音调"（Pitch）。即使这些差异难以定义，却可以凭肉耳迅速地辨识出来，甚至在形式传统（formal convention）保持一致的诗中也是如此。

> 他肯定有一个父亲和一个母亲——
>
> 其实我听他如此说过——还有一条狗，

---

1. 威廉·卡洛斯·威廉斯（William Carlos Williams，1883—1963）：美国诗人，反对维多利亚诗风，主张使用本土语言书写本土生活，代表作是长篇叙事诗《佩特森》，被称为美国后现代主义诗歌的鼻祖。

就像一个男孩应该有的,我敢说;这条狗

极有可能是他唯一认识的人。

就我所知的一切,一条狗正是

他此时此刻最为需要的东西,

劝告他不要幻灭,

忘记过去的痛疼,迎接正在到来的事物的诞生——

一条牧师般的狗,一个退休老人。

他回家时,向他摇着尾巴,

然后将爪子搭在他的膝盖上,

说道:"看在上帝的分上,这到底是什么意思?"

(E. A. 罗宾逊[1]《本·琼森款待一个来自斯特拉福德的男人》)

也许这首诗很像是出自布朗宁[2]之手,诗歌的笔法却是与众不同的,并且不属于英国诗风。然而,无论从节奏还是情感上判断,弗罗斯特的这节诗多么像"美国诗"啊:

但是,不,我在屋外看着星辰:

---

1. E. A. 罗宾逊(E. A. Robinson,1869—1935):美国诗人,其诗歌写作力图摆脱维多利亚时期浪漫主义诗歌的传统,被视为美国现代主义诗歌的先行者。代表作为长篇叙事诗三部曲:《墨林》、《朗斯洛》与《特里斯丹》。于 1922 年、1925 年、1928 年三次获得普利策奖。

2. 罗伯特·布朗宁(Robert Browning,1812—1889):英国维多利亚时代诗人,接受了玄学派诗歌影响,1855 年发表的重要诗集《男人和女人》标志着布朗宁"戏剧独白"写作方式的成熟,被视为现代诗歌先驱者之一,T. S. 艾略特、庞德、弗罗斯特等诗人都吸收了其"戏剧独白"手法。布朗宁夫人亦为著名诗人。

我不想回到屋内。

我是说，即使有人相求，

我也不会回去。

（《进屋》）

　　直到不久以前，英国作家和其他欧洲国家的作家一样，还有两点先决条件：其本质是神话化的、人性化的，总体上算是友善的；其人类社会在种族和宗教上基本是同质的，即使在过去曾遭受过连续的侵略，在这个社会中，大多数人在他们出生的地方生活直至死去。

　　基督教可能剥夺了阿弗洛狄忒、阿波罗和本土精灵的神性，然而作为代表自然力量的人物形象，作为思考造物的模式，他们对于诗人和读者而言依然有效。笛卡尔曾想要将非人的宇宙降格为一种机械装置，但欧洲人对日月、四季循环和本地景观的感受却依然未受影响。华兹华斯曾想要废弃神话术语，然而他所描述的自然与人的关系却依然与每个人切身相关。即使十九世纪生物学开始搅扰人们的思想，认为宇宙可能并没有道德价值观念，但是人们的直接经验在本质上依旧是友善而可爱的。对于宇宙整体的目的和意义，无论他们怀疑什么，相信什么，丁尼生笔下的林肯郡[1]或哈代笔下的多塞特郡[2]都能让他们有家的感觉，人类可以通过辨认出这里景观本来的样子，对这里产生信任感。

---

1. 林肯郡（Lincolnshire）：位于英格兰中东部。
2. 多塞特郡（Dorset）：位于英格兰西南英吉利海峡沿岸，哈代出生于此，为其许多小说的故事背景。

但是在美国,无论是这块大陆的大小、地貌还是气候,都难以让人心生亲密之感。对于出生在大西洋另一边的美国人,坐夜班飞机横穿美国,都是一种难忘的经历。从飞机上往下看,某个城镇的灯光在他眼中就像是黑暗中最后一个哨站,照亮未来数小时的前路。他也会意识到,即使不存在实际的边沿,这依然只是一块只有少部分人栖居和开垦的大陆。与宽广的土地相比,人类活动的范围显得微乎其微。人类的平等也并非政治或法学的教条,而是一个不言而喻的事实。他将看到一幅野生的自然图景,与萨尔瓦多·罗萨[1]笔下的风景相比,它就像阿卡狄亚那样的世外桃源,不可能以人类或个人的视角来揣摩。假如亨利·亚当斯[2]写下这样的文字:

> 当亚当斯还是波士顿的一个小男孩时,当地最优秀的化学家可能从未听说过维纳斯,除了在丑闻之中;或者是从未听说过圣母,除了因为偶像崇拜……在卢尔德[3]却仍可以感受到圣母的力量,似乎像 X 射线一样强大;但是在美国,维纳斯和圣母从来没有作为一种力量而展现其价值——最多被视为一种情感。没有哪个美国人会真正害怕这两者中的任何一个。

---

1. 萨尔瓦多·罗萨(Salvator Rosa,1615—1673):意大利画家、诗人、版画复制匠,活跃于那不勒斯、罗马和佛罗伦萨,以浪漫主义风景画、海洋画和战斗画著称,作品有《普罗米修斯》《墨丘利和森林中的人》等。

2. 亨利·亚当斯(Henry Adams,1838—1918):美国历史学家、学术和小说家。生于波士顿,亚当斯家族成员。代表作为《亨利·亚当斯的教育》,并于死后的 1919 年获普利策奖,该书影响极为深远。

3. 卢尔德(Lourdes):法国西南部小镇,1858 年天主教信徒看到圣母马利亚的圣光,从此这里一直是世界上最重要的朝圣场所之一,每年有超过 600 万人来到这里朝圣。

究其原因，不仅仅是因为恐惧圣像的反对者搭乘"五月花号"来到这里，还有一个原因是，即使在新英格兰，美国人拥有充分理由恐惧的自然，不可能被想象为母亲。一头白鲸，人类不可能理解它，也不可能被它理解，只有像加布里埃尔[1]这样的疯子才崇拜它，而与它之间唯一的关系只有殊死搏斗。凭借这点，一个人的勇气和技能才得以检验和判断。再举个例子，《它的大部分》中诗人祈求着"他之外的另一个人"时，那头硕大的雄鹿所做的回应，是更恰切的象征。尽管梭罗竭尽全力想要亲近自然，他也必须坦白：

> 我行走在自然中，独自一人，
>
> 　　不认识任何事物，
>
> 无法识别任何造物的
>
> 　　容貌或特征。
>
> 尽管整个天空
>
> 　　俯身于我的头顶，
>
> 我依然错过一张聪慧的、
>
> 与我相似的脸上的优雅。
>
> 我依然必须寻求友人，
>
> 他与自然浑然融合，
>
> 是戴着自然面具的人，
>
> 他是我在询问的人……

---

1. 加布里埃尔（Gabriel）：美国作家麦尔维尔小说《白鲸》中的候补水手。

　　许多"旧世界"[1]的诗人已经厌倦于人类文明。但是,假如一切民族都灭亡了,他们也无法想象地球会变成什么样。像罗宾逊·杰弗斯[2]这样的美国人却可以轻而易举地做到这一切,因为他曾目睹了未被历史沾染的国度。

　　在一块已然成熟的土地上,大多数人必须接受当地的环境,或者努力通过政治手段改变这个环境;只有天赋异禀的人或者冒险家可以离开故土,在别处寻找财富。然而在美国,移居他处,从头再来依然是应对不满或失败再正常不过的方式。这样的社会流动性在心理层面也有重要的效果。因为运动必定涉及社会和人际关系的打破,这一习性创造了一种对待个人关系的新态度,即把变化无常当作常态。

　　关于旧世界和新世界之间的差异,《雾都孤儿》[3]和《哈克贝利·费恩历险记》[4]两部作品的结局是我们能找到的最佳例证。两个主人公都是孤儿:奥利弗[5]最终由布朗洛(Brownlow)先生收养,他最美好的梦想都实现了:拥有一个家,周围簇拥着熟悉而友善的面孔,有接受教育的机会。哈克也有人收养,更重要的是领养者是

---

1. 指欧洲,相对于作为"新世界"的美国。
2. 罗宾逊·杰弗斯(Robinson Jeffers,1887—1962):美国诗人,生于匹兹堡,1914年后一直居住在加利福尼亚沿海地区。1924年因发表《泰马及其他诗篇》而一举成名,在其中宣布人类正在自我毁灭,人类消失后的世界会更美好。主要作品还有《杂色牡马》(1925)、《把你的心献给鹰吧》(1934)、《对这太阳发火》(1941)、《双斧》(1948)、《饥饿的原野》(1954)等。曾改写希腊悲剧《美狄亚》(1947)和《克里特岛的女人》(1954)。
3. 《雾都孤儿》(*Oliver Twist*):英国作家狄更斯的小说,可直译为《奥利弗·退斯特》。
4. 《哈克贝利·费恩历险记》(*Huckleberry Finn*):美国作家马克·吐温的小说。
5. 奥利弗(Oliver):狄更斯小说《雾都孤儿》的主人公,孤儿。

女人而不是男人，可是他拒绝了，因为他明白她会试图"驯化"他。于是，他宣布打算离开这里去往西部。吉姆，是奥利弗所有朋友中关系最亲近的一个"小伙伴"，却被抛在了身后，像一只旧鞋那样被丢弃，就像在《白鲸》中，以实玛利已经成为魁魁格[1]的亲兄弟，可最终还是将他抛诸脑后了。自然而然，美国文学中经常出现这种关于"终生伙伴"的白日梦：

> 伙伴，我给你我的手！
>
> 我给你比金钱更珍贵的爱，
>
> 在牧师和法律面前，我把自己给你；
>
> 你愿意把自己给我吗？你愿意和我一起跋涉吗？
>
> 我们终其一生相互厮守吗？

（惠特曼《大路之歌》）

但没有一个美国人会把这个梦想当真。

在任何时间可以与过去决裂，迁移并持续迁移，这不仅淡化了过去的意义，也淡化了未来的意义——未来的定义被缩略为最近的未来，而政治行动的重要性也变得微乎其微。欧洲人可能是保守主义者，认为自己已经找到了最适宜的社会形态；或者也可能是自由主义者，认为最适宜的社会形态正处于实现的过程中；也可能是革命者，认为只有经历了漫长的黑暗时代，最适宜的社会形态才可以

---

1. 以实玛利（Ishmael）：小说中的水手。魁魁格（Queequeg）：大副斯塔波克的随从，经验丰富，勇敢。

第一次得以实现。然而他们每一个人都知道,无论是借助理性还是
暴力,自己必须说服别人相信自己是正确的;对于未来,他可能是乐
观主义者,也可能是悲观主义者。这些术语没有一个适用于美国
人,因为他对未来的最深切的感受不是未来会变得更好或更糟,而
是未来不可预测,一切事情都会发生变化,无论好坏。没有哪种失
败是不可挽救的,没有哪种成功是最终的圆满。民主是最好的政府
形式,不是因为人们一定能在民主制度下过上更好或更幸福的生
活,而是因为这一制度允许持续不断的实验;一场既定的实验可能
是失败的,但是人们有权利犯自己的错误。美国一直是业余者的国
度,在这里,自诩为精英阶层一员的专业人士,知道法律在这个或那
个领域是不被信任甚至是被怨恨的对象。

> 美国,比起我们的大陆
>
> 这古老的大陆,你已让它变得更美好,
>
> 没有衰败的城堡,
>
> 没有玄武岩。[1]

这是歌德写的,"没有玄武岩",我猜测,意思是没有暴力的政治
革命[2]。与各自的历史相关联,英国人和美国人对于此主题则珍视
着相反的谎言。1533 年至 1588 年之间,英国人经历了一系列革

---

1. 出自歌德诗作《美利坚合众国》(Den Vereinigten Staaten),原文为德语。
2. 可能由于玄武岩浆黏度小,流动性大,喷溢地表易形成大规模熔岩流和熔岩被,
可以用来隐喻暴力政治革命。

命,政府(State)机构将教会(Church)强行赋予革命之上,处死了一个国王,又废黜了另一个。然而他们选择忘记,假装认为英国的社会结构是有机的、平静的生长过程所生成的产物。与之相反,美国人则喜欢假装把那场成功的分裂主义战争(指南北战争)认定为一次真正的革命。

假如我们将革命这个词用在 1776 年和 1829 年发生于北美的事情上,那么它就拥有了一个特殊含义。

通常而言,"革命"这个词描述的是这样一个过程:一种类型的人,原本生活于特定类型的社会,具有看待世界的特定方式,他却将自己转变为另一种类型的人,生活于另一种社会,拥有另一套生活观念。教皇革命[1]、路德革命、英国革命和法国革命皆是如此。美国革命则情形迥异;这并不是一个旧时代的人将自己转变为新时代的人这样的问题,而是新时代的人逐渐意识到自己是"新人"这一事实,因为此前他对自己的转变尚未有所察觉。

独立战争是第一个步骤,离开了父辈的庇护是为了寻找真正的自我;第二个步骤更为关键,即真正的发现,是杰克逊[2]总统带来

---

1. 教皇革命:又称格里高利改革。1073 年,克吕尼修道院修士希尔德布兰德当选为教皇,即教皇格里高利七世(Gregory VII,1073—1085 年在位),由此开始了与神圣罗马帝国皇帝分庭抗礼。一方主张教权至上,一方主张皇权至上,形成了二者对垒的局面。1075 年格里高利七世宣布:"教皇在法律上凌驾于所有基督徒之上;僧侣受教皇统治,但其在法律上凌驾于所有世俗权威之上……教皇有权解除人民对邪恶统治者效忠的誓约,可以废黜皇帝……所有的主教应由教皇指派,并最终应服从于他,而不是世俗权威。"从而将国王降低到俗人地位,并服从于罗马教廷。

2. 指安德鲁·杰克逊(Andrew Jackson,1767—1845),美国第七任总统(1829—1837)。

的。当时,人们开始清楚地认识到,美国的代议制政府虽然和英国议会制度形式接近,却不是对后者的模仿,尽管《独立宣言》可能采用了法国启蒙运动的语汇,但这些词在美国却有了截然不同的意义。确实存在一种新颖而独特的美国精神,但这更多是自然的产物,是美洲大陆新颖而独特的环境的产物,而非自觉的政治行动所造就的。甚至连《独立宣言》最具革命性的特征,政府与教会的分离,也是第一批定居者到来之后才存在的识别标志。定居者们分属各种教派,他们对世俗权威的控制也都是本土化的。美国从一开始就是一个多元化国家,而多元主义与国立教会水火不容。美国历史中的"玄武岩"(Basalte),即内战[1],其实可以被定义为"反革命运动",因为其斗争目标不是自由,而是对自由的限制,从而保证美国可以维持多元化而不至于分裂成一堆无政府碎片。多元主义和实验:这里有"幽灵城镇"和"新耶路撒冷"失败以后留下的废墟,就像是美国版的"衰败的城堡"(verfallenen Schloesser)。

美国人无意于成为他自己;这是移民和美洲大陆的性质使然。一个移民永远不清楚自己想要什么,只知道他不要什么。一个人从栖居了数个世纪的土地来到粗粝的荒野,他面临的问题没有哪个是自己的传统和习惯所要处理的。因而他无从预见未来,所能做的即是每天随机应变。因此,第一个明确意识到美国的新异性和重要性的人并非来自美国,这就一点也不奇怪了,这样的人来自外部,如克

---

1. 内战:也称南北战争(1861年4月—1865年4月),是美国历史上唯一一次内战,参战双方为北方美利坚合众国和南方的美利坚联盟国。战争最终以北方胜利告终。

雷夫科尔(Crèvecœur)[1]和托克维尔。

在一个以拓荒为主要任务的社会中——所谓拓荒指身体与自然的搏斗，而自然是极为顽固而暴烈的——知识分子并非至关重要的角色。那些拥有知识和艺术品位的人，假如发现自己是一个受人蔑视(最好的情况也就是被人忽视)的少数派，就会转而蔑视他们所在生活的种种鄙俗，并且怀念更闲适雅致的文化。第一批重要的美国诗人——爱默生、梭罗、坡——因为这个原因也加倍艰难地生存着。作为作家，同样也是知识分子，他们在大多数人面前没有地位；另一方面，他们属于受过教育的少数人，于是转而向英国寻找文学标准，甚至不想思考、阅读关于美国的任何东西。

这种对英国文学的依赖阻碍了他们的发展道路，假如他们居住在别处，就不可能有这样的事发生。例如，居住在英国的诗人，可以只读法国诗歌；或者他移居意大利，即便只懂英语，在他和经验之间也不会出现严重障碍。其实在欧洲，当记者出于爱国主义的要求而强求英、法国或荷兰文学免受外国影响，那么我们会立刻明白，他是一个差劲的人。然而，对美国文学的希望真的与政治或民族的自负毫无关系；这是一种对真诚的渴望。迄今为止，所有欧洲文学都预设了两种东西：一个人性化、神话化、多数情况下友善的自然，和一个大多数人栖居在各自出生的地方、迁移并不频繁的人类社会。这两个预设对于美国文学都不适用。在这里，自然处于原始状态，

---

1. 克雷夫科尔(1735—1813)：法裔美国作家、博物学者，出生于法国诺曼底，1759年移居美国，改名 J. 赫克托·圣约翰(J. Hector St. John)。出版文集《一个美国农民的信》，介绍美国当时的生活情况和存在问题。

超然于历史而存在,而且通常具有敌意;而社会是流动的,人们不断迁移到别处,社会群体总是变动不居。

欧洲浪漫派可能会赞美荒漠景观的魅力,不过他们知道,只要从舒适的旅馆出发走上几小时就可以到沙漠:他们可以庆幸于独居的乐趣,但是他们知道,只要愿意就可以随时回到家里或者来到城镇里,在那里,他们的兄弟姐妹、侄子侄女、阿姨、俱乐部与沙龙和他们离开时别无二致。对于真正的荒漠,真正的孤独——即一种没有任何持久的关系供你珍惜,或是拒绝的状态——他们其实毫无概念。

爱默生和梭罗的成就是两方面的:他们描写过具有美国特色的自然,他们觉察到了美国社会成员最需要什么样的品质——这种品质受到的威胁,并非来自任何传统中令人恐惧的不公,而是来自流动性强、责任感弱一类公众的意见。他们的作品中兼有孤独者和新教徒的美德和恶习:一方面,始终真诚而具有原创性,绝不肤浅;另一方面,却有点过于暴躁、过于热切、过于鄙视优雅。就像在他们的政治思想中,美国人会轻而易举地将不民主的政治与君主体制混为一谈。所以,在他们的美学观念中,很容易将错误的传统与节奏和韵律混为一谈。爱默生和梭罗的散文优于其诗歌,因为诗歌就其文体特性而言可以反抗任何抗议;它要求我们在某种程度上接受事物的本来面目,并非出于理性或道德的原因,只是因为它们恰好就是这个样子;这也意味着创作时肯定带有些轻率。

无论人们对于惠特曼的诗评价如何,却不得不承认,惠特曼是第一个清楚地认识到了任何未来美国诗人必须接受的条件。

　　人们唱过许多歌——优美的、无与伦比的歌——比起其他土
地，这些歌更适合这片土地……旧世界产生了关于神话、小说、封
建主义、征服、社会地位、王朝战争和特立独行人物的诗，它们都很
伟大；但是，新世界的诗则需要关乎现实、科学普遍的民主、基本的
平等……就本土美国人的个性而言，西方人典型的、理想化的性格
特征（就像上帝特选的骑士符合美国人擅长从事生产劳动甚至是
赚钱的特征，绅士和勇士是数个世纪中欧洲封建主义的典范人物）
尚未出现。我自始至终承认，自己诗歌的中心着重于美国人的个
性之上，并促成这种个性——并非仅仅因为在自然的普遍规律
中，那是自然给我们上的一课，而且因为那是与标杆式的民主倾向
所平衡的。[1]

　　最后一句话让一切一目了然。对于取代"骑士"的"平凡"英雄，
惠特曼并非将其定义为平庸，而是想说个人拥有的"特立独行的性
格"并非源于出身、教育或职业，而他内心洞若观火，这样一个人假如
没有精英团体一席之地所产生的激励，想要出人头地是多么艰难。

　　他并未言及，可能也并没有意识到的是，在民主社会，诗人自身
的地位业已改变。鉴于当今现实，无论他的观念可能会显得多么荒
诞不经，我仍相信每一位欧洲诗人依然会认为自己是"读书人"
（clerk），专业同业协会中的成员，具有一定的社会地位而不用顾忌
读者数量（在内心深处，他渴望并期待的是那些掌控国家的人成为

---

1. 出自惠特曼散文《回眸一瞥》(A Backward Glance)。

自己的读者),在并未断裂的历史承续中占据自己的位置。在美国,诗人从未拥有过如此地位,甚至想也未曾想过,于是每个诗人都忙碌于写出独一无二的作品,从而证明自己存在的正当性。如果断定新世界比旧世界的诗歌爱好者要少得多,这是极为不公的——在旧世界,诗人可以要求获得多少地方用来大声朗诵诗歌,并获得大笔报酬?——但是,在新世界,也许存在着一种趋势,即诗人的名字而非诗歌本身对读者更具吸引力。然而在诗人这头,他的作品获得赞许时,他希望不是因为这首诗有多好,而是因为这是他的诗。在某种程度上,每一位美国诗人都觉得当代诗歌的全部责任落在了自己肩上,自己是一个时代的文学精英。"传统,"T. S. 艾略特在一篇著名的散文[1]中写过,"并不能继承,假如你需要它,就必须付出巨大的辛劳才能获得"。我认为,没有哪位欧洲批评家会这样说。当然,这些批评家不会否认,每一位诗人必须辛苦创作,但是艾略特这句话的前半句所暗示的,对他们而言依然陌生。也就是说,不通过自觉的努力,是无法获得对于传统的意识的。

两种态度各有优劣。英国诗人认为写诗是一种禀赋,所以写作不必竭尽全力,也无须过于认真。美国诗歌拥有许多语调,但一个人面对一群同行说话时的语调比较罕见;"严肃"诗人写轻体诗,会让美国人嗤之以鼻;假如有人问他为何写诗,而他像欧洲诗人一样回答:"为了找乐",他的读者也会感到震惊。另一方面,英国诗人陷入了一种变得懒散、学院化或者毫无责任感的危险之中。有

---

1. 即《传统与个人才能》。

人读了一些诗歌段落，即使它们出自十分优秀的诗人之手，他也会这样想："是的，很动人，但他相信自己所说的吗？"在美国诗歌中，这样的诗歌段落十分罕见。最出色的美国诗人，给读者留下最初的深刻印象，是他们彼此之间悬殊的差别。举个例子，在世界上其他地方，是否能够在几乎同代人中找到风格如此迥异的诗人：庞德[1]、W. C. 威廉斯、维切尔·林赛[2]、华莱士·史蒂文斯[3]、E. E. 卡明斯[4]和劳拉·莱汀[5]？美国诗人的危险并非写作风格与别人雷同，而是自己写作方式的不稳定，以及对自我的拙劣模仿。

---

1. 庞德(Ezra Pound，1885—1972)：美国诗人和文学评论家，意象派诗歌运动代表人物。1902年，庞德确定了意象派(imagism)这一名称，后主编意象派刊物《自我中心者》(*The Egoist*)，并于1913年编选了第一本意象派诗选。曾将 T. S. 艾略特的长诗《荒原》删定为现在的版本。1915年出版轰动西方文坛的翻译诗集《华夏集》，他从日语转译了中国古典诗歌，深刻地影响了西方现代主义诗歌。从1940年2月起，庞德从罗马每周用短波向美国广播两次，"二战"结束的1945年，被美国起诉为叛国罪，但由于法院判定其患有精神病，在精神病院度过了13年时间，期间翻译了《诗经》和《四书》。代表作为长诗《诗章》。

2. 维切尔·林赛(Vachel Lindsay，1879—1931)：美国诗人，美国现代诗歌史上有意识吸收民歌和爵士音乐并使诗歌具有美国特色的第一代中西部诗人之一。《威廉·布思将军进天堂》(1913)是其代表作。另著有《中国夜莺及其他》等。

3. 华莱士·史蒂文斯(Wallace Stevens，1879—1955)：二十世纪最重要的美国诗人之一，生于美国宾夕法尼亚州的雷丁市。在纽约法学院获法律学位，1904年取得律师资格后，在康涅狄格州就业于哈特福德意外事故保险公司，1934年就任副总裁。著有诗集《关于秩序的思想》、《带蓝色吉他的人及其他》，文论集《必要的天使》。

4. E. E. 卡明斯(E. E. Cummings，1894—1962)：美国诗人、画家、评论家、作家和剧作家，他自己署名时总是采用小写：e. e. cummings，诗歌深受达达主义和立体主义的影响，癖好实验。

5. 劳拉·莱汀(Laura Riding，1901—1991)：美国女诗人、评论家、随笔作家、小说家，生于纽约，1925年受罗伯特·格雷夫斯之邀，移居英国，旅居长达十四年。1939年，与格雷夫斯回到美国，卒于美国佛罗里达州。

　　追随着雅典的泰门[1]，柏拉图说过，音乐模式改变之后，城墙会
受到震动。也许更为正确的说法是，模式的改变预示着在不久的将
来城墙将会震动。然后，艺术家最早体会到了政治行动中爆发的社
会变动，他们感觉到当前的表达模式不再能够处理他们真实的关
切。于是，当有人思考"现代"绘画、音乐、小说或诗歌，我们第一时
间能想起的领袖人物或创造者的名字，是那些大约生于1870年至
1890年之间的人。他们在1914年"一战"爆发前开始创造"全新
的"作品，至少在诗与小说方面，美国作家的名字十分突出。

　　当与过去决裂的革命注定要发生，使自己占据有利局面的做法
是，不要过于亲密地认同任何一种特殊的文学或文化团体。例如，
像T. S. 艾略特和庞德这样的美国人，对英国诗歌也怀着对法国或
意大利诗歌那样的好奇，能够倾听过往时代的诗歌，比如韦伯斯
特[2]的诗。而这种态度，那些束缚于伊丽莎白时代传统素体诗观念
的英国人，是很难做到的。

　　进一步而言，美国人已然熟悉了因技术化的文明而变得普遍的
非人化自然，以及社会平等，而欧洲人的思维尚未做好处理它们的
准备。访问美国之后，托克维尔对民主社会将要产生的诗歌类型做
出了一番伟大的预言。

　　　　我深信，民主最终会将想象力从人之外的一切转向人，并专

---

1. 雅典的泰门(Damon of Athens)：前五世纪古希腊音乐学者，伯利克里的导师。
2. 可能指英国作家约翰·韦伯斯特(John Webster, 1580? —1625?)，以悲剧《白
魔》和《马尔菲公爵夫人》闻名。

注于人本身。民主国家的国民可能为一时的自娱而关注自然物，然而他们只有通过审视自己才能着迷于现实⋯⋯

生活在贵族时代的诗人，能够得心应手地描绘一个民族和个人生活中的特定事件；但是他们中没有人敢于将人类命运纳入自己的创作，而在民主时代写作的诗人，可能会尝试这一任务⋯⋯

可以预见，生活在民主时代的诗人可能更偏爱描绘激情和思想，而不是人本身和他们的成就。民主社会的人的语言、穿着和日常行为与理想的观念截然对立。⋯⋯这迫使诗人不断地透过外在的表面深入探寻，从而解读内在灵魂；只有对隐藏在人非物质天性深处的东西进行审视，才能引导诗人去描述理想⋯⋯人类的命运，处于自然和上帝的存在之中、疏离于国家和时代的人本身，及其激情、疑惑、罕见的繁盛和难以想象的不幸，都将成为诗歌的主要主题，甚至可以说是唯一主题。[1]

如果这是对我们所谓的现代诗歌的精确描述，那么几乎可以说，美国从来就没有过其他类型的诗歌。

---

1. 引文出自托克维尔《论美国的民主》。

第七辑

珀耳修斯之盾

THE SHIELD OF PERSEUS

关于喜剧性的笔记

假如一个人想要当旅馆老板，却并未遂愿，这算不上喜剧感。相反，假如一个少女请求获允去当妓女，却失败了——这种情况时常发生——这才算是喜剧感。

索伦·克尔恺郭尔

❖

只有凭一个人在极不情愿的情况下讲的笑话，才能笃定地推断出他的个性。

G.C.利希滕贝格

一般定义

个体或个人与普遍或非个人之间的矛盾关系，如果没有使观众或听众处于痛苦或怜悯之中，实际上也意味着它肯定没有使演员处于真实的痛苦之中。

只有仅仅看到情境本身、并未察觉痛苦的孩童（比如当一个孩子嘲笑一个驼背时），或者卑贱的人，才会觉得演员真切遭受痛苦的场景具有喜剧感。

数年前，"恐怖笑话"（Horror Jokes）曾有一阵在纽约成为风尚。例如：

> 母亲（对着失明的女儿）：亲爱的，现在闭上眼睛，数到二十。然后睁开眼睛，就会发现你能看见东西了。
>
> 女儿（数到二十之后）：可是，妈咪，我还是看不见。
>
> 母亲：今天是愚人节！

这种笑话与喜剧性之间的关系，就如同渎神之于对上帝的信仰。也就是说，它能暗示我们何谓真正的"喜剧感"。

有时候我们会对某人做出诙谐的评价，这同样很残忍。但我们通常在他背后议论，而不是当面评价，而且我们不希望有人会将这些话复述给他听。

如果我们真正讨厌某个人，我们不可能在他身上找到任何喜剧感的元素。譬如，关于希特勒就从来没有过什么真正有趣的故事。

只有当幽默感在一个社会中发展到一定阶段，其成员才会不约而同地意识到每个人都是独一无二的个体，意识到所有人都必须服从于不可变更的律法。

原始文化几乎没有幽默感；首先，因为他们对人类个体的感知是很微弱的——部落才是真正的单元——其次，因为作为万物有灵论者或多神教徒，他们对必要性几乎没有什么概念。对他们而言，事件未必出于必然才发生，而是因为某个神或精灵选择让事件发生。只有当个体与普遍之间的矛盾表现为一种包含极端痛苦的悲剧性矛盾时，他们才能意识到这一点。

在我们的社会，嗜赌成性的赌徒用宗教崇拜的态度对待偶然性，他们无一例外地缺少幽默感。

在我喜欢或欣赏的人身上，我找不到任何共同特征；然而在那些我爱的人身上，我可以找到共同特征：他们都让我发笑。

戏剧矛盾的一些类型

1) 物理定律作用于与人类相关的无机物体上时，它们似乎在按照个人意愿行动，而掌控它们的人似乎是被动的物体。

例如：一个男人走在暴风雨中，撑着伞保证不被雨淋，一阵狂风却将伞吹成了喇叭状。这富有喜剧感，因为两个原因：

a) 伞是一种由人设计、以特定方式发挥作用的器械，作为提供保护的器械，其存在和有效性取决于人对物理定律的理解。一把伞被吹成了喇叭状比帽子被吹走更好笑，因为一把伞使用时本就要被打开，凭其主人的意志改变其形状。可是如今它进一步改变形状，同样是服从物理规律，却违背了人的意志。

b) 让伞动起来的力量，即风，是无形的。所以，把伞吹成喇叭状的原因看似存在于伞本身之中。假如是瓦片掉下来在伞面上砸出了一个洞，就不会显得特别有趣，因为原因显而易见，且是符合自然规律的。

当电影播放时选择倒退，扭转事件的历史进程，意志的流动方向也随之逆转，从客体作用于主体。原先是一个男人脱掉外套的动作，就会变成外套自己穿到了男人身上。

大多数小丑的喜剧效果就是以这样的矛盾为基础的。表面上，他是一个笨拙的人，无生命的物体都不约而同地来折磨他；这看起来很可笑，但更深层次的乐趣来自于我们既有的知识，我们明白这只是表面。事实上，物体能够不偏不倚地让他摔倒或击中他的脑袋，都是小丑凭借自己的技能完成的。

2) 没有目的（telos）的无机物的规律，和拥有目的的生命体的行为之间存在冲突。

例如：一个男人走在街上，全神贯注地思考着此行的目的，却没有注意到地上的香蕉皮，踩上去滑倒了。过分专注于目标本身——可能是一个思想的目标——他却忘记了自己还受制于万有引力定律。他的目标并不必非是独一无二、个性化的；他可能只是要找公共厕所。最重要的是，他应该为了未来而忽视当下。孩子学习走路，或者成年人在冰面谨慎地选择路径，假如他们摔倒了，这一点也不可笑，因为他们已经对当下情况了然于心了。

两性关系中的喜剧情境

作为自然的造物，人类并非生来就分男女，并被赋予一种超越个人的倾向，即通过与年龄既不太小又不太老的任一异性成员婚配，让人类种群得以繁衍。在这种倾向中，任何特定的男性或女性的个性都必须服从于普遍的繁殖功能（上帝创造了男人和女人……他们人丁兴旺、生生不息）。

作为历史意义上的人，每个男人和女人都是独一无二的个体，能够与另一个人进入一段独一无二的爱的关系。作为个人，这种关系的优先级要高于人所具有的其他任何功能（不宜孤独）。

理想的婚姻是一种彼此之间谐调一致的关系；夫妻关系既关乎身体之爱，也关乎个人友谊之爱。

假如彼此之间截然不同，假如其身体关系（即犹如动物之间保持非个人化关系）及个人关系纯然是非爱欲的，这种谐调一致也许更容易达成。

然而在事实上，我们所体验的性欲从来不是一种盲目的欲求，对性交对象是谁毫不关心；我们个人所经历的历史与文化促使我们进行选择。所以，即使在最为身体的层面，某类人也更容易让别人产生欲求。我们的性欲本身是非个人化的，我们对自己偏爱的类型缺乏全面的考虑，然而它又是个人化的，我们偏爱的类型就是我们的个人趣味，而不是盲目的欲求。

这种矛盾是滋生自欺的肥沃土壤。它让我们相信，我们珍视另一个人，事实上只是将她（或他）视为性对象；这种矛盾允许我们赋予她以一种想象人格，与真实人格只有极小的关系，甚至毫无关系。

另一方面,从个人的视角而言,由于其非个人化的、亘古不变的特质,性欲是一种喜剧性的冲突。每一对恋人之间的关系都是独一无二的,然而他们在床上的行动却与任何哺乳动物无异。

喜剧性的嘲弄

《第十二夜》(*Twelfth Night*)[1]。其中的关系模式如下:

1)薇奥拉(西萨里奥)[2]头脑完全清醒。她清楚自己是谁,知道她在公爵身上感受到的是个人之爱,而公爵留给她的热情形象与实际相符。

2)公爵在一件事上头脑是清醒的;他知道他在西萨里奥身上感受到的是一种个人的爱恋。美少年般的外表使这一切顺理成章——假如他长相普通,就会落入一个群体,在此群体中尽是潜在的逐爱者。事实上,他对于虚幻的西萨里奥心生个人爱恋,确保了他对薇奥拉这个真实存在的人心生的爱恋是真实的,因为这不可能是一种由性欲所激发的幻觉。

另一方面,他与奥丽维娅的关系是夹杂着爱欲的幻想,通过以下两种方式中的一种展现出来:要么,他对她的印象与真实的她并不一致;要么,即使一致,也是与他在与自己的关系中所产生的幻想

---

1. 莎士比亚喜剧作品。
2. 薇奥拉(Viola):《第十二夜》剧中人物,热恋伊利亚公爵奥西诺的少女。与西巴斯辛(Sebastian)是相貌相同的孪生兄妹。在一次航海事故中,两人在伊利里亚岸边失散。薇奥拉以为哥哥身遭不幸,便女扮男装,化名西萨里奥(Cesario),投到当地奥西诺公爵的门下当侍童。奥西诺公爵派薇奥拉替他向伯爵小姐奥丽维娅(Olivia)求婚。可是,这时薇奥拉已经暗暗地爱上了主人奥西诺。而奥丽维娅却对代主求婚的薇奥拉一见钟情,并向"他"表达了爱情。

一致。事实是,她虽然已经明确不会对他的热情追求作出回应,但他依然锲而不舍地通过迂回策略继续追求。这证明他对作为个人的她缺少尊重。

3) 奥丽维娅对西萨里奥的印象夹杂着爱欲的幻想。由于她能够将自己对西萨里奥的印象成功转移到西萨里奥的替身——西巴斯辛身上,并嫁给了他,我们必会假定,她所渴望的丈夫形象对她自身而言是真实的;只是因为西萨里奥碰巧是一个乔装打扮的女人而不是男人,于是这个形象意外地变成了幻想。

4) 安东尼奥[1]和西巴斯辛的幻觉与爱欲关系无关,但关涉灵与肉的同一性问题。这是一条普遍法则,即一个人的面容是由其主人的过去所创造的,而两个人不可能拥有相同的过去,故而任何两个人的面容不可能完全一致。同卵双胞胎是唯一一例外的情况。薇奥拉和西巴斯辛是双胞胎,却不是同卵双胞胎,因为一个是女的,另一个是男的;然而,给他们同时穿上男性或女性服饰,他们看上去就像同卵双胞胎。

如今,在一个普通的剧院已很难演出《第十二夜》,因为女性角色不再由少年来扮演,这在莎士比亚的时代是一个规例。当薇奥拉

---

1. 安东尼奥(Antonio):《第十二夜》剧中人物,在航海事故中援救西巴斯辛的海盗船长,两人结成莫逆之交。来到伊利里亚后,因惧怕伊利里亚当局的追捕,不能陪西巴斯辛逛城,将钱袋交给他使用。随后碰到正在和富户安德鲁决斗的薇奥拉,错把她当成西巴斯辛,遂上前拔刀相助。然而,路过此地的警察认出了他并把他逮捕。安东尼奥看到薇奥拉对自己被捕既无动于衷,也不肯还他钱袋,大为吃惊,遂指责她忘恩负义。

以少年装扮出场时，幻象应该完美无缺，这对于整部戏剧而言是至关重要的；假如观众很容易就发现西萨里奥其实是个少女，那么这部戏剧就会变成闹剧，而且趣味低劣。因为在闹剧中，不可能表达任何严肃的感情。然而《第十二夜》中的一些角色有着严肃的情感。尚未变声的少年装扮成少女时，会造成一种完美的错觉让人以为他是少女；年轻女人装扮成少年时，却从不可能令人信服地错以为她是少年。

《玫瑰骑士》[1] 和《查理的姑姑》[2]。对于莱歇瑙男爵 [3] 而言，诱奸年轻侍女已经变成了一种嗜好，即，曾经是欲望与个人选择两者的结合，如今已几乎成为一种条件反射。戏服让他想到了"侍女"（chambermaid）这个具有魔力的词，这个词又向他发出命令："勾引她。"然而，男爵并不是一个闹剧角色；他清楚漂亮女孩和丑姑娘之间的差别。饰演奥克塔维安 [4] 的应该是一个面容姣好的女中音，这样当她装扮成少年时，才会让人错以为她是英俊的少年。在第三幕中，她按照其本来身份打扮成一个少女，也很漂亮，然而她扮演侍女角色时必定给人闹剧的印象，仿佛是一个糟糕的演员在模仿少女。所以只有像男爵这样沉迷于嗜好的人才无法注意到这一点。

1.《玫瑰骑士》(Der Rosenkavalier)：德国作曲家理查·斯特劳斯于 1909 年创作的一部三幕歌剧，歌剧的文学脚本由奥地利诗人霍夫曼施塔尔创作。

2.《查理的姑姑》(Charley's Aunt)：一部由英国演员、剧作家布兰登·托马斯 (Brandon Thomas, 1848—1914) 创作的滑稽剧。曾在伦敦演出 1 466 场，打破了戏剧演出的历史记录。

3. 莱歇瑙男爵 (Baron Lerchenau)：《玫瑰骑士》剧中人物，元帅夫人的表兄。

4. 奥克塔维安 (Octavian)：《玫瑰骑士》剧中人物，罗弗拉诺伯爵，元帅夫人玛利亚·特雷莎·冯·威登伯格公主的年轻恋人，由女中音反串，在伯爵与侍女之间不断转换身份。

《查理的姑姑》是一出纯粹的滑稽剧。追求有钱女人的叔叔并不是这一嗜好的奴隶;他真心渴望娶一位富有的寡妇,但他只是想要她的财富而已;他对性或个人毫无兴趣。他得知自己将要遇见一位富有的寡妇,看到她的丧服,就足以促使他行动。因此,必须让观众一目了然的一点是:她既不是上了年纪的妇女,也不是老太太,而是一个年轻的大学生,想要扮成这两种人,但是一点也不像。

恋人和公民

婚姻并不仅仅是两个个体之间的关系;它也是一种社会制度,包含着许多社会情感,与阶层地位和一个人在周围人中的声望有关。婚姻本身并没有喜剧感;只有当社会情感变成以婚姻为唯一动机时,喜剧感才油然而生。因为在这种情况下,婚姻的本质动机——性交、生殖和个人情感是缺失的。《骗婚记》[1]是人们所熟悉的喜剧剧情。一个富有的老人打算要娶一位少女,但少女并不愿意,因为她爱上了和自己年龄相仿的年轻人;老人乍看起来似乎成功了,但最终还是没有得逞。为了使之成为喜剧,必须让观众相信帕斯夸莱对诺丽娜[2]并没有真正的欲望和爱恋,他唯一的一个动机是社会性的,即可以在其他老人面前炫耀他娶到手的娇妻,而其他

1.《骗婚记》(*Don Pasquale*):一译《唐·帕斯夸莱》,意大利作曲家多尼采蒂的三幕喜歌剧。

2. 帕斯夸莱(Pasquale)、诺丽娜(Norina):《骗婚记》中的男女主人公。帕斯夸莱反对侄子埃奈斯托与寡妇诺丽娜的婚事。他让私人医生马拉台斯塔为自己说亲,马拉台斯塔让诺丽娜伪装成自己在修道院里的妹妹介绍给帕斯夸莱,帕斯夸莱爱上了诺丽娜,两人成婚。婚后,诺丽娜扮演成泼妇,让帕斯夸莱忍无可忍,诉请离婚。最后私人医生说出了真相,帕斯夸莱同意了埃奈斯托与诺丽娜的婚事。

人都办不到。他想要炫耀娇妻来获得声望，引得别人羡妒。如果他真的感受到了欲望或爱恋，那么，他的计划被挫败后他就会感受到真切的痛苦，剧情就会转而变得或悲伤，或讽刺。在《匹克威克外传》中，出现了同样的剧情；不过这一次，拥有这一社会性动机的是女人。寡妇一个接着一个地追求着鳏夫韦勒，不是因为她们特别想要嫁给他，而只是想要获得一个已婚女人的社会地位而已。

城市的律法与正义的律法

例如：福斯塔夫关于荣誉的一番话（《亨利四世》上部，第四幕第二场）。

假如伊丽莎白时代或者现代听众相信，武士所遵循的伦理——荣誉、勇敢和个人忠诚——是正义的完美体现，那么这番话就并不会在令人感到同情的同时兼具喜剧感，反而成了一种讽刺手段，借此可以将福斯塔夫作为一个懦夫来嘲笑。另一方面，假如武士的伦理是完全非正义的，假如这种伦理在任何情况下都无法成为关于道德责任的正确表达，这番话就不会带有喜剧感，转而成为一段严肃的和平主义宣传。两个原因使这番话在令人感到同情的同时兼具喜剧感：说出这番话时的环境，以及说话人的性格。

假如置身的处境中整个共同体的未来都岌岌可危，就像在阿金库尔战役的战场上，这番话听起来就会有一种冷漠无情的调子。但是假如一个人身处于内战之中，即封建贵族的权力之争，双方想要成为合法统治者的主张都是完全相同的——亨利四世就曾是废除了君主的反叛者——他们的封建扈从是被迫参与这样的战争的，他们冒着生命危险,在战争结束后却并未获得封赏。撇开说话者不论,这番话对霍茨波所体现的封建伦理进行了喜剧性批评。勇气是个人美德,然而仅以军事荣誉为目的的军事荣誉却可能成为社会的罪恶;不合理、非正义的战争制造了悖论,而原本被视为个人缺点的懦弱却可能变成一种大众的美德。

应该说,这番话由福斯塔夫说出来更增加了其戏剧效果。福斯塔夫常在幻想中将自己刻画成铤而走险的拦路强盗。如果真是如此,他的身体还得具备出众的勇气。他试图保持这种幻觉,但是幻觉总是被打破,因为道德勇气一次又一次地迫使他承认自己心存恐惧。进一步说来,虽然他缺乏勇气,却展示了武士伦理的另一个方面,即个人忠诚,这截然不同于哈尔王子对他人马基雅维利式的操纵。福斯塔夫曾发誓要全身心奉献于哈尔王子,却最终被他抛弃了;而他的死,真正可以被称作荣誉受损后的壮烈牺牲。

平庸的人

人是独一无二的个体,与其他所有人都有相似之处,却并不可能与任何人完全一致。平庸是关于同一性的幻觉,因为,当人们用陈词滥调描述他们的经验时,他们很难将彼此的经验分辨出来。

使用陈词滥调的人富有喜剧感,他自行选择创造了一种与他人完全一致的幻觉。相反,与他相对立的人则妄自尊大。这两种人都拥有关于自己的幻想观念,妄自尊大的人将自己想象成某个大人物——上帝、拿破仑、莎士比亚——而平庸的人则将自己想象成某个普通人，也就是毫无特点的芸芸众生。

言语的幽默

言语的幽默的产生，需要在特定语境下违反以下语言普遍规则中的一条。

1) 语言是借由声音表达事物或思想的手段。按照语言规律，任何既定的语音总是表意同一样事物，而且只能是这一事物。

2) 词语是人所使用的人造事物，并非拥有意志的个人或个人对自身的意识。词语能否表达意义取决于说话者能否正确地使用词语。

3) 语言若试图描述任何两个或两个以上的对象或事件，那它们或属于不同的类别，或属于相同的类别，或属于重叠的类别。假如它们属于不同的类别，就必须以不同的措辞进行描述。假如它们属于相同的类别，就必须以相同的措辞进行描述。然而，假如它们的类别重叠，那么，其中任何一种可以用隐喻手法描述其中一种类别的措辞，都可以准确无误地描述另一个。比如，我们可以说——犁"游"过土壤，同样也可以说——船"犁"过海浪。

4) 追根溯源，一切语言都是具象或隐喻的。为了用语言表达抽象事物，我们必须忽略其原初的具象和隐喻意义。

双关语违反了第一条规律，在这种特殊情况中，一个语音有两种含义。

当我死了，我希望人们会说：

他的罪孽深重,然而他的书却很"红"。[1]

为了让双关语具有喜剧感,一个语音的两种含义必须在语境中都具有意义。假如所有书籍的封面都是黑色的,诗中的对句就不可笑了。

押韵的词语,即发音相似,但意义不同的词语,不一定都具有喜剧感。为了使其具有喜剧感,它们所指代的两种事物,要么必须是彼此不协调的,也就是人们无法想象说话者在何种情境下需要将二者联系起来;要么必须是彼此毫无关联,只有纯粹靠偶然才产生联系。一种喜剧感押韵的效果,仿佛词语以听觉上的相似感为基础主宰了情境,仿佛词语拥有了创造一个事件的力量,不再是一个事件要求用词语进行描述。请读下面的诗行:

> 曾经有一个老人在怀特黑文寓居,
>
> 与一只渡鸦跳着四对方舞。
>
> There was an Old Man of Whitehaven
>
> Who danced a quadrille with a raven

人们会不自觉地引发这样的思考,假如这位老绅士住在锡兰(Ceylon),他也许不得不与一只天鹅共舞;又或者,假如他的舞伴是一只老鼠,他可能就得住在牛津的基督教堂(Christ Church)了。

---

1. 这里"深重"(scarlet),也有"绯红"、"深红"的意思。"读过"(read)则与"红色"(red)谐音。

喜剧感的押韵同时违反了前两条语言规律；首音误置(spoonerism)则违反了第二条。例如：一位地质学家讲课时用下面的话介绍一张幻灯片："这里，先生们，我们看到一个好色黑人的绝佳例子。"（And here, gentlemen, we see a fine example of erotic blacks.）[1]

等到说话者注意到自己在使用语言时犯了错误，他其实已经制造了另一种语义。双关语指代的两个意义是有关联的，而首音误置则不同，因为这种情况下临时产生的意义在上下文中其实毫无意义。因此，双关语的喜剧特性对于听者而言应是直截了当、清晰无误的；然而，听者要费一番工夫才能理解首音误置的说话者真正想表达的内容。双关语是机智诙谐、有意为之的；首音误置像喜剧感的押韵一样带有喜剧感，而且看上去应该是无意为之的。正如小丑，说话的人看似是语言的奴隶，但实际上是语言的主人。

就像那些笨拙不堪的人一样，有些无能的诗人也受制于他们仅知的那些韵脚。莎士比亚在戏剧《皮拉摩斯与提斯柏》（*Pyramus and Thisbe*）[2]中揶揄过这类诗人：

> 这两片犹如百合花的嘴唇，
>
> 这犹如樱桃的鼻子，
>
> 这犹如黄色野樱草的脸庞，

---

1. "好色黑人"（erotic blacks）可能是"波罗的海岩"（Baltic rocks）的首音误置。
2. 应指莎士比亚戏剧《仲夏夜之梦》第五幕第一场忒修斯在宫中观看的一出戏：《皮拉摩斯与提斯柏》。

都已逝去,都已逝去,

恋人们在悲戚;

他的眼睛绿如青韭。

哦,命名三女神,

来吧,降临于我,

伸出你们雪白如牛奶的手;

将它们放在这血泊中,

既然你们已用剪刀

剪断了他的命运之线。

在这个例子中,我们在嘲笑这位田园诗人,并不是与他一起笑。

违反第三条规律可以造就最富有成效的诙谐手段,即,将属于重叠类别的词语归为同一类别。譬如,在骚乱和社会动荡期间,暴民将全国的干草堆点燃,西德尼·史密斯[1]给友人梅内尔夫人(Mrs Meynell)写信:

你怎么看待这些纵火事件?你可曾听过这种新型的纵火?夫人们的女仆开始焚烧自己的女主人。上周,两位贵妇被烧伤,获得了巨额赔偿。她们正在发明用于梳妆台的消防车,配以薰衣草香水才能运转。

---

1. 西德尼·史密斯(Sidney Smith,1764—1840):拿破仑战争时期的英国海军上将。

第四条规律,将话语区分为描述具体事物的场景,和描述抽象目的的场景,从而为幽默提供了机会,就像王尔德在诙谐短诗中所写的:

> 二十年的风流韵事使女人看上去完全废了,二十年的婚姻使她看上去如公共建筑。

"废了"[1]变成了一个"死的"隐喻,就是说,这个词可以十分自然地作为抽象物使用,而"公共建筑"依然是具体描述。

文字上的戏仿,及视觉上的讽刺画(Visual Caricature)

文字上的戏仿其前提是:a) 每一位真正的作家对生活都有独到的视角,以及 b) 其文学风格精确地表达了这一视角。戏仿者的诀窍就是使用作者的独到风格,即他"如何"用表达自己独特视角的方式,来言说那些陈词滥调;戏仿所表达的"东西"其实每个人都可以说,所达成的效果就是作者与其风格之间的颠倒。风格不再是人的造物,相反,人成为风格的木偶。只可能对自己所崇拜的作家进行戏谑讽刺,因为在面对自己厌恶的作家时,他自己的作品看起来更像是一次戏仿,比作者真正希望能够写出的作品棒得多。例如:

---

1. "ruin"也有"废墟"之意。

当我们日渐衰老，而不会愈发年轻。

季节轮回，今天我五十五岁，

去年今日我五十四岁，

明年今日我将六十二岁。

我不能说我会喜欢（仅代表我的意见）

再一次看见自己的时光——如果你可以称它为时光：

在楼梯风口坐立不安，

在拥挤不堪的地铁数着失眠之夜。

（亨利·里德[1]《查德·惠特罗》）

　　每一副面容都是对当下事实的见证者，其主人在其身后拥有一个可能与众不同的过去，而在他身前的未来，某些可能性比起其他可能性更有可能实现。"阅读"一副面容意味着猜测它的过去，以及它未来可能变成的样子。对于孩童，所有未来的可能性都是可能实现的；对于死者，所有可能性已耗尽为零；对于动物，只有一种可以实现且彻底实现的可能性——他们并没有面容，而是戴着难以捉摸的面具。给面容画一幅讽刺画，承认其主人拥有过去，却否认他拥有未来。在一定程度上，他创造了自己的特征；然而如今，这些特征主宰了他，使他不再发生任何变化；于是他已成为一个彻底实现了的单一可能性。这就是为什么当我们来到动物园时，动物的面容总

---

1. 亨利·里德（Henry Reed，1914—1986）：英国诗人、翻译家、广播剧作家和记者。其最著名的作品是《战争课程》（*Lessons of the War*），是对于英国"二战"期间军事训练的戏仿，《查德·惠特罗》（Chard Whitlow）是其中一首。

让我们想起人类的讽刺画。这种讽刺画不需要被解读，它没有未来。

我们喜欢给友人画讽刺画，因为我们希望他们一成不变；最重要的是，不想把他们与死亡联系起来；我们喜欢给敌人画讽刺画，因为我们不愿给他们弃邪归正的可能性，否则我们甚至可能原谅他们。

攻击性对诗比赛（Flyting）[1]

作为一种矫揉造作的文学艺术形式，攻击性对诗比赛似乎已经绝迹，如今只存在于卡车司机和出租车司机的即兴交谈中。其喜剧效果来自所说内容的侮辱性质（似乎暗示着充满敌意和侵犯的激烈关系）和创造言辞的精湛技巧（表明说话人并不顾及对方，而只关心语言本身，以及创造性地使用语言时产生的快感）之间的矛盾关系。暴怒的人会哑口无言，只能通过身体的剧烈运动来表达愤怒。戏剧化的愤怒本质上是喜剧感的，因为愤怒在所有情感中是最难以与戏剧兼容的。

讽刺

讽刺的对象是一个拥有道德能力，却超出了正常的诱惑从而违背了道德法则的人。精神错乱的人不能成为讽刺的对象，因为他无法像正常人一样对自己的行为负责。恶人也无法成为讽刺对象，因

---

1. 十六世纪苏格兰诗人所使用的一种艺术形式。

为尽管他在道德上可以为自己的行为负责,可是缺少正常的良知观念。讽刺作品最常见的对象是无赖。无赖以牺牲他人为代价违反道德法则,但是他也仅仅是因为被害者有缺陷才能这么做;他们分享了他的罪恶。恶人也以牺牲他人为代价违反道德,但他的受害者是无辜的。贩糖的黑市商人可以被讽刺,因为这样一个黑市的存在以别人对糖的贪婪为基础,因为糖可以使人愉悦,却并非生活必需品;贩卖青霉素的黑市商人不能被讽刺,因为对于病人,青霉素是必要的;如果他们给不起黑市的要价,就要丧命。

排在无赖后面,讽刺最常见的对象是偏执狂。大多数人渴望金钱,且在获取金钱的手段上并不是每次都十分小心谨慎,但是,他们并不会因此就成为讽刺的对象,因为他们的欲望可以被大量的竞争利益所调和。守财奴是可以被讽刺的,因为他对金钱的欲望推翻了常态的自私之心所感受到的一切欲望,如性和身体满足。

讽刺的策略

我们不仅拥有人类道德规范,还拥有违反这种规范的正常方式。每当屈从于诱惑时,正常人必须进行自欺和辩解。因为为了屈从于诱惑,他需要一个幻觉,告诉他所做的一切都是出于良心:在他做出不道德的行为之后,欲望已被满足,正常人就会意识到自己行为的性质并感到愧疚。无法意识到自己行为性质的人是疯子,无论在行为之前、之中还是之后,对自己的所作所为具有准确意识却感觉不到愧疚的人,就是恶人。

因此,最常见的讽刺手段有两种:1)假设讽刺对象是疯子,且他/她对自己的所作所为毫无意识，以这样的形式将其表现出来。

> 此刻，黑夜降临，骄傲的场景已谢幕，
>
> 然而在赛特尔的韵律中，再多住一天。[1]

（蒲柏）

即使对于最差劲的诗人，写诗也是一种个人的自愿行为，却被表述为像地球的旋转那样具有非个人化及必然性的事件。即使对于差劲的诗人，他的诗歌所创造的价值也是多元化的，却被呈现为一成不变的东西，于是就像无机物一样受制于定量的测量手段。

讽刺效果的先决条件是，读者了解在现实生活中赛特尔不是一个十足的疯子，因为疯癫可以完全操纵一个人，使其违背自己的意志：赛特尔可以说是一个自我造就的疯子。

2）假定讽刺对象是恶人，对自己的所作所为了然于心，却丝毫感觉不到愧疚，以这样的方式将其表现出来。

> 尽管，亲爱的上帝，我是罪人
>
> 我没有犯过巨大的罪孽；
>
> 如今我会来参加晚礼拜，
>
> 一旦我有时间。

---

1. 出自蒲柏诗作《愚人志》(*The Dunciad*)。赛特尔(Settle)是诗歌中的伦敦桂冠诗人。

所以,主啊,为我留出一个冠冕,

不要让我应享的份额减少。

(约翰·贝杰曼)

这一次,讽刺的效果取决于我们对这位女士的了解,明白她在现实生活中并不是恶人,假如她与自己所说的全然相符,就不可能去教堂。

讽刺作品繁盛于同质化的社会。在这里,关于正常人应该做出何种举动,讽刺作家与读者拥有共识。而在相对稳定和惬意的时代,讽刺作品无法处理罪恶和苦难的主题。在一个与我们所在时代类似的时代,讽刺作品不可能繁盛,除了在表达私人纷争的亲密圈子里是例外:在公共生活中,罪恶与苦难过于严重,以至于讽刺作品显得微不足道,唯一可能的攻击方式是预见性的谴责。

唐璜

听到有人在唱儿歌，

会让你们同样欢笑；

看见我随着节拍跃动，

你们也会跳动着父母之心！

《浮士德》第二部第三幕

❖

我们所熟悉的大多数文学作品可以分为两类：一种是我们不愿读第二遍的作品——有时，我们甚至无法将它们读完；另一种是我们永远能开心地重读的作品。然而，还有少数作品可以归为第三类；这其中没有一部是我们会经常阅读的，然而一旦怀着恰当的心境，它却是我们乐意阅读的唯一作品。无论多么出色或伟大的其他作品，都不能替代这部作品。

对我而言，拜伦的《唐璜》就是这样一部作品。为了试图分析这部作品为何可以取得这样的效果，我发现了一种十分有用的区分，就我目前所发现的而言，也只有英语能如此表达，即"某某东西'令人感到无聊'（boring）"和"某某是'无聊的东西'（bore）"之间的区别[1]。

我相信，在英语中，"boring"这个形容词表达的是一种主观判断;"令人感到无聊"(boring)往往意味着"令我感到无聊"(boring-to-me)。举个例子,倘若我置身于一群高尔夫球迷中,我觉得他们的交谈无聊透顶(boring),他们却感到陶醉。另一方面,"bore"这个名字表述的是一个客观的、放诸四海而皆准的结论;"X 是无聊的人或事"(X is a bore)不是对的就是错的。

假如用来评判艺术作品或艺术家,这个区别可以做出四种判断:

1)不会(或曰几乎不会)让人感到无聊,却是无聊的作品。例如:贝多芬的最后几个四重奏,陀思妥耶夫斯基的小说。

2)有时候令人感到无聊,却不是无聊的作品。这一类包括威尔第、德加[2]、莎士比亚。

3)不会让人感到无聊,也不是无聊的作品。这一类包括罗西尼、瑟伯[3]的画作、P. G. 伍德豪斯。

4)令人感到无聊,本身又是无聊至极的作品。这种作品压根儿就没人会看。此处就不点名了,以免得罪人。

---

1. "令人感到无聊"(boring)是形容词,"无聊的东西"(bore)是名词。

2. 德加(Edgar Degas,1834—1917):法国印象派画家。他最著名的绘画题材包括芭蕾舞演员和其他女性,以及赛马。1870 年之后,创作风格开始转向了现实主义,但还是参加了 1874—1886 年历届印象派画展,除了 1882 年。代表作《舞蹈课》、《贝利尼一家》、《新奥尔良棉花事务所》等。

3. 瑟伯(James Thurber,1894—1961):美国画家、漫画家和作家,最成功的是讽刺小说,写作上的主要成就是《当代寓言集》《当代寓言续集》、自传《我的生活和艰难岁月》等。

下面的定义也许可以更加清楚地表述这一区分的原则：

A. 绝对令人感到无聊，但绝对不是无聊的东西：每天的时间。
B. 绝对不令人感到无聊，但绝对是无聊的东西：上帝。

《唐璜》有时候令人感到无聊，却不是无聊的作品，这在长诗中是一个杰出典范。想要充分地欣赏这部作品，读者必须处于一种特定的情绪之中，即厌恶一切无聊之物（bore），不论其无聊程度如何。就是说，厌恶一切充满激情的依附感，无论是对于人、事物、行为还是信仰。

这种情绪并不意味着人喜欢讽刺。因为讽刺尽管让人心生愉悦，却源于激情，源于对事实的愤怒，源于将既有事实转变为应然的事实的渴望，源于变化乃人力所能为之的信念。例如，《愚人志》假定愚钝女神（Goddess of Dullness）是文明危险的敌人，假定所有好公民都有责任团结起来护卫城市，反对她的扈从；假定普及常识的事业并非毫无希望。

有人指责拜伦的诗伤风败俗，而拜伦在某一场合为自己辩护时说："唐璜流传于世并不是因为它想要表达的意愿——即对于当前社会状态下种种恶习的讽刺。"但是，他并没有说实话。当然，这部诗作包含了一些讽刺段落。拜伦在攻击华兹华斯、骚塞（Southey）或惠灵顿（Wellington）时，无疑希望让读者和崇拜者远离这些人。在其所描述的伊兹梅尔（Ismail）之战的背后，潜藏着一个希望，即，对战争荣耀的痴迷不是无可救药的人性缺陷，而是人类的良心最终可以被说服而去反抗的罪恶。

不过,整体而言,《唐璜》不是一部讽刺之作而是喜剧,拜伦对此了然于心,因为他曾怀着更真诚的心绪写信给穆雷[1]:

> 我没有计划——我也不曾有过计划;然而,我过去和现在都为诗歌贮备了材料。尽管就像托尼·卢普金(Tony Lumpkin),假使我"兴致勃勃却遭受冷落",这部诗作将变得毫无价值,诗人就会再度变得严肃……你对于作品过于认真、过于热心,但它本就不打算写成一部严肃的作品。你是否猜想过,我可能只是想要咯咯地傻笑,并让人咯咯地笑。

讽刺和喜剧都利用戏剧性矛盾,然而他们的目的截然不同。讽刺让读者产生行动的渴望,从而让矛盾消失;喜剧说服读者欢快地接受已然成为生活一部分的矛盾,告诉他们反抗是无济于事的!

> 可怜的茱莉亚的心处于不安之中,
>
> 　她感觉心快要飞离,于是毅然
>
> 做出最高贵的努力,为了自己和夫君,
>
> 　也为了荣誉、尊严、宗教和美德;

---

1. 指约翰·穆雷(John Murray,1778—1843),英国苏格兰出版商,其父亲创立了约翰·穆雷出版社,拜伦是该出版社最重要的作者,此外还有简·奥斯汀、柯南·道尔、查尔斯·莱尔(Charles Lyell)、歌德、麦尔维尔、爱德华·温珀(Edward Whymper)和达尔文。

她下了决心，义无反顾；

　塔昆皇帝[1]也会为之颤抖；

她祈求圣母马利亚赐予恩典，

在妇女问题上，她是最好的裁判。

她起誓绝不再与唐璜见面，

　次日前去拜访他的母亲；

她凝望着敞开的大门，

　由于圣母的恩典，大门放进另一个人；

她感激不已，随后又略微失望——

　门再次开启——不会是其他人。

这次肯定是唐璜——不是！恐怕

那一晚她不会再向圣母祷告。[2]

　　茱莉亚既没有被描述为虔诚的伪善者，也没有被描述为荡妇，而是被描述为一个年轻女人，嫁给一个并不喜欢的年长男人，然后受到诱惑而与一个魅力十足的少年通奸。她的良知和欲望之间的冲突是全然真实的。拜伦并不是说，因为上帝并不存在，所以茱莉亚的祈祷是愚蠢的；也不是说，婚姻是不公正的制度，应该废除，代

---

1. 塔昆（Tarquin）：传说为前六世纪罗马皇帝，专横暴戾，其儿子塞克斯塔强奸了罗马诗人卢克瑞希的女儿，致使其怀恨自杀，引起民众愤怒，其政权被推翻。民众建立了共和。
2. 出自拜伦《唐璜》第1章第75、76节。本文所引拜伦诗句均参考了查良铮译文。

之以自由恋爱。喜剧意味存在于以下事实之中：良知的声音和欲望的声音可以同时在祈祷者的言语表达中得以表达，于是，茱莉亚的良知在向圣母马利亚祈祷，而内心在向阿弗洛狄忒祈祷。拜伦对此并未作出判断。他只是简单地陈述，人性就是如此这般；也许他在基于自身经验暗示，假如有机会选择阿弗洛狄忒，圣母就几乎没有胜算。所以，在与性爱相关的事情中，我们应该对人性的弱点保持宽容。

拜伦选择了"咯咯地笑"（giggle）而不是"大笑"（laugh），用以描述其喜剧性意图值得保留。

所有喜剧情境都展示了某种一般或普遍的原则，与单个的、特定的人或事之间存在着矛盾。在我们对之咯咯发笑的情境中，存在两种一般原则：

1）神圣领域与世俗领域之间相互排斥。
2）我们不会对神圣事物发笑。

现在出现的情境是，世俗事物入侵了神圣事物之中，却并没有将后者废除。假使神圣事物被废除，我们应该畅快地大笑。然而，神圣事物依然留存着，所以，一边渴望大笑，一边深感这笑声不合时宜，这两者之间产生了矛盾。

如果我们对茱莉亚的祈祷咯咯发笑，那是因为伴随我们成长的文化之中，神圣之爱和世俗之爱之间被泾渭分明地区分开来。与此

相似,假如我们在读诗时将以下诗行理解为对基督教教义的讽刺,
我们就体会不到喜剧性的重点。

　　　我承受疾病侵袭的

　　　苦楚,于是越来越信奉正统。[1]

　　　第一次侵袭迅即证实了"神性";

　　　　（然而我从未怀疑过神性,也从未怀疑过恶魔）;

　　　第二次,证实了圣母隐秘的"贞洁";

　　　　第三次,证实了寻常的"恶之起源";

　　　第四次即刻将整个"三位一体"

　　　　建立在无可争议的层次之上,

　　　我虔敬地希望,这个三位能变成四位,

　　　以便让我的信仰更为深挚。[2]

　　　假如这些诗行是讽刺性的,它们将会暗示,一切身体康健的人
都是无神论者。然而拜伦所说的是,人们身体无恙时,他们易于变
得轻薄无聊,从而忘却了所有关于生命意义的问题,而这些问题对
于每个人都有神圣的重要性,无神论者也不例外。当人们得病,他
们就顾不上考虑任何其他事情。我们可以想一下雪莱写过的一句
表达类似意思的诗(如果他拥有一点幽默感):"我病得越深,就越肯

---

1. 出自《唐璜》第 11 章第 5 节。
2. 出自《唐璜》第 11 章第 6 节。

定上帝并不存在。"其实，雪莱曾抱怨过"无力从其朋友的伟大心灵中清除基督教的妄念，这种妄念与理性水火不容，持续不断地反复出现，埋伏着等候其疾病与痛苦的时刻伺机而动"。倘若拜伦活得更长，瓦尔特·司各特爵士的预言可能就要彻底实现了。

　　我记得曾告诉过他，我确实认为，假如他再多活几年，就会改变想法。他尖刻地答道："我猜测，你是那些预言我会成为卫理公会派教徒的人中的一个。"我回答——"不。我并不希望你的转变会是如此庸常。我想要看到转而重拾天主教信仰，通过严厉的苦行而使自己变得杰出。"

"神圣"与"世俗"这两个词可以用于表达其相对意义，也可以用于表达其绝对意义。因此，在为两性之间的爱赋予精神价值的文化中，这样一种爱尽管以身体为载体，比起肉体的饥渴，却也显得神圣。遭遇海难的唐璜醒来见到海蒂（Haidée）附身于他，听到她的声音他兴奋不已，然而他首先渴望的并非她的爱，而是牛排。

神圣事物既可以是善的，也可以是恶的。在我们的文化中，人们食肉被认为是正常的（正常的事物往往是世俗的），而素食者却被视为不正常。

　　　　尽管他的体质也能容忍

　　　　素食，吃了却会口出怨言，

　　　　你们的劳动人民必定深信不疑

牛肉、小牛肉和羊肉更有益消化。[1]

然而，嗜食人肉则是一种罪，具有神圣的恐怖感。《唐璜》第二章中的海难幸存者并不只是饥饿，他们还渴望吃到成长环境中其习惯于食用的肉类。不幸的是，唯一能吃到的肉是人肉。我们可以想象，成长于素食文化中的人若被困于相似的困境之中，就不会变成食人肉的野蛮人，因而并未意识到人类可以作为肉来食用。拜伦诗中的几个人为其行为付出了生命代价，并非因为犯下了触犯神明之罪，而是因为一个世俗原因，即他们难以消化新的食物。

> 夜间他们瑟缩发抖，白天又烈日炙烤，他们逐一
>
> 　　离世，只幸存了少数人，
>
> 然而主要归咎于一种自戕，
>
> 就着盐水，他们吞下佩德利罗。[2]

最终为他们招致惩罚的，是喝盐水这种愚蠢的错误，而不是吃掉一名牧师这种触犯神明之罪。

大多数读者可能会赞同，《唐璜》中最无趣的人物是主人公本

---

1. 出自《唐璜》第 2 章第 68 节。
2. 出自《唐璜》第 2 章第 102 节。佩德利罗（Pedrillo）：牧师，唐璜的导师。海难幸存者们爬上了一艘船，缺少食物，就开始抽签决定吃人肉，并抽中了佩德利罗。但吃过他的肉的人都癫狂并死去，只有没吃人肉的唐璜存活下来。

人。当人们回想起他的名字来源于传说故事中的恶魔时,其消极顺从更是令人惊讶。神话中的唐璜淫乱,并非出于天性,而是出于自己的意志,而勾引魅惑如其天职一般。由于最轻微的一丝情感都可以将受害人名单中的数字转变为名字,他所选择的天职要求对爱拒绝彻底。因此,这是传奇故事的基本元素,唐璜并非孱弱的罪人,而是傲慢的无神论者,是与苦行圣人截然对立的魔鬼形象。他必须放弃对某一个邻人的特殊关照,这样他才可以向所有类似的人展呈同等的基督教仁爱。

在拜伦选择用唐璜为主人公命名时,他完全清楚这个名字将使公众产生怎样的联想;他也知道,许多人也会把他本人认作是一个传奇故事中冷酷无情的色魔和无神论者。除此之外,他的诗就是一次自我辩护,仿佛在对其责难者说:"传奇故事中的唐璜并不存在。我会让你们看到,与传说中的唐璜拥有同等恶名的这个男人,到底是个什么样。"

拜伦笔下的主人公甚至算不上特别淫乱。两年中,他只与五个女人做爱,与莱波雷洛的咏叹调"名单"中所罗列的 1 003 个西班牙女人,甚至是拜伦自己的"零零碎碎两百个威尼斯女人"相比,只是小巫见大巫。更何况,他并未勾引其中任何一个女人。这其中有三个女人是主动勾引的他,分别是茉莉亚、凯瑟琳、费茨-佛克(Fitz-Fulk)公爵夫人。另外两回,是非人力所能控制的境遇将他与海蒂和杜杜(Dudù)撮合在一起,他本人并无须进行诱骗。这之后,他离开海蒂之后,虽然没有像特里斯坦为伊索尔德那样殉情,他却已经真心爱上了她。

他非但不是对抗上帝与人类律法的反抗者,反而以其顺从于社会的天赋而为人所知。我无法理解那些批评家如何在他身上看出一个卢梭式的自然之子。当他被命运带到海盗的藏身之地、伊斯兰教君士坦丁堡一间闺房、东正教俄罗斯的一个法庭、新教英格兰的一所乡村房屋之时,他迅速完成了自我适应的过程,甚至变成了一个讨人喜欢的同伴。假如拜伦按照原计划续写这首诗,让唐璜来到意大利成为一名"纨绔子弟"(cavaliere servente)[1],来到德国成为一名不苟言笑、有着与少年维特(Werther)[2]一样庄严面容的男子,谁也不会怀疑,他会一如既往地以机智圆滑、沉着冷静的姿态扮演好他应得的角色。在某些方面,唐璜类似于波德莱尔笔下的花花公子,却不具备那种"无礼的"傲慢腔调,而这是波德莱尔眼中真正的花花公子最根本的特征。在读者的印象中,他绝不会口出愤怒或无礼之辞。以严肃语调结束一部喜剧性的诗作,仿佛是一种无法企及的文风;但除去这一点,我们也很难想象从未树敌的唐璜如何在断头台上结束生命,显然拜伦原本想要这样处理这个人物。

如果有人将唐璜与我们所熟知的,创造他的那个人进行比较,他就像是一个白日梦,在这个梦中,拜伦就想成为唐璜这样的人。在身体方面,他毫无瑕疵,谁也不会相信他要靠节食才能保持体型;在社交方面,他总是收放自如,言行举止透着极佳的品味。假若唐璜前往希腊,他不会为自己锻造两个荷马时代的头盔,顶上饰有羽

---

1. 原文为意大利语,奥登拼写有误,应为 cavalier servente,也可以指十八世纪的贵妇人之男陪伴,追求女人的好色者。
2. 歌德小说《少年维特之烦恼》中的主人公。

毛,也不会在铠甲上镌刻下铭文:"相信唐璜。"[1]

拜伦尽管十分在意于自己的地位,在与同等地位的人交往时却时常感到手足无措(雪莱生性过于乖张,不予考虑)。甚至,当他成为伦敦的社会名流之时,霍兰德爵士(Sir Holland)评论道:

> 在他的才华为世人所知之前,拜伦爵士并未因其出身而找到他在上流社会应有的地位。在此之前,拜伦虽出身名门,然而除了良好的地位,他一无所有。如果不是拥有卓越才华,他的处境恐怕不会有丝毫的好转。

拜伦自己向布莱辛顿女士[2]坦言:

> 我几乎从不费心挑选自己的交往对象,或者说,我并不想去拣选。结果是,那些最愚蠢的人同样能让我心满意足,更确切地说,甚至比那些最聪明的人更能让我满足。让自己俯就于他们并不需要花费多少力气,尽管我的尊严会受损,不过他们似乎并未意识到对我的"屈就"。

唐璜虽然生来就是西班牙人和天主教徒,在英国人的眼里是一个外来客人,但他却是每一个英国人的理想的完美体现。这种

---

1. 原文为意大利语。
2. 布莱辛顿女士(Lady Blessington):玛格丽特·加德纳(Marguerite Gardiner,1789—1849),布莱辛顿伯爵夫人,爱尔兰女小说家,最著名的作品是《与拜伦对谈》。

理想便是，即便没有展示出夺取成功的雄心，他们最后却总能成功。

那些被作者投射了自己白日梦的人物，几乎都是了无生趣的。假如拜伦将《唐璜》像《海盗》(*The Corsair*)或《劳拉》(*Lara*)[1]那样写成一首直接的叙事诗，那也许会变得没有什么可读性。幸运的是，他发现有一种诗歌形式可以允许作者进入正在讲述的故事。唐璜只是凑巧成了主人公：诗的真正主人公是拜伦自己。

在我所知的文学史中，拜伦的诗最有力地诠释了诗歌这种形式，能扮演多么富于想象力的角色。假如威廉·斯图尔特·鲁斯[2] 1817年9月到了威尼斯，除了氧化镁[3]和红牙粉[4]，一无所见，那么，拜伦在今天可能会被视为一个不入流的诗人。他十分了解意大利，读过卡斯蒂[5]的《爱情小说》，并且爱不释手。不过，在读到弗雷尔[6]的

---

1. 拜伦出版于1814年的两个诗体故事，其中，《劳拉》全名《劳拉，一个故事》(*Lara，A Tale*)。一时极为流行。

2. 威廉·斯图尔特·鲁斯(William Stewart Rose，1775—1843)：英国诗人、翻译家，与拜伦关系密切，将弗雷尔的作品介绍给拜伦，并于1819年翻译了意大利诗人、作家卡斯蒂的《会说话的动物》。

3. 主要用作制备陶瓷、搪瓷、耐火坩埚和耐火砖的原料。

4. 在牙膏出现之前，牙粉是人们最常用的牙齿清洁剂。

5. 即乔万尼·卡斯蒂(Giovanni Battista Casti，1724—1803)：意大利诗人、讽刺作家、喜剧剧本作者，生于意大利阿夸彭登泰，卒于巴黎。最著名的作品是《爱情小说》(*Novelle Galanti*)，另有诗体寓言集《会说话的动物》(*Gli Animali Parlanti*)。

6. 指约翰·弗雷尔(John Hookham Frere，1769—1846)：英国作家、外交官，生于伦敦，著有《僧侣与巨人》等，最为知名的是对阿里斯托芬的诗体翻译。他在关于亚瑟王的诗作《一部预期的民族作品的内容简介和样本》(*Prospectus and Specimen of an Intended National Work*)中采用了借自意大利语的模仿英雄体的八音节诗体(ottava-rima)，拜伦读后，在《贝波》、《唐璜》等诗中使用了这种诗体。

《僧侣与巨人》(*The Monks and the Giants*)之前,他还未意识到在诗学上模仿英雄体的八音节体的可能性。

除去他以这种体式和韵律写就的诗《贝波》(*Beppo*)、《审判的幻象》(*The Vision of Judgment*)、《唐璜》,还有哪些作品拥有恒久的价值?少量抒情诗,虽然没有一首可与摩尔(Moore)[1]最出色的抒情诗抗衡;还有两首中规中矩的讽刺诗,然而逊色于德莱顿或蒲柏;《黑暗》(*Darkness*),一首不错的无韵诗,却因一些矫饰的情感损害了质量;另外还有《恰尔德·哈罗尔德》(*Childe Harold*)中的六七个诗节,以及《该隐》中的六七行诗句,除此之外再没有别的了。1817年,在写给摩尔的信中,拜伦彰显出比其读者更精准的判断力;自此开始,他完全放弃了自己以前的作品:

> 倘若我再多活十年,你将会看到,对我而言一切并未结束——我指的不是文学上的成就,因为那微不足道:假若说我不认为文学是自己的使命,这听来本已经够奇怪了。

不久之后,他读到了弗雷尔:如信中所预言的,对他而言一切并未结束。但是他没有预见的是,文学即将成为他的使命。他的诗人气质完全被释放出来。

只要拜伦努力去写名副其实的诗,表达深刻的情感和丰盈的思想,其作品就配得上他最为惶恐的那个绰号:"一个讨厌鬼"(una

---

1. 即美国女诗人玛丽安娜·摩尔。

seccatura）。作为一名思想家，拜伦是幼稚的——如歌德所感受到的。他既没有充沛的想象力——从来都不能创造什么，只能凭记忆——也不具备诗歌所要求的语言敏感。在所有人中，指出拜伦作为严肃诗人的巨大缺陷的，恰恰是他的夫人。

> 他对词语拥有最高的皇权，就像波拿巴[1]对待生活，只是攫取战利品，对其内在价值则置若罔闻。

《恰尔德·哈罗尔德》在艺术上的失败，很大程度上要归结于他选择了斯宾塞诗体——那简直是一场灾难。当时，他只读过《仙后》中的一些诗，之后，利·亨特（Leigh Hunt）[2]试图说服他读完整部诗作，但是拜伦十分厌恶这些诗，这在我们听来并不让人惊讶。在拜伦的性情中，那细水长流、不因时间而变、而又富于远见的特质是不可动摇的。

他试着用英雄体双韵诗（heroic couplet）写讽刺诗，却更不成功。且不论这些诗在表现方式上及不上德莱顿和蒲柏的水准，拜伦本质上更像一名喜剧作家，但不是讽刺作家。用英雄双韵诗可以说出意趣横生的东西，然而作为一种"形式"，它不具备喜剧性。换句

---

1. 波拿巴（Bonaparte）：即拿破仑。
2. 利·亨特（Leigh Hunt，1784—1859）：英国评论家、散文家和诗人，与哥哥约翰创办了当时最著名的报纸《观察家》（*The Examiner*），并向世人推荐了雪莱和济慈。此外，与拜伦关系密切，1813 年，由于攻击摄政王，被判刑两年，去狱中看望的就有拜伦、兰姆等人。1822 年，受拜伦和雪莱之邀，前往意大利创办《自由主义者》（*The Liberal*）。著有评论集《想象与幻想》、《智慧与幽默》等。

话说,它本身不能让它所讲述的内容变得饶有趣味。

在写下《贝波》之前,我们只能在轻体应景诗中读到真正的拜伦,如《为一位夫人而作,她于一个十二月之夜相约与他在花园中幽会》(Lines to a Lady who appointed a night in December to meet him in the garden)。

你为何像莉迪亚·兰格威什那样哭泣,

为何怀着自己所创造的痛苦烦忧不已,

或者,挫败你已择定的恋人,

在冬夜,让他不住地叹息;

为何在无叶的阴影里请求原谅,

只由于此处是花园?

因为,人们同意,

自从莎士比亚设下了先例,

自从茱莉亚首次宣布了她的激情,

花园似乎就定型为约会之地,

哦,某种现代音乐将驱使她,

让她坐在海运煤燃起的火边;

或者,游吟诗人将时间定于圣诞节,

将爱恋的场景设置在不列颠,

毫无疑问,他出于怜悯,

更换了所声称的地点。

我并不反对将场设在意大利,

暖夜更适合于沉思；

然而，我们这里的天气如此严酷，

爱也显得异常冷漠；

想想我们身处于寒冷，

并抑制愤怒，供人效仿。[1]

Why should you weep like Lydia Languish

And fret with self-created anguish

Or doom the lover you have chosen

On winter nights to sigh half-frozen；

In leafless shades to sue for pardon，

Only because the scene's a garden？

For gardens seem，by one consent，

Since Shakespeare set the precedent，

Since Julia first declared her passion，

To form the place of assignation，

Oh，would some modern muse inspire

And seat her by a sea-coal fire；

Or had the bard at Christmas written

And laid the scene of love in Britain，

He，surely，in commiseration

---

1. 这是一首双韵诗，每两行尾韵相谐，并每两行换韵，韵式为 aabbccdd，以此类推。译文无力再现这种韵体。

Had changed the place of declaration.

In Italy I've no objection,

Warm nights are proper for reflection;

But here our climate is so rigid

That love itself is rather frigid;

Think on our chilly situation,

And curb this rage for imitation.

在这首拜伦早期的诗作中，人们已然可以注意到诗歌的速度和对弱音节韵[1]的使用，它们即将成为拜伦的专长。弱音节韵可以出现在四音步诗行中，也可以出现在五音步诗行中，但是在写上述这首诗时，他耳中依然充斥着太多的蒲柏双韵诗的语调，以至于他无从采用这两项专长。在《英国诗人和苏格兰评论家》(*English Bards and Scotch Reviewers*)中只有三首弱音节韵诗，在《贺拉斯的启示》(*Hints from Horace*)中只有一首。

弗雷尔并不是一名伟大的诗人，然而他洞察到了用英语"精准"地模仿意大利八行诗在写作喜剧时是可能的，这堪称天才之举。意大利语是一门多音节语言，其大部分单词以非重读音节结尾，无重音的音节，所以押韵十分常见。因此，意大利八行体诗通常每行十音节(hendecasyllabic)，押弱音节韵；又因为在这门语言中找出三个

---

1. 指第二音节无重音的双音节韵(如 motion, ocean)，或第二、三音节无重音的三音节韵(如 happily, fortunate)。

押韵的词简直不费吹灰之力,八行体可以成为左右逢源的诗节,适用于任何主题。一名意大利诗人可以用八行体诗来写作喜剧或是讽刺诗,也可以用来表达严肃或悲悯的内容。例如,在这段引自《耶路撒冷的解放》(*Gerusalemme Liberata*)的诗节中就没有任何喜剧性的东西。

> 他嘶哑地向她呼唤祈求,
>
> 从黄昏痛苦到天明,
>
> 正如被顽童掏了巢的夜莺,
>
> 为失去雏鸟而悲鸣,
>
> 他如泣如诉的啼声,
>
> 回荡在夜晚的树林。
>
> 天亮时坦格雷多泪眼惺忪,
>
> 困乏地悠悠进入梦境。1

英国诗人最初模仿这部诗作时,本能地利用强音节韵,将其诗句缩短为每行十音节诗。

> 突然变得沮丧,心灰意冷而沉默,
>
> 他逃回;慌张地抓住一株年幼的桤木,
>
> 这株桤木坚挺地立于他身旁,

---

1. 出自意大利诗人塔索的《耶路撒冷的解放》第12章第90节,原文为意大利语,采用王永年译文。

遭受摧折，让他再次目睹

神或命运将要协助他的力量。

然而无论是神或是命运使他变得勇毅，

都难以理解：他必须克服

强悍的意志，让他少一点恐惧。

（《维吉尔的烦忧》[1]）

All suddenly dismaid, and hartless quite

He fled abacke and catching hastie holde

Of a young alder hard behinde him pight,

It rent, and streight aboute him gan beholde

What God or Fortune would assist his might.

But whether God or Fortune made him bold

It's hard to read; yet hardie will he had

To overcome, that made him less adrad.

("Vergil's Gnat")

　　这些诗句的速度因为频繁的单音节词、突兀的句子尾词以及省音（elision）的缺失而彻底改变了。进一步说，由于英语中押韵的词没有那么多，要完成一首稍长一些的诗，要么使用一些被用滥了的韵脚，要么生插进一行诗来达到押韵的效果，否则根本无济于事。

---

1. 英国诗人埃德蒙·斯宾塞的长诗。

倘若从乔叟到萨克维尔[1]，一直是君王诗体（rhyme-royal）[2]，而不是八行体诗，原因之一在于，君王诗体只需要一个三行联句（triplet）[3]，而无需两个。就我所知，第一位将八行诗与最新诗歌形式融会贯通的英语诗人是叶芝，他在晚年以这种方式写下了他一生中许多最为出色的诗。通过对腰韵（half-rhyme）的灵活运用，以及几乎全部以扬抑抑格（dactyl）的词语结束诗行，他解决了押韵问题，于是韵脚的音节只需要弱化的重读就可以了。例如，在《一九一九年》的开篇诗节中，只有两行严格押韵。

> 许多精致迷人的事物逝去了，
>
> 对于众人，这绝对是一个奇迹，
>
> 可以免受月亮的循环运动的损残，
>
> 月光四处投射在平庸的事物上。那里，
>
> 装饰着青铜与石头，中间曾站立着
>
> 一尊幽古的橄榄木雕像——
>
> 还有菲狄亚斯[4]举世闻名的象牙雕刻
>
> 以及一切金制蚱蜢和蜜蜂都逝去了。

---

1. 指托马斯·萨克维尔（Thomas Sackville, 1536—1608）：英国政治家、诗人和剧作家，多塞特伯爵一世。与托马斯·诺顿合写了英国第一部悲剧《戈达乌克》（Gorboduc），最有名的诗作是《诱导》和《白金汉的抱怨》。
2. 一种抑扬五音步格的七行诗段，韵脚为 ababbcc。
3. 指三行诗句押同一韵，长短相同。在君王诗体中第二、四、五三行押同一韵，每行均为五音步。
4. 菲狄亚斯（Phidias）：古希腊雕塑家、画家和建筑家，生活于公元前五世纪，被认为古希腊最伟大的雕塑家之一。

弗雷尔第一个充分意识到(尽管,就像 W. P. 柯尔指出的,盖伊[1]的《欢迎蒲柏先生从希腊归来》中已初见端倪)八行诗这种诗体的特性,使其无法成为严肃诗歌的合适载体,但对于喜剧诗而言却再理想不过。因为在英语中,大多数双韵或三韵都有喜剧性的意味,这一点与意大利语截然不同。

我们由"浪漫"(romantic)这个词想到的是充满魔力、梦境般的事物。这种想象如此强烈,以至于让我们很容易忘记如此划定的文学时期,对于喜剧诗而言也是一个伟大的时代。坎宁[2]、弗雷尔、胡德[3]、普雷德[4]、巴勒姆[5]和利尔[6]等诗人的喜剧性诗歌标志着英语诗歌一次新的启程,而且这并不仅仅体现在他们对喜剧性韵律的探索上。事实上,在他们之前,我仅能想到斯凯尔顿[7]和塞缪尔·巴

1. 约翰·盖伊(John Gay,1685—1732):英国诗人、戏剧家,"涂鸦社"(Scriblerus Club)成员,最为人熟知的是芭蕾歌剧《乞丐的歌剧》。与诗人蒲柏为至交。《欢迎蒲柏先生从希腊归来》(*Mr. Pope's Welcome from Greece*)写于蒲柏完成《伊利亚特》的翻译之时。

2. 乔治·坎宁(George Canning,1770—1827):英国政治家、托利党人、外交家,1827 年当了 100 天英国首相后就病逝于任上。同时是诗人、作家和演说家。

3. 托马斯·胡德(Thomas Hood,1799—1845):英国诗人,生于伦敦,著名诗作有《叹息桥》、《衬衣之歌》等。罗塞蒂称他为雪莱与丁尼生两代人之间最伟大的英国诗人。

4. 普雷德(Winthrop Mackworth Praed,1802—1839):英国政治家和诗人,生于伦敦,卒于伦敦,死于肺结核。诗风幽默,在他就读过的伊顿公学,目前还存在着"普雷德诗社"。

5. 巴勒姆(Richard Harris Barham):英国牧师、小说家和幽默诗人,另一个名字叫托马斯·英格尔德斯比(Thomas Ingoldsby)。代表作为《英格尔德斯比传奇》(*Ingoldsby Legends*),其中大部分为韵文。

6. 指英国诗人爱德华·利尔。

7. 斯凯尔顿(John Skelton,约 1463—1529):英国诗人,英格兰国王亨利八世的老师。

特勒[1]这两位诗人是自觉而频繁写作喜剧诗的。

英语八行诗的特性使得严肃诗人不得不使用那些用滥了的韵脚,或是插入诗行来实现押韵,但这也激发了喜剧性想象,引导诗人发现喜剧性韵脚,也为插入性的评论和与主题不相干的对话提供了空间。而拜伦将这种经过刻意为之的散漫形式发展到了极致。

> 一匹阿拉伯马,一只雄俊的牡鹿,一匹刚刚
>
> 　　驯养的非洲马,一只长颈鹿,一只瞪羚。
>
> 不——一点也不像——然后是她们的服饰!
>
> 　　她们的面纱和裙子——哎!要是仔仔细细
>
> 描述这些东西,简直罄竹难书——
>
> 　　还有她们的秀足和脚踝——好吧,
>
> 谢天谢地,我已没有更多的隐喻,
>
> 　　(那么,冷静的缪斯——嘿,请淡定些。)[2]

他也将八行诗的结构优势拓展到了极致。作为一个单位,八行诗具有足够的空间用以描述一个单独的事件,或详细阐述一个单独的观念,而无需将内容延展至下一诗节。只一种情况,如果诗人所

---

1. 塞缪尔·巴特勒(Samuel Butler,1613—1680):英国诗人、讽刺作家,受到讽刺作家约翰·斯凯尔顿和保罗·斯加仑影响,如今他为人所知的是其讽刺长诗《休迪布拉斯》(Hudibras),继承了《堂吉诃德》的许多刻画手段,充满对维吉尔等经典作家的讽刺。
2.《唐璜》第2章第6节。

要表达的意思仅需要几个短句子,在韵脚的安排上他可以在任何他喜欢之处停顿,而诗节并不会割裂为碎片,因为他那些看似分离的表述总是由韵脚联系在一起。韵脚将诗节分成包含六行的一组,紧跟着两行组成的尾声;诗人既可以遵循这样的诗行划分,将双韵句用作对第一部分的讽刺性的评论,也可以用七行诗来描述其主题,并用最后一行妙句来收尾。

> 古尔佩霞,这是她生平第一次
>
> 　　尴尬不已,她一生中从未
>
> 听闻过别的,除了祈求与赞美;
>
> 　　而且她还冒着生命危险
>
> 获得了他,指望沿着爱的门径,
>
> 　　教导他进入一种亲密无间的私语;
>
> 虚掷时光使她苦楚不堪,
>
> 而他们已经差不多浪费了一刻钟。[1]
>
>
> 她的身姿有着女性的百般柔美,
>
> 　　容貌尽是魔鬼般的甜蜜,
>
> 当他扮作天使去诱惑这位夏娃,铺设了
>
> 　　(天知道如何)通向罪恶之路;
>
> 　　即便太阳也不比她更少瑕疵,

1.《唐璜》第 5 章第 122 节。

任何一双眼睛都无从对她挑剔；

不过，不知为何，她总是缺少点什么，

她似乎只能指使而不知施惠。1

　　拜伦作为严肃诗人的缺陷，在于其缺乏对词语的敬畏，而这对于喜剧性诗人而言却是优点。严肃的诗歌要求诗人对待词语如待人，而喜剧性诗歌要求诗人对待词语如对待物品。英语诗人中极少有人锤炼词语的能力能与拜伦相抗衡，即使有也不过寥寥几个。

　　毋庸置言，喜剧性诗人的技艺，就像驯狮者或小丑的技艺，需要通过刻苦的练习才能臻于完美。拜伦选择给世人留下的形象是，他就像一名绅士，可以草草几笔完成诗作，不费吹灰之力。然而，《唐璜》集注本的出版表明，尽管拜伦写得娴熟流畅，但他在创作过程中承受的痛苦远比他展现给我们的多得多。编辑付出了对我而言难以置信而又值得敬佩的勤奋和努力，为我们提供了统计数据。第一章的172 诗节中有87 诗节每个诗节修订过至少4 行，123 诗节的结尾两行双韵句进行了修订。只要几个例子就足以说明一切。

　　第1 章，第103 节。

　　初稿：

　　这些日期就像驿站，那里，命运诸神

1.《唐璜》第5 章第109 节。

每小时都在交换驿马,从深夜到正午;

携带着权杖在各国上空骑马疾驰,

什么痕迹也没有留下,除了编年历,

除了来源于纯正神学的希望。

They are a sort of post-house, where the Fates

Change horses every hour from night till noon;

Then spur away with empires and oe'r [1] states,

Leaving no vestige but a bare chronology,

Except the hopes derived from true theology.

二稿:

除了来源于纯正神学的承诺。

Except the promises derived from true theology.

定稿:

这些日期就像驿站,那里,命运诸神

交换驿马,让历史变换调子;

在帝国和各国上空骑马疾驰,

最终什么也没有留下,除了编年历,

除了神学死后清偿的协约。

---

1. oe'r 系奥登笔误或印刷错误,应为 o'er。

They are a sort of post-house where the Fates

Change horses, making history change its tune;

Then spur away o'er empires and o'er states,

Leaving at last not much besides chronology

Excepting the post-obits of theology.

第 9 章,第 33 节。

初稿:

哦,你们树立了这些血迹斑斑的

雕像,就像纳迪尔沙[1],那便秘的苏菲[2],

他使印度斯坦成为一片荒野,

使亚细亚几乎不能喝上一杯咖啡,

以减轻他的痛苦,然而他疯了,且被

杀戮,由于所吞咽的食物不再能够通过肠胃。

O ye who build up statues all defiled

With gore, like Nadir Shah, that costive Sophy,

Who after leaving Hindostan a wild,

And leaving Asia scarce a cup of coffee,

To soothe his woes withal, went mad and was

---

1. 纳迪尔沙(Nadir Shah,1688—1747):伊朗阿夫沙尔王朝创建者、国王。
2. 苏菲(Sophy):古波斯统治者的称呼。

Killed because what he swallowed would not pass.

定稿：

哦！你们树立了这些血迹斑斑的

雕像，就像纳迪尔沙，那便秘的苏菲，

他使印度斯坦成为一片荒野，

使莫卧儿皇帝几乎不能喝上一杯咖啡，

以减轻他的痛苦，他终被杀害——这罪人！

由于不再能够消化所吞咽的食物。

O! ye who build up monuments defiled

With gore，like Nadir Shah，that costive Sophy

Who，after leaving Hindostan a wild，

And scarce to the Mogul a cup of coffee，

To soothe his woes withal，was slain — the sinner！

Because he could no more digest his dinner.

第 11 章，第 60 节：

初稿：

这怪异的心灵，由于少量脆弱的纸质子弹，

竟让词句平息了主要的脉动。

'Tis strange the mind should let such phrases quell its

Chief impulse with a few frail paper pellets.

二稿：

这怪异的心灵，这天上的一粒，

竟让一篇文章将自己扑灭。

'Tis strange the mind, that all celestial Particle，

Should let itself be put out by an Article.

定稿：

这怪异的心灵，这炽烈的一粒，

竟让一篇文章将自己熄灭。

'Tis strange the mind, that very fiery Particle，

Should let itself be snuffed out by an Article.

　　在比较一位作家形形色色的作品时，人们要说下面的话，必须慎之又慎：这部作品表达了作者真实的自我，而那部作品没有——因为，所有人甚至作者自己都不能确信自己是谁。我们只能这样说，这部作品是一个可能存在的人的表达；然而，没有人可以像这部作品所表达的那个人一样存在。

　　曾经有一些作家的书信与诗作之间截然不同，甚至像是出自两个不同的人之手，但是两者都显得同等真实，济慈就是一个最显著的例子。但是，对于拜伦，情况并非如此。自一开始，其书信就显得很真实，然而在《贝波》之前，他的诗却极少给人这种印象；他在诗中

的"个人形象"(persona)越接近于写给男性友人书信中的"个人形象"——情书当然就另当别论了——其诗歌就越显得真实。

　　于是,斯科洛普[1]离去了——完蛋了——就像道格·K(Doug K)所写的,上面说到的道格就像那种人,当他失去一个朋友,就会来到圣詹姆斯咖啡屋找一个新朋友:"出类拔萃的人"。去往布鲁日[2],那里他喝着荷兰啤酒,直至酩酊大醉,荒度第一个水雾蒙蒙的早晨。

　　读着这封写给霍布豪斯[3]的信,我们可以立即辨认出它与《唐璜》的相似点,以及与《曼弗雷德》(*Manfred*)的差异之处。我们会感觉到这封信与《唐璜》出自某个特定的人之手,而《曼弗雷德》似乎是一个受托之人写的。

　　假如人们可以断定,拜伦身上那个真实的诗人即作为友人的拜伦,那友谊的典型特征就成了一个值得探究的问题(当然,我所思考的是男人之间的友谊。对于我,以及世界其他男人,女人之间友谊的本质依然是神秘之物,也许是自然所提供的智慧之物。假如我们

---

1. 斯科洛普,即斯科洛普·戴维斯(Scrope Davies),拜伦的朋友,两人于1807年相识。
2. 布鲁日(Bruges):比利时西北城市。
3. 霍布豪斯(John Hobhouse,1786—1889):布劳顿男爵一世,英国辉格党政治家和日记作者。1807年,在三一学院与拜伦相识,结下终生友谊。1816年写下《〈恰尔德·哈罗尔德〉第四章中的历史图解》,并题献给拜伦,另著有《穿越阿尔巴尼亚之旅》、《回忆漫长的一生》等。

得知女人之间相互谈些什么，我们男人的虚荣心将会遭受极大的震撼，人类甚至都会灭绝）。

友情的基础是相似性：友谊仅存在于那些平等看待对方、拥有某种共同兴趣或品味的人之间，于是他们之间可以分享彼此的经验。我们可以说起一段错误的友谊，却不可能谈及一段不曾有过相互回应的友谊。在这一点上，友情区别于性爱，因为性爱是以差异为基础的，而相互的回应时常缺失。进一步说，友情是一种非排他、非占有的关系；我们可以说起拥有相同的朋友，却不可以谈起拥有相同的恋人、丈夫或妻子。因此，在两个朋友之间，可以对相互之间无法分享的人类经验领域漠不关心，甚至不甚耐烦。例如宗教经验，是与任何人都不能分享的，而热烈的爱恋之情即使真的能被分享，也只发生在对此拥有感应的人之间。安德烈·纪德的观点也许过于愤世嫉俗，他将朋友定义为与之一起做过不光彩之事的人。事实就是，可以成为友谊基础的并非共同的美德，而是共同的恶行。甲与乙之所以成为朋友，可能"因为"他们都是醉鬼或玩弄女人的人；假如他们既滴酒不沾又一本正经，成为朋友就会另有其因。

朋友之间可以分享各种经验，从宏观的到各种精巧、细碎的话题，但是它们几乎全都可以让人感受到乐趣盎然。恋人们无须担心让心爱的人感到无趣。只要她爱他，她就不可能感到无趣；假如她不爱他，他就丝毫不乐意去关心她是否开心。然而两个朋友之间，首要关注的是不让对方感到无聊。假如他们两人心智成熟、富有想象力，就理所当然会认为对方对信仰与情感郑重对待，也拥有自己的问题，让他痛苦悲伤。然而在交谈中，他们对这些会避而不谈，即使谈及,也会避重就轻。我们会与友人一起欢笑,却不会与友人一起哭泣(尽管我们可能"为"友人哭泣)。

大多数诗歌是人在激情、爱、欢愉、忧伤、愤怒等状态下所言说的。毫无疑问诗歌本应如此。但是没有人可以永葆激情,然而那些或开心,或滑稽,或超然,或不恭的心境,即使不那么重要,也充满人情味。假如没有诗人去表达这些心境,像拜伦那样,诗歌就不免有所欠缺。

一部真切、原创的作品几乎总能让第一批读者感到震惊,拜伦的"新手法"也不例外。

> 我只是大致了解了《贝波》的意味,却还没有来得及阅读。但我可以想见,拜伦爵士的创作越是显得轻率,心灵状态的混沌就会让他承受更大的痛苦。(拜伦夫人)

> 弗雷尔特别察觉到,世人已经放弃了那个愚蠢的念头,不会把你[1]当作你笔下那个阴郁的主人公。他们会承认你极为成功、出色地描绘了一个宏大的虚构人物。然而他们不能将同样的崇拜赋予那个叫唐璜的浪荡子身上,他也的确配不上这种崇拜……一切有关你在威尼斯度过悠闲时光的故事也早已是毋庸置疑的。(霍布豪斯)

---

1. 指拜伦。

　　亲爱的、"可爱的"拜伦爵士,"不要"让你成为"粗俗"而放荡的
家伙……当你发觉够不上仁慈之精神……丢开笔吧,亲爱的,喝一
点点"甘汞"(哈丽雅特·威尔森[1],后来迅即表示要来为他[2]拉
皮条)。

　　我宁可因《恰尔德·哈罗尔德》享有"三年"声誉,也不要《唐
璜》带来的"不朽"名声。(特雷莎·古伊柯力[3])

　　他的一些朋友,包括霍布豪斯,对《唐璜》中的某些部分评价很
高,却只有约翰·洛克哈特(John Lockhart)[4]意识到,这部诗作与
拜伦以前的著作全然不同。

　　就说《唐璜》,这是你写过所有作品中唯一真诚之作……就我
目力所及是你最出色的作品;它是最鼓舞人心、最率真、最趣味横
生、最诗意的作品……这种风格实在迷人,与世上其他诗歌的风格

---

1. 哈丽雅特·威尔森(Hariette Wilson,1786—1845):英国诗人、回忆录作者,生
于伦敦,社交名媛,当过威士亲王、大法官、未来首相等高级官员的情妇,她的回
忆录负有盛名。
2. 指拜伦。
3. 特雷莎·古伊柯力(Teresa Guiccoli,1800—1873):1818—1823 年为拜伦居住
于意大利拉文纳时的已婚情妇,期间拜伦写下了《唐璜》中的最初五章。著有传记
《拜伦在意大利的生活》。大仲马曾在《基督山伯爵》中将她塑造为"伯爵夫人 G"。
拜伦在日记中也使用这个化名。
4. 约翰·洛克哈特(John Lockhart,1794—1854):苏格兰作家、编辑,最为知名的
是为岳父瓦尔特·司各特爵士所写的传记,曾近距离地观察过拜伦的生活与写
作,1821 年给拜伦写过一封匿名信盛赞其作品。

都迥然不同。

拜伦通常并不喜欢赞誉自己的作品,然而对于《唐璜》,他却堂而皇之地表达了自己的骄傲之情:

> 对于这个"浪迹者"(pome)[1]的命运我没有十足的把握,并不期望从你的沉默中获取多少赞许。然而我并不在乎。我就像格拉纳达大主教[2]一样确信无疑,我从未写得如此出色,我希望你们能更深入地品味。

> 对于《唐璜》,坦白而言——你这个小混蛋,坦率点——它在"那类"写作中属于文采飞扬之作——也许有点下流,漂亮的英语不就应该是这个样子吗?也许有点放荡不羁,可是生活难道不就如此这般吗,"事物"难道不就如此这般吗?有史以来可有人能够写出这样的作品?——在驿车中?——在出租马车上?——在贡多拉[3]中?——对着一面墙?——在宫廷马车里?——在两人对坐的长椅上?——在桌旁?——在桌子下?

---

1. 这个词可能是"来自英格兰祖国的囚犯"(Prisoner of Mother England)的首字母缩写,特指被流放到澳大利亚的英国囚犯,后指澳大利亚的英国移民。这里大概指唐璜,他由于在西班牙传出绯闻,被迫浪迹异国,权且译作"浪迹者"。
2. 格拉纳达大主教(Archbishop of Granada):三世纪时西班牙创立格拉纳达主教区,1492年12月10日创立格拉纳达大主教区,隶属于罗马天主教。
3. 威尼斯特有船只。

在这一描述中存在着虚张声势的成分,因为这部诗作远不及他所声称的那么下流。只有一小部分他在写作时所借鉴的经验有点色情的意味。

拜伦所理解的生活是运动不止的生活,是事件与思想的"通道"——这也可以解释为什么他无法欣赏华兹华斯和济慈——他对风景或建筑视觉化的描写并不特别生动,对心灵状态的描摹也并不十分深刻。然而在描述运动中的事物,或是他的念头从一种想法漫游到另一种想法的方式时,拜伦却是一位无与伦比的大师。

与大多数诗人的作品不一样,拜伦的诗读起来必须飞快,仿佛每一个词语都是电影胶卷中的独立画面;以停滞的状态阅读一个词或一行诗,诗歌就会消失不见——情感显得肤浅,韵律显得勉强,语法显得凌乱不堪——然而若以恰当的速度进行阅读,就会确信能够看到真切的事物,而这是许多知识更为渊博的作家没有灵感写出的。尽管运动并不是生活的唯一特征,却是必不可少的。

虽然拜伦对待语言有时显得漫不经心,却固执于事实的精确性;"对于诗歌,我并不斤斤计较;"他曾写道,"然而对于我的'着装'(costume),我的'正确性'(correctness)……却要全力以赴地斗争。"在另一个场合,他写道,"我讨厌一切虚构的事物……即便最天马行空的虚构之物总是拥有某个事实作为基础,纯粹的发明仅仅是属于说谎者的天赋。"《前往耶路撒冷朝圣》(Pilgrimage to Jerusalem)这首诗被系于拜伦名下时,他感到愤怒:"见鬼,我从未去过那里,怎么可能写关于'耶路撒冷'的诗?"对于华兹华斯有关希腊的诗句,他义正辞严地攻击道:

> 五彩斑斓的天空之裙下，
>
> 河流、肥沃的平原和涛声不断的海岸。

河流已干涸了半年，平原寸草不生，海岸"平静"且"波浪止息"，就像地中海沿岸；天空怎么都可以，唯独不是五彩斑斓，一直以来它都是"又暗又深、美丽的蓝色"[1]。

他的诗歌材料取自实际发生的时间，要么是发生在自己身上的，要么是发生在他所熟知的人身上的，可是他获取正确的专门的内容就颇费工夫，比如海洋用语。

他不再致力于《唐璜》的写作，也绝不会耗尽其经验。读一读马钱德[2]教授最近所写的传记，人们会穿越一个个故事，它们都是这部诗作天然的材料；例如，卡洛琳·兰姆[3]周围都是身着白色服饰的少女，她们正在烧毁拜伦肖像，往火中扔他的信件的印制件，因为她不忍舍弃原件；在雪莱的火葬现场，拜伦自己被太阳严重晒伤，特雷莎[4]保存了一片他撕下的皮肤；特雷莎阻止了一场业余的《奥赛罗》演出，因为她不能说英语，又不想让别人扮演苔丝狄蒙娜。假如拜伦的幽灵仍然感兴趣于写作，还有许许多多死后的事件可供他用于写作。希腊人当作纪念物偷走了他的肺，随后又遗失了；在其葬

---

1. 出自《唐璜》第 4 章第 100 节。
2. 莱斯利·马钱德（Leslie Alexis Marchand，1900—1999）：美国学者、编辑，曾任教于罗格斯大学（Rutgers University），主要研究拜伦，他写的《拜伦传》出版于1957 年，三卷，1 500 页，在学界颇有影响。
3. 卡洛琳·兰姆（Caroline Lamb，1785—1828）：英国贵族，小说家，其丈夫为墨尔本子爵二世威廉·兰姆，后为首相。卡洛琳最为人知的是 1812 年与拜伦的情事。
4. 即拜伦的意大利情妇特雷莎·古伊柯力。

礼上,华贵的马车一辆接一辆轰响着前行,全都空空如也,因为贵族
们认为必须表达对这位同为贵族的人的尊敬,然而,却又似乎不敢
苟同其政治或私人生活;他的贴身男仆弗莱彻开了一家通心粉加工
厂,却失败了;特雷莎嫁给了一位法国侯爵,他经常将她介绍为"布
瓦西侯爵夫人(La Marquise de Boissy),我的妻子,拜伦的前夫
人"[1],在他死后,这位夫人痴迷于招魂术,与拜伦和第一任丈夫的
魂魄对话。这些事件都可以提供多少诗节! 这些也多么适合"那
位"诗人:他在其中焚毁"回忆录"的房间如今可以被命名为"拜伦
的房间",约翰·巴肯[2]描述自己和亨利·詹姆斯检查洛芙莱斯夫
人(Lady Lovelace)[3]档案的场景是多么完美:

> ……在一个暮夏的周末,亨利·詹姆斯和我浏览了大量陈年
> 的下流文字,并适时地写下了看法……我的同伴泰然自若。只是
> 对于一些特别不堪的内容说出了只言片语:"奇特"——"实在难得
> 一见"——"恶心,也许,可是多么意味深长。"

---

1. 原文为法语。
2. 约翰·巴肯(John Buchan,1875—1940):特威兹穆尔男爵一世,苏格兰小说家、
历史学家和政治家,1935—1940 年,任加拿大总督,写过惊险小说,代表作《三十九
级台阶》已成为悬疑小说的经典之作。
3. 即洛芙莱斯(Ada Lovelace,1815—1852):拜伦的女儿,英国数学家、作家、计算
机程序创始人,建立了循环和子程序概念。奥古斯塔·阿达·拜伦(Augusta Ada
Byron),嫁给洛芙莱斯伯爵,1852 年,阿达为治疗子宫颈癌,死于失血过多。

丁格莱谷和弗利特[1]

人一旦变得成熟，也就找回了儿时嬉戏的严肃感。[2]

F. W. 尼采

❖

一切产生神话的（mythopoeic）[3]想象力所创造的人物，可以通过一个事实再辨认出来。这个事实就是，他们的存在并不是由其社会和历史语境所定义的；转换到另一个社会或另一个时代，他们的个性与行为依然保持不变。因此，他们一旦被创造出来，就不再是属于作者的人物，而成了属于读者的人物；读者可以自行演绎他们的故事。

安娜·卡列尼娜不属于这样的人物，因为若是脱离了托尔斯泰所设置的特殊社会环境，或者托尔斯泰所记录的关于其生活的特殊历史，读者就无从想象这样一个人物，但夏洛克·福尔摩斯属于这样的人物：每一个读者可以根据自己的幻想，想象柯南·道尔似乎忘记告知我们的奇遇记。

托尔斯泰是一位十分伟大的小说家，柯南·道尔地位稍逊，然而拥有创造神话天赋的恰恰是地位稍逊的作家，而非伟大的作家。产生神话的想象力看起来与文学表达天赋没有必然的联系；在塞万提斯的《堂吉诃德》中，我们可以找到二者的结合，在瑞德·哈格德[4]

的《她》中，文学天赋极大地缺失。其实，在我们所谓的伟大作家中，能创造出神话式人物的少之又少。在莎士比亚的剧作中，我们能找到五个神话式人物：普洛斯彼罗、爱丽儿、卡利班、福斯塔夫和哈姆雷特。哈姆雷特仅仅对于演员而言是一个神话，这一事实的根据是，无论年龄、体型甚至性别如何，他们无一例外地希望扮演哈姆雷特这一角色。

塞万提斯之后，能将文学才能和创造神话的想象力集于一身的作家就是狄更斯了。在其创造的众多神话式人物中，匹克威克先生是最令人难忘的。尽管神话式人物的感染力超越了一切高雅或低俗的趣味的界限，但这种感染力并不是毫无限度的；每一个神话式人物都象征着人类所关切的某种重大而永恒之事，然而读者在被这一人物感染之前，自身必须已经历过这一关切之事，哪怕他自己不能对此做出定义。根据经验进行判断，我会说，《匹克威克外传》断然不是儿童读物，接下来要思考的正是我下面这番自问的结果："为什么我现在阅读这本书时如此欢欣愉悦，而在童年时拿到这本书时，读起来却味同嚼蜡。对于一个十二岁的男孩，这本书显然过于'成人化'，从而显得空洞无物。"我得出的结论是，《匹克威克外传》的真正主题是"人的堕落"——我不是说狄更斯自觉地意识到了这

---

1. 丁格莱谷（Dingley Dell）：狄更斯小说《匹克威克外传》中的地名。弗利特（Fleet）：匹克威克先生入狱的监狱名。

2. 出自尼采《善恶的彼岸》。

3. 该词原文为 mythopeoic，系奥登笔误或印刷错误。

4. 瑞德·哈格德（Rider Haggard，1856—1925）：英国作家、学者。其探险小说场景多设置在非洲，最有名的是《她：探险的历史》（*She: A History of Adventure*）。另著有儿童文学作品《所罗门的宝藏》。

一点。事实上，我很肯定地说他并未意识到。这个故事讲的是一个天真的人，也就是说，他尚未吃过分别善恶的知识树上结出的果子，因而他居住于伊甸园中。后来他吃了树上的果子，也就是说，他开始意识到现实的丑恶，然而并没有从天真堕入了罪恶之中（这一点使他成为了一个神话式人物），而是从一个天真的孩子转变成了一个天真的成人，不再栖居于自己想象的伊甸园，而是生活在了真实的堕落世界。

倘若我的结论正确，这就可以解释为何童年的我觉得《匹克威克外传》读来空洞无物。那是因为，虽然没有哪个男孩是真正天真的，男孩却并不清楚何为天真，也不知道丧失天真是定义成年人的要素之一，然而他又希望一个人能保持天真。

不管他如何解释，每一个成年人都知道自己居住于一个世界。在这里，无人可以逃脱肉体和精神的痛苦，唯一的差别在于有些人幸运一些，比其他人少受一点苦。在这个世界上，每个人都经受着不同程度的矛盾。也即是说，在他渴望去做的事情，与良知告诉他应该做的事情，或别人准许他做的事情之间存在着矛盾。人人都希望这个世界原本并非如此，希望可以生活在另一个世界，在那里，人们的欲望不会相互冲突，或者说欲望不会与责任冲突，或者不与自然法则冲突，我们中许多人都乐于畅想这样一个世界到底是个什么样子。

在"世外桃源"（Happy Place），不知痛苦与邪恶为何物，关于它的想象图景有两种类型：伊甸园和新耶路撒冷。尽管同一个人可以同时想象两者，但他对二者的兴趣不可能一致。我猜想，过着田园牧歌生活的人最爱的白日梦是伊甸园，乌托邦的居民最爱的白日梦是新耶路撒冷。两者之间的关系就像布莱克笔下的丰产者（Prolifics）与饕餮者（Devourers）[1]一样，在性格上横着一条不可跨越的深渊。

说到与现实堕落世界的联系，伊甸园与新耶路撒冷之间的差异是时间性的。伊甸园是一个过去的世界，当下世界的矛盾尚未诞生；新耶路撒冷是一个未来的世界，当下世界的矛盾已经最终解决。伊甸园的居民随心所欲做自己想做的事；此处大门上的箴言是："随心所欲做你想做的事，这是此地的律法。"新耶路撒冷的居民则喜欢做他们理应做的事情；此处大门上的箴言是："顺从上帝的意志为我们带来和平。"

在这两个地方，人们都不觉得道德律法是必不可少的存在。在伊甸园，是因为普遍律法处于未知之中；在新耶路撒冷，则是因为这里施行的不是强制性律法，命令我们做这件事，不许我们做那件事。这里施行的是一种自为的律法，犹如自然规律，事实上是在描述其居民如何行事。

要成为伊甸园的居民，对于一个人的硬性要求是要快乐并且讨人喜欢；要成为新耶路撒冷的居民，硬性要求则是快乐并且心地善良。伊甸园并不能从外面进入；这里的居民天生就在那里。那里不会生出愁眉苦脸、惹人厌烦的人。假如伊甸园的哪个居民变得愁眉

---

1. 威廉·布莱克曾在《天堂与地狱的联姻》（*The Marriage of Heaven and Hell*）中写道，存在由丰产者和饕餮者构成，饕餮者占有了存在的一部分却幻想着那是整体。

苦脸、惹人厌烦,他就必须离开。没有人天生就在新耶路撒冷,然而如果有人要进入,就必须成为心地善良的人,要么依靠自己的行为,要么借助神的恩惠。没有人曾离开过新耶路撒冷,但邪恶的人或未受救赎的人除外。

梦想阿卡狄亚的人和梦想乌托邦的人之间,存在着心理差异。回望过去的阿卡狄亚居民,知道被逐出伊甸园是一个无从变更的事实,因此,其梦想其实是一个不能实现的空想;因此,导致遭受驱逐的行为与其梦想之间毫无关系。然而,展望未来的乌托邦居民,必定相信他的新耶路撒冷是理应实现的梦想,所以,用来实现梦想的行为是这一梦想中必不可少的因素,它必须包含种种图景,也就是说,不仅包括关于新耶路撒冷的图景,还包括末日审判的图景。

因此,无论是伊甸园还是新耶路撒冷,这两个地方都不存在侵略。乌托邦梦想放任对侵略的幻想,而阿卡狄亚梦想却并不允许对侵略的幻想。在我的想象中,即使希勒特将他的新耶路撒冷界定为一个没有犹太人的世界,而不是一个数以百万计的犹太人日复一日被屠杀的毒气室。但他是一名乌托邦主义者,所以毒气室必须进入这个世界。

任何人对伊甸园的设想都依赖于其自身的气质、个人历史和文化环境。然而对于一切梦想而言,以下原理都适用于伊甸园。

1) 伊甸园是一个纯粹而又独一无二的世界。可以有变化发生,但只能是作为短暂的形变,并不生成为他物。人和人之间无从比较。

2）自身满足于欲求之物；自我则为所选择之物所赞同。

3）客观事物和主观事物之间并无二致。一个人呈现给他人的样子与其真实的自我一致。一个人的姓名和服饰与其主体一致，所以，如果他更换了姓名与服饰，就变成了另一个人。

4）空间安全而又自由。这里拥有筑墙的庭院，却没有地牢，道路四通八达，沿路却没有荒野。

5）一时的新奇不会带来焦虑，一时的重复不会带来倦闷。

6）无论采用何种社会模式，社会中的每一个成员都能依据自己对于需求的观念而获得满足。如果是一个等级森严的社会，所有主人都善良而慷慨，所有仆从都是忠诚而年老的家臣。

7）无论人们单独行动或者群体行动，皆能成为戏剧。一个行动的唯一动机是戏剧赋予演员的乐趣，无需目标或超出戏剧自身之外的效果。

8）可以存在三种爱欲生活，尽管某个特定的伊甸园梦想只需其中一种：形态多样、不加选择的童年性爱，合法的夫妻关系（其爱欲关系是潜在的，而不是实际的），以及生性贞洁的禁欲者（他们无欲无求）。

9）尽管痛苦与悲伤可以不存在，死亡却可以存在。死亡的降临并不是引起悲恸的原因——人们并不怀念死者。随死亡而至的葬礼，是一个美妙的社交场合。

10）谁结识了"蛇"（危险的渴求或欲望），都将立即导致驱逐。

专擅描写伊甸园的作家有四位：狄更斯、奥斯卡·王尔德、罗纳德·菲尔班克[1]和P. G.伍德豪斯[2]。

假如比较他们笔下的伊甸园与上古世界所描绘的版本，我会将他们的版本称之为"基督教的伊甸园"。我当然不是在维护他们的信仰。我只是想说，他们的版本成为了一种人类学的先决条件，而基督教从历史而言为此负有责任。我并不知道一个社会中是否可以存在如此情形，即基督教的影响从未被人感知，或者干脆被彻底抹除。我猜想，《匹克威克外传》、《不可儿戏》[3]、《脚边的花》[4]、《布兰丁城堡》[5]这样的作品会使苏联的共产主义者感到迷惑不解，也会让古希腊人有相同的感受。共产主义者可能会说："难以置信，竟然有人可以像匹克威克先生、普利斯姆小姐、韦特默夫人和伯蒂·伍斯特那样愚蠢、一无是处。"古希腊人可能会说："难以置信，这些人如此其貌不扬、老气横秋、资质平庸，竟然可以'幸福'。"

在古希腊人对伊甸园的想象中，它被设想成一个允许诸神和命

<hr />

1. 罗纳德·菲尔班克（Ronald Firbank，1886—1926）：英国小说家，受英国唯美主义者尤其是奥斯卡·王尔德影响，作品多标新立异。代表作为《法尔茅斯》（*Valmouth*）等。

2. 注意：令我惊讶的是，我所能想起的过去三个世纪中创造伊甸园的作家，都是英国人。——作者原注

3.《不可儿戏》（*The Importance of Being Earnest*）：王尔德的剧作。

4.《脚边的花》（*The Flower Beneath the Foot*）：罗纳德·菲尔班克出版于1923年的小说，小说背景设置在一个虚构的国家。

5.《布兰丁城堡》（*Blandings Castle*）：英国作家P. G. 伍德豪斯的系列故事，背景设置在布兰丁城堡。

运存在的地方。品达在其第十首《皮托颂》[1]中这样描绘"极北乐土
之民"（Hyperboreans）。

> 缪斯从不缺席于
>
> 路上：竖琴弹击，风笛哭泣，
>
> 四处，少女合唱团回旋。
>
> 他们将头发缠缚在黄金冠冕中，休憩于假日。
>
> 无论疾病或苦涩的暮年都不能
>
> 混淆他们神圣的血液；他们活着，远离
>
> 劳役与战争；逃避那过于正义的
>
> 复仇女神。

或者，伊甸园可能和"极乐岛"（Islands of the Blessed）一样，其存
在的目的就是让死去的英雄得以安息并获得封赏。古希腊诗人提及
伊甸园，不是当作一个虚构的诗意世界，而是当作一个真实世界中的
渺远领域，他们听过传闻却从未到达过。品达对"极北乐土之民"与
他在第六首复仇女神颂中所定义的神与人之间的差异有关：

> 有一个种群是
>
> 人，一个种群是神；他们都从唯一的

---

1. 品达（Pindar，前518？—前438？）：古希腊诗人，被昆体良称为"抒情诗人之
首"。著有合唱琴歌、竞技胜利者颂等，完整保留至今的仅有皮托竞技会胜利者颂
45首，即奥登所谓的《皮托颂》（Pythian Ode），其颂歌被称为品达体。

母亲那里汲取生命的气息。然而割裂的力量

使我们分离,于是,一个种群一无所有,而

对于另一个种群,黄铜天空竖立起来,

成为他们永久而坚固的堡垒。不过,我们拥有同样伟大的

智力和永恒的力量,

虽然我们不知道白昼将带来什么,夜幕降临后

我们必然

走向终点的路程是什么样的,这是命运设定的。

诸神与人在天性上并非截然不同,只是在力量上有所差异;诸神是不朽的,可以随心所欲地做事,人终有一死,永远不能预见其行为的结果。因此,人越有力量,就变得越像神。可以想象人如果极度受命运之眷顾,就像"极北乐土之民",他们的生活就与诸神的别无二致。

在耻感文化中,人的身份与自己的所作所为和所遭之难相一致,这是一种很自然的观念。幸福的人也是幸运的,幸运可以从客观层面辨认出来,变得幸运可以表现为成功、富裕、力大无穷、英俊美丽、受人钦羡。因此,这样一种文化对于伊甸园的想象,自然而然就会排除弱者、资质平庸的人、孩童、老人、穷人和丑人。

由耻感文化滋养的人和由罪感文化滋养的人,在观念上首要的显著差异是,罪感文化将一个人面对他人时的状态(体现在他的身体、行为和言辞中的自身)和面对自己时的状态(一个独一无二的自我,不会随着他的所作所为和所遭之难而发生变化)区分开来。在耻感文化中,第三人称的表述和第一人称的表述没有真正区分;在

罪感文化中，两者截然不同。在"琼斯六英尺高"（Jones is six feet tall）这个表述中，谓语修饰主语；在"我六英尺高"（I am six feet tall）这个表述中，谓语并不修饰主语。它修饰的是一个"自身"，而主语[1]将它识别为六英尺高；句中的"我"（I）并没有身高。

在耻感文化中，一个人对自己做出的道德判断与别人对他做出的道德判断是一致的；一个人的行为具有美德还是令人羞耻，取决于行为的性质本身，而与行为者的个人意愿或责任无关。在罪感文化中，主体对其思想和情感做出道德判断，（即使这些思想和情感并未通过行动而实现）并对其行为做出道德判断，而与别人是否懂得这些行为，是否赞成毫无关系。

因此，在罪感文化中，有一系列第一人称命题，其中的谓语并不修饰主语。例如：

我无辜/有罪。

我骄傲/谦卑。

我后悔/不后悔。

我幸福/不幸福。

（我处于一种快乐/痛苦的状态中，但并不是一个本性快乐或痛苦的人。痛苦和快乐是自身的状态，但不是自我的状态。）

如果我做出任何类似的论断，它必定非对即错，但除了我自己，

---

1. 主语（subject），另一层意思是"主体"。

没有人能够知道到底是对还是错；即使通过对我的观察，也没有人能够得出任何结论。

因此，一名成长于基督教社会的作家在描绘伊甸园时，必须解决一个其异教徒先辈无需应对的问题。作为艺术家，他只能处理显而易见和客观的事物——他所描绘的伊甸园，就像异教徒的伊甸园，一定是一个没有痛苦的幸运之地，每个人都享受着幸福时光——但是他必须设计一种方式，可以让外在现象用以表达天真和幸福的主观状态，而在现实世界，两者之间并不一定联系在一起。

假如一个人将异教作家与基督教作家所描写的伊甸园的不同版本做一番比较，值得注意的是，前者表现出一种严肃的美感，而后者绝大部分是喜剧性的，甚至有些奇异可笑，他们只有在描绘新耶路撒冷时才会变得严肃起来。

假设一名作家希望向人们表明，之所以每一个人都喜爱他，不是因为他拥有这样那样的才能，而仅仅因为他独一无二。那么，他能做什么？我们可能描绘出这样一个形象，一个丑陋不堪的男人——可以这样说，硕大无比——这样的人却相信女人见到他都毫无抵抗力。

在这里，异常的肥胖间接表现了主体的独一无二性，而不切实际的虚荣——在现实生活中，一个人至少得多少看着还不错，才能对自己的相貌产生虚荣感——间接表现了自恋（self-love）与自身的任何特点都毫无关系。然而两种表现形式都是间接的；最为丑陋、最为相貌平庸和最为英俊美丽的人，自恋的方式不会有丝毫差别。

假设这位作家希望塑造一个卑微的人。他可以展现某个人遵从自己的选择而行动——他本可以随心所欲地拒绝这样做——但其实他在这方面并没有什么才华，这样的话，他在行动中注定要失败，而且显得荒谬可笑。随后作者又展现出他在失败中充满着自尊，仿佛获得了胜利。在这里，在真实的生活处境中将遭到摧毁的自尊，成了谦逊的间接表现；然而它不是直接的表现，因为成功者也可以谦逊。

还有，假设一位作家希望塑造一个天真的人。人类不可能有哪个是天真的，但孩童身上尚未有罪。他们可能已掌握了一些关于善恶的知识，然而可以肯定，他们对于父母和社会所言的对与错并不懂得，也不懂关于如厕习惯、社交礼仪、偷窃和残忍等各种问题的知识。

与正常的成年人相比，孩童缺少荣誉感和羞耻感。因此，要塑造一个天真的人，作家可以采用的一种方法是，描绘这样一个成年人，他的行为在社会看来显得有些离谱，却一点也没有意识到公众对他的看法。一个正常的成年人也会希望这样去做，甚至真的这么去做了，就好像他确信没有人可以察觉他的行为举止，同时却害怕社会上的反对意见会阻碍他在众人面前如此表现。羞耻感的缺失是天真的间接表现，却仍不是直接的表现，因为疯子同样表现出羞耻感的缺失。

在小说开篇，匹克威克先生已人到中年。在阿德尔菲[1]的离别

---

1. 阿德尔菲（Adelphi）：英国大伦敦地区威斯敏斯特市的一小片区域。匹克威克社的散伙宴就在这里举办。

演讲中,他说道,他已经过完的几乎所有人生都奉献给了生意和追寻财富,然而我们无从想象他在那些年都做了什么,就像我们也无从想象堂吉诃德在发疯前、福斯塔夫在年轻时做过什么。在我们的心目中,匹克威克先生生来就是中年,经济独立;他拥有中年男人的智力和体力,处世的经验却如新生的婴儿一般。他出生在一个清教徒的商业社会中,尊崇财富,鄙视贫穷,一旦偏离了最严格的礼仪标准就会受到严惩。在这样的社会中,匹克威克先生因为个人的境遇和天性而成为一个幸运儿。他相当富有,除了有时会放纵自己的口腹之欲外,几乎没有恶习。譬如,性对他而言就没有丝毫诱惑力。我们无法想象他会想浪漫地去爱上一个下层社会的姑娘;就像堂吉诃德,我们也无法想象他与妓女来往,福斯塔夫倒是经常这样。就匹克威克先生的经历而言,这个世界是一个没有邪恶与痛苦的伊甸园。

> 他的起居室是一楼的前房,卧室是二楼的前房;因此,无论坐在客厅里的桌子旁,还是站在寝室的穿衣镜前,都可以毫无差别地观察人群稠密、为人们所青睐的大街,以及人性在街上所展现的各种各样的面貌。他的女房东,巴德尔夫人(Mrs. Bardell)——已故税务官的遗孀和唯一继承人——是一个容貌标致的女人,忙碌于家务,外表亲和,拥有烹饪的天才,并在研习与长期实践中日益增进,臻于绝技。这里没有孩子,没有仆人,没有家禽——整洁与安静统治着整栋房子;在房子中,匹克威克先生的意志就是法律。[1]

---

1. 本文中的《匹克威克外传》引文参考了蒋天佐译文。

他的三个朋友，特普曼（Tupman）、斯诺德格拉斯（Snodgrass）和温克尔（Winkle）都同样天真。每一个人都有一个标志性的志趣。特普曼崇拜女性，斯诺德格拉斯迷恋诗歌，温克尔热爱运动，然而他们在各自的爱好领域却才质平庸。我们未曾读到斯诺德格拉斯的诗，然而我们可以推测，其最出色的作品，也只能达到莱奥·亨特（Leo Hunter）夫人《断气青蛙颂歌》（Ode to an Expiring Frog）的水准而已。

> 哎呀，悠闲自在的男孩们与朋友们一起
>
> 发出肆无忌惮的欢呼和狂野的噪音，
>
> 带着一条狗，将你从沼泽的欢愉中
>
> 捕获上来，
>
> 断气的青蛙？

小说中描写了温克尔的一次射击，也明白了看客其实比他瞄准的鸟要冒更大的风险。因为他年纪太大，膀大腰圆，没法成为罗密欧或唐璜这样的角色。通过与世界的接触，他们的幻想被治愈了，使他们免于受苦。爱神让两个年轻人明白了，阿波罗和阿尔忒弥斯的庇护并不是他们所渴望的——斯诺德格拉斯娶了艾米莉，成为了一名乡绅，温克尔娶了艾拉贝拉·艾伦，继承了父亲的事业——特普曼欣然默许了自己晚年要度过孤独的岁月。

对于汉普司蒂德池的起源以及棘鱼的本性，匹克威克先生进行了科学考察，我们可以猜到，其成果与他的考古研究一样站不住脚。

然而，我们随着故事的发展会发现，如果说他探寻的能力要弱于想象的能力，那么他的学习能力就很强。他所学到的东西并不是一开始打算要学的，而是因为命运和身陷囹圄的决定，而被强加在他身上的，他对于生活的好奇在书的开篇和结尾处都同样饥渴；生活教会他将微不足道的事实和关乎宏旨的真理区分开来。

狄更斯不时打断自己的叙述，让匹克威克先生阅读或倾听一个故事。有一些故事是荒诞不经的，比如巴格曼的故事，小精灵偷了教堂司事的东西，房客与阴郁幽灵的轶事，都是关于超自然事物的。然而那些关于极端痛苦与邪恶、耸人听闻的故事，数量也多得惊人：一个破产的乡下人殴打忠贞不贰的妻子，并卒于酒精性谵妄症；一位父亲十恶不赦，他的儿子被流放了，伤透了母亲的心，十七年后儿子又重返故里，他父亲已处于弥留之中，这让他不用再揍父亲，免于犯下弑父之罪；一个疯子狂虐地咆哮；一个人由于继父的债务而入狱，他的妻儿都死了，出狱后，倾尽余生精力去复仇，先是在敌人的儿子溺水时拒绝施救，然后让敌人变得彻底一文不名。

这些故事都不是无稽之谈；它们可能是用戏剧性的手法编写出来的，然而每个人都知道，相同的事情就在现实生活中发生。狄更斯之所以介绍这些故事，毫无疑问其原因与那些连载小说无异——他觉得读者会欣然接受故事的主线叙事被打断时，在某一时刻为读者引入一种新奇的娱乐——然而，无论有意还是无意，这些故事增加了我们对匹克威克先生的理解。

匹克威克先生几乎只喜欢听恐怖故事和奇闻轶事，就像堂吉诃德喜欢读宫廷传奇那样[1]——但英国人匹克威克关于文学与生活关系的幻觉，与西班牙人堂吉诃德截然相反。

在堂吉诃德看来，文学与生活是一致的，他相信，当他感受到的事实与宫廷传奇格格不入时，必定是感受欺骗了自己。在匹克威克先生看来，文学与生活是两个互不相干的世界；邪恶与痛苦并不存在于他所感受到的世界，只存在于作为消遣的小说中。

堂吉诃德意欲成为游侠骑士，去赢得荣誉，击溃邪恶与不义之人，拯救无辜和遭受着痛苦的人，并与心爱的人缔结良缘。匹克威克先生和他的朋友们前往罗切斯特时，他们没有如此的雄心壮志；而只是单纯地寻找新奇与意外的事物。他们去往巴特和伊普斯维奇的理由与普通游客一模一样——因为他们从未去过那里。

堂吉诃德希望在正义的事业中遭受苦难、创伤与疲惫，并且时常对欢愉的事物抱有怀疑；尤其是阴柔的事物。对他既是一种幻觉，又是一种诱惑，会让他背离最初的使命。匹克威克社则一无所求，只是希望享受美好的时光，欣赏怡人的城镇和乡村，待在一应俱全的旅馆，结识瓦德勒一家人这样的新朋友。然而，他们在探寻伊甸园的路上结识的第一位新朋友却是蛇，即金格尔（Jingle）。他们对于他的真面目一点也不曾怀疑。金格尔与蕾切尔·瓦德勒私奔后，匹克威克先生才看清了一切，他转而成了一名准游侠骑士：他认定，金格尔这个卑劣的投机商人，是个独一无二的案例。只要找

---

1. 据《堂吉诃德》原文，堂吉诃德喜欢读的是骑士小说。

到金格尔的行踪,他就马不停蹄地开始履行自己的职责,不挫败金格尔害人的计划誓不罢休。然而他旅行的主要目的依然是向伊甸园进发。将执迷不悟的女人从投机商人手中拯救出来并没有成为他的使命。

在最初搜寻金格尔的过程中,匹克威克先生遇见了山姆·维勒(Sam Weller),决定雇用他为随身仆人。他努力要让巴德尔夫人知道这个决定,但在这一过程中却让人产生了误解,并带来了如此这般不幸的后果。山姆·维勒并不天真;他明白贫穷与无家可归是什么样的,那意味着要睡在滑铁卢大桥的桥拱下,他并不指望这个世界能变得公正,或世界上的居民会变得高尚。他接受了匹克威克先生的邀请,并不是因为他特别喜欢这个人,而是因为匹克威克先生向他承诺说这份差事比在旅馆给人擦皮鞋强得多。

　　我想知道,我是要当跟班,还是马夫,或者猎区看守,再或者播种的农夫? 倒像是这些什么都得干一点。无所谓;换换空气,可以增加见识,又不费力,消解我的满腹委屈再好不过了。

然而在故事临近结束时,他却将匹克威克先生称为天使,对主人的忠诚倍增,甚至坚持要进监狱去服侍主人。总而言之,因为山姆·维勒有他自己那份独特的天真:对于世界上的邪恶他和别人一样了如指掌,可是他从未因为经验而产生这样的怀疑:一个像匹克威克先生这样对邪恶一无所知的人居然会有邪恶的一面。

匹克威克先生刚要雇用山姆·维勒，就收到道森和福格的来信，信中说巴德尔夫人控告他违反婚约。他的真正的教育才开始。

如果他在那之前曾认真思考过法律，就会认定法律总会宣称以下这些：

1）正义。受法律所禁止及惩罚的行为永远是不义的；凡是正义或无辜的行为都未曾受到过禁止或惩罚。

2）有效。法律不会对不义的行为或人视而不见，也不会允许这样的行为或人逃过惩罚。

3）正确。凡是被法律认定有罪的人总是有罪；无辜的人不会被认定有罪。

他开始认识到，这些东西没有哪一条被付诸实施的；他也明白了在我们的世界上，这些东西为何无法被付诸实施。

即使法律在形式上完美无缺，实施起来也不可能完美无缺，因为实施者不是由天使或机器，而是与任何人毫无差别的个人，这些人的智力、禀性和道德品格千差万别：有些人天资聪颖，有些人愚蠢不堪，有些人善良，有些人残忍，有些人谨小慎微，有些人寡廉鲜耻。

此外，律师的生计和社会地位有赖于犯罪者、不义者和愚昧无知者，这使他们在道德上的位置很尴尬；要是所有人都守法，律师就要失业。医生的生计也有赖于一种"恶"，即疾病，但至少疾病是一种自然的"恶"——谁也不渴望生病——而犯罪和邪恶的错误是人们自主选择的行为，所以，法律的用途与律师的个人利益之间的冲突才那么明显。另外，法律的复杂性与法律程序的属性使实施法律的人特别容易产生一种缺陷,人们可能会将它叫做"想象的天真"
(Imaginary Innocence)。

没有哪个人是天真的,但却存在一种天真的人类行为,叫做
游戏。

游戏是一个行为的封闭世界,与游戏者的其他行为毫无联系;
游戏者玩游戏时除了从游戏中获得乐趣,再无其他动机,游戏并不
存在游戏本身之外的结果。严格而言,需要付费的游戏,以金钱为
赌注的游戏,已不再是游戏,因为金钱存在于游戏的封闭世界之外。
在实践中,人们会说,一个需要下注的游戏依然是游戏,只要输钱赢
钱的总额并不让人当真,而仅仅是象征性的偿付,也就是说,他们的
输赢在游戏结束后对于其生活并没有明显的影响。

游戏的封闭世界是一种虚拟的激情,它并不真实。许多游戏以
虚拟战斗为形式,可是,只要任何游戏者觉察到或表现出真实的敌
意,他立刻失去了游戏者的身份。像拳击或摔跤比赛,这种居然也
被称为游戏,我对此表示怀疑,可是比赛开始和结束时的握手仪式
表明,参赛者搏斗却并不将对手视作真正的敌人。

在游戏的封闭世界中,唯一的人类就是游戏者;其他的都是物:
球、球板、棋子、纸牌等。

和现实世界一样,游戏世界也有游戏者必须遵守的规则,因为
遵守规则是进入游戏的必要条件。在游戏世界中,只存在一种犯
罪,即欺骗,对这种犯罪进行的惩罚就是驱逐;一旦游戏中发现一个
骗子,其余的游戏者就不会再与他一起玩了。

在游戏中,玩耍的乐趣和锻炼技艺的乐趣,都比成功的乐趣来得重要。若非如此,假若胜利成为了真正的目的,技艺精湛的游戏者就会选择毫无技艺的人作为对手。然而,只有那些将游戏视为谋生手段而非玩耍的人,才会做出如此选择,比如玩纸牌的职业骗子。在游戏世界中,胜利的乐趣是"通过正当手段"成功的乐趣。因此,游戏世界是一个天真的世界,因为好坏的道德判断在这里并不适用。判定一场好的游戏,就要看在游戏结束时,所有游戏者,无论是赢家还是输家,都可以由衷地说,他们玩得非常开心。丁格莱谷队和马格尔顿(Muggleton)[1]队之间的半球比赛结束之后,小矮人的一个观点如下:

> 先生,我们都记着马格尔顿出现过一个杜姆金斯(Dumkins)和一个波德(Podder),可是也不要忘了丁格莱谷可以自夸拥有一个路菲(Luffey)和斯特鲁格斯(Struggles)。每一位在听我说话的绅士都知道,有一个人这样回答过——用简单的话来说——"住在"一只桶里的那个人,他对亚历山大大帝(Alexander)说:——"假如我不是第欧根尼(Diogenes),"他说,"我就要成为亚历山大大帝。"我完全可以想象,这些绅士会这样说:"假如我不是杜姆金斯,就要成为路菲;假如我不是波德,就要成为斯特鲁格斯。"

"想象的天真"这一缺陷,在于将开放的现实世界中的行为,视

1.《匹克威克外传》中的一个小镇。

如封闭的游戏世界中的行为。

假若这个世界是所有可能的世界中最糟糕的一个,世上的每个人被迫去做自己厌恶的事情,禁止做自己喜欢的事情,那这种缺陷就不可能产生。它之所以产生,是因为有些人十分幸运,社会需要他们做的事情正是他们喜欢做的,这些事情,从社会的视角来看是他们必要的劳动,从他们自己的视角来看则是一种自愿的游戏。若是因为职业活动带给他们的快乐,人们就忘记了对于他们而言是游戏的东西,对于别人而言则可能关系到真正的需求和热情,一旦这样,人们就会落入这种缺陷。

在匹克威克先生因为人类的这种缺陷而不得不亲身遭难之前,他已见证了这一缺陷在伊顿斯维尔(Eatonswill)[1]的党派政治中所表现出的形式。

党派政治假定,两个同样理性、同样善良的人可以对一个政策持有不同的观点,一个人可以在争论中被说服从而相信自己的观点有误。它还假定,无论政治观点差异如何悬殊,政治的目标是建立一个公正、顺畅运转的社会这点为所有选民所同意。然而在伊顿斯维尔,党派竞争与辩论所带来的快乐成了政党双方各自的目的所在,造成了一个封闭的游戏世界,政治的目标却被遗忘了。

蓝党(Blues)抓住一切时机反对暗黄党(Buffs),暗黄党抓住一切时机反对蓝党……假如暗黄党提议在市政大厅上开一扇天窗,

---

1.《匹克威克外传》中的一个小镇。

蓝党就会举行公众会议,谴责这一举动;假如蓝党提议在大街上多造一个水泵,暗黄党就会一致站出来惊恐万状将它视为恶行。商店分为蓝党商店和暗黄党商店,旅馆分为蓝党旅馆和暗黄党旅馆;每一个教堂里都有蓝党过道和暗黄党过道。

在小范围内,将政治视为游戏,相对而言无伤大雅,然而扩展到全国范围内则祸害无穷。可是在任何情况下,将法律的实施视为游戏都祸害无穷。除了律师谁也不会为了乐趣而走上法庭;人们走上法庭,不是因为被逮捕,就是因为认定自己被诬陷而别无他法为自己洗冤。官司的输赢从来不是一种虚拟的胜利或失败,而是永远真实的;假如谁打输了官司,就会进监狱,或忍受世人的羞辱,或被迫赔钱。

无论对错,在我们的文化中人们都相信,在大多数刑事或民事审判中,对是否有罪做出道德评判的最佳途径,是通过控辩双方之间富于美学的语言争论来实现的,法官承担裁判的职责,并由陪审团做出判决。因此,说一名律师是"好律师",是一种美学描述,而非道德描述;一名好律师并不是伸张正义的人,而是打赢官司的人,无论他的当事人无辜还是有罪,无论其行为正确还是错误。在显然毫无希望取胜的情况下打赢官司,可以为他好律师的声誉带来极大提升,这是任何其他事情都及不上的,比起当事人无罪的情况,律师在当事人有罪的情况下更可能完成这一点。作为普通人,多德森和福格是无赖,然而他们的为人正派的同事珀金斯却不得不承认,作为律师,他们很出色。

巴德尔夫人由科勒品斯夫人[1]挽扶着领入,显得垂头丧气,被安置在匹克威克先生所坐着的凳子另一头……桑德斯夫人随后出现了,带来了巴德尔少爷。巴德尔夫人看到自己的孩子时十分惊讶[2];随即镇定下来,狂乱地吻他;然后这位善良的夫人又陷入了一种歇斯底里的痴傻状态,询问别人自己置身何处。科勒品斯夫人和桑德斯夫人扭过头啜泣,与此同时,多德森和福格恳请原告镇静……"真是好主意,说实话,"珀金斯先生对匹克威克先生耳语道,"多德森和福格真是了不起的家伙;精妙的主意,我尊敬的先生,精妙。"

道森和福格可能是无赖,但他们不是恶人;尽管他们让别人遭受不应有的痛苦,他们的心肠并不恶毒——他们并没有因为让别人遭受痛苦而感到愉悦。对他们来说,当事人在他们所进行的法律游戏中不过是游戏的对象,他们发现这游戏既令人愉快又有利可图。所以,大律师巴兹福兹[3]在表达对匹克威克先生性格的厌恶时,或者斯金平[4]先生威吓不幸的证人温克尔时,他们的受害人所感受到的真实敌意,事实上是游戏者之间虚拟的敌意:一旦他们宣读辩护

---

1. 科勒品斯夫人(Mrs. Cluppins):原文作"查平斯夫人"(Mrs. Chappins),疑为奥登笔误或印刷错误,据《匹克威克外传》英文原版改,下同。

2. 惊讶(startled):原文作"开始"(startcd),疑为奥登笔误或印刷错误,据《匹克威克外传》英文原版改。

3. 大律师巴兹福兹(Serjeant Buzfuz):原文为 Sergeant Buzzfuzz,疑为奥登笔误或印刷错误,据《匹克威克外传》英文原版改。

4. 斯金平(Skimpin):原文为 Sumpkins,疑为奥登笔误或印刷错误,据《匹克威克外传》英文原版改。

词,他们的辱骂就是直接针对巴德尔夫人和科勒平斯夫人的了,而且他们次日天亮前就会把整个案件忘得一干二净。吉尔德霍尔[1]对于匹克威克先生而言是炼狱,对于他们则是世外桃源;而丁格莱谷对于他们而言是炼狱,对于匹克威克先生则是世外桃源。

当匹克威克先生被判有罪时,他发誓不会支付赔偿金。这么做让他在离开伊甸园进入现实世界的道路上迈出了第一步,发誓即承诺未来,而伊甸园对未来毫无概念,因为它存在于永恒的当下。在伊甸园中,人可以时时刻刻随心所欲做喜欢的事情,然而一个承诺未来要做什么事情的人,在那一个时刻真正到来时,很可能并不喜欢去做这件事。匹克威克先生发誓的结果是,他必须离开伊甸园那干净的亚麻制品和锃亮的银器来到监狱里,这里到处都是脏兮兮的陶器,还有锈迹斑斑、撅断的烤面包叉。从法律的角度看,进了监狱,他就是一个有罪的人,是违法者中的一员。

在弗利特匹克威克先生发现自己身边的违法者是一帮欠债不还的人。狄更斯择定让匹克威克先生遇上这么一群罪犯,而不是其他人,其中一个显而易见的理由是,他认为在他所处的时代与债务相关的英国法律条款极不公正。让小说主人公身陷囹圄,他好有机会对现实社会的弊端进行讽刺和揭露。然而在一个将金钱作为普遍交换媒介的世界,债务的概念具有很深的象征意味。钦定版《圣

---

1. 吉尔德霍尔(Guildhall):《匹克威克外传》中的地名,审理匹克威克先生和巴德尔夫人案件的法庭所在处。原文为 Guild Hall。

经》中有一句主祷文——"免我们的债，如同我们免了人的债"[1]——是关于宽恕与不宽恕的负债者的寓言。

欠债意味着我们从某人那里获取的东西多于自己所给予的，无论"多出来的"是物质的还是精神的事物。由于我们并非自主的存在，不能依靠自己创造并维持生命，每一个人为了生存下去都欠着上帝、自然、父母、邻人的债。我们正是在人人都欠债的背景下去看待个人之间的债务和信誉的个例。我们生来就不平等；即使所有社会性的不平等被废除了，天赋和遗传的倾向方面造成的自然性的不平等依然会存在。我们操控能力以外的环境，总是会既影响到我们接纳的能力，又影响到我们给予的能力。富人，甭管是什么富法，都可以比穷人给予别人更多东西；婴儿和病人比起健康成人需要从别人那里获得更多东西。债务或信誉不能通过量化手段测量；假如两个人之间相互获取的东西不能超过各自需要的东西，或者他们拿来时各按所需，给予时倾其所有，那么他们之间的关系就是公平的。假如他们比上述的情形拿得多了，或是给得少了，他们之间的关系就变得不公平了。

在监狱里，匹克威克先生遇到了三类负债者。有一类是芒格尔这样的人，与其说是负债者，不如说是窃贼，因为他们的主观意图就是欠债不还。有一类是孩子气的人，相信魔法；他们想要在时来运转的时候把欠债还清，却没有理性的证据证明终会时来运转。还有一类皮匠这样的人，他们债台高筑是因为无法预见或控制境遇的变化。

1.《圣经·新约·马太福音》6：12。

那位我替他干活的老绅士住在乡下,他死了,身后留下了五千英镑,他将其中一部分留给了我,因为我娶了一个他的身份卑微的亲戚。一大堆侄子侄女围绕着他,他们总是相互争吵,争夺遗产,他就要我做他的遗嘱执行人,让我将剩余的遗产按照他的遗嘱分给他们,我分完了全部遗产。我刚做完这一切,其中一个侄子就提交了一个诉状要求取消遗嘱。过了几个月,这案子在保罗教堂旁的一间密室里由一位耳聋的老绅士开审……四个法律顾问每天带着卷宗轮流去麻烦[1]他,他要花一两周考虑,然后做出了判决:立遗嘱的人脑子有点问题,我必须将所有的钱还回去,并支付一切费用。我上诉;案子由三四个睡意蒙眬的绅士开审,他们在另外的法庭上已经听过这案子,他们尽责地维持了那位老绅士的原判。这之后,我又去高等法院上诉,他们依然保持原判。很久以前,我的律师已经全部拿走了我的一千英镑;他们所谓的财产,又加上费用,我要付一万英镑,于是我就来到了这里,补鞋子,待到我死掉。

然而从法律的角度来看,这三类人都有罪,不分孰轻孰重。当然,这并非意味着所有的负债者都会得到同样的对待。

三个舍友一口气告诉了匹克威克先生,金钱在弗利特的作用与外面的世界一模一样;它可以让他源源不断地获得想要的一切东西;假使他有钱,并且不反对花钱,只要他希望有一间自己的监

---

1. 麻烦(bother),原文为"共同"(both),疑为奥登笔误或印刷错误,据《匹克威克外传》英文原版改。此段引文有多处省略。

舍,半小时后他就可以拥有一间,带有家具,居住舒适。

身无分文的负债人,比如高等法院的犯人,其命运在狄更斯的时代是十分残酷的,远比已经定罪的犯人要糟得多。因为定罪的犯人由国家免费提供食宿,而负债者则不然。所以,一旦身无分文,他就必须依靠狱友的施舍为生,或者最终饿死。然而,弗利特监狱看上去可以被视作是伊甸园的一种,因为这里的人钱少脸皮厚。

这里有很多类型的人,从穿着粗布上衣的劳动者到穿着披巾睡衣的破产的败家子,不过大多数人的肘部有点裸露在外;然而他们流露着一模一样的神情—— 一副无精打采、囚犯模样、无忧无虑、趾高气昂的神情,一种二流子的什么也不怕的神情,难以用语言描述……"这让我吃惊,山姆,"匹克威克先生说,"负债而受到监禁简直不会得到什么惩罚。""你认为不是惩罚,先生?"维勒先生问。"你看这些人是怎么喝酒、抽烟、吼叫的,"匹克威克先生回答,"他们几乎不可能在乎监狱。""啊,问题就出在这里,先生,"山姆再次回答,"他们不在乎,对于他们这是一种定期的休假——只是喝黑啤酒,玩撞柱游戏。对这类事情,吃不消的是另一些人:这些灰心沮丧的家伙既不能大口大口地喝啤酒,也不能玩撞柱游戏;他们只要有能力就会尽快偿付借款,被囚禁在这里只会日益消沉。我要告诉你是什么道理,先生;那些老是在酒馆无所事事的人一点也不会损害自己,而那些尽力在工作的却会受害不浅。"

匹克威克先生的天真，在他与弗利特这个世界相遇的那一刻就终结了。踏上冒险之路的时候，他相信住在这个世界上是心地善良的人、诚实的人和有趣的人；如今他发现，这个世界上还有心肠恶毒的、不诚实的和无趣的居住者。但是进入弗利特监狱之后，他才意识到这个世界上还有遭受着如此痛苦的人。受苦的人和未受苦的人之间的差异，远比公正与不公正、无辜与有罪之间的差异来得更大。他本人遭受不公正的量罪，但他是自愿选择进监狱的。尽管他并不像喜欢丁格莱谷那样喜欢弗利特监狱，但按照弗利特监狱里面的舒适标准，他已享受着帝王般的优势。并非因为他在道德上无辜，而金格尔和特洛特在道德上有罪，是因为他碰巧是监狱中最富裕的人，而那两位属于最穷的人。所以，巴德尔夫人，要为在匹克威克先生身上所做的不公正之事负责，虽然她是因为愚蠢而非恶意。如今他俩成了狱友。匹克威克先生被迫意识到，他也是一个负债者；因为比大多数人更幸运，他必须通过宽恕敌人、减轻他们的痛苦来免除自己的债务。为了履行职责，他实际上必须去做那些曾被自己错误指控的事情，践踏自己的誓言，违反承诺，将金钱放入多德森和福格的口袋；为了表现出仁慈，他必须牺牲自己的荣誉。

作为虚构人物，匹克威克先生意识到现实世界可以产生相同的影响，然后丧失了天真，堂吉诃德则恢复了明智；两个人都在道德上变得严肃了，不再具有美学上的喜剧性。这就是说，这两人必须有个了结，这才是读者感兴趣的：堂吉诃德死去，匹克威克先生从人们的视线中消失。

两本小说都以这样一个假定作为基础：法律与恩典、正义的人与神圣的人之间存在着差异,这种差异只能直接通过喜剧矛盾进行表达。在喜剧矛盾中,天真的主人公进入冲突后,发现从他自己的角度看这一冲突并不让人痛苦。两位作者只有靠一种方式才能够迫使读者正确阐释这一点,那就是在最后摘下喜剧面具,说道:"游戏,假扮者结束了,游戏者和观众一律必须回到现实。你们所听闻的仅仅是一个离奇曲折的故事。"

附言： 轻佻与庄重

❖

一种审美的宗教（多神教）对轻佻（frivolous）[1]之物和庄重（serious）[2]之物并无明确区分。因为对于审美的宗教而言，一切存在归根结底都毫无意义。诸神的心血来潮，以及他们身后命运女神们的一时兴起，成为所有事务最终的裁决者。审美的宗教可能在转眼之间就变得无关紧要（frivolous），因为它在根本上处于绝望之中。

一种天真无邪的轻佻（frivolity），可能显得可爱迷人，因为意识不到任何庄重之物的存在，一旦意识到何为庄重，于是拒绝严肃对待并不庄重之物，恰恰因为这一点，轻佻可以显示出其深刻。荷马笔下的诸神之所以令人厌恶，正因为他们对人类所遭受的痛苦一清二楚，却拒绝严肃对待。他们轻佻地夺走人的生命，如同那是他们自己的生命一样；他们为了找乐而干预人们的事务，但不久之后又烦腻了。

宙斯带着特洛伊人和赫克托耳靠近船只，却将他们留在船边，令其持续不断地经受辛劳与苦痛，他自己则把明亮的目光移向别处，远远地凝望那片土地，上面栖身着畜养马匹的色雷斯人[3]，擅长近战的密细亚人[4]，高贵的、喝马奶长大的希佩摩尔戈人[5]，还有正直的阿比奥人[6]。

（《伊利亚特》第十三卷）

"他们为了消遣（sport）而杀害我们。"[7]果真如此，就不会有人类的运动员（sportsman）在自己的房子里接纳神明了：他们不分季节，射杀坐着的人类。

如果荷马尝试过为奥林匹斯山上的众神朗读《伊利亚特》，他们可能会开始坐立不安，立即问他有没有更为轻松一点的故事；也可能会把《伊利亚特》当作一则喜剧诗（comic poem），为此哄堂大笑，甚至有可能像我们看一部催泪电影那样，流下愉悦的眼泪。

阿波罗的歌：一个业余者侥幸的即兴创作。

---

1. 还有轻浮、轻薄、无聊、毫无意义、无关紧要的意思。译文不能用一个词涵盖其全部意义，只能在行文各处根据语境对译文稍作调整。
2. 还有严肃、认真、一本正经的意思。文中的翻译在各处稍有变化。
3. 色雷斯人（Thracians）：色雷斯人是巴尔干半岛最早的居民之一，曾创造了高度发达的克里特-迈锡尼文明，最终被罗马帝国所灭。
4. 密细亚人（Mysians）：生活于小亚细亚西部沿海地区，一般认为是从巴尔干半岛跨越海峡而来的色雷斯人移民后裔，抵达移居地后又与土著居民杂居混融。
5. 希佩摩尔戈人（Hippomolgoi）：希腊游牧民族，其希腊文名字意为"饮马奶者"。
6. 阿比奥人（Abioi）：可能是一个由中亚迁徙至克里米亚的西徐亚人（Scythian）部落。
7. 出自莎士比亚悲剧《李尔王》第四幕第一场。引文中的"消遣"（sport），另一个意思是"运动"。

希腊神话中唯一需要劳作的神是赫菲斯托斯[1]，他是一个被戴了绿帽的瘸子。

"恺撒的，就应归还恺撒；神的，就应归还神。"[2]基督教在轻佻之物和庄重之物之间做出了区分，并允许前者拥有自己的位置。基督教所谴责的并不是轻佻，而是偶像崇拜，也就是说，严肃地对待轻佻。

过去并没有受到严肃对待（"任凭死人去埋葬他们的死人"[3]），未来也没有受到严肃对待（"不要为明天忧虑"[4]），只有当下的瞬间受到严肃对待，并不是因为其在审美上拥有的情感内涵，而是缘于其对于历史的决定性。（"如今正是悦纳的时候。"[5]）

人渴望获得自由，并渴望感知到自己的重要性。这让他陷入困境，因为他越是从必然性中解放自己，就越觉得自己无足轻重。

----

1. 赫菲斯托斯（Hephaestus）：希腊神话中的火神、砌石之神、雕刻艺术之神和铁匠之神，奥林匹斯十二主神之一，宙斯与赫拉之子。他是诸神的铁匠，太阳神阿波罗驾驶的日车、厄洛斯的金箭和铅箭、宙斯的神盾、阿基琉斯的盔甲盾牌都是他铸制的。天生瘸腿，面貌丑陋，妻子是爱神阿弗洛狄忒。阿弗洛狄忒给赫菲斯托斯戴过许多绿帽子：与战神阿瑞斯私通，生下五个子女；与赫耳墨斯生子；与英雄安喀塞斯生下埃涅阿斯。

2.《圣经·新约·马太福音》22：21。

3.《圣经·新约·马太福音》8：22;《圣经·路加福音》9：60。

4.《圣经·新约·马太福音》6：34。

5.《圣经·新约·哥林多后书》6：2。直译为"现在是约定的时刻"。

这就能解释为什么那么多的"无端行为"（actes gratuites）构成犯罪：一个人通过违法的手段维护自己的自由，以此保持自己的重要性，因为他所违背的法律是举足轻重的。很多罪行都是魔法，都试图凭借必然性获得自由。

犯罪的魔法可以由天真无邪的游戏代替。游戏是"无端的行为"，在游戏中，游戏者顺从自己选定的规则。游戏比犯罪更为自由，因为游戏的规则是任意的，而道德法则却不是；但相比起来游戏更无足轻重。

游戏的规则将重要性赋予那些在玩耍时增加游戏难度的人，这是对能力的检验。然而这也意味着，只有拥有了游戏所要求的特殊身体或心智能力，游戏对这样的人才变得重要，而拥有这些能力的天赋却是偶然获得的。

就一种职业要求具备某种天赋而言，在能够从事这份职业的人身上，游戏的本性得以分享，无论它所满足的社会需求多么严肃（serious）。一个学生曾经询问著名的脑外科专家库欣医生[1]，自己

---

1. 哈维·库欣（Harvey Williams Cushing，1869—1939）：美国外科医生和作家，生于俄亥俄州克利夫兰，逝世于康涅狄格州纽黑文。专长于脑外科，最先提出了颅内肿瘤的诊断、分级和分类方法，对脑外科手术的技术进行了改进，1925年在大脑手术中首先使用电烙术，并在神经系统、血压、垂体和甲状腺领域有重大发现，被誉为"现代神经外科之父"，医学界以他的名字命名了库欣综合征和库欣反应。1926年出版关于老朋友、临床医学的泰斗威廉·奥斯勒爵士（Sir William Osler）的传记，并于当年获得普利策奖。

是否应该专攻外科手术。医生没有直接回答他的问题，反而问他：
"你喜欢将刀子插进鲜活肉体里的感觉吗？"

旁观者在目击不道德的行为（比如一个人在打他的老婆）时，会生气或难过。而在目睹那些天赋匮乏却做出的行为时，比如，一个笨拙的人和一扇百叶窗或一尊丑陋的雕塑厮打起来，旁观者只会发笑。

生活不是游戏，因为我们不能说："我具备了生活所需的天赋才能去生活"。那些不会玩游戏的人可以一直做一名旁观者，但是，没有人能够雇用他人代替自己生活，自己则在一边旁观。

在游戏中，满盘皆输和大获全胜，可以让人获得同样的满足。但没人会心满意足地说，"我差一点与心爱的姑娘结婚了。"一个国家也不会宣称，"我们几乎赢得了战争。"在生活中，失败者永远只能拿零分。

对人而言，从根本上说没有什么是重要的（serious），除了那些平等分配给每个人的东西，和那些平等规约着所有人的东西。

每个人都被平等地赋予一个身体，这个身体拥有维系生存必须获得满足的需求；每个人被平等地赋予一个意志，这个意志拥有进行选择的力量（我们说一个人的意志坚强或薄弱，和说他高或矮并不是一回事，甚至和说他聪明或愚蠢也不是一回事：这是关于其意志能力的描述，而不是对他所拥有的意志力量在数量上的评估）。

与这些天赋所对应的是如下两条律令："你必须汗流满面，才有饭吃"[1]和"你应当爱上主，你的神，并爱邻人如你自己"[2]，它们平等地规约着所有的人。

因此，仅有两种本质上庄重的职业，也是两种不需要任何特殊天赋的职业：无需技巧的体力劳动和神职工作（从其传道的理想角度而言）。任何无需技巧的体力劳动者和牧师都可以由别人来替换。随便哪个老行李员都可以给我拎包，任意一位徒有其表的牧师都可以让我从极大的罪恶中解脱。我们不能说一个无需技能的劳动者比另外一个更出色或更差劲，对于牧师也是如此。对于劳动者，我们只能说，他受雇劳动；而对于牧师，我们只能说，他被授以圣职。

对于其他所有的职业，我们必须承认，它们从本质而言都是轻佻的。只有当它们成为从事这项职业的人赖以糊口、不再寄生于别人劳动的手段时，它们才显得庄重。此时，就某种程度而言，它们允许或鼓励上帝之爱和邻人之爱。

有一个游戏叫做"警察与强盗"，但没有一个游戏叫做"圣徒和罪人"。

1.《圣经·旧约·创世记》3：19。
2.《圣经·旧约·路加福音》10：27。经文原文为"你应当全心、全灵、全力、全意爱上主，你的神，并爱邻人如你自己"。

就像《独立宣言》所说的，人人拥有追寻幸福的权利，这种说法是不正确的。如果可以的话，每个人都有权利去避免不必要的痛苦，没有人有权以他人的痛苦为代价获得愉悦。然而，幸福并不是一种权利，而是责任。如果我们处在不幸中，那么我们是有罪的（反之亦然）。我们不能追寻责任，因为它的必要性适用于当下瞬间，而不是未来的某个日子。

面对上帝，我的责任是过得幸福。面对邻人，我的责任是尽我所能给他带去愉悦，从而缓解他的痛苦。没有人能"让"（make）另一个人变得幸福。

天才与使徒

没有哪个天才是怀着"目的"(in order that)的：而使徒却有着一个绝对且自相矛盾的"目的"。[1]

索伦·克尔恺郭尔

❖

一

在我所读过关于戏剧本质的理论讨论中,我总是觉得,演员的本质没有得到充分的注意。戏剧区别于游戏和仪式之处在于：在游戏中,游戏者扮演自己,而在仪式中,虽然参与者可能"代表"着其他人,比如神灵,但是他们不需要去"模仿"这个人,至多就像出使外国的使节不得不模仿他所代表的元首一样。此外,无论在游戏还是仪式中,动作都是真实的,或者说,最起码对参与者来说是真实的——进球得分,公牛被屠宰,面包和酒变质——但是在戏剧中,所有的动作都是模拟的——扮演班柯[2]的演员并非真的被谋杀,而扮演唐·乔万尼的演唱者本人可能是一个"妻管严"。

没有哪项人类活动看上去像"表演"(acting)那样纯粹毫无缘由；游戏是没有缘由的行为,但可以证明它拥有使用价值——对那些参与游戏的人来说，可以借此锻炼肌肉，或者增长才智——但当一个人模仿另一个人，他有什么目的是我们能想到的呢？

戏剧中的动作（action）是模拟的（mock），而模仿的（mimetic）艺术纯粹毫无缘由，这一事实让刻画人类生活的戏剧图景显得有些特殊。在现实生活中，我们依托于身体而存在，我们同时是社会个体和独一无二的个人，因此，任何个人自行选择的行为或动作都不可能脱离人类一般行为（behavior）[3]的因素，即我们因必然性而发生的行为——无论是出于身体特征的必然性，还是出于我们在社会中养成的"第二特征"习性。但是，在舞台上，我们所见的人类生活是由纯粹行动组成的，所有一般行为的痕迹都被抹除。因此，任何在缺失必然性因素的情况下就无法想象的人类活动（activity），都不能在舞台上进行表现。比如，演员们可以摆弄一个黄瓜三明治，却无法吃一顿丰盛的饭；因为一顿饭要是不吃上三刻钟，就很难被称为"丰盛"。众所周知，剧作家一直想要让演员在舞台上写信，但这往往会显得很荒谬；在舞台上，演员可以大声朗读一封信，却不能在沉默中写信。演员也不能创作任何严肃的作品，因为任何真实的

---

1. 出自克尔恺郭尔一本小书《两篇伦理学-神学小论文》，写于 1847 年，出版于 1849 年，两篇论文分别是《人是否有权为了真理而将自己送入死亡》、《天才与使徒的差异》。

2. 班柯（Banquo）：莎士比亚悲剧《麦克白》中的苏格兰军中大将。因女巫预言班柯的子孙将君临一国，于是遭麦克白派人刺杀身亡。

3. 在奥登的用法中，deed 和 act/action 偏于具体所做的行为动作和事情，束缚于必然性，behavior 偏于一般的行为表现也可以表示行为背后的态度，可以脱离必然性。这里权且分别译为"行动"（有时也译为"活动"、"动作"、"行为举止"）和"一般行为"以示区分。

作品,脱离了创作所需的实际时长,都是无法想象的。只有行动(deeds)可以与实际时长相脱离。因此,一个人可能在他的日记里这样写,"我九点一刻开始或者结束工作。"但是他永远都不会写"我九点一刻工作"(如果作为一名法庭证人,他会说,"我九点一刻正在工作");另一方面,他如果这样写就完全没有问题,"九点一刻,我向茱莉亚求婚,她接受了。"因为,虽然他求婚以及她接受求婚时所说的话都要花费一定的时长,但这与事件本身的戏剧意义毫无关系。

可以通过舞台来呈现的人类生活,首先是一种纯粹行动的生活,其次是一种公开的生活——演员面向观众表演,而不是面对自己——所以,最合适的戏剧人物是那些因为命运或选择而过上一种公共生活的男女,他们的行为举止(deeds)受到公众瞩目。例如,比起性欲激情,世俗野心是一种戏剧性更强的动机,因为世俗野心只能在公共场合得以实现,而性激情只能影响少数人,除非像安东尼和克莉奥佩特拉那样,由性导致了政治后果。不幸的是,对于现代剧作家而言,在过去的一个半世纪中,公共领域中的人类行动变得越来越少,而人类一般行为却越来越多。当代剧作家已经丧失了天然的主题。

这一进程在十九世纪已经突飞猛进,像易卜生那样认真对待艺术的剧作家们已经开始寻找新的主人公类型了。浪漫主义运动已让公众开始注意一类新的主人公——天才艺术家。公众的兴趣开始投向维克多·雨果、狄更斯和瓦格纳这些人物,这在两个世纪之前是不可想象的。

不可避免的结果是,剧作家迟早会问自己,天才艺术家是否可以代替戏剧中原先的主人公，即那一类传统的"行动者"（man-of-action）。然而，理性的剧作家会即刻意识到，直接处理一定会导致失败。艺术家不是行动的实施者，而是事物的制造者，是一名创作者（worker），而创作（work）的过程不能够在舞台上进行表现，因为倘若创作所需的时间被缩短，那么创作就不能称其为创作了，因此，为艺术家赋予价值的东西，即他的作品必须是在舞台之外完成的——若是没有作品，他就不再是艺术家，而只是一个再寻常不过的人。其次，观众必须确信，戏称中所称的这个天才是货真价实的，而不是自命不凡实则毫无天分的庸才。譬如，他若是一位诗人，听众必须得看到他写出一流的诗作。但是，即便剧作家本人是伟大的诗人，他也只能写出他擅长的那一类诗作；而无法为剧中的主人公再炮制一类特殊的诗，要与自己的诗风格迥异却同样伟大。最后，虽然行动与角色可以达成一致，作品和角色却无法如此；若将艺术家看作一个普通人，他所创造的作品与他个人之间的关系过于含糊，无从讨论。我们可以说卡图卢斯的诗歌源自莱斯比亚[1]对待卡图卢斯的方式以及他对她的爱，这实在不同于我们说麦克白的野心及女巫们的预言是班柯遭到谋杀的根源。假如他们所代表的角色有什么不同，毫无疑问，诗歌就会随之变得不同。但是为什么卡图卢斯只写下了这些诗歌，而没有写下无数同样精湛的作品，这些角色并无法给出解释。

---

1. 莱斯比亚（Lesbia）：卡图卢斯诗歌中的人物，也可以说是他为女友克洛狄亚（Clodia）虚构的名字，她后来嫁给了别人，是卡图卢斯许多诗歌的灵感来源。

想要成为一名艺术家,一个人必须在创造或表达方面拥有出众的禀赋。但是,让他得以施展天赋并得到公众欣赏,靠的却是想象别样事情的能力,而这一能力是全人类所共有的;譬如,每个人都可以想象犯下谋杀或为朋友两肋插刀的场景,但这并不要求他们在现实中这样做。我们可以想象,易卜生或许是在潜意识中问他自己:是否存在什么在传统上与舞台相关联的象征符号(figure),可以用来表示这种想象的功能? 答案是有的:演员(actor)[1]。济慈关于诗人有一番著名的描述,用在演员身上甚至说得更准。

> 对于诗化的角色本身而言,它并不是自我:它没有自我——它是一切,又什么也不是。太阳、月亮、大海、作为冲动的生灵的男男女女,它们都充满着诗性,身上都有不变的特征——而诗人却没有:他没有自我的身份。[2]

贯穿《培尔·金特》通篇,一个问题不断地被提出,并得到各种各样的答案,即,"我是谁? 真实的自我是什么?"若是换作动物,就不会有这样的问题。

> 天真之物存在于野兽的生命中。
> 它们执行着伟大造物主的训谕。

---

1. 或可留意"演员"(actor)与前文所述"行动"(act)之间的词源关系。
2. 出自济慈 1818 年 10 月 27 日致理查德·伍德豪斯书信。

> 它们是自己。[1]

人类身上也有与这种动物的自我（selfhood）最为相似的东西，那就是一个人通过遗传和社会习俗所获得的"第二特性"。

> 我的父亲偷窃，
>
> 他的儿子就必须偷窃。
>
> 我的父亲受苦，
>
> 我也必须受苦。
>
> 我们必须承担自己的命运，
>
> 必须做我们自己。

因此，溺水的厨师在沉没之前也背诵着主祷文"我们的日用食粮，求你今天赐给我们"。

> 阿门，伙计。
>
> 你最终将是你自己。[2]

接下来是在古希腊意义上的社交"白痴"，这些个体的生命受制于高

---

1. 出自《培尔·金特》第四幕第五场。奥登的引文采用罗伯特·夏普（Robert Farquharson Sharp）的英译。

2. 出自《培尔·金特》第五幕第二场。

于一切的个人利益，就像传统个体的生命受制于社会习惯。在第一
幕[1]，培尔看到一个年轻农民为了逃避兵役而割掉自己的手指；培
尔很入迷，也很震惊：

> 那想法或许也有道理——这愿望这意志，
>
> 我都可以理解，但要真的
>
> 去付诸实施。哎，不，我可做不到。[2]

在最后一幕[3]，他听到了牧师在同一位农民的葬礼上布道，他说道：

> 毫无疑问，他是一位坏劲的公民，
>
> 对教会和国家都是一样，一棵光秃秃的树——
>
> 但在遍布岩石的山坡上
>
> 他的工作之所，"在那里"我说他是伟大的
>
> 因为他是他自己。

然而，人类这两种成为自我的方式都不能让培尔感到满足。他告诉
母亲自己想要成为一位君主和帝王，然而只有一种王国是不可能被
威胁或征服的，那就是自我意识的王国，或者，就像培尔所定义的：

---

1. 应为《培尔·金特》第三幕第一场。
2. 引文有两处有误，"这意志"(the will)误作"向着意志"(to will)，"哎，不，我可做
不到"(Ah no, that beats me)误作"哎，我，我可做不到"(Ah me, that beats me)。
3. 即第五幕第三场。

> 金特的自我——是一支军队，
>
> 愿望、胃口、欲望的军队！
>
> 金特的自我——是一片海洋
>
> 幻想、要求和渴望的海洋！[1]

　　但我们在舞台上看到的培尔并不具备通常所说的胃口或欲望；他只是假装拥有这一切。为了将诗人用戏剧性的方式展现给我们，易卜生让我们看到这样一个人，他几乎将自己所做的全部事情都看做一个角色，不管是贩卖奴隶和白痴，还是成为东方预言家。现实生活中的诗人可能会写一部关于贩卖奴隶的戏剧，然后再写另一部关于预言家的戏剧，但在舞台上，表演即意味着创作。

　　一方面是诗人和梦想家的亲缘关系，而另一方面则是诗人和疯子的亲缘关系，诗人和这两者之间的区别都在培尔的经历中得以展现——首先是在山妖国，接着是在收容所。梦想家的王国由希望或欲望统治；梦想的自我所看到的一切都是本我所渴望成为的样子。也就是说，自我是本我无助的牺牲品；它不可能说，"我在做梦。"而在疯癫状态中，本我是自我的无助的牺牲品：一个疯子会说，"我是拿破仑。"而他的本我不可能告诉他，"你是个骗子。"[我能理解，翻译《培尔·金特》最大的困难在于，挪威语有两个词，一个是"有意识的""我"（I），另一个是"有意识的""本我"（self），而英语只有一个词，"我自己"（myself）就可以表达两者。]

----

1. 出自《培尔·金特》第四幕第一场。

梦想家和疯子都很真诚；他们都不会演戏。梦想家就像影迷，写信辱骂他看过的电影中扮演坏人的演员；疯子则像演员，相信舞台上的事情等同于自己的遭遇，也就是说，无法将自己和所扮演的角色区分开来。

但诗人会为了好玩而伪装自己；他借用撒谎来彰显自己的自由——也就是说，通过创造那些他"深知"是虚构的世界来达到这一目的。当山妖王要给培尔的眼睛做一个小小的手术，让他变成真正的山妖时，培尔愤怒地拒绝了。他说，他非常乐意赌咒说母牛是漂亮的少女，但如果要他陷入一种无法分辨二者的境地，他是不会接受的。

山妖王说，山妖和人的区别在于，前者所奉行的座右铭是"安于你自己"，而后者的座右铭是"出于你自己"。关于后者，铸纽扣的人和瘦子都有话说。

> 成为自己：就是杀死自己。
>
> 但对于你，毫无疑问你已丢失了答案；
>
> 因此我们会说：成为自己，就是毫不动摇，
>
> 坚信如路标一样呈现的天主的意志。[1]

> 记住，一个人可以有两种方式
>
> 成为自己——每一件外套都有里外两面。

---

1. 出自《培尔·金特》第五幕第九场。

> 也许你知道，最近在巴黎人们发现了
>
> 一种在阳光的协助下制作肖像的方法。
>
> 一个人既可以制作一幅直接的肖像，
>
> 也可以制作一张我们所知道的底片。
>
> 在底片中，光和影子都是颠倒的。[1]

但是，假设存在诗人这样一种职业，或者，按照易卜生戏剧中的说法，存在戏剧这样一种职业，那么，铸纽扣的人和瘦子说的话是否适用？如果一个人可以被称作演员，那么他"忠于自我"的唯一方式就是"表演"（acting），也就是说，假扮成不是自己的那个人。梦想家和疯子都"安于"自己，因为他们无法意识到除了自己的欲望和幻觉之外，还存在着什么东西；诗人"安于"自己的表现则是，他知道除他之外其他的存在，然而作为诗人，他对其他存在漠不关心。在挪威之外，培尔与其他人，无论是男人还是女人，都没有建立起认真的关系。就友谊这个问题，易卜生曾有一次写给格奥尔格·勃兰兑斯[2]：

> 朋友是件昂贵的奢侈品，当一个人将资本投入生命中的一次
>
> 使命时，就再也无法拥有朋友。友情之所以昂贵，并不在于一个人

---

1. 出自《培尔·金特》第五幕第十场。

2. 格奥尔格·勃兰兑斯（Georg Brandes，1842—1927）：丹麦文学评论家、文学史家，犹太人，最主要的作品是六卷本《十九世纪文学主流》，另著有一系列名人传记：《莎士比亚》、《歌德》、《伏尔泰》、《恺撒》、《米开朗基罗》等。

为朋友做什么,而在涉及两者的关系中,他没做什么。这意味着许许多多智力的胚芽被摧毁了。[1]

但是,每一位诗人同时也是一个人有别于他所创作的东西,通过培尔和奥丝[2]以及索尔薇格[3]的关系,我相信易卜生在试图向我们展示,什么样的人有可能成为诗人——当然,前提是他具备必要的天赋。根据易卜生的说法,一个人在童年时期成为诗人的可能因素在于,首先,被社会群体所孤立——由于父亲的酗酒和挥霍无度的习性,他被邻居看不起——其次,一个能够诱发并分享其想象生活的玩伴——这个角色由他母亲扮演。

> 哎,你要知道,我的丈夫,喝得烂醉如泥,
>
> 挥霍浪费,把家里的东西弄得乱七八糟。
>
> 同时,培尔和我就坐在家里——
>
> 我们只能尽量对这些置若罔闻。
>
> 有些人借酒浇愁,另外的人撒谎成性;
>
> 而我们——为什么,我们被带入了童话世界。[4]

我认为,把劳动想成是一种中性的活动,像男人干活,像女人创造东

---

1. 1870 年 3 月 6 日,易卜生致勃兰兑斯的信。
2. 奥丝(Ase):培尔·金特的母亲。
3. 索尔薇格(Solveig):培尔·金特的恋人。
4. 出自《培尔·金特》第二幕第二场。

西,这并非异想天开。所有的创造都是对母性的模仿,而且,但凡我们了解到艺术家的童年,会发现在那段时间艺术家与母亲的联系远比父亲要来得紧密:在一个诗人的成长历程中,"灵性之奶"(the milk of the Word)[1]并非只是一种修辞手法而已。

在一起玩耍的游戏中,儿子保持着主动性,而母亲似乎是更年幼的那一方,她爱慕着孩子。奥丝死了,为培尔留下了年轻的处女索尔薇格,由她扮演起培尔的缪斯。如果这是一部纯正的现实主义戏剧,培尔对待索尔薇格的方式很显然可以用精神分析进行解释——即恋母情结让他痛苦不堪,也让他无法与其他人发生严肃的性关系,也就是说,他不能爱上那些和他上床的女人。但是,这部戏剧是一则寓言,所以我相信,寓言层面的母子关系有另一层意义:它代表着一种不受时间影响的爱恋,任其伴侣做出任何行为都不可能发生改变。很多诗人似乎"在恋爱中"才能写下最出色的诗篇,但"在恋爱中"的心理状态与婚姻这样持久的历史性关系并不兼容。作为诗人的缪斯,要么死去,如但丁的贝亚特丽丝;要么遥不可及,如培尔的索尔薇格;要么在一个女人和另一个女人之间不停转换。奥丝的宠爱赋予培尔成为一名诗人最初的勇气;而在缺乏自我认同的生活中,索尔薇格赋予他一直坚持到最后的勇气。在本剧的末尾,他问她,"真正的培尔在哪里?"——将普通人与其诗人的功用区分开来——她回答道,"在我的信仰中,在我的希望中,在我的爱

---

1. 出自《圣经·新约·彼得前书》2:2,也译作"灵性的纯奶"。《圣经》钦定本《彼得前书》2:2:"应如初生的婴儿贪求灵性的纯奶,为使你们靠着它生长。"(As newborn babes, desire the sincere milk of the word, that ye may grow thereby.)

中。"这是对他的信念的回应。这样的信念是否合乎情理，易卜生并没有给出明确的回答。或许，诗人必须终究为他的使命付出代价，要在大铸勺中结束一生[1]。但培尔至少是幸运的："他有女人站在他的身后。"

艺术家作为戏剧角色无从解决的难题是，由于他与他人的关系既是短暂的又是永恒的，所以让情节无法前后连贯。《培尔·金特》是一部引人入胜的戏剧，但其结构并不能说令人满意。事实上，整部戏剧（以及几乎所有最好的场景）只有开头和尾声：开头告诉我们一个男孩命中注定要成为一名诗人，而不是选择政治家或者工程师作为他的职业，而结尾则向我们展现了当一位诗人面对死亡、必须总结自己的一生时，他经受着怎样的道德和心理上的危机。可以说，只有在第四幕，我们看到了成年的诗人正在进行创作。在这一幕中，场景和所介绍的人物数目都是纯粹随机的。易卜生借这一幕对挪威人生活的各个方面做出了讽刺性的评论，而培尔只不过恰巧与这些讽刺联系在一起。

二

在创作《培尔·金特》两年之前，易卜生写下了《布兰德》[2]。两

---

1. 指《培尔·金特》第五幕第七场情节，铸纽扣的人对培尔·金特说，要把他放进大铸勺中熔化结束他的生命。
2.《布兰德》(*Brand*)：易卜生于1866年创作的一部诗剧。

部作品都是在意大利完成的,关于这两部作品,易卜生本人曾说:

> 我难道不可以像《雅可布·冯·提卜》中的克里斯多夫[1]那
> 样,指着《布兰德》和《培尔·金特》说——看,一切已经就绪。

这两部戏剧中的主人公彼此作为对立面而相互关联着。对培尔而言,魔王如同危险的毒蛇,诱惑人们进入无可挽回的境地;对布兰德而言,恶魔则是妥协。

布兰德是一位牧师。易卜生曾说过,他也可以让布兰德成为一名雕刻家或是政治家,但这不是事实。在罗马,易卜生遇见过一个学习神学的年轻挪威学生克利斯多夫·布鲁恩(Christopher Brunn),他是克尔恺郭尔的忠实信徒,给易卜生留下了深刻的印象。当时,易卜生正对自己的同胞感到愤怒不已,因为在德国攻打丹麦并吞并石勒苏益格-荷尔斯泰因[2]的时候,挪威拒绝给予丹麦援助。布鲁恩其实曾作为志愿者在丹麦军队中作战,他问易卜生,如果他的情感真如他宣称的那样强烈,为什么没有采取相应的行动呢。易卜生的回答并不出人意外——诗人需要去完成其他任务——但显而易见,这个问题令他很不安,而《布兰德》就是他这种不安的产物。

---

1. 指丹麦作家路德维希·霍尔贝格(Ludvig Holberg)喜剧《雅可布·冯·提卜》中的人物克里斯多夫(Christoff)。

2. 石勒苏益格-荷尔斯泰因(Schleswig-Holstein):德国最北部的一个州,北与丹麦接壤。原为石勒苏益格和荷尔斯泰因两个公国,1853年丹麦试图将它们划入自己的版图,遭到普鲁士的反对,爆发普丹战争,1864年战争结束,普鲁士和奥地利联军获胜,石勒苏益格-荷尔斯泰因地区由两国共管。1866年又爆发普奥战争,奥地利战败,石勒苏益格-荷尔斯泰因成为普鲁士一个省。

　　显然，易卜生一定知道了克尔恺郭尔论述天才与使徒之间的差异的文章，不管他是靠自己阅读，还是听布鲁恩转述。在《培尔·金特》中，他讨论了前者，而在他先行写下的《布兰德》中，讨论的则是后者。

　　使徒是受上帝召唤给人类传递信息的人。传神谕者和萨满巫师是神的代言人，但他们并不是使徒。传神谕者或萨满巫师是值得信任的公职人员，他们在精神上的权威为人所认可，他们不需要去招揽他人，只需要坐等别人的问询——德尔斐[1]是世界的中心。他们接受专业训练，为了获得这一资格，必须展示某种特殊天赋，比如，进入催眠状态。

　　另一方面，使徒受召唤向他人传递神圣的讯息，这种神圣的讯息对他人而言是新异的。因此他既不能期望他人找寻他，也不能指望自己拥有任何严正的精神状态。可以这样说，传神谕者和萨满巫师就像一台接收器，上帝在某些特殊的瞬间可以通过它而说话，然而使徒只是普通的人类信使，就像那些分发信件的人；他无法等待一个特定的神授时刻来传递他的讯息，而且，假如听众让他展示可以证明身份的东西，他一无所有。

　　说到天才的职业，人都是受召唤于他已然具备的天生禀赋。比如说，一个年轻人会这样告诉父母，"无论付出什么的代价，我要成为一名雕塑家。"根据其表述，我们可以确信，他天生具有创造精致

---

1. 德尔斐（Delphi）：古希腊城邦共同的圣地，这里的神庙供奉着"德尔斐的阿波罗"，著名的德尔斐神谕"认识你自己"被刻于阿波罗神庙殿门前的石柱上。

的三维物体的天赋。无论他是基督徒，相信天赋是上帝赐予的礼物，还是无神论者，将天赋归于盲目的本性或运气，这些都不妨碍他的决定，因为即便作为一名信徒，他也明白自己是受天赋的召唤，而非直接受到上帝的召唤。既然天赋属于"他自己"，他在说"我必须成为一名雕塑家，"和"想要成为一名雕塑家"时其实并无差别：无法想象有人会这样说，"雕塑家是我最不想成为的人，但我觉得有责任成为这样的人。"

　　另一方面，使徒是直接受上帝召唤的。耶和华对亚伯拉罕[1]说，"起来，走出这片土地！"耶稣对税吏马太[2]说，"跟我来！"如果有人问："为什么是亚伯拉罕或马太，而不是其他两人？"无人能够回答；谁都无法回答，成为一名使徒需要何种天赋，或应该具备何种气质。一名使徒最终获得的精神奖赏，任何人也无从知晓且难以想象到底是什么；他所知的一切只是受召唤放弃他曾经的一切，在一个未知的且可能令人不悦的未来探险。因此无法想象，使徒所领受的召唤会得到人类自然欲望的回应。的确，但凡真正的使徒一定会这样说，"我不想，不过，唉，我必须这么做。"对于未来的雕塑家，正确的说法应该是他"决意"要成为一名雕塑家——也就是说，让自己投入到成为一名雕塑家必需的钻研、磨炼和训练之中——但是，对于

---

1. 亚伯拉罕（Abraham）：《圣经·旧约》中的人物。在人类遭遇洪水之后，诺亚的家族便繁衍到各地，其中有个名叫亚伯兰的闪族人，被神看中，要他替天在世上行道。耶和华让亚伯兰离开闪族往南迁移。他受神的指示，扶老携幼，辗转迁徙到迦南的慢利橡树地定居，其时亚伯兰已75岁。神令亚伯兰改名为亚伯拉罕。
2. 马太（Matthew）：耶稣的十二门徒之一。生于犹太的加利勒亚，操税吏为业，跟随耶稣三年，传教于巴勒斯坦一带。公元42年，写《马太福音》，该福音记述了耶稣的一生。公元91年，被刺殉教。

使徒而言,他"决意"要做什么这种说法并不正确,他只能说,"这并非我的意愿,而是神的主愿。"人可能会被世俗召唤所欺骗——他想象自己拥有某种天赋,实际上却并不存在——但是,有一种方式能客观地验证他所受到的召唤是真实的还是虚幻的,就是看他能否创造出具有价值的作品。伟大的雕塑家离世时,他的作品可能还没有完全被世人所认可,但长远来看,世人的认可就是对其伟大的最好验证。但对使徒而言,这样客观的检验手段并不存在:可能他会有无数次皈依,也有可能一次都没有,但我们依然无从知道他的使命是否真实。他可能献身于火刑架,但即使这样我们仍无从得知。一个使徒能否成为宗教意义上的英雄,并不是看他为别人做了什么或者没做什么,而是看他是否坚定不移地相信,上帝以自己之名召唤着他。

布兰德必须传递的讯息大部分源自克尔恺郭尔,也许可以用《克尔恺郭尔日记》中的两段话作为总结。

> 大多数人的基督教观念大致可以概括为两个可疑的极端(或者,就如牧师所说的,必须与生死紧密相连的两个极端),第一个说法是关于孩子的,即一个人作为孩子成为基督徒,死后就会进入天堂;第二个说法则是十字架上的窃贼。人们生时遵循前者的美德——而死的时候,则失望地用窃贼的例子来安慰自己。
>
> 这就是他们所理解的基督教教义的精髓;下个准确的定义,是童真和罪行的混合体……

　　大多数人认为基督教的戒律,譬如"你应当爱邻人如你自己,
等等"1,都是刻意的苛求,就像为了在早上起床而把闹钟调早。

然而,布兰德的一些言论更为强调人类意志,这更像是尼采而非克
尔恺郭尔的思想。

　　整个世界将要升起,上帝会认出它,

　　人类,祂的最伟大的造物,祂的亲密的继承人,

　　亚当,年轻而强壮。

　　这不是

　　殉难,不是痛苦地死在十字架上,

　　而是决意让你死在十字架上。2

这不像是从克尔恺郭尔口里说出的话。当然,他清楚地说过,决意
遵从上帝的意愿去殉难,或是在知晓是否是受到上帝的命令之前就
自行决意去殉难,这两者之间有着天壤之别,渴望第二种殉难的是
一种极端的精神傲慢的人。

　　布兰德预言式的谴责直接针对三种生活,即由瞬间的情绪所主
宰的审美生活,源自社会和宗教习俗的传统生活,以及"狂野之心

1.《圣经·新约·路加福音》10: 27。经文原文为"你应当全心、全灵、全力、全意
爱上主,你的神,并爱邻人如你自己"。

2. 出自《布兰德》的引文未经查对具体出处。

(在其孱弱的头脑中,即便罪恶也显得美丽)"的癫狂生活。最后一种可能与罪犯有关,还可能与临床精神病人有关。

易卜生不会像萧伯纳那样做,把自己的戏剧变成一场思想的辩论。布兰德可以毫不费力地驳倒对手的论点。比起埃耶纳(Ejnar)[1]这傻子所能描述的,我们关于审美生活还有许多话可说,而对社会和宗教生活习惯的价值所产生的信仰,可以由聪明善良的人所拥有,而且的确由他们所拥有;像市长和院长[2]那样懦弱的骗子不会拥有这种信仰。无论在什么方面,可以与布兰德一较高下的对手是医生。

> 医生:……我要去拜访一位病人。
>
> 布兰德:我母亲?
>
> 医生:是的……你已经去看过她了?
>
> 布兰德:没。
>
> 医生:你真是铁石心肠。我一直在努力。
>
> 　　横穿荒野,穿过迷雾和雨雪,
>
> 　　尽管我知道她付的钱像穷鬼般可怜。
>
> 布兰德:愿上帝保佑你的精力与技能。
>
> 　　请缓解她的病痛,如果你能……
>
> 医生:别等她来派人请你去了。
>
> 　　来吧,此刻就跟我走。

1.《布兰德》剧中人物。

2. 均为《布兰德》剧中人物。

> 布兰德：除非她派人请我去，我没有义务去那里。
>
> 医生：……你有着坚韧无比的
>
> 意志力，可是，牧师，
>
> 你的爱却像一张白纸。

布兰德的回答里有一种情感的爆发，与"爱"这个词的通俗用法截然不同，让"爱"不再是一块掩盖、原谅懦弱的面纱。但这并没能驳倒医生，因为他冒着生命危险去为一位垂危的妇人缓解病痛，足以证明他说的话有着言外之意。然而，在他和布兰德两人的身份地位之间并不存在辩证关系，因为他的伦理观念源于其职业。布兰德拒绝去看望垂危的母亲，并为她施行圣礼，原因是她不愿意宣布放弃自己的财产。在医生看来，这种冷酷无情显得毫无依据，因为他唯一的念头就是去照料疾病缠身的肉体从而治愈病厄的灵魂。在他的经验世界里，一个病人要么处于病痛之中，要么没有病痛，而每一位病人都渴望康复。他无法领会的是，在灵魂中，欲望可能就是病疾本身，因为这已超出了他职业经验的范畴。布兰德的母亲以强烈的欲望紧抓着自己的财产不放，放弃财产会让她遭受巨大的痛苦，但是，如果不经受这些痛苦，她永远不可能体会到真正的快乐（外科手术则不可用此类比。为了可能在将来摆脱痛苦，病人必须遭受眼下手术带来的痛苦。负罪之人并不清楚何为精神上的快乐；他只知道，放弃自己的罪将是一种极大的苦痛）。

通过布兰德这一人物，易卜生向我们展布了一位具有英雄般胆识的个体,他在生活中身体力行地展现着自己所宣扬的东西,并为自己的信仰而承受苦痛和死亡。但是,作为一名有宗教意义的主人公,他的确不那么称职。他给我们留下的印象是一位传统的悲剧英雄,只是行动范围恰巧关乎宗教而已,而他的动机则与激励这世上所有悲剧英雄的诗一样,是骄傲和任性。

如果作为一名使徒,布兰德并没能说服我们,但我相信这并不能归咎于易卜生本人的江郎才尽,原因在于他的策略出了错误。在创作《培尔·金特》时,他间接地描绘了一位天才的戏剧肖像;而在描绘一位使徒时,他却试着采用一种直接的方式,这将注定失败。

于是,他为我们勾勒了一幅布兰德童年的图景。不像培尔,可怜的布兰德没有女性站在身后支持,最后不得不拽住艾格尼丝(Agnes)跟着他。他的母亲为了嫁给一个有望赚大钱的男人,而放弃了与所爱的人结婚。但这个男人没有成功就过世了,而母亲对自己、对孩子都不再施以任何爱和快乐,却让自己投入到攫取与囤积财富的绝对激情之中。母亲与儿子之间的关系充满了挑衅的敌意,却又融合着对于对方意志力量的尊重,以及对"爱"伪装下的多愁善感的不屑。她宁愿被诅咒也绝不放弃所有财产,彻底地显示出她的信念——要么拥有全部,要么一无所有,如果她不放弃自己的偶像崇拜,布兰德拒绝为她施行圣礼。从心理学角度看,母亲和儿子如出一辙;唯一的区别在于他们彼此心中崇拜的那个上帝。

这样的情节具有引人入胜的戏剧效果,从心理学角度也言之成理,但仍不免让我们怀疑,布兰德宣称被真正的神召唤是否属实,因为我们从他的想法和行为中觉察到个人的或遗传的动机。对于一类特殊的人,即艺术天才,培尔与母亲的关系可能成为他们的心理背景。但每一位使徒属于这样一类人,任何心理背景都不可能阐明上帝对他们直接发出的召唤。

缺少了重要的人物关系,就很难去构思一部成功的戏剧,而在这些关系中,最强烈的自然是男女之间的关系。布兰德和艾格尼丝的场景是这部诗作[1]中最激动人心也是最感人至深的部分,结果却是让布兰德变成一个自我折磨的怪物,对于他的痛苦,我们感到惋惜却并不同情。不管我们是否同意罗马教廷所坚持的观念,即神职人员应该禁欲——毕竟,人间的教堂(Church Visible)需要管理者、神学家、外交人士等,还有使徒——从理想角度考虑,使徒的召唤与婚姻难以兼容。使徒的存在并非作为个人,而是为了他人,是作为真理的代言人和见证者而存在的;一旦他们接收到真理,他就完成了见证,他的存在对于其他人而言变得不再重要。但丈夫和妻子则受制于个人纽带的束缚,他们对彼此之间的需求也基于此。如果丈夫要求妻子做出这样或那样的牺牲,他是为了自己的缘故而要求她这么做,而他如此要求的权利正是出自他们彼此间的个人之爱。但一位使徒却不能为自己的缘故要求另一个人做出牺牲,他不能说,"如果你爱我,请这样做。"他只能说,"神如是说。想要获得救赎,你要这么做。"

布兰德初遇艾格尼丝的时候,已经确信自己受到了召唤,并知道自己必定将要为此遭受痛苦,知道可能为此将要殉难。他的言辞

1.《布兰德》是一部诗剧。

以及冒着生命危险去安慰垂死之人的行为,让她看清了她和埃耶纳之间的关系是虚伪的。这时候,我并不觉得她爱上了布兰德,但她敬慕作为真理见证者的他;她已被这种敬慕牢牢控制,只要他对她表露一丝个人兴趣,她就准备爱上他。他确实表现出了个人兴趣——他孤独,渴望个人之爱——他们结了婚,彼此都很快乐,并生了一个儿子乌尔夫(Ulf)。灾难随之降临。他们要么离开峡湾,并放弃他的乡村牧师工作——但布兰德相信这样的行为是对自己所受召唤的背叛——要么看着他们的孩子死去。布兰德决定他们应该留下,而乌尔夫确实死了。人们可能会想,最显而易见的解决方案是,将他的妻子和孩子送到一个阳光充沛的地方,而他自己留下(既然他继承了母亲的钱财,就肯定有法子这样做),但他似乎从来没有想过这样一种解决方案(当然,果真如此,易卜生就没法写下后面的重要戏剧性场景)。随后,他指责艾格尼丝的偶像崇拜,因为她不相信乌尔夫的死是由于上帝的意志,他还强迫她将乌尔夫的衣服送给吉卜赛小孩。或许她对自己的偶像崇拜心怀愧疚,觉得为了她自己的灵魂,应该将这些衣物送出去。如果布兰德是一个陌生人,他可以告诉她这么做。但他既是她所爱的丈夫,又是她孩子的父亲,正是他做出的决定导致了孩子的死亡,并诱使她进入盲目崇拜之中,因此当他告诉她:

> 你是我的妻子,我有权命令
>
> 你应将自己全部献给我们所受到的召唤

这时候,观众会觉得他无权这样做。这仅仅是全剧中困扰着易卜生的那个最明显的体现,即如何让一个使徒变成一个有趣的戏剧角色。一个戏剧角色要变得生动,一定不能单纯靠"演",还要谈论自己的行动和感情,这部分需要很多:他必须作为普通人向着别人说话——信息传递者(messenger)[1]在舞台上不能成为主要角色。因此,出于戏剧性的考虑,易卜生不得不让布兰德用第一人称说话,成为自己行动的创造者,说着"我想要这样"。但使徒是一名信息传递者,他的行动并非出于自己的意愿,而是听从于上帝的意志,而上帝是无法出现在舞台上的。因此,我们不可避免对布兰德产生这样的最终印象,即他是一名崇拜偶像者,但崇拜的并不是上帝,而是"他自己的"上帝。假如他所称之为"自己的"上帝碰巧就是真正的上帝,那么,这两者之间并无任何差别;只要他将祂视为自己的上帝,他就只是一个偶像崇拜者,与那些拜物教的野蛮人别无二致。对我而言,剧中最引人入胜的场景之一是布兰德与埃耶纳最终的相遇。埃耶纳改变了自己的信仰,皈依了某种福音派教会,相信自己获得了救赎,并即将出发去非洲当一名传教士。布兰德将艾格尼丝的死讯告诉了埃耶纳,但没有带着丝毫悲伤,虽然他曾爱过她。

　　　　埃耶纳:她的信仰如何?

　　　　布兰德:坚定不移。

　　　　埃耶纳:对谁?

---

1. 信息传递者(messenger):这里指传递某种信息的人,比如使徒,是传递上帝信息或真理的人。

布兰德：她的上帝。

埃耶纳：她的上帝无法拯救她，她命该死⋯⋯

布兰德：你竟敢对她和我做出审判，可怜的人，罪恶的傻子？

埃耶纳：我的信仰已经将我洗涤干净。

布兰德：管好你的舌头。

埃耶纳：管好你的。

可以说，埃耶纳就像是一张布兰德的讽刺画，但两者之间的相似性是残酷的。

尽管在艺术中不可能对使徒进行直接的描绘，但塞万提斯的《堂吉诃德》可以算是一次伟大的间接描绘，虽然不是以戏剧的形式。

三

游侠骑士

游侠骑士是一次将异教史诗中的英雄基督教化的尝试。堂吉诃德想要成为一名游侠骑士，他也的确在现实中完成了戏仿。

1）他具备史诗英雄的"美德"（arete）：良好的出身、英俊的容貌以及力量等。

2）这一"特性"服务于律法，用于救助不幸，保护无辜，打击恶人。

3）他的动机有三：a）对荣誉的渴望

b）对正义的热爱

     c）对一个女人的爱，而她可以对他评判和
     奖赏。

  4）他经历着异常的痛苦。首先存在于他的冒险中，在与那些亡命之徒的冲突中；其次存在于使其触犯律法的诱惑中，表现为无节操；再次存在于其异常艰难的情欲之爱中。

  5）最终，他在这个世界中获得成功。罪恶受惩处，而美德受到心上人的嘉许。

  当堂吉诃德第一次出现在我们面前，他a）穷困，b）并非骑士，c）五十岁，d）除了打猎和阅读游侠骑士小说之外无所事事。显然，他是自己所钦羡的英雄的反面。例如，他缺乏史诗中具备的出身、容貌和力量等"特征"。实际上，他的处境从审美上而言是十分无趣的，除了一点：他的激情足够强烈，以至于让他卖掉土地、购买书籍。这让他具有了审美上的喜剧效果。从宗教意义上说他是悲剧的，因为他是词句的听者，而不是其践行者，是一个孱弱的人，为其充满着普罗米修斯式骄傲的想象而充满愧疚。但他突然就疯掉了，也就是说，他试图成为自己所钦慕的人。从审美上看这似乎是一种骄傲；事实上，这是一种宗教意义上的转变，一种源自信仰的行动，将十字架背负己身。

堂吉诃德的疯狂和悲剧性的疯狂

  世俗的恶棍，如麦克白，被自己拥有的"美德"所诱惑，去征服这个世界，而对这个世界的本性，他有着敏锐的认知。他的决定基于对成功可能性的计算,每一次成功都增加了他的疯狂,然而最终他失败了,并被带入到绝望和死亡之中。堂吉诃德 a) 缺乏"美德",b) 对这个世界充满一种奇异的幻想,c) 经常遭遇失败但从不气馁,d) 故意让自己遭受痛苦,只在无意中让其他人遭受痛苦。

堂吉诃德的疯狂和喜剧性的疯狂

喜剧中的恶徒宣称:世界 = 其存在为了给予我金钱、美人等的东西。我拒绝遭受挫败引起的痛苦。在被迫与现实世界的冲突带来的痛苦中,他获得治愈。

堂吉诃德宣称:世界 = 需要我的存在去拯救的东西,无论我付出什么代价。他进入与现实世界的冲突中,却坚持继续遭受痛苦。他成为愁容骑士,却从不会绝望。

堂吉诃德与哈姆雷特

哈姆雷特缺乏对上帝和自己的信仰。其结果,他必须通过别人定义自己的存在,比如,我的母亲嫁给了叔叔,而叔叔又谋杀了我的亲生父亲。他想要成为希腊悲剧中的英雄,一个由处境所造就的人。因此他没有行动(to act)的能力,因为他只能"表演"(act),即,演绎各种可能性。

堂吉诃德是演员(actor)的对立面,在扮演某一角色时完全不能看清自己。他通过自己的性格定义自己的处境,全然没有反思性。

疯狂与信仰

信仰某物或者某人意味着：

a）信仰的对象是不会显现的。如果它可以显现，那信仰就不再需要了。

b）信仰的主体与对象之间的关系在任何情况下都是独一无二的。有信仰的人或许成百上千，但每一个人的信仰都因人而异。

这两点在堂吉诃德身上都得到了体现。a）他从不会看到并不存在的东西（幻觉），但他所见到的与常人不同，比如，将风车视为巨人，将羊群视为军队，将木偶视为摩尔人等。b）他是唯一一个将它们视作如此的人。

信仰和偶像崇拜

偶像崇拜者让事物显得比它们实际的样子更为强大，因此，它们之于他就产生了某种责任，比如，他会崇拜一架风车，因为它拥有巨人般的力量。堂吉诃德从不期望事物"照顾"自己；相反，他总是让自己对事物和人产生责任，而这些事物和人并不需要他，反而将他视作一个粗鲁无礼而又爱管闲事的老人。

信仰与绝望

在如下情况中人们可能受到诱惑而失去信仰：a）当信仰无法再带来世俗的成功，b）当他们的判断和感觉明显与信仰相背离。堂吉诃德 a）一直在屡败屡战，b）在其疯狂发作的间隙，他眼里的风车仍是风车,而不是巨人,对于其他事物也是如此,但是,他并不绝望,而是会说,"那些受诅咒的魔法师迷惑了我,先用那些事物本来的样子把我拽入危险的冒险之中,接着就随心所欲地飞快改变这些事物的样子。"他所经历的终极测试中,桑丘·潘沙将一位乡下姑娘描述成美丽的公主杜尔西尼娅(Dulcinea),而堂吉诃德所见其实准确无误。尽管如此,他仍根据自己的感觉得出结论:他中了魔咒,而桑丘·潘沙是对的。

堂吉诃德与游侠骑士

堂吉诃德爱读传奇小说,但他的朋友却猛烈抨击,原因是这些小说不具备历史真实性,并且毫无风格。

另一方面,堂吉诃德本人并不清楚这一点,却在亦步亦趋地模仿传奇小说主人公的过程中接连失败,从而让我们看到传奇小说中的游侠骑士一半是异教徒,而让自己成为一名真正的基督教骑士。

史诗的二元性

传奇小说的世界是一个二元世界,在那里,完全善良和无辜的人对抗着完全邪恶和有罪的人。游侠骑士只与那些法律管辖之外的人产生冲突:巨人、异教徒、野蛮人等。当堂吉诃德处于迷狂状态时,就会受制于幻觉,以游侠骑士的姿态彰显正义的愤怒,公然对抗法律,譬如攻击无辜的牧师,毁坏他人的财产。

当他试图去帮助的那些人无法用本性将其迷惑,譬如罪犯或被打的少年,他最终能做到的只是让事情变得更糟,到处树敌,而无法收获别人的感激。

为女士效劳[1]

　　堂吉诃德信守爱神宗教的各条规定，即：a) 少女必须是高贵而美丽的，b) 必须存在某种阻碍，c) 骑士经受考验的最终目标是，通过爱人的报答而获得奖赏。

　　事实上，被他称为杜尔西尼娅·台尔·托波索（Dulcinea del Toboso）的少女是一位"貌美可人的乡村姑娘，之前他就有点喜爱她，尽管他相信她从未听说这事"。她身处更低的社会阶层，而他已经过了一心渴求性爱的年龄。尽管如此，他的行为勇气十足，不靠巨大的激情是无法迸发的。

　　然而，堂吉诃德期望受到不贞的诱惑。因此，当客店里的驼背女仆[2]试图爬上骡夫的床，堂吉诃德却幻想着她是城堡管家的女儿，她爱上了他并试图借机勾引。堂吉诃德被毒打致伤，在那一刻他也不得不承认自己并没有什么能力。

　　这样的语言是爱欲（Eros）的语言，对美丽女人充满浪漫的偶像崇拜，但其真正的含义是基督教的圣爱（agape），平等地爱一切人，无论他们是否值得去爱。

势利

　　真正的游侠骑士与下层社会没有半点关系，他们绝不会让自己

1. 为女士效劳（Frauendienst）：原文为德语。
2.《堂吉诃德》中的女仆是瞎了一只眼睛，并非驼背。

置身于不体面的境地。比如兰斯洛特[1]会觉得坐马车很丢人。堂吉诃德也尝试着这样去做，但却没有一次成功。他和下层社会的人长期以来过从甚密，因为在他的幻觉中他们才是贵族。他想效仿贵族那样不付钱，并不是他心中想要这样做，而是因为文学作品中有这样的先例，但从来就没有成功过——到头来付出得更多。此外，他所使用的语言是封建骑士的语言，然而其行为举止却像极了受苦的奴仆。这恰与《白鲸》中的情形相反，亚哈（Ahab）船长将他船上的逝者留在船长室，自己像普通水手那样爬上瞭望台：这种行为虽然看来十足谦逊，但实质上是一种极端的骄傲。

此世性（This-Wordliness）

游侠骑士具有此世性，表现为他在战斗和爱情中获得的成功。堂吉诃德自称拥有相似的愿望，但现实中，他不仅一败再败，到最后甚至连仗都打不了，因为没有人和他来争杜尔西尼娅。因此，他不仅要经受骑士的考验，还要承受失败后的清醒所带来的痛苦。他从来就没能好好为自己着想。他使用着史诗英雄的语言，但展现给我们的却是一个有着信仰的骑士，他的王国并不存在于这个世上（this world）。

堂吉诃德之死

无论人们给堂吉诃德设计多少额外的冒险活动——在一个真

---

1. 兰斯洛特（Lancelot）：法国亚瑟王圆桌武士中的第一位勇士。在很多法国文学作品中，他被描述为亚瑟王伟大而最受信任的骑士。

正神话所有可能的情形中,这些冒险活动有着无限多的可能性——结论只能是塞万提斯笔下所描绘的那样,也就是说,他恢复了理智并离开人世。尽管他的朋友们表示想要他继续给他们提供乐子,他却必须说,"再也不要在去年的巢里找今年的小鸟:我之前疯了,而如今我神志清醒了;我曾是堂吉诃德·台·拉·曼却[1],现在我只是平凡的阿隆索·吉哈诺,而我希望我的诚挚之言和悔过之情能够恢复你们之前对我的尊重。"

因此,作为最后一处分析,圣徒无法以审美的方式表现出来。在讽刺的图景我们所看到的堂吉诃德,除了一种罪,他在其他任何方面都是无辜的;而想要摆脱这种罪,他唯一的办法是不再作为书中的人物而存在,因为书中的所有人物都无法逃脱这种罪,即,在一切时间和环境中都具有趣味性。

---

1. 堂吉诃德·台·拉·曼却(Don Quixote de la Mancha):堂吉诃德为自己取的别名。在西班牙语中,"堂"曾经代表贵族或有封号的平民,拉·曼却是他的籍贯,其原名是阿隆索·吉哈诺(Quixano)。

附言：基督教与艺术

❖

艺术兼容于多神论及基督教，却不容于哲学唯物主义；科学兼容于唯物主义哲学及基督教，却不容于多神论。然而，没有哪位艺术家或是科学家可以心安理得地做一名基督徒；每一位身兼基督徒身份的艺术家，都会希望自己成为一名多神论者；而身处同样境地的科学家，则希望自己成为一名哲学唯物主义者。这合乎情理。在一个多神论社会里，艺术家就是这里的神学家；而在一个唯物主义社会里，其神学家就是科学家。不幸的是，对基督徒而言，艺术和科学都属于世俗事务，也即一些琐碎小事而已。

没有哪个艺术家能以艺术家身份去理解"上帝即爱"，或者"你应当爱你的邻人"所表达的意思，因为他并不关心上帝或人类施爱与否；没有哪个科学家能以科学家身份去理解这句话的意思，因为他并不关心"去爱"（to-be-loving）是一种选择抑或一种冲动。

对想象而言，神圣之物是不证自明的，就像询问一个人是否相信阿弗洛狄忒或阿瑞斯[1]一样，和询问一个人是否相信小说中的人物一样是毫无意义的事情。人们只能说，他们发现这些人物忠于生活,或并非如此。若说相信阿弗洛狄忒或阿瑞斯,那不过意味着,一个人相信关于他们的诗意化的神话让性和进攻的力量得到公平对待,就如同人类在自然以及他们自己的生活中经验这些。这就是为什么那些挖掘出一尊男神或者女神雕像的考古学家可以非常肯定地说出雕像代表着什么样的神力。

与之相似,对于想象而言,神一般的人物或是英雄人物亦是不证自明的。他们非凡的壮举断非常人所能完成,或是非凡的事情发生在他身上。

道成肉身,基督化身为仆人降临尘世,而凡夫俗子的肉眼无法辨识,只有那些信徒的眼睛可以洞悉。想象有一种说法,认为它是一种官能,决定着何为真正的神圣以及何为亵渎,这所有的说法也由此得以终结。一个异教的神,可以乔装出现于世上;但是,一旦他穿上伪装,就不希望有人认出他,或曰"能"认出他。但基督看上去和其他的人并无二致,却声称祂就是道路、真理和生命[2],没有人可以绕过祂而来到圣父跟前。世俗外表和神圣断言之间的矛盾,对想象是无动于衷的。

---

1. 阿瑞斯(Ares):希腊神话中的战神,宙斯与赫拉之子,司职战争,掌管战争与瘟疫。
2.《圣经·新约·约翰福音》:"耶稣回答说:'我就是道路、真理、生命,除非经过我,谁也不能到父那里去。'"(14:6)

基督这个形象不可能在舞台上得以展现。如果他被塑造为富于趣味性的戏剧角色，他就不再是基督，而变成了赫丘利[1]或者斯文加利[2]。用视觉艺术表现基督也是几乎不可能的，因为，如果可以从视觉上进行辨认，他就成了异教神。画家能最大限度画出的，就是描绘圣婴与圣母马利亚，或是钉在十字架上的死去的基督，因为，每一个婴儿和每一具尸体看上去既独特又普遍，即便是"这个"（the）婴儿、"这具"（the）尸体。但无论婴儿还是尸体，都不会说出"我就是道路"等这样的话。

对于基督徒，如神的人物并不是做出非凡事迹的英雄，而是神圣的人，是做出善行的圣徒。但《福音书》将善行定义为一种秘密隐藏的行为，只要可能，甚至连施善者本人都被蒙蔽，禁止在公开场合进行私下的祷告和斋戒。这就意味着艺术无法刻画一位圣徒，由于其本性只能关乎那些可以并应该显现的东西。

因为艺术从本质上来说，既然不存在基督教科学或基督教饮食，也不可能存在"基督教"艺术。只存在基督教精神，有些艺术家和科学家怀着这种精神工作，有些则不然。一幅基督受难画像并不

---

1. 赫丘利（Hercules）：罗马神话人物，即希腊神话中最著名的英雄之一赫拉克勒斯（Heracles），主神宙斯与阿尔克墨涅之子，神勇无比、力大无穷，完成了12项被誉为"不可能完成"的任务。
2. 斯文加利（Svengali）：英国小说家、插图画家乔治·杜·莫里耶（George Du Maurier，1834—1896）小说《特丽尔比》（*Trilby*）中的人物，是阴险的音乐家，可以用催眠术使人唯命是从，最后竟将巴黎一位画家的模特变成著名歌手。斯文加利也就成为可将他人引向成功的具有神秘邪恶力量之人的代名词。

见得比静物画具备更多的基督教精神，甚至可能更少。

我有时候会怀疑，从基督徒的视角来看，一切明显与基督教相关联的艺术作品是否存在可疑之处。他们似乎断言，存在着诸如基督教文化这样的东西，其实这是不可能的。文化是属于恺撒的事情。人们不可能忽视这一现实，"宗教"画的辉煌时期与教会掌握着强大世俗权力的时期是一致的。

唯一拥有真理权威性的文学类型是预言，而预言是世俗故事，并无明显的宗教相关性。

有许多赞美诗是我所爱，就像人们喜欢曾风靡一时的老歌，因为，于我而言，它们与情感相关联。但我发现，唯一从"诗"的角度尚可忍受的赞美诗，不是写成诗歌形式的教义，就是圣经歌谣。

就像多恩和霍普金斯的很多作品一样，诗歌若是表达诗人对于宗教上的痴迷或赎罪的个人感情，会让我感到很不舒服。诗人应该写一首十四行诗表达对史密斯小姐的痴迷，这才是顺理成章的，因为诗人、史密斯小姐和他所有的读者都清楚地知道，要是恰巧是他和琼斯小姐坠入爱河，其感情与诗中所表达的完全一致。但是，如果他写一首十四行诗表达对基督的虔诚，当然，重要的一点是，他所感受到的虔诚是针对基督的，而不针对佛祖或穆罕默德，而这样的想法无法在诗歌中表达；专名没有任何意义。一首赎罪的诗甚至显得更为可疑。诗人必须心怀写出一首好诗的想法，也就是说，要让其成为长期为他人所欣赏的对象。退一步而言，让个人在上帝面前的罪疚和赎罪之情成为供人们欣赏的公共对象，这难道不显得有点奇怪吗？

一个自称为基督徒的诗人，当他明白《新约》里并没有诗歌（除了次经[1]、诺斯底教和《约翰行传》[2]中的诗歌），而只有散文的时候，一定会感到不安。正如鲁道夫·卡斯纳所指出的：

> 诗人书写神人（God-man）[3]的困难在于，道（Word）成为了肉身。这就意味着理性与想象合一。但是，就其本身而言，诗歌难道不就存在于他们之间的鸿沟吗？
>
> 是什么赋予了我们关于韵律，即诗歌节律的清晰概念？在充满魔力的神话世界中，韵律曾是神圣的，诗节、诗行、诗行中的词语、字母也是如此。诗人曾是先知。
>
> 神人并不自己写下祂的言辞，也丝毫不关心这些东西应该用字词写下来，这让我们回到道成肉身。

---

1. 次经：指基督教《圣经·旧约》中的次经，见于七十子希腊语译本和通俗拉丁语本，但未发现希伯来语原本，因此基督教新教《圣经》不予收录，但天主教《圣经》将其视为"正经"，包括巴路克、多俾亚传、友弟德传、智慧篇、德训篇、玛加伯上下卷等七卷。1947年发现的"死海古卷"中保存着这些次经的希伯来语原文抄本。
2. 《约翰行传》（Acts of John）：指未收入《圣经·新约》的一部行传伪经，这样的行传尚有《彼得行传》、《安德烈行传》、《多马行传》、《保罗行传》等，鼓吹对使徒的个人崇拜，为了神迹而描写神迹。
3. 指耶稣基督，他是神人合一者，因其既是真神亦为真人。

　　与诗人所使用的韵律结构相反,《福音书》的预言采用散文方式。与诗的魔力相反,散文拥有在自身之中发现限度的自由,自由本身就是限度。与诗的杜撰(Dichtung)[1]相反,散文指向并阐明事实(Deutung)[2]。("基督的诞生。"[3])

我希望这一反对意见能听到一个答案,但我也不知道答案是什么。

想象是一种自然的人类能力,因此,无论一个人怎么看待想象,它都保持着相同的特点。唯一的差异可能在于一个人阐述想象素材的方式。在任何时代、任何地方,确定的物体、生命和事件会在人的想象中唤起神圣的敬畏,而其他物体、生命和事件令其想象无动于衷。但是,基督徒无法像多神论者一样说:"一切能让我的想象在其面前感受到神圣敬畏的东西,本身就是神圣的;而那些让我的想象无动于衷的东西,本身就是世俗的。"基督徒可以做出两种可能的阐述,我认为,两者都属于正统的阐述,但每一种都趋向于一种异端。他可能更趋向新柏拉图主义,说:"那些在我内心唤起神圣敬畏的东西,是一种渠道,对于作为个体的我以及作为特定文化群体成员的我,通过这一渠道,使得那些我无法直接感知到的神圣之物在我面前得以显示。"也可能更倾向于泛神论,说:"一切物体、生命和

---

1. Dichtung：德语,意为"诗",引申义为"虚构、杜撰"。
2. Deutung：德语,意为"解释、说明"。
3. 基督的诞生(Die Geburt Christi)：原文为德语。

事件都是神圣的，但是，由于我个人的以及文化上的局限，我的想象只能辨识这一些。"于我而言，若一定要成为异端，我宁愿被迫成为泛神论者而不是新柏拉图主义者。

在我们城市化的工业社会里，我们所见所闻的几乎每一样事物，要么极其丑陋，要么无比平庸。对于现代艺术家，除非他们可以逃到乡村深处，再也不打开报纸，否则很难不让自己的想象获得摩尼教的特性。相反，无论他的宗教信仰是什么，也无法不让他觉得物质世界是彻底世俗，或是恶魔的居所。无论他多么坚定地提醒自己，物质世界是上帝的创造，并由祂完美地构建，他的思绪中依然会萦绕着令人作呕的物质景象，如吃剩一半的沙丁鱼罐头里的烟蒂，不能冲水的马桶，等等。

但是事情可能更糟。如果艺术家不再摆出一副神圣的样子，而是获得了个人的艺术自由。只要一项活动在人看来具有神圣的重要性，就会受控于正统的观念。一旦艺术变得神圣，人们不仅会希望每一个艺术家都去处理正统主题，也希望不要有艺术家去处理非正统的主题，而且对于主题的处理不能违背正统的方式。可是，一旦艺术变为一种世俗活动，每一位艺术家都可以自由处理那些激发想象的主题，并采用他觉得合适的风格手段。

我们不能拥有任何未经许可而被滥用的自由。艺术的世俗化让真正具有天赋的艺术家将其才能发挥到极致，却也让那些才华有限,或者根本无才可言的人制造大量虚假或低俗的垃圾。透过一家售卖用于礼拜的艺术品的商店橱窗,我们总是情不自禁地希望那些偶像破坏者来把它砸了。

对于艺术家而言,事情可能很容易变得更糟;而且在世界的很多地方,已经变得更糟。

只要科学将自身视为一种世俗活动,唯物主义就不再是教条,而是实用的经验假设。科学家出于其自身的身份,在探索物质世界的本质时,不需要在本体论和目的论问题上费尽心机;艺术家出于其自身身份,却不得不费心思想他所感知到的神圣的敬畏最终象征着什么。

然而,一旦唯物主义开始被视为神圣真理,上帝的事情和恺撒的事情之间的分野就再次被废止。但神圣的唯物主义世界和神圣的多神教世界之间却截然不同。在多神教看来,生活中的每一样事物最终都是轻佻的(frivolous),所以,异教世界在道德上是十分宽容的——甚至是过于宽容很多罪恶的存在,比如奴隶制,比如将婴孩弃尸户外,而这些行为本不该被宽容。多神教宽容这些,并非因为不知道这些行为是罪恶的,而是因为不相信神必定是善的(比如,从无古希腊人像美国南方的奴隶主那样为奴隶制辩护,原因是,作为奴隶的古希腊人比自由人更幸福。他们反而说,奴隶必须是次等人,因为如果不这样的话,奴隶宁愿自杀,也不愿意忍受为奴的生活)。

但在宗教唯物主义看来,生活中的每一样事物最终都是庄重的

（serious），因此要服从道德的辖制。不会无情地耸耸肩，去宽容那些明知为罪恶的东西——生活就是如此，一直如此，而且永远会是这样——但宗教唯物主义会做一些异教徒永远都不会做的事；它会为了道德目的而施行那些明知为罪恶的事情，并蓄意在当下施行，然后，善会在将来得以实现。

在宗教唯物主义看来，艺术家又一次丧失了个人的艺术自由；但是，艺术家并没能恢复自己的神圣的重要性。因为，如今并不是由艺术家共同决定何为神圣真理，而真正在负责保持人类真正信仰的是科学家或者说科学政治家。在他们看来，艺术家蜕变成纯粹的技术人员，一个掌握着有效表达方式的专家，被雇用来将科学政治家们不得不说的东西做有效的表述。

第八辑

向斯特拉文斯基致敬

HOMAGE TO IGOR STRAVINSKY

关于音乐与歌剧的笔记

歌剧由一些人为编排的重要情境所组成。

歌德

❖

歌唱几乎是一种奇迹,因为它操控的是自我的纯粹工具:人类的声音。

胡戈·冯·霍夫曼斯塔尔[1]

音乐与什么有关?就像柏拉图会说的那样,它模仿什么?我们对于时间体验的两个方面:自然或有机的重复,以及由选择所创造的历史新奇感。作为一门艺术,音乐的全面发展取决于能否认识到这两个方面的不同,认识到选择,作为一种只限于人类的经验,重复更加具有意义。两个音符的演替是一种选择行为;第一个音符引发第二个音符,并不是在科学的意义上使其必然发生,而是在历史的意义上激发一个音符,赋予它将要发生的动机。一段动听的旋律是一段自主选择的历史;它可以随意成为自己想要的样子,但必须是一个有意义的整体,而不是一些音符的武断联接。

音乐作为一种艺术形式,一种自觉地去实现自己的本性的艺术形式，只存在于西方文明，只存在于最近四五百年的西方历史。所有其他文化与时代的音乐与西方音乐的关系，类似于富于魔法的表达与诗歌艺术的关系。一种原始的魔咒可能是诗，然而它并不知道自己是诗，也没有成为诗的打算。所以，在除西方音乐以外的所有音乐中，历史仅仅是隐晦的东西；它对于自身的定位，仅仅是以重复性的伴奏装饰诗歌或活动。唯独在西方，吟唱变成了歌曲（song）。

缺少历史意识的古希腊人，在其音乐理论中试图将音乐与纯粹存在联系在一起，然而音乐中正在形成的隐晦感在他们的和谐理论中开始暴露出来——在希腊人的和谐理论中，数学成为了命理学，一个弦在本质上要"优"于另一个弦。当西方音乐开始采用节拍记号、小节纵线和拍点时，对自身的意识就开始显露出来了。缺少了严格的自然的或周期的时间，清除了历史奇异性的每一个痕迹，音符作为促发音乐的架构，其不可逆转的历史性本身就不可能存在。

原始时代的音乐厚重无法形成旋律，在其中扮演着最重要角色的乐器可以完美地模仿循环节奏却几乎不能模仿新奇。

---

1. 胡戈·冯·霍夫曼斯塔尔（Hugo von Hofmannsthal，1874—1929）：奥地利诗人、戏剧家和小说家，生于维也纳，与卡尔·克劳斯、施尼茨勒等人同为维也纳现代派（"青年维也纳"）核心人物。除抒情诗外，另著有叙事诗《少年与蜘蛛》，诗体剧《提香之死》、《愚者与死神》、《索拜伊德的婚礼》，独幕剧《田园牧歌》、《窗中女人》，悲剧《法伦矿井》、《俄狄浦斯与斯芬克斯》，以及短篇小说《一封信》等。

最令人激动的节奏显得出人意料且错综复杂,最优美的节奏显得朴素且难以取代。

音乐无法模仿自然:一场音乐所表现的风暴听上去总是像宙斯的愤怒。

语言艺术是反思性的,比如诗歌,可以停下来进行思考。音乐是即时性的,在流逝中生成。然而两者都是动态的,始终在停止和流逝之中。被动反思性的媒介是绘画,被动即时性的媒介是电影,因为视觉世界是一个瞬间型的世界,命运女神是其主人,在其中很难辨认出被选择的动作和自觉的反思之间有何差异。选择的自由并非存在于我们所看到的世界之中,而是存在于移动视线的自由,或者彻底闭上眼睛的自由。

由于音乐表达与纯粹意志和主观性相对立的经验(我们不能任由性子充耳不闻,这个事实足以让音乐宣称:我们不能自主选择),电影配音便不是音乐,而只是不让我们听到外来噪音的一种技艺。假如我们意识到了电影音乐的存在,那这音乐就配得够糟糕的。

人对于音乐的想象似乎几乎全部来源于其原初经验——对于自己身体的张力和律动的直接经验和对欲望与选择的直接经验——并且与通过官能传达给自己的外部世界的经验毫无关系。创造音乐的可能性主要依赖于人对发声器官(即声带)的控制力,而不是对听觉器官(即耳朵)的控制力。假如耳朵起主导作用,音乐就会开始变成田园交响曲节目。然而对于视觉艺术而言,正是视觉器官(即眼睛)起主导作用。因为如果没有眼睛,刺激手成为一个表达器官的经验就无法存在。

这种差异由我们音乐空间和视觉空间中动感的差异展现出来。

声带变得紧张,表达为音乐空间中的"上升";声带变得松弛,则表达为"下沉"。然而在视觉空间中,画作底部(也是前景)在通常感觉中是压力最大的部位。视线由下自上观看画作,就会感到一种不断增加的轻松和自由。

倾听时的上升与观看时的下沉,这其中张力之间的关系符合我们对于自身及他人身上重力体验的差异。我们将自身的重量视为内部固有的,感受为想要坠落的个人愿望,于是,上升成为一种努力,用来克服自身之中其他部位的欲望。而其他事物的重量(以及邻近性)被感受为我们之上的施重;它们在我们"上面",上升意味着摆脱它们的约束性的压力。

我们所有人都学过说话,其中大部分人甚至可以被人教着自如地朗诵诗歌,但是只有极少数人能学会,或者说能被教会唱歌。在任何一个村庄,二十个村民就可以聚在一起演出《哈姆雷特》,不管有多少瑕疵,都已经足以传达出这部戏剧的伟大。但是他们要是试着用同样的方式来演出《唐·乔万尼》,他们很快就会发现没有所谓演得好还是演得坏的问题,因为他们根本唱不出那些曲调。对于一名演员,即使是诗剧演员,我们夸他的表演很出色时,意思是说他人为地、有意识地模仿了自己所扮演的角色,而表现得如现实生活中那般自然,似乎根本未意识到自己在表演。然而对于演唱者和芭蕾舞演员而言,不存在模仿的问题,也无所谓能否"自然地"唱出作曲家所谱的曲调;其举止自始至终都表现为一种不加遮掩、得意扬扬的艺术。现实生活中令人悲伤或痛苦的情感与处境,在舞台上常常成为快乐之源,这条在一切戏剧(drama)中显得含蓄的悖论,在歌剧(opera)中显得尤为显明。演唱者扮演的可能是一个遭到抛弃想要自杀的新娘,可是我们深信不疑的是,不仅是我们,连她自己其实都挺开心的。在某种意义上,不存在悲剧性的歌剧,因为无论演员犯下什么错误、遭受什么苦痛,他们都在做自己希望做的事情。因此,人们觉得"正歌剧"(opera seria)不应采用当代主题,而应该局限于神话情境,所谓当代主题,就是我们作为人类的所有人必须置身其中因而必须接受的情境,无论它们悲剧性有多强。就像在梅诺蒂[1]的《忠告》中一样,当代歌剧中的悲剧情境太过真实,也就是说界限过于分明,有些人置身情境之中,而另一些,包括观众则不在其中,以至于后者无法忘却自己所处的位置,从而将这一情境视为人与人存在隔阂的象征。结果是,我们和演唱者公然享受着的快乐在人们的良知看来却显得轻佻不堪。

---

1. 梅诺蒂(Gian Carlo Menotti, 1911—2007):意大利裔美国作曲家、剧本作家,生于意大利,卒于摩纳哥的蒙特卡洛。1929 年前往美国费城读音乐,他一直保留着意大利国籍,但自称是美国人。1950 年和 1955 年,分别以《领事》(Consul)与《布里克街的圣人》获得普利策奖。《忠告》是由梅诺蒂谱曲、编写剧本的三幕歌剧。

另一方面，歌剧作为纯粹技巧的属性，使它成为表现悲剧性神话的理想戏剧媒介。我曾经在同一个星期观看了《特里斯坦与伊索尔德》和《永恒的回归》（*L'Eternal Retour*）[1]，《永恒的回归》是让·科克托（Jean Cocteau）根据同名故事所写的电影版本。在前者中，每个人的重量都超过两百磅，然而两个灵魂由超验的力量改变了形态；在后者中，一个英俊的少年遇见一个貌美的少女，并且发生了一段风流韵事。电影的价值有所削减，不是因为科克托技艺欠佳，而是因为电影这一媒介的本性决定的。假如他选用一对肥胖的中年夫妇，就会产生荒谬可笑的效果，因为电影所赋予语言的捕获人心的能力，远远无法超越他们的外表长相。然而假如两位恋人年轻而貌美，爱情的起因就会显得"顺理成章"，是其美貌的结果，然而其中所有的神话涵义就消失殆尽了。

　　一个创作出第八交响曲的人[2]，看到有人把自己对狂喜、温柔和高贵的痴迷放入一个醉酒的浪荡子、愚蠢的农家少女、传统的优雅女子的嘴里，而不能向自己坦承这些、为之欣喜、将它们当作普遍的遗产清楚明白地说出来的时候，就有权对这样的人进行谴责。（萧伯纳）

在我看来，萧伯纳和贝多芬都错了，而莫扎特是对的。欢愉、温

---

1. 原文为法语，奥登的拼写有误，应是 L'Éternel retour。电影于 1943 年由法国导演让·德拉努瓦（Jean Delannoy）导演，由让·科克托撰写剧本。
2. 即贝多芬。

柔和高贵的情感并不为"高贵的"角色所特有,每一个人都可以体验到,最传统、最愚蠢和最堕落的人也不例外。歌剧的光荣之一就在于可以展现这一点,而话剧却不能,真是丢脸。因为我们在每天的生活中使用着语言,我们说话的风格和语汇与别人眼中我们所承担的社会角色一致。在戏剧中,甚至在诗剧中也一样,适合于人物的语言范围十分狭小,超出了这个范围,剧作家就无法创作,否则就会让创作出的人物失真。然而因为我们恰恰不必通过歌唱进行交流,一首歌曲可以显得不得体,却不能与人物的性格不相符;愚笨的人可以像聪颖的人那样咏唱出优雅的歌曲,这也同样可信。

如果说多数音乐是对历史的模仿,那么歌剧是其中的特殊形式,它是对人类放任的模仿;歌剧根植于这样一个事实,我们不仅拥有感情,而且会坚守着这份情感,无论付出什么代价。因此,歌剧不能依据小说家对于"人物"(character)这个词的理解去展现人物,也就是说,歌剧中的人物不可能兼具善良"与"邪恶,积极"与"消极。因为音乐是直接的现实,潜在性和被动性都不可能存在其中。这是剧作者不能忽略的东西。作为作曲家,莫扎特比罗西尼更伟大;然而对我而言,《费加罗婚礼》中的费加罗却不如《塞维利亚的理发师》中的费加罗尽如人意,我以为错在达·彭特。他笔下的费加罗太过有趣,以至于无法完整地转化到音乐中去。在与费加罗这个人物出现在同一空间时,人们觉察到的是一个在自我思考,而非在演唱的费加罗。然而,塞维利亚的理发师不是主角,而是音乐剧中的闲杂人员,他却毫无保留地投入了演唱之中。

另外，我觉得《波希米亚人》[1]比《托斯卡》[2]逊色，原因不在音乐，而在人物。《波希米亚人》中的人物都太过被动了，尤其是咪咪（Mimi）[3]；他们演唱时的坚定果敢，与行动时的犹豫不决之间的那条裂隙着实令人尴尬。

一切伟大的歌剧人物，诸如唐·乔万尼、诺玛[4]、露奇亚[5]、特里斯坦、伊索尔德和布伦希尔德[6]，每一个都处在激情洋溢、却又任性自负的状态。在现实生活中，他们却都会是无聊乏味的角色，甚至唐·乔万尼也不例外。

然而，作为对这种心理复杂性不足的补偿，音乐可以做到文字无法做到的事情，即将每个人与那种存在状态之间的直接而即时的关联呈现出来。歌剧的无与伦比的荣耀即大合唱。

合唱队在歌剧中可以扮演两种角色，且也仅仅只有这两种——无名小卒和虔诚的人，他们分别是悲痛和欢欣的群体。虽然戏份不大，但举足轻重。歌剧毕竟不是清唱剧（oratorio）[7]。

1.《波希米亚人》（*La Bohème*）：由普契尼作曲，朱赛培·贾克撒、鲁伊吉·侠里卡根据法国剧作家亨利·缪杰的小说《波希米亚人的生涯》（*Scènes de la vie de Bohème*）改编脚本。

2.《托斯卡》（*Tosca*）：意大利作曲家普契尼（Giacomo Puccini）的三幕歌剧。

3.《波希米亚人》中的女裁缝。

4. 诺玛（Norma）：贝里尼歌剧《诺玛》（*Norma*）中的女主人公。

5. 露奇亚（Lucia）：多尼采蒂的三幕歌剧《拉美摩尔的露奇亚》（*Lucia di Lammermoor*）中的女主人公，该歌剧于 1835 年 9 月 26 日在那不勒斯的圣·卡洛剧院首演。

6. 布伦希尔德（Brünnhilde）：瓦格纳的歌剧《尼伯龙根的指环》（*Der Ring des Nibelungen*）中的女主角。

7. 通常指以基督教圣经故事为题材的清唱剧，也叫宗教剧、神剧。

　　戏剧建立在"错位"(mistake)这一基础之上。我以为某人是朋友,但他其实是我的敌人。我有娶一个女人的自由,哪怕这个人是我母亲。这个人表面上是女仆,其实是一个伪装的年轻贵族。这个衣冠楚楚的年轻人看上去家财万贯,其实是身无分文的冒险家。或者,看似是种瓜得瓜,种豆得豆,但我最终却种瓜得豆。所有出色的戏剧都由两个部分组成,首先是制造错位,然后是发现错位。

　　歌剧作家在创作情节时必须遵守这一法则,然而相比他们,戏剧作家可以使用的错位种类更加有限。譬如,戏剧作家通过展现人的自欺过程来取得某些最佳效果。但在歌剧中,自欺是不可能实现的,因为音乐具有直接性,却无反思性,唱出什么就是什么。至多,自我欺骗可以通过管弦乐伴奏与演唱者的不一致暗示出来,例如《茶花女》[1]中热尔芒走近薇奥莱塔[2]临终前的卧榻时,伴奏却是愉悦轻快的曲调。但是这种手段只能非常偶然地使用,否则非但不能让人一目了然,反而会造成混乱。

　　此外,在话剧中,发现错位是一个缓慢的过程。其实通常的情形是,这一过程越慢,戏剧就能引起人们更大的兴趣。在歌剧中,让人能轻易辨认出的剧情通常热切而突兀,因为音乐不可能存在于犹疑不定的气氛中;歌曲不能行走,只能跳跃。

　　歌剧作家从不需要为可能性伤透脑筋,但戏剧作家就不能免之了。歌剧中令人可信的情境,也就是说在那一情境中人们相信演员

---

1. 《茶花女》:法国作家小仲马的小说名作,威尔第将其改编为歌剧,这里指的是威尔第的歌剧,1853年3月6日在意大利凤凰剧院首演,男女主人公分别为年轻作家热尔芒(Germont)和交际花薇奥莱塔(Violetta)。
2. 威尔第歌剧《茶花女》中的女主人公,交际花。

应该要歌唱了。一个优秀的歌剧情节是一出情节剧取其最严格、最传统的定义；通过将人物放置在对于"说话"而言太过悲剧或太过奇异的情境之中，歌剧的情节给他们提供了足够多的机会来让观众神魂颠倒。任何优秀的歌剧情节都不可能被不会唱歌的人感知，即便他们觉得自己感知到了。

"音乐剧"（music-drama）的理论假定在一部歌剧中并不存在某个可感知的时刻或某段可感知的话语：这不仅很难驾驭（尽管瓦格纳做到了），而且会让演唱者和观众精疲力竭，因为这两者一刻也不可能放松。

在歌剧中，只要出现任何可感知的片段，例如只有对话而无演唱的片段，上述理论就会变得荒诞不经。假如，为了让行动继续，一个角色必须对另一个说"上楼，帮我取一下手帕"，但是这些对话空洞无物，唯独它们的节奏可以让一段曲子比起另一段曲子更恰如其分。无论在何处碰上对于曲调的武断选择，唯一的解决办法是使用约定俗成的曲调，比如清宣叙调[1]。

在歌剧中，管弦乐队是在为演唱者演奏，而不是给观众演奏。一位歌剧迷可以容忍甚至享受管弦乐队在幕间的演奏，因为他知道演唱者此刻无从歌唱了，因为他们已疲惫不堪，或是布景工正在布

---

1. 清宣叙调（recitativo secco）：又译作"干宣叙调"。在巴罗克和古典主义音乐时期，宣叙调分为两种：清宣叙调和伴奏宣叙调（recitativo accompagnato）。清宣叙调指只带有"数字低音伴奏"（continuo）的宣叙调，通常只有羽管键琴提供若干和弦，供歌手对音；而伴奏宣叙调则有整个管弦乐队提供伴奏。在十九世纪以后，伴奏宣叙调渐渐成为歌剧界的主流，管弦乐团在歌剧中的音乐角色渐被看重。

景。然而，管弦乐队径自演奏若不是为了让听众轻松地消磨幕间时间，就会被观众认为是纯属浪费。《莱奥诺拉第三号》[1]放在音乐厅中演奏会是一部优雅的曲子，不过在歌剧院中，要是它出现在《费德里奥》[2]第一幕和第二幕之间，那十二分钟就会是无聊至极的。

假如歌剧作家恰巧也在写诗，那么在歌剧中创作韵诗（verse）就成了最棘手的问题，他极有可能在这里误入迷途。诗歌本质上是一种反思行为，它拒绝为了理解感受到的东西的本性，而满足于插入一些直接情感。由于音乐本质上是直接的，其结果就是，一首歌曲的词句不能构成诗歌。这里，我们需要在抒情诗（lyric）和严格意义上的歌曲之间作出区分。抒情诗是要被吟唱的诗歌形式。在吟唱抒情诗时，音乐反倒成了词句的附属，因为词句限定了音符的编排及其节拍的形成。在歌曲中，音符必须能自由地选择成为什么样子，词句必须能够根据指令随时发挥作用。

《梦游女》[3]中的《啊，我不相信》（*Ah non credea*）这首韵诗，尽管读起来索然无味，却发挥了应有的作用：让贝里尼[4]想起了迄今为止写下的最优美的曲调，让他随后能在充分的自由中谱写出来。

1.《莱奥诺拉第三号》(Leonora III)：贝多芬的音乐作品，时长十二分钟。
2.《费德里奥》(Fidelio)：原名《莱奥诺勒，或巴婚之爱的胜利》(*Leonore，oder Der Triumph der ehelichen Liebe*)，贝多芬唯一的歌剧。
3.《梦游女》(*La Sonnambula*)：贝里尼的一部两幕半正歌剧。
4. 贝里尼(Vincenzo Bellini，1801—1835)：意大利歌剧作曲家，生于西西里岛，卒于巴黎附近的皮托，因歌剧《清教徒》获得世界声誉，另有歌剧《梦游女》、《诺尔玛》和《滕达的贝亚特里切》等。

歌剧作家笔下的韵诗并不是写给公众的，其实是写给作曲家的私人信函。它们拥有自己的辉煌时刻，在那一时刻可以让作曲家想起某一特定的曲调；当一切结束，它们就像中国将军麾下的步兵团一样可以被牺牲掉：它们必须让自己消失，不再关切发生在它们身上的事情。

有几个作曲家，例如坎皮恩、胡戈·沃尔夫[1]、本杰明·布里顿[2]，他们的音乐想象力是被一流诗歌所激发的。然而，问题依然存在，听众听到唱出来的词是和诗歌中的词一样呢，还是像我倾向于认为的那样，他们仅仅听出了演唱出来的音节而已。剑桥的一位心理学家 P. E. 弗农[3]做过一个实验，他将一首坎皮恩谱写的歌曲原有歌词替换成了满篇废话的韵诗，并用同样的音节演唱出来，只有百分之六的听众注意到了歌词出了问题。我相信，这正是由于在听歌（不同于演唱）时，我们听到的不是歌词，而是音节，所以我并不赞成用译文表演歌剧。瓦格纳或斯特劳斯的作品翻译成英文听上

---

1. 胡戈·沃尔夫（Hugo Wolf，1860—1903）：奥地利作曲家、乐评家。生于斯洛文尼亚（时属奥匈帝国），1897 年精神失常，1903 年死于精神病院。其乐评经常诋毁斯特劳斯。代表作为歌剧《长官》，和弦乐四重奏《意大利小夜曲》等。

2. 本杰明·布里顿（Benjamin Britten，1913—1976）：英国作曲家、指挥和钢琴家，二十世纪英国古典音乐代表人物之一。主要作品有歌剧《彼得格里姆斯》、《比利·巴德》和《威尼斯惨剧》，器乐作品《布里奇主题变奏曲》、《青年人的乐队指南》和《大提琴交响曲》，合唱作品《春天交响曲》和《战争安魂曲》等。

3. P. E. 弗农（Philip E. Vernon，1905—1987）：英国心理学家，生于牛津，通过种族和智力研究人类智能。1968 年至 1978 年任教于加拿大卡尔加里大学（University of Calgary），并成为加拿大公民。此处，奥登所说的"剑桥"疑为"牛津"之误，弗农为牛津人，未曾在剑桥大学任教。

去令人难以忍受,即使译文在诗歌上的价值大于原作,听上去还是不可忍受,因为,新的音节并未与音高和音符的拍子建立起适当的联系。歌词在诗歌上的价值也许可以激发作曲家的想象力,然而只有音节的价值才能决定他所写下的声乐作品的类型。在歌曲中,诗歌是可以牺牲掉的,音节则不能。

"历史是一场梦魇,"斯蒂芬·迪达勒斯[1]说过,"我必须从中清醒过来。"历史的急剧变化,以及个人在试图影响集体历史时显而易见的无力感,让文学从历史中退出。从爱伦·坡开始,许多现代长篇小说家或短篇小说家不再描摹出生、成长和死亡的个人历史,转而倾心致力于书写生命中永恒的激情时刻,以及存在的状态。对我而言,在一些现代音乐中,我可以察觉到一种相同的趋向,趋向于创作一种开头、中间和结尾之间并无显著差别的静态音乐。这种音乐听起来令人耳目一新,犹如原始音乐。我是没有资格来批评作此种音乐的作曲家的。尽管有人会说他再也无法写出一部歌剧。但事实可能是,他只是不想去写。

从莫扎特到威尔第,歌剧黄金时期与自由人文主义、与对自由和进步的坚定不移的信念几乎处于同一时期。假如说优秀的歌剧在今天如凤毛麟角,原因可能不仅在于我们发现自己比十九世纪人

---

1. 斯蒂芬·迪达勒斯(Stephen Dedalus):乔伊斯小说《一个青年艺术家的肖像》的主人公,学生,在《尤利西斯》中也是一个重要角色,兼职教师,这个人物身上具有乔伊斯的自传色彩。

文主义所想象的更不自由，更是在于我们不再坚信自由是一种确切无疑的神恩，不再坚信自由的人即善良的人。我们说写歌剧不易，这并不意味着我们写不出来。除非我们彻底抛弃对自由意志和个性的信仰。每一个高音 C 被精确地弹奏出时，都在摧毁一种理论，说我们在命运与机遇面前只是身不由己的玩偶。

骑士与小丑[1]

假若一名香水制造商试图遵守"自然主义"美学,那么他该将什么样的香水装入瓶中?

保罗·瓦雷里

❖

生命的每时每刻都是生动的,这一点人尽皆知,但我们不可能感觉不到,某些时刻比其他时刻更生动一些;在某种意义上,特定的一些经验构成整个经验流的意义与本质结构的线索,其他经验则不然。这种选择有一部分是由经验自身所强加的——一些特定的事件以其重要性征服了我们,纵然我们不知原因所在——另一部分是由于我们自身出于个人性情和社会传统的原因,更倾向于对某些类别的事件开放,而对另外一些事情封闭。例如,但丁与贝亚特丽丝的邂逅是上帝"赐予"诗人的,然而假如普罗旺斯的情诗尚未产生,他可能不会以他所使用过的这一方式去接受或阐释启示。另一方面,在华兹华斯之前,许多人对于自然一定已有过与他类似的感知,然而他们却将它们当作不甚相关的东西打发了。

通常与同代人一样,每一位艺术家对隐藏于现象流背后或内部的真实"自然",都持有一些特定的假设。而艺术家的职责就是忠于这些假设，也正是这些假设决定了他所创作的艺术的类别，具有与众不同的质地。

假设一位剧作家相信，人最有趣、最重要的特征是能明辨是非，是对自己行为的责任，那么，在生活赋予他的无限的人物形象和情境中，他会选择这样的情境——有最强的诱惑使得他做出错误的选择，而由此选择招致的实际后果也是最严重的；他会选择这样的人物形象——有最大限度自由选择的权利，却极少在事后将自己的选择归咎于环境或别人。

在历史上的大多数时期，他能够轻而易举地在富人和有权有势的人的生活中找到这些情境和人物形象，然而在穷人的生活中则不大可能。一位国王即便犯下一桩谋杀案，却无须惧怕人类法律的惩罚；穷人却不能这样。于是，当穷人克制住不犯下谋杀罪时，我们会觉得这是法律起了作用，而非他自身的原因。比起一个饥饿的农民偷了一条面包，一位国王盗窃了一个国家似乎更具有戏剧化的喜剧效果。首先因为国家更为庞大，其次因为国王并不像农民那样，受到难以控制的客观自然需求所驱使，而是受到他能够抑制的个人野心所驱使。

数世纪以来，穷人在戏剧中的角色是提供喜剧性的消遣。也就是说，被展示的情境和情感与处境更优越的人无异，然而唯一的区别是：对他们来说，最终的结局并不是悲剧性的痛苦。毋庸置疑，

---

1. Cav & Pag，即意大利语中"骑士与小丑"（Cavalleria & Pagliacci）的缩写，分别指代歌剧《乡村骑士》（*Cavalleria Rusticana*）和《小丑》（*Pagliacci*）。

要说穷人在现实生活中不曾遭受痛苦,没有一个剧作家相信。但是,如果痛苦在戏剧中的功能是指明道德上的罪,那么相对无辜的人展现在舞台上时便不能受苦。而他们的情感在喜剧性上具有相似点,即对伟大者的批评,提醒我们国王也是一个凡人。而他们命运的差异提醒我们,穷人在更为逼仄的束缚中即使犯了罪,相较起来也是无辜的。

这样一种观念可以称之为西方传统文化的观念,与之对立,自然主义是对其反抗的形式之一。作为一种文学运动,十九世纪的自然主义是十九世纪科学尤其是生物学的必然结果。例如,进化论被证实,某些遗传学规律的发现,已经表明人类深深地嵌入于自然秩序的必然性之中,比其此前想象的程度更深。许多人开始相信,人类终有一天会发现自己的整个存在,包括历史个性,都是可以按照科学规律进行阐释的现象,这只是时间问题。

如果人类最重要的特征,是与自己物种的所有成员所共享的生物需求这一心理,那么在作家所要观察的最佳生活中,自然的必然性所扮演的角色显现得最为清晰,说的就是极度贫穷的人过的日子。

自然主义作家的困境在于,若不想丧失自己的艺术家身份而转行做统计学家,就无法始终如一地坚持自己的准则。因为艺术家就其定义而言,就是对独一无二的事物感兴趣的。既然不存在只针对"不寻常病例"的医学,那更不可能存在关于"寻常之人"的艺术。将他人想象为寻常之人,就是对其个人命运漠不关心;如果到了一个人爱另一个人或恨另一个人的程度,那么这个人关注的是他或她的与众不同之处。所有具有普遍感染力的文学人物，每个人都可以在他身上找到自己的影子，但他们在性格和处境方面其实都是不同寻常的。致力于自然主义学说的作家受其作为艺术家所拥有的需求所驱使，会做出有趣的事来，譬如对可怜人物的悲剧处境感兴趣，诸如为那些荒唐而不该遭受的不幸处境，寻找一种替代品，为在病态的情况下担负着道德责任的主人公寻找一个代替者。

客观必然性的作用，即自然的必然性或社会秩序的必然性整体施加于人类之上时，可以被表现于小说、史诗之中，在电影中效果则更佳，因为这些媒介可以用语言描述，或用图像描绘那种自然和秩序；然而在戏剧中，这些媒介却因实际原因而上不了舞台——像哈代在《还乡》(*The Return of the Native*)中所描写的埃顿荒原，通过戏剧场景就不可能展现出来——做到这一点很难。在歌剧中也不可能。首先，因为音乐本质上是动态的，是一种对意志和自我确认的表现；其次，因为歌剧和芭蕾一样，是一种讲究技艺的艺术；一个演员无论扮演什么角色，只要他歌唱，就要比念白的演员更"非比寻常"，他是自我命运的掌握者，即使他饰演一个自我毁灭的人。意志的被动或崩溃无法通过歌唱表达出来；比如，倘若一个男高音真的唱出了"哭泣"[1]这个词，可他并没有哭泣，一些男高音，哎，却过于专注于此了。《乡村骑士》的最后一句台词"他们杀死了图里杜"(Hanno ammazzato compare Turiddu)，以及《丑角》的最后一句台词"喜剧结束了"(La commedia è finita)是说出来的，而不是唱出来

---

1. 哭泣(piango)为意大利语"哭泣"(piàngere)的现在时第一人称单数动词变位。

的,作为警示的标志,更具深意。

在实践中,"真实主义"(verismo)[1]理论用于歌剧时,意味着取代了传统"正歌剧"中英雄的、贵族的[2]场景,代之以各种各样新奇的场景,即社会场景和地理场景。它展现给我们的不再是诸神与君王,而是妓女(《茶花女》《玛侬》[3])、吉卜赛人和斗牛士(《卡门》)、歌剧女演员(《托斯卡》)、波希米亚艺术家(《波希米亚人》)、远东人(《蝴蝶夫人》[*Madama Butterfly*])等,普通的歌剧观众对这些社会类型和场景并不熟悉,正如他们对奥林匹斯山、凡尔赛宫也知之甚少一样。

乔万尼·维尔加(Giovanni Verga)并不是盲信的自然主义者。他描写西西里岛农民,因为他就是在这一人群中成长起来的,对他们了如指掌,爱他们,因而将他们视为独一无二的存在。《乡村骑士》的短篇小说原作出现于《田野生活》(*Vita dei Campi*)(1880)[4]中,相较于维尔加四年后写下的戏剧版本在诸多重要方面都不尽相同,而歌剧的剧本是以这个戏剧版本为基础的。在短篇小说中,主人公图里杜相对而言成了贫穷处境与英俊外表的无辜牺牲品。桑图扎(Santuzza)并不是一个受尽凌辱无处防备的人,我们从歌剧中获知,她是一个富翁的女儿,十分清楚如何照顾自己。图里杜为她唱小夜曲,不过一贫如洗的他根本没机会娶到她,尽管桑图扎深爱

---

1. 真实主义,指歌剧中优先采用当代日常生活题材的主张。
2. "贵族的"(aristocratic)原文为 artistocratic,无意义,疑为奥登笔误或印刷错误。
3. 指普契尼的歌剧《玛侬·莱斯科》(*Manon Lescaut*)。
4. 乔万尼·维尔加的短篇小说集。

着他,但她并未失去理智。因此,她向阿尔菲奥(Alfio)泄露图里杜和罗拉(Lola)之间的情事,就显得比歌剧中更为恶毒,更为无情。最后,图里杜坚持要与阿尔菲奥拼死决斗时给出的理由已经无关桑图扎的未来——他已将她抛诸脑后——而是为了他身无分文的老母的未来。

为了杜泽[1],维尔加必须将桑图扎树立为唯一重要的、富有同情心的角色,于是他加入了以下内容:桑图扎被诱奸并怀孕,图里杜残忍地拒绝了她,她对他施以诅咒,他最终悔过。作为一幕短歌剧的主题,这是十分精彩的。其场景个性强烈、自给自足、清晰鲜明;它为角色提供了数量与种类都十分适宜的唱段;它所涉及的情感既适合演唱,又很容易通过音乐区分开来。人物的心理足够坦率,适合演唱,而并不显得荒唐可笑,例如,图里杜亲近桑图扎任由自己去引诱她时唱到——"伤害后的悔过是徒劳无益的"。(Pentirsi è vano dopo l'offesa.)这就显得顺理成章了。正因为有了音乐表达情感变化所呈现的疾速感,图里杜的态度从轻蔑迅速转变为悔过,这一过程在歌剧中比在话剧中更容易说得通。毋庸置疑塔尔焦尼-托泽蒂(Targioni-Tozzetti)和梅纳希(Menasci)十分忠实于维尔加的小说,他们添加的主要内容是图里杜乞求露琪娅(Lucia)将桑图扎接纳为女儿时的台词。然而,作为歌剧作家,他们在编排时纳入了合唱环节,这是戏剧作家所不能的,而他们充分利用了合唱。那些合唱插曲:春天大合唱、驭驴之歌、复活节赞美诗、醉歌占

---

1. 指意大利女演员莲诺拉·杜泽(Eleonora Duse,1858—1924)。

据了整个乐谱的四分之一强。可以想象,如此频繁地推迟、中断情节将是致命的,尤其在一部这么短的作品中,但事实上,如果有人问,这部作品获得罕有的影响和欢迎,歌剧作家在其中作出的最为主要的贡献是什么? 我认为,这些插曲就是正确的回答。正因为有了这些插曲,主角们的行为,他们的个人悲剧,被看作是在反抗巨大的背景: 死亡的重现和自然的重生,关于仅此一次之死亡的仪式化庆典,人类救世主的复活,穷人古老的社会仪式。于是,他们自身的历史呈现出了仪式化的意义;图里杜的死犹如是一次仪式化的献祭,对于整个共同体的罪恶进行赎救。又譬如,这部歌剧中最为动人的时刻之一——恐怕也是最不"写实"的时刻——桑图扎这个被逐出教会、认定自己遭到了诅咒的少女终于从自己的处境中解脱的时刻,她开始像女预言家黛博拉(Deborah)那样放声歌唱,歌声盖过了合唱队:"颂扬吧,上帝永恒!"(Inneggiamo il Signor non è morto!)[1]

假如《乡村骑士》的秘密所在,即仪式与个人行为之间的相互作用,并不是"真实主义"流派所关注的典型内容,那么,《丑角》剧作者的兴趣恐怕比自然主义离得更远了,因为该剧的主题是一个心理学上的难题:"真实的我是谁? 真实的你是谁?"这可以通过三个矛盾关系表达出来。首先,基于真实的欢乐与痛苦创造作品的艺术家,与其作品所娱乐的观众之间存在矛盾关系,读者通过作品中想象性的欢乐与痛苦得到享受,而这些欢乐与痛苦与作品创造者的体验却

---

1. 原文为意大利语。

截然不同。其次,演员并未感受到他们所扮演角色的情感,而观众却能感受,至少能够通过想象感受到这种情感,他们之间存在矛盾关系。最后,作为专业人士的演员必须表演想象性情感,而身为普通男女的他们也拥有自身的真实情感,这两种身份之中存在矛盾关系。我们都是演员,我们经常不得不在别人面前隐藏自己的真实情感。独处时,我们又时常成为自我欺骗的牺牲品。我们从来就不敢确信,我们了解别人心里在想些什么,尽管我们经常会高估自己的认知——发现不忠行为时的震惊,和嫉妒引起的痛苦都起源于此。换句话说,我们都过于自信地认定别人都无法看清真实的自己。

在序幕中,托尼奥(Tonio)先是代表莱翁卡瓦洛(Leoncavallo)说话,随后又代表演员说话,这在提醒观众,艺术家和演员都是常人。当我们看到戏中戏时,所有的矛盾关系同时展开了。内达(Nedda)的身份一半是女演员,一半是普通女人,因为她在想象的情境中表达着真实感情;她恋爱了,爱的却不是扮演阿烈基诺(Harlequin)[1]的贝佩(Beppe)。贝佩是一个纯粹的演员,作为一个普通男人,他没有爱上任何人。托尼奥和卡尼奥(Canio)就是他们自己,因为他们的真实感情和剧中的境遇是相符的,这让他们的表演更加令人信服,从而可以更好地娱乐观众。最后则是内达的情人西尔维奥(Silvio),他是观众中的一员,却已参与到表演之中,然而这一切发生地无声无息。当饰演科伦比娜(Columbine)的内达向阿

---

1. 其名字的原意为"丑角",意大利语写作 Arlecchino。

烈基诺背诵为她所写的台词:"今夜以后——我永远属于你!"(A stannotte — e per sempre tua sarò!)饰演帕利亚奇(Pagliaccio)的卡尼奥感到备受折磨,因为他仿佛听到了内达作为真实的自己在向情人说着同样的话,而他并未见过这个情人。我们只需想象,倘若描绘角色之间的相同境遇的"喜剧片断"(Commedia)被删去,这部歌剧会变成什么样子,就可以明白幻象与现实的问题在多大程度上决定了戏剧的效果,人们通常认为这个难题仅与"唯心主义者"相关。

对于这两部歌剧的音乐,当然,我只能说些门外汉的话。听这两出剧给我留下的第一印象是它们令人惊叹的力量,以及意大利歌剧传统的活力。从1800年以来,意大利歌剧已经造就了四位创造力非凡的天才:贝里尼、罗西尼、多尼采蒂和威尔第,但仍留有巨大的空间,可以让普契尼这样虽然次之,但同样令人敬佩的歌剧作家,以及天才蓬基耶利(Ponchielli)、乔尔达诺(Giordano)、马斯卡尼(Mascagni)和莱翁卡瓦洛去创造富于原创性的成功之作。如今,其实——在90年代[1]就已经显露出这一变化——我们更关注后期的作曲家那些具有传统的延续性的作品,而不是具有革命性创新的作品。初次听完《乡村骑士》或《小丑》,我不可能从歌剧院冲到街上自言自语:"这是一部多么令人耳目一新的新类型歌剧!"不是这样的。最初十节音乐尚未结束,我们就会想:"啊,又一部意大利歌剧。多么有趣!"

---

1. 可能指十九世纪九十年代,《乡村骑士》首演于1890年,《小丑》首演于1892年。

将他们几位进行相互比较(这是一个多么愚蠢却又挥之不去的习惯),我印象最深的是莱翁卡瓦洛在技术上更为机敏。马斯卡尼让我感到比较奇怪的事情是,其音乐手段有着几近老派的朴素;他创作时,就好像从未留意过中年威尔第。《乡村骑士》中有一些沉闷的段落,比如驱驴之歌的配乐;不过,在戏剧性较强的段落中,音乐中极为古朴的笨拙感显得与角色十分相配,让他们更加笃定,这是莱翁卡瓦洛所无法给予他那些蹩脚的演员们的。例如,在我听图里杜拒绝桑图扎的二重唱,"不,不!图里杜,停住"的时候(No, no! Turiddu, rimani),我相信,我所听到的声音来自村民唐·乔万尼。但是,在我听西尔维奥与内达做爱时的二重奏,"决定吧,我的命运"(Decidi, il mio destin)时,我清楚我所听到的来自一位男中音。作为听众,我偏爱马斯卡尼;但假如我是演唱者,我敢说我可能会得出相反的偏好。

能在全世界范围内流传开来,《乡村骑士》与《小丑》主要凭借两个优势:这两个剧相对而言制作成本低廉,声乐又给人印象深刻,然而对演员并没有过分的要求,所以,即使由乡村巡回演出剧团来表演,依然喜闻乐见。然而,像《乔康达》(La Gioconda)和《费朵拉》这样的作品,演出时要是缺少了大明星,就让人难以忍受。比如,拿著名的咏叹调《穿上戏装》(Vesti la giubba)来说,假如演唱者的嗓音很好,他就有了不错的机会去按部就班地展现出来;假如他的嗓音不在调上,他也总能丢开谱子,只是乱吼,有些观众仿佛还挺喜欢这种方式。

古典主义、浪漫主义、自然主义、超现实主义、"人们真正使用的语言"(The-language-really-used-by-men)[1]、"未来的音乐"(The-music-of-the-future)[2]等,各种艺术争奇斗艳时所发出的呐喊,总能提起艺术史家的兴趣,因为它们能为艺术家提供实际的帮助。尽管作为理论略显荒谬可笑,它们都能让艺术家们发现如何创造与自己的能力相契合的作品类型。作为听众、读者和观众,我们应该对他们持有怀疑态度,时刻记住艺术作品并非"关于"(about)这种或那种生活;它令生活取自真实的人类体验,但又有一定的转化,就像一棵树将水和阳光转化到树的本性(treehood)中去,转化到树自身的独特存在中去。与艺术作品的每一次相遇都是因人而异的相遇;艺术作品所言说的并不是信息,而是对作品自身的揭示,同时也是对我们自己的揭示。我们可能并不喜欢自己所遇到的特定作品,或者偏爱另一个作品,但是我们的好恶是真诚的,就此而言,我们承认它具有艺术作品的真诚。漠不关心才是真正否定的判断,而问题可能出在作品上,也可能出在我们自己身上——可能是我们自己而不是作品出了问题。就像罗西尼所说:"一切类别的音乐都是好的,除了无聊至极的那种。"

---

1. 华兹华斯在《抒情歌谣集》1800年版序言中的说法,原文如下:"这些诗的主要目的,是在选择日常生活里的事件和情节,自始至终竭力采用人们真正使用的语言来加以叙述或描写,同时在这些事件和情节上加上一种想象的光彩,使日常的东西在不平常的状态下呈现在心灵面前;最重要的是从这些事件和情节中真实地而非虚浮地探索我们的天性的根本规律——主要是关于我们在心情振奋的时候如何把各个观念联系起来的方式,这样就使这些事件和情节显得富有趣味。"(曹葆华译)
2. 理查德·瓦格纳一篇文章的题目,德语为Zukunftsmusik,在文中他批评意大利歌剧的矫揉造作,攻击"大歌剧"(Grand Opera),并认为德国歌剧没有自己的风格。他以吟咏调和咏叹调打断戏剧的流畅性,试图对歌剧进行变革,他自己的音乐剧混合了诗与音乐,体现了这种变革的方向。

翻译歌剧剧本

（与切斯特·卡尔曼[1]合写）

> 席尔瓦：杯子准备好了，真开心；
>
> 还有，我任由你选择。
>
> （他傲慢地给他一把匕首和一杯毒药）
>
> 选自《埃尔纳尼》[2]旧译本

❖

为了试探评论家傲慢和愚蠢的程度，我必须与另一个作家合写一些东西。假如这是一次成功的合写，合写者在此过程中必须放弃各自单独写作时的自我，从而变成一个新的作者；很明显，虽然每个特定的段落必须由其中一人执笔，但决定什么可以写，什么不能写的审查者-批评者（censor-critic），是两位作者合二而一的人格。评论家以为自己知道得更透彻，他们能辨认哪些内容是谁写的；我只能说，在我们合写的情形中，他们自以为能猜出哪些部分由切斯特·卡尔曼实际执笔，哪些部分由我执笔，据保守估计，百分之七十五都是错的。

十年前，要是有人预言我俩有一天会发现自己在翻译歌剧剧本，我们肯定以为他疯了。英美的歌剧院秉持着一个传统，即歌剧应该以原作的语言进行表演,我俩一直是该传统的坚定支持者,以此对抗欧洲大陆国家用译本表演的传统。如果观众想要了解具体剧情,那我们说,就让他们买一部带有英文注释的剧本,在进歌剧院之前读。即便他们意大利语和德语水平不错,他们依然应该这么做,因为在演出中,观众十个词中听懂一个就不错了。说起歌剧院中的演出,我们的感受就是如此的;至于电视中播放给大众观众的歌剧则是另一回事。电视观众能否听劝容忍外语表演的歌剧,我深表怀疑,不仅因为大众观众懒惰成性,也是因为电视机上的歌剧每一个音节都可以听清,所以倘若电视观众再听不懂,肯定比他们在歌剧院里听的时候还要怒火冲天(当然,大型广播公司愿意慷慨为译文支付报酬,我们没有理由不去赚这钱,既然本来就是要翻的)。但我们刚开始翻译,就感到我们的美学偏见渐渐弱化了,理由也许并不成立,因为纯粹是出于自私的理由:我们发现自己已经彻底迷上这份工作了。

我们迄今翻译过的三个歌剧剧本是:达·彭特为《唐·乔万

---

1. 切斯特·卡尔曼(Chester Kallman, 1921—1975):美国诗人、歌剧剧本作家、译者,最为知名的是其与奥登和斯特拉文斯基的合作。同时也是奥登的恋人。与奥登一起,为斯特拉文斯基创作了剧本《浪子的历程》,为亨策创作了剧本《青年恋人的挽歌》和《酒神伴侣》,为尼古拉斯·纳博科夫创作了剧本《爱的徒劳》。两人合写了剧本《迪莉娅,或夜的面具》,原本让斯特拉文斯基谱曲,不过最后斯特拉文斯基并未谱曲。两人合作翻译了《魔笛》、《唐·乔万尼》等歌剧剧本。卡尔曼单独翻译了威尔第的《福斯塔夫》等剧本。
2.《埃尔纳尼》(Ernani):威尔第的歌剧作品。

尼》所写的剧本、席卡内德[1]与吉塞克[2]为《魔笛》所写的剧本,以及布莱希特为由科特·维尔[3]谱曲的芭蕾舞音乐剧《七宗罪》(*Die sieben Todsünden*)所撰写的脚本。翻译每一部时都碰到了不同的问题。《唐·乔万尼》是意大利语的,采用唱出来的吟诵调,在文体上是"滑稽歌剧"(opera giocosa);《魔笛》是德语的,一系列曲子中间夹杂着对白谱,在文体上是"魔幻歌剧"(opera magica);《七宗罪》不是一部传统歌剧。在传统歌剧中,如莫扎特所言,"诗之于音乐完全是一个顺从的女儿"。但是在布莱希特与维尔合作的歌剧中,台词至少与音乐占有同样重要的地位。台词多用当代语言,并且充满了流行习语。

与普通译者相比较,歌剧剧本的译者在某些方面受到更严格的束缚,但在另一些方面却更自由。由于其音乐比起剧本无疑重要许多,译者开始工作时就必须明白一个前提,即音乐的间隔时长和旋

---

1. 席卡内德(Emanuel Schikaneder,1751—1812):德国演出经纪人、剧作家、演员和作曲家。他在维也纳掌管了威登剧院,为莫扎特的歌剧《魔笛》撰写了剧本,是根据德国诗人维兰德(Christoph Martin Wieland)所编童话集《金尼斯坦》(*Dschinnistan*)中的《璐璐或魔笛》(Lulu, Oder die Zauberflöte)改编的。《魔笛》于1791年9月30日在威登剧院首演,他并扮演了剧中的帕帕盖诺,大获成功。

2. 吉塞克(Carl Ludwig Giesecke,1761—1833):德国演员、歌剧剧本作家、极地探险家和矿物学者。生于德国奥斯堡,后来移居爱尔兰,卒于都柏林。参与席卡内德在威登剧院的表演团队。他的演技一般,在《魔笛》中只扮演了三位奴隶,他在团队中主要作用是作为舞台管理者,同时还是剧本作者,可能参与了《魔笛》剧本的写作,但没有正式资料显示这一点,大概是奥登的臆测或记忆失误。

3. 科特·维尔(Kurt Weill,1900—1950):德国作曲家,犹太人,活跃于二十世纪二十年代,1935年移居美国。多次与布莱希特合作,最为著名的是《三分钱歌剧》。

律必须保持不变,以保证译文与音乐吻合,这条规律适用于全部咏叹调与合唱曲;在吟诵调中,减少或是增加一个音符在某些场合也是可以的,不过极为罕见。因此,歌剧剧本的译者必须创造一个与原作一致的版本,所谓一致并不是指与诗句被说出来的韵律保持一致,而是与被唱出来的音乐旋律保持一致。达到这一效果难度不小,原因在于音乐旋律既可以关乎长短音(quantitative),如希腊语和拉丁语诗歌,也可以关乎抑扬音(accentual)[1],比如英语和德语诗歌。在由长短音组成的韵律中,音节非长即短,通常认为一个长音节在长度上与两个短音节等值;在一个由抑扬音组成的韵律中,比如在我们语言(指英语)的韵律中,音节长短常被忽略,从韵律上而言,他们都在长度上被认为是等值的,区别在于重音节和非重音节。这意味着,在由长短音组成的韵律中,和在抑扬音组成的韵律中,三音节音步与双音节音步在韵律上的价值是相反的。因此

一个由长短音组成的长短短格(dactyl)或短短长格(anapaest)是4/4或2/4节拍。

(进行曲节拍。)

一个由长短音组成的长短格(trochee)或短长格(iamb)是3/4或6/8节拍。

(圆舞曲节拍。)

一个由抑扬音组成的扬抑抑格(dactyl)或抑抑扬格

---

1. 即关于轻重音。

（anapaest）是圆舞曲节拍。

一个由抑扬音组成的扬抑格（trochee）或抑扬格（iamb）是
进行曲节拍。

但是在同时由长短音和抑扬音构成节拍的音乐中：

一个 2/4 小节由一个半音紧跟着两个四分之一音组成。
从长短音角度而言，它是一个长短短格；而从抑扬音角度而言，
它是一种酒神曲（bacchic）。

一个三连音符 ♪♪♪，从长短音角度而言，它是一个三短音
节（tribrach）；从轻重音角度而言，它是一个扬抑抑格。

在人们的感受中，说出来的词语与唱出来的音符在速度上是截
然不同的，这给译者增加了麻烦。假如用秒表计时，我首先背诵我
能想到的语速最快的诗——比如说，《艾俄兰斯》[1] 中的《梦魇之歌》
（The Nightmare Song）——接着背诵我能想到的语速最慢的
诗——丁尼生的《泪水，无端的泪水》（Tears，Idle Tears）——我发
现在这两种情形中，背诵相同的音节所用时间的比例至多也就是 1
比 2。造成这一差异的最主要原因，并非不是因为说出音节时的速
度变化，而是因为在背诵慢速诗篇时，我因为节律停顿而说话中断

1.《艾俄兰斯》（*Iolanthe*）：喜歌剧，英国作曲家亚瑟·沙利文（Arthur Sullivan）谱
曲，英国剧作家 W. S. 吉尔伯特（W. S. Gilbert）撰写剧本，1882 年 11 月 25 日在
伦敦萨沃伊剧院首演。

了。进一步说,我背诵它们时所用的两种拍子都存在于音乐中更为快速的那一半节拍。背诵诗句时,我感受到柔板的速度,在音乐中,则感受到快板的速度。这一差异导致的结果是,当作曲家为韵诗配上缓慢的节拍,韵诗的扬抑抑格和抑抑扬格就转变为扬扬扬格(molossoi),其扬抑格或抑扬格会转变为扬扬格(spondee)。诗句"此刻我们全都感恩上帝"(Now thank we all our God)说出来时是抑扬格,但是唱出来时是扬扬格。

这意味着译者的工作不仅仅是阅读剧本中的诗句,浏览一遍,然后用英语创作一个在韵律上一致的模仿之作。因为当他随后将自己的译本与乐谱进行匹配时,他往往会发现音乐已然变形:口语的韵律用原语言尚能表现出来,换了英语则完全不知所谓了。这个情况在翻译意大利语作品时最易发生。因为即便在日常说话时,意大利人在延长或缩短音节的长度上也有更大的自由,而英国人则不然。

两个例子

1) 在《唐·乔万尼》开头,莱波雷洛的咏叹调中出现了这句台词:Ma mi par che venga gente.(但我觉得,有人来了。)

首先我们断定,莱波雷洛必定会说些别的东西。他在站岗,而屋子里,唐·乔万尼正在强奸或意图强奸唐娜·安娜[1]。达·彭特的台词暗示一个陌生的小丑即将走上舞台;事实上,只能是正在被

---

1. 唐娜·安娜(Donna Anna):《唐·乔万尼》剧中人物,骑士长唐·彼德罗之女,唐·奥塔维奥的未婚妻。

唐娜·安娜追逐的唐·乔万尼。而此时,距离督察登台还有一些时间。我们初译时的版本是:

那是什么? 麻烦正在酝酿。(What was that? There's trouble brewing.)

"有人来了"(che venga gente)和"麻烦正在酝酿"(there's trouble brewing),念出来在音律上听起来是等值的,但是这个短语被设计为三个 1/8 音和两个 1/4 音,念出来时是扬抑格,而唱出来时是扬扬格,所以我们必须把这行台词改成:

那是什么? 我们有麻烦了。(What was that? We're in for trouble.)

2) 在塔米诺走近萨拉斯特罗[1]的寺院门口时,一个隐形的声音喊道:"回来!"(Zurück!)[2]一个加重的重音落在第二个音节。这句词看起来很容易,翻译成"往回走!"(Go Back!)就行了。假如这里是一个慢拍,这样翻译没问题。不幸的是,拍子标示着"极快板"(allegro assai),按照这一速度,两个英语的单音节词连起来,听上去就像是一个毫无意义的双音节词 geBACK。必须找到另一种解决办法;我们的译文是"当心!"(Beware!)

---

1. 萨拉斯特罗(Sarastro):《魔笛》中的古埃及祭司。
2. 出自《魔笛》第二幕第二场。

有时,原文本与逐字对应的英文译本之间,在发音和联想上差异过大,以至于译者不得不脱离原文自由发挥。举一组简单的词作为例子,Ja 和 Nein,Si 和 No,Yes 和 No[1]。在莱波雷洛和乔万尼用"极快板"唱出的二重奏《走开,弄臣》(*Eh via,buffone*)[2]中,莱波雷洛唱的两个诗节分别是围绕着"不"(no)和"是"(si)堆砌起来的。

我并非玩笑,我要走了。

不,不,主人,我要走了,我告诉你们。

不！不！不！

不,不,不,不,不,不,不,不,不,不。

我要留下,是！

是！是！是！

是,是,是,是,是,是,是,是,是,是！

Ed io non burlo, ma voglio andar.

No，no, padrone，v'andar ci dico.

No! No! No!

No, no, no, no, no, no, no, no, no, no, no.

Non vo'restar, si!

Si! Si! Si!

---

1. 分别为德语、意大利语和英语中的"是"和"不"。

2.《唐·乔万尼》中的一首曲子,原文的标点引用有误为：Eh, via buffone。

Si，si，si，si，si，si，si，si，si，si! 1

和意大利语一样，我们也可以用英语快速地唱道：不(no)，不，
不，不⋯⋯但是"是的(yes)，是的，是的，是的⋯⋯"就没法这样唱。
塔米诺的第一个咏叹调中，最初几行是这样的：

这种东西，我难以命名，

此刻感到它犹如被火焰烧灼；

这种感觉应该就是爱？

是，是，

爱多么孤独。

Dies Etwas kann ich zwar nicht nennen，

Doch fühl ich's hier wie Feuer brennen；

Soll die Empfindung Liebe sein？

Ja，Ja，

Die Liebe ist's allein. 2

这里的节拍是中板，所以完全可以唱"是的，是的"(Yes，Yes)。但
是在我们的文化里，"是的，是的"让人产生一种喜剧性的、至少是非

---

1. 原文为意大利语，出自《唐·乔万尼》第二幕第一场，引文顺序与原文并不一致，
标点稍有出入。第二行的 ci(我们)，原文作 vi(你们)，疑为奥登笔误或印刷错误，
奥登增加了 no 和 si 的这两个词的重复数目。
2. 原文为德语，出自《魔笛》第一幕第一场。

浪漫的联想，颇有不耐烦和厌倦的意味。同理，我们若是在同一个歌剧的某一合唱中将"Komm，Komm"（来吧，来吧）翻译成"Come，Come"，观众肯定会哄堂大笑。

　　另一个问题是阴性韵，这一现象在意大利语中最为常见，在德语中也经常发生，但在英语中则要罕见得多，而且多数仅存在于喜剧性的韵。一个有能力的诗人（versifier）可以模仿原作的韵律结构，然而往往要付出代价，让英语听起来像是吉尔伯特和沙利文（Gilbert and Sullivan）的喜剧作品一样[1]。也有极少数的一些场合，比如莱波雷洛的《名单咏叹调》（Catalogue aria）[2]，双韵用英语表达出来往往比意大利语更加滑稽，这可以成为一个优点。但是，在任何温婉或庄严的场景中，最好不要用韵，免得出现滑稽的结果。在教堂墓地一场中，大理石雕像用对句斥责唐·乔万尼：

　　　　无赖，放肆的人，

　　　　让逝者安息吧。

　　　　Ribaldo[3]，audace，

---

1. 指维多利亚时代幽默剧作家威廉·S·吉尔伯特与英国作曲家阿瑟·沙利文的合作。从 1871 年到 1896 年长达二十五年的合作中，共同创作了 14 部喜剧，其中最著名的为《皮纳福号军舰》（H. M. S. Pinafore）、《彭赞斯的海盗》（The Pirates of Penzance）和《日本天皇》（The Mikado）。吉尔伯特负责剧本，沙利文和吉尔伯特负责谱曲，他们所编歌剧一改歌剧严肃的风格，展现的是现实中荒诞的一面。
2. 这个名单指的是唐·乔万尼记录风流韵事的单子。
3. 原文作 Ribalde，疑为奥登笔误或印刷错误。

Lascia'l morti in pace. [1]

这里若用英语押韵,无论怎样听着都很荒唐。

　　另外,语言之间的差异不仅存在于其言语形式中,也表现在修辞传统上。一门语言中听起来极为自然的东西,直译为另一门语言后,听起来难免让人不舒服。所有的意大利歌剧剧本都充满着多音节,例如:"背叛者!"(Traditore!)、"卑鄙!"(Scelerato!)、"粗心!"(Sconsigliato!)、"浪费!"(Sciugurato!)、"倒霉!"(Sventurato!)等,听起来很有感染力,尤其在情绪高昂的时候。但在英语中,大多数感叹词是单音节或双音节词,这个事实先暂置不论。英语中的感叹词几乎不用于严肃场合,即使有也很少见,大多用于学校男生或出租车司机之间的口水战。我认为,在严肃场合,我们更倾向于使用陈述句;譬如,我们会大喊:"你背叛了我"(You betrayed me!)[2],而不是"背叛者!"(Traditore!)(邪恶的诱惑者!)

　　译者时不时就会感到有必要求变。这并非因为两种语言的习惯不一样,而是因为歌剧剧本作家所写下的东西译成其他任何一门外语,听来都极其愚蠢。在《唐·乔万尼》第一幕结尾,当唐娜·安娜、唐娜·艾尔薇拉和唐·奥塔维奥[3]到达唐·乔万尼的宴会时,唐娜·艾尔薇拉唱道:

---

1. 原文为意大利语,出自《唐·乔万尼》。
2. 原文为英语。
3. 唐·奥塔维奥(Don Ottavio):《唐·乔万尼》剧中人物,唐娜·安娜的未婚夫。

> 我们必须变得勇敢，
>
> 哦，我亲爱的朋友们。
>
> Bisogn' aver corraggio,
>
> O cari' amici miei. [1]

这两句没有押韵，然而，唐·奥塔维奥的回答则是押韵的。

> 这位女士朋友说得精彩！
>
> 我们应该变得勇敢！
>
> L'amica dice bene!
>
> Corragio' aver conviene. [2]

言下之意是：

> 我们的女士朋友说得精彩；
>
> 一些勇气将会完美地展现。
>
> Our lady friend says wisely;
>
> Some courage would do nicely.

同理，在《魔笛》的尾声中，当精灵们看到帕米娜几近疯狂，我们也不可能允许他们用英语这样说（原文是德语）：

---

1. 原文为意大利语，不押韵。
2. 原文为意大利语，押韵。

那么，她在哪儿？

她发疯了！

Where is she, then?

She is out of her senses.

没有音乐家或音乐理论家会为这样的改变而争吵。分音节（syllabification）是一个更具争议性的话题，因为一些纯粹主义者认为原语言的分音节和连音符是神圣不可侵犯的，要像音符那样保持原有的样子。然而，我们相信在一些情况下，至少在1850年以前的歌剧剧本中，分音节的变化被证明是正当的。在莫扎特和罗西尼的时代，由于歌剧所应具有的速度，剧本作家与作曲家之间几乎不可能进行任何有计划的合作。歌剧剧本作家创作诗句，作曲家尽力给它们谱上最优美的曲子；作曲家会要求额外谱写一首咏叹调，但不想去做一些细节上的修改。晚年威尔第、瓦格纳和斯特劳斯坚持让文本与自己的音乐理念相契合，这一点不为人知。莫扎特经常让一个音节覆盖两个甚至更多音符，并且并非只在花腔女高音之中。我们相信，在很多情况下，他这么做的理由十分简单：他的音乐理念所容纳的音符数目，要远多于他所给予的音节中所能容纳的——于是，当词句无法凑足音节的长度时，他就重复词句。

现在的情况是，在英语中，考虑到存在元音和大量单音节词，很少有音节既易于吟唱，在占据多个音符时又易于理解。严格说来，英语是一门短音的（staccato）语言。帕帕盖诺（Papageno）和帕米娜之间的二重唱的第一节是这样的：

在男人心中,感受到了爱情,

而且并不缺乏一颗美好的心。

凭着甜美的欲念去同情,

这是女人的首要的职责。

Bei Männern welche Liebe fühlen

Fehlt auch ein gutes Herze nicht.

Die süssen Triebe mitzufühlen

Ist dann des Weibes erste Pflicht. [1]

这一节的韵律是抑扬格,也就是说,采用 4/4 拍。但是莫扎特将它谱成了 6/8 拍的调子,所以为了让词句与之合拍,他让每一个重音音节覆盖了两个音符,并用一个连音符连接起来。当然,用抑扬格写一首英文的四行诗(quatrain)并不难。

爱神之箭已深深植入,

英雄的心变得善良而顺服。

迅速地被他的激情施了魔法,

美人接受了热烈的火焰。

When Love his dart has deep implanted,

The hero's heart grows kind and tame.

And by his passion soon enchanted,

---

1. 原文为德语,出自《魔笛》第一幕第二场。前两行是帕米娜的台词,后两行是帕帕盖诺的台词。

The nymph receives the ardent flame.

但凭我们的耳朵听来,这节诗句听上去不知哪里出了问题;我们不停地要求听到一首抑抑扬格四行诗,可以为每一个音节安排一个音符。

爱神已将爱欲植入了他的胸怀,

这英雄的心变得温和而顺服。

迅速地被他的激情点燃,被改变,

美人接受了那猛烈的火焰。

When Love in his bosom desire has implanted,

The heart of the hero grows gentle and tame.

And soon by his passion enkindled, exchanged,

The nymph receives the impetuous flame.

当然,译文中去掉了乐谱中的连音符,这可能招致一些纯粹主义者的反对。我们只能让演唱者一连数遍地唱抑扬格或抑抑扬格版本,并且要不带偏见,然后问问他们在哪个英语版本中的演唱听起来更有莫扎特风格。

所有这些需要引起译者注意的细节都只是一部分,而更全面、更重要的问题在于如何为既定的歌剧寻找合适的文字风格。例如,适用于"正歌剧"的措辞对于"谐歌剧"(opera buffa)却并不适用,一个如夜后(Queen of the Night)¹这样的超自然人物,也不可能使用一个如薇奥莱塔这样的妓女的语言。在决定为一部特定的歌剧选择何种风格时,译者必须相信自己的直觉,相信他关于歌剧所处的时代的文学知识,这种文学知识既要基于原语言,又要基于译者的母语。他当然必须避免语法错误,但是两种语言的文学传统有不小的差异,以至于纯粹主义的精确往往既没有必要,也并不让人满意。1790 年²人们所说所写的意大利语,与同一一年份人们所说的英语看似是完美的对等,但实情并非如此。

《唐·乔万尼》的第五幕³展现了农民跳舞的场景。赛琳娜(Zerlina)唱道:

> 姑娘们,玩弄着爱情,玩弄着爱情,
>
> 不要让岁月在你们身边流逝;
>
> 　　岁月在你们身边流逝,
>
> 　　岁月在你身们边流逝,
>
> 如果你们胸口你们内心激动不已,内心激动不已
>
> 这是药,如你们所见。
>
> 这将是多么欢乐,多么欢乐!
>
> Giovinette, che fate, all'amore, che fate, all'amore,
>
> Non lasciate, che passi l'età,

1.《魔笛》中的人物。

2.《唐·乔万尼》1787 年 10 月 29 日首演于布拉格城邦剧院。

3. 应是第一场第三幕。

Che passi l'età,

Che passi l'età.

Se nel seno vi bulica il core，bulica il core，

Il rimedio vedetelo quà.

Che piacer，che piacer，che sarà. [1]

考虑到这段音乐的特点，对我们而言，这里的得体的对等物并不是
十八世纪晚期的英语（那听来更像达·彭特的意大利语），而是伊丽
莎白时代的田园诗。

美丽的少女，穿戴着优雅的饰品，出现在露珠闪亮的

清晨，

红玫瑰和白玫瑰凋谢了，

都已枯萎，

一天里全都凋谢。

带着你的高傲与正在变得温和的无情，去获得应允的

亲吻，

你作为牧羊人的所有痛苦减轻了。

犹如布谷鸟飞掠过山楂花。

Pretty maid with your graces adorning the dew-spangled

morning,

---

1. 此段引文标点符号与原文略有出入。

The red rose and the white fade away,

Both wither away,

All fade in a day.

Of your pride and unkindness relenting, to kisses

consenting,

All the pains of your shepherd allay.

As the cuckoo flies over the may. [1]

布莱希特与维尔合作的芭蕾舞剧《七宗罪》在文体上则提出了另一个问题。这部剧以当代美国为背景,不过是虚构的美国。所以需要当代美国式措辞,但是一定不能太过"美式",否则虚构元素将会消失殆尽。译文中一定不能包含只在英式英语中使用的词语——譬如,haus [2] 必须被翻译为 home 而不是 house——尽管剧情交代那一家人居住在路易斯安那州,但是将德语翻译成美国南方人的口语是不对的。

在一段合唱中,这个家庭历数了各种美食。

羊角面包! 煎肉排! 鸡肉!

还有这些金黄的小蜂蜜糕

Hörnchen! Schnitzel! Spargel! Hühnchen!

---

1. 原文为英语,押韵。
2. haus 为德语,意为"房子"或"家",应该大写 Haus。

Und die kleinen gelben Honigküchen [1]

即：

Muffins! Cutlets! Asparagus! Chickens!

And those little yellow honey-buns! [2]

尽管这些东西美国人也吃，然而这样一份富有个性的菜单，并不会让美国人——尤其是美国南方人产生饕餮之欲。因此，我们将菜单改为：

蟹肉！猪排！甜玉米！鸡肉！

还有这些抹着蜂蜜的金黄的饼干！

Crabmeat! Porkchops! Sweet-corn! Chicken!

And those golden biscuits spread with honey!

某些意象和隐喻是一种文化和语言中独有的，换作另一种文化和语言却并不见得奏效。在《迷色》（*Lust*）[3] 部分，安娜所唱的一首诗直译如下：

---

1. 出自芭蕾舞剧《七宗罪》，具体场次不详。
2. 这是对上文德语引文的直译，其中第一个词的翻译不准确，英文 muffins 意为"松饼"。
3. 指《七宗罪》中的"迷色"部分。

她露出雪白的小屁股，

价值超过一家小工厂，

免费显露给凝视者和游荡者，

显露为世界的世俗面目。

And she shows her little white backside，

Worth more than a little factory，

Shows it gratis to starers and corner-boys，

To the profane look of the world.

第二行是这首诗中最有力量的句子，但是在美式英语中，"一家小工厂"（a little factory）显然没什么冲击力。必须另外再想一个比喻：

她露出雪白的小屁股，

价值是一家得克萨斯汽车旅馆的两倍，

赌博场盯着安妮，一无所获，

尽管她也没什么可以出售。

Now she shows off her white little fanny，

Worth twice a little Texas motel，

And for nothing the poolroom can stare at Annie

As though she'd nothing to sell.

翻译咏叹调

一首咏叹调很少包含关键的信息，即观众为了理解人物的行为,而必须了解的信息,这些信息必须直译。要翻译一首咏叹调,只需要传达它所表达的情感或情感的冲突就行了。同时,歌剧中的咏叹调一般都是音乐中的高潮部分,所以咏叹调的翻译质量举足轻重。就原剧本的作者而言,最关键的任务就是用他的诗句激发作曲家谱出优美的乐曲。但是对译者而言,所处的位置截然不同。音乐已经写就,而译者的职责是竭尽全力让诗句不辜负这优美的音乐。

在瓦格纳和中年威尔第之前,没有哪个作曲家为歌剧剧本殚精竭虑;他只是接过别人给他的剧本,尽全力去加工它。这是可行的,因为一个让人满意的歌剧剧本是什么样子的,其风格与形式早已作为范例建立起来,而任何一位称职的诗人都可以掌握其技巧。这意味着,虽然作曲家可以确保拿到手的歌剧剧本都能为之谱曲,但是剧本之间却极为雷同;所有的原创性和引人入胜之处都通过音乐表现出来。如今,假装我们可以用莫扎特同时代人的耳朵去听他的歌剧,这是在偷懒,就好像我们从未亲耳听过瓦格纳、晚年威尔第和斯特劳斯的歌剧一样。在这些歌剧中,剧本扮演着重要角色。在听莫扎特的歌剧时,只要台词变得味同嚼蜡或愚蠢不堪,我们就会忍不住注意到这一点;若是一行台词一遍又一遍地重复,我们就会不耐烦。耳中萦绕着优美的音乐,一名现代译者必须心怀责任感,尽己所能让自己的译本无愧于音乐。

1)唐·奥塔维奥的第一首咏叹调:

Dalla sua pace

La mia depende，

Quelch'al lei piace

Vita mi rende，

Quel che l'incresce

Morte mi da.

S'ella sospira

Sospir' anchio

E mia quell'ira

Qu'e pianto è mio，

E non ho bene

S'ella non l'ha[1]

　　她的平静/决定了我的平静/取悦她的东西/赐予我生命/让她悲伤的东西/给予我死亡。假如她叹息/我随之叹息/她的愤怒就是我的愤怒/她的忧伤就是我的忧伤/我不会有欢愉/假如她毫无欢愉[2]。

　　将英语诗歌与意大利语诗歌，或是其他任何罗曼语族语言的诗歌进行比较，我们会发现，英语的诗歌语言在表达上更为具体；写爱情诗的英语诗人，喜欢通过取自自然的意象和隐喻来表达自己的情感，而不是将情感平铺直叙。进一步说，对于恋爱中的男人说什么、

---

1. 出自《唐·乔万尼》第一幕第三场。引文及标点符号有所出入。如 depende 应作 dipende。
2. 这一段是奥登对上述意大利语原文的翻译，译文并不十分准确。

做什么才是合适的,英国人和意大利人有着迥异的观念。对于英国人的情感而言,奥塔维奥对自己近乎目中无人的专注有点让人反感——她绝对不能不开心,因为这会让他不开心。最后,达·彭特的抒情诗只包含了一个简单的理念,一遍又一遍地重复着,只是在词句上稍作变动。但是莫扎特对第二节诗从音乐上做了截然不同的处理。因此,为我们努力写出的抒情诗应该具备如下特征:a) 措辞更为具体,b) 让奥塔维奥更多地关注于唐娜·安娜,而非自己,c) 少一些重复。

照耀吧,天堂之光,

永恒的卫士,

照耀我的真爱,

行走或安睡,

太阳,月亮和星光,

抚慰她的痛苦。

哦,轻盈的微风,

哦,宏伟的水流,

倾服于一位恋人,

说出她的美貌,

为她唱着赞歌,

无论你去往何处。

（从头反复）

当忧伤荫翳着她，

我走在阴影里，

我们的思绪与她相随，

行走或安睡；

太阳，月亮和星光，

抚慰她的痛苦。

Shine, Lights of Heaven,

Guardians immortal,

Shine on my true love,

Waking or sleeping,

Sun, moon and starlight,

Comfort her woe.

O nimble breezes,

O stately waters,

Obey a lover,

Proclaim her beauty

And sing her praises

Where'er you go.

（da capo）

When grief beclouds her,

I walk in shadow,

My thoughts are with her,

Waking or sleeping;

Sun, moon and starlight,

Comfort her woe. [1]

2)《魔笛》第二幕,帕米娜的咏叹调:

Ach, ich fühl's, es ist verschwunden

Ewig hin, mein ganzes Glück, der Liebe Glück.

Nimmer kommt ihr, Wonne-stunden

Meinem Herzen mehr zurück.

Sieh, Tamino

Diese Tränen fliessen, Trauter, dir allein, dir allein.

Fhülst du nicht der Liebe Sehnen, Liebe Sehnen,

So wird Ruhe im Tode sein.

Fühlst du nicht der Liebe Sehnen,

So wird Ruhe im Tode sein,

Im Tode sein. [2]

（啊,我感到/它已消失/永远地消失了/爱的欢愉。你不会再回

---

1. 原文为英语,即奥登对唐·奥塔维奥咏叹调的意译。
2. 出自《魔笛》第二幕第四场。

来/在奇迹的时刻/回到我心里/看吧,塔米诺/这些眼泪在流淌,心
爱的,为了孤独的你而流淌/如果你并未感到爱的叹息/那么,我就
会在死亡中安息。)[1]

这首咏叹调包含了许多高音、长的急奏(long runs)和短语,
它们如回音一般不断重复。因此,任何英语版本都必须为高音、
急奏和短语提供大量开元音,让它们听上去可以产生回音的效
果。这是一类型的英语诗歌,基于一个词或多个词在有细微差
异的语境中的重复,比如,邓恩(John Donne)的《赎罪》(The
Expiation)。

离去,离去,假如那个词并未彻底将你杀死,

还要吩咐我离去,就可以用死亡抹除我的痛苦,

或者,假如它杀死了你,就让我的词作用于我,

正义之司可以杀死一名杀人凶手;

除非太迟了而不能这样将我杀死,

那么就死去两次,离去和命令我离去。

Go, go, and if that word hath not quite killed thee,

Ease me with death by bidding me go too,

Or, if it have, let my word work on me

And a just office on a murderer do;

Except it be too late to kill me so,

---

1. 此处为奥登和卡尔曼的英语译文,去掉了德语原文的重复句子和短语。

Being double dead, going and bidding go.

考虑到帕米娜的处境，对我们而言，也可以利用这种体裁，围绕着"沉默"(silent)与"悲伤"(grief)这两个词构建我们的抒情诗。

> 心可能会伤透，而悲伤沉默不语，
>
> 虔诚的心让爱成为自己的生命，
>
> 沉默爱着结束了的生命；
>
> 爱在一个虚伪的爱人心中死去
>
> 杀死了爱人在其中复活的心。

> 哦，塔米诺，看我泪水的
>
> 沉默，它背叛了我的悲伤，
>
> 忠诚的悲伤。
>
> 倘若你在沉默中，在不忠的沉默之中，
>
> 逃离我的爱，
>
> 就让我的悲痛与我一起死去。
>
> 如果你可以背叛帕米娜，
>
> 如果你不爱我，塔米诺，
>
> 就让我的悲痛与我一起死去，
>
> 让我沉默。

Hearts may break though grief be silent,

True hearts make their love their lives,

Silence love with ended lives;

Love that dies in one false lover

Kills the heart where love survives.

O Tamino，see the silence

Of my tears betray my grief，

Faithful grief.

If you flee my love in silence，

In faithless silence，

Let my sorrow die with me.

If you can betray Pamina，

If you love me not，Tamino，

Let my sorrow die with me

And silent be.

3)《唐·乔万尼》中唐娜·安娜的最后一首咏叹调。

这首咏叹调由一段管弦乐吟诵调、一段独唱短曲和一段小咏叹调组成。

RECIT：   Crudele? Ah no，mia bene. Troppo mi

                  spiace

               allontanarti un ben che lungamente la

　　　　　　　　nostra

　　　　　　　　alma desia … Ma, il mondo … O Dio! …

　　　　　　　　　Abbastanza

　　　　　　　　per te mi parla amore. Non sedur la con-

　　　　　　　　　stanza

　　　　　　　　del sensibil mio core!

CAVATINA: Non mi dir, bell'idol mio,

　　　　　　　　Che son io crudel con te;

　　　　　　　　Tu ben sai quant'io t'amai,

　　　　　　　　Tu conosci la mia fè,

　　　　　　　　Tu conosci la mia fè.

　　　　　　　　Calma, calm'il tuo tormento,

　　　　　　　　Se di duol non vuoi ch'io mora,

　　　　　　　　Non vuoi ch'io mora

　　　　　　　　Non mi dir, bell'idol mio,

　　　　　　　　Che son io crudel con te;

　　　　　　　　Calma, calm'il, etc ....

CABALETTA: Forsè, forsè un giorn'il cielo

　　　　　　　　　Sentirà pietà di mè.

　　(残忍? 哦,不,亲爱的。它使我极度悲伤,以至于无法在你身上保留任何欢愉,我们的灵魂长久渴望的那种欢愉。但是,这世界……哦,上帝! 我已心如刀割,别再削弱我的坚贞。全然为了你,爱向我诉说。[1]

> 不要告诉我，我最亲爱的，
>
> 说我对你残忍；
>
> 你明白我多么爱你，
>
> 使你的苦痛平静下来，
>
> 倘若你并不希望我死于悲伤。[2]

> 也许，有一天，天堂
>
> 会将怜悯施于我身上。[3]

　　这是莫扎特笔下最优美的咏叹调，但有些词句平庸到让人发指，让唐娜·安娜显得毫无同情心。她一会儿诱惑唐·奥塔维奥，一会儿又拒他于千里之外。所以我们觉得，我们必须彻底忘掉原作，写出全新的作品。在处理这种花腔咏叹调时，明智之举是先翻译或重新创造一段小咏叹调；这段小咏叹调就像一个华彩乐段，为演唱者创造机会去展示她在演绎急奏（runs）和音域时的精湛技艺。也就是说，无论写出什么样的句子，关键的音节必须含有长开元音，尤其是 $\bar{a}$、$\overline{ei}$、$\overline{ae}$。因此，从前一行的"天堂"（cielo）中得到了暗示之后，我们在创作时首先构思的是最后一行。

---

1. 这是对第一段吟诵调的翻译。
2. 这是对第二段独唱短曲的翻译，英语译文省略了意大利语原文中重复的句子。
3. 这是对第三段小咏叹调的翻译。

在我的黑暗之上，祂的光芒将穿透而出。

On my dark His light shall break.

然后我们写下了前一行，并完成这段小咏叹调：

上帝必将抹去你的眼泪，我的女儿，

在你的（我的）黑暗之上，祂的光芒将穿透而出。

God will surely wipe away thy tears, my daughter,

On thy（my）dark His light shall break.

这两行让人产生了这样的感觉，即它们可能是某种来自"天堂"的讯息；所以，至少这段独唱短曲的一些诗行与讯息的来源之处有关。于是我们想起来，就在前面紧接着的墓地那一场，唐·乔万尼提到，这是一个满月当空、万里无云的夜晚；而紧接在后面的晚宴一场，开场时唐·乔万尼雇来的乐师演奏着为晚宴准备的曲子。这两个事实向我们暗示了两点：a）唐娜·安娜也许正凝望着满月，她所唱的小咏叹调中的讯息可能就源于那里，b）此处可以借用新柏拉图主义的理论，将天堂的音乐与世俗的音乐作一番对比。天堂的音乐是她用"神圣的"耳朵从月亮中捕捉来的，而世俗的音乐则由晚宴音乐作为代表。我们所使用的钢琴曲谱的舞台指示说这里是"一个昏暗的房间"，但是从剧情中看这一提示并不必要。为什么这个房间不可以有一扇打开的窗子，没有装窗帘，透过窗子可以望见月亮？因此，我们对舞台指示做了改动，将这首咏叹调以如下形式写出：

吟诵调： 蔑视你,听我说,我最亲爱的!没有人可以预言正
在升起的太阳会带来什么,不是一天悲痛,就是一
天欢乐。但是,听我说!记住,当嫉妒成性、忧虑
不安的恋人令你苦恼,所有的星辰都将坠落于我
忘记你的地方!

独唱短曲： 让渺远的月亮,这天堂纯净的眼睛,
冷却你的欲望,安定你的灵魂;
明亮的星辰也许会借你耐心,
当它们的星丛旋转,
围绕着极点转动,转动,转动。
它们与我们的死亡距离太远,太远,
我们叹息着说它们冷酷;
我们过于傲慢,过于邪恶,
被罪恶所蒙蔽。
看吧,渺远的月亮照耀得如此明澈,
沉默见证着我们所有的错谬:
啊!只要倾听!受到赞美的奇迹!
从沉默中传来了一首乐曲,
我可以听到她在吟唱。

小咏叹调： "上帝必将、必将抹去你的眼泪,我的女儿,
在你的黑暗之上,上帝的光芒将穿透而出。
上帝正在看你,上帝并未忘记你,
在你的黑暗之上,上帝的光芒将穿透而出。"

上帝将关切我、激励我、抚慰我。

在我的黑暗之上，上帝的光芒将穿透而出。

RECIT: Disdain you, Hear me, my dearest! None can foretell what the rising sun may bring, a day of sorrow or a day of rejoicing. But, hear me! Remember, when the jealous misgivings of a lover beset you, all the stars shall fall down'ere I forget you!

CAVATINA: Let yonder moon, chaste eye of heaven
Cool desire and calm your soul;
May the bright stars their patience lend you
As their constellations roll,
Turn, turn, turn about the Pole.
Far, too far they seem from our dying,
Cold we call them to our sighing;
We too proud, too evil-minded,
By sin are blinded.
See, how bright the moon shines yonder,
Silent witness to all our wrong:
Ah! but hearken! O blessed wonder!
Out of silence comes a music,
And I can hear her song.

CABALETTA: "God will surely, surely, wipe away thy tears, my daughter,

On thy dark His light shall break.

God is watching thee, hath not forgotten thee,

On thy dark His light shall break. "

God will heed me, sustain me, console me.

On my dark His light shall break.

对于任何试图将一种语言翻译成另一种语言的人，当他意识到自己正在这份不可能完成的任务上浪费时间，就会明白绝望是何种心情。但是，如果不计成功或失败，一名作家仅从尝试的过程中就能汲取大量关于母语的知识，并且这些知识很难在其他地方学到。这大概是唯一一种能在潜移默化之中，让我们不再想当然地使用我们母语的方式。翻译逼着我们去直视母语的特质和局限，让我们花心思去思考我们笔下的文字"听"起来如何。与此同时，假如我们深深地扎进去，就可以摆脱一种"异端"。这种"异端"认为诗歌就是一种音乐，认为在诗歌中，元音与辅音的关系是一种绝对值，与文字的意义毫无关系。

莎士比亚作品中的音乐

倾听音乐,为何你听着音乐就会忧伤?

甜蜜与甜蜜并不相互排斥,欢愉在欢愉中取乐;

为何去爱你并不会开心地接纳你的东西,

或者为何乐于接受你自己的烦忧?[1]

❖

一

威尔逊·奈特[2]教授及其他人曾经指出,与音乐相关的意象在莎士比亚诗歌中扮演了重要角色。举例而言,音乐总在那些优美意象的集合中占据一席之地,就像在恶劣意象的集合中总能找到"暴风雨"一样。

当然,对音乐意象的喜爱并不能证明莎士比亚本人拥有音乐天赋——许多优秀的诗人是乐盲。莎士比亚同时代的任何诗人使用音乐意象时,都会赋予这个意象相同的联想;因为他们对于音乐本质及其作用的认识,都受到了当时文艺复兴时期理论的影响。

在那个时期,如果有人被问道"音乐是什么",他都会给出像《威尼斯商人》最后一场中洛伦佐向杰西卡做出的回答。詹姆斯·赫顿

(James Hutton)在《英语杂编》(*English Miscellany*)上发表了一篇题为《几首赞美音乐的英语诗》(Some English Poems in Praise of Music)的文章,读来让人心生敬意。在此文中,他已经追根溯源地研究了这种理论从毕达哥拉斯到费奇诺[3]的发展。该理论可以概括如下:

1) 音乐是一门独一无二的艺术,因为它是唯一一门由堕落至凡间的人创造的天堂艺术。相反,地狱最显著的特征是刺耳的喧嚣。

2) 人类理性能够推断出这种来自于天堂的音乐确实存在,因为通过理性能够辨认数学比例。但是人类无法用耳朵听到它,这既是因为人类的堕落,也是因为耳朵不过一个普通的身体器官,受制于变化和死亡。康帕内拉[4]称之为自我的"活的磨坊"(molino vivo),正是这种东西淹没了天空的声音。然而,在某些特殊的迷狂状态下,某些人曾听到过这种声音。

3) 人类创造的音乐,虽然不及那些人类无从倾听的音乐,但也是善的,因为它以凡俗的方式唤醒或模仿神圣秩序。因此,它拥

---

1. 出自莎士比亚《十四行诗》第八首。
2. 威尔逊·奈特(Wilson Knight,1897—1985):英国文学评论家,同时也是演员和戏剧导演。为世人所知的是他对神话的文学阐释,代表作有《火轮,对莎士比亚悲剧的阐释》等。
3. 费奇诺(Marsilio Ficino,1433—1499):意大利文艺复兴时期哲学家、美学家,佛罗伦萨柏拉图学院派最著名的代表。
4. 康帕内拉(Tommaso Campanella,1568—1639):意大利哲学家、神学家、占星家和诗人,多明我会修士。代表作为《太阳城》。

有伟大的力量。它可以驯服没有理性的凶猛野兽,可以治愈疯癫,可以缓解悲伤。厌恶音乐的人通常表现出乖僻的意志,即胆敢拒绝服从普遍意义上的和谐。

　　4) 并非所有的音乐都是善的。存在这样一种恶的音乐,它能败坏或削弱人类的意志。"魔鬼趁着胡言乱语而来。"[1] 善通常与老音乐联系在一起,恶则通常与新音乐联系在一起。

我猜测,如今已没有人再信奉这种理论,也就是说,如今没有人认为音乐美学与声学有丝毫关联。假如毕达哥拉斯有一台分光镜,并学会了用数学比例来表现色彩关系,绘画理论会有什么新的发展吗?我表示怀疑。

　　但是,假如从未听过这种理论,戏迷就会错过莎士比亚作品中的许多东西。例如,《佩利克里斯》(*Pericles*)中父女相认那一场[2]的戏剧效果:

　　　　佩利克里斯:可是,什么音乐?

　　　　赫利卡努斯:陛下,我没有听见!

　　　　佩利克里斯:没有听见?上天的音乐!听,我的玛丽娜!

---

1. "魔鬼趁着胡言乱语而来"(The Devil rides a fiddlestick):出自莎士比亚历史剧《亨利四世》第一部第二幕第四场,原文为 The devil rides upon a fiddlestick。
2. 指莎士比亚戏剧《佩利克里斯》中泰尔亲王佩利克里斯与失散女儿玛丽娜相认的场景。

利西马库斯[1]：不该与他作对：顺从他吧。

佩利克里斯：稀有的乐音！你们听不见吗？

赫利卡努斯：陛下，我听见了。

（第五幕，第一场）

或者甚至像《奥赛罗》中那样的简单的小笑话：

小丑：假如你会奏什么人们听不见的音乐，就演奏起来吧；但是，就像人们说的，将军对听音乐并没有太大兴趣。

乐工甲：我们不会演奏这样的音乐。

（第三幕，第一场）

音乐不仅是一门拥有自己法则与价值的艺术，它还是一种社会事实。与战斗和做爱一样，谱曲、表演、倾听音乐是人们在某种特定的环境下所从事的事情。此外，在伊丽莎白时代，音乐就被认为是一个重要的社会事实。一个受过教育的人，被认为理应掌握关于音乐的知识，以及阅读小曲的能力。1588 年与 1620 年间通俗歌曲与小曲的产出量，证明了这一时期已经有了相当规模和质量的音乐创作。当波顿（Bottom）[2]说道："我精通音乐：让我们演奏点小曲吧"，这并不是在表达他的品位，从而揭示他所处的阶层，就像伦敦

---

1. 赫利卡努斯（Helicanus）、利西马库斯（Lysimachus）：均为《佩利克里斯》中的泰尔大臣。
2. 莎士比亚喜剧《仲夏夜之梦》中的织工。引文出自第四幕第一场。

地区的人喜欢漏发词首的 H 音[1]；当培尼狄克（Benedick）[2]说道：
"说实话，还是号角最合我胃口"[3]，他是故意表现得"很在行"
（épatant）[4]。

对于那一时期的任何剧作家而言，无论他个人是否关心音乐，
都不可能忽视音乐在人类生活中所扮演的重要角色。他会观察，诸
如一个人喜欢或厌恶的音乐类型，其听音乐的方式，其演奏或倾听
音乐的场合，这些都揭示着这个人的性格特征。

后一时期的剧作家可能注意到同样的事实，但是对他们而言很
难将这些用在剧作中，除非他要专门写一部关于音乐家的戏剧。

但是伊丽莎白时期舞台的戏剧惯例，允许并鼓励剧作家将歌曲
与器乐运用在戏剧中。观众喜欢听到这些音乐，希望剧作家在剧中
展现它们。毋庸置疑，普通戏迷只是想要听到一首好听的歌曲，给
自己带来一些乐趣，而不要操心歌曲在剧情上与剧作整体的关联。
但若是剧作家对艺术抱着严肃的态度，他肯定会说"话剧中乐曲的
数量是无关紧要的插曲，我拒绝仅仅为了取悦公众而插入乐曲"，或
者说"我必须以这样一种方式构思我的戏剧，即音乐——无论是声
乐还是器乐——可以出现在戏剧之中，但不是作为插曲，而是其结
构的必要因素"。

如果莎士比亚采用了第二个说法，那么我们在研究他在戏剧中

---

1. 在伦敦东区口音中，词首的 H 往往略去不发音。
2. 莎士比亚喜剧《无事生非》中的帕度亚的少年贵族。引文出自第二幕第三场。
3. 出自《无事生非》第二幕第三场。
4. 原文为法语。

引入的音乐场景时，就很可能为下列问题找到答案：

1) 为什么这一曲音乐恰恰是在此处而不是别处演奏？

2) 如果是一首歌曲，为什么这首歌曲的情感和词句是这个样子的？为什么选择这首歌曲而不是其他？

3) 为什么由这一人物演唱，而非其他人？这首歌曲是否揭示了有关人物性格的某种东西，而且是通过别的方式无从揭示的？

4) 这段音乐在听众身上会产生什么效果？是否可以说，假如这段音乐被取消，人物的行为举止或观众的感受将会变得不一样？

二

当我们将音乐作为一种艺术形式加以讨论时，言下之意是，音调和节奏这些元素是用来创造声音的结构的，而这些声音在被人倾听时是自足的。假如有人问我这样的音乐是"关于"（about）什么的，我会回答说，音乐呈现了一幅世俗生存经验的虚拟景象，它拥有复现和生成的两面性——我并不会因为这样说太富争议而缄口。为了"获取"（get）这样一幅景象，听众必须暂时忘却头脑中直接的欲念和现实的忧虑，只专注于听到的音乐。

但是节奏与音调也可以被用作非音乐目的。举例来说，工作中和娱乐中任何形式的身体活动，都包含精确的重复动作，这些动作在声音节拍的辅助下会变得更为容易。无论是独唱还是合唱，对于一组听众的心理效果总是要减少差异感，并增强一致性。所以，无论什么场合,只要这样的一致性成为一种渴求,或是值得拥有,那么,音乐就发挥了重要作用。

> 假如旋律优美的声音被破坏了
>
> 纯然和洽,会冒犯你的耳朵,
>
> 他们只是委婉地责怪你,你
>
> 在单独中毁坏了应该承受的合奏。
>
> 看吧,一根弦,另一根的温婉夫君,
>
> 如何在共有的秩序中相互击打震颤;
>
> 犹如父亲、孩子和愉悦的母亲,
>
> 融合在一起,一起取悦歌唱着的音符;
>
> 这无言的歌,它们异口同声,
>
> 对你唱着,"你独身一人将一无展露。"

(《十四行诗》[1] 第八首)

在所有超乎音乐本身目的的音乐形式中,摇篮曲是一个最奇怪的例子。摇篮摇摆和旋律的节奏的最直接效果,就是让婴儿将注意力集中到一个有序的模式之上,这样他就能忘记杂乱无章的噪音对他的影响。但摇篮曲的最终目的是让孩子入睡,也就是说,让他什么也听不到。

　　无论是声乐还是器乐,都存在其社会目的,当然也具备一定的

---

1. 指莎士比亚的《十四行诗》。

音乐价值,然而重要性要排在其功能之后。如果我们将一首水手小调从特定的环境中抽离出来,像听舒伯特的"歌曲"[1]那样在留声机上播放,马上就会感到厌倦。

音乐作为一种艺术形式,最大的特点在于构成其媒介的声音可以经由两种方式产生:通过构造特殊的乐器来演奏,或由人类的声带以一种特殊的方式演唱。人类声带的主要用途是说话,也就是说,与别人交流。但是在特定的条件下,人也会感到一种"想要唱歌的冲动"。这种冲动与交流的功能,及交流的对象几乎没有任何关系。在某种情绪的压力下,一个人会感到自己需要用一种特别的方式震动自己的声带,将这种情绪表达给自己。如果他唱几首自己学过的真实的歌曲,就会选择大体符合自己心境的歌,而不会专注于歌曲的独特品质。

其他的艺术形式似乎都不适合这种直接的自我表达方式。一些诗人会在浴缸里创作诗歌——但我从未听说过有人在浴缸里作画——但是,几乎每个人,都曾有过在浴缸里唱歌的经历,不管何时。

在其他艺术形式中,人们都不可能如此清晰地看到,对模式的渴求和对个人表达的渴求是泾渭分明的,甚至是截然对立的,就像器乐与声乐之间的差异一样。我认为在绘画中也可以看到一种类似的差异。对我而言,声乐在音乐中扮演的角色,就像裸体之于绘画。在这二者之中,本质上都存在着一种爱欲的因素,这种爱欲因

---

1. 舒伯特创作过声乐套曲《美丽的磨坊女》、《冬日的旅行》、《d 小调弦乐四重奏》(《死神与少女》)。

素时刻处于为了性目的而堕落的危险之中，但其实本不必如此。没有人类的声音和裸体所贡献的这一爱欲因素，这两种艺术就会变得毫无生机。

在音乐中，精确的节奏和音调，以及音乐结构都得益于乐器的演奏。所以，如果没有乐器，人的声音就会局限于即兴的和个人化的表达。如果不受管弦乐演奏的约束，演唱者就会迅速对歌唱失去兴趣，只希望展示炫耀的声音。另一方面，一个愚钝的民族发明了乐器，其音乐将会很精确，却沉闷不堪，因为演奏者无从知道努力表达有何意义，或是如何让乐器"歌唱"起来。他们的演奏效果，就像是我们在苛责钢琴家时常说的："他只是在弹奏音符。"

最后一点，我们不能主动支配自己的耳朵，却可以主动支配自己的眼睛；并且乐音并不像词语那样带有指示意义，或像线条和色彩那样可以描摹物体，所以，比起"我喜欢这本书或这幅画"，一个人若是说"我喜欢这首曲子"，我们更难理解其中的意味，对他本人而言也许也不甚明了。职业音乐家是一个极端，他不仅可以清晰而完整地思考所听到的东西，而且可以辨认出作曲家是用何种手段来让他如此思考的。这并不是说，比起那些没有专业知识，却通过各种训练而熟悉各种音乐的人，职业音乐家就可以更好地评判音乐。他的专业知识也许是一种附加的乐趣，但是本身并非与音乐相关的体验。另一个极端是，学生在学习时让收音机在一旁开着，因为他发现，背景音乐可以让他更容易集中精力去学习。在这种情况下，音乐服务于一种矛盾的功能，可以阻止他听到任何其他东西，包括音乐本身和街上的噪音。

在这两个极端之间,苏珊·朗格[1]描述过另一种听音乐的方式。

当对音调的鉴赏与白日梦交织在一起,就出现了一个音乐欣赏的模糊地带。对于尚未入门的听众而言,这或许有助于他们找到表现形式,去即兴表演一首伴奏的浪漫曲,并让音乐表达由此场景引发的情感。但是对于善于鉴赏音乐的听众,这是一个陷阱,因为它模糊了音乐的全部的关键意义,而只注意到了为了实现某一目的而随手可得的东西,只注重表现听众早已熟悉的态度与情绪。它把世界中一切新颖而真正有趣的东西拦在外面,因为不属于"浪漫传奇"(petit roman)[2]的东西被忽略了,留下的都是那些做白日梦的人认为适宜的东西。最重要的一点,它并未将注意力引向音乐,而是偏离音乐——通过音乐,把注意力引向别的东西,而这些东西从本质上是一种放纵。人们可能在这种梦境中,度过整个夜晚,结果一无所获——没有音乐的洞察,没有新的感受,实际上什么也没听到。

(《情感与形式》第十章)

《第十二夜》中的公爵,表达的正是这种倾听音乐的方式:"如果音乐

---

1. 苏珊·朗格(Susanne Langer, 1895—1982):德裔美国人,哲学家,符号论美学代表人物之一,先后在美国哥伦比亚大学、纽约大学等任教,主要著作有《哲学新解》、《情感与形式》、《艺术问题》等。在《情感与形式》中提出,艺术本性与形式关系密切,艺术本身就是人类情感符号形式的创造。
2. 原文为法语,原意为"短小的传奇"、"小故事"、"短小的小说"。

是爱的食粮，就奏下去吧"[1]。克莉奥佩特拉也曾说过："给我奏一些音乐——对我们以爱为职业的人，音乐是忧郁的食粮。"[2]甚至连伟大的音乐爱好者——萧伯纳都对此做出评论："音乐是受诅咒者的白兰地。"[3]

三

　　莎士比亚将器乐用于两种目的：在合乎社会习俗的场景中，器乐可以代表这个世界的声音，舞蹈中的集体欢愉，或者为死者送葬时的悲悼，还有一种你可能想不到的，作为超自然或魔幻世界的听觉画面。在后一种情况中，音乐一般会带有这样的舞台指示："庄严"（Solemn）。

　　这可能是一种直接来自天堂的声音，佩利克里斯所听到的上天的音乐，安东尼[4]的士兵所听到的地下的音乐，伴随着凯瑟琳王后[5]

1. 出自莎士比亚戏剧《第十二夜》第一幕第一场。公爵指剧中的伊利里亚公爵奥西诺。
2. 出自莎士比亚悲剧《安东尼与克莉奥佩特拉》第二幕第五场。
3. 出自萧伯纳喜剧《人与超人》（*Man and Superman*）。
4. 安东尼（Antony）：莎士比亚悲剧《安东尼与克莉奥佩特拉》中的主人公，以古罗马统帅安东尼（前82?—前30）为原型，曾与雷必达、屋大维结成"后三头"政治联盟。其妻子克莉奥佩特拉（Cleopatra，前69—前30）为埃及托勒密王朝末代女王，曾为恺撒情妇，后嫁于安东尼，安东尼溃败后又欲勾引屋大维，未遂，以毒蛇自杀，即所谓的"埃及艳后"。
5. 凯瑟琳王后（Queen Katharine）：莎士比亚历史剧《亨利八世》中的主人公，她在第四幕中描绘了一个梦境：六个天使带着她飞向天堂。布莱克1807年曾有透明水彩画《凯瑟琳王后的幻觉》（The Vision of Queen Katharine），灵感即来源于此。

的幻觉而来的音乐。或者,演奏音乐的可能是奥布朗[1]或爱丽儿这样人神两界之间的精灵,也可能是如普洛斯彼罗和《李尔王》与《佩利克里斯》中的医生那样聪明绝顶的人,他们可以对人类施加一种神奇的影响。当医生使用音乐时——当然这是由人间的音乐家创造的音乐,对于健康的人而言,可能听起来甚至"粗糙而悲苦",但是在发疯的李尔王或昏迷的泰莎[2]这样的病人听来,这种音乐就会显得像是对于凡耳所不闻的天籁一次精神层面的模仿,并且疗效显著。

"庄严"的音乐一般是在舞台之外演奏的。也就是说,演奏者和乐器并不可见,所以台上的人不可能对它做出"主动的"回应。他们既听不见这种音乐,也不会受制于其影响而不能自已。因此,在《暴风雨》第二幕第一场中,人物灵魂中缺少音乐,这是在暗示他们身上的罪恶,安东尼奥和西巴斯辛没有受到睡梦咒语[3]的影响,阿隆佐和其他人则受到了,当安东尼奥和西巴斯辛利用这个时机密议谋杀阿隆佐的计划时,这种暗示就进一步得到了确证。

在一些场景中,譬如波塞摩斯的幻觉(《辛白林》,第五幕第四场),莎士比亚让台词以器乐为背景说出来。这么做的效果是让说话者去人格化,因为乐声抹除了声音的个人音色。他配着音乐所说

---

1. 奥布朗(Oberon):莎士比亚喜剧《仲夏夜之梦》中的仙王。
2. 泰莎(Thaisa):《佩利克里斯》中潘塔波里斯国王之女。产后昏迷被误以为死亡的泰莎被装入木箱抛入海中,第三幕第二场中,她被以弗所贵族萨利蒙搭救上来,萨利蒙懂得医术施药令其苏醒过来,期间他让仆人奏乐。
3. 指精灵爱丽儿在沉睡中的阿隆佐等人耳旁唱的咒语。

的似乎不是"他自己的"表达,而只是一个信息,一种他迫不得已而做出的表达。

《安东尼和克莉奥佩特拉》(第四幕,第三场)是一个关于戏剧表演技巧的好例子,借此莎士比亚将一种超自然音乐展示在我们面前。在这一幕的第一场中,我们看到冷酷无情、精于算计的屋大维[1]拒绝了安东尼发起的老式的一对一决斗,并决定在第二天开战。对于屋大维来说,骑士精神是缺乏自我控制力的幼稚表现的一个方面,而"可怜的安东尼"是他对敌手的轻蔑评语。安东尼与朋友们交谈时,处于一种自我戏剧化、自我怜悯的激动状态之中:

<blockquote>

把你的手给我,

你一向如此忠诚;你也是;

你——还有你——还有你;你们都曾尽心侍候我,

明天,恐怕,

你们要侍候新主人了。我看着你们,

就像要永别了。我最忠诚的朋友们,

我不是要将你们抛弃;但是作为主人,

我与尽心侍候的你们连为一体,至死也不会离去:

愿神明保佑你们。[2]

</blockquote>

---

1. 屋大维(Octavius):即罗马帝国开国皇帝奥古斯都,这里指《安东尼和克莉奥佩特拉》剧中人物。

2. 出自《安东尼和克莉奥佩特拉》第四幕第二场,引文稍有出入。

我们知道,爱诺巴勃斯[1]就在现场,并且已决定要离开安东尼。那些无名士兵在下一场出场,自然音乐也在此处响起:

> 安东尼所崇拜的赫拉克勒斯神
>
> 如今离开了他。[2]

这里的结果是让我们看清作为凡人的角色——屋大维、安东尼、克莉奥佩特拉和爱诺巴勃斯——他们代表着比自己更强大的力量。他们的个性和行为,无论是否道德,都将这些力量的目的加以实施,但是并未改变他们。屋大维的自信和安东尼对厄运的预感都是合理的,尽管他们不知道原因何在。

但从接下来的五场戏来看,他们两人都错了,因为最终赢得决斗的是安东尼。屋大维和安东尼都没有听到音乐,但是,我们观众听到了,我们知道安东尼最终必定失败,这为其短暂的胜利抹上了一丝悲怆。假如这一段"看不见的"音乐被砍掉,我们就无法获悉这一切。

关于戏剧中的世俗的,或者说带有肉欲的器乐,最有趣的是那些或被称为"不正当魔力"的音乐。那些喜欢或需要这种音乐的人,用它来增强自己身上的幻觉。

所以泰门在举行盛宴时采用了这种音乐。音乐所代表的那个

---

1. 爱诺巴勃斯(Enobarbus):《安东尼和克莉奥佩特拉》剧中人物,安东尼部将。
2. 出自《安东尼和克莉奥佩特拉》第四幕第三场。

想象世界正是泰门一直想要生活其中的,在这里,人人爱人,而他作为这种普世之爱的源头,站在世界的中心。

> 泰门:音乐,奏起来欢迎她们[1]!
>
> 贵族甲:您看,大人,您多么受人敬爱。——————
>
> (《雅典的泰门》第一幕,第二场)

泰门的客人之一是专门负责讥讽的艾帕曼特斯[2],其自负之处在于,他是唯一洞悉了世界本来面目的人。在全然没有音乐的地方,人们除了爱自己不会去爱别人。"不,"泰门对他说,"要是开始你骂起我的交际,我发誓不会再理你了。别了,下次再来,准备一点更好的音乐。"[3]

然而,泰门在这一场之后再也没有听到过音乐。

无论是泰门还是艾帕曼特斯在灵魂深处都没有给音乐预留一席之地,但是,艾帕曼特斯不以为耻,反以为荣。与此同时,泰门竭尽全力想让自己相信,他的灵魂里拥有音乐。当发现最终事与愿违时,他被事实击垮了。

对于福斯塔夫而言,音乐就像萨克葡萄酒,有助于维持他栖身于伊甸园的幻觉,在这里充满孩童般的天真烂漫,任何严酷的事情

---

1. 指剧中一群扮演阿玛宗女战士的女人。
2. 艾帕曼特斯(Apemantus):莎士比亚戏剧《雅典的泰门》剧中人物,性情乖僻的哲学家。
3. 出自《雅典的泰门》第一幕第二场。

都不会发生。泰门虽然认为他热爱他人，但事实并非如此，福斯塔夫才是真正充满了爱。他最大的幻觉是哈尔亲王很爱他，就像他也很爱哈尔亲王一样，而且哈尔亲王是一个天真的孩子，就像福斯塔夫自己。

　　莎士比亚有所保留地在福斯塔夫、朵儿（Doll）、波因斯（Poinz）和亲王之间的场景中使用背景音乐（《亨利四世》上部，第二幕，第四场）。在音乐持续之时，时间为福斯塔夫而停止。他不会变老，不用偿还债务，哈尔亲王一直是他梦中的儿子和欢乐的伙伴。然而这音乐随着皮多（Peto）的到来，被时间的现实给打断了。哈尔感到羞愧不已。

> 天啊，波因斯，我感到自责，
> 如此无所事事，浪费眼下的时间……
> 把我的剑和外套给我。福斯塔夫，晚安！

福斯塔夫只是感到失望：

> 此刻是夜晚最甜美的一段时光，我们
> 却必须辜负它。

在哈尔亲王的生命中，这一时刻是转折点；从此以后，他将转变为肩负重任的君王。福斯塔夫不会发生变化，因为他没有变化的能力。但是在这一时刻，他生命中最重要的东西——与哈尔的友谊随着

"晚安"这个词而终结了,尽管他并未意识到。他们再次相遇时,福斯塔夫将会听到的第一句话是:"我不认识你,老头。"[1]

作为时间的虚拟影像,音乐需要占用实际的时间去演奏,对于君王那一类的人而言,听音乐会变成浪费时间,他们首要的关注应该在于那些关乎正义,而无法听见的音乐。

> 哈哈!拍子不能错!假如甜美的音乐失去了节拍,
>
> 平衡不再保持,多么令人失望!
>
> 人们生命中的音乐也是如此。
>
> 对此,我雅致的耳朵可以测度
>
> 在一根错乱的琴弦上,节拍是否被破坏;
>
> 但是,对于我的时间和地位的谐和,
>
> 我没有一双耳朵,去测听真正的节拍是否被扰乱。

(《理查二世》第五幕第五场)

四

在莎士比亚戏剧中,我们发现了两类歌曲:邀约曲(called-for)和即兴曲(impromptu),它们服务于不同的戏剧目的。

邀约曲是一个角色应另一个角色之邀而唱的歌,以满足后者倾听音乐的愿望。在唱邀约曲时,动作和台词都暂停,直至曲子唱毕。

---

1. 出自《亨利四世》第二部第五幕第五场。

若不是人们相信这个人的歌唱得悦耳动听,才不会邀请他唱歌。虽然我们对莎士比亚剧作中运用的音乐所知甚少,也可以根据我们所掌握的当代歌曲坦然地认定,一副好嗓子和一个好乐师就可以满足所有的要求。

在舞台上,这意味着受到邀约歌唱的角色不再是自己,而成了一名表演者;观众感兴趣的并非他本人,而是他歌唱的品质。有一点必须记住,这些歌曲是嵌入剧作的插曲,而无论剧本是用韵文还是散文写的,表演时都是念白;它们不是歌剧中的咏叹调,在咏叹调中,歌曲本身就是戏剧化的媒介。所以,我们会忘记歌唱者就是表演者这一事实,就像我们会忘记说着念白的演员其实还是演员一样。

一个伊丽莎白时代的剧团,演出的戏剧中若有这样的歌曲出现,就必须雇用至少一个身兼音乐才能,而非表演才能的演员。假如没人要求演员唱这些歌,《无事生非》、《皆大欢喜》(*As You Like It*)、《第十二夜》的戏剧情节在缺少了鲍尔萨泽(Balthazar)[1]、阿米恩斯(Amiens)[2]、小丑的情况下也能十分顺利地推进。

然而,尽管演唱者可能是剧中的次要角色,一旦他有机会获得专职乐工的角色,莎士比亚就会把我们的注意力引向他。作为一名对自身才能确信无疑的演唱者,他也展现出或假装,或客套的谦逊。

> 唐·彼德罗:来,鲍尔萨泽,我们要再听一遍那首歌。

---

1. 莎士比亚喜剧《无事生非》中阿拉贡亲王唐·彼德罗的仆人。
2. 莎士比亚喜剧《皆大欢喜》中流亡公爵的从臣。

鲍尔萨泽：　　哦,我尊贵的陛下,这是为难我,像我这样的坏
　　　　　　　嗓子,

　　　　　　　那是将音乐再糟蹋一遍。

唐·彼德罗：这就是证据,一个人越是才赋过人,

　　　　　　　就越是喜欢遮遮掩掩。[1]

他也指出,专职演员为了取悦另一个演员而必须唱歌时是多么恼
怒,无论他本人是否喜欢这首歌。

杰奎斯[2]：再唱一首,求求你,再唱一首。

阿米恩斯：我的嗓音鄙陋不堪:我心里清楚,我无法讨好你。

杰奎斯：我不是要你讨好我。我是要你唱歌。唱不唱?

阿米恩斯：我唱是为了满足你的请求,不是讨好你。[3]

在《罗密欧与朱丽叶》第四幕第四场[4]彼得和乐工的谈话中,莎士比
亚比较了酬劳低廉的乐工与富裕的雇主之间的生活与目的。乐工
受雇于凯普莱特家族(the Capulets)[5]在朱丽叶与帕里斯的婚礼上
奏乐。他们的生活在凯普莱特家族的人眼里毫无意义,只是会奏乐
的器物而已:凯普莱特家族的生活在乐工眼里也是毫无意义;他们

---

1. 出自《无事生非》第二幕第三场。

2. 杰奎斯(Jaques):《皆大欢喜》中流亡公爵的从臣。

3. 出自《皆大欢喜》第二幕第五场,引文有所省略。

4. 应为第五场。

5. 朱丽叶所在的家族。

只是会付钱的器物而已。乐工们来到时发现大家都以为朱丽叶已死，婚礼取消了。朱丽叶的生命在他们眼里毫无意义，但是她的死关系重大，因为他们将要拿不到酬劳。无论是凯普莱特家族的人还是乐工，我都怀疑他们是否真的喜欢音乐。音乐是婚礼上必备的东西；对于一个以此为生的人，音乐也是他必须演奏的东西。带着恰如其分的反讽，莎士比亚从理查德·爱德华兹[1]的诗中引用了一段诗：《音乐颂》(In Commendation of Musick)：

> 彼得：　当逼人的悲痛刺伤了内心，
>
> 　　　　沉郁的哀歌压迫着我的头脑，
>
> 　　　　然后音乐带着银色的声音——
>
> 　　　　为什么是"银的声音"？为什么"音乐带着银的声音"？
>
> 　　　　西蒙·卡特琳，你怎么说？
>
> 乐工甲：哎呀，阁下，因为银子有着悦耳的声音。
>
> 彼得：　说得好！休·里贝克[2]，你怎么说？
>
> 乐工乙：我说，"银的声音"，是因为乐工求人赏一点银子。

诗人赋予音乐的力量未免夸大其词。在失去爱女的悲伤或饥肠辘

---

1. 理查德·爱德华兹(Richard Edwardes，1525—1566)：英国诗人、剧作家、作曲家。现存唯一剧作为《达蒙与皮西厄斯》(*Damon and Pythias*)，现存诗歌十首。
2. 西蒙·卡特琳(Simon Catling)、休·里贝克(Hugh Rebeck)：均为《罗密欧与朱丽叶》中的乐工。

辕的痛苦面前,音乐也无济于事。

　　当邀约曲响起,演员的动作必须终止;这时一首歌就会由此响起,只要这不是一首无关紧要的插曲。在这里,角色们既有听歌的欲望,又有听歌的闲暇。因此,我们在悲剧中几乎找不到邀约曲。在悲剧中,主人公走向末日的这一段平稳的过程绝对不能被打断。历史剧中也几乎找不到邀约曲,因为历史剧中的人物都是行动力很强的人,没有闲暇时间。

　　此外,你也很少能看到剧中的一个人物只是为了听歌而听歌。因为一旦有人专注地倾听音乐,他就忘记了自己和他人的存在;这也意味着,在舞台上的他,忘记了关于戏剧的一切。事实上,我也只在一部戏中看到过,一个角色听着一首应该听的歌,而不是以此激发自己的"浪漫传奇",那就是《亨利八世》(*Henry VIII*)第三幕第一场,凯瑟琳[1]听着《弹琴的俄耳甫斯》(Orpheus with his lute)。王后知道国王将要废除她,迫于压力她只能默许。但是,出于宗教的责任她感到理应拒绝,虽然她也不知那会带来什么结果。在这一时刻,她什么也不能做,唯有等待。她的处境如此严峻、如此痛苦,以致没有时间再多想:

　　　　拿起琴,姑娘[2];烦恼让我的灵魂变得悲伤;

　　　　唱支歌,看你是否可以驱散我的烦恼;别干活了。

————————

1. 凯瑟琳(Katharine):莎士比亚戏剧《亨利八世》剧中人物,亨利八世的王后,后被废。
2. 指凯瑟琳王后正在做针线活的侍女。

接下来那首歌的歌词，讲述的并不是她在当时处境下的人类情感，无论是欢喜还是哀伤的。这首歌，就像爱德华兹的诗，是一篇"音乐赞词"（encomium musicae）。当然，音乐无法治愈悲伤，就像歌曲所唱的，但是眼下她可以心无旁骛地听这首歌，只有音乐在持续，她可以忘记自己的处境。

与此形成有趣对照的是《一报还一报》第四幕第一场，虽然初看之下似乎两者十分相似。此处也有一个忧郁的女人听着一首歌。但是玛丽安娜不同于凯瑟琳，并不想要忘记自己的忧愁；她沉溺在音乐之中。被遗弃之后，她就变成了剧中的主要角色。《带走，哦，带走这两瓣嘴唇》[1]，这首歌的歌词准确地反映出了她的处境。公爵想要让她吃惊时，她的道歉泄露了自己的心迹。

> 请原谅我，大人；真心希望
> 您不曾看见我在这里如此沉浸于音乐：
> 让我为自己辩解，相信我吧——
> 它未曾带给我多少欢乐，只是安抚了我的痛苦。

公爵的回答在此处显得很得体，在莎士比亚的戏剧中，这一段是最有清教徒特色的表述，阐明了清教徒的理念，与凡间可以听见的音乐截然对立。

1.《一报还一报》第四幕第一场中的歌。

> 这很好；尽管音乐往往拥有这样一种魔力，
>
> 让邪恶向善，但是也会煽动人们将善损害。

假如公爵继续铺展他的回答，我们可以断定，他会提及无法听见的正义的音乐。

在两个场景中，莎士比亚向我们展示了音乐可以被自觉的邪恶意图所利用。在《维洛那二绅士》中，普洛丢斯[1]，对朋友背信弃义，对恋人背弃盟誓，欺骗修里奥[2]，为西尔维娅[3]奏夜曲，而被抛弃的朱利娅[4]也听到了。从他的立场而言，这里借由音乐表现出的自欺是没有任何问题的，因为普洛丢斯对自己的所作所为心知肚明。通过优美而纯真的音乐本身，他想要作恶，引诱西尔维娅。

普洛丢斯是一个懦弱的角色，但并不邪恶。他对自己的所作所为感到羞愧，就像他清楚行为上善与恶的差别，他也懂得精湛与糟糕的音乐演奏之间有多大的差距。

　　旅店主：你怎么了，孩子？你不爱听这音乐？

---

1. 普洛丢斯（Proteus）：《维洛那二绅士》剧中的维洛那二绅士之一，凡伦丁的好友，热恋朱利娅，去米兰公爵府求职临行前与朱利娅海誓山盟，后却对公爵之女西尔维娅一见倾心。向公爵密告凡伦丁和西尔维娅要私奔，导致凡伦丁被放逐。最后向凡伦丁道歉，赢得了好友的谅解，并与朱利娅成婚。
2. 修里奥（Thurio）：《维洛那二绅士》剧中另外一位绅士凡伦丁的愚蠢的情敌。
3. 西尔维娅（Silvia）：《维洛那二绅士》剧中绅士凡伦丁的恋人，米兰公爵的女儿，经过普洛丢斯从中作梗，然而终成眷属。
4. 朱利娅（Julia）：《维洛那二绅士》剧中绅士普洛丢斯的恋人，乔装成公爵府的侍从。

　　朱利娅：您错了；我不喜欢奏音乐的人。

　　旅店主：为什么，我的好孩子？

　　朱利娅：他奏错了，老人家。

　　旅店主：怎么，琴弦奏得跑调了？

　　朱利娅：不是；他错了，是因为他让我的心弦忧伤……

　　旅店主：我感觉你不喜欢音乐。

　　朱利娅：这么刺耳的音乐，我一点也不喜欢。

　　旅店主：听，换了一首多么好听的曲子！

　　朱利娅：哎，我怨恨的就是这种变化无常！

　　旅店主：你情愿一直奏着同一首曲子？

　　朱利娅：我希望一个人终生奏着一首曲子。

（《维洛那二绅士》第四幕第二场）

另一个场景在《辛白林》中，克洛顿为伊摩琴奏夜曲时。克洛顿失魂落魄，但没有失去良知或羞耻感。因此，他被表现为一个五音不全的人。他得知音乐可以激发女人身上的爱欲，他希望乐工可以演奏最能激发爱欲的音乐，钱不是问题。

　　首先，来一首优美悦耳、引人浮想联翩的曲子；然后，再来一首甜蜜缠绵的曲子，配着华丽动人的词句；然后让她去思虑吧。

因为对他而言，音乐除了可以激发爱欲外，没有任何价值。

如果这曲子可以打动她的芳心，我就会看重你们的音乐；要是非但不能打动她的芳心，反而玷污了她的耳朵，就像听到了马鬃牛肠，或太监的嗓音，那就无可救药了。

（《辛白林》第二幕第三场）

五

《无事生非》、《皆大欢喜》和《第十二夜》中的邀约曲证明了莎士比亚的精湛技艺，这些精妙的离题与戏剧结构毫无关联，能够让一些原本是精妙的寓题线索，成为戏剧结构的一部分。

《无事生非》
第二幕第三场

歌：姑娘们，多唱一点。

听众：唐·彼德罗、克劳狄奥以及（藏身的）培尼狄克。

在前述两个场景中，我们知晓了两场密谋，唐·彼德罗密谋让培尼狄克爱上贝特丽丝，以及唐·约翰密谋让克劳狄奥相信自己的未婚妻希罗不贞。由于这是一部喜剧，我们观众都清楚结局将是圆满的，贝特丽丝和培尼狄克、唐·彼德罗和希罗将会拥有美满的婚姻。

因此，我们所知的这两场密谋出现了两个截然不同的结果。假如以培尼狄克为目标的密谋成功了，我们就离圆满的结局更近了一步;假如与克劳狄奥为目标的密谋成功了,我们就离圆满的结局远了一步。

这一时刻,在他们的计谋与实施中间,行为被暂时中止,我们与剧中人物都专注于听一首歌。

这一场戏开始时,培尼狄克正在嘲笑克劳狄奥的相思病,庆幸自己对爱情的铁石心肠,并且用音乐的意象表现了他们之间的差别。

> 我认识他的时候,战鼓和战笛是他仅有的音乐;如今,他宁愿听小鼓和长笛……真不可思议,几根羊肠就可以把人的灵魂从身体里拽出——说实话,还是号角最合我胃口。[1]

当然,我们知道,培尼狄克并非如他竭力矫饰的那样铁石心肠。贝特丽丝和培尼狄克都很矜持,他们既傲慢又聪慧,并不想被束之于儿女私情而难以自拔,或者某种更糟糕的情况,因为虚幻的激情成为牺牲品,就像他们经常在别人身上看到的那样。然而,虽然他说了些反感音乐的话,他并没有走开,而是留下来听着。

至于克劳狄奥,他之所以想听音乐,是因为他正处于魂不守舍的相思之中。我们可以猜到,他所听到的是自己的“浪漫传奇”,就像在讲述自己,一个永不变心的情郎的故事。所以,他不可能注意到,这首歌表现的情感及其歌词与自己的白日梦截然相反。因为这

---

1. 出自《无事生非》第二幕第三场。

首歌其实讲述的是男人有多么不负责任，以及女性要有多愚蠢才会把男人的话当真，并劝世人将良好的幽默感和常识当作解药。如果要为这样的情感找一个诉说表达的角色的话，唯一一个合适的人物是贝特丽丝。

> 除了睡觉的时候，她从不愁眉苦脸；甚至在睡觉时，也不会眉头紧锁；因为我曾听女儿说起，她经常梦见开心的事情，把自己笑醒。她无法忍受听别人谈起丈夫。里奥那托拿她没办法：她总要嘲弄所有不合心意的求婚者。[1]

试想一下这首歌在培尼狄克脑海中唤起了贝特丽丝的身影，其温柔令他不知所措，我不认为这是牵强附会。歌曲结束时他在评语中表现出来的抵触情绪让我们心生疑虑。

> 求求上帝，别让他的坏嗓子预示什么灾祸！我宁愿听夜里的乌鸦叫，不管什么灾祸会紧跟而来。[2]

当然，恶作剧正在酝酿之中。随后他就偷听到了克劳狄奥和唐·彼德罗预先设计好的谈话，并产生了预期效果。这首歌并没有完全将他征服，可是毫无疑问触动了他。

---

1. 出自《无事生非》第二幕第一场。引文为阿拉贡亲王唐·彼德罗和梅西那总督里奥那托（Leonato）对话的拼贴，其中"里奥那托"一词疑为衍文。
2. 出自《无事生非》第二幕第三场。

两个场次之后,更多的恶作剧开始作弄克劳狄奥。甚至还没有看到假证据,他就迫不及待地相信了唐·约翰对希罗的诋毁[1],并宣布如果这事千真万确,就要当众羞辱希罗。假如他对希罗的爱如他想象的那般坚贞,就会当面嘲笑克劳狄奥,并像希罗的堂姐那样,相信希罗对自己清白的辩护,即使证据明显指向相反的结论。他落入了别人为他设置的陷阱之中,因为他与其说是一个恋人,还不如说是痴迷于爱情本身。希罗更多的是他头脑中的幻影,而不是一个有血有肉的人,这样的幻影经不起任何暗示的影响。

对于克劳狄奥而言,他对于自己恋人身份的愉快想象,在这首歌响起时达到了最高点。在能够真正倾听音乐之前,他必须治愈自己的幻听,而解药就藏在激情与内疚之间的不和谐体验之中。

《皆大欢喜》

第二幕第五场

歌:绿树荫下。

听众:杰奎斯。

我们曾听过雅克这个名字[2],但是这里是第一次见到他本人,现在作者要将剧中的所有人物介绍给我们。我们知道,有三个互不相识

---

1. 即诋毁希罗的不贞。
2. 剧中第二幕第一场,公爵与他的一个臣仆讨论过从臣雅克(Jaques)的为人。《无事生非》剧中还有另一个雅克,全名是雅克·德·鲍埃(Jaques de Boys),是罗兰·德·鲍埃爵士之次子。

的群体——亚当、奥兰多；罗瑟琳、西莉娅、试金石[1]；以及公爵的侍臣——即将会面。为人与人之间的戏剧冲突而设的舞台将要展开。

对于雅克，我们知道他总是不停地批评、否定着一切，与世界格格不入，喜欢发出不和谐音，总之，这是一个灵魂中没有音乐的人。然而，当我们真的见到他时，就会发现他正满心欢喜地听着一首欢乐的歌。公爵听说这事之后惊讶不已，也就没什么奇怪的了：

> 假如他，浑身充满刺耳的声音，居然喜欢起音乐来，
>
> 那么，我们马上就要让上天变得混乱不堪了。

这首歌的前两段赞美了田园生活，回应了伯爵之前所表达的情绪：

> 难道不是古老的习俗让这种生活更为甜美，
>
> 比起那伪饰的浮华？这些树林不比
>
> 勾心斗角的宫廷更为闲散自在吗？[2]

《到这里来》(Come Hither)这支副歌[3]是一个召唤，我们知道这一召唤得到了回应。但是那些人物聚集于此，并非因为他们希望来这

---

1. 亚当(Adam)：罗兰·德·鲍埃爵士之长子奥列佛的仆人。奥兰多(Orlando)：罗兰·德·鲍埃爵士之小儿子。罗瑟琳(Rosalind)：流亡公爵之女。西莉娅(Celia)：公爵弟弟弗莱德里克之女。试金石(Touchstone)：小丑。
2. 出自《皆大欢喜》第二幕第一场。
3. 指《皆大欢喜》第二幕第五场阿米恩斯唱的歌。

里,而是因为他们都是流亡者和避难者。公爵对质朴生活的赞美,是自欺欺人,因为他是被外力逼迫着接受这种生活的。

雅克随口念出来而不是唱出来的诗,讥讽了这首歌表达的情感。

> 随它去吧,
>
> 人可以变成蠢驴,
>
> 抛弃他的财富与安逸,
>
> 这些顽固的人所顺从的东西,
>
> 德达米,德达米,德达米[1],
>
> 他在这里将看到
>
> 与他如出一辙的傻蛋,
>
> 假如他来到这里。[2]

戏剧末尾,雅克是唯一一个选择了丢弃自己的财富和安逸生活的人物——这个曾经批判过田园牧歌情调的人,最终留在了山洞里。但是,他所做的这一切并不是为了取悦自己顽固的意志,因为我们已得到暗示,他要向前迈进,拥抱宗教生活。从新柏拉图主义的观点上来说,他是他们所有人中间最具有音乐天赋的人,因为他是唯一一个无法被世界的世俗音乐而满足的人,他渴望倾听凡间无法听闻的天籁。

---

1. 德达米(ducdamé):按照剧中的解释,是希腊语中表示让傻瓜围成一个圈的招呼语。

2. 出自《皆大欢喜》第二幕第五场。

第二幕第七场。

歌：刮吧，刮吧，你这冬日的寒风。

听众：侍臣、奥兰多、亚当。

奥兰多愿意为了自己忠诚的仆人亚当牺牲自己的生命。亚当虽然年纪已经很大了，却放弃了一切追随他的主人。两人都以为会遭遇敌意，相反却遇见了友情和善意。

公爵遇到了一个和自己一样受害于不义的人，放弃了之前对田园情调自欺欺人般的青睐，承认流亡到森林里对自己而言是一种痛苦。

他们此刻听到的这首歌是有关痛苦的，即朋友的背信弃义，但是他们中的任何一人眼下都不需要忍受这种痛苦。公爵和奥兰多的兄弟对他们的所作所为十分恶劣，但不能叫做背信弃义，因为无论是弗莱德里克公爵还是奥列佛都从未假装与他们的兄弟有任何友谊。

因此，这首歌对他们产生的效果是令人欣喜的。生活可能是艰难的，不公正可能会在世界上占据上风，未来可能晦暗而不可预测，但是个人的忠诚和高贵的存在，让我们可以忍受这样的罪恶。

《第十二夜》

我总是觉得，《第十二夜》的气氛有点令人难受。我的印象是，莎士比亚当时并不在写喜剧的心情，或者说是带着一种清教徒的情感状态,厌恶一切愉快的幻象,而这些正是人们所珍视,并赖以生存的。戏剧所设定的喜剧惯例让他无法直接表达这种情感,而情感本身在持续不断地进行扰乱,甚至破坏喜剧感。我们不免有一种感觉,而这种感觉在剧中歌曲中表现得尤为强烈。在歌曲中,"乐趣"(fun)被打上了引号。

如《仲夏夜之梦》和《不可儿戏》这一类的喜剧是很好的例子。它们的故事发生在"伊甸园",一个不知痛苦为何物的地方。在伊甸园,爱意味着"爱恋流露在目光中"。意志(heart)在其中没有存在的空间,因为这个世界是由希望(wish)而非意志(will)管辖的。在《仲夏夜之梦》中,最终谁和谁结为夫妻并不重要,只要恋人的冒险精神构筑了一个漂亮的格局;不同于现实,提泰妮娅(Titania)对波顿的爱恋并不是一种认真的幻想,而是一个梦中的插曲。

将意志和真实的情感引入伊甸园,伊甸园就变成了一个丑恶的地方,因为栖居在那里的人无法辨别游戏(play)与认真(earnest)之间的区别,在认真面前,他们会用一种坏的方式展现出轻浮。在我看来,《第十二夜》的麻烦之处在于,薇奥拉和安东尼奥之于其他人物所栖居的这个世界是两个陌生人。薇奥拉对公爵的爱,以及安东尼奥对西巴斯辛的爱,都过于强烈而真实了。

与现实相对,公爵直到真相大白那一刻之前都以为自己爱的是奥丽维娅,如今像丢弃烫手山芋一样抛弃了她,并立刻爱上了薇奥拉;还有西巴斯辛,在初次见面两分钟内就接受了奥丽维娅的求婚,这两个男人都显得十分卑劣,很难让人相信他俩可以成为好丈夫。他们给人的印象是,可以轻易放弃一个梦想而转而去追逐另一个。

剧中这些歌曲是莎士比亚所写过的最优美的歌曲，如果将它们抽离出来，并放在一个选集里读，我们听到的就是伊甸园的声音、一种"纯粹的"诗。但是莎士比亚将歌曲安置在它们的语境中，便显得有些突兀。

第二幕第三场。

歌：哦，我的姑娘，你要漫步到何处？

听众：托比·培尔契爵士（Sir Toby Belch）、

安德鲁·艾古契克爵士（Sir Andrew Aguecheek）。

即便是像这样信手拈来的文字：

> 将要到来的事情无从预料：
>
> 岁月蹉跎，我们的时光并不丰盛；
>
> 来吻我吧，二十岁的甜美姑娘，
>
> 青春易逝，不能长久。

也已足够迷人。但是假如有人问道："对于什么样的人来说，这样的诗行可以表达他们真实的情感？"真正的恋人不会在为爱寻找原因时告诉心上人说，爱是短暂的；也没有哪个年轻人在试图引诱少女时会提及她的年龄。他觉得她的和自己的青春都是理所当然的。但是细究起来，这些诗句是年老欲望的声音，是对死亡的恐惧。莎士比亚让观众看到在听这首歌的是几个下流的老酒鬼，从而让我们清晰地意识到这一点。

第二幕第四场。

歌：过来吧，过来吧，死神。

听众：公爵、薇奥拉、侍臣。

在伊甸园草地之外，真正的爱人是不会谈起被美人、残忍的女仆杀掉这种事儿的，也不会在他坟头痛哭。在现实生活中，这样的想法是自恋者的白日梦，他也从来不会向别人吐露心迹。

　　莎士比亚又一次安排了这首歌，似乎是要表达公爵的真实性格。在公爵旁边坐着乔装打扮的薇奥拉[1]，对她而言，公爵并非满脑子玩世不恭的幻想，而是代表一份认真的情感。假如她喜欢的男人[2]真的爱上了别的女子，这足以让她痛苦不堪；但更糟糕的是，她意识到公爵只爱他自己，然而此时她必须默默忍受这份痛苦。这首歌之后，他们聊起了男人之爱和女人之爱的差别。此处，我认为薇奥拉只是在打趣：

> 我们男人会说更多话，立更多誓；但是，其实，
>
> 我们的誓言总是多于决心；结果是，无论我们
>
> 如何海誓山盟，我们的爱总是微不足道。

---

1. 她女扮男装担任公爵的侍童。
2. 指公爵。

六

　　演唱即兴曲的人会停止说话,突然唱起歌来,这并不是因为别人要求他唱或正在聆听,而是为了他要以一种语言无法表达的方式释放自己的情感,或是要在某些动作上寻求帮助。即兴曲不是一种艺术,而是一种个人行为。它能够揭示出与演唱者相关的信息,而这是邀约曲做不到的。因此,在舞台上,一个突然唱起即兴曲的演员就不应该拥有一副好嗓子,这正是人们所期盼的。譬如,没有导演会选用卡拉丝夫人[1]来扮演奥菲利娅[2],因为她的优美的嗓音会让观众分心,无法将注意力集中到真正的情节要点上,因为奥菲利娅的歌恰恰是最不符合"邀约曲"的。我们应该会被她所唱的内容吓着,也会被她在唱歌这一事实吓着。其他角色也受到了影响,但与观众被音乐所触动的方式不一样。国王被吓坏了,雷欧提斯[3]怒不可遏,以致最后愿意用肮脏手段来为自己的妹妹复仇。

　　当然,一般而言,一首即兴曲所揭示的内容是欢快或悲伤的,但并不会让人震惊。因此,《哈姆雷特》中的掘墓人的歌,首先是一首

---

1. 即玛利亚·卡拉丝(Maria Callas,1923—1977):生于美国的希腊裔女高音歌唱家,二十世纪最伟大的歌剧演唱家之一。生于纽约,1937年随母回希腊,就学于雅典音乐学院。1941年在雅典歌剧院正式登台,1947年在意大利维洛那演出歌剧《拉焦孔达》一举成名。此后两年在威尼斯演唱。1950年进入米兰斯卡拉剧院,演出了《阿依达》。二十世纪五十年代是她演唱生涯的最鼎盛时期。1965年在英国演出最后一场《托斯卡》后退出舞台。卒于巴黎。
2. 奥菲利娅(Ophelia):《哈姆雷特》剧中人物,哈姆雷特的恋人。
3. 雷欧提斯(Laertes):《哈姆雷特》剧中人物,奥菲利娅之兄。

劳动号子,有助于他更顺利地完成掘墓的任务;其次,也表达了与他这一特殊行业相称的"痛苦的幽默"(galgenhumor)[1]。

歌唱是奥托里古斯[2]的职能之一,所以他可以拥有一副好嗓子。但《当水仙花开始绽放》(When daffodils begin to peer)[3]是一首即兴曲。他边走边唱,因为这样可以让步子变得更有节奏感,减轻疲累,他唱歌是为了振奋精神。他的生活艰难,饥饿与恐惧总是如影随形,他需要一切可以鼓起的勇气。

酒精最常见、也是最恶劣的作用之一,就是鼓舞唱即兴曲的人。当我们说莎士比亚可以从最琐屑、最无聊的现象中提取有趣的东西时,这也算是对他相当程度的褒扬。

当赛伦斯在夏禄[4]的花园中喝醉了酒,最大的痛苦其实是在舞台之外获得的。我们知道赛伦斯是一个年老、羞怯、忧伤、贫穷、善良的人,所以无法相信他曾是一个热爱交际的人,即便是在他年轻时。然而,在他醉酒时,他歌颂的却是女人、美酒和骑士。此外,他醉得越厉害,记忆就越淡漠。第一次唱的时候,他还能记起六行词句;到了第五次,就只能回忆起一句了:

　　罗宾汉、红衣和约翰。

---

1. 原文为德语,意即面对可怕事件时表现出的痛苦的幽默。
2. 奥托里古斯(Autolycus):莎士比亚戏剧《冬天的故事》中的流氓。
3. 出自《冬天的故事》第四幕第二场。
4. 赛伦斯(Silence)、夏禄(Shallow):莎士比亚历史剧《亨利四世》第二部中的乡村法官,赛伦斯醉酒歌唱的情节发生在第五幕第三场。

我们看到，酒精不仅对一个胆小的人的想象力产生了影响，还影响到了一个老人的大脑。

正如邀约曲可以自觉地用于邪恶的意图一样，即兴曲也可以为了伪造友善关系而被编凑起来。

聚集在密西嫩附近海面庞培[1]大船上的人，唱着"来吧，酒国的仙王"，丝毫不悲伤；他们是这个世界的君王。当时的场景是一场庆祝和解的宴会[2]，但是他们互不信任，只要有利可图，就会毫无顾忌相互背叛。

庞培其实已经否决了茂那斯[3]想要谋杀这些宾客的提议，却又希望茂那斯擅作主张杀了他们。雷必达（Lepidus）喝得烂醉如泥，夸耀自己的权力，这反而在别人面前揭示出他的自卑感。显而易见，屋大维这个马基亚维利主义者虽然貌似严厉苛刻，但其实并非如此。

当伊阿古又一次劝凯西奥饮酒，开始唱道：

就让我把酒杯碰得叮当作响。[4]

---

1. 庞培（Pompey）：莎士比亚戏剧《安东尼与克莉奥佩特拉》剧中人物。原型为庞培（Gnaeus Pompeius Magnus，前106—前48），古罗马共和国末期军事家和政治家，于前三头（克拉苏、庞培和恺撒）同盟中势力最强。
2. 《安东尼与克莉奥佩特拉》第二幕第七场。
3. 茂那斯（Menas）：《安东尼与克莉奥佩特拉》剧中人物，庞培的部下。
4. 出自莎士比亚悲剧《奥赛罗》第二幕第三场。奥登的引文"让酒杯叮当作响"（And let the can clink it）与原文有所出入。原文作"就让我把酒杯碰得叮当作响"（And let me the canakin clink），这里从原文译出。

这个时候,我们知道伊阿古冷静而清醒,因为人们无法想象他会通过歌唱表达何种情感。他所唱的是一首"伪即兴曲"。他假装是在表达自己的情感,并成为凯西奥的密友,但是我们知道他永远不可能成为谁的密友。

七

《暴风雨》中爱丽儿所唱的歌无法分类,既不是邀约曲,也不能是即兴曲,这就是这个角色难以演绎之处。一个扮演鲍尔萨泽的演员必须是技艺高超的专业演唱家;扮演斯丹法诺,则需要一个尽可能把歌唱得喧闹刺耳、毫无音律的喜剧演员。这两种演员都不难找到。但是饰演爱丽儿的演员,他不仅得是一个尚未变声的男孩,还得有一副嗓子,其水准至少要高于演唱"曾有一位恋爱中的人和他的恋人"[1]的两位侍童。

因为,爱丽儿既不是一个演唱者,即,一个由演唱才能赋予了社会职能的人,也不是在某一特定的情绪下想要唱歌却五音不全的人。爱丽儿"就是"歌曲本身;当他成为真正的自己时,就开始歌唱。他说话的效果类似于歌剧中的清宣叙调,我们去听,是为了理解剧中情节。尽管我们在人物开始歌唱时才真正对他们产生兴趣。然而爱丽儿并不是一个来自歌剧世界、误打误撞闯进话剧里的不速之客。他不能表达任何人类情感,因为他身上不具此类特质。他所要

1.《皆大欢喜》第五幕第三场中两个侍童所唱的歌。

求的嗓音恰恰是歌剧所不希望的,是一种缺乏个性和爱欲的声音,
要尽可能接近于乐器的声音。

假如爱丽儿的嗓音特殊,那么他的歌唱在别人身上产生的效果
也是特殊的。腓迪南听他唱歌的方式,与公爵听"过来吧,过来吧,
死神"[1]或玛丽安娜听"带走,哦,带走这两瓣嘴唇"的方式截然不
同。歌曲在他们身上产生的效果并非改变,而是坚定了他们既已存
在的情绪。"来到这黄沙的海滨"和"五英寻深"[2]在腓迪南身上产
生的效果,与器乐在泰莎身上产生的效果如出一辙[3]:都是直接、积
极而富有魔力的。

试想腓迪南正坐在海边"为父王的遇难哭泣"时,伪装成乐工的
爱丽儿走近身边,为他唱歌;腓迪南很可能这样回应:"走开,没时间
听音乐";他可能更想听到一些美好而忧伤的乐曲;但绝不会主动要
求"来到这黄沙的海滨"之类的。

事实上,他听到这首歌也纯粹是一个意外。这首歌的效果不是
延续或抚慰他的悲伤,也不是鼓励他兀坐沉思,而是要缓和他的悲
伤之情,这样他才能站起身寻着音乐走去。这首歌让他的当下重新
面对希望,否则,他就会完全封闭起来,仅对回忆开放——这样很
危险。

第二首歌从形式而言是一首挽歌,与他的父亲相关,比起第一
首,与腓迪南的处境关联更为密切。但这与儿子在父亲墓前可能感

1.《第十二夜》第二幕第四场中的歌。
2.《暴风雨》第一幕第二场中爱丽儿唱的歌。
3.《佩利克里斯》第三幕第二场中萨利蒙为使处于假死状态中的泰莎让仆人奏乐。

受到的情绪毫无关系。就像腓迪南所说，"这一定不是尘世的音乐。"这是一种魔咒，其效果不是减少他丧父的悲痛，而是改变他对于悲伤的态度，由对悲伤的反抗——"这种丧亲之痛怎么会降临到我身上？"——转变为对悲伤的敬畏以及虔诚的接受。但凡一个人拒绝将所遭遇的痛苦作为既定之物接受下来，而不是假装理解痛苦的原因，那么，造成这些痛苦的过往就成了一种迷恋，而这种迷恋可以让人否认过去对当下有任何价值。因为音乐，腓迪南最终接受了过去，而父亲正是作为过去的象征，就在那一刹那，未来出现在他面前，那就是米兰达。

《暴风雨》中充斥着各种类型的音乐，然而，它不是一部在这部戏剧演绎的，并非和谐和一致之于不和谐的混乱的象征性胜利。在它之前的三部浪漫喜剧：《佩利克里斯》、《辛白林》和《冬天的故事》，处理的都是相似的主题：不义、阴谋、疏离，也都拥有一个皆大欢喜的结局——作恶者悔改了，而受罪者原谅了别人，尘世的音乐是对天上音乐的忠实反映。《暴风雨》的结局更为尖刻。唯一一个真诚悔罪的作恶者是阿隆佐；辛白林的那句"宽恕是所有人可以享用的词语"[1]与普洛斯彼罗如下这一段之间，是一个多么不同的世界：

> 对于你，最邪恶的人，称你为兄弟
>
> 将会玷污的唇齿，但我宽恕了

---

1. 出自《辛白林》第五场第五幕。

> 你最卑劣的罪恶；可是我要
>
> 从你这里讨回我的公国，我十分清楚
>
> 那是你必须交还的。[1]

正义战胜了不义，并非因为它更为和谐，而是因为它可以操控更高级的力量；人们甚至会说，是因为正义叫得更响。

那场婚礼前的假面剧奇怪得让人有些不安。腓迪南和米兰达就像童话故事中的恋人一样纯洁而天真，起初他们听到的是一场道德说教，说的是在等待婚约誓言时可能出现的差池[2]，而假面剧的主题是维纳斯的阴谋[3]，也在警告他们不要这么做。并没有人允许假面剧结束，但它却被普洛斯彼罗本人打断，他嗫嚅着另一个阴谋，"那个畜生卡利班和他的同党谋取我的姓名的奸谋"。作为即将举行婚礼的恋人举行的娱乐表演，很难说这个假面剧取得了成功。

比起莎士比亚剧中的其他人物，普洛斯彼罗更像《一报还一报》中的公爵。他像完成任务一样让正义获得胜利，而胜利本身并不是给他带来欢愉的源泉。

1.《暴风雨》第五幕第一场普洛斯彼罗所说的话。

2. 指《暴风雨》第四幕第一场父亲普洛斯彼罗在米兰达与腓迪南婚礼前的一番说教，警告腓迪南在婚礼前不得与米兰达同寝，否则将不能得到上天的美满祝福。

3.《暴风雨》中的假面剧讲述的是彩虹女神伊里斯(Iris)要去这一对恋人赐福，而陪同的谷物女神席瑞斯(Ceres)告诫不能让爱神维纳斯随行，因为维纳斯使恋人变得盲目。席瑞斯的女儿普洛塞庇娜(Proserpina)年轻貌美，被冥王狄斯(Dis)抢去地狱，吃了地狱的食物以后，便长居地府成为冥后。她得到冥王的许可，每年有四分之一时间回到母亲身边，这段时间即冬天，席瑞斯在冬天就要放下劳作陪伴女儿。

> 我要带你们上船回到那不勒斯，
>
> 我希望看到这对我们疼爱的
>
> 孩子，在那里举行婚礼，
>
> 随后我要回到米兰，那里，
>
> 任何第三个念头[1]都将是坟墓。[2]

这里的口吻不像是一个将浮华的尘世音乐抛诸脑后、像凯瑟琳王后那样默想着"进入天堂的和谐之中"[3]的人。说出这话的人，应该渴望这样一个地方：除了寂静，再无他物。

---

1. "任何第三个念头"（every third thought），指普洛斯彼罗在孩子成婚、自己回到米兰复位之外的任何第三件美满的事情都可以让他瞑目了。
2. 出自《暴风雨》第五幕第一场。引文中个别词拼写与原文稍有出入。
3. 出自《亨利八世》第四幕第二场。

天性顺从于它所从事的，如同染匠的手

——《染匠之手》译后记

胡　桑

　　细究起来，二十世纪上半期，大西洋彼岸的美国诗人们显然偏爱去欧洲旅行、生活甚至加入国籍。去那个绵远、幽深、丰盈、活跃的老欧洲。1908 年，美国诗人庞德移居英国，三年后，他的未婚妻 H. D.（Hilda Doolittle）也追随而来。而 H. D. 在 1913 年嫁给了英国诗人奥尔丁顿（Richard Aldington）。同一年，庞德在伦敦结识了同是美国女诗人艾米·洛威尔（Amy Lowell）。我们知道，正是这一批诗人与休姆（T. E. Hulme）一起创立了意象派（imagism）。又过了一年，同是美国诗人的 T. S. 艾略特抵达英国，甚至在 1927 年入籍。还有一位美国诗人 E. E. 卡明斯在一战中（1917—1918）和一战后（1921—1923）两次来巴黎居住。这还不算海明威、菲茨杰拉德、辛克莱·刘易斯、舍伍德·安德森等美国小说家，在二十世纪一零、二零年代纷纷前往巴黎，出入于美国女作家斯坦因（Gertrude Stein）位于左岸卢森堡公园附近的文艺沙龙。

　　有趣的是也许就是诗人和世人的流动。卡明斯在一首关于巴黎的诗里写过："人们迅速地移动爱，在轻轻到来的昏暗中。"人在流动中，的确是在将爱从一个地方移置到另一个地方。保罗·策兰出生于罗马尼亚，后来流亡到维亚纳，最终在 1948 年来到巴黎，后来加入了法国国籍。然而他在诗里写道："你/在巴黎的居所——成为/你双手的祭祀之地。"(《十二年》)触摸、亲近、联结他人的手，在异国失去了自己的能力，变得无所适从，无家可归。同一的世界分崩离析，将他抛到了这个碎裂的世界。在另一首诗里，他写道："那/同一/失去了/我们，那/同一/忘掉了/我们"。(《在两只手上》)

人在尘世的流动并不见得全然主动、自由。俄狄浦斯为了抵抗命运，而自我流放。而英国诗人奥登，并不相信古典的命运，却也选择离开了自己的祖国，来到美国。那是在 1939 年 1 月 19 日。初抵异国，他便写下了几首悼念性的诗：《悼念威廉·叶芝》《悼念恩斯特·托勒》《悼念西格蒙德·弗洛伊德》。叶芝和弗洛伊德，人尽皆知。而德国作家恩斯特·托勒(Ernst Toller)，可能是我们陌生的。由于纳粹德国的崛起，托勒先于奥登两年多流亡美国，却在奥登抵美四五个月后，自杀于 1939 年 5 月 22 日。这些悼念诗，以一种浓郁的追忆视角回顾并反思了"老世界"——那个垂垂老矣的欧洲。甚至，他是在怜悯老欧洲。他在《悼念恩斯特·托勒》中写道："在你头脑里避难的欧洲/伤得太重而无法康复了吗?"这个老欧洲正在蜕变、堕落，到处是危机、战争、杀戮和不公正，罪恶蔓延，联结人与人关系的共同体分崩离析，以权力安排、处置甚至剥夺人们的爱。"我们活在各种权力之下，我们假装理解它们：/它们安排我们的爱。"

来到美国，奥登渴望的是去自由地安排自己的爱。在经历了早年的弗洛伊德主义、马克思主义思想阶段后，他已不再满足于用精神分析、社会环境去观察、凝视、思考自己的时代和人们。他的自由主义思想越发强烈。他对基督教的信仰也开始变得坚定。1940年,他皈依英国国教,尽管早在十六岁时就放弃了国教。这一回归,意味着他在诗学观念中,将大幅度增加对基督教善和罪、爱和恨的展示。标志性的文本特征便是,"圣爱"(agape)观念开始充盈在其作品中。爱德华·门德尔松在为其主编的《奥登诗集》写的序言里借用《某晚当我外出散步》中诗句"你应去爱你不诚实的邻居/以你不诚实的心",揭示出奥登诗歌中弥漫着"爱"这个人称动词和"我的邻居"这个社会名词之间的关系。这首诗写于 1937 年。1940 年的诗作《1939 年 9 月 1 日》再一次加强了对爱的书写,尽管这首诗后来被奥登本人从自己的诗集里删去。但它流传甚广,特别是其中这句:"我们必须相爱否则死去。"(We must love one another or die.)当然,这行诗,他先后修改过几次。在他"并且"(and)和"否则"(or)之间犹豫不定。但无论如何,他只在爱的程度上移动摆荡,对爱本身的信念却是那么耀眼。他试图以爱去对抗政治权威对爱的打乱和消除。这首诗里有几行是这么写的:"因为每个男人和女人,/骨子里繁衍的谬误,/渴求着无法获得之物,/并非普遍的爱,/而是孤身一人被爱(Not universal love/But to be loved alone)。"奥登思虑的是,为什么世上的男男女女渴望的是孤身一人被爱,而不是普遍的爱? 因为人与人的联结纽带被截断了,个人与共同体不再合一。人成为了孤零零的个体。他爱转变成了自爱。因此,始于 1930 年代后期,他的诗歌的基调显得悲观。他对爱的信念里缠绕着个人情感的起伏(比如与切斯特·卡尔曼的爱欲关系),更渗透着他对时代之虚无和绝望气息的体验。《1939 年 9 月 1 日》是这么结尾的:

毫无设防，我们的世界

在夜晚昏睡，

然而，在正义互换信息之处

讥讽的灯光在闪动

点缀着各处：

但愿我就像它们一样，

由爱欲和尘土构成，

被同样的虚无与绝望围攻，

绽射出一束肯定的光。

　　　　　　　　　　　　　　　　（胡桑译）

　　"爱欲"和"尘土"的并置意味着爱的易逝，也揭示了爱如尘土一样与我们的肉身共存。但奥登并未走向悲观主义。虽然世上的男男女女被虚无和绝望围攻，但终究会"绽射出一束肯定的光"。这正是"爱"的光芒。

　　奥登说过，"我写下的所有诗歌都是为了爱。"这是他在随笔集《染匠之手》前言中坦诚的一句话。《染匠之手》可能是他生前出版的最为重要的一部随笔集，含纳了他许许多多深邃的思考。除了写诗，奥登的随笔创作量巨大，且独树一帜。爱德华·门德尔松主编的奥登全集中的散文卷多达六卷，最厚的一卷有一千多页，最薄的一卷也将近六百页，可谓卷帙浩繁。但他生前正式出版的散文随笔集子并不多。《演说家》(*The Orators*, 1932)、《冰岛书简》(*Letters from Iceland*, 1937，与路易斯·麦克尼斯合写)两本书里既有诗歌又有散文，并非纯粹的散文集。《狂怒的海涛》(*The Enchafèd Flood*,1950)包含了三篇关于浪漫主义诗歌和小说的演讲辞。《奥登序跋集》(1973)，顾名思义，应酬文章居多。唯有《染匠之手》虽不时透露出维持生计的难言之隐，但收录的文章却多是精心编织的，包括全书的结构。这是一本读书笔记、演讲辞、书评、诗人评论、翻译手记组成的大杂烩。但他告诫读者，一定要按照现有的章节编排方式去读这本书，而不要随意跳读。

不过，他的文章确实是反体系的。在前言中，他说："一首诗必须是一个封闭体系，但是，在我看来，体系化的批评会纳入一些死气沉沉甚至错误百出的东西。在对自己的批评文章进行润色时，只要有可能，我就会将它们删减成笔记，因为作为一个读者，我偏爱批评家的笔记本，胜于他的论文。"他追求一首诗的精密、完整，但反对"体系化的批评"。他不会像燕卜荪、艾略特、瑞恰兹（I. A. Richards）、兰色姆（John Crowe Ransom）等人那样从事论文式的写作。他偏爱笔记化、随感化的文字。他的很多随笔都是由分成许多段落的笔记拼贴而成的。他还经常在随笔中插入图式，像是一些来自于阅读、思考时突发奇想的笔记草图。不过，他的文字看似散漫、天马行空，却内蕴着自由、思维的晶体。在随笔写作中，他力图成为约翰生、伍尔夫一样的"普通读者"（common reader）。

奥登是文体大家。无论是诗歌、散文、随笔、剧作翻译，都具有高度的原创性。奥登早年是强力的现代主义诗人，身边围绕着一批被称为"奥登一代"的追随者。来到美国后，他的原创性不再沿袭欧洲现代主义模式，而是深潜入传统的深渊。在继承和模仿中，打造自己的原创性。罗伯特·格雷夫斯（Robert Graves）曾说，奥登从未写过一行原创的诗。为此，贾雷尔（Randall Jarrell）1951 和 1952年在普林斯顿大学做的六次关于奥登诗学的讲座中进行了辩护。他认为，格雷夫斯的判断过于荒诞，恰恰相反，奥登是在世的最具原创性的诗人。奥登"善用"（use）别的诗人对他的影响，而不是无知地模仿别人。他从不模仿别的诗人的根本的观念和技法。他深受里尔克影响，却从不让人误认为是一个英语世界的里尔克。这不仅体现在他的诗歌上，也体现在他的散文和随笔里。他深受克尔恺郭尔影响，但他的散文随笔无论是文风还是主题都不是克尔恺郭尔的。他深受同时代神学家莱茵霍尔德·尼布尔（Reinhold Niebuhr）的影响。但《染匠之手》里没有一处引用尼布尔的著作，更缺少尼布尔文字中独有的宗教沉思。奥登的随笔深具英国随笔的特色，但又迥异于任何一位英国作家的文风。

贾雷尔把奥登称为"悲剧性最少的批评家"。他的理由是斯宾塞将悲剧定义为一种被丑陋的事实杀死的美的理论。奥登的批评文章并不固守于丑陋的事实，并不让艺术作品呈现为需要读者冷静观察的客体，而是通过艺术作品刺激读者，让读者感到震惊。然而，我们大概不会把他的作为批评文章的散文随笔与布罗茨基、希尼的混为一谈。布罗茨基，一位苏俄诗人，正是在奥登的帮助下先是在西欧安身立命，最终来到了美国。他的散文随笔富于生命和修辞双重的忠诚，充满与权力的对抗，敏感于现实的幽暗、语言的沟壑、历史的深渊。希尼的诗歌批评文章则饱含语言的潜能，特别是流溢着语言晶体般的语言光芒，并精心编织着历史的暴力和温柔痕迹。

但，奥登的批评文章，仿佛是一个深山中波澜不惊的湖泊，洞悉着世事人情，诉说着人与人之间联结的可能与必要。所以，奥登并不是依靠激情和绝望去打动读者，让读者惊讶不已。因为他在《写作》中说过："一名作家创作时所感受到的激情对他最终作品的价值的揭示，其程度相当于一位敬神者在礼拜时所感受到的激情对其敬神的价值的揭示，也就是说，几乎没什么作用。"他的文章里充盈的是智慧，是坦诚，是文学对于生活、生命的必需。

他甚至在《染匠之手》前言里不加任何掩饰地说："我写评论是因为需要钱。"这与出于爱而写诗的他判若两人。当然，在这一表述中，我们大概能体会到奥登的无奈甚至悲观。这与他同一时期的诗歌基调是一脉相承、暗通款曲的。他说："关于我们的文明，一个令人伤心的事实就是，诗人只有通过写作或谈论关于自己诗艺的东西，而不是通过写下实际的诗，才能赚到更多的钱。"《染匠之手》出版于1962年，距离他初抵美国已经二十三年。他已经是一个对世俗和精神世界洞若观火的人。他的随笔里，激情并不溢于言表，反而是显得那么冷静、克制，富于哲思，细心阐释着自己的传统。他深知与自己的传统和解是多么急迫。

初读《染匠之手》，我们会感到困惑，书里占据篇幅最多的诗人竟是莎士比亚。即便如此，他并不会将莎士比亚视为影响的焦虑、强力的阴影。奥登并不热衷于人性和历史的阴影，而是传统的深远回声。布罗茨基的随笔中纷纷出场的都是二十世纪现代主义诗人：曼德尔施塔姆、茨维塔耶娃、帕斯捷尔纳克、里尔克、阿赫马托娃、蒙塔莱、哈代、斯彭德，当然还有奥登。列队于希尼随笔中的诗人同样是这些经典的现代主义诗人以及比他略早的自白派或具有自白属性的诗人：叶芝、曼德尔施塔姆、狄兰·托马斯、毕肖普、洛威尔、普拉斯、拉金、布罗茨基、米沃什等等，当然也包括奥登。然而奥登的随笔虽然不乏思想的深度，但其现代性尤其是当代性特征并不强烈。他对时髦的现代、当代思想并不趋之若鹜。奥登在《阅读》中甚至判定："当代"是一个被过分滥用的词。在《测听奥登》一文中，希尼说："奥登渴望一种形式。"虽然这是在说奥登的诗，但对于奥登的随笔而言，依然是一语中的。特别是来到美国后的奥登，他要在一种诗的和随笔的形式中获得"丰富"，而不是"奇异"。他追求原创性，但不沉溺于个性化的风格。他在《写作》一文中就区分了爱丽丝（Alice）和梅贝尔（Mabel）两类作家。在刘易斯·卡罗尔的小说《爱丽丝漫游奇境记》中，爱丽丝知道各种各样的事情，而梅贝尔什么也不知道，除了自己。

　　《染匠之手》中的奥登，乍看之下，尽管充满睿智，却显得保守甚至陈旧。因为，他要在传统尤其是英语文学传统的丰富性中隐匿自己。而很多现代主义作家、诗人则追求个性化风格，沉溺于幽暗、撕裂、分异、矛盾的世界，而显得新异。如果我们习惯了新异的文字，初读奥登会觉得乏味。他的文字尽管处处充满智性的辨析，也不体察个体、词语之间的辩证搏斗，却终归是要进入神圣的秩序里。所以他在《阅读》中将对语言的败坏视为罪恶。"作家不能自创语言，而是依赖于所继承的语言，所以，语言一经败坏，作家自己也必定随之败坏。关切于这种罪恶的批评家应从根源处对它进行批判，而根源不在于文学作品，而在于普通人、新闻记者、政客之类的人对语言的滥用。"作家不应该紧随当代人日新月异的语言去败坏文学的语言。有时候,我会觉得奥登的语言,特别是散文里的语言,流于机智,而缺少面向极限体验的创生感和流溢感。但考虑到爱丽丝和梅贝尔的二元世界,我们也许就可以释然了。奥登试图成为走向丰富的爱丽丝。

奥登的确迷恋二元世界。大概是因为基督教就二元区分了天堂和地狱、善和恶、清白和罪孽。奥登心有戚戚于两个不同的世界:神圣存在和世俗事物。神圣存在是超验的,至高无上,超越人类,自给自足,无欲无求。而人类世界则充盈着世俗事物,求助于欲望,通过对他物、他人的欲望而凝聚起来。它们之间泾渭分明,但也可以相互融合。而融合的方式唯有"想象"。"想象"不带"欲望"。在奥登的世界里,"想象",是通往神圣存在的隐秘通道。诗人的任务是要超越可以欲望的世俗事物,从而获得"想象力"。在奥登的思考体系里,诗人的"想象力"无疑具有神圣性。他在 1956 年牛津大学诗歌教授就职演讲《创作、认知与判断》中写道:

> 一种神圣的存在也可以成为欲望的对象,但是想象不会欲求于它。一种欲望可能成为神圣的存在,但是想象是不带欲望的。在神圣事物的在场中,它是毫无私欲的;没有神圣事物时,想象就成为了特定种类的世俗事物,"上帝的一切造物中最无诗意的"。一种神圣的存在也会要求被爱恋或顺从,会进行奖赏或惩罚,然而与想象无关。对于想象而言,一种神圣的存在是自足的,就像亚里斯多德的上帝可以无需友伴。

　　但通往神圣世界的诗歌想象力到底是奇异的还是丰富的？在
《巴兰和他的驴》中，奥登还区分了爱丽儿和普洛斯彼罗两个世界。
希尼在《测听奥登》中注意到了奥登的二元思维。奥登在批评文章
中不断追溯诗歌的双重属性。一方面，诗歌是"神奇的咒语"，通过
神秘莫测的声音将我们的身心凝聚为一个敏感的复合体。另一方
面，诗歌又可以"制造智慧和真实的意义"，并在意义的探寻中让我
们获得情感的认同。这两方面可以由莎剧《暴风雨》中的爱丽儿和
普洛斯彼罗来代表。绝大多数诗歌是两者的结合，前者展现了诗歌
的美，后者将意义赋予诗歌。在诗歌写作上，奥登是要把美丽/神奇
的部分归于爱丽儿，把真理/意义的部分归于普洛斯彼罗。显然，对
于后期奥登而言，他偏爱普洛斯彼罗胜于爱丽儿。因为，他眼里的
诗歌想象力并不是极端现代主义者那种癫狂、谵妄、撕扯、混沌的悲
观主义或激进主义的奇思异想。奥登在《罗伯特·弗罗斯特》中说
过，普洛斯彼罗的立场则由约翰生博士以同样简洁的方式表达："写
作的唯一目的是，能使读者更好地享受生活或更好地忍受生活。"想
象力必须与意义联结，享受生活，更好地忍受生活，必须与神圣存在
相遇。这一相遇，要求诗歌超越可以欲求的事物和事件，去描述可
以想象的事物和事件，赞美世上的神圣存在，和人间发生着的一切。
他在《创作、认知与判断》的结尾向世人宣布：

　　　　无论实际内容或外在趣味是什么，每一首诗都必须扎根于富
　　于想象力的敬畏之中。诗歌可以做很多事，使人欢愉、令人忧伤、
　　扰乱秩序、娱乐、教诲——它可以表达情感的每一种可能的细微

差别,描述每一种可以想象的事件,但所有的诗歌必须做的只有一件事;诗歌必须尽其所能赞美存在和发生的一切。

奥登在《染匠之手》里构筑了一座"莎士比亚之城"。莎士比亚便是一位想象的诗人,一位揭示人类各种欲望从而超越欲望的诗人。"回到莎士比亚",意味着回到神圣和爱赋予人类的永恒意义。《狂怒的海涛》和《染匠之手》的书名均源自莎士比亚的文字。"狂怒的海涛"是《奥瑟罗》第二幕第一场中一个军官在一个塞浦路斯岛港口说的话:"我从来没有见过这样狂怒的海涛。"狂怒的海涛是神圣的,与想象融合在一起,令人心生敬畏,也可以反衬出人的脆弱。而"染匠之手"出自十四行诗的第 111 首,一首有关命运女神的诗。其中的两行便是书名的来源:"我的天性几乎因此顺从于它所从事的,如同染匠的手。"(And almost thence my nature is subdu'd/To what it works in, like the dyer's hand.)这两行诗,梁宗岱译为:"也几乎为了这缘故我的天性被职业所玷污,如同染工的手。""所从事的"(what it works in)可以落实为"职业"。考虑到"染匠的手",对所从事的事务的"顺从"往深处领会,的确有"玷污"的可能。无论如何,这两行诗畏惧于命运女神福尔图娜(Fortune)的魔力。命运女神,让抒情主人公从事平凡甚至卑下的职业,让他与心爱的女子之间的爱出现了落差,是该谴责的。这正是这首十四行诗的第一行所写的:"哦,为了我请你谴责命运女神。"(O, for my sake do you with Fortune chide.)面对命运的不公正,唯有友爱和怜悯才能救赎一个人。诗的结尾写道:"请怜悯我,友人,我向你担保/正是你的怜悯足以疗愈我。"(Pity me then, dear friend, and I assure ye/Even that your pity is enough to cure me.）

莎士比亚的诗，让奥登从命运走向怜悯，走向共同体的弥合，从而疗愈人与人之间的矛盾、冲突、孤立和痛苦。这是他在《染匠之手》里"纳喀索斯之井"和"莎士比亚之城"中有关莎士比亚的解读的核心观念。《染匠之手》的书名同时是该书第二辑的名字。但在此之前，也就是 1955 年 6 月 8 日、15 日和 22 日，在英国广播公司（BBC）第三台做了三次广播节目，节目的名字就叫做"染匠之手"。在这里，他再次启动了二分法：诗人和历史学家。诗人钟情于自然，而历史学家偏爱人的存在。诗人认为人必须受到上帝的恩宠，才能超越不幸。而历史学家不相信人的生命由命运注定的，人的命运和自己的行动合一，换句话说，人的命运取决于他们做出的行动和选择。因此，历史学家忠实于历史和当下，而诗人热衷于想象和未来。诗人乞灵于神圣存在，历史学家凝视人的行动。

他在广播稿中比较了索福克勒斯的《俄狄浦斯王》和莎士比亚的《麦克白》，从而发现了希腊悲剧和现代悲剧之间的差异。俄狄浦斯王正是在毫不知情、违背自己意志的偶然情况下弑父娶母。他不能选择自己的行动（act），行动也不能改变他的命运。他的所作所为神圣存在合一，全部在命运的掌控中。最关键是的，俄狄浦斯缺少欲望的诱惑。他弑父娶母不是被人诱惑而行动。但麦克白的行动源于自己的傲慢、贪婪的天性，他谋杀国王邓肯、班柯的行动出于自己的欲望的诱惑。麦克白的行动改变着他自己的命运。从这个角度出发，奥登也解读了现代侦探小说。他认为侦探小说和希腊悲

剧有一个共同特征："人物并不在行动中发生变化,或由行动引起变化。"(《罪恶的牧师之家》)

索福克勒斯是诗人。在他的剧作中,人与其他造物别无二致,缺少诱惑,均受命运宰制,其周身处境是非历史的。莎士比亚是历史学家。在他的剧作中,人是独一无二的,拥有意识和欲望,被自己的行动改变,其肉身存在与必然的天性合一,其行动创造历史。奥登心目中的现代诗人是历史学家,而不是古典的诗人。因此,在他看来,"诗的主要目的,像所有艺术一样,是肯定个人存在和个人生成,并击败它们的敌人,偶然事物和幻想事物"。在技术时代,万物有灵论已经不再是诗人的信念。现代诗人不再可能对着冰箱写颂歌。现代诗人去书写公共事件注定要失败,因为公共事件不是个人行动,政治不可能一夜之间改变他的个人存在和个人生成,即无法改变他的现实生存和对未来的想象,除非是在一个政治权力被过度放大的社会。

在这个意义上,何为"染匠之手"? 染匠需要忠实于自己的职业,需要承受自己的行动,哪怕是被自己的职业和行动玷污。染匠也是现代诗人的隐喻,及其现实写照。毕竟,现代诗人在一个共同体中的角色是卑微的。现代诗人,和普通人一样,已经远离了命运,与自己的天性合一。而现代人的天性是在自己的行动中变化的。染匠的手在当代世界的危机中展开行动,在世界的分崩离析中渴求完整,让人与人重新联结为共同体。这是基督教时代的诗人的任务。

归根结底,诗人和历史学家的区别在于,前者属于古典时代及其艺术，后者属于基督教时代及其艺术。《俄狄浦斯王》是古典艺术。《麦克白》是基督教艺术。莎士比亚是基督教诗人的代表。

作为诗人，W. H. 奥登深深卷入了自己的时代，又侧听并命名了自己的时代。正如他的一本诗集的名字，他将自己的时代命名为"焦虑年代"（The Age of Anxiety）。这里，我们可以看到克尔恺郭尔对奥登的隐秘影响。奥登曾为一本选集《克尔恺郭尔的生命思想》（*The Living Thoughts of Kierkegaard*，1952）写过序言。他从克尔恺郭尔的生命思想里进一步加深了自己对基督教及其艺术的理解。

克尔恺郭尔在《致死的疾病》里解释过人的"焦虑"："没有一个活着的人不秘密地隐藏着某种不安、内心的争斗、不和谐，对某种还不知道的、甚至不敢知道的事情的焦虑，对某些生存中的可能性的焦虑，或对他自己的焦虑。"焦虑来源于必然性的束缚，可能性的丧失。每个人的"生成"（becoming）受到阻碍。焦虑，伴随着绝望，是碎片化、困境感的当代世界中的普遍的精神疾病。按照在克尔恺郭尔在《人生道路诸阶段》中的解释，焦虑和绝望，是在人生最终的阶段里的存在感受。克尔恺郭尔把人生分为三个阶段：审美阶段，沉溺于感性和欲望。伦理阶段，意识到自我不同于他人，自我渴望与他人联结，产生了道德义务和责任。宗教阶段，意识到人的有限和脆弱，自我感到焦虑和绝望，发现现实世界中存在着罪恶，道德律令不起作用，渴望获得上帝的恩典。信仰不能通过理性的推导和遵从道德的律令而获得，信仰需要超越理性和道德。成为基督徒是一种绝对的承诺，即"信仰的飞跃"。所以，在焦虑年代，人恰恰会渴望获得宗教救赎，需要在一次飞跃中实现信仰的承诺。我们会在《染匠之手》里读到许多克尔恺郭尔的引文。

奥登借用亨利·亚当斯(Henry Adams)自传《亨利·亚当斯的教育》第 25 章"发电机与贞女"的观念写下了一篇随笔《贞女与发动机》。"贞女"的历史世界代表艺术，只能用话语来描述。在这个世界中，"必然性是关于自由的意识，正义是对我的邻人的爱，将邻人视为独一无二、不可替代的存在"。基督教的观念渗透在艺术里，让人去爱自己的邻人。"发动机"的自然世界代表科学，只能用数字来描述。在这个世界，"必然性是关于自由的意识，正义是对我的邻人的爱，将邻人视为独一无二、不可替代的存在"。艺术，让我们趋近、热爱神圣事物，让我们自由。科学，让我们正确地认知世界的本原，让我们平等。所以奥登说："缺少艺术，我们将无法获得关于神圣事物的观念；缺少科学，我们将总是膜拜错误的神。"当代世界同时需要艺术和科学。因为人既需要从必然性解放出来，成为自由的人，又要时时刻刻意识到必然性的不可超越。没有必然性的约束，人就会进入不可承受的轻浮和虚无。奥登后来在《轻挑与庄重》中写道："人渴望获得自由，并渴望感知到自己很重要。这让他陷入困境，因为他越是从必然性中解放自己，就越觉得自己不重要。"

在《基督教与艺术》中，奥登进一步明确了自己的基督教艺术观。当然，在奥登眼里，就像不存在基督教科学一样，并不存在基督教艺术。"只存在基督教精神，有些艺术家和科学家怀着这种精神而工作，有些则不然。"在当代社会，每一件事情，每一件物品，都极其丑陋，无比平庸。艺术家不应该变得神圣，以不违背正统的方式去表现这个世界。当代艺术是一项世俗活动，"每一位艺术家都可以自由处理那些激发想象的主题，并采用他觉得合适的风格手段"。当然，对于奥登而言，艺术需要获得"基督教精神"。而"想象"便是从人的脆弱和有限出发，对这个神圣的世界不再无动于衷，而是让人去敬畏神圣存在。一个人，如果不再敬畏神圣，就会陷入以自我为中心（self-centered）。以自我为中心的人，并不是自私的（selfish）人，因为他并不满足自己的欲望。"对于以自我为中心的人来说，别人只是一种形象，要么像他，要么不像他，他面对他们的情感只是对自己怜悯或仇恨的投射，他对别人做的所有事情其实对象都是自己。"他把以自我为中心称为遭受"韦斯特之病"折磨的人。这样的人，是需要拯救的，让他真正走向他人。

　　巴尔克（George W. Bahlke）在《后期奥登》（*The Later Auden*）一书中这么总结奥登的诗学思想："在人的脆弱中，奥登看到了他的潜能，他的艺术在最好的意义上保持说教：它引导人去认识自己。"带着这样的诗学，奥登开始了在美国的生活。就像 1960 年移民美国的米沃什，他们都接纳了当代社会的世俗性，却并不满足于、沉溺于世俗生活的感性欲望，而要去思考、信仰神圣存在。在译完《染匠之手》后，我又翻译了米沃什来到美国后的第一本散文集《旧金山海湾景象》（*Widzenia nad Zatoka San Francisco*，1969）。米沃什是天主教信徒。而奥登是新教信徒。在他们的眼里，美国是不一样的。米沃什眼里的美国充满着欲望、矛盾、斗争和浪费，还有过于辽阔的荒蛮。而奥登眼里的美国则是一个显现出人之脆弱的世俗共同体。他在《染匠之手》中解读更准确地是阅读了纳撒尼尔·韦斯特、玛丽

安娜·摩尔、亨利·詹姆斯、安茨娅叶茨尔丝卡等美国作家。在奥
登看来,美国缺少传统和习俗的约束,因此,美国人一直不固守自
己,在行动中变化。在《美国诗歌》中,奥登写道:"美国人无意于成
为他自己;这是移民和美洲大陆的性质使然。一个移民永远不清楚
自己想要什么,只知道他不要什么。一个人从栖居了数个世纪的土
地来到粗粝的荒野,他面临的问题没有哪个是自己的传统和习惯所
要处理的。因而他无从预见未来,所能做的即是必须每天随机应
变。"但每天行动的美国人,需要接受神圣事物的检验。他在 1948
年的一首诗《天黑后的散步》(A Walk After Dark)中写道:

> 而星辰在头顶燃烧
>
> 对最后的结局毫无知觉,
>
> 我步行回家,上床,
>
> 追问什么样的审判在等着
>
> 我的身体,所有的朋友,
>
> 以及这些美国的州。

(胡桑译)

他在美国的确与有很多思想上的朋友。1933 年左右,奥登已
经开始关注激进新教神学。他受到了德国神学家卡尔·巴特(Karl
Barth)和蒂里希(Paul Tillich)、英国神学家尼布尔等人的影响。这
一年,卡尔·巴特的《罗马书释义》(*Der Römerbrief*,1919)英译本出
版。蒂里希和尼布尔则是朋友,两人先后移民美国。1928 年,尼布

尔成为纽约协和神学院教授。1933 年，蒂里希移民纽约，进入协和神学院，成为尼布尔的同事。他们都试图将马克思主义融入新教神学。一种新的真理观出现了，这种真理紧密关联于克尔恺郭尔的个人处境和马克思的社会处境观念。这一思想倾向和奥登不谋而合。这一时期的奥登刚刚走出弗洛伊德主义，转向了马克思主义。更为重要的是，这些神学家的神学思想都源于克尔恺郭尔。他们在英语世界掀起了一股克尔恺郭尔热潮。克尔恺郭尔的大量著作得以译介。奥登主编并撰写序言的《克尔恺郭尔的生命思想》就诞生于这个时期。此外，德国哲学家马丁·布伯的《我和你》(*Ich und Du*) 英译本出版于 1937 年，其中的克尔恺郭尔式沉思也汇流到了奥登的思想之湖。

尼布尔后来成为了奥登的朋友。在 1941 年 1 月和 6 月，奥登分别为尼布尔的著作《基督教义与权力政治》(*Christianity and Power Politics* , 1940) 和《人的本性与命运》(*The Nature and Destiny of Man* , 1941) 写了书评。我们可以在尼布尔的著作里发现很多奥登的思想源头。比如对"人：作为自己的一个问题"的思考，古希腊、基督教、现代人性观的差异，人的命运等等。秉承《道德人与不道德的社会》(*Moral Man and Immoral Society* , 1932) 等早期著作里的思想，尼布尔发现了当代世界里人与社会的二元分裂。在《人的本性与命运》中，他认为，人的本性包括两个成分。一方面，人的本性包括一切天然的禀赋和决定条件，即一切属于自然程序上的品性。另一方面，人的本性也包括灵性自由，他对自然过程的超越性，以及他超越自我的能力。人是具有创造性和想象力的存在。灵性自由与"宗教德性"的信、望、爱相符。其中,爱是自由之灵的独特需要,也是由信心而生的。由于爱的关系,天然的团结就不再是将别人视为供自己利用的对象。别人是具有生命和独到意志的主体。所以,以爱上帝为前提,人可以做到爱邻人如己。此外,神战胜邪恶,不是消灭邪恶,而是将邪恶承担在身上。神的爱是受苦的爱。受此影响,奥登认为,脆弱、彷徨的现代人,要承受并超越自己的罪,在"焦虑年代",尤其需要走向他人,爱他人。

《兄弟和他人》的题词值得注意,是汉娜·阿伦特在《人的境况》(*The Human Condition*,1958)中写的一段话。"一个人无法取消曾经做过的事情,这是不可逆性的困境,对这种困境的可能的救赎是宽恕(forgiving)的能力。至于不可预见性,未来的混沌的不确定性,对它们的拯救包含在作出承诺并信守承诺(promise)的能力之中。这两种能力依赖于复数性(plurality),依赖于别人的存在和行动,因为没有人可以宽恕自己,没有人可以遵守对自己做出的承诺。"《人的境况》是奥登曾经反复阅读的一本书。如果说,《染匠之手》里"本性/天性"(nature)、"命运"(destination)、"爱"(love)、"他人"(other)等概念出自尼布尔等激进新教思想家。那么,"行动"(action)这个词,显然与阿伦特的关系十分紧密。阿伦特区分了人的劳动、工作和行动,并赋予行动至高的尊荣。然而,人的存在和行动必须在"世界"中完成,在人与人的共同体实现。人的宽恕和承诺的能力都依赖人的复数性。人在复数性中,要求将他人视为友人。奥登也是从这个角度去理解莎翁的剧作的。他要求我们将他人视为兄弟。这无疑体现了基督教的"爱"的要义。

在汉语里，奥登是迟来的诗人。虽然早在奥登在世时，杨宪益、王佐良、卞之琳、穆旦、杜运燮等人译过不少他的诗歌作品。然而他的诗歌、随笔的全面集中翻译出版要在他去世后四十余余年。由于朋友蔡海燕的推荐，我在2013年开始翻译《染匠之手》。当时我在德国波恩大学访学。我从亚马逊上从大西洋彼岸的美国网购了一本1962年初版《染匠之手》。但直到2015年5月才交稿。此后，又由梵予和责编顾真校对了一两年。译本问世已经到了2018年。2013年底，我回到上海。一年后留在同济大学工作。然后，那些年一直在和奥登精密、隐幽的英语斗争着。

奥登是我喜欢的诗人。然而，翻译是痛苦的。奥登善于引经据典，经常凭记忆引述许多诗歌、小说、哲学段落，并不注明出处，且有不少记忆的失误引起的笔误。如果不知道一句话的语境，不知道原文的正确表达，我是不敢胡乱翻译的。特别是涉及一些剧作、叙事诗、小说的评论，如果不熟悉莎士比亚、韦斯特、狄更斯、拜伦的作品里的故事和人物，就不能准确翻译奥登的引文。有时候为了找到原文就迷失在了文献的海洋中。虽然，有些引文目前我依然没有找到出处。特别是那么多文章是讨论莎翁剧作的。此前我并没有认真研究过莎翁。所以，一边译，一边补课。反复重读莎翁的英文剧作和汉译。往往为了一句台词的翻译，要查阅很久的文献。翻译面向一个语言的、文化的深渊。但在深渊中，有时候也有飞翔的快乐，在荒凉的谷底发现溪流的惊讶和赞叹。

翻译《染匠之手》时的最初一年是在德国波恩郊区的出租房里。房东乌利(Ulli)是上个世纪七八十年代波恩大学的哲学和心理学硕士,在波恩一家精神疗养院工作。舍友安德列亚斯(Andreas)是科隆大学在读的神学和拉丁语硕士。我经常与他们一起讨论一些问题,甚至某些特定的句子。我的房间对着小区的中央空地,经常望着窗外的树和房屋,还有缓缓到来的夕阳,感觉时间是可贵的礼物。窗外来来往往的行人,尤其是嬉闹的孩子们,让我体会到了奥登所谓的"爱邻人"的劝诫。我的邻居是一家土耳其人,他们家的小孩塞尔玛(Selma)常常在我阅读、翻译的间隙来找我们串门玩耍。她的母亲戴着面纱一般不会进门。感谢这些在我生命中出现过的人。2015 年 10 月,乌利死于失败了的肝脏移植手术。他的葬礼是在 10 月 31 日。我没有能够去参加。但这本书的译稿里,充盈着关于他的记忆。对了,从美国买的英文版《染匠之手》在邮递中出了问题,是他帮我和邮局联系解决的。回国后的一两年,我基本在上海图书馆四楼的外文阅览室度过。每天早上去,傍晚回。我每天查阅那些厚重的词典应该还在吧。感谢它们。

奥登自己也做翻译。他和卡尔曼一起翻译了歌剧剧本:《唐·乔万尼》和《魔笛》。书中就有一篇他们合写的文章《翻译歌剧剧本》。翻译不仅要传达原作的思想、情感,还有再现其语调、声音。从英语,到汉语,这漫长的旅行中,翻译损耗了太多。不过,我尽了全力去呈现奥登的诗学思想和关于行动、神圣存在、爱的思考。借用奥登在《写作》中的话,我相信,"每一位真正的诗人对世界的独特看法能够经过翻译而得以幸存"。但愿。

2023 年 6 月 25 日,上海